"十二五"国家重点图书出版规划项目

中国近现代稀见史料丛刊【第二辑】

张剑 徐雁平 彭国忠 主编

# 近代珍稀集句诗文集

张明华 李晓黎 整理

凤凰出版社

图书在版编目（CIP）数据

近代珍稀集句诗文集 / 张明华，李晓黎整理. -- 南京 : 凤凰出版社，2015.5（2022.10重印）
（中国近现代稀见史料丛刊. 第2辑）
ISBN 978-7-5506-2101-5

Ⅰ. ①近… Ⅱ. ①张… ②李… Ⅲ. ①诗集－中国－近代②散文集－中国－近代 Ⅳ. ①I215.1

中国版本图书馆CIP数据核字(2015)第050755号

| | |
|---|---|
| 书　　名 | 近代珍稀集句诗文集 |
| 著　　者 | 张明华　李晓黎 整理 |
| 责任编辑 | 吴　琼 |
| 出版发行 | 凤凰出版社(原江苏古籍出版社)<br>发行部电话025-83223462 |
| 出版社地址 | 江苏省南京市中央路165号,邮编:210009 |
| 照　　排 | 南京凯建文化发展有限公司 |
| 印　　刷 | 江苏凤凰数码印务有限公司<br>江苏省南京市栖霞区尧新大道399号,邮编:210038 |
| 开　　本 | 880毫米×1230毫米　1/32 |
| 印　　张 | 15.625 |
| 字　　数 | 406千字 |
| 版　　次 | 2015年5月第1版 |
| 印　　次 | 2022年10月第3次印刷 |
| 标准书号 | ISBN 978-7-5506-2101-5 |
| 定　　价 | 98.00元 |

袁行霈先生题辞

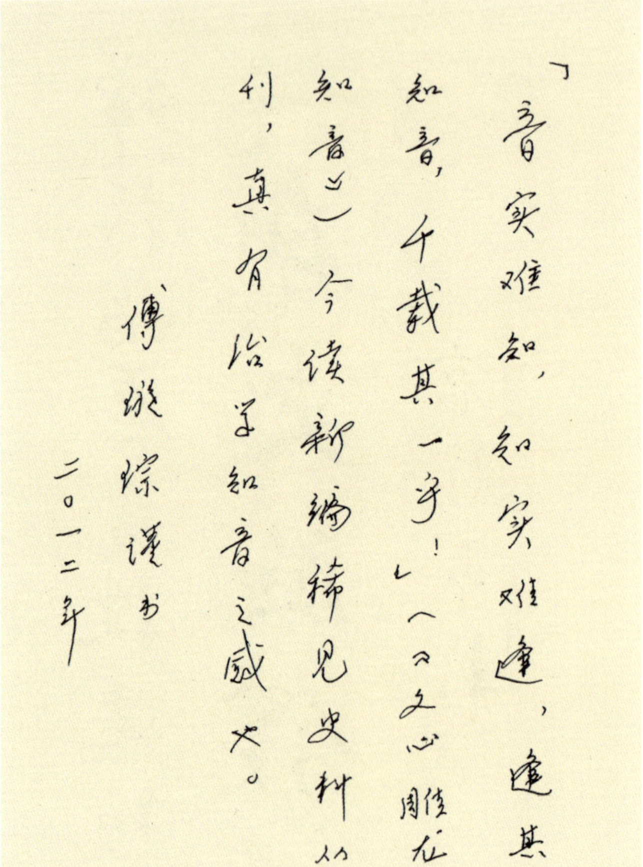

「音实难知，知实难逢，逢其知音，千载其一乎！」（《文心雕龙·知音》）今读新编稀见史料丛刊，真有治学知音之感矣。

傅璇琮谨书

二〇一二年

傅璇琮先生题辞

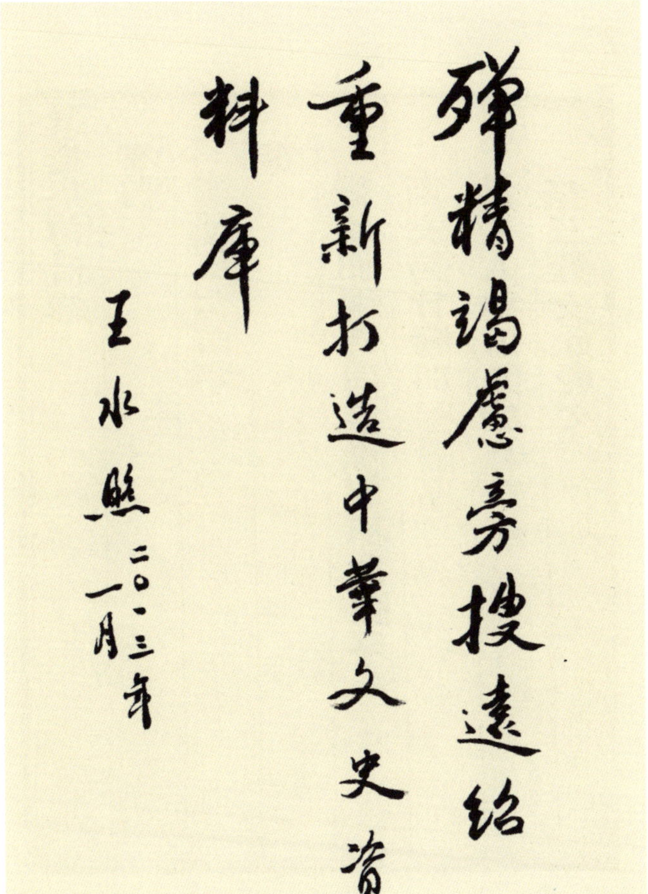


王水照先生题辞

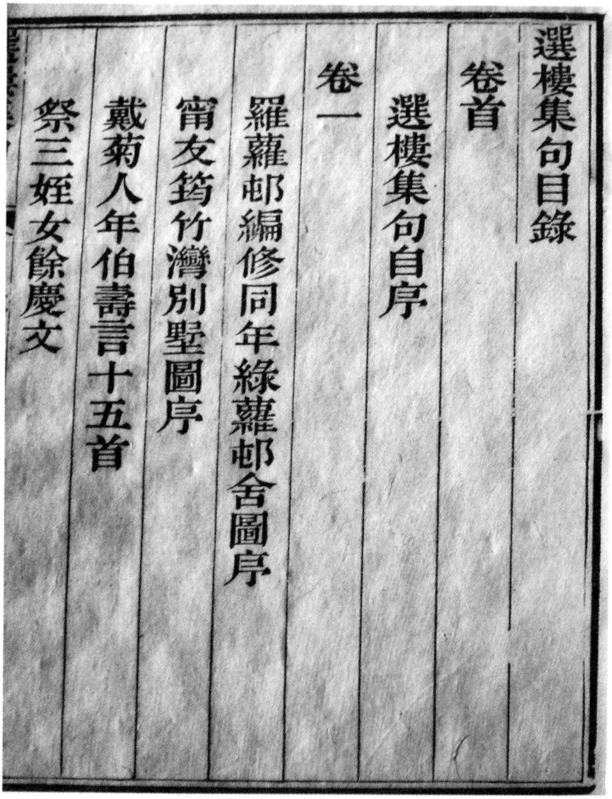

選樓集句目錄

卷首

選樓集句自序

卷一

羅蘿邨編修同年綠蘿邨舍圖序

甯友鈞竹灣別墅圖序

戴菊人年伯壽言十五首

祭三姪女餘慶文

书影一　《选楼集句》目录

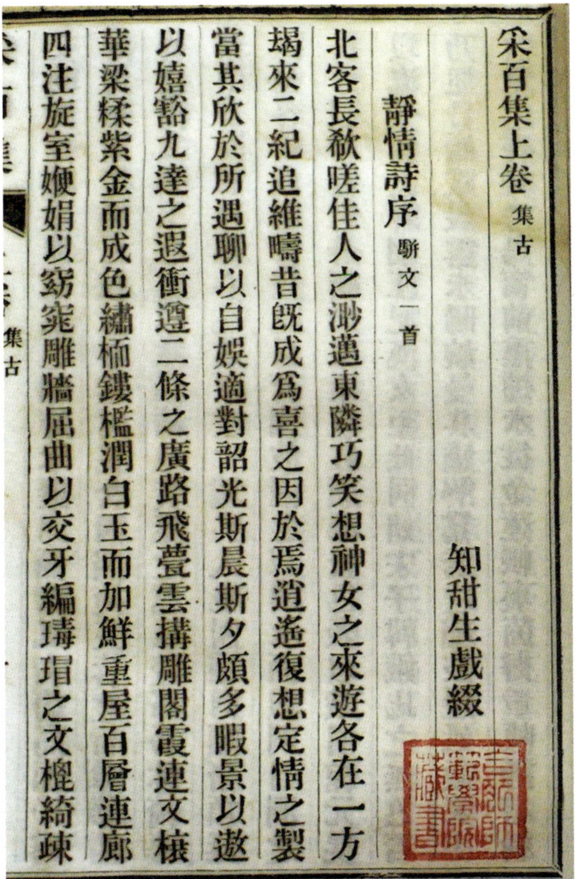
采百集上卷　集古

靜情詩序　駢文一首

知甜生戲綴

北客長欷嗟佳人之渺邈東隣巧笑想神女之來遊各在一方竭來二紀追維疇昔既成爲喜之因於焉逍遙復想定情之製當其欣於所遇聊以自娛適對韶光斯晨斯夕頗多暇景以遨以嬉豁九達之遐衢遵二條之廣路飛甍雲搆雕閣霞連文榱華梁糅紫金而成色繡桷鏤檻潤白玉而加鮮重屋百層連廊四注旋室嬛娟以窈窕雕牆屈曲以交牙編瑇瑁之文櫳綺疎



书影二　《采百集》

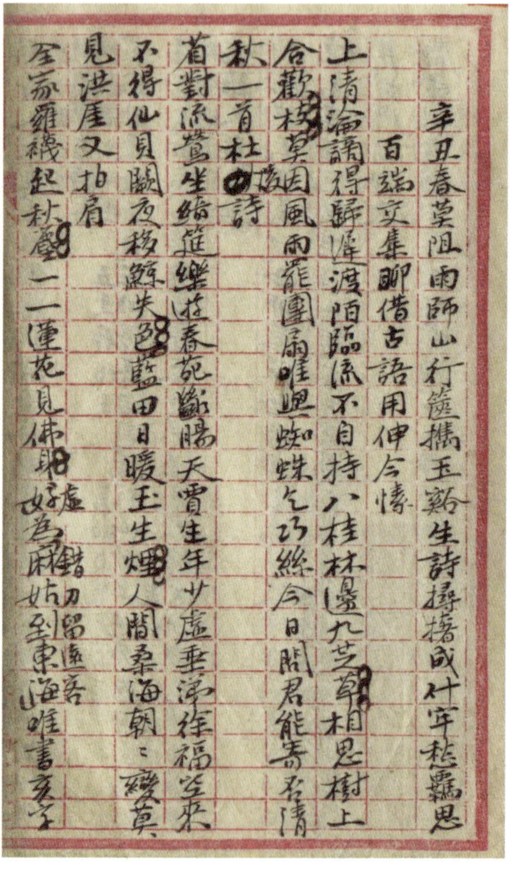
辛丑春莫阻雨師山行篋攜玉谿生詩擣播成廿牢愁羈思
百端交集聊借古語用伸今懷
上清淪謫得歸遲渡陌臨流不自持八桂林邊九芝草相思樹上
合歡枝莫因風雨罷團扇唯與蜘蛛乞巧絲今日聞君能寄否清
秋一首杜陵詩
首對流鶯坐綺筵樂遊春苑斷腸天賈生年少虛垂涕徐福空來
不得仙貝闕夜移鯨失色藍田日暖玉生煙人間桑海朝朝變莫
見洪崖又拍肩
全家羅襪起秋塵一一蓮花見佛身好為麻姑到東海唯書亥字

书影三　《集义山诗稿》

# 《中国近现代稀见史料丛刊》总序

在世界所有的文明中，中华文明也许可说是“唯一从古代存留至今的文明”（罗素《中国问题》）。她绵延不绝、永葆生机的秘诀何在？袁行霈先生做过很好的总结：“和平、和谐、包容、开明、革新、开放，就是回顾中华文明史所得到的主要启示。凡是大体上处于这种状况的时候，文明就繁荣发展，而当与之背离的时候，文明就会减慢发展的速度甚至停滞不前。”（《中华文明的历史启示》，《北京大学学报》2007 年第 1 期）

但我们也要清醒看到，数千年的中华文明带给我们的并不全是积极遗产，其长时段积累而成的生活方式与价值观具有强大的稳定性，使她在应对挑战时所做的必要革新与转变，相比他者往往显得迟缓和沉重。即使是面对佛教这种柔性的文化进入，也是历经数百年之久才使之彻底完成中国化，成为中华文明的一部分；更不用说遭逢“数千年来未有之变局”、“数千年未有之强敌”（李鸿章《筹议海防折》），“数千年未有之巨劫奇变”（陈寅恪《王观堂先生挽词序》）的中国近现代。晚清至今虽历一百六十余年，但是，足以应对当今世界全方位挑战的新型中华文明还没能最终形成，变动和融合仍在进行。1998 年 6 月 17 日，美国三位前总统（布什、卡特、福特）和二十四位前国务卿、前财政部长、前国防部长、前国家安全顾问致信国会称：“中国注定要在 21 世纪中成为一个伟大的经济和政治强国。”（徐中约著《中国近代史》上册第六版英文版序，香港中文大学 2002 年版）即便如此，我们也不能盲目乐观，认为中华文明已经转型成功，相反，中华文明今天面对的挑战更为复杂和严峻。新型的中华文明到底会怎样呈现，又怎样具体表现或作用于政治、经济、文化等层面，人们还在不断探索。这个问题，我们这一代恐怕无法给出答案。但我们坚信，在历史上曾经灿烂辉煌的中华文明必将凤凰浴火，涅槃重生。这既是数千年已经存在的中华文明发展史告诉我们的经验事实，也是所有为中国文化所化之人应有的信念和责任。

不过，对于近现代这一涉及当代中国合法性的重要历史阶段，我们了解得还过于粗线条。她所遗存下来的史料范围广阔，内容复杂，且有数量庞大且富有价值的稀见史料未被发掘和利用，这不仅会影响到我们对这段历史的全面了解和规律性认识，也会影响到今天中国新型文明和现代化建设对它的科学借鉴。有一则印度谚语如是说："骑在树枝上锯树枝的时候，千万不要锯自己骑着的那一根。"那么，就让我们用自己的专业知识与能力，为承载和养育我们的中华文明做一点有益的事情——这是我们编纂这套《中国近现代稀见史料丛刊》的初衷。

书名中的"近现代"，主要指1840—1949年这一时段，但上限并非以一标志性的事件一刀切割，可以适当向前延展，然与所指较为宽泛的包含整个清朝的"近代中国"、"晚期中华帝国"又有所区分。将近现代连为一体，并有意淡化起始的界限，是想表达一种历史的整体观。我们观看社会发展变革的波澜，当然要回看波澜如何生，风从何处来；也要看波澜如何扩散，或为涟漪，或为浪涛。个人的生活记录，与大历史相比，更多地显现出生活的连续。变局中的个体，经历的可能是渐变。《丛刊》期望通过整合多种稀见史料，以个体陈述的方式，从生活、文化、风习、人情等多个层面，重现具有连续性的近现代中国社会。

书名中的"稀见"，只是相对而言。因为随着时代与科技的进步，越来越多的珍本秘籍经影印或数字化方式处理后，真身虽仍"稀见"，化身却成为"可见"。但是，高昂的定价、难辨的字迹、未经标点的文本，仍使其处于专业研究的小众阅读状态。况且尚有大量未被影印或数字化的文献，或流传较少，或未被整合，也造成阅读和利用的不便。因此，《丛刊》侧重选择未被纳入电子数据库的文献，尤欢迎整理那些辨识困难、断句费力、裒合不易或是其他具有难度和挑战性的文献，也欢迎整理那些确有价值但被人们习见思维与眼光所遮蔽的文献，在我们看来，这些文献都可属于“稀见”。

书名中的“史料”，不局限于严格意义上的历史学范畴，举凡日记、书信、奏牍、笔记、诗文集、诗话、词话乃至序跋汇编等，只要是某方面能够反映时代政治、经济、文化特色以及人物生平、思想、性情的文献，都在考虑之列。我们的目的，是想以切实的工作，促进处于秘藏、边缘、零散等状态的史料转化为新型的文献，通过一辑、二辑、三辑……这样的累积性整理，自然地呈现出一种规模与气象，与其他已经整理出版的文献相互关联，形成一个丰茂的文献群，从而揭示在宏大的中国近现代叙事背后，还有很多未被打量过的局部、日常与细节；在主流周边或更远处，还有富于变化的细小溪流；甚至在主流中，还有漩涡，在边缘，还有静止之水。近现代中国是大变革、大痛苦的时代，身处变局中的个体接物处事的伸屈、所思所想的起落，藉纸墨得以留存，这是一个时代的个人记录。此中有文学、文化、生活；也时有动乱、战争、革命。我们整理史料，是提供一种俯首细看的方式，或者一种贴近近现代社会和文化的文本。当然，对这些个人印记明显的史料，也要客观地看待其价值，需要与其他史料联系和比照阅读，减少因个人视角、立场或叙述体裁带来的偏差。

知识皆有其价值和魅力，知识分子也应具有价值关怀和理想追求。清人舒位诗云“名士十年无赖贼”（《金谷园故址》），我们警惕袖手空谈，傲慢指点江山；鲁迅先生诗云“我以我血荐轩辕”（《自题小像》），我们愿意埋头苦干，逐步趋近理想。我们没有奢望这套《丛刊》产生宏大的效果，只是盼望所做的一切，能融合于前贤时彦所做的贡献之中，共同为中华文明的成功转型，适当“缩短和减轻分娩的痛苦”

(马克思《资本论》第一卷第一版序言)。

《丛刊》的编纂,得到了诸多前辈、时贤和出版社的大力扶植。袁行霈先生、傅璇琮先生、王水照先生题辞勖勉,周勋初先生来信鼓励,凤凰出版社姜小青总编辑赋予信任,刘跃进先生还慷慨同意将其列入"中华文学史史料学会"重大规划项目,学界其他友好也多有不同形式的帮助……这些,都增添了我们做好这套《丛刊》的信心。必须一提的是,《丛刊》原拟主编四人(张剑、张晖、徐雁平、彭国忠),每位主编负责一辑,周而复始,滚动发展,原计划由张晖负责第四辑,但他尚未正式投入工作即于 2013 年 3 月 15 日赍志而殁,令人抱恨终天,我们将以兢兢业业的工作表达对他的怀念。

《丛刊》的基本整理方式为简体横排和标点(鼓励必要的校释),以期更广泛地传播知识、更好地服务社会。希望我们的工作,得到更多朋友的理解和支持。

2013 年 4 月 15 日

# 目　录

# 前　言

集句是中国特有的诗文创作方式，带动了集句诗、集句词、集句文、集句对联等不同类别文学作品的产生和发展。几种类别中，集句诗产生最早，也最为发达，其次是集句词，之后是集句文，最后出现的是集句对联。虽然它们产生的时间不同，发展的程度也不同，但都在清代达到高潮。鸦片战争爆发后，西方国家凭借先进的武器在中国烧杀抢掠，清政府的腐败无能充分暴露出来。为了挽救国家的命运，许多有识之士奔走呼吁，大力倡导政治体制改革。与此相联系，文化领域也暗流涌动，不断发生着各种变化。无论是洋务派、立宪派还是革命派，都积极利用办报和著书的方式宣传自己的主张，传统文化受到极大的冲击。受其影响，传统的诗文创作也走向衰落。可是，集句类别的作品不但没有随之衰落，还有进一步发展的趋势。不仅集句诗、集句词保持了此前的发展势头，集句文、集句对联也比此前发达得多。就集句诗而言，据笔者《集句诗文献研究》中的不完全考察，仅同治（1862—1874）、光绪（1875—1908）、宣统（1909—1911）三朝保存到今天的集句诗集（或卷）就有 69 种，除以年数（50），其比例超过此前中国历史上的任何一个阶段。就集句词、集句文而言，今可考的专集（或卷）大多产生于这段时间。

本书共收录集句诗、文集（或卷）16 种。其中集句诗集（或卷）有徐献廷《集陶诗故》、《集唐梅花百咏》，郭阶《集选诗》，戴锡钧《采百集》，沈韵兰《倚梅阁集唐》，王以慜《檗坞诗存别集》、《檗坞集唐杂感诗》，谭国恩《写趣轩集陆别编》，吴怀清《借浇集》，徐兆玮《集义山诗稿》等10种,集句词集(或卷)有石赞清《饤饾吟词》、陈钟祥《集牡丹亭词》、周天麟《双红豆词》等3种,集句文集(或卷)有徐献廷《燕赋集古》、许祥光《选楼集句》等2种,此外还有诗文兼收的许懋和《集其清英集》。这些作品固然无法展现近代集句诗文的全部面貌,但可以在一定程度上反映出近代集句文学的基本特点:一、几种主要集句类别都得到发展。除了集句诗继续占据主导地位外,集句词、集句文的数量也大大增加。这种现象的出现,使中国的集句文学继续保持了繁荣的局面。如就选择语句的范围区分,又有集古、集唐、集选、集陶、集杜、集苏、集李义山之不同,其中尤以集选诗文的发展最为突出。二、应用范围达到空前的程度。集句作品不仅继承了以前的题材特点,而且较多地用于祝寿、悼亡、纪游、题画等方面,甚至直接反映现实并表明自己的政治态度,应用范围空前扩大了。三、具有多种多样的形式特征。这些集句专集(或卷)作品众寡不一,多可数百首,少则仅有数首。而且,由于作者的学养不同,兴趣爱好不同,采用的文体形式不同,他们的集句作品具有不同的艺术风格。如就注释的形式而言,即有或不注出处、或仅注作者、或注释到原来题目等方式;就注释的位置看,又有注在句子后面、注在全文后面之区别。

集句诗、文能够在近代获得更大发展,而且形成以上这些特点,其原因固然很多,但我们以为,主要是以下几种力量共同作用的结果:一、保存文化传统的力量反弹。当传统文化受到威胁时,一些人便自觉地站起来加以捍卫。集句因为使用前人的成句,也就成了他们捍卫传统文化的重要方式。在一些作品的序言里,这方面意图表达得很清楚。二、文学创新的内在动力。即使在传统文化总体上走向衰落的近代,古代文学在局部领域仍然具有可创新的空间。集句诗出现新的类别,集句词、集句文获得更大的发展,都与这一点有关。三、调和新旧的智慧选择。在社会发生重大动乱或变革的时期,新、旧思想文化总会发生尖锐的冲突,于是调和二者就成了现实的迫切需要。表现在文学领域,最能体现这种调和特色的创作方式莫过于集句。以集句诗发展为例，相对于此前的顺治、康熙（1644—1722）两朝和雍正、乾隆（1723—1795）两朝，在嘉庆、道光、咸丰（1796—1861）三朝已经走向了衰落，但在近代却有了更大的发展，正是因为适应了融合新旧的时代要求。

本书所录的集句诗、文集（或卷）多为晚清到民国间的刻本或铅印本，少数为抄本。这些作品，今皆存本无多，其中有几种仅孤本流传。有的甚至从来没有被著录，仅存在于作者后人之手，非常珍贵。根据《中国近现代稀见史料丛刊》的收录标准，本书不收录解放后已经出版的作品，凡在《续修四库全书》、《清代诗文集汇编》等丛书和个人别集中已经出版过的作品，因为不算"稀见"，皆不在收录之列。相对于其余三类，集句对联较为常见，所以亦不加收录。

希望本书的出版不仅能为读者欣赏集句诗、文作品提供方便，而且有助于更多的人了解近代集句文学的发展状况及其特点，有助于推动集句文学研究走向深入。

张明华书于阜阳师范学院

# 凡　例

一、按照《中国近现代稀见史料丛刊》的要求，入选本书的集句作品版本包括刻本、石印本、抄本和稿本，而且在新中国成立后没有公开出版。这些版本大都比较罕见，其中包括几种孤本。

二、本书所收作品包括集句诗、集句词和集句文三类，个别文集包括了两类及以上的作品。

三、本书尽量保持各集原来的面貌，原有的序跋、评点一律保留，原书中的小字一律不变，并且保留其在该集中原来的位置。

四、由于集句诗、文使用的句子大都可以查找到原来的出处，所以可据其校勘诗句和作者的正误。

五、所选各集中集句诗、文中的错误，或因集句作者误记，或为集句作者故意改动，或为后世传写致误。本书在不改动正文的情况下，在当页下注出出处和正确的文字。

六、凡所用语句与原作者不同者，注码置于该句之后；凡原注作者、题目有误者，注码置于原注之后；如果两种情况同时存在，则依据前一种情况执行。

七、所选各集在注释作者时，或使用姓名，或使用字号，或使用谥号，或使用官职，或使用郡望，只要没有错误，则不加校勘；注释标题时大多对原文加以压缩，但只要没有错误，亦不加校勘。

八、所选各集注释集句诗、文的体例各不相同，或在题下，或在文中，或在文后，本书一仍其旧。

九、所选各集中使用的句子或者原来有异文，或者原来作者有争议，只要为其中之一，本书一仍其旧。

十、所选各集中的集句诗、文凡因避讳原因改动前人诗句或作者姓名者，则直接改回，不另作注。如“元”、“宏”，直接改回“玄”、“弘”。

十一、在校勘文字时，如果作者所属朝代单一，如集唐诗的诗句作者都是唐人，则不注出作者的朝代；如果涉及多个朝代，则注出作者所属的朝代。

十二、所选各集中原有的异体字，一律改为规范字；但如系古今字或通假字，则一仍其旧，不作改动。

# 燕赋集古 附作室记集古

徐献廷著

徐献廷是嘉庆、道光时期的温州教育家和藏书家。徐献廷(1789—1864),字钦元,号聘堂,浙江乐清人,道光十二年(1832)贡生。之后设墅于家乡,延师教训族中子弟,并开始建筑房屋,其中的藏书楼后来命名为“二酉轩”。王志成《徐献廷卒年考析》一文说:

> 徐德元(1809—1868),谱名嗣镛,字序东,号惇士,著有《小酉山房文集》、《小酉山房倚声》等。徐德元之父徐献廷(1789—1864),谱名佳修,字钦元,号聘堂,著有《二酉轩陶陶集》、《梅雨联吟集》、《集陶诗故》、《集唐梅花百咏》、《燕赋集古》(附《居室记》)等。父子二人著作均为永嘉乡著会手抄本,藏于温州图书馆。①

王志成所录徐献廷的五种诗文集中,《燕赋集古》是集句文集。该集由《初燕来巢赋》、《燕贺赋》、《客燕赋》、《后燕来巢赋》4 篇集句赋组成,赋文皆使用《诗经》的诗句写成,序文的写作情况则较复杂:《初燕来巢赋》之序亦集《诗经》的诗句而成;《燕贺赋》、《客燕赋》之序在使用前人成句的同时,有不少语句乃是徐献廷自撰,而且使用前人成句时亦不为《诗经》所局限;《后燕来巢赋》之序则全为徐献廷自撰。

---

① 王志成《徐献廷卒年考析》,《温州读书报》2007 年 11 月 28 日。

附录的《居室记》是对建房过程的记述，乃集《尚书》文句而成。集后有民国24年(1935)高谊撰写的书跋。

在中国的现存文献中，集句文的数量一直不多，结成专集的情况更少。作为唯一一种专门采用辞赋形式写成的集句文集，《燕赋集古》在文学史上具有独特的价值。《燕赋集古》结集后没有刻印，一直以抄本的形式流传。今仅存一种抄本，藏于温州市图书馆。

# 初燕来巢赋并序

伐木丁丁，在河之浒。筑室于兹，吉日庚午。念昔先人，绳其祖武。将予就之，又窘阴雨。佛时仔肩，孔棘我圉。将母来谂，入此室处。日居月诸，载离寒暑。燕燕于飞，亦施于宇。继嗣我日，绸缪牖户。恩斯勤斯，外御其侮。相彼鸟矣，倡予和汝①。以矢其音，匪由勿语。明命使赋，昭兹来许。

四月维夏，吉日庚午。有鸟高飞，聿来胥宇。于时言言，于时语语。下上其音，差池其羽。出自幽谷，曰予未有室家；度其夕阳，迨天之未阴雨。谓天盖高，谓地盖厚。既其女迁，岂不尔受？翩其反矣，自西自东；眷言顾之，乃左乃右。左之左之，罄无不宜；右之右之，终善且有。靡不有初？自今以始。言采其芹，在彼中沚。零露瀼瀼，维叶泥泥。其香始升，其室则迩。亟其乘屋，爰始爰谋；克定厥家，之纲之纪。曾不崇朝，止基乃理。乃慰乃止，乃寝乃兴。载用有嗣，各奏尔能。云徂何往？毕来既升。如涂涂附，以莫不增。其比如栉，不震不腾。其崇如墉，不骞不崩。如山之苞，如月之恒。如几如式，无庶予子憎；如茨如梁，无不尔或承。或群或友，亦又何求？或寝或讹，亦集爰止。或不知叫号，亦孔之哀；或不已于行，亦云可笑②。或栖迟偃仰，言就尔居；或出入风议，言提其耳。或燕燕居息，尚求其雌；或惨惨劬劳，亦既抱子。子兮子兮，恩斯勤斯。胡为我作？岂不尔思？告之话言，惟日不足；以就口食，弥月不迟。长我育我，顾我复我。食之饮之，教之诲之。式穀似之，不能奋飞。以引以翼，而毖后患；载谋载惟，为谋为毖。予手拮据，将恐惧惧③；予口卒瘏，薄言掇之。予所

① “汝”字，《诗经·郑风·萚兮》原作“女”。

② “笑”字，《小雅·雨无正》原作“使”。

③ 前一“惧”字，《小雅·谷风》原作“将”。

捋荼，薄言有之；予所蓄租，匪棘其欲，用戒不虞。既之阴女，或敢侮予。翩彼飞鸮，谓我宣骄。反予来赫，谗口嚣嚣。无然谑谑，予羽谯谯；无然宪宪，予尾翛翛；无然泄泄，予室翘翘。无曰高高在上，风雨所漂摇。予又集于蓼，予维音哓哓。远犹辰告，德音不忘。我思古人，以念穹苍。自古在昔，有娀方将。天命玄鸟，降而生商。其在于今，于此中乡。噬肯适我，在水一方。筑室于兹，莫敢或遑。虽则劬劳，终焉允臧。俾臧俾嘉，我劳如何？绸缪牖户，俾立室家。此维与宅，莫知其他。永矢弗告，永矢弗过。悠悠我思，维以遂歌。歌以讯之，矢诗不多：

燕燕于飞，俟我乎堂兮。眷眷怀顾，美目扬兮。婆娑其下，巧趋跄兮。行与子还兮，洵有情兮。

燕燕于飞，在我室兮。经之营之，追其吉兮。揆之以日，聊与子如一兮。是以有誉处兮，宜尔子孙蛰蛰兮。

## 燕贺赋并序

单阏之岁，四月孟夏，荥阳主人筑室河干，告落成焉。越五日甲午，既卜宅之是日也。箫管备举，宾之初筵。燕燕于飞，屡舞仙仙。于时处处，于时言言。主人顾而乐之，揖余而言曰：“昔吾子之莺迁也，尝歌诗以赋《燕来巢》矣，盍亦为我敷陈其事乎？”余曰：“唯唯。”乃扢雅扬风，摅怀旧之蓄念，发思古之幽情，即席为主人颂之。主人式燕且喜，乃称曰：“善！赋丽以则，诗正而葩。匪唯吾子之多识，抑亦斯鸟之知所止也。请终身而颂之。”其辞曰：

夏屋渠渠，河水弥弥。迁其私人，在彼中沚。四月维夏，爰始爰谋；五日为期，乃慰乃止。君曰卜尔，聿观厥成①；我仪图之，云胡不喜？宜尔室家，厘尔女士。君子是则是效，有纪有堂；公尸来燕来宜，

① “聿”字，《大雅·文王有声》原作“遹”。

以享以祀。绳其祖武，振古如兹。诒厥孙谋，自今以始。如跂斯翼，如翚斯飞。我客戾止，君子攸跻。肆筵设席，既登乃依。毋金玉尔音，式歌且舞；唯酒食是议，式饮庶几。相彼鸟矣，颠倒裳衣。陟降厥家，笑语卒获。相在尔室，德音莫违。尚不愧于屋漏，殆及公子同归。归于其居，室家溱溱。左右秩秩，悉率左右。罄无不宜，俾立室家。卜云其吉，薄采其芹，薄采其茅。岂曰不时？周爰咨诹。周爰咨谋，揆之以日。四之日其蚤，以莫不兴。二之日其同，每怀靡及。及尔如贯，挹彼注兹，亦孔之固。方何为期？莫不令仪。其仪不忒，以近有德。惟德之基，如日之升，如月之恒。俾尔寿而臧，俾尔寿而富。在河之漘，在河之涘。其人美且鬈，其人美且偲。所谓伊人，于女信宿。乃寝乃兴，载生载育。振振公子，既庶且繁[①]。秩秩斯干，以似以续。可与晤言，可与晤语。跻彼公堂，永矢弗过。永矢弗谖，在其板屋。日监在兹，天保定尔。庆既令居，介以繁祉。以雌以雄，如兄如弟。春秋匪懈[②]，不可度思。矧可射思，夙夜必偕。式相好矣，无相尤矣[③]。维鹊有巢，有莺其羽。关关雎鸠，交交桑扈。鸳鸯在梁，凫鹥在渚。雝雝鸣雁，率彼中林[④]。翩翩者鵻，集于苞栩。亦既见止，亦既觏止。而有遐心，匪我思存。匪我思且，不可与处。式燕且喜，可以栖迟。式燕且誉，于时庐旅。燕及朋友，以矢其音。燕婉之求，有秩斯祜。孔燕岂弟，宜其家人。以燕翼子，大启尔宇。展也大成，昭明有融。我思古人，世执其功。吉甫燕喜，以匡天国[⑤]；鲁侯燕喜，既作泮宫。侯氏燕胥，百礼既至；韩姞燕誉，万福攸同。淑人君子，亦有

---

① 《大雅·公刘》有“既庶既繁”句，《大雅·卷阿》有“既庶且多”句，皆与此句接近。

② “懈”字，《鲁颂·閟宫》原作“解”。

③ “尤”字，《小雅·斯干》原作“犹”。

④ “率”字，《大雅·桑柔》原作“瞻”。

⑤ “天”字，《小雅·六月》原作“王”。

斯容。古训是式，温温其恭。筑室百堵，高朗令终。既成藐藐，有来雝雝。四方来贺，我来自东。在公载燕，日之方中。燕笑语兮，穆如清风。其风肆好，我心则降。明令使赋[①]，亦是率从。作为此诗，以奏肤公：

燕燕于飞，载飞载扬。我覯之子，载起载行。溯洄从之，河水洋洋。溯游从之，河上乎翱翔。

燕燕于飞，载飞载鸣。我覯之子，求其友声。溯洄从之，泉流既清。溯游从之，美如英，美如英。

燕燕于飞，载飞载止。我覯之子，其室则迩。溯洄从之，其从如水。溯游从之，君子有穀诒孙子。

善颂善祷，亦谐亦庄。古坤弟拜读。

宛转回合，机杼自然。中间借用数燕字，尤极点化之妙。诗似昌黎伯学《三百篇》诸作，大奇大奇，是开前人所未有者。衣言拜注。

## 客燕赋

燕客于家，今三年矣。进退有恒，春秋匪懈。因溯其行藏，赋诗以送之，且曰明岁之复来也。

有客有客，曰归曰归。爰整其旅，薄送我畿。颉之颃之，云徂何往？琐兮尾兮，胡迭而微？二月初吉，杨柳依依。十月之交，雨雪霏霏。无几相见，则具而违[②]。嘒彼小星，明星有烂。谓行多露，白露未晞。相其阴阳，曷至哉？雝雝鸣雁，载离寒暑。彼作矣，燕燕于飞，归飞提提，颠倒裳衣。何以赠之？其带伊丝。如彼朔风[③]，飘风发发。顾瞻周道，行道迟迟。日月其迈，日月其慆。岁聿云暮，穀旦于

① “令”字，《大雅・烝民》原作“命”。

② “而”字，《小雅・小旻》原作“是”。

③ “朔”字，《大雅・桑柔》原作“溯”。

差，縠旦于逝，秋以为期。何有何亡？心乎爱矣。不日不月，心焉数之？一之日觱发，二之日栗烈。为宾为客，载饥载渴。搔首踟蹰，我心蕴结①。何以卒岁？靡室靡家。亦以御冬，陶复陶穴。三之日于耜，四之日举趾。我田既臧，我客戾止。在水之湄，在河之涘。爰究爰度，度其夕阳；既往既来，来方禋祀。蚕月条桑，四月秀葽。以御宾客，以永今朝。可与晤语，于焉逍遥。言就尔居，尔还而入。爰得我所，我歌且谣。五月斯螽动股，六月莎鸡振羽。于焉嘉客，在前上处。下上其音，西南其户。保其家室，室家臻臻②。制彼裳衣，衣裳楚楚。六月食郁及薁，七月烹葵及菽③。今夕何夕？有客宿宿。以雌以雄，载生载育。绵绵翼翼，庆既令居。子子孙孙，作为式縠。兼葭苍苍④，零露瀼瀼。八月剥枣，九月肃霜。南方之原，北风其凉。无木不萎，何草不黄？蟏蛸在户，蟋蟀在堂。有客信信，好乐无荒。悉率左右，左右陈行。不留不处，将翱将翔。胡然我念之？兴言出宿。行与子逝兮，怀允不忘。之子于归，美如英美如英。自我不见，思无斁思无疆。西有长庚，东有启明。惟日不足，而月斯征。譬彼舟流，泛泛其影。于时庐旅，穆穆厥声。胡逝我梁？瞻望弗及。朝宗于海，士揣其行⑤。子宁不嗣音？以兴嗣岁。谁从作尔室？毋弃尔成⑥。悠悠我里，洵美且仁。我有嘉客，于何其臻？噬肯来游？俾立室家。在河之浒，不遑启处。从以孙子，率土之滨。勉尔遁思，无沦胥以败。不我遐弃，以保明其身。适彼乐郊，予忖度之。于谁之屋，曰为改岁？

① “蕴结”二字后，《桧风·素冠》原有“兮”。

② “臻臻”一词，《小雅·无羊》原作“溱溱”。

③ “烹”字，《豳风·七月》原作“亨”。

④ “兼”字，《秦风·蒹葭》原作“蒹”。

⑤ “士揣”二字，《大雅·崧高》原作“式遄”。

⑥ 《小雅·正月》有“无弃尔辅”句，《大雅·民劳》有“无弃尔劳”句，《大雅·云汉》有“无弃尔成”句，皆与此句相近。

子之还兮，维暮之春[1]。

待物如此，待人可知。吾愿巢幕上者，多托宇下以为安宅。钱古坤注。

## 后燕来巢赋并序

有言燕今年巢在此，明岁故复来者。徐子曰：诚哉是言也！余筑室于兹，于今三年。始吾见斯燕之来也，见其巢且育也，兹又见其来也，非《诗》所谓“笑言晏晏[2]，信誓旦旦”者乎？于是重感而赋：

秩秩斯干，悠悠我里。春日迟迟，河水弥弥。有蒲与荷，维桑与梓。洵美且都，不远伊迩。自南自北，雝雝鸣雁。式遄其归，既往既来。燕燕于飞，曷又怀止？昔我往矣，雨雪霏霏。今我来思，杨柳依依。不日不月，载渴载饥。山川悠远，德音莫违。敷时绎思，思无疆。曷其所有[3]？以兴嗣岁，岁其有。岂曰无衣？子有衣裳。织文鸟章，令仪令色，载玄载黄。服其命服，行彼周行。岂敢定居？劬劳于野。会言近止，降观于桑。展如之人兮，乃眷西顾。胡然而天也，出自东方。以社以方，方社不莫。惠然肯来，厥声载路。岂不夙夜？夙夜必偕。见此邂逅，邂逅相遇。十亩之间兮，十亩之外兮，聊可与娱；缁衣之好兮，缁衣之宜兮，以永终誉。适我愿兮，云谁之思？洵有情兮，维子之故。子惠思我，岂不尔思？或降于河[4]，或饮于池。苟无饥渴？可以栖迟。以永今夕，以永今朝。三岁贯女，薄采其芹，薄采其藻，五日为期。自昔为何[5]？敝予又改造兮，敝予又改作兮。其则不远，俟

---

① “暮”字，《周颂·臣工》原作“莫”。

② “笑言”二字，《卫风·氓》原作“言笑”。

③ “所有”二字，《唐风·鸨羽》原作“有所”。

④ “河”字，《小雅·无羊》原作“阿”。

⑤ “为何”二字，《小雅·楚茨》原作“何为”。

我于庭乎而，俟我于堂乎而。有纪有堂，思辑用光。以似以续，不愆不忘。其命维新，求尔新特。不尚有旧，率由旧章。无封靡于尔邦，小心翼翼；尚不愧于屋漏，降福穰穰。终不可谖兮，相在尔室；永以为好也，毋逝我梁。殖殖其庭，哙哙其正。入此室处，求其友声。胡为乎泥中？陶复陶穴，以对于天下。载飞载鸣，无贰无虞。由来无弃[①]，有严有翼。时靡有争，昏以为期。乃安斯寝，卜云其吉。永观厥成，夜如何其？甘与子同梦。岁亦阳止，毋忝尔所生。莫高匪山，有漼者渊。爰得我直？聊乐我员。河上乎翱翔，在此无斁。予曰有先后，不遐有愆。载好其音，德音秩秩。式歌且舞，屡舞仙仙。俾尔昌而炽，俾尔炽而昌。以开百室，知子之好之，知子之来之，于今三年。

集偶尤巧，治笔亦尤轻。琴西注。

就上篇而引伸之。前况创业，此喻守成，各有真意，不徒以善集《葩经》见长。钱古坤注。

## 作室记

惟七年丁亥，春正月有六日，若考作室。初基，时地利。卜稽曰："惟涉河，利用迁。"厥既得卜，则经营。率作兴事，往于田。自朝至于日中昃，不遑暇食，惟荒度土功。既月，既底法，命之曰："孺子来相宅，予告汝训。古人有言曰：'君子所其无逸。'明明我祖，旧劳于外。罔有定极，既乃遁于荒野，先知稼穑之艰难。乃逸，睦乃四邻。绥定厥家，惟祖惟父。既爰宅于兹，缵乃旧服。胥及逸勤，惟土物爱厥心臧，贻厥子孙。表厥宅里，各长于厥居。多历年所，越至于今。尔乃尚有尔土，尔乃尚宁干止。今予将试以汝迁，率乃祖攸行。乃惟由克

---

① "由"字，《魏风·陟岵》原作"犹"。

正[1],旧典时式。迪惟前人光,襄我二人,以丕从厥志。我闻曰:'人惟求旧,器非求旧,惟新。'若作室家,须材,汝念哉!勉出乃力,往尽乃心,乃惟孺子,曰笃不忘。"拜手稽首诲言:"惟二月既望,适于山。赴青田买树。"随山刊木,懋迁有无化居。至于旬时,大木斯拔。惟三月哉生魄,越若来。沿于江海,及岐。岐头。越五日,乙未,逾于河,至于南河。东迤北会于汇,其有众咸造。凡大木所偃,尽起而筑之。厥四月,乙丑,正厥事,庶土交正。平基。越六日,庚午,工执艺事。切木。厥考翼其肯曰:"惟木,从绳则正。既勤朴斫,惟其涂丹雘。慎厥终,惟其始。"又曰:"耄荒倦于勤[2],弗克经历。自今至于后日,乃汝其悉自教工,共代予言[3]。"惟五月,病日臻惟危,即命曰:"弗弃基,在我后之人。我不敢知曰,厥基永孚于休;我亦不敢知曰,其终出于不祥。尔尚一乃心力,尔惟克勤乃事。惟事事乃其有备,有备无患。乃有室大竞,尔小子乃兴,从尔迁。"予往已,以闰月丁未,哉生明,考终命。予惟小子,负罪引慝,绍闻衣德言,至于再,至于三。夙夜祗惧,若涉渊水,若蹈虎尾。不敢自暇自逸,不敢废乃命。惟永终是图,乃季秋月朔,告于众曰:"庶有事,无戏怠,惟丙午朏,中夜以兴。上梁。"暨百工正法度,乃正厥位,北面永建乃家,奠厥攸居。甲子昧爽,时乃桢干,我惟筑,既勤垣墉,固封守。越七日,庚午,入宅。告厥成功,卜宅。予惟时其迁居西尔,御其母以从,入宅于河,克即宅,相协厥居。夙夜毖记[4],追孝于前文人。仰惟前代,时若拜手稽首休享。十有二月朔,予齐百工,丕视功载,至于五千。又六年壬辰,月正元日,记功宗,岁月日时无易,惟修乃朝用书,在左塾之前。

点窜《尧典》、《舜典》字,树义深远,真贻谋之旨也。道光丙午四

---

① "克"字,《尚书·周书·君牙》原作"先"。

② "荒"字,《虞书·大禹谟》原作"期"。

③ "共"字,《尚书·说命上》原作"其"。

④ "记"字,《周书·洛诰》原作"祀"。

月二十九日愚侄孙孙衣言记。

## 燕赋及作室记集古书后

徐明经聘堂先生作《燕赋集古》，久为世人所传诵。《志》称先生能诗，尤工集句，有集陶数百首，予于《二西轩集》见之，而《燕赋》诸作及《作室记》则在集外，曰《初燕来巢》，曰《燕贺》，曰《客燕》，曰《后燕来巢》，皆集《葩经》，《作室记》则集《尚书》。以古人制就之篇章，析而用之，辑其成语，运以己意，每作多至九百字，少亦不下五六百字。最难在善颂善祷，亦谐亦庄，创业守成，各有真意。至其宛转回合，机杼自然，借用燕字点化，尤妙。真开前人所未有。《作室记》树义深远，真贻谋之旨。侄孙太仆、钱广文两家品评，殊令人不敢置喙也。乙亥九月高谊撰。

# 集陶诗故

徐献廷著

《集陶诗故》是徐献廷的集陶诗专集。前有钱景唐序，徐献廷集王勃、集李白、集孟浩然五律各一首，后有孙衣言评注。

该集共有八卷，卷一为《归去来系辞六十一解》，前有徐献廷自序，包括四言集句诗 4 首，其后将陶渊明的《归去来兮辞》分为 61 句，以每句为诗题，分别作五言四句体诗歌一首，共有诗歌 65 首。卷二为《陶园咏物》，小引亦集陶渊明的四言句子而成。该卷吟咏园中若干植物和动物，共有五言四句体诗歌 50 首，后有诗人自跋。卷三为《山海经咏物》，效法陶渊明《读山海经十三章》。前有诗人自序，其后共有五言四句体诗歌 16 首。卷四为《述贫士咏》，效法陶渊明《咏贫士七首》。前有诗人自序，其后分咏夷叔、荣公、颜生、原生、黔娄、袁安、仲蔚、阮公、黄子廉，共得五律 9 首。卷五为《陶公纪事》，共有五律 40 首。卷六为《陶园九华吟》，前有诗人自序，有咏菊五律 10 首。卷七为《二酉轩律陶三十首》，是诗人日常生活的写照。卷八为《和陶诸作共一十九首》，其中前 10 首乃和何铁山所作《和友人十绝》，每诗后附录何铁山原诗；其后为拟晋无名氏《作蚕丝》、王维《鸟鸣涧》、《孟城坳》、《竹里馆》4 首，每诗后附录所拟原诗；最后为《辛亥夏和礼门先生早晨枉过见赠集陶之作三首原韵》、《酬阳湖杨君沐衙斋老桂今秋始作花集陶句》、《题琴西太史海客受经图即集陶句三十七韵》等 5 首。《集陶诗故》共收入徐献廷五言集陶诗 235 首，如果加上《归去来系辞六十一解》自序中的 4 首四言集陶诗，则该集共有集陶诗 239

首。《集陶诗故》里的集陶诗不仅数量众多，而且在题材和艺术上有突出的特点。《集陶诗故》重点发展了咏物诗和叙事诗，如《陶园咏物》、《山海经咏物》、《陶园九华吟》几组诗，都是咏物诗；《陶公纪事》40首则是规模较大的叙事组诗。从艺术上看，徐献廷的集陶诗主要有五言四句体和五律两种形式，这都是陶诗中所没有的，体现出一定的创新色彩。集中最早的作品是《归去来系辞六十一解》，据诗人自序，作于“道光丙申(1836)秋”，最迟的作品作于“辛亥(1851)夏”，卷八有《辛亥(1851)夏和礼门先生早晨枉过见赠集陶之作三首原韵》可证。钱景唐序作于“道光戊申(1848)夏”，可以推知其所见到的卷八仅有《读山左何铁山诗有集陶和友人十绝乃依其题集此》10首，其后9首乃徐献廷后来之作。

值得指出的是，徐献廷另有一种名为《二酉轩陶陶集》的集陶诗集，此集与《集陶诗故》所收作品大同小异，但彼此关系非常复杂。其差别主要有以下几个方面：其一编排顺序不同。《集陶诗故》分为八卷，编排顺序已见上文；《二酉轩陶陶集》则不分卷，其中《九华吟》、《陶公纪事》的顺序与《集陶诗故》正好相反；其二是所收诗歌的标题不同，《集陶诗故》中的《归去来系辞六十一解》、《述贫士咏》、《陶园九华吟》诸题，在《二酉轩陶陶集》分别题作《归去来题词》、《贫士咏》、《九华吟》；《集陶诗故》中的《二酉轩律陶三十首》、《和陶诸作共一十九首》，在《二酉轩陶陶集》中仅有“二酉轩”字样，没有具体的名称。其三是具体诗歌也有不同。特别是《集陶诗故》中的《归去来系辞六十一解》与《二酉轩陶陶集》中的《归去来题词》在诗序和诗歌正文都有明显的不同。跟《归去来系辞六十一解》中的61首诗歌相比，《归去来题词》中固然不乏完全相同者，但许多诗歌具有不同的诗句，有些诗歌甚至完全不同。其四是所收诗歌数量不同。跟《集陶诗故》相比，《二酉轩陶陶集》多出了《题曾竹史三十自立图》、《题曾秋湄蟾窟分香图》、《题陈玉坡耕读图》(4首)、《赠许子言》、《甲子岁正元辰读易酒后写意》、《人日吟》、《谷日吟》等7个诗题10首诗。其五是序跋不同。《集陶诗故》集前的钱景唐序和集后的孙衣言评注，不见于《二西轩陶陶集》;《二西轩陶陶集》集前的高谊跋，亦不见于《集陶诗故》。此外，《二西轩陶陶集》中的文字错误亦远远多于《集陶诗故》。

比较两种文本可以看出:《集陶诗故》更接近原貌。钱景唐在序中提到的所有作品，都得到完整的保存。《二西轩陶陶集》应该是后出的版本，其中的有些诗歌与《集陶诗故》不同，应该是徐献廷自己修改或重写的结果;《二西轩陶陶集》最后多出 10 首诗，可能因为这些诗写作时间较迟，是后来补进去的。而且，《二西轩陶陶集》集前无序，却有一篇高谊跋，出现这样违反常识的事情，可能是因为原集前、后有缺页和脱页，整理者误把此跋放置在集前了。考虑到以上这些情况，本书选用《集陶诗故》作为底本，而以《二西轩陶陶集》参校。凡遇诗歌或诗句不同，则据《集陶诗故》录入，而在当页下注出《二西轩陶陶集》中的同题诗歌。如《集陶诗故》个别文字有误而《二西轩陶陶集》无误，则在当页注出《二西轩陶陶集》中的正确文字。如《集陶诗故》无误而《二西轩陶陶集》有误，则不作注释。仅见于《二西轩陶陶集》中的 7 个诗题、10 首诗，以及高谊跋，则附录在最后。

《集陶诗故》、《二西轩陶陶集》，目前均只有一种抄本，藏于温州图书馆。

# 集陶诗故钱序

孟子曰：天下之言性也，则故而已矣。故者，以利为本，利谓自然，自然谓仍也。《诗》三百篇，《国风》多言情之作，然发乎情，止乎礼义。发乎情者，顺情之流也；止乎礼义者，仍性之故也。汉魏以降，风雅代兴。得性情之正，约愁苦于和平，寓要妙于冲淡者，唯陶为最，而杜少陵独以“不枝捂”三字蔽之。呜呼，得之矣！和陶者有王右丞，有柳柳州、韦苏州，然或失之空杂，或失之质实，或失之枯涩，岂才皆不陶若哉？遭有时地之不同。即同矣，如苏长公远谪海南，慨然慕靖节之为人，刻意规仿，犹未能得其神似，其他则又何说？然而陶非终不可学也。陶自况羲皇上人，性希自然，诗其已然之迹也。习其诗者，合气于朕，合神于漠，以上追夫神与气，然后循其本而出之，即其已然者，神明变化以归于自然，而完其固有，此孟子之所谓故也。彼不求诸自然，而徒以私智凿焉，即得其似而似之，亦一人陶焉耳，乌在其为陶哉？今年夏，聘堂徐先生辱临，手出集陶一卷示余。首以《归去来辞》，逐句分赋；次《陶园咏物》，次《古贫士》，次《陶公纪事》，及《九华吟》，皆以陶之句，写陶之生神与气浃，不啻行所无事。呜呼！非会通其故，而能仍其故如是乎？《汉书·艺文志》“《诗》有《鲁故》、《韩故》、《齐后氏故》、《孙氏故》、《毛氏故》”，皆注也。今以陶赋陶，无异以陶注陶，拟名之曰《集陶诗故》。急宜付梓以示世。至《二酉轩律陶》及《和陶》诸作，宜置之外编。唐见如此，未知起陶公于九泉而问之，以为然焉？否耶？书以质之先生。道光戊申夏六月，愚弟钱景唐谨序。

# 集陶诗故自题三首

## 集王子安句

彭泽官初去，栖迟共百年。投簪下山阁，携杖赴岩泉。兰气添新酌，松声韵野弦。平生诗与酒，怀抱即依然。

## 集李青莲句

陶令辞彭泽，归来归去来。拨云寻古道，乘月醉高台。流水无情去，黄花逸兴催。门前五杨柳，舞袖为君开。

## 集孟襄阳句

傲吏非凡吏，浮舟触处通。酒邀彭泽载，人有上皇风。烦恼业顿舍，壶觞趣不空。因声谢同列，翻入棹歌中。

# 卷一

## 归去来系辞六十一解[1]

昔东坡先生居儋耳时，有《和陶诗》一百九篇寄弟颍滨，书云："古之诗人，有拟古之作矣，未有追和古人者也。追和古人，则始于吾。吾于诗人无所甚好，独好渊明诗。渊明诗不多，然质而实绮，癯而实腴，自曹、刘、鲍、谢、李、杜诸人，皆莫及也。吾前后和之，将录以遗后之君子。其为我志之。"及居昌化，并追和《归去来兮辞》一篇。又尝云："余喜渊明《归去来辞》，因集字为十诗。"此集陶之缘始也。道光丙申秋，余家居多暇，展读陶诗，欣然会意，乃于《归去来》每句下系以四语，得六十一解。虽不专取词中之字，而即用诗中之句，盖仿文文山之《集杜》二百绝，而稍变苏长公之体制者，是合陶之诗词为一，亦述而不作之意也。既成，复缀颜延年旌靖节文句为四言四章以作引：

有晋征士，为彭泽令。弃官从好，迁延辞聘。藜菽不给，躬兼贫病。高蹈独善，是惟道性。

性乐酒德，道不偶物。廉深简洁，人固介立。结志区外，蔑彼名级。睿音永矣，曷云世及？

及我多暇，葺宇家林。灌畦鬻蔬，置酒弦琴。宵盘昼憩，春煦秋

① 《二酉轩陶陶集》作《归去来题词》，小序亦略有不同。

阴。取鉴不远[①],无适非心。

深心追往,文取指达。何悟之辨?伊好之洽。敬述清节,中言而发。赋诗归来,望古遥集。

### 归去来兮

自古叹行役,我来淹已弥。既来孰不去?去来何依依?[②]

### 田园将芜

去去当奚道?绵绵归思纡。田园日梦想[③],深谷久应芜。

### 胡不归

不谓行当久,将养不得节。愿言从此归[④],胡为不自竭?[⑤]

### 既自以心为形役

还坐更自思,即理愧通识。一心处两端,驱役无停息。[⑥]

### 奚惆怅而独悲

遥遥从羁役,怅恨独策还。悲泪因心零,心在复何言?[⑦]

---

① 《二酉轩陶陶集》作"无愆前志"。

② 《二酉轩陶陶集》作:"投耒去学仕,我来淹已弥。既来孰不去?何事绁尘羁?"

③ "田园"二字,陶渊明《乙巳岁三月为建威参军使都经钱溪》原作"园田"。

④ "从"字,陶渊明《咏三良》原作"同"。

⑤ 《二酉轩陶陶集》作:"岁月将欲暮,愿言从此归。胡为不自竭?孰敢慕甘肥?"

⑥ 《二酉轩陶陶集》作:"驱役无停息,四体诚乃疲。心在复何言?还坐更自思。"

⑦ 《二酉轩陶陶集》作:"怅恨独策还,猖狂独长悲。自我抱兹独,问君在何为?"

**悟已往之不谏**

何事空立言？一往便当已。气变悟时易，今日复何悔？[1]

**知来者之可追**

明旦非今日，今日始复来。顺流追时迁，当复何及哉！

**实迷途其未远**

及时当勉励，违己讵非迷？我行未云远，暂为人所泥。[2]

**觉今是而昨非**

昨暮同为人，谁知非与是。是非安能觉？今朝真止矣。

**舟遥遥以轻飏**

始觉止为善，遥想荷蓧翁。虚舟纵轻棹[3]，愿言蹑轻风。[4]

**风飘飘而吹衣**

飘飘西来风，飘飘吹我衣。披褐欣自得，一朝辞吏归。

---

① 《二酉轩陶陶集》作："一往便当已，觉悟当念还。既已不遇兹，何事空立言？"

② 《二酉轩陶陶集》作："前途渐就窄，违己讵非迷？我行未云远，愿君汩其泥。"

③ "轻"字，陶渊明《五月旦作和戴主簿》原作"逸"。

④ 《二酉轩陶陶集》作："虚舟纵逸棹，真想初在襟。愿言蹑轻风，遥遥沮溺心。"

## 问征夫以前路

归子念前途，前途当几许？问君今何行？投策命晨旅[①]。

## 恨晨光之熹微

夙晨装我驾[②]，仿佛若有光。但恨多谬误，荒草何茫茫！[③]

## 乃瞻衡宇

披草共来往，相将还旧居。延目识南岭，近瞻百里余。[④]

## 载欣载奔

行行至斯里，不学狂驰子。即事多所欣，自言独见尔。[⑤]

## 僮仆欢迎

尔从山中来，壶浆远见候。安得不为欢？物新人惟旧。[⑥]

## 稚子候门

南山有旧宅，义风都未隔。大欢止稚子，稚子候檐隙。[⑦]

---

① 《二酉轩陶陶集》作“安得不相语”。

② “我”字，陶渊明《癸卯岁始春怀古田舍》原作“吾”。

③ 《二酉轩陶陶集》作：“夙晨装我驾，山中饶霜露。仿佛若有光，但恨多谬误。”

④ 《二酉轩陶陶集》作：“悠然见南山，草屋八九间。庭宇翳余木，虚室有余闲。”

⑤ 《二酉轩陶陶集》作：“归人望烟火，即事多所欣。终日驰车走，一遇尽殷勤。”

⑥ 《二酉轩陶陶集》作：“尔从山中来，岂不以我故？安得不为欢，引我不得住？”

⑦ 《二酉轩陶陶集》作：“门庭日荒芜，稚子候檐隙。未忍言索居，安得久离析？”

## 三径就荒

与子相遇来，来径遂芜废。开径望三益，高举寻吾契。[①]

## 松菊犹存

兹契谁能别？眷彼品物存。芳菊开林耀，青松在东园。[②]

## 携幼入室

园林独余情，谷风转凄薄。风来入房户，命室携童弱。[③]

## 有酒盈尊

弱女虽非男[④]，称心固为好。肴案盈我前，尊中酒不燥。

## 引壶觞以自酌

有酒斟酌之，闲饮自欢然。一觞虽独进，重觞忽忘天。

## 眄庭柯以怡颜

觞来为之尽，提壶挂寒柯。道胜无戚颜，达曙酣且歌。[⑤]

---

① 《二酉轩陶陶集》作："来径遂芜废，绕宅生蒿蓬。开径望三益，荒路暧交通。"

② 《二酉轩陶陶集》作："青松夹路傍，芳菊开林耀。眷彼品物存，醉醒还相笑。"

③ 《二酉轩陶陶集》作："风来入房户，命室携童弱。弱子戏我侧，倾家时最乐。"

④ 《二酉轩陶陶集》作"得欢当作乐"。

⑤ 《二酉轩陶陶集》作："高柯濯条干，灵府长独闲。怡然有余乐，道胜无戚颜。"

### 倚南窗以寄傲

寄言酣中客，趋舍邈异境[①]。南窗罕悴物，兀傲差若颖。[②]

### 审容膝之易安

啸傲东轩下[③]，而以求自安。竟抱固穷节，谁云固穷难？

### 园日涉已成趣

穷通靡攸虑，秉耒欢时务。每每顾林园，有客赏我趣。[④]

### 门虽设而常关

我实幽居士[⑤]，懒惰故无匹。徒设在昔心，杜门不复出。

### 策扶老以流憩

长吟掩柴门，老夫有所爱。负杖肆游从，日入从所憩。[⑥]

### 时矫首而遐观

山气日夕佳，远眺同天色。一盼周九天，清飙矫云翮。[⑦]

---

① “趋”字，陶渊明《饮酒》原作“趣”。

② 《二酉轩陶陶集》作：“我屋南窗下，趋舍邈异境。寄意一言外，兀傲初若颖。”

③ 《二酉轩陶陶集》作“敝庐何必广”。

④ 《二酉轩陶陶集》作：“每每顾林园，秉耒欢时务。持此欲何成？有客赏我趣。”

⑤ 《二酉轩陶陶集》作“荆扉昼常闭”。

⑥ 《二酉轩陶陶集》作：“负杖肆游徒，老夫有所爱。流目视西园，日入从所憩。”

⑦ 《二酉轩陶陶集》作：“高举寻吾契，天高风景彻。时忘四运周，遥瞻皆奇绝。”

## 云无心以出岫

迟迟出林翮，悠悠东去云。游云倏无依，鸣鸟声相闻。①

## 鸟倦飞而知还

班班有翔鸟，八表须臾还。② 谁谓不知时？性本爱丘山。

## 景翳翳以将入

郁郁荒山里，限景指西隅③。势翳西山巅，身名同翳如。④

## 抚孤松而盘桓

庭宇翳余木，自植孤生松⑤。抚已有深怀，聊得长相从。

## 归去来兮

从今至岁寒，仲蔚爱穷居⑥。归去来山中，吾亦爱吾庐。

## 请息交以绝游

草庐寄穷巷，穷巷隔深辙。息交游闲业，邈与世相绝。⑦

---

① 《二西轩陶陶集》作："遥遥望白云，逍遥自间止。一毫无复意，素心正如此。"

② 前二句《二西轩陶陶集》作："游云倏无依，飞鸟相与还。"

③ "限景指西隅"句，陶渊明《庚子岁五月中从都还阻风于规林》原作"指景限西隅"。

④ 《二西轩陶陶集》作："悬车敛余辉，指景限西隅。日入相与归，身名同翳如。"

⑤ "植"字，陶渊明《饮酒》原作"值"。

⑥ 《二西轩陶陶集》作"息驾归闲居"。

⑦ 《二西轩陶陶集》作："息交游闲业，顾眄莫谁知？邈然兹道绝，请从余所之。"

### 世与我而相违

世俗久相欺，请从余所之。远我遗世情，得失不复知。[①]

### 复驾言兮焉求

悠然不复返，言尽意不舒。吾驾不可回，君情定何如？[②]

### 悦亲戚之情话

何以称我情？亲戚共一处。谈话终日夕，雷同共毁誉[③]。

### 乐琴书以消忧

何以慰我怀[④]？委怀在琴书。忘彼千载忧，不乐复何如？

### 农夫告余以春及

此事真复乐[⑤]，田父有好怀。兴言在兹春，寄声与我谐。

### 将有事于西畴

我愿不知老，新畴应复畲[⑥]。未谓事已及，逝将理舟舆。[⑦]

---

① 《二酉轩陶陶集》作："相知不忠厚，空视时运倾。邈与世相绝，远我遗世情。"

② 《二酉轩陶陶集》作："悠然不复返，翳然绝交游。吾驾不可回，吾行欲何求？"

③ "毁誉"二字，陶渊明《饮酒》原作"誉毁"。

④ "我"字，陶渊明《咏贫士》原作"吾"。

⑤ 《二酉轩陶陶集》作"伊余何为者"。

⑥ "应复"二字，陶渊明《和刘柴桑》原作"复应"。

⑦ 《二酉轩陶陶集》作："新畴应复畲，衣食固其端。虽未量岁功，岁功聊可观。"

## 或命巾车

终日驰车走，非商复非戎。相命肄农耕[①]，任道或能通。[②]

## 或棹孤舟

或有数斗酒，鼓棹路崎曲。渺渺孤舟逝，回泽散游目[③]。

## 既窈窕以寻壑

山泽久见招[④]，寒气冒山泽。泛随清壑回，步步寻往迹。

## 亦崎岖而经丘

往迹浸复湮，崎岖历榛曲。徘徊丘垄间，连林人不觉。[⑤]

## 木欣欣以向荣

北林荣且丰，是时向立年。众鸟欣有托，心远地自偏。[⑥]

## 泉涓涓而始流

地为罕人远，山涧清且浅。班坐依远流，冷风送余善。[⑦]

---

① “肄”字，陶渊明《桃花源诗》原作“肆”。

② 《二酉轩陶陶集》作：“相命肄耕农，非商复非戎。日暮巾柴车，任道或能通。”

③ 《二酉轩陶陶集》作“谁知荣与辱”。

④ 《二酉轩陶陶集》作“地为罕人远”。

⑤ 《二酉轩陶陶集》作：“崎岖历桧曲，路若经商山。不驶亦不迟，徘徊丘垄间。”

⑥ 《二酉轩陶陶集》作：“草木得常理，含薰待清风。众鸟欣有托，北林荣且丰。”

⑦ 《二酉轩陶陶集》作：“班坐依远流，山涧清且浅。神渊泻时雨，冷风送余善。”

**善万物之得时**

清风脱然至，感物愿及时。我唱尔言得，人道每如兹。①

**感吾生之行休**

人生归有道，吾生行归休。持此感人多，吾行欲何求②？

**已矣乎**

此行谁使然？此情久已离。已矣何所悲？情随万化遗。③

**寓行宇内复几时**

万化相寻绎④，四时自成岁。一生复能几？一形似有制。

**曷不委心任去留**

行迹凭化往，欲留不得住。任真无所先，正宜委运去。⑤

**胡为遑遑欲何之**

去去欲何之？怀役不遑寐。何为复狐疑？达人解其会。⑥

---

① 《二酉轩陶陶集》作："和泽周三春，万理自森著。感物愿及时，同物既无虑。"

② 《二酉轩陶陶集》作"明月非所求"。"月"字，陶渊明《游斜川》原作"日"。

③ 《二酉轩陶陶集》作："此心稍已去，此情久已离。馁也已矣夫，已矣何所悲？"

④ 《二酉轩陶陶集》作"鼎鼎百年内"。

⑤ 《二酉轩陶陶集》作："欲留不得住，正宜委运去。任真无所先，穷通靡攸虑。"

⑥ 《二酉轩陶陶集》作："怀役不遑寐，去去欲何之？达人解其会，何为复狐疑？"

## 富贵非吾愿

人当解意表[①]，苟得非所钦。但使愿无违，乃不见吾心。

## 帝乡不可欺

吾心固匪石，素襟不可易。西南望昆墟，徒使生迷惑。[②]

## 怀良辰以孤往

载醪祛所惑，其事未云乖。总发抱孤念，良辰入奇怀。[③]

## 或植杖而耘耔

良辰讵可待[④]？良苗亦怀新。是以植杖翁，晨出肄微勤[⑤]。

## 登东皋以舒啸

晨兴理荒秽[⑥]，逍遥芜皋上。高啸反旧居[⑦]，山川一何旷！

## 临清流而赋诗

皛皛川上平，落落清瑶流。言咏遂赋诗，托乘一来游。[⑧]

---

① 《二西轩陶陶集》作“荣华诚足贵”。

② 《二西轩陶陶集》作：“世间有松乔，人生少至百。瞻望邈难逮，素襟不可易。”

③ 《二西轩陶陶集》作：“总发抱孤念，今日天气佳。当往志无终，良辰入奇怀。”

④ 《二西轩陶陶集》作“阡陌不移旧”。

⑤ “肄”字，陶渊明《庚戌岁九月中于西田获早稻》原作“肆”。

⑥ 《二西轩陶陶集》作“耕种有时息”。

⑦ “反”字，陶渊明《咏二疏》原作“返”。

⑧ 《二西轩陶陶集》作：“落落清瑶流，言咏遂赋诗。赋诗颇能工，得失不复知。”

## 聊乘化以归尽

翳然乘化去，聊且凭化迁。应尽便须尽，在己何怨天①？

## 乐夫天命复奚疑

天容自永固，放意乐余年。纵心复何疑？终古谓之然。②

---

① 《二酉轩陶陶集》作“一盼周九天”。

② 《二酉轩陶陶集》作：“在己何怨天？放意乐余年。逝将不复疑，绝音寄斯篇。”

# 卷二

## **陶园咏物**集陶句四言为引

陶然自乐，园列初荣。闲咏以归，以招余情。景物斯和，有爱嘉名。乃著新诗，说彼平生。

浊酒且自陶，言咏遂赋诗。流目视西园，感物愿及时。

### 松

青松冠岩列，邈然不可干。坐止高荫下，从今至岁寒。

### 柏

寒气冒山泽，落叶掩长陌。贞刚自有质，谅哉负霜柏。

### 竹

凝霜殄异类，寒竹被荒蹊。啸傲东轩下，聊得从君栖。

### 桂

峨峨西岭内，亭亭凌风桂。山泽久见招，伊人亦云逝[①]。

---

① 《二西轩陶陶集》作“愿留就君住”。

**梅**

凄凄岁暮风，翳翳经日雪。卓然见高枝，在目皓已洁。

**柳**

依依昔人居，密密堂前柳。历览千载书，忽与一觞酒。[1]

**桃**

虚舟纵逸棹，忽逢桃花林。此中有真意，怀古一何深！

**桑**

种桑长江边，心远地自偏。方宅十余亩，鸡鸣桑树颠。

**桃李**

春风扇微和，桃李罗堂前。愿言诲诸子，是时向立年。

**桑麻**

开荒南野际，我土日已广。微雨从东来，但道桑麻长。

**桑竹**

阶除旷游迹，桑竹垂余荫。栖迟固多娱，拨置且莫念。

**梅柳**

梅柳夹门植，高风始在兹。念我意中人，怀此贞秀姿。

---

① 《二西轩陶陶集》作："密密堂前柳，依依昔人居。非为卜其宅，时还读我书。"

### 榆柳

榆柳荫后檐，中宵伫遥念。冉冉星气流，明明上天鉴。

### 白杨

世间有松乔，人生无根蒂。白杨亦萧萧，念彼怀生世。

### 橺庭

清凉素秋节，橺庭多落叶。园林空自凋，天地长不没。

### 荣兰

荣荣窗下兰，清吹与鸣弹。虚室绝尘想，余襟良已殚。

### 紫芝

白发一已繁，紫芝谁复采？甘以辞华轩，且当从黄绮。

### 丛菊

南窗罕悴物，今生几丛菊？裛露掇其英，山中酒应熟。

### 新葵

新葵郁北牖，清朝起南飔。好味止园葵，园蔬有余滋。

### 春藻

朝霞开宿雾，已复至天旭。昔为三春藻，朝朝为日浴。

### 秋莲

大象转四时，大钧无私力。今作秋莲房，露暄风息凄[1]。

---

① “露暄风息凄”句，陶渊明《九日闲居》原作“露凄暄风息”。

**蔷薇**

佳人美清夜，谈谐无俗调。蔷薇叶已抽，醒醉还相笑。

**菽稷**

种豆南山下，种苗在东皋。菽稷随时艺，人生岂不劳？

**菽麦**

畴昔苦长饥，贫富常交战。苟得非所钦，菽麦实所羡。

**粳粮**

存生不可言，拙生失其方。孰敢慕甘肥？但愿饱粳粮。

**果菜**

秉耒欢时务，园林独余情。鼓腹无所思，果菜始复生。

**枣栗**

欢言酌春酒，春秋多佳日。弱子戏我侧，但觅枣与栗。

**采莒**

弱年逢家乏，箪瓢谢屡设。采莒足朝飧[①]，赖此固穷节。

**春秫**

春秫作美酒，厌厌竟良月。空负头上巾，且进杯中物。

---

① "莒"字，陶渊明《咏贫士》原作"莒"。

**瓜田**

邵生瓜田中，枝条始欲茂。宁似东陵时？物新人惟旧。

**蓬蒿**

灌木荒余宅，绕宅生蒿蓬。养真衡茅下，实由罕所同。

**萧艾**

严霜结野草，敝庐交悲风。秋兰气当馥，见别萧艾中。

**风雁**

鸣雁乘风飞，慷慨思南归。扶摇竟何力！风水互乖违。

**云鹤**

云鹤有奇翼，离离翔天侧。悠然不复返，去去当何极！

**黄鸟**

黄鸟声正悲，问君亦何为？忠情谬获露，徒没空自遗。

**离鹍**

离鹍鸣清池，离言聿云悲。伊怀难具道，指波决我疑①。

**迁鸟**

及晨愿鸟迁，日暮犹独飞。居止次城邑，邑屋或时非。

---

① “波”、“我”二字，陶渊明《拟古》原作“彼”、“吾”。

### 鸣鸡

造夕思鸡鸣，风雨纵横至。缅焉起深情，结发念善事。

### 来燕

翩翩新来燕，履历周故居。托身已得所，吾亦爱吾庐。

### 闲鸥

闲雨纷微微，闲谷娇鸣鸥。逍遥自闲止，班坐依远流。

### 素骥

骤骥感悲泉，素骥鸣广陌。神力既殊妙，素抱深可惜。

### 仰马

马为仰天鸣，萧萧哀风逝。商歌非吾事，商音更流涕。

### 吠犬

鸡犬互鸣吠，披褐守长夜。咄咄俗中恶，夙晨装吾驾。

### 哀猿

秋日凄且厉，猿声闲且哀。流泪抱中叹，曰余作此来。

### 春蚕

春蚕取长丝，荏苒经十载。不言春作苦，寒衣欲谁待？

### 秋蝉

哀蝉无归响，零落同草莽。何时见余晖？孟夏草木长。

### 螟蜮

膂力尚未愆[1]，屡空不获年。闲居非陈厄，螟蜮恣中田。

### 池鱼

池鱼思故渊，无复东西缘。达人解其会，觉悟当念还。

### 文鲂

弱湍驰文鲂，洲渚思缅邈。顺流追时迁，且极今朝乐。

《归去来辞》云："园日涉以成趣，门虽设而常关。"又云："善万物之得时，感吾生之行休。"陶公既脱离尘网，与道大适，即园中景物，亦各悠然自得，是物以人重也。天壤间物类繁赜，一经风人赋咏，遂得流传不朽。夫子曰："多识于鸟兽草木之名。"此物此志也。余读陶诗，爰即诗中所咏者，一一赋之，亦窃取"多识"之意云尔。

① "膂"、"尚"二字，陶渊明《岁暮和张常侍》原作"旅"、"岂"。

# 卷三

## 山海经咏物

陶公《读山海经作诗十三章》，赋咏诸物，寄托深微，与屈灵均《离骚》、《天问》诸篇同一抚时增慨意。余读之有感，又作《山海经咏物》十六截：

慨然念黄虞，流观山海图。远眺同天色，谁谓形迹拘？

### 扶木

杳然望扶木，路遐无由缘。晨色奏景风，神景一登天。

### 丹木

丹木生何许？高操非所攀。黄花复朱实，常有好容颜。

### 琅玕

昭昭天宇阔，亭亭明玕照。光气难与俦，岂无一时好？

### 珠树

灼灼叶中华，粲粲三珠树。寄生赤水阴，生而相依附。

## 槐岭

西南望昆墟，迢递槐江岭。丈夫志四海，有志不获骋。

## 青鸟

翩翩三青鸟，方与三辰游。我欲因此鸟，引满更献酬。

## 灵凤

灵凤抚云舞，毛色奇可怜。重华去我久，履运增慨然。

## 神鸾

神鸾调玉音，云驾庶可饬。敛翮遥来归，歌竟长太息[①]！

## 精卫

精卫衔微木，根株浮沧海。奇功遂不成，猛志固常在。

## 鵕鹗

凤鸟虽不至，鵕鹗岂足恃？立善常所欣，为恶不可履。

## 鸼鹅

鸼鹅见城邑，市朝凄旧人。达士似不尔，所以贵我身。

## 青丘鸟

青丘有奇鸟，我唱尔言得。不以喻君子，载醪祛所惑。

---

① “太”字，陶渊明《拟古》原作“叹”。

### 窫窳

灵化无穷已，窫窳强能变。千言不复朝，矧伊愁苦缠。

### 刑天

抗言谈在昔，刑天舞干戚。一朝长逝后，长枯固已剧。

### 巨猾

众蛰各潜骇，巨猾肆威暴。帝者慎用才，积善云有报。

# 卷四

## 述贫士咏

陶公《贫士》七首，罗列古贤七人，而不及夷叔、颜生，因用其句足之，得九人焉。乃述《咏贫士》九首。

### 夷叔

羲农去我久，夷叔在西山。辛苦无此比，高操非所攀。百年会有役，千载乃相关。此士难再得，徘徊丘垄间。

### 荣公

荣公言有道，仁者用其心。九十行带索，欣然方弹琴。居常待其尽，苟得非所钦。且极今朝乐，清歌畅高音。

### 颜生

穷巷寡轮鞅，颜生称为仁。箪瓢谢屡设，礼乐暂得新。此事真复乐，屡空既有人。鬓边早已白，忧道不忧贫。

### 原生

原生纳决履，高啸反旧居。取足蔽床席，委怀在琴书。素襟不可易，屡空常晏如。赐也徒能辨[①]，颇回故人车。

## 黔娄

自古有黔娄，邈哉此前修！长饥至于老，敝服仍不周。志意多所耻，清贫略难俦。余荣何足顾？非道故无忧。

## 袁安

袁安困积雪，倾耳无希声。岁月将欲暮，饥寒饱所更。一毫无复意，千载有余情。寝迹衡门下，不为好爵荣。

## 仲蔚

草庐寄穷巷，仲蔚爱穷居。举世无知者，身名同翳如。穷通靡攸虑，岁月共相疏。遂尽介然分，时还读我书。

## 阮公

阮公见钱入，慷慨思南归。众鸟欣有托，游云倏无依。何尝失显默？孰敢慕甘肥？桑竹垂余荫，一觞聊可挥。

## 黄子廉

昔在黄子廉，此行谁使然？服勤尽岁月，守拙归园田。斯滥岂彼志？屡空不获年。安贫守贱者，终古谓之然。

---

① “辨”字，陶渊明《咏贫士》原作“辩”。

# 卷五

## 陶公纪事五律四十首

### 出门

栖栖失群鸟，暧暧远人村。去去当奚道，行行停出门。遥遥从羁役，每每顾林园。安得久离析？愿君取吾言。

### 辞家

忆此断人肠，且为陶一觞。辞家夙严驾，投策命晨装。离隔复何有？盛衰不可量。伊怀难具道，日醉或能忘。

### 登车

纡辔诚可学，哀哉亦可伤！及时当勉励，相去不寻常。凌厉越万里，分明望八荒[①]。登车何时顾？回顾惨风凉。

### 扬楫

渺渺孤舟逝，似为饥所驱。倾壶绝余沥，扬楫越平湖。静念园林

---

① “八”字，陶渊明《拟古》原作“四”。

好，流观山海图。未知止泊处，限景指西隅[①]。

### 抚剑

挥杯劝孤影，抚剑独行游。勉励从兹役，顾瞻无匹俦。岂伊君子宝？惟见古时丘。猛志固常在，邈哉此前修！

### 挈壶

世路廓悠悠，悠悠迷所留。挈壶相与至，托乘一来游。试酌百情远，时忘四运周。酒中有深味，未复见斯俦。

### 怀役

怀役不遑寐，飘如陌上尘。姿年逝已老，道路邈何因？风雪送余运，江湖多贱贫。夜中枕席冷，倾耳听司晨。

### 孤征

中宵尚孤征，来雁有余声。岁月好已积，饥寒饱所更。人当解意表，马为仰天鸣。念彼穷居士，依依在耦耕。

### 阻风

正夏长风急，长风无息时。江山岂不险？世俗久相欺。崩浪聒天响，指波决我疑。我行未云远，何事绁尘羁？

### 经雪

翳翳经日雪，飘飘吹我衣。衣沾不足惜，日暮独犹飞[②]。万化相

---

① “限景指西隅”句，陶渊明《庚子岁五月中从都还阻风于规林》原作“指景限西隅”。

② “独犹”二字，陶渊明《饮酒》原作“犹独”。

寻绎，一觞聊可挥。素心正如此，但使愿无违。

## 结友

出门万里客，结友到临淄。但愿长如此，无为忽去兹。于今甚可爱，在昔余多师。赐也徒能辨①，为君作此诗。

## 学仕

苟得非所钦，藜羹常乏斟。良辰讵可待？贫士世相寻。投耒去学仕，问金终寄心。先师有遗训，卧起弄书琴。②

## 投冠

恐此非名计，投冠旋旧墟。如何不叹息？胡事乃踌躇？贫富常交战，荣华难久居。鬓边早已白，问子为谁欤③？

## 披褐

夕露沾我衣，此情久已离。冷风送余善，秋月扬明辉。披褐欣自得，愿言从此归④。素襟不可易，有处特依依。

## 旋驾

终日驰车走，终身与世辞。行行向不惑，去去欲何之？目倦修途异，情随万化遗。山中酒应熟，旋驾怅迟迟。

---

① “辨”字，陶渊明《咏贫士》原作“辩”。

② 《二酉轩陶陶集》作：“相知不忠厚，聊用忘华簪。”

③ 《二酉轩陶陶集》作“规规一何愚”。

④ “从”字，陶渊明《咏三良》原作“同”。

## 巾车

重云蔽白日，日暮巾柴车。路暗光已夕，人乖运见疏。沉阴拟薰麝，临水愧游鱼。不学狂驰子，身名同翳如。

## 回舟

目送回舟远，何时见余晖？关梁难亏替，风水互乖违。不谓行当久，愿言从此归①。前途当几许？投义志攸希。

## 戢枻

有志不获骋，值欢无复娱。忘云惭高鸟，戢枻守穷湖。岁月将欲暮，关河不可逾。商歌非吾事，归子念前途。

## 来径

掩泪泛东逝，泫然沾我衣。天高风景彻，草盛豆苗稀。来径遂芜废，悬车敛余晖。崎岖历榛曲，六载去还归。

## 归田

田园日梦想②，即日弃其官。人事固以拙，岁功聊可观。不言春作苦，求我盛年欢。衣食当须纪，躬耕非所叹。

## 结庐

结庐在人境，绕屋树扶疏。非为卜其宅，时还读我书。原生纳决

① “从”字，陶渊明《咏三良》原作“同”。

② “田园”二字，陶渊明《乙巳岁三月为建威参军使都经钱溪》原作“园田”。

履，仲蔚爱穷居。始觉止为善，新畴应复畬[1]。

## 杜门

邈与世相绝，高操非所攀。荆扉昼长闭，晨鸟暮来还。褴缕茅檐下，徘徊丘陇间。杜门不复出，清节映西关。

## 灌园

地为罕人远，而无车马喧。息交游闲业，采莒足朝飧。此事真复乐，有时不肯言。厌厌竟良月，且遂灌西园。

## 待稼

菽稷随时艺，遥遥沮溺心。仲春遘时雨，中夏贮清阴。寒气冒山泽，回飙开我襟。悠悠待秋稼，聊用忘华簪。

## 挈杖

悠然不复返，挈杖还西庐。步步寻往迹，时时见废墟。闻君当先迈，为我少踌躇。我实幽居士，君情定何如？

## 提壶

提壶接宾侣，缓带尽欢娱。觞酌失行次，雷同共毁誉[2]。当年讵有几？不乐复何如？醒醉还相笑，相将还旧居。

## 漉酒

暮止不安寝，娇儿索父啼。春醪生浮蚁，束带候鸣鸡。漉我新熟酒，愿君汩其泥。倾家时作乐，违已讵非迷？

---

① “应复”二字，陶渊明《和刘柴桑》原作“复应”。

② “毁誉”二字，陶渊明《饮酒》原作“誉毁”。

## 听琴

有客赏我趣，取琴为我弹。谈谐无俗调，虚室有余闲。皎皎云间月，荣荣窗下兰。清风脱然至，安得不为欢？

## 感时

气变悟时易，离忧凄目前。根株浮沧海，螟蜮恣中田。忽值山河改，矧伊愁苦缠。问今是何世？无以乐当年。

## 忧道

一世异朝市，市朝凄旧人。有生必有死，忧道不忧贫。圣贤留遗迹，彭殇非等伦。安知物为贵？所以贵吾身。

## 守拙

骤骥感悲泉，池鱼思故渊。贤愚无复数，玉石乃非坚。一往便当已，此行谁使然？卫生每苦拙，守拙归园田。

## 固穷

深得固穷节，谁云固穷难？衣裳无新制，刍藁有常温。斯滥岂彼志？存生不可言。安贫守贱者，拥褐曝前轩。

## 寝迹

寝迹衡门下，一朝辞吏归①。青松冠岩列，白日掩荆扉。众鸟欣有托，孤云独无依。长饥至于老，老至更长饥。

---

① 《二酉轩陶陶集》作"固穷夙所归"。

## 赏文

读易悟益损，重觞忽忘天。几人得其趣？终古谓之然。靡靡秋已夕，亭亭月将圆。奇文共欣赏，惟酒与长年。

## 登高

登高赋新诗，举目情凄洏。仲理归大泽，孟公不在兹。徘徊无定止，顾眄莫谁知？命室携童弱，请从余所之。[①]

## 临流

班坐依远流，及辰为兹游。虚舟纵逸棹，闲谷矫鸣鸥。遇以濯吾足，慨然知已秋。山川一何旷，宇宙一何悠！

## 所业

介然安其业，所业在田桑。冻馁固缠已，粗絺以应阳。穷通靡攸虑，寿考岂渠央？披褐守长夜，遥遥春夜长。[②]

## 所悦

了无一可悦，所悦圣人篇[③]。疑义相与析，弱毫多所宣。时来苟冥会，日昃不遑研。兹契谁能别？怀兹颇有年[④]。

---

① 《二酉轩陶陶集》作："春秋多佳日，闲暇则相思。促席延故老，登高赋新诗。欲言无予和，顾眄莫谁知？俯仰终宇宙，孟公不在兹。"

② "寿考"三句，《二酉轩陶陶集》作："但愿饱粳粮。披褐欣自得，归来夜未央。"

③ "悦"字，陶渊明《答庞参军》原作"说"。

④ "兹"字，陶渊明《移居》原作"此"。

## 所惧

人生归有道，所惧非饥寒。竟抱固穷节，庶无异患干。务从忘羽翼[①]，甘以辞华轩。应尽便须尽，余襟良已殚。

## 所乐

怡然有余乐，所乐非穷通。汲汲鲁中叟，区区诸老翁。诗书敦夙好[②]，乡里习其风。营己良有极，箴规向已从。

---

① “羽”字，出自陶渊明《联句》中署名“循之”的诗句，原作“爱”。

② “夙”字，陶渊明《辛丑岁七月赴假还江陵夜行途中》原作“宿”。

# 卷六

## 陶园九华吟[1]并序

陶公《九日闲居诗序》云："余闲居，爱重九之名。秋菊盈园，而持醪靡由。空服九华，寄怀于言。"是殆以九华名菊，寓阳九之意欤？周濂溪曰："菊之爱，陶后鲜有闻。"则心乎菊者惟陶一人而已。陶诗百二十有六篇，而咏及菊者止五六语，其诗九章。其咏菊也，非若世之徒以香色形容之也。乃取九华之名，作诗九章。东坡云："作诗必此诗，定知非诗人。"吾不知诗之是菊否？亦不知菊之是诗否？

### 种菊

来径遂芜废，眷彼品物存。躬亲未曾替，心在复何言？虽有荷锄倦，而无车马喧。既耕亦已种[2]，且遂灌西园。

### 爱菊

素抱深可惜，寒花徒自容[3]。于今甚可爱，持此欲何成？富贵非吾愿，林园无俗情。如何绝世下，但顾世间名？

---

① 《二西轩陶陶集》题作《九华吟》。

② 《二西轩陶陶集》作"枝条始欲茂"。

③ "花"字，陶渊明《九日闲居》原作"华"。

## 寻菊

高举寻吾契，严霜九月中。未言心相醉，当往志无终。迥泽散游目，平畴交远风。遥瞻皆奇绝，荒路暧交通。

## 就菊

中道逢佳友[①]，逝将不复疑。称心固为好，亲识岂相思？寒暑有代谢，山川无改时。愿留就君住，去去欲何之？

## 坐菊

还坐更自思，怀此贞秀姿。栖迟讵为拙？顾盼莫谁知[②]？止日终不别，高风始在兹。故人赏我趣，觞至辄倾卮。

## 泛菊

泛此忘忧物，任真无所先。挥杯劝孤影，放意乐余年。不觉知有我，乃言饮得仙。数斟复已醉[③]，朝起暮归眠。

## 餐菊

井灶有遗处，园林独余情。凉风起将夕，裛露掇其英。饥者欢初饱，斯人乐久生。素颜敛光润，菊为制颓龄[④]。

## 枕菊

寝迹衡门下，吾生梦幻间。一形似有制，千载乃相关。兀傲差若

---

① “佳”字，陶渊明《拟古》原作“嘉”。

② 《二酉轩陶陶集》作“计议初无亏”。

③ “复已”二字，陶渊明《饮酒》原作“已复”。

④ 《二酉轩陶陶集》作“夜景湛虚明”。

颖，高操非所攀。夜中枕席冷，虚室有余闲。

## 吟菊

清谣结心曲，流目视西园。浊酒聊自适，弱毫多所宣。厌闻世上语，宁效俗中言？我唱尔言得[1]，长吟掩柴门。

## 九华吟成因即题之次复为五古九韵以申之

耕种有时息，今生几丛菊？老夫有所爱，岂忘游心目？步步寻往迹，何幽不见烛？茅茨已就治，庭宇翳余木。坐止高荫下，洲渚思缅邈。泛随清壑回，山中酒应熟。惆怅念常餐，自我抱兹独。夜中枕席冷，已复至天旭。长吟掩柴门，谁知荣与辱？

---

① 《二酉轩陶陶集》作"兹契谁能别"。

# 卷七

## 二酉轩律陶三十首

### 思亲

幽室一已闭，终天不复形。流尘集虚座，荒草没前庭。总发抱孤念，怀人在九冥。乔柯无可倚[①]，悲泪应心零。

### 访旧

日月依辰至，山河满目中。载醪祛所惑，任道或能通。鼎鼎百年内，区区诸老翁。诗书敦夙好[②]，聊得长相从。

### 隐居

所乐非穷通，实由罕所同。得知千载外，直在百年中。拨置且莫念，箴规向已从。古时功名士，鸟尽废良弓。

### 感怀

良辰讵可待？素标插人头。去去当奚道？悠悠迷所留。衰荣无

① “无”字，陶渊明《杂诗》原作“何”。

② “夙”字，陶渊明《辛丑岁七月赴假还江陵夜行途中》原作“宿”。

定在，日月有环周。我屋南窗下，蔷薇叶已抽。

## 登楼

良日登远游，迢迢百尺楼。山川一何旷，宇宙一何悠！高举寻吾契，顾瞻无匹俦。清风脱然至，闲谷娇鸣鸥。

## 人日访友留饮

岁月有常御，山川无改时。义风都未隔，人道每如兹。知我故来意，为君作此诗。春醪生浮蚁，觞至辄倾卮。

## 秋江夜别

造夕思鸡鸣，临流别友生。谷风转凄薄，夜景湛虚明。引我不得住，问君今何行？山川千里外，来雁有余声。

## 社日两篇

披草共来往，兴言在兹春。只鸡招近局，斗酒聚比邻。且极今朝乐，聊为陇亩民。从来将千载，念我意中人。

羲农去我久，道路邈何因？桑竹垂余荫，壶浆劳近邻。抗言谈在昔，倾耳听司晨。且进杯中物，君当恕醉人。

## 秋兴

秋日凄且厉，敛襟独闲谣。严霜结野草，丛雁鸣云霄。天地长不没，园林空自凋。人当解意表，聊以永今朝。

## 冬日山居

庭宇翳余木，陵岑耸逸峰。如何舍此去？聊得长相从。养色含津气，清颜止宿容。问君何能尔？冬岭秀孤松。

## 山居夜久客至

山涧清且浅，猿声闲且哀。荆薪代明烛，尘爵耻虚罍。有客赏我趣，倒裳往自开。不眠知夕永，三四火星颓[①]。

## 田家

田家岂不苦？风气亦先寒。虽有荷锄倦，庶无异患干。桑麻日已长，衣食固其端。应尽便须尽，岁功聊可观。

## 力耕

四体诚乃疲，力耕不吾欺。田园日梦想[②]，寒暑日相推。我愿不知老，人皆尽获宜。倾身营一饱，好味止园葵。

## 山居早兴

步止荜门里，鸡鸣桑树巅。朝霞开宿雾，神景一登天。密密堂前柳，依依墟里烟。晨兴理荒秽，闲饮自欢然。

## 独酌问影二首

挈壶相与至，问子为谁欤？岂不以我故？谁当为汝誉？形骸久已化，精爽今何如？且共欢此饮，相将还旧居。

挥杯劝孤影，倾耳无希声。止日终不别，久游恋所生。天容自永固，夜景湛虚明。风雨纵横至，问君今何行？

---

① “火星”二字，陶渊明《丙辰岁八月中于下潠田舍获》原作“星火”。

② “田园”二字，陶渊明《乙巳岁三月为建威参军使都经钱溪》原作“园田”。

## 冬夜偕友人游北山松下

南圃无遗秀,北林荣且丰。贞刚自有质,回复遂无穷。皎皎云间月,凄凄岁暮风。班荆在松下[①],聊得长相从。

## 赠白云山人

即事多所欣,遥遥望白云。连林人不觉,鸣鸟声相闻。虚室绝尘想,闲居离世纷。素心正如此,一遇便殷勤[②]。

## 秋日行田

冷风送余善,嘉穟养南畴。同物既无虑,司田眷有秋。逍遥自闲止,慷慨忆绸缪。衣食当须纪,吾行欲何求?

## 秋自武林回夜宿东山茅舍口号

知音苟不存,甘以辞华轩。素月出东岭,枯条盈北园。茅茨已就治,刍藁有常温。醒醉还相笑,清晨闻叩门。

## 秋游禹陵

古人惜寸阴,怀古一何深!方宅十余亩,洪柯百万寻。凝霜殄异类,微雨洗高林。焉测尘嚣外,回飙开我襟?

## 闻雁

分散逐风转,倏如流电惊。哀蝉无归响,来雁有余声。怀役不遑寐,久游恋所生。年年见霜雪,逶迤过千城。

---

① “在”字,陶渊明《饮酒》原作“坐”。

② “便”字,陶渊明《与殷晋安别》原作“尽”,一作“定”。

### 春燕三首

春燕应节起，相将还旧居。江山岂不险？岁月共相疏。去去当奚道？双双入我庐。托身已得所，不乐复何如？

翩翩新来燕，相去不寻常。居止次城邑，高飞拂尘梁。栖迟讵为拙？恩厚固难忘[1]。信宿酬清话，遥遥春夜长。

春兴岂自免？好风与之俱。子孙还相保，贫贱有交娱。离隔复何有？慰情良胜无。愿留就君住，为我少踌躇。

### 客燕二首

有客常同止，情随万化遗。自言独见尔，谁谓不知时？天运苟如此，人间良可辞。迟迟将回步，去去欲何之？

有客常同止，愿言从此归[2]。启途情已缅，投义志攸希。步步寻往迹，飘飘吹我衣。既来孰不去？有处特依依。

### 往燕

往燕无遗影，心知去不归。山川一何旷，邑屋或时非。渺渺孤舟逝，遥遥万里辉。先巢故尚在，但使愿无违。

## 丁酉岁儿子德元举拔萃科同选八士邀余及高太翁栖霞孙太翁鲁臣同集中山书院即席赋此以纪其事且为诸明经勖也[3]

丹朱生何许？寄生赤水阴。三年望当采，八千共成林。云鹤有奇翼，神鸾调玉音。及时当勉励，仁者用其心。

---

① “恩厚”二字，陶渊明《咏三良》原作“厚恩”。

② “从”字，陶渊明《咏三良》原作“同”。

③ 《二酉轩陶陶集》无此诗。

# 卷八

## 和陶诸作共一十九首

### 读山左何铁山诗有集陶和友人十绝乃依其题集此[1]

#### 清净处

地为罕人远，逍遥自闲止。露凝无游氛，清气澄余滓。
心远地自偏，寂寞无行迹。白云宿檐端，乐于数晨夕。

#### 傲山

陵岑耸逸峰，邈与世相绝。啸傲东轩下，兹契谁能别？
悠然见南山，兀傲差若颖。衔觞念幽人，不眠知夕永。

#### 鸥波舫

舫舟荫门前，班坐依远流。淡淡寒波生，闲谷矫鸣鸥。
纵浪大化中，逍遥自闲止。瞻望邈难逮，问君何能尔？

---

① 此下包括 10 个小题目，每题下 2 首诗，皆前 1 首为徐献廷所作，后 1 首为其所和何铁山原来的集陶渊明诗。《二酉轩陶陶集》仅录徐献廷诗，未录何铁山诗。

## 槐砌

迢递槐江岭，当年竟未践。此荫独不衰，所保讵乃浅？
坐上高荫下，遥遥望白云。漉我新熟酒，鸣鸟声相闻。

## 悬居

悬车敛余晖，心念山泽居。栖迟固多娱，[①]屡空常晏如。
世路廓悠悠，趋舍邈异境。此中有真意，素月出东岭。

## 烟雨廊

养真衡茅下，晨夕看山川。微雨从东来，依依墟里烟。
茅茨已就治，闲雨纷纷微。迥泽散游目，凉风吹我衣。

## 野香桥

负杖肆游从，野外罕人事。一条有佳花，清风脱然至。
晨去越河关，忽逢桃花林。冷风送余善，遥遥沮溺心。

## 松风岩

山气日夕佳，袅袅松标崖。风来入房户，寄声与我谐。
青松冠岩列，回飙吹我襟。东方有一士，欣然方弹琴。

## 懒玉泉

班坐依远流，懒惰故无匹。白玉凝素液，在目皓已洁。
亭亭明玕照，清气澄余滓。遥想荷蓧翁，素心正如此。

---

① “心念”二句，《二酉轩陶陶集》作：“息驾归闲居，虚室绝尘想。”

### 小庵画溪

山涧清且浅，晨色奏景风。虽微九重秀，回复遂无穷。
叩栧新秋月，落落清瑶流。有客常同止，伯牙与庄周。

## 拟晋无名氏作蚕丝[①]

不言春作苦，春蚕取长丝。寒衣欲谁待？眷眷往昔时。
春蚕不应老，昼夜常怀丝。何惜微躯尽？缠绵自有时。

## 拟王右丞鸟鸣涧

连林人不觉，鸣鸟声相闻。泛随清壑回，遥遥望白云。
人间桂花落，夜静春山空。月出惊山鸟，时鸣春涧中。

## 拟王右丞孟城坳

庭宇翳余木，兰枯柳亦衰。问子为谁欤？孟公不在兹。
新家孟城口，古木余衰柳。来者复为谁？空悲昔人有。

## 拟王右丞竹里馆

寒竹被荒蹊，含薰待清风。取琴为我弹，所乐非穷通。
独坐幽篁里，弹琴复长啸。深林人不知，明月来相照。

---

① 此题至《拟王右丞竹里馆》四题，皆前为徐献廷诗，后为其所拟前人原诗。《二酉轩陶陶集》仅录徐献廷诗，未录其所拟原诗。

## 辛亥夏和礼门先生早晨枉过见赠集陶之作三首原韵[①]

栖迟讵为拙？栖迟固多娱。林鸟喜晨开，夏木独森疏。命室携童弱，履历周故居。[②] 非为卜其宅，时还读我书。有客赏我趣，好风与之俱[③]。负杖肆游从，过门更相呼[④]。远眺同天色，直至东海隅。俯仰终宇宙[⑤]，精爽今何如？

高举寻吾契，言咏遂赋诗。清气澄余滓，清朝起南飔。遗赠岂虚来？眷眷往昔时。道光乙未世讲恒轩肆业此寺，余以重九登访，而先生适不期亦至。物新人惟旧，亲识岂相思？鼎鼎百年内，邻老罕复遗。问君何能尔？独树众乃奇。谅哉宜霜柏，怀此贞秀姿。但愿长如此，彼此更共之。

苍苍谷中树，唯见古时丘。寒暑有代谢，日月有环周。达人解其会，托乘一来游。常有好容颜，光气难与俦。[⑥] 清歌畅高音[⑦]，慷慨忆绸缪。且极今朝乐，忘彼千载忧。谈话终日夕，班坐依远流。[⑧] 寄声与我谐，引满更献酬。

---

① 《二酉轩陶陶集》题作《和礼门先生夏日早晨枉过山寺并赠集陶之作》。

② “命室”二句，《二酉轩陶陶集》作：“量力守故辙，相将还旧居。”

③ 《二酉轩陶陶集》作“过门更相呼”。

④ 《二酉轩陶陶集》作“好风与之俱”。

⑤ 《二酉轩陶陶集》作“形骸久已化”。

⑥ 《二酉轩陶陶集》作：“素颜敛光润，顾瞻无匹俦。”

⑦ 《二酉轩陶陶集》作“谈话终日夕”。

⑧ 《二酉轩陶陶集》作：“昭昭天宇阔，落落清瑶流。”

## 酬阳湖杨君沐徜斋老桂今秋始作花集陶句[1]

亭亭临风桂[2]，寄生赤水阴。知音苟不存[3]，苟得非所钦。寥落将赊迟，乃不见吾心。清风脱然至，微雨洗高林。一条有佳花，真想初在襟。有客常同止，卧起弄书琴。思绝庆未看，清歌畅高音。素心正如此，酒熟吾自斟。醒醉还相笑，聊用忘华簪。寄意一言外，怀古一何深！

## 题琴西太史海客受经图即集陶句三十七韵[4]

丈夫志四海，游好在六经。一朝出门去，畴昔家上京。久而道弥著，苟得非所钦。帝者慎用才，所以贵吾身[5]。有客常同止，四座列群英。曰余作此来，道路邈何因？凌厉越万里，淹留忘宵晨。眷眷往昔时，学语未成音。即理愧通识，空负头上巾。今日从兹役，真想初在襟。一欣侍温颜，持此欲何成？愿言诲诸子，古人惜寸阴。及时当勉励，孰是都不营。疑义相与析，校书亦已勤。俎豆犹古法，礼乐暂得新。风来入房户，卧起弄书琴。言咏遂赋诗，清歌散新声。于今甚可爱，怀古一何深！先师有遗训，颜生称为仁。此事真复乐，思与尔为邻。桃李罗堂前，幽兰生前庭。春风扇微和，和泽周三春。灵化无穷已，弥缝使其淳。客养千金躯，庶以善自名。岁月好已积，倏如流

① 《二酉轩陶陶集》题作《题杨孝光咏桂七古卷后》。

② “临”字，陶渊明《读山海经》其六原作“凌”。

③ 《二酉轩陶陶集》作“三年望当采”。

④ 《二酉轩陶陶集》题作《题孙琴西太史海客受经图》。

⑤ “吾”字，陶渊明《饮酒》原作“我”。

电惊。离鹍鸣清池，羁鸟恋旧林。恩厚固难忘[1]，亦知当乖分。慷慨思南归，悠悠东去云。君命安可违？临流别友生。饯送倾皇朝，事胜感行人。人生归有道，举世少复真。如何蓬庐士，六籍无一亲？洙泗辍微响，不见所问津。问君何能尔？今朝复斯闻。流观山海图，即事多所欣。此中有真意，仁者用其心。为君作此诗，千载有余情！

集古之妙固不待言，其语深长而心郑重，尤能以古人之意写今人之情。年愚侄孙衣言注。

**附录：**

## 题曾竹史三十自立图[2]

闲居三十载，苟得非所钦。虚室绝尘想，真想初在襟。秋兰气当馥，清歌畅高音。兹契谁能别？怀古一何深！素心正如此，聊用忘华簪。幽兰生前庭，此荫独不衰。素襟不可易，怀此贞秀姿。闻多素心人，言咏遂赋诗。赋诗颇能工，感物愿及时。物新人惟旧，亲识岂相思？君其爱素体[3]，人道每如兹。

## 题曾秋湄蟾窟分香图

皎皎云间月，亭亭凌风桂。一条有佳花，于今甚可爱。持此欲何成？寄意一言外。杳然天界高，瞻望邈难逮。

---

① “恩厚”二字，陶渊明《咏三良》原作“厚恩”。

② 以下7题10首诗不见于本集，仅存于《二酉轩陶陶集》。

③ “素体”二字，陶渊明《答庞参军》原作“体素”。

## 题陈玉坡耕读图

真想初在襟，遥遥沮溺心。开春理常业，中夏贮清阴。方宅十余亩，洪柯百万寻。托身已得所，怀古一何深！

阡陌不移旧，园林独余情。子孙还相保，天地共俱生。步步寻往迹，依依在耦耕。达人解其会，持此欲何成？

耕种有时息，相将还旧居。厌闻世上语，正赖古人书。寄意一言外，近瞻百里余。君其爱体素，吾亦爱吾庐。

诗书敦夙好[①]，闲暇辄相思。寒暑有代谢，山川无改时。义风都未隔，人道每如兹。兹契谁能别？为君作此诗。

## 赠许子言

相知何必旧？相见无杂言。诗书敦夙好[②]，弱毫多所宣。怀此贞秀姿，眷彼品物存。丈夫虽有志，本不植高原。天运苟如此，淳薄既异源。紫芝谁复采？白发一已繁。且当从黄绮，拥褐曝前轩。何如蓬庐士[③]，长吟掩柴门？

## 甲子岁正元辰读易酒后写意

大象转四时，四时自成岁。发岁始俯仰，日月依辰至。良辰入奇怀，老夫有所爱。所悦圣人篇[④]，及时当勉励。读《易》悟益损，此中

---

① “夙”字，陶渊明《辛丑岁七月赴假还江陵夜行途中》原作“宿”。

② “夙”字，陶渊明《辛丑岁七月赴假还江陵夜行途中》原作“宿”。

③ “何如”二字，陶渊明《九日闲居》原作“如何”。

④ “悦”字，陶渊明《答庞参军》原作“说”。

有真意。子孙还相保，养色含津气。欢言酌春酒，酒中有深味。奇文共欣赏，鼎鼎百年内。先师有遗训，寄意一言外。

## 人日吟释唐李巨山七日最灵辰句之义

鸟哢欢新节，朝霞开宿雾。谓人最灵智，如何拾此去[①]？古人惜寸阴，久而道弥著。道胜无戚颜，岁月有常御。诗书敦夙好[②]，穷通靡攸虑。灵府长独闲，天客自永固[③]。我今始知之，所营非近务。放意乐余年，余荣何足顾？人为三才中，安得不相语？

## 谷日吟

人日古多□者，谷日则未之见也。昔董勋《问答》云："七日为人，八日为谷。"人以食为天，故连及之。是谷日与人日并重也。陶公有《蜡日》诗，即用陶句以续之。

阡陌不移旧，旧谷犹储今。今日始复来，真想初在襟。于今甚可爱，怀古一何深！志意多所耻，苟得非所钦。力耕不我欺[④]，遥遥沮溺心。应尽便须尽，聊用忘华簪。此事真复乐，卧起弄书琴。兴言在兹春，酒熟吾自斟。新畴应复畬[⑤]，清歌畅高音。

---

① "拾"字，陶渊明《辛丑岁七月赴假还江陵夜行途中》原作"舍"。

② "夙"字，陶渊明《辛丑岁七月赴假还江陵夜行途中》原作"宿"。

③ "客"字，陶渊明《述酒》原作"容"。

④ "我"字，陶渊明《移居》其二原作"吾"。

⑤ "应复"二字，原作《和刘柴桑》"复应"。

# 二酉轩陶陶集跋

乐清徐聘堂先生喜为集古，曾著《燕来巢》及《客燕》、《燕贺》四赋，集用《葩经》；著《居室记》，集用《尚书》；著《咏梅百篇》，集用唐人句。今复集陶句，以赋陶作《归去来兮辞》，题六十一首，盖用苏东坡之集陶而稍变其体制者。苏专取辞中之字，而兹则用诗中之句，乃仿文文山之《集杜》二百绝体也。继此，有《陶园咏物》五十首，盖举园中之植物、动物，各为五绝，自云窃取孔子“多识”之意。此外，有《山海经咏物》十六截，盖因陶公《读山海经》作十三章有感而赋也；《贫士咏》九首，盖因陶公《贫士》七首，用其句，而补夷叔、颜生二人为九人也；《九华吟》九首，盖引陶公《九日闲居》诗序，乃取“九华”之名而吟者，吟成，复为五古九韵以足其意；末附《陶公纪事》六十九首，皆五律；其《读山左何铁山集陶十绝》，则依题而集之；又有《拟晋》五绝四、《和林礼门排律》三、《题词排律》八、《赠许子言》及《甲子岁正写意》与《人日吟》、《谷日吟》排律各一，汇为十二种，总称曰《二酉轩陶陶集》。其为兹集也，大抵因读陶与读他家集陶之作而慕效之。先生既心仪渊明之为人，故虽他有所触，或有赠答，辄引陶句，探手而得之，殊不觉遇圆成珪、遇方成璧。近观诸作，实灭尽针线痕迹矣。民国丙子四月，高谊撰。

# 集唐梅花百咏

徐献廷著

徐献廷的《集唐梅花百咏》在集句咏梅诗的发展中具有重要的意义。咏梅诗的出现可以追溯到南朝，但多是单篇。到了北宋，开始出现了以十首为一组的咏梅诗，然咏梅以至百首为组，最早见于南宋。程杰《中国梅花审美文化研究》一书云：

> “梅花百咏”的最早记载是高宗朝的李缜。南宋后期写作“梅花百咏”的诗人越来越多，其中刘克庄等人的“百咏”唱酬最负盛名。与李缜略有不同的是，刘克庄的百咏是由十绝应酬反复迭唱，递积而成。莆田一带士人先后和作有二十余家，姓名可考者有林仲嘉、吴尧、赵志仁、赵时愿、何谦、方元吉、方楷、王景长、林天麟、方至、方蒙仲、陈珽、袁相子、陈汝一、黄祖润、黄珩、徐用虎、江咨龙、陈迈高、魏定清等20人。遗憾的是，这些“百咏”之作，大多未能保存下来。但“梅花百咏”的出现以及如此众多的参与者，充分显示了咏梅创作的空前兴盛。影响于后世，“百咏”之制也成了咏梅创作的一个基本方式。[①]

集句诗的发展相对于一般创作具有明显的滞后性，最早的集句咏梅诗产生于北宋，但数量不多。南宋以后，随着咏梅诗的空前兴

---

① 程杰《中国梅花审美文化研究》，巴蜀书社，2008年版，第94页。

盛，集句咏梅诗亦得到较快的发展。正如程先生所分析的南宋“梅花百咏”的两种类别，南宋以后的大型集句咏梅组诗亦呈现出两种不同的情况：其一是分咏梅花的不同侧面，包括种梅和赏梅等。如南宋李龏的《梅花衲》212 首，元代郭豫亨的《梅花字字香》98 首，明代沈行的《咏梅集句》364 首，童琥《草窗梅花集句》310 首，清代张吴曼的《集唐梅花诗》100 首等，都是这样的作品；其二是所有的集句咏梅诗都是次韵而成，共同构成一组大型组诗。如清代张吴曼的《集古和中峰韵一百首》不仅全是次韵之作，而且所有的 100 首诗歌用韵完全相同。其《梅花诗集唐》100 首虽然不是次韵，但全用樊晃的“十月先开岭上梅”作为首句，所有的诗歌都出自同一韵部。

跟此前的大型集句咏梅组诗相比，徐献廷的《集唐梅花百咏》具有两方面的意义：一方面，徐献廷总结了前人集句咏梅组诗多方面的经验。集中有《岭梅》、《溪梅》、《江梅》、《岸梅》、《野梅》、《村梅》等题，一共 33 首；又有《落梅》26 首，《自题西园梅》5 首等，多方面展示了梅花的品格。每个题目之下，通常只有一首，但《自题西园梅》有 5 首，《落梅》更多达 26 首。这些不同的做法，都可以在前人集句咏梅组诗中找到例子。另一方面徐献廷发展了反复次韵的创作方法。集中第一组诗歌《和高青丘梅花九首》是以明代高启的《梅花九首》为原唱逐首次韵而成，其后又有《再叠前韵九首》、《三叠前韵九首》、《道上见梅又叠前韵九首》等。对于同一组诗歌，竟写作了四组次韵诗，在集句诗中是非常独特的。

徐献廷的《集唐梅花百咏》写作时间不详，钱景唐序作于“道光己酉(1849)正月吉旦(初一)”，则该集的完成必在道光二十八年(1848)之前。该集今仅存两份抄本，分别藏于温州图书馆和复旦大学图书馆，本书即以温图藏本辑入。

## 集唐梅花百咏叙

太史公谓:“《诗》三百篇,皆贤圣发愤之所作。”予以为诗以言志,歌以咏言,写意尔,寄怀尔。至于唐,而诗之律始精。若有所谓集古者,权舆于晋之傅咸。迨及宋初,欧阳《集古》,则采金石之文为之,而不以为诗。至石曼卿、王荆公,则间集古人之句以为诗,而非以咏物也。乡哲徐聘堂先生著有《集唐梅花百咏》,其始于《和高青丘梅花九首》外,《再叠》、《三叠》,兼以《道上观梅又叠前韵》,都为三十六首。继是,有所谓《岭梅》、《溪梅》、《江梅》、《岸梅》、《野梅》、《村梅》等题,共三十三首。其它《落梅》题二十六首,《自题西园梅》五首,总称之曰《梅花百咏》。顾集古难,集律犹难,而集七律犹难于集五律,而况采摭有唐一代之名句,将分析者而连贯之,纷乱者而撮聚之,天衣无缝,花样翻新,直令李、杜、元、白、皮、陆之碎锦零玑,一齐奔赴于腕下,不以我之所作就古人,而以古人之所作就我,非巧思绮合,乌能如是!就咏梅而论,即昔张功甫所称淡云、晓日、薄寒、细雨、轻烟、佳月、夕阳、微雪,列梅花为二十六条,亦未有若斯集之美备者。徐韵笙题词云:“花若能言应叹绝,岁寒甘滕老逋仙。”作者殆不负兹评矣。然则先生此咏,并非有忧愤而作,殆以其韵之胜、其格之高,聊借此以写意尔,寄怀尔。民国丙子四月,高谊撰。

## 题词

林大椿:

寒英粉碎落书帏,贯串无痕补素晖。新样冰丝千杼锦,别裁缟袂百家衣。宫移羽换歌三叠,玦断环连玉一围。翻恐梅花偷巧格,重图九九斗芳菲。

陈璲：

饱读梅花百首诗，唐香宋艳尽兼之。九光霞覆冰蚕锦，五色云翻织女丝。即论风神还自好，便夸标格也堪奇。寸心摇动灵光气，千古才人让巧思。

孙维莹：

此笔不多见，先生独擅场。七襄联锦段，百和爇奇香。仙骨修真到，名心澹欲忘。抒词必己出，神妙转寻常。

徐维城：

天衣无缝极新鲜，合使青丘畏后贤。万斛才供珠贯串，千秋句作玉排编。初中晚总成高格，色韵香都托净缘。花若能言应叹绝，岁寒甘媵老逋仙。

许亦彬：

裁冰剪雪□为赛[①]，潇洒尤宜老眼看。已爱清花飘宴席[②]，尽驱春色入毫端。任从霜压颜逾古，始觉闲中兴未阑[③]。小阁纸帘岑寂地，伴□□□客江干[④]。元张文忠、宋王梅溪、宋文潞公、宋苏东坡、唐贾阆仙[⑤]、宋欧阳公、明沈石田、宋陆放翁。

---

① 后三字，张养浩散曲《中吕·最高歌兼喜春水(咏玉簪)》本作"应难赛"。

② "花"字，文彦博《和副枢蔡谏议赠副枢吴谏议谢惠新宅杂花之什》原作"香"。

③ "始"字，欧阳修《摄事斋宫偶书》原作"犹"。

④ 前四字，陆游《梅花》原作"爱花聊复"。

⑤ 其句出处待考。

## 和高青丘梅花九首元韵

风有危亭月有台，亭前树尽手中栽①。须招野客为邻住，移得仙居此地来。涧道余寒历冰雪，石桥危滑长莓苔②。新诗试为重高咏，笑指林花昨夜开③。吴融、李频、崔涯、鱼玄机、杜甫、齐己、徐铉、宋之问。

一枝和露压神仙，一半梦魂离世缘。取醉不辞留夜月，荷蓑因共过林烟。更无俗物当人眼，尚有云心在鹤前。只此便栖尘外境④，楼台深锁洞中天。卓英英、张祜、李青莲、伍乔、白居易、元稹、司空图、皎然。

闻说偏多越水头⑤，晚霞零落雨初收。鲛绡雾縠笼香雪，曲渚回湾锁钓舟。遥夜独栖还有梦，青山高卧况无愁。忆君何啻同琼树？南国名园尽兴游。吴融、吴子华、魏承班、周□⑥、陆龟蒙、徐夤、独孤及、曹松。

处处寻芳有折痕，气吞同列削寒温。晴川历历汉阳树，暮雨潇潇江上村。细路独来当此夕，荒郊一望欲销魂。从今隐去应难觅，寂寂花时闭院门。薛能、温庭筠、崔颢、李涉、李商隐、周朴、韦庄、朱庆馀。

露华偏湿蕊珠宫，松下山前一径通。但有壶觞资逸兴⑦，更无尘土翳虚空。数家茅屋清溪上，十里沙堤明月中。此境只应诗客爱⑧，近窗卧砌两三丛。戎昱、赵嘏、曹松、韩偓、戴叔伦、白居易、韦庄、刘兼。

苦吟林下拂诗尘，瘦尽东阳姓沈人。几树好花闲白昼？一篇佳

---

① “亭”字，李频《题张司马别墅》原作“庭”。

② “莓”字，齐己《寄南岳诸道友》原作“春”。

③ “笑指”二字，宋之问《苑中遇雪应制》原作“疑是”。

④ “便”字，司空图《争名》原作“共”。

⑤ “说”字，吴融《题巴州光福寺楠木》原作“道”。

⑥ 原注作者有脱字，出自周朴散句。

⑦ “兴”字，曹松《岭南道中》原作“咏”。

⑧ “诗”字，韦庄《桐庐县作》原作“词”。

句占阳春。独当书阁归时晚[①]，惟愿琼林入梦频[②]。觉后不知明月上，放情丘壑任天真。杜牧、李商隐、吴融、殷成式、张籍、钱起、陆龟蒙、戴叔伦。

白云流水自相依，浩气含真玉片辉。龙向洞中衔雨出，鹤从高处破烟飞。乾坤牢落吾安放[③]？性格孤高世所稀。却敛寒香抱瑶萼，风流交我立忘归。徐夤、刘沧、戴叔伦[④]、周朴、杜甫、周昙[⑤]、李群玉、李建勋。

联题兼是孟襄阳，且放春心入醉乡。引水忽惊冰满涧，含风浑讶雪生香。夕阳亭畔山如画，古观云根路已荒。天地肃清堪四望，炼精诗句一头霜。齐己、刘兼、卢纶、皮日休、杜牧[⑥]、皎然、刘禹锡、杜荀鹤。

春色人间总未知，雪英相倚两三枝。此时对雪遥相忆，何处未春先有思？欲托清香传远信，自持孤影助明时。阳和本是烟霄曲，首唱曾题七字诗。张仲素、谭用之[⑦]、杜甫、白居易、王初、齐己、杨巨源、高骈。

## 再叠前韵九首

倚风含笑向楼台，忆共庭兰傍砌栽[⑧]。半岭残阳衔树落，一声仙鹤过溪来。闲乘画舫吟明月，独掩衡门长绿苔。且喜年年作花主，新诗捧得眼还开。秦韬玉、徐铉、李群玉、罗邺[⑨]、鱼玄机、马戴[⑩]、白居易、徐铉。

---

① “当”字，张籍《赠王秘书》原作“从”。
② “林”字，钱起《过张成侍御宅》原作“枝”。
③ “乾坤”二字，杜甫《故著作郎贬台州司户荥阳郑公虔》原作“存殁”。
④ 原注作者误，出自朱长文《望中有怀》。
⑤ 原注作者误，出自李中《献张拾遗》。
⑥ 原注作者误，出自温庭筠《寄河南（一作北）杜少尹》。
⑦ 原注作者误，出自王周《大石岭驿梅花》。
⑧ “傍”字，徐铉《和张少监晚菊》原作“倚”。
⑨ 原注作者误，出自贯休《过商山》。
⑩ 原注作者误，出自刘沧《赠隐者》。

何须蓬岛访真仙？守岁山房总绝缘[①]。遥望露台疑是月[②]，行过石树冻无烟。故情欢喜开书后，永日微吟在竹前。此地从来可乘兴，夜阑吹笛称红天[③]。杜光庭、戴叔伦、李商隐、皮日休、白居易、朱庆馀、高适、罗邺。

光阴一岁欲终头，风物凄凄宿雨收。只有远山含暖律，复看津树隐离舟。拥裘公子休言冷[④]，傅粉何郎不解愁。为爱君心能洁白，水亭今日又同游。白居易、韩翃、罗隐、王勃、杜荀鹤、李端、上元夫人、杨巨源。

白艳轻明带露痕，北风身醒辨寒温。书墙暗记移花日，寻鹤因行隔垄村。高阁清香生静境，小窗残雨湿惊魂。相逢一笑怜疏放，深院无人独倚门。郑璧、李绅、韩偓、殷尧藩、温庭筠、罗隐、李商隐、韩偓。

数树参庭是蕊宫，十三天洞暗相通。碧云飞处诗偏丽，明月临来影半空。踏雪独寻春嶂下[⑤]，寄书多向远山中。十年一觉扬州梦，已见新花出故丛。皮日休、王建[⑥]、权德舆、吴融、李中、陆龟蒙、杜牧、权载之。

芳枝拔去正无尘[⑦]，引得高情鹤鹭人。云傍水村凝冷片，雪披江树半和春。可怜颜色经年别，不觉风光度岁频。会待与君开瓮秫[⑧]，形容消瘦老于真。赵嘏、白居易、伍乔、陆龟蒙、元稹、卢肇、罗隐、裴说[⑨]。

玉槛瑶轩任所依，碧窗斜月蔼深辉。沙村白雪仍含冻，空里流霜不觉飞。从道笔端由我得，近来诗客似君稀。平生只有松堪对，暮倚长松独鹤归。罗邺、张仲素、杜甫、张若虚、吴融、白居易、薛能、吴子华。

---

① "总"字，戴叔伦《二灵寺守岁》原作"迥"。

② "台"字，李商隐《隋宫守岁》原作"盘"。

③ "红"字，罗邺《冬日寄献庾员外》原作"江"。

④ "裘"字，杜荀鹤《雪》原作"袍"。

⑤ "春"字，李中《送圆(一作图)上人归庐山》原作"青"。

⑥ 原注作者误，出自曹唐《小游仙诗》。

⑦ "拔"字，赵嘏《赠李秘书》原作"攀"。

⑧ "瓮秫"二字，罗隐《寄杨秘书》原作"社瓮"。

⑨ 原注作者误，出自李洞《赠高仆射》。

自向深冬看艳阳，羽人应许往仙乡[①]。近嫌俗客知踪迹，怪得清风送异香。却望山川空黯黯，惊看天地白荒荒。天荒地老无人识，中有孤丛色似霜。韩偓、李中、吴融、崔澹、韩偓、薛涛、李贺、白居易。

隔年乡思暗相知，认得岩西最老枝。独对春光还寂寞，谁怜梦好转相思？闲寻野寺销晴日[②]，吟拥寒炉过腊时。更阅前题已披卷，卷中多是得名诗。方干[③]、窦群、施肩吾、韩偓、陆龟蒙、罗隐、李商隐、贾岛。

## 三叠前韵九首

几株犹得近池台，幸与松筠相近栽。落叶独寻流水去，春风吹出好山来。玉鳞寂寂飞斜日[④]，竹影萧萧扫径苔。珍重诗人频管领，锦囊封了又重开。李绅、□□□[⑤]、张乔、□□□[⑥]、李嘉祐、牟融[⑦]、徐铉、韩偓。

只个逍遥是谪仙，只因寻访是因缘。寒云晓散千峰雪，冷色初澄一带烟。惟有朗吟偿晚景，暂留欢赏寄春前。高山流水琴三弄，耿耿星河欲曙天。李咸用、方干、许浑、薛涛、郑谷、杜审言、牟融、白居易。

最含情处出墙头，倚着高楼思莫收。看院只留双白鹤，拿烟闲弄个渔舟。惟将寒色资琴兴，一任斜阳伴客愁。景状入诗兼入画，江南风月会重游。吴融、李咸用、白居易、陆鲁望、秦韬玉、包佶、韩偓、白乐天。

霜皴雪皱古苔痕，木母金公性本温。已领烟霞光野径，却听鸡犬

---

① “应许往”三字，李中《思简寂观旧游寄重道者》原作“曾许驻”。

② “野”字，陆龟蒙《奉和次韵》原作“古”。

③ 原注作者误，出自徐铉《南都遇前嘉鱼刘令言游闽岭作此与之》。

④ “日”字，李群玉《人日梅花病中作》原作“月”；原注作者误。

⑤ 原注缺作者姓名，出自白居易《代迎春花招刘郎中》。

⑥ 原注缺作者姓名，出自孟宾于《雪霁》断句。

⑦ 牟融，唐代无其人，其诗乃明人伪作。参见陶敏《〈全唐诗·牟融集〉证伪》，发表于《文献》1997 年第 2 期。本书所录集句诗中，采用“牟融”诗者非一处，下文不另作注。

隔前村。暮天摇落伤怀抱，闲夜分明结梦魂。夜半鸡声残梦里[①]，罗浮道士忽敲门。无名释、吕岩、朱景玄、曹唐、高适、权德舆、严维、施肩吾。

若得千株便雪宫，小园幽事尽能通。夕阳映阁山当寺[②]，远树连天水接空。冷淡只开香火里[③]，思量应在月明中。飘飘似欲来云鹤，挟子翻飞还一丛。陆龟蒙、皮日休、赵嘏、罗隐、齐己、罗隐、元结、杜甫。

繁华事散逐香尘，独立空山冷笑人。政引风霜成物色，力回天地作阳春。东君欲待寻佳约，南国相思寄梦频。桃李无言又何在？静中还得保天真。杜牧、崔橹、杨巨源、欧阳烟詹[④]、王初、杜牧、齐己[⑤]、徐夤。

似向诗中有所依，满山犹带旧光辉。雪飘歌曲高难和，鹤养闲神昼不飞。青女素娥俱耐冷，宋台梁馆常依稀[⑥]。思君一见如琼树，尊酒流连夜始归[⑦]。尚颜、曹松、白居易、齐己、李商隐、刘禹锡、许浑、罗隐。

素手亭亭对夕阳，悬心应在白云乡。相逢相笑尽如梦，无艳无妖别有香。雪岭独看西日落，衡门犹对故城荒[⑧]。相思一夜情多少？楼上残灯伴晚霜。李嘉祐[⑨]、羊士谔、刘禹锡、齐己、杜甫、刘沧、张仲素[⑩]、关盼盼。

冷笑行藏只独知，负霜停雪旧根枝。清风朗月长相忆，美酒香茶慰所思。下笔咸成千古事，论交却记十年时[⑪]。阳风一曲谁相和[⑫]？

---

① “鸡”字，顾况《从剡溪至赤城》原作“鹤”；原注作者误。

② “夕”字，赵嘏《草堂》原作“斜”。

③ “只”字，齐己《江寺春残寄幕中知己》原作“独”。

④ 原注作者有衍文，出自欧阳詹《述德上兴元严仆射》。

⑤ 原注作者误，出自杜牧《紫薇花》。

⑥ “常”字，刘禹锡《荆州道怀古》原作“尚”。

⑦ “流连夜”三字，罗隐《寄前宣州窦常侍》原作“留欢醉”。

⑧ “故”字，刘沧《深愁喜友人至》原作“古”。

⑨ 原注作者误，出自李群玉《人日梅花病中作》。

⑩ 原注作者误，出自关盼盼《燕子楼》。

⑪ “记”字，高适《送前卫县李寀少府》原作“忆”。

⑫ 前四字，李白《答杜秀才五松山见赠》原作“阳春欲奏”。

只向尊前咏旧诗。李咸用、李群玉①、徐铉、李嘉祐、欧阳炯、高达夫、李白、李建勋。

## 道上见梅又叠前韵九首

独寻春色上高台，越岭吴溪免用栽。千里梦随残月断，数枝愁向晚天来。遥村处处吹横笛，寒涧泠泠漱古苔。到此诗情应更远，别君花落又花开。薛能、罗邺、李白②、崔橹、李中、贾岛、张籍、徐夤。

适越游吴一散仙，望君惟欲结良缘。层层曲槛侵危石③，隐隐飞桥隔野烟。独向清溪依树下，永留寒色在庭前。好风吹醒罗浮梦，知是罗浮第几天？白居易④、张祜⑤、延寿、张旭、刘禹锡⑥、唐求、殷尧藩、曹松。

阖闾城外越江头，一浑乾坤万象收。吴苑夕阳明古堞，楚天凉雨在孤舟。春风一夜吹香梦，画角三声动客愁。回首可怜歌舞地，野麋林鹤是交游。黄滔、杜荀鹤、温庭筠、李端、武元衡、戎昱、杜甫、白居易。

苔径阴阴屐少痕，烟霞冬闭木棉温。亭皋寂寞伤孤客，离舍稀疏带旧村。只向江南并塞北，最关诗思与离魂。故乡今夜思千里，自有春风为扫门。牟融、黄滔、郎士元、李建勋、段成式、韩偓、高适、李涉。

年年先发馆娃宫，竹岛萝溪委曲通。满阁白云随雨去，寒窗幽思度烟空。独行归客晚山里，先访高人积雪中。正是江南好风景，腊前千朵亚芳丛。陈羽、皮日休、方干、刘沧、施肩吾、戴叔伦、杜甫、□□□⑦。

---

① 原注作者误，出自卢仝《题褚遂良孙庭竹》。

② 原注作者误，出自李中《海上从事秋日书怀》。

③ "层层"二字，延寿（一署吴越僧）《武肃王有旨石桥设斋会进一诗》原作"重重"。

④ 原注作者误，出自皮日休《醉中即席赠润卿博士》。

⑤ 原注作者误，出自皮日休《江南道中怀茅山广文南阳博士》。

⑥ 原注作者误，出自刘长卿《送灵澈上人还越中》。

⑦ 原注缺作者姓名，出自皮日休《扬州看辛夷花》。

一年生意属流尘，一半花犹属别人。对酒共惊千里客①，隔墙分送一枝春。窗前时节羞虚掷，雪里欢游莫厌频。无限幽芳徒欲寄，应怜疏放任天真②。李商隐、朱庆馀、卢肇、戴叔伦、女哀、白居易、皎然、罗隐。

高楼独上思依依，积素凝华连曙晖。清梵林中人转静，缑山烟外鹤初飞。月明野店闻鸡早，花暗山城见吏稀。叹息光阴催白发，江南江北送君归。皇甫冉、岑参、李嘉祐、韦庄、牟融、刘长卿、李绅、王维。

县花寻已落河阳，犹觉吟声带越乡。白日放歌须纵酒，素华映月只闻香。水边重阁含飞动，城上高楼接大荒。几许岁华销道路？一枝寒玉任烟霜。罗隐、许浑、杜甫、殷文圭、宗楚客、柳宗元、窦牟、杨巨源。

与报西湖风月知，只应搔首咏琼枝。谁家见月能闲坐？几度临风动远思？寂寞江天云霞里③，浅深山色晚晴时。山梅自是青云客，第一功名只赏诗。白居易、李嘉祐④、崔液、牟融、杜甫、杜荀鹤、温庭筠、司空图。

## 岭梅

吹葭六管动飞灰，十月先开岭上梅。片石孤云窥色相，暖风晴日断浮埃。数间茅屋无人到⑤，一带山泉绕舍回。更忆双峰最高顶，犯寒疑与雪为媒。杜甫、樊晃、李颀、薛能、贯休、白居易、郎士元、司马都。

---

① “客”字，卢肇《及第(一本有“后”字)送潘图归宜春》原作“别”。

② “放”字，罗隐《酬寄右司李员外》原作“散”。

③ “霞”字，杜甫《严中丞枉驾见过》原作“雾”。

④ 原注作者误，出自李群玉《寄长沙许侍御》。

⑤ “数”字，贯休《山居诗》原作“三”。

## 溪梅

重叠山前对酒尊，渔家竹里半开门。玉莎瑶草连溪碧①，翠羽春禽满树喧。近水方同梅市隐，避人何必武陵源？轻舟过去浑如画②，无限诗情要细论。方干、李嘉祐、曹唐、韦庄、司空曙、吴融、陆龟蒙、杨巨源。

## 江梅

更有澄江锁客愁③，江边明月为君留。飞流直下三千尺，春色先归十二楼。独立每看斜日尽，放歌曾作昔年游。枝枝如雪南关外，何处相思雪满头？杜甫、王昌龄、李白、陈陶、王諲、杜牧、窦群、韦庄。

## 岸梅

沙头忽见眼相猜，两岸山花似雪开。繁艳只愁风处落，阳和为尔腊前来。因寻野渡逢渔舍，贪记诗情忘酒杯。吟玩瑶华不知晚，起行残月影徘徊。杜甫、刘禹锡、李绅、韩偓、韦庄、朱庆馀、王起、顾况。

## 野梅

散诞由来自不羁，僻居多与懒相宜。谁知野性真天性？人道新诗胜旧诗。吟玩独当明月夜，思量似在故山时。羡君不入五侯宅，看

---

① “莎”字，曹唐《仙子洞中有怀刘阮》原作“沙”。

② “浑如”二字，陆龟蒙《北渡》原作“真堪”。

③ “锁”字，杜甫《卜居》原作“销”。

取妖容露雪枝[①]。李颀、罗邺、郑谷、韦庄、白居易、方干、张谓、吕岩。

## 村梅

水边山曲更深村，又蘖清香与返魂。万里关河成传舍，一声鸡犬似山源。朗吟丽句惊巢鹤，静爱寒香扑酒尊。肯与邻翁相对饮？一枝斜映竹篱门。陆龟蒙、无名释、殷尧藩、韦庄、秦系、罗隐、杜甫、薛能。

## 店梅

美人相并立琼轩，路上行人欲断魂。对酒已成千里客，忘名不到五侯门。旗亭百队开新市，茅屋三间映古原[②]。有个当垆明似月，月楼谁伴咏黄昏？朱庆馀、杜牧、卢纶、皎然、王初[③]、尚颜、杜牧、李商隐。

## 驿梅

驿路铃声夜过山，花深桥转水潺潺。不知明月为谁好？无限瑶枝待尔攀。漫说简书催物役，暂凭春酒换愁颜。折芳远寄相思曲，白马嘶风何处还？杜荀鹤、温庭筠、杜甫、皮日休、钱起、施肩吾、许景先、赵嘏。

## 官梅

东阁观梅动诗兴，南宫词客寄新篇。不妨公事资高卧，颇觉生涯异俗缘。林色晓分残雪后，花阴晚到簿书边。定知何逊缘联句，暗喜

① “枝”字，吕岩《渔父词·沐浴》原作“肌”。

② “屋”字，尚颜《赠村公》原作“栋”。

③ 原注作者误，出自王勃《临高台》。

风光似昔年。杜甫、刘禹锡、杨巨源、齐一己[1]、灵一、朱庆馀、李商隐、韦庄。

## 亭梅

小隐亭西为客开[2]，杜陵归客正徘徊。若无清酒两三瓮，更遣离情四五杯。溪口石颠堪自逸，江边树里共谁来？堠长堠短逢官马，双鹤移时只有苔。许浑、韦庄、白居易、施肩吾、元结、杜甫、殷尧藩、白居易[3]。

## 宫梅

燕钗初试汉宫妆，罗绮花飞白玉堂。行乐最宜连夜景，迎春先有好风光。心迷晓梦窗犹暗，曲度沉烟雪更香。自问辛勤缘底事？几时涂额藉蜂黄？韩偓、无名氏、司空图、白居易、崔班[4]、崔梦之、韩致尧、李商隐。

## 寺梅

寄宿慈恩竹里房，千竿竹影乱登墙。偏怀佛界通仙境[5]，亦要天花作道场。绕座香风吹宝盖，暖檐晴日满绳床。回心愿学雷居士，共拜金刚不坏王。李洞、韩翃、皇甫冉、李商隐、韦庄、白居易、方干[6]、唐懿宗。

---

① 原注作者有衍文，出自释齐己《溪居寓言》。

② “亭西”二字，许浑《游钱塘青山李隐居西斋》原作“西亭”。

③ 原注作者误，出自皮日休《华山李炼师所居》。

④ 原注作者误，出自崔珏《有赠》。

⑤ “怀”字，皇甫冉《杂言无锡惠山寺流泉歌》原作“依”。

⑥ 原注作者误，出自韩翃《题玉山观禅师兰若》。

## 观梅

入院松声共鹤闻，清都众木总荣氛[①]。洞中现凿寻仙路[②]，岭上犹多隐士云。树影不随明月去，诗题还上小楼分[③]。我来问道无余说，雪月花时最忆君。杨巨源、张说、姚合、李商隐、方干、陆龟蒙、刘言史[④]、白居易。

## 种梅

闲云之外不同栖，自谓经过旧不迷。幸接野居连屐步[⑤]，拟将身世老锄犁。只留皓月当银汉[⑥]，好倚青山与碧溪。为见芳林含笑待，清泉闲洗种花泥。吴融、王维、卢纶、韩偓、唐彦谦、罗邺、苏颋、皮日休。

## 移梅

故园山路一枝枝，记着南塘移树时。烟格月姿曾不改，竹窗松户有佳期。自怜长策无人问，独喜高情为我持。遍插繁花向晴昊[⑦]，闲身事少只题诗。欧阳詹、李商隐、陆龟蒙、李嘉祐、李山甫、陆鲁望、杜甫、司空图。

---

① “氛”字，张说《遥同蔡起居偃松篇》原作“芬”。

② “现”字，姚合《题崔驸马宅》原作“见”。

③ “还”字，陆龟蒙《怀杨台文杨鼎文二秀才》原作“闲”。

④ 原注作者误，出自李翱《赠药山高僧惟俨》。

⑤ “连”字，卢纶《得耿沣司法书因叙长安故友零落兵部苗员外发秘省李校书端相次倾逝潞府崔功曹峒长林司空丞曙俱谪远方余以摇落之时对书增叹因呈河中郑仓曹畅参军昆季》原作“宜”。

⑥ “皓”、“银”二字，唐彦谦《中秋夜玩月》原作“皎”、“层”。

⑦ “遍”字，杜甫《苏端薛复筵简薛华醉歌》原作“乱”。

## 溉梅

青山小隐枕潺湲，僻性应将云水便[①]。卧晚不曾抛好夜，骨清惟爱漱寒泉。微香暗惹游人步，时候频过小雪天。昏思愿因清露洗，春光应不负今年。吴融、罗邺、薛能、朱庆馀、罗邺之[②]、陆龟蒙、王建、白居易。

## 催梅

消息东郊木帝回，天时人事日相催。佳期笑把斋中酒，暖律还吹岭上梅。借问春风来早晚？莫将芳意更迟回。爱君且喜君先达[③]，调鼎何曾用不材？李商隐、杜甫、韩翃、韦庄、白居易、黄滔、高适、韩偓。

## 探梅

山意冲寒欲放梅，爱山骑马入山来。定知马上多新作[④]，且试花前饮冷杯[⑤]。江客不堪频北望，花枝尽合向南开。我心泉石烟霞里[⑥]，一日须来一百回。杜甫、韦庄[⑦]、李嘉祐、白居易、皇甫冉、罗邺、宋之问、杜甫。

---

① “僻性”二字，罗邺《山阳贻友人》原作“性僻”。

② 原注作者有衍文，出自罗邺《芳草》。

③ “喜”字，高适《赠别晋三处士》原作“欲”。

④ “作”字，李嘉祐《送舍弟》原作“句”。

⑤ “且”字，白居易《和薛秀才寻梅花同饮见赠》原作“便”。

⑥ “泉”、“烟”二字，宋之问《放白鹇篇》原作“松”、“青(清)”。

⑦ 原注作者误，出自白居易《宿西林寺》。

## 寻梅

话着名山即拟寻，清溪几度到云林？夕阳流水题诗去①，碧石苍苔满树阴②。才子乘春来骋望，高人卜筑自幽深③。松花酒熟傍看醉，春分依依直至今。张玭、王维、钱起、李端、孟浩然、李商隐、郭受④、贾岛。

## 观梅

从云从鹤思悠悠，闲客观梅夜未休⑤。为向西窗添月色，再来南国见风流。荒陂断堑无端入，高槛朱栏不厌游⑥。东阁此时闻一曲，还如何逊在扬州。欧阳詹、姚合、秦韬玉、洛中举子、陆鲁望、李嘉祐、戴叔伦、杜甫。

## 赏梅

相逢游戏绕池台，且喜年华去复来。更欲题诗满青竹，惟宜策杖步苍苔。阶前碎月筛花影⑦，岩下分泉递酒杯。赏景尚知心未退，常时谈笑许趋陪。孟浩然、张说、杜甫、杜荀鹤、温庭筠、许浑、白居易、方干。

---

① “题”字，钱起《送冷朝阳擢第后归金陵觐省》原作“吟”。

② “苍”字，李端《题元注林园》原作“青”。

③ “高”字，李商隐《复至裴明府所居》原作“伊”。

④ 原注作者误，出自杜甫《杜员外兄垂示诗因作此寄上》。

⑤ “梅”字，姚合《题田将军宅》原作“花”。

⑥ “槛”字，李嘉祐《同皇甫冉登重玄阁》原作“阁”。

⑦ “筛”字，温庭筠《生禖屏风歌》原作“铺”。

## 供梅

知是修行第几身？玉瓶寒贮露含津[①]。尊中酒色恒宜满，分外诗篇看即新。对此独吟还独酌，与君相向转相亲。窗前人静偏宜夜，节概犹夸似古人。熊孺登、吴融、谢偃、王建、刘禹锡、刘希夷、徐铉、高骈。

## 友梅

故人何处月明时？东阁编成咏雪诗。惟有搜吟遣怀抱，应将清净结心期。岁寒高节谁能识？淡水交情老始知。得向晚窗闲把玩[②]，风流儒雅是吾师[③]。罗隐、吴融、李中、杨巨源、牟融、白居易、郑□、杜甫。

## 品梅

万木凋零向霜雪，孕灵含秀独超群。平章花事间贻我，主领春风只在君。举世更谁怜洁白？几人终肯别嚣氛？虽然未得和羹便，要使佳名天下闻。齐己、吴越僧、温庭筠[④]、王建、徐夤、韩偓、罗隐、李中[⑤]。

## 咏梅

一道幽奇各自分，笔端飞动只降君。常吟卷里新酬句，愿向花间

① “瓶”字，吴融《病中宜茯苓寄李谏议》原作“瓯”。

② “把”字，郑谷《温处士能画鹭鸶以四韵换之》原作“挂”；原注作者有脱字。

③ “是”字，杜甫《咏怀古迹五首》原作“亦”。

④ 其句出处待考。

⑤ “佳”、“天下”二字，李中《送相里秀才之匡山国子监》原作“嘉”、“海内”。

次第闻。才子旧称何水部，诗家今得鲍参军。阳春唱后应无曲，把酒相看日又曛。延寿、吴融、张文昌、杨巨源、韩偓①、杨景山、王滔、韦庄。

## 歌梅

湖上春风发管弦，新词宛转递相传。惟怜独鹤依琴曲，唤取佳人舞绣筵。酬赠既无青玉案，相招一和白云篇。笙歌一夜舟中月②，乐在风波不用仙。薛能、刘禹锡、李德裕、杜甫、皮日休、郎士元、方干、张志和。

## 聘梅

最近东头是白家，酒香风冷月初斜。柳门竹巷依依在，舞榭妆楼处处遮。高士例须怜曲蘖，逸妻相共老烟霞。与君便是鸳鸯侣，问答时容近绛纱。白居易、曹唐、刘禹锡、刘禹锡、韩退之、秦系、温庭筠、韦庄③。

## 画梅

玉手和烟弄一枝，故凭轻素写幽奇④。重思醉墨纵横甚，惟有春风仔细知。若个高情能似我？及观标格过于诗。座中香气排花出，碧水青山无限思。张祜、郑谷、陆龟蒙、葛亚儿、韩偓、杨敬之、薛稷、元稹。

---

① 原注作者误，出自韩翃《寄徐州郑使君》。

② “一”字，方干《赠山阴崔明府》原作“人”。

③ 原注作者误，出自方干《茆山赠洪拾遗》。

④ “故”字，郑谷《温处士能画鹭鸶以四韵换之》原作“敢”。

## 折梅

折得东风第一枝，江南景物暗相随。秦中驿使无消息，洛下园林好自知。明月自来还自去，故人相别动相思。可怜范陆分襟后，正是前山雪下时。元稹①、白太傅、杜甫、白居易、张若虚②、徐铉、徐夤、唐求。

## 赠梅

佳期小别俄千里③，芳月相思阻一杯。为我踟蹰停酒盏，赠君珍重抵琼瑰。门连野水风长到，书寄乡山客未回。他日新诗若见报④，能劳马迹破春苔？钱起、韦应物、白居易、李商隐、张籍、刘沧、韩翃、钱起。

## 答梅

吟来宁不忆吾庐？莫比寻常赠鲤鱼。明月好同三径夜，云山老对一床书。相期冰雪情偏厚，欲报琼瑶愧不如。劳寄新诗远安慰，隔窗犹认打门初。罗邺、元稹、白居易、李颀、忘名⑤、司空曙、白太傅、孙光宪。

## 问梅

风雪晴来岁欲除，也知乡信日应疏。故园迢递千山外，旧友相依

---

① 原注作者误，出自唐彦谦《无题》。

② 原注作者误，出自崔橹《华清宫》。

③ “小”字，钱起《送冷朝阳擢第后归金陵觐省》原作“少”。

④ “若”字，韩翃《送中兄典邵州》原作“应”。

⑤ 其句出处待考。

万里余。为我引杯添酒饮，听君细话胜家书。年来相见琼枝色①，合向烟波问五鱼②。赵嘏、岑参、刘兼、郎士元、李商隐③、方干、女子裒、皮日休。

## 饯梅

一想流年百事惊，残尊下马复同倾。念兹斗酒成暌间，无奈春风欲送行④。翠羽冲花他自得⑤，青山绕槛路难平。坐中亦有江南客，愁杀江南离别情。薛能、杜甫、高适、杜工部、司空图、郑谷⑥、高适⑦、常建。

## 落梅

玉笛谁家叫落梅？长亭一望一徘徊。江间波浪兼天涌，海上东风犯雪来。去去山川劳日夜，重重履迹在莓苔。荣枯事过多成梦⑧，闷向床头拨酒醅⑨。韦庄、吴融、杜甫、李德裕、乔知之、李频、白居易、李中。

暮天何处笛声哀？碧玉行收白玉台。欲折远芳聊赠送⑩，不胜清怨却飞来。陇禽有意独能说⑪，野水无情去不回。为忆故溪千万

---

① “相”字，胡宿《次韵徐爽见寄》原作“想”；原注作者误。

② “问五”二字，皮日休《寒日书斋即事》原作“为玉”。

③ 原注作者误，出自白居易《醉赠刘二十八使君》。

④ “奈”字，高适《夜别韦司士》原作“那”；原注作者误。

⑤ “冲”字，杜甫《清明》原作“衔”；原注作者误。

⑥ 原注作者误，出自司空图《淅上》。

⑦ 原注作者误，出自郑谷《席上赠歌者》。

⑧ “多”字，白居易《寄李相公崔侍郎钱舍人》原作“都”。

⑨ “拨”字，李中《思九江旧居》原作“泼”。

⑩ 此句皎然《七言春日杼山寄李员外纵》原作“欲掇幽芳聊赠远”，一作“无限幽芳徒欲寄”。

⑪ “独”字，吴融《浙东筵上有寄》原作“犹”。

树，满庭春雨长蒿莱。赵嘏、李商隐、皎然、钱起、吴融、罗隐、吴子华、韦庄。

春山一雨一回风，一片西飞一片东。复有楼台衔暮景，直无鸦鹊到园中。碧窗月落琴声断，小阁尘凝人语空。歇马独来寻故事，佳期迢递路何穷？灵一、韦庄[①]、杜甫、王建、戴叔伦、李商隐、李涉、许浑。

班马长嘶落景催，临岐终日独徘徊。蹋随游骑心常惜，斜凭栏杆首重回[②]。关塞极天惟鸟道，吴王此地有楼台。春风堪赏还堪恨，独唱劳歌酒数杯[③]。苏颋、皇甫冉、白居易、李山甫、杜甫、刘沧、□□[④]、刘途。

莫怪频频劝酒杯，春愁不尽别愁来。青楼寂寂空明月，碧砌磷磷生绿苔。聚散已悲云不定，年华忧共水相催。旧山山下还如此，为约东风且住开。杜甫、杨凝、王鳞、罗邺、鱼玄机、李商隐、罗隐、皮日休。

绿华归思颇无穷，分影由来恨不同。几曲艳歌春色里？三千世界雪花中。贾生年少虚垂泪，赵后身轻欲倚风。莫凭水窗南北望，石台依旧水云空。曹唐、李涉[⑤]、杜牧[⑥]、韦庄[⑦]、李商隐、李商隐、白居易、刘沧。

镜水稽山满眼来，含羞迎夜更临台[⑧]。稍惊宵漏丁丁促，岂逐春风乙乙回[⑨]？碧落有情空怅望，王妃无侣独徘徊[⑩]。明朝又是孤舟别，从此兰堂锁绿苔。元稹、李商隐、令狐楚、杜牧、李远、白居易、李涉[⑪]、

---

① 原注作者误，出自王建《宫词》。

② “凭”字，李山甫《牡丹》原作“倚”。

③ “酒”字，刘沧《晚秋野望》原作“醉”；原注作者误。

④ 原注缺作者姓名，出自雍陶《过南邻花园》。

⑤ 其句出自一首题为《灯》的诗，作者为韩溉，一作韩喜，一作徐夤，但未见作“李涉”者。

⑥ 原注作者误，出自赵嘏《陪韦中丞宴扈都头花园》。

⑦ 原注作者误，出自刘禹锡《福先寺雪中酬别乐天》。

⑧ “更”字，李商隐《留赠畏之》原作“复”。

⑨ “乙乙”二字，杜牧《早雁》原作“一一”。

⑩ “王”字，皮日休《行次野梅》原作“玉”；原注作者误。

⑪ 原注作者误，出自窦叔向《夏夜宿表兄话旧》。

罗邺。

颓颜更被别离凋，客路都随岁月消[①]。风冷露坛人悄悄，云愁江馆雨萧萧。天涯春色催迟暮，远道音书转寂寥。此对不堪乡外思[②]，平明走马上村桥。武元衡、姚合、元结、武伯苍、杜甫、徐凝、韦庄、曹唐[③]。

野店山桥送马蹄，是非千载逐芳泥。尘心未尽思乡县，久客将归问路蹊。鸿雁不堪愁里听，鹧鸪休向耳边啼[④]。几程霜雪经残腊？故树荒凉欲别迷[⑤]。杜甫、谭用之、王维、刘长卿、李颀、韩愈、齐己、王建。

满天吹落雪纷纷[⑥]，半入江风半入云。欲送残春招酒伴，独悲孤鹤在人群。世间此恨偏敦我，他日相思一梦君。处处回头尽堪恋，临歧惆怅若为分？李频、杜甫、白居易、皇甫冉[⑦]、白居易、李白、李涉[⑧]、李白。

撩乱芳情最是君，天长地阔岭头分。月明野寺客初到[⑨]，山東长江日易曛[⑩]。万里寒光生积雪，一朝消散似浮云。白公去后交游少[⑪]，自别江南更不闻。元稹、沈佺期、项斯、蔡京、祖咏、杜牧[⑫]、张籍、白居易。

行却江南路几千，一声邻笛旧山川。落花不语空辞树，明月无情却上天。往事悠悠添浩叹，春愁黯黯独成眠。东风好作阳和使，深入

---

① 此句最早可考为明代孙蕡小说《朝云》中朝云所作的集句诗，原作者不详；“路”字，小说中原作“梦”。

② “此对”二字，韦庄《途中望雨怀归》原作“对此”。

③ 原注作者误，出自皎然《冬日梅溪送裴方舟宣州》。

④ “向”字，韩愈《晚次宣溪辱韶州张使君惠书叙别酬以二章》原作“傍”。

⑤ 此句王建《李处士故居》原作“故榭荒凉路欲迷”。

⑥ “吹”字，李频《乐游原春望》原作“飘”。

⑦ 原注作者误，出自皇甫曾《秋夕寄怀契上人》。

⑧ 原注作者误，出自白居易《西湖留别》。

⑨ “野”字，项斯《宿山寺》原作“古”。

⑩ “易”字，戎昱《送苏参军》原作“早”；原注作者误。

⑪ “白公”二字，张籍《赠王建》原作“于君”，一作“白君”。

⑫ 原注作者误，出自白居易《寄殷协律》。

东风转索然。张祜、许浑、白居易、薛能[①]、郑谷、韦应物、钱赵[②]、杜荀鹤。

姑苏南望思徘徊，潦倒新停浊酒杯。风暖慢行寻曲水，月明先自下高台。时人不识东风朔[③]，村笛犹吹阿滥堆。闻道旧溪茅屋畔，为谁零落为谁开？刘沧、杜甫、姚合、姚武功、李白、张祜、李涉[④]、严恽。

踏得苍苔一径深，黄昏寒立更披襟。那堪流落逢摇落？何事君心似我心？共荷发生同雨露，有时惆怅值云阴。数枝翠叶空相对，书幌谁怜独夜吟？司空图、许棠[⑤]、郑谷、贯休[⑥]、钱起[⑦]、裴夷直、胡宿、元稹[⑧]。

一度相思一度吟，孤烟绕树动离心。新愁旧恨真无□[⑨]，冷蕊疏枝半不禁。暮雨自归山悄悄，碧云初断信沉沉。越禽唯有南枝分，何事经年闷好音[⑩]？戎昱、皇甫冉、韩偓、杜甫、李商隐、刘禹锡、顾况、齐己。

水晶帘外冷沉沉[⑪]，行矣关山方独吟。两岸晚烟千里草，数村残照半岩阴。江湖不见飞禽影，霄汉常悬捧日心。物外寂中谁似我？情知此事少知音。姚合、李商隐、杜牧[⑫]、许浑、杜荀鹤、钱起、皎然、李小甫[⑬]。

归思临高不宜裁，强抒离抱立高台。何郎独在无恩泽，江令当年只费才。如伴风流萦艳雪，莫教零落委苍苔。愿君早慰苍生望，傅野

---

① 原注作者误，出自薛逢《题昭华公主废池馆》。

② 原注作者有误字，出自钱起《春郊》。

③ “时”字，李白《玉壶吟》原作“世”。

④ 原注作者误，出自姚合《将归山》。

⑤ 原注作者误，出自司空图《白菊杂书》。

⑥ 原注作者误，此句出自李中《寄左偃》。

⑦ 原注作者误，出自皇甫曾《早朝日寄所知》。

⑧ 原注作者误，出自刘禹锡《怀妓》。

⑨ 句中所缺之字，韩偓《三月》原作“奈”。

⑩ “闷”字，齐己《咏莺》原作“阏”。

⑪ “晶”诗，曹唐《小游仙诗》原作“精”；原注作者误。

⑫ 原注作者误，出自许浑《送杜秀才归(一作往)桂林》。

⑬ 原注作者中有误字，出自李山甫《赠弹琴李处士》。

非无济世材。曹唐①、韩偓、刘禹锡、李商隐、李商隐②、韦应物③、裴夷直④、韩致尧。

怅望春襟郁未开，春风何事远相催？一声玉笛向空尽，三岛灵禽拂水回。神女生涯原是梦，子山词赋莫兴哀。君看旧日高台处，狎鸟无机任往来。李中⑤、李涉、张祜、李绅、李商隐、吴融、王勃、灵一。

断肠分手各风烟，零落残魂倍黯然。此去寂寥寻旧迹，恐惊憔悴入新年。自怜海上为逋客，始信人间有谪仙。世事浮云何足问？长川终日碧潺湲。杜甫、柳中元⑥、李颀⑦、李益、杜牧⑧、罗虬、王维、高骈。

客中相见客中怜，复忆襄阳孟浩然。白苧不堪论古意，清尊相伴省他年。莫嫌堆案无余地⑨，耐可乘流直上天。此别应须各努力，花须终发月须圆。李白、杜甫、李咸用、李商隐、刘禹锡、白居易⑩、杜子美、温庭筠。

若为看去乱乡愁，江上行人雪满头。树色净依官舍晚⑪，水声空傍汉宫流。微波有恨终归海，好月那堪独倚楼⑫？今日因君试回首，天高无处问来由？杜甫、韦庄、赵嘏、韦端己、薛逢、谭用之、罗隐、白居易。

---

① 原注作者误，出自曹松《南海旅次》。

② 原注作者误，出自韦应物《五弦行》。

③ 原注作者误，出自徐夤《司直巡官无诸移到玫瑰花》。

④ 其句出处待考。

⑤ 原注作者误，出自崔涂《鹦鹉洲即事(一作眺望)》。

⑥ 原注作者有误字，出自柳宗元《别舍弟宗一》。

⑦ 原注作者误，出自刘沧《送元叙上人归上党》。

⑧ 原注作者误，出自韩偓《二月二十二日抚州如归馆雨中有怀简诸朝客》。

⑨ "嫌"字，刘禹锡《秋日题窦员外崇德里新居》原作"言"。

⑩ 原注作者误，出自李白《陪族叔刑部侍郎晔及中书贾舍人至游洞庭》。

⑪ "净"字，赵嘏(一作薛逢)《发剡中》原作"老"。

⑫ "倚"字，谭用之《月夜怀寄友人》原作"上"。

倚偏江南寺寺楼，六分春色一分休。老知风月终堪恨，高视乾坤又可愁。客路寻常随竹影，山泉散漫绕阶流。黄尘满市图书贱[①]，华俗文章惜暗投[②]。杜甫[③]、白居易[④]、罗隐、杜甫、郎士元、元微之、卢纶、薛逢。

到处明知是暗投，马前春事等悠悠[⑤]。敢同俗态期青眼，几向斜阳叹白头？竹叶岂能消积恨？山形依旧枕寒流。天涯我亦同飘泊，物外何人识醉游？郑谷、罗隐、唐彦谦、胡宿[⑥]、韦庄、刘禹锡、杜甫[⑦]、无名氏。

一辱泥途逐雨收，江间亭下怅淹留。明时尚阻青云步，此地空遗黄鹤楼[⑧]。笛怨柳营烟漠漠，鸟栖庭树夜悠悠。那堪回首长洲苑，几度高吟寄水流？杜牧[⑨]、李商隐、陆鲁望、崔颢、武元衡、李中、李嘉祐、谭用之。

小帘风荡半离钩，客散江亭雨未休。顾我有怀同大梦，对君疑是泛虚舟。琼章定少千人和，仙鹤空成万里愁。叹息光阴催白发，酒龙多病上垂头。陆龟蒙、岑参、李商隐、杜甫、沈佺期、曹唐、李绅、陆鲁望。

与君约略说杭州，夜思千重恋旧游。岂有文章惊海内？曾将诗句结风流。因嗟往事抛心力，且借时吟在口头[⑩]。吟罢不知诗首数，尊前自献自为酬。白居易、李端、杜甫、白香山、贯休、鱼玄机、皮日休、杜牧。

---

① "尘"字，卢纶《春日卧病示赵季黄》原作"埃"。

② "华"字，薛逢《惊秋》原作"阜"。

③ 原注作者误，出自杜牧《念昔游》。

④ 原注作者误，出自陆龟蒙《正月十五日惜春寄袭美》。

⑤ "等"字，罗隐《关亭春望》原作"共"。

⑥ 原注作者误，出自胡曾《渭滨》。

⑦ 原注作者误，实出自明代沈自征《京邸送王伯良归越》。

⑧ "遗"字，崔颢《黄鹤楼》原作"余"，一作"留"。

⑨ 原注作者误，出自杜甫《长沙送李十一衔》。

⑩ "借"、"口"二字，鱼玄机《和友人次韵》原作"惜"、"手"。

## 自题西园梅五首

野水通池石叠台，为君移向故园栽。试将诗句相招去，有个诗人相访来。四面云山谁作主？一丘松竹自为媒。世缘俗态消除尽①，不傍春风暖处开。许浑、曹邺、白居易、齐己、朱湾、韦庄②、白香山、徐夤。

蕊珠深处少人知，一片寒光动水池。占地未过四五尺，背岩惟有两三枝。久为野客寻幽惯，曾共山翁把酒时。剩欲与君终此志，解将无事当无为。元稹、杨巨源、方干、李涉、杜甫、李商隐、岑参③、朱湾。

雪韵朝飞句韵新，搜奇缀韵和阳春。能当浊世为清世，称与诗人作主人。全觉此身离俗境，不将真性染埃尘。高风落落谁同调，尧放巢由作外臣。齐己、杨嗣复、贯休、朱庆馀、皎然、高骈、牟融、白居易。

林梢隐隐夕阳残④，尽日枝边次第看。静极却嫌流水闹，瘦多偏为卧云寒。闲吟佳句对飞鹤⑤，遥想清才倚画阑。莫羡三春桃与李，风流全占似君难。白居易、王涯、韦庄、皮日休、韩翃、□□⑥、刘禹锡、崔梦之。

左把花枝右把杯，西园自有月徘徊。六朝旧迹遗诗在，几树晴葩映水开。借问春风何处好？不知高意是谁陪？篱边老却陶潜菊，争奈渊明醉不来。司空图、武元衡、张乔、何希尧、杜牧之、欧阳詹、杜甫、姚合⑦。

---

① "态"字，白居易《老病幽独偶吟所怀》原作"念"。

② 其句出处未详，比较接近宋代林逋《深居杂兴六首》的"一丘松竹是闲媒"。

③ 原注作者误，出自皮日休《奉和鲁望四月十五日道室书事》。

④ 后一"隐"字，白居易《答梦得秋庭独坐见赠》原作"映"。

⑤ "飞"字，韩翃《赠别太常李博士兼寄两省旧游》原作"孤"。

⑥ 原注缺作者姓名，出自李洞《寄东蜀幕中友》。

⑦ 原注作者误，出自陆龟蒙《和夏景无事因怀章来二上人韵》。

凡人之心，行于动而泄于言，言足而成章为文，[文]永而成音为诗。诗之用，归于言志而已。顾古者赋诗有二，或自作，或引古。引古者义取断章，即如自作，其殆集古所自昉欤？大抵集古句易，集律句难。古句驱使贯穿，犹可以奔放为之；至五七律，对属欲精，章程欲变，又须有灏气流行其中，而后为之，乃如自运。乐城聘堂徐先生读书破万卷，工古文辞，于诗独喜集古，著有《燕来巢》及《客燕》、《燕贺》四赋，集用《葩经》；又著有《集陶》，通篇以陶句赋陶，纯任自然，绝无斧凿之迹。余尝受而卒读，并为跋语。近又以《集唐咏梅》七律百篇见示。余思渊明，爱菊者也，尝读其"采菊东篱下，悠然见南山"，以为南山在望，乃于采陶时悠然见之，斯真见矣。归熙甫云："悠然者与道俱是，不必真采菊；真有南山，而无不见之矣。"由是推之，先生之于梅，犹渊明之于菊，各有其志在也。借前人之句以写其胸臆，而收视内照，陶然有以自得，意所见当有与渊明同其悠然者，而非徒寻章摘句为也。读咏《落梅》句云："愿君早慰苍生望，傅野非无济世才。"又《自题西园梅》结句云："篱边老却陶潜菊，争奈渊明醉不来。"然则先生之志，已自言之；先生志陶之志，亦已自言之矣。以视七子之郊饯，韩宣赋诗不出郑志者，何以异乎？而多至百篇，所谓"言之不足，则长言之；长言之不足，则嗟叹之"，斯真永言为诗者欤！使徒赏其对属、章程神明变化，是知集古之妙而未知集古之志也。然乎哉！然哉乎！时在道光己酉正月吉旦仁和愚弟钱景唐顿首拜跋。

**附录：**

## 又惠玉音情见乎词因思元白唱和即用其句答之

小碎诗篇取次书，元。吟看句句是琼琚。白。信题霞绮缄情重，白。不比寻常赠鲤鱼①。元。

## 再即贺梅子句戏集唐宋人诗以博一粲

梅子黄时日日晴，曾茶山。感时心绪杳难平。李煜。故山一别光阴改，李绅。亦有新诗对雨成。翁卷。

熟梅天气半晴阴，戴石屏。一度相思一度吟。戎昱。此境只应诗客爱②，韦庄。青山何用隔同心？钱起。

碧水青山无限思，元稹。莹然冰玉见词清③。卢纶。黄梅时节家家雨，司马温公。听唱新翻《杨柳枝》。禹锡。

东风吹雨过青山，□□④。带叶连枝摘未残。黄山谷。梅熟许同朱老吃，杜工部。相看一笑且开颜。刘宾客。

梅子流酸溅齿牙⑤，杨诚斋。幽闲官舍抵山家。白居易。萧条夜雨吟连晓⑥，姚合。肯信流年鬓有华？罗隐。

---

① “不”字，元稹《张校书元夫》原作“莫”。

② “诗”字，韦庄《桐庐县作》原作“词”。

③ “词清”二字，卢纶《酬崔侍御早秋卧病书情见寄时君亦抱疾在假中》原作“清词”。

④ 原注缺作者姓名，出自卢纶《长安春望》。

⑤ “流”字，杨万里《闲居初夏午睡起二绝句》原作“留”。

⑥ “夜雨”二字，姚合《和李十二舍人裴四二舍人两阁老酬白少傅见寄》原作“雨夜”。

绿叶成阴子满枝，杜牧。感人情思欲题诗。崔峒。纸长不厌三过读①，杜甫。独喜交情为我持②。陆龟蒙。

美人细意熨贴平，裁缝灭尽针线迹。古坤评。

## 又和古坤师七律四首集唐人句并启

吟安五字，已筑诗坛；唱出七言，重开文苑。岂因梅为丽友？遂教果订同心。吹气如兰，报章似锦。裁以四六，至于再三。酸足及乎百人，含之口啖；香岂止于一斛，说真解颐。先生有道出羲皇，客子光阴在诗卷。何嫌官冷？但觉座温。咳珠玉以随风，落云烟而催雨。由今思旧，与古为新。述者又偕子作，虽不全依其韵，还将使继其声。在柳则独出心裁，诚才子之最；而仆则仍袭牙慧，非壮夫所为。寻耻[捋扯]雕虫，希声刻鹄；抽黄对白，移东就西。乃为抚掌之资，粗得捧心之态。非曰两美必合，亦云四韵俱成。歌以永言，为摅怀旧思乡之蓄念；反而后和，申唤邻取友之鄙情。思旧句，下吟来雨爱吾庐。

玉笛谁家叫落梅？天时人事日相催。西陵水阔鱼难到，南浦花残客未回。去去山川劳日夜，悠悠旅宦役尘埃。一时风景添诗思，归思临高不易裁。韦庄、乔知之、杜甫、杜牧、许浑、李中、刘禹锡、曹松。③

一曲狂歌酒百分，孕灵含秀独超群。著书不向时流说④，援笔皆成出世文。翰墨已齐钟大理，人间惟有杜司勋。吟君诗罢看双鬓，金醴从酸亦自醺。高骈、吴越僧、秦系、方干、韩翃、李商隐、韩愈、陆龟蒙。

---

① “不厌”二字，杜甫《暮秋枉裴道州手札率尔遣兴寄近呈苏涣侍御》原作“要自”。

② “交”字，陆龟蒙《桐江得一钓车以袭美乐烟波之思因出以为玩俄辱三篇复抒酬答》原作“高”。

③ 八句诗作者当为韦庄、杜甫、杜牧、许浑、乔知之、李中、刘禹锡、曹松。

④ “著”字，秦系《寄浙东皇甫中丞》原作“注”。

草生官舍似闲居，平地才应一顷余。莫怪孔融悲岁序，岂知王粲爱樵渔？壮图奇策无人问，啸志歌怀亦自如。珍重先生全太古，云山老对一床书。许浑、元稹、武元衡、卢纶、刘兼、杜牧、谭用之、李颀。

绕廊行处思腾腾，消尽金盆一碗灯[①]。积雨暗封青草径[②]，寒山半出白云层。闲眠木榻忘华荐[③]，似证禅心入大乘。剩欲与君终此志，更将何事结良朋？韩偓、郑谷、徐铉、刘伧、陆龟蒙、张祜、岑参[④]、陆鲁望。

## 再答古坤师集杜句短歌一首并启

合五七律之篇，数象二十八宿于天文；颂前后句之古，言符三十六雨于帝世。道古则多多益善，用古则咄咄逼真。吾师乎！吾师乎！安见古今不相及？斯人也！斯人也！必则古昔以为言。拟古而古风已非，敢云作者？变古而古义自合，真是通人。先生茹古涵今，已骊珠之先得；学者居今稽古，仅獭祭以为工。若曰与古为徒，何如自我作古？今乐犹是古乐，子其庶几？古文伪入今文，吾则久假。夫岂等古帝尧、古帝舜合称《虞书》，古先后、古先王同归道揆哉？时则古梅已落，古瓦犹飘，幸古社之燕频来，值古木之莺递转，向古原而远眺，已非古春；对古堞而沉吟，仍坐古屋。汲来古井，得修绠而未能；缠到古帘，觉芜词之难剪。安得古弦在手，奏一曲于疏松？恨无古剑横腰，斩万竿恶竹。彼祈晴而反雨，古岸几颓？此咏雨而忽晴，古尘净扫。倚古槐而倾听，悠然恍悟清音；临古镜以自窥，莞尔旋形丑态。古人不见今月，我岂前身？今月曾照古人，君具只眼。用增一字，翻唱短歌。

泥污后土何时干？佳辰强饭食犹寒。鲁门鹓鶋亦蹭蹬，也从江

---

① “灯”字，郑畋《初秋寓直》原作“冰”；原注作者误。

② “草”字，徐铉《和印先辈及第后献座主朱舍人郊居之作》原作“藓”。

③ “闲”字，陆龟蒙《奉酬苦雨见寄》原作“横”。

④ 原注作者误，出自皮日休《奉和》。

槛落风湍。不为困穷宁有此？青眼高歌望吾子。但觉高歌有鬼神，每逢佳士必写真①。

## 古坤师偶拈贺梅子青玉案词作诗三十余首弟步后尘亦思过半矣因将天随子持赠敢齐青玉案句戏为三绝句以博一叹

风流何必待歌弦②？不似居官似学仙。时各衙以戏为文，未知肯易此乐否？持赠敢齐青玉案，相招一和白云篇。幸同则、郎士元③、朱庆馀④。

风流全占似君难，得句胜于得好官。持赠敢齐青玉案，衰颜欲觅紫金丹⑤。崔珏、杜甫⑥、郑谷。

倚天长剑截云孤，欲老始知吾负吾。持赠敢齐青玉案，风光不称白髭须。杨巨源、张泌⑦、白居易。

## 古坤师以二十五戏字戏来即戏成五绝十首并和七绝十二首元韵⑧

风流何必待歌弦？雀对流莺坐绮筵⑨。赖有陶情一尊酒，醉吟

① 此句杜甫《丹青引》原作“必逢佳士亦写真”。

② “弦”字，韦同则《仲月赏花》原作“筵”；原注作者有误字。

③ 原注作者误，出自朱庆馀《题王丘长史宅》。

④ 原注作者误，出自郎士元《冯翊西楼》。

⑤ “觅”字，杜甫《将赴成都草堂途中有作先寄严郑公》原作“赴”，一作“付”；原注作者误。

⑥ 原注作者误，出自郑谷《静吟》。

⑦ 原注作者误，出自刘威《遣怀寄欧阳秀才》。

⑧ 此题中五绝 10 首非集句诗，故未录入。

⑨ “雀”字，李商隐《评事翁寄赐饧粥走笔为答》原作“省”。

争奈被才牵。韦同则、李商隐、罗邺、方干。

不似居官似学仙，壶中行坐可携天？悟来大道无多事，白鹿时藏种玉田。朱庆馀、陆龟蒙、若虚、钱起。

持赠敢齐青玉案，点溪荷叶叠青钱。文章锻炼犹相似，个里无穷真可怜①。陆龟蒙、杜甫、方干、骆宾王。

相招一和白云篇，虚费工夫不值钱。幸有仙才与洪笔，蓬莱无路水无边②。郎士元、韩常侍、方干、张籍。

风流全占似君难，五色毫光照室寒③。顾我老非题柱客，不如高卧且加餐。崔珏、方干、杜甫、王维。

得句胜于得好官，吟诗好就步虚坛。重思醉墨纵横甚，首首人家卷里看。郑谷、吕渔④、李德裕⑤、张籍。

持赠敢齐青玉案，一生长对水晶盘。三春日日黄梅雨，尽日枝边取次看⑥。陆龟蒙、李商隐、□□⑦、王涯。

衰颜欲觅紫金丹⑧，身愧衰颜对玉难。此地从来可乘兴，莫辞清夜访袁安。杜甫、刘长卿、高适、陈羽。

倚天长剑截云孤，五色丝封青玉凫。独有浅才甘未达，年年依样画葫芦。杨巨源、忘名⑨、司空曙、无名氏⑩。

---

① “真”字，骆宾王《代女道士王灵妃赠道士李荣》原作“总”。

② “水”字，张籍《求仙行》原作“海”。

③ “毫”字，方干《酬将作于少监》原作“炎”。

④ 原注作者误，出自吕温《同恭夏日题寻真观李宽中秀才书院》。

⑤ 原注作者误，出自陆龟蒙《怀杨台文杨鼎文二秀才》。

⑥ “取次”二字，王涯《宫词》原作“次第”。

⑦ 原注缺作者姓名，出自韩偓《赠湖南李思齐处士》。

⑧ “觅”字，杜甫《将赴成都草堂途中有作先寄严郑公》原作“赴”，一作“付”。

⑨ 原注“忘名”，出自李贺《夜来乐》。

⑩ 原注作者误，出自陶谷《题玉堂壁》。

欲老始知吾负吾，几年无事傍江湖？此生只是偿诗债，宾主谈锋敌两都。张泌[①]、陆龟蒙、司空曙、□□[②]。

持赠敢齐青玉案，挥毫百斛泻明珠。萧条夜雨吟联晓[③]，莫笑枝空犹望苏[④]。陆龟蒙、□□□[⑤]、姚合、□□。

风光不称白髭须，犹许诗家属和无？好是轮蹄来往便，能来取醉任喧呼。白居易、赵嘏、李商隐[⑥]、韩愈。

## 集青玉案句次贺方回韵题古坤先生梅雨诗卷后

苏公堤上西湖路，韩□[⑦]。恨短梦长难飞去[⑧]。刘一正。笔底骅骝谁与度？周紫芝。水村烟市，黄公度。花阶柳户，张大烈。总是关情处。张元干。

子规声里山城暮，赵长卿。独把新词诵奇句。李清烈[⑨]。一寸柔肠情几许？僧惠洪。碧云凝照，陈子龙。丝杨犹絮，王世贞。梅子黄时雨。贺铸。

官河不碍遗鞭路，史达祖。记藉草寻梅去。程垓。一别而今佳节度，廖行之。绿阴红影，赵长卿。罗帏绣幕，管鉴。知道春归去[⑩]。元

---

① 原注作者误，出自刘威《遣怀寄欧阳秀才》。

② 原注缺作者姓名，出自苏轼《刁景纯席上和谢生》。

③ “夜雨”、“联”三字，姚合《和李十二舍人裴四二舍人两阁老酬白少傅见寄》原作“雨夜”、“连”。

④ “枝空”二字，刘威《遣怀寄欧阳秀才》原作“空枝”；原注缺作者姓名。

⑤ 原注缺作者姓名，出自黄庭坚《双井茶送子瞻》。

⑥ 原注作者误，出自罗邺《登凌歊台》。

⑦ 原注作者有脱字，出自韩淲《青玉案》。

⑧ 刘一止《青玉案》原作“恨梦短，难飞去”；原注作者有误字。

⑨ 原注作者有误字，出自李清照《青玉案》。

⑩ “知道”二字，元好问《柳絮》原作“断送”。

好问。

一声长笛江天暮，程垓。好着蛮笺寄情句。张宏范。试问帘前深几许？完颜璹。六朝旧事，张棨。一湾流水，杨基。一似黄梅雨。李清照。

## 壬子季冬题钱古坤广文先生岘廊六截句

先生来札云："弟因年来困厄，招相宅者视之，为言地狭树繁，阴气凝结，是为晦淫，易以召疾。属令芟夷净尽，顿为开朗。东便短廊，面对西山，偶成记一篇，倩蔡颖生书之粉壁，子厘即题六截以落其成，如数奉酬录呈斧正。倘先生兴致所到，希赐题句以光蓬荜。"余接读来翰，即集前贤句系题六截，以博一粲。

古像斜开一面山，风流不合问年颜。致身福地何萧爽，笑向闲云似我闲。王建、方干、杜甫、僧皎然。

搜新编旧与谁评？客至从嗔不出迎。美景难忘竹廊下，老来泉石倍关情。齐己、杜甫、白居易、徐铉。

了然胜见画图开①，此是神功不可猜。拥鼻绕廊吟看雨，春风吹出好山来。朱庆馀、周朴、韩偓、孟宾于。

思量似在故山时，一两年来鬓欲丝②。拟岘台前清晓雪，感人情思欲题诗。杜荀鹤③、秦系、陆游、崔峒④。

为想年来憔悴多⑤，岚光如为客添浓。谢安不倦登临赏，一桁青山倒碧峰。柳宗元、曹汾、杜甫、韦庄。

---

① "图"字，朱庆馀《与庞复言携酒望洞庭》原作"屏"。

② "丝"字，秦系《寄浙东皇甫中丞》原作"衰"。

③ 原注作者误，出自方干《旅次洋州寓居郝氏林亭》。

④ 原注作者误，出自段弘古《陪吕使君楼上夜看花》。

⑤ "多"字，柳宗元《柳州寄丈人周韶州》原作"容"。

就中野趣在西偏，待月东林月正圆。笔落青山飘古韵，清诗句句尽堪传。刘禹锡、徐浑、杜牧、杜甫。

## 集杜二律并集李七古一首奉题古坤先生六旬述怀诗卷后

岂知书剑老风尘？裘马谁为感激人？万里相逢贪握手，先生足迹半天下，交游多知名士。一官羁绊实藏身。别裁伪体亲风雅，但觉高歌有鬼神。陶冶性灵存底物？清词丽句必为邻。

南极老人应寿昌，疏松夹水奏笙簧。密沽斗酒谐终宴，漫卷诗书喜欲狂。稚子无忧走风雨，二世讲来省。先生有道出羲皇。庭前柑橘移时晚，正想氤氲满眼香。

笺麻素绢排数箱，题来消得好篇章。俯仰人间易凋朽，落花飞雪何茫茫。洪波浩荡迷旧国，九州拭目瞻清光。高歌取醉聊自慰①，不知何处是他乡？丈夫到处且为乐，酒徒词客满高堂。百年三万六千日，与君连日醉壶觞。他年来访南山皓，且有一翁钱少阳。

## 长至前已奉题先生焚香省疚图而言未尽意复集杜得十四律以述先生十诗之志此亦善歌者使继其声云尔

恐惧从此数，明公出此图。年侵频怅望，愁绝付摧枯。明月生长好，秋风病欲苏。作诗呻吟内，涤荡抚洪炉②。

觅句知新律，观图忆古人。长卿消渴再，子夏索居频。炼骨调情性，虚怀任屈伸。及兹烦见示，披豁对吾真。

形象丹青逼，吴生远擅场。阅书百氏尽，卧病一秋强。眼冷看征盖，心清闻妙香。令人发深省，乘月坐胡床。

---

① “聊”字，李白《南陵别儿童入京》原作“欲”。

② “涤荡”二字，杜甫《行次昭陵》原作“荡涤”。

月出人更静，端居茗续煎。养生终自惜，感遇有遗编。蹭蹬麒麟老，菁华岁月迁。共谁论昔事？一拟问高天。

迥继先父祖，交情到友于[①]。别筵花欲暮，永夜月同孤。骨肉恩岂断？天伦恨莫追[②]。再窥松柏路，流恨满山隅。

朝夕堂高念[③]，哀歌欲和谁？百年见存殁，百虑视安危。得丧初难识，声明岂浪垂？栖遑分半菽，堂构仍惜亏[④]。

行李千金赠，分襟得郑侨[⑤]。转蓬忧悄悄，大树日萧萧。远客无消息[⑥]，斯人已寂寥。感恩义不少[⑦]，洒涕望青霄。

冯唐毛发白，中散旧交疏。养子风尘际，斯文忧患余。眼边无俗物，身外满床书。此意陶潜解，吟诗正忆渠。

吟诗重回首，回首意多违。道为诗书重，生逢酒赋欺。指台沟。是非何处定？得失寸心知。陈迹随人事，今朝豁所思。

即事须尝胆，文章实致身。未忧筋力弱，直取性情真。事主非无禄，他山自有春。拳拳期勿替，叙旧思重陈。

旧好何由展？新诗昨寄将。年年霜露隔，飒飒鬓毛苍。磨灭余篇翰，沉绵抵咎殃。以兹悟生理，今夜复清光。

今夕复何夕？听鸡更忆君。众香深黯黯，凉月白纷纷。已拨形骸累，还披沈谢文[⑧]。烟添才有色，佳气日氤氲。

柴荆具茶茗，愁绝始惺惺。赖有杯中物，只看座右铭。清诗近道

---

① “情”字，杜甫《哭台州郑司户苏少监》原作“期”。

② “追”字，杜甫《赠韦左丞丈济》原作“俱”。

③ “堂高”二字，杜甫《送孟十二仓曹赴东京选》原作“高堂”。

④ “仍惜”二字，杜甫《偶题》原作“惜仍”。

⑤ “分”字，杜甫《奉赠卢五丈参谋琚》原作“披”。

⑥ “远”字，杜甫《梦李白》原作“逐”。

⑦ “少”字，杜甫《送卢十四弟侍御护韦尚书灵榇归上都二十韵》原作“小”。

⑧ “沈”字，杜甫《戏寄崔评事表侄苏五表弟韦大少府诸侄》原作“鲍”。

要，高卧想仪形。兹理庶可广，庶几知者听。

勇猛为心极，乃知君子心。每愁悔吝作，虚费短长吟。行已能夕惕，皇天实照临。为公歌此曲，扣寂豁烦襟。

具少陵之诗律，合鄙人之情境，对属精严，章程变化，又得灏气流行其中，为之乃如自运。先生可谓圣于集古者矣。拜服拜服！古坤愚弟唐拜读。

## 答钱古坤广文评定集陶诗锡名曰集陶诗故

读先生华翰，而于诗之源流倾倒出之，或得或失，瞭如指掌，非胸有智珠，洞彻精微，资深逢取，而能言之如是乎？三复之下，弟愧滋甚，慨自诗教之不明也。由于循末而忘本，故习时尚者忘唐、宋，习唐、宋者忘六朝、晋、魏、汉，即有能博览而兼综之，而于《三百篇》之绪则茫乎而莫之接，孰能知有《三百篇》然后有汉、魏、晋，有汉、魏、晋而后有六朝，有六朝而后有三唐，有三唐然后有宋、元、明？世变风移，所因所笔，可覆按也。今人童习《毛诗》，及稍长知握管，反猎取时下之庸近者以为工，而唐、宋、汉、魏、晋数大家遂置之高阁，以为不合时宜。噫！是饮水不知其源也，是数典而忘其祖也，无惑乎诗教之不明也。先生深痛时弊，乃借余集陶拙作探源立论，上溯《国风》，下沿汉、魏、唐、宋，其见卓，其辨晰，其言约而旨该，以还夫诗之故物，奖予乎？劝予乎？抑诱予掖予乎？余虽不敏，请事斯语。杜少陵："文章千古事，得失寸心知。"余之集陶，得也不敢知，而失则未尝自昧，而先生乃为互易之、批示之、次定之，分为内、外编，名曰《集陶诗故》。书先生先得我心之所同然者矣。然予视律陶诸作，终不能当先生"合气于朕、合神于寞"之旨意，欲复为更定，另录一册，依所编之次，而以先生之跋为序以冠首，亦未知果从所愿否也？容他日重与先生细论之。丙申八月二十五日，愚弟徐献廷顿首。

## 咏菊梅同瓶

菊花如端人，梅花如烈士。登堂见孤标，古瓶贮清泚。投分真耐久，清芬绝兰茝。二难亦既并，托以奉君子。陆游、何中、李东阳、党怀英、陆游、苏洵、戴良①、朝翰②。

## 奉和金岱峰先生雪兰古诗十八韵元唱

彤云接野烟③，李峤巨山。清风洒兰雪。李白青莲。一花破初蕊，杨万里。对此每倾悦。岑安卿。玉立万槁中④，陈傅良。亦足解钳制⑤。乃贤。承以白玉盘，宋濂。君子恩未毕。江文通。岂无桃李颜？王翰。兴废不可必。苏子由。彼美香素□⑥，温庭筠。共保坚贞节。裴光庭。岁晏以为期，朱子。综名必核实。耶律楚材。须资六出妍⑦，绕砌□琼屑⑧。李衢。含辉明素篆，骆宾王。蹙缩包红栗。郝经。洒濯居座右，范石湖。寂寂寄抱一。谢康乐。夫子古须眉，高季迪。别有藏香室。蔡

① 原注作者误，出自戴良等人的《对菊联句》，原署作者为“翰”，即胡翰。

② 原注作者有误字，出自胡翰《维南有佳鞠》。

③ “彤”字，李峤《游禁苑陪幸临渭亭遇雪应制》原作“同”。

④ “玉”字，陈傅良《水仙花》原作“独”。

⑤ “制”字，纳延（原作乃贤）《赠张直言南归》原作“掣”。

⑥ 句中所缺之字，温庭筠《余昔自西滨得兰数本移蓺于庭亦既逾岁而芃然蕃殖自余游者未始以芳草为遇矣因悲夫物有厌常而反不若混然者有之焉遂寄情于此》原作“茎”。

⑦ 原注缺作者姓名，出自李商隐《忆雪》。

⑧ 句中所缺之字，李衢《都堂试贡士日庆春雪诗》原作“封”。

羽。依然臭味同，苏东坡。似与尘境隔[①]。韦苏州。白日如羲皇，陈翯[②]。望道心常渴。陆放翁。勿见粲然英[③]，梅光丞。有怀斯士吉。米芾。开轩送清光，欧阳永叔。间动题诗笔。白太傅。冰雪净聪明，杜工部。卷许新诗出。杜荀鹤。寄声与我谐，陶靖节元亮。清芬兰佩结。袁□[④]。借问袁安舍？王右丞。寂寥掩圭荜。储光羲。

（以上见于《梅雨联吟集》。该集系徐献廷与钱景唐二人的唱和诗集，以上集句诗皆为徐献廷所作。）

① "隔"字，韦应物《郡中西斋》原作"绝"。

② 原注作者误，出自陈陶《种兰》。

③ "勿"字，梅尧臣《谨和相国屋上菊丛》原作"忽"；原注作者误。

④ 原注作者有脱字，出自袁桷《鲁子翚御史分按辽阳作长律五十韵爱其精密予今岁亦扈跸开平因次其韵》。

# 选楼集句

许祥光著

《选楼集句》是许祥光专集《文选》语句而作的集句文集。许祥光(1799—1854),字宾衢,广东番禺人。嘉庆二十四年(1819)举人,道光十二年(1832)进士。因在家乡带领民众抗英有功,被朝廷赐三品顶戴。咸丰元年(1851),许祥光被授广西桂平、梧州盐法道,卒于任所,时年54岁。许祥光是鲁迅夫人许广平的曾祖父,其具体事迹见张能耿、张款《鲁迅家世》第二十章《鲁迅夫人许广平》中的相关介绍①。

《选楼集句》分为两卷,卷一有《罗萝村编修同年绿萝村舍图序》、《宁友筠竹湾别墅图序》、《戴菊人年伯寿言十五首》、《祭三侄女余庆文》4篇,卷二有《司马相如题桥赋》、《荔枝湾赋》2篇,虽然一共只6篇,但每篇都很长。该集前有潘世恩序,有许祥光《自记》十四则,以及许祥光集《文选》语句写成的自序;后有梁廷枏跋,以及吴其濬、文庆、许乃普、程恩泽、曾望颜、罗文俊、戴熙、费开绶、李星沅、林召棠、潘曾绶、林伯桐、李黼平、黄辉、陈鸿逵、陈沣等人的评跋题词。据《自记》其五"兹集五古诸篇,概未刊入"可知,作者原有五古集选诗若干首,因为没有收入此集,都已经失传了。《选楼集句》不仅是最早的集选文专集,也是中国较早的集句文专集。无论是从文选学研究的角

---

① 张能耿、张款《鲁迅家世》,党建读物出版社,2000年版,第306—307页。

度看，还是从集句文学研究的角度看，《选楼集句》都是非常珍贵的文献资料。

《选楼集句》今存道光二十年(1840)刻本，分别保存在北图、上图、南图、湘图、复旦大学图书馆等几家图书馆。本书即以上图所藏刻本收录。

## 选楼集句序

自唐以来，为《文选》学者，厥有二体：一则释音注义，继李善而起者，毋虑数十家；一则评论点勘，如月峰孙氏、义门何氏，亦不下数十家。盖《文选》为词源综汇，习之既熟，则必各有心得，随所得而荟萃条理之，无不可津逮后学。独至集为骈俪，聚句成篇，都为一帙，如番禺许宾衢所著《选楼集句》，则未之前闻也。宾衢潜志研炼，以诗、古文、词驰声岭海间。自其少龄，已精熟《选》理。岁壬辰，予总校礼闱，得宾衢卷，即知其留心古学，非时下揣摩家所可及，由是以文字相知，得数数见。偶出其所著，皆错彩镂金，联珠缀玉，开前古未有之奇，抉才人未探之秘，正如天衣无缝，灭尽针线痕迹。一花一世界，一叶一如来。譬在庵罗园闻说不可思议谛，令人叹得未曾有，真奇作也。亟劝付刊以广其传，宾衢故谦谢未遑，若将有待焉者。既请假归，倏九年矣。其乡人来都下者，辄盛称宾衢肆力文艺，视前尤进。今春寓书来，手缮此编，及其自序与梁君跋语，将谋剞劂，以余曾劝之梓也，远征予文弁其简首。余遭逢圣代，窃欲赞扬雅化，一屏晚近浮薄之习，冀返汉魏六朝风骨。今阅此集，实获我心。至其独开生面，自铸宏章，则宾衢一生之心思、才力与学问之所至，皆可于是编乎证之。若作室然，不有巧匠执斤运斧，纵万材毕具，又安能结构庄严，千门万户，令阅者动心骇目，游而忘倦哉？因即予所以知宾衢者，书而复之。至于此事之难，而此编之刻有功选学，裨益儒林，则梁君后序已畅言之，予不复赘。友生芝轩潘世恩序。

### 自记十四则

予束发受书，喜骈俪语。及受业林月亭师，学为经义，而师素精《选》理，课艺暇辄讲授《文选》。予既嗜此学，厥后笔墨酬应，闲集

《选》句为之。所集既多，承师奖劝，颜予读书处曰“集选楼”。此编刊成，因名《选楼集句》，固以纪实，且不忘渊源所自也。

此集向存箧中，今春同人劝付剞劂，并勖予自集《选》句序之。爰构思宅句，凑泊得数千言，而梁君章冉亦撰后序相赠，吾师潘芝轩相国复远锡弁言。予感师友勖励之意，且喜是书之有藉而传也。亟登诸版，乃沿《香屑集》例，以自序编入首卷。

《文选》原目，首赋、诗、骚、七，终箴、铭、志、状。此编赋列文后者，缘赋皆律体，题亦小品，且唐宋人集，多有先文后赋者。仿此编次，非故乖《选》例也。

《文选》刊本虽多，而善本难得，往往此本作某字，他本又作某字，亥豕鲁鱼，袭讹弗少。今采集之本，第据所知，至若汇聚宋元古本，较量字句异同，当俟他日。

曹王刘陆，陶鲍颜谢，实为诗学渊薮，但体多五古，施之集句，似拘一格。且诗篇集古，自昔已多。近时黄唐堂专集唐句，各体皆备，尤擅胜场，故兹集五古诸篇，概未刊入。至四言诗、骈体，所须偶摘其句，为赋为文，不在此例。

物必有偶，故集内裁对，皆本天然。而每首之中，句不重出，至隔首偶有复句，则以题殊时异，未及检避耳。然只复句而不复联，如既以甲对乙，复移乙对丙，前人集古各章有之，兹故仍而不改。

《竹湾图序》久有刻本，《荔枝湾赋》已刊入《学海堂集》中，与此编小有异同，以今春付梓时略加删润也。至《珠江花谱序》，乃少时代友拟作，外间亦有刊本，兹因其体艳，恐有以“绮语泥犁”见诟者，故删之。

集古者，剪裁犹易，贯穿为难。《论语》尚“辞达”，昌黎贵“气盛”。既云集古，必欲成章，唯血脉不联络，则散漫无归。集中《绿萝村舍图序》叠引“君子”字，《竹湾图序》频用“不朽”字，意在首尾相应，层折瞭然，不惮言之重、词之复也。

集句而损益一二字，古亦有之，但集中不敢援此例。即起承转收，一切句中所系虚字，悉本原文，无所增减。盖全用古语，自不当假借也。

集中诸作，或雅集所分赋，或亲知所属题。得题然后谋篇、选词，与任意采摭因而依类命题者自有不同。盖径愈狭则运用愈难，体愈严则思力愈窘矣。所望通才匡其不逮。

古者四声不甚分，故为选学者以今音读之，多未谐畅。自唐宋以后，骈体文法律细密，声调铿锵，凡上下联递接之句，必平仄粘顶。此编集古，而非拟古，既欲因难见巧，法度具存，未敢稍为迁就。

集句仅注姓名，尚未便于核对。此编姓名、题目备列句下，庶几撰者无欺、览者有考，其称字称名，皆依《文选》原目也。

集古摘句，不无巧借。如《绿萝村舍图序》"画雍借用平声。豫之居"句，雍、豫本地名，实字也，而虚用之；《竹湾图序》"碎此明月"句，明月本指珠，喻意也，而正用之。似可断章取义，毋庸绳以原解。余仿此。

十余年来，集选不少，游宦都门，闲居里闬，师友评跋，多有论文微言。南北往来，深虑散佚。兹谨合新旧之篇，存讲习之益，随检随刊，其间或篇什遗忘，或字句舛错，或编列次序先后参差，大雅谅之。

庚子夏日，集选楼主人率记。

## 选楼集句自序

五行错而致用，陆士衡《演连珠》。四节运而推移。潘安仁《寡妇赋》。古往今来，潘安仁《西征赋》。才为世出；丘希范《与陈伯之书》。天经地纬，左太冲《魏都赋》。文以化光。陆佐公《石阙铭》。流耀含英，班孟坚《西都赋》。必畜非常之宝；孔文举《荐祢衡表》。竞名擅业，嵇叔夜《琴赋》。必资不刊之书。任彦升《为范始兴作求立太宰碑表》。信天下之壮观，张平子《东京赋》。唯毫素之所拟。陆士衡《文赋》。是以重光发藻，陆士衡《演连珠》。云润星晖；王元长《三月三日曲水诗序》。大雅含弘，卢子谅《赠刘琨诗书》。金昭玉粹。颜延年《应诏燕曲水作诗》。古之君子,李萧远《运命论》。今之文人,魏文帝《典论·论文》。咸善立而声流,潘安仁《西征赋》。要辞达而理举。陆士衡《文赋》。风雅之则,皇甫士安《三都赋序》。是准是仪;何平叔《景福殿赋》。遒丽之辞,沈休文《宋书·谢灵运传论》。可法可象。陆佐公《新刻漏铭》。声溢金石,颜延年《祭屈原文》。总八音之至和;成公子安《啸赋》。言炳丹青,王元长《三月三日曲水诗序》。发五色之渥彩。班孟坚《西都赋》。则夜光之璧,李斯《上秦始皇书》。明月之珠,刘孝标《辩命论》。未若文章之无穷,魏文帝《典论·论文》。旷千载而流光也。班孟坚《答宾戏》。若乃金版玉匮之书,任彦升《王文宪集序》。六茎九成之曲,颜延年《三月三日曲水诗序》。久无嗣响,沈休文《宋书·谢灵运传论》。众莫能窥,沈休文《齐故安陆昭王碑文》。则淹寂而无闻,赵景真《与嵇茂齐书》。嗟难得而觌缕。左太冲《吴都赋》。爰有象阙,陆佐公《石阙铭》。屡睹遗文,潘安仁《杨仲武诔》。六经载籍之传,司马长卿《封禅文》。三余靡失;任彦升《天监三年策秀才文》。历纪图典之用,扬子云《剧秦美新》。百世可知。皇甫士安《三都赋序》。其教之所存,杜元凯《春秋左氏传序》。言之不足;卜子夏《毛诗序》。理之所极,陆士衡《演连珠》。究之无穷,司马长卿《上林赋》。岂今日之论乎?曹子建《与杨德祖书》。至于高言妙句,沈休文《宋书·谢灵运传论》。别辈越群,颜延年《赭白马赋》。若方朔、枚皋之徒[①],吴季重《答魏太子笺》。王褒、刘向之属,班孟坚《两都赋序》。子建函京之作,沈休文《宋书·谢灵运传论》。长卿渊云之文,潘安仁《西征赋》。莫不如圭如璋,王元长《三月三日曲水诗序》。既文既博!孔德璋《北山移文》。植根芳苑,赵景真《与嵇茂齐书》。发藻儒林,班孟坚《答宾戏》。吸日月之休光,嵇叔夜《琴赋》。含阴阳之渥饰,宋玉《神女赋》。穷山海之奥秘,潘安仁《西征赋》。焕大块之流形。郭景纯《江赋》。何艺不闲?曹子建《王仲宣诔》。何奇不有?木玄虚《海赋》。或依经以辩理,杜元凯《春秋左氏传序》。炜炜煌煌;王文考《鲁灵光殿赋》。或沿波而讨源,陆士衡《文

---

① “方朔”,李善本作“东方朔”,六臣本作“东方”。

赋》。元元本本。班孟坚《西都赋》。时文载郁，张景阳《七命》。沉郁澹雅之思；任彦升《王文宪集序》。辞赋清新，任彦升《为萧扬州作荐士表》。繁荣丽藻之饰。潘安仁《闲居赋》。符采照烂，曹子建《七启》。地曜其文；陆士衡《大将军燕会被命作诗》①。华实纷敷，潘安仁《西征赋》。川形其宝。左太冲《魏都赋》。穷六义于怀抱，沈休文《齐故安陆昭王碑文》。挫万物于笔端。陆士衡《文赋》。发其音声，东方曼倩《答客难》。则木石润色；左太冲《吴都赋》。美其感化，嵇叔夜《琴赋序》。则率土宅心。刘越石《劝进表》。物无难而不知，何平叔《景福殿赋》。理无隐而不显②。孙兴公《游天台山赋》。动摄群会，袁彦伯《三国名臣序赞》。象变化乎鬼神；陆士衡《文赋》。妙尽国华，王仲宝《褚渊碑文》。并驰声于天地。刘孝标《辩命论》。炳若缛绣，陆士衡《文赋》。思若涌泉，曹子建《王仲宣诔》。精若耀星，左太冲《吴都赋》。离若散雪，曹子建《七启》。何其富也！马季长《长笛赋》。何其丽也！嵇叔夜《琴赋》。而文非一体，魏文帝《典论·论文》。体有万殊，陆士衡《文赋》。种别群分，班孟坚《西都赋》。节同时异。魏文帝《与朝歌令吴质书》。自汉至魏，沈休文《宋书·谢灵运传论》。自魏至晋，沈休文《恩幸传论》。魏晋以降，王仲宝《褚渊碑文》。瑰异日新。张平子《西京赋》。于兹乎鸿生巨儒，扬子云《羽猎赋》。辞人才子，沈休文《宋书·谢灵运传论》。始以文学游梁，沈休文《齐故安陆昭王碑文》。羽仪储宫，潘正叔《赠陆机出为吴王郎中令诗》。思弘儒业。潘安仁《夏侯常侍诔》。当是时也，鲍明远《舞鹤赋》。太子方富于年，枚叔《七发》。昭明有融，张平子《东京赋》。哲问允迪，陆士衡《赠冯文熊迁斥丘令诗》。多才丰艺，潘安仁《杨荆州诔》。俊乂是延。潘安仁《为贾谧作赠陆机诗》。强记洽闻，曹子建《王仲宣诔》。篇章毕觌，左太冲《魏都赋》。奋六代之余烈③，贾谊《过秦论》。收百世之阙文，陆士衡《文赋》。综核精裁，王仲宝《褚渊碑文》。拔奇取异，任彦升《王

---

① 原注作者、题目误，出自应贞《晋武帝华林园集诗》。

② “显”字，孙绰《游天台山赋》本作“彰”。

③ “代”字，贾谊《过秦论》原作“世”。

文宪集序》。芟夷烦乱，孔安国《尚书序》。发采扬明。嵇叔夜《琴赋》。灵源与积石争流，沈休文《齐故安陆昭王碑文》。精骛八极；陆士衡《文赋》。音徽与春云等润，王仲宝《褚渊碑文》。声贵二都。张景阳《七命》。固举世之所推，陆士衡《吊魏武帝文》。良余应之所服。陆士衡《文赋》。古文毕发，扬子云《剧秦美新》。兹选特难。沈休文《齐故安陆昭王碑文》。仆少小好为文章，曹子建《与杨德祖书》。闲习辞赋，吴季重《答东阿王书》。挥翰墨以奋藻，张平子《归田赋》。乐琴书以消忧。陶渊明《归去来辞》。婆娑乎术艺之场，班孟坚《答宾戏》。遥集乎文雅之囿，扬子云《剧秦美新》。游观乎道德之域，王子渊《四子讲德论》。驰骛乎仁义之途。司马长卿《上林赋》。初涉艺文，孔文举《荐祢衡表》。常绸缪于结课；孔德璋《北山移文》。爰及冠带，嵇叔夜《幽愤诗》。终流离于濡翰。陆士衡《文赋》。味道研几，潘安仁《杨仲武诔》。晞高慕古。成公子安《啸赋》。每观才士之所作，陆士衡《文赋序》。久而弥新；王仲宝《褚渊碑文》。乃知天壤之所生，繁休伯《与魏文帝笺》。钻之愈妙。袁彦伯《三国名臣序赞》。其诸贤所著文章，曹子建《与吴季重书》。绪言余论，刘孝标《重答刘秣陵沼书》。不忘于心；孔文举《荐祢衡表》。烦文碎辞[①]，刘子骏《移书让太常博士》。借书于手。杨德祖《答临淄侯笺》。执玩周复，潘安仁《杨仲武诔》。薄言慕之；王仲宣《赠士孙文始诗》。雍容揄扬，班孟坚《两都赋序》。良有以也。魏文帝《与吴质书》。余既思摹二京而赋三都，左太冲《三都赋序》。才通汉魏；王僧达《祭颜光禄文》。张千门而立万户，班孟坚《西都赋》。体变曹王。沈休文《宋书·谢灵运传论》。并直举胸情，沈休文《宋书·谢灵运传论》。逍遥百氏；魏文帝《与朝歌令吴质书》。独用怀抱，沈休文《齐故安陆昭王碑文》。强著一书。杨德祖《答临淄侯笺》。以成不朽之名，韦弘嗣《博奕论》。存不刊之烈。傅季友《为宋公修张良庙教》。然日不我与，曹子建《与吴季重书》。才无异能，任彦升《王文宪集序》。言之不惭，曹子建《与杨德祖书》。谈何容易！东方曼倩《非有先生论》。甘疲心于企想，潘安仁《射雉赋》。既

---

① “文”字，刘歆《移书让太常博士》原作“言”。

穷巧于规摹,何平叔《景福殿赋》。然后知其和宝,王子渊《四子讲德论》。无以过也。应休琏《与满公琰书》。是以虚己应物,陆士衡《演连珠》。返志迁情[1],沈休文《齐故安陆昭王碑文》。闭户自精,任彦升《天监三年策秀才文》。望古遥集。颜延年《陶征士诔》。选义按部,陆士衡《文赋》。彪之以文;张茂先《励志诗》。因形创声,成公子安《啸赋》。慨然而赋。潘安仁《秋兴赋》。运自然之妙有,孙兴公《游天台山赋》。极风采之异观。左太冲《魏都赋》。于是俯察旁罗,陆佐公《新刻漏铭》。结典籍而为罟;张平子《思玄赋》。穷妙极巧,马季长《长笛赋》。集芙蓉以为裳。屈平《离骚经》。离散转移,宋玉《风赋》。各尽其用;任彦升《王文宪集序》。从容傅会,潘安仁《西征赋》。曲得其情。王文考《鲁灵光殿赋》。两句之中,沈休文《宋书·谢灵运传论》。分文析字;刘子骏《移书让太常博士》。一言之誉,任彦升《王文宪集序》。考传验图。班孟坚《封燕然山铭》。莫不同祖风骚,沈休文《宋书·谢灵运传论》。扬声秦汉,曹子建《王仲宣诔》。摛其光耀,蔡伯喈《陈太丘碑文》。制以化裁。颜延年《应诏燕曲水诗》。徐陈应刘,魏文帝《与吴质书》。皆不求而自合;李萧远《运命论》。潘陆颜谢,沈休文《宋书·谢灵运传论》。讫无索而不臻。左太冲《吴都赋》。六艺百家,任彦升《天监三年策秀才文》。一朝总集;任彦升《为范尚书让吏部封侯第一表》。千变万化,王文考《鲁灵光殿赋》。八象成文。潘安仁《为贾谧作赠陆机诗》。或袭故而弥新,陆士衡《文赋》。镂章霞布;颜延年《赭白马赋》。或错经以合异,杜元凯《春秋左氏传序》。流绮星连。张景阳《七命》。风靡云披,张平子《南都赋》。或相凌而不乱;嵇叔夜《琴赋》。雷同影附,皇甫士安《三都赋序》。亦虽爱而必捐。陆士衡《文赋》。所以驰神运思,孙兴公《游天台山赋》。神无滞用;任彦升《王文宪集序》。值物赋象,谢惠连《雪赋》。物无遁形。陆士衡《汉高祖功臣颂》。虽选言以简章,左太冲《魏都赋》。节解句断;马季长《长笛赋》。必同条而共贯,扬子云《羽猎赋》。枝附叶从。陈孔璋《檄吴将校部曲》。浮藻联翩,陆士衡《文赋》。繁缛络绎。马季长《长笛

---

① “返”字,沈约《齐故安陆昭王碑文》原作“反”。

赋》。如玉之烂[①]，陆士衡《答贾长渊诗》。如螭之蟠。何平叔《景福殿赋》。如乐之谐，王仲宝《褚渊碑文》。罗金石与丝竹；左太冲《吴都赋》。如室斯构，干令升《晋纪总论》。齐玉珰与璧瑛。王文考《鲁灵光殿赋》。如彼树芳，颜延年《祭屈原文》。又申之以揽茝；屈平《离骚经》。如彼兰蕙，潘安仁《为贾谧作赠陆机诗》。又缀之以江蓠。张平子《思玄赋》。应如兴云[②]，班孟坚《东都赋》。用而不竭；王仲宝《褚渊碑文》。累如叠縠，曹子建《七启》。视之无端。司马长卿《上林赋》。四膳异肴，张景阳《七命》。谅求味于兼采；任彦升《为萧扬州作荐士表》。新声变曲，潘安仁《笙赋》。譬偏弦之独张。陆士衡《文赋》。盖比物以错辞，左太冲《魏都赋》。故穷泰而极侈。班孟坚《西都赋》。习数则惯，陆士衡《演连珠》。因心则灵。陆士衡《汉高祖功臣颂》。是用缀缉遗文，任彦升《王文宪集序》。非一狐之腋；王子渊《四子讲德论》。故以辉映先达，任彦升《为萧扬州作荐士表》。成一家之言。魏文帝《与吴质书》。虽杼柚于予怀[③]，陆士衡《文赋》。庶仿佛乎众妙。王简栖《头陀寺碑文》。且夫玉卮无当，左太冲《三都赋序》。不足为贵也；赵景真《与嵇茂齐书》。尺璧有盈，左太冲《魏都赋》。未易轻弃也。曹子建《与杨德祖书》。是以众听所倾，陆士衡《演连珠》。徽以钟山之玉；嵇叔夜《琴赋》。众人所好，曹子建《与杨德祖书》。缀以骊龙之珠。曹子建《七启》。由斯言之，曹元首《六代论》。咏雅颂之徽音，张平子《思玄赋》。述先士之盛藻，陆士衡《文赋序》。取高前式，沈休文《宋书·谢灵运传论》。则芬泽易流；陆士衡《演连珠》。博选良才，韦弘嗣《博奕论》。则瑰宝溢目。左太冲《吴都赋》。至夫组织仁义，刘孝标《广绝交论》。经纬乾坤，班孟坚《典引》。裁金璧以饰珰，班孟坚《西都赋》。置言成范；沈休文《齐故安陆昭王碑文》。折琼枝以继佩，屈平《离骚经》。摛藻为春。张景阳《七命》。以孔璋之才，曹子建《与杨德祖书》。陆机之赋，陆佐公《新刻漏铭》。延年之体，

---

① "烂"字，李善本《文选》作"阑"，六臣本作"兰"。

② "如"字，班固《东都赋》原作"若"。

③ "柚"字，陆机《文赋》原作"轴"。

沈休文《宋书·谢灵运传论》。屈君之灵，颜延年《祭屈原文》。苟铨衡之所裁，陆士衡《文赋》。信古今之所贵。嵇叔夜《琴赋》。往者缀学之士，刘子骏《移书让太常博士》。儒雅之徒，韦弘嗣《博奕论》。虽比响联辞，沈休文《宋书·谢灵运传论》。依类托寓，司马长卿《封禅文》。纷披风什，沈休文《宋书·谢灵运传论》。采摭群言，孔安国《尚书序》。集而谓之诗，皇甫士安《三都赋序》。亦有可观者焉。嵇叔夜《琴赋》。然记籍所载，嵇叔夜《养生论》。雅俗所归，任彦升《为范尚书让吏部封侯第一表》。其体制风流，嵇叔夜《琴赋》。短歌有咏。陆士衡《短歌行》。或藻思绮合，陆士衡《文赋》。永啸长吟，嵇叔夜《赠秀才入军》。专美擅工，马季长《长笛赋》。唯此而已。陆士衡《谢平原内史表》。若夫制作之文，杜元凯《春秋左氏传序》。论精微而朗畅；陆士衡《文赋》。诗人之赋，左太冲《三都赋序》。声络绎而响连①。成公子安《啸赋》。仰观象乎古人，陆士衡《文赋》。授全模于梓匠。左太冲《魏都赋》。妙思天造，陆士衡《叹逝赋》。以董其文；王子渊《四子讲德论》。音韵天成，沈休文《宋书·谢灵运传论》。以为之赋。嵇叔夜《琴赋》。侔色揣称，谢惠连《雪赋》。程巧致功，张平子《西京赋》。盖亦弘矣。嵇叔夜《琴赋》。然今世作者，曹子建《与杨德祖书》。未之前闻。陈孔璋《为曹洪与魏文帝书》。仆窃不逊，司马子长《报任少卿书》。故存其梗概，刘孝标《重答刘秣陵沼书》。而未得其要妙也。左太冲《吴都赋》。今海内乐业，王子渊《四子讲德论》。区宇乂安，陆佐公《石阙铭》。莘莘烝徒②，左太冲《魏都赋》。济济儒术，潘安仁《闲居赋》。方宣赞盛化，傅季友《求加赠刘前军表》。甄陶国风，何平叔《景福殿赋》。莫不抃舞乎康衢，潘安仁《籍田赋》。悦其教而安其俗；干令升《晋纪总论》。翱翔乎书圃，司马长卿《上林赋》。全其质而发其文。班孟坚《答宾戏》。余从京域，曹子建《洛神赋》。言归定省，夏侯孝若《东方朔画赞》。九年于兹矣。潘安仁《怀旧赋》。眷恋庭闱，东广微《南陔诗》。载欢载笑；陈孔璋《答东阿王笺》。跌宕文史，江文

① “络绎”二字，成公绥《啸赋》原作“骆驿”。

② “烝”字，左思《魏都赋》原作“蒸”。

通《恨赋》。载寝载兴。曹子建《应诏诗》。七叶重光，任彦升《为萧扬州作荐士表》。咏世德之骏烈；陆士衡《文赋》。一人有庆，潘安仁《籍田赋》。流春泽之渥恩。潘安仁《西征赋》。道光戊戌，祥光祖母亲见七代，蒙恩赏“七叶衍祥”匾。纡体衡门，班孟坚《答宾戏》。本前修以作系；左太冲《魏都赋》。历职郎署，李令伯《陈情表》。无明略以佐时。张平子《归田赋》。顾常以为士之生也，潘安仁《闲居赋》。耻才能之无奇，祢正平《鹦鹉赋》。恐修名之不立。屈平《离骚经》。岁月易得，魏文帝《与吴质书》。时节如流。孔文举《论盛孝章书》。余年方四十，陆士衡《叹逝赋》。壮何能加？张平子《西京赋》。追思昔游，魏文帝《与吴质书》。俯览今遇，卢子谅《赠刘琨诗书》。思垂空文以自见，司马子长《报任少卿书》。眇众虑而为言，陆士衡《文赋》。抒怀古之情，傅季友《为宋公修张良庙教》。致延誉之美。袁彦伯《三国名臣序赞》。于是仲春令月，张平子《归田赋》。听览余日，潘安仁《西征赋》。商榷前藻，沈休文《宋书·谢灵运传论》。校理旧文，刘子骏《移书让太常博士》。定去留于毫芒，陆士衡《文赋》。得什一于千百①，陆士衡《叹逝赋》。为如干秩，任彦升《王文宪集序》。都为一集，魏文帝《与吴质书》。刊而正之，杜元凯《春秋左氏传序》。将以传之于同好。曹子建《与杨德祖书》。丐其余论，刘孝标《广绝交论》。锡以咳唾之音；卢子谅《赠刘琨诗书》。著之于篇，汉武帝《贤良诏》。勖以丹霄之价。任彦升《王文宪集序》。饰宾侣之所集，左太冲《魏都赋》。求矩彟之所同。屈平《离骚经》。区区本怀，陆士衡《谢平原内史表》。窃慕此耳，李少卿《答苏武书》。岂直雕章缛采而已哉！任彦升《王文宪集序》。故缀序所怀②，嵇叔夜《琴赋序》。冠其篇首。孔安国《尚书序》。凡所称引，孔文举《论盛孝章书》。并列于篇。范蔚宗《后汉书·皇后纪论》。百种千名，张平子《南都赋》。为得其实；杜元凯《春秋左氏传序》。片言只字，陆士衡《谢平原内史表》。不变其材。马季长《长笛赋》。可得按记而验，皇甫士安《三都赋序》。此不可以虚辞借也。

① “什”字，陆机《叹逝赋》原作“十”。

② “序”字，嵇康《琴赋》原作“叙”。

邹阳《狱中上书自明》。嗟乎！司马长卿《上林赋》。后世谁相知定吾文者邪？曹子建《与杨德祖书》。保残守缺，刘子骏《移书让太常博士》。有与五臣；卢子谅《赠刘琨诗书》。剖纤析微，曹子建《七启》。请待来哲。沈休文《宋书·谢灵运传论》。

道光庚子仲春朔，番禺许祥光自序于羊城集选楼。

# 卷一

## 罗萝村编修同年绿萝村舍图序

肃肃君子，束广微《由仪诗》。风仪与秋月齐明；王仲宝《褚渊碑文》。卓卓若人，袁彦伯《三国名臣序赞》。山藻与蓬茨俱逸。任彦升《齐竟陵文宣王行状》。筑室种树，潘安仁《闲居赋》。揽樛木之长萝；孙兴公《游天台山赋》。薙草开林，王简栖《头陀寺碑文》。贯薜荔之落蕊。屈平《离骚经》。爰游爰豫，颜延年《赭白马赋》。以遨以嬉。嵇叔夜《琴赋》。玩春翘而有思，陆士衡《叹逝赋》。写载其状；王文考《鲁灵光殿赋》。纫秋兰以为佩，屈平《离骚经》。想见其人。潘安仁《杨仲武诔》。放身而居，陆士衡《演连珠》。致足乐也；魏文帝《又与吴质书》。披图而校，皇甫士安《三都赋序》。慨然慕之！嵇叔夜《与山巨源绝交书》。则有园庐旧宅，张平子《南都赋》。翰林主人，扬子云《长杨赋》。优游典籍之场，吴季重《答魏太子笺》。栖迟道艺之域。韦弘嗣《博奕论》。振鳞南海，潘正叔《赠陆机出为吴王郎中令诗》。奋翼北游。嵇叔夜《幽愤诗》。珥笔华轩，潘安仁《为贾谧作赠陆机诗》。司文天阁。王仲宝《褚渊碑文》。乃撄情于好爵[①]，孔德璋《北山移文》。亦要思乎故居。张平子《思玄赋》。自彼京师，王仲宣《赠士孙文始诗》。旋反桑梓，潘安仁《为贾谧作赠陆机诗》。载怀平圃，王元长《三月三日曲水诗序》。审容膝之易安；陶渊明《归去来辞》。近周家园，潘安仁《闲居赋》。分倦目

---

① “撄”字，孔稚圭《北山移文》原作“缨”。

以寓视。潘安仁《射雉赋》。则有阴林巨树，司马长卿《子虚赋》。蔓草芳苓，枚叔《七发》。绵绵女萝，卢子谅《赠刘琨诗》。结根竦本；张平子《南都赋》。幽幽丛薄，王元长《三月三日曲水诗序》。攒柯拿茎。左太冲《吴都赋》。施于松标，卢子谅《赠刘琨诗》。播芳蕤之馥馥；陆士衡《文赋》。应如草靡，潘安仁《闲居赋》。布绿叶之萋萋。张平子《南都赋》。常闻诗人语，王仲宣《公燕诗》。曰：杜元凯《春秋左氏传序》。"绿萝结高林。"郭景纯《游仙诗》。今采其名，沈休文《恩幸传论》。以广其居。孔安国《尚书序》。良可咏矣！袁彦伯《三国名臣序赞》。岂不美与？钟士季《檄蜀文》。其居也，曹子建《七启》。依林构宇，任彦升《齐竟陵文宣王行状》。触涧开渠，郭景纯《江赋》。临皋隰之沃流，王仲宣《登楼赋》。输黍稷之余税。潘安仁《秋兴赋》。桑麻条畅，潘安仁《西征赋》。橘柚芬芳。司马长卿《子虚赋》。睹牛羊之下来，班叔皮《北征赋》。其林蔼蔼；束广微《崇丘诗》。浑鸡犬而乱放，潘安仁《西征赋》。其乐愉愉。张平子《东京赋》。背山临溪，繁休伯《与魏文帝笺》。朝观夕览；何平叔《景福殿赋》。陈书缀卷，颜延年《陶征士诔》。昼咏宵兴。孙兴公《游天台山赋》。蓬户桑枢之人，江文通《诣建平王上书》。时来时往；左太冲《蜀都赋》。弋林钓渚之馆，鲍明远《芜城赋》。载欣载奔。陶渊明《归去来辞》。林麓之饶，张平子《西京赋》。泉石之美，任彦升《齐竟陵文宣王行状》。信可以优游暇豫，王元长《三月三日曲水诗序》。而发泄幽情矣。嵇叔夜《琴赋》。既而缅属贤英，任彦升《齐竟陵文宣王行状》。旁求儒雅，孔安国《尚书序》。抽毫进牍，谢希逸《月赋》。托之丹青；王文考《鲁灵光殿赋》。飞辩骋辞，孔文举《荐祢衡表》。形乎文墨。吴季重《答东阿王书》。开集雅之馆，陆佐公《石阙铭》。画雍豫之居。左太冲《魏都赋》。明五采之彰施，何平叔《景福殿赋》。倾群言之沥液。陆士衡《文赋》。匪唯主人之好学，班孟坚《东都赋》。亦以摅其所抱而已。卢子谅《赠刘琨诗书》。是以祥光，任彦升《宣德皇后令》。虽在不敏，张景阳《七命》。许与气类，任彦升《王文宪集序》。枕经藉书，班孟坚《答宾戏》。与我同志;孔安国《尚书序》。兴廉举孝,王元长《三月三日曲水诗序》。及子同僚[①]。王仲宣《赠蔡子笃诗》。譬彼春华,陆佐公《新刻漏铭》。托微茎于樛木;潘安仁《寡妇赋》。玩尔清藻,潘正叔《赠陆机出为吴王郎中令诗》。荡遗尘于旋流。孙兴公《游天台山赋》。想先生之高风,夏侯孝若《东方朔画赞》。痛时俗之多累。嵇叔夜《琴赋》。慨投篇而援笔,陆士衡《文赋》。聊奋藻以散怀。孙兴公《游天台山赋》。且君子之居室也,韦弘嗣《博奕论》。与物无营,曹子建《七启》。其求易给;张茂先《鹪鹩赋》。庇身有地,任彦升《到太司马记室笺》。其乐难忘。张平子《南都赋》。投足而安,张茂先《鹪鹩赋》。居身以约。任彦升《王文宪集序》。若夫藻扃黼帐,鲍明远《芜城赋》。文榱华梁,曹子建《七启》。饰以碧丹,何平叔《景福殿赋》。镜朱尘之照烂;江文通《别赋》。裛以藻绣,班孟坚《西都赋》。飏翠气之宛延。扬子云《甘泉赋》。暾日笼光于绮寮,左太冲《魏都赋》。虹蜺回带于云馆。左太冲《吴都赋》。慕猗顿之富,吴季重《答东阿王书》。恣支体之安者,枚叔《七发》。众人所好,曹子建《与杨德祖书》。君子弗钦。赵景真《与嵇茂齐书》。且吾闻之,班孟坚《答宾戏》。君子不遁俗而遗名,曹子建《七启》。智士不遗身而匿迹。张景阳《七命》。故舍耒场圃,谢玄晖《拜中军记室辞隋王笺》。释褐中林,袁彦伯《三国名臣序赞》。凌扶摇之风,张景阳《七命》。建永世之业。曹子建《与杨德祖书》。若乃耽槃流遁,潘安仁《射雉赋》。傲世忘荣,成公子安《啸赋》。甘心畎亩之中,范蔚宗《逸民传论》。遗迹江湖之上。刘孝标《广绝交论》。超然自引,陆士衡《豪士赋序》。慕鸿鹄以高翔;丘希范《与陈伯之书》。廓然独居,东方曼倩《答客难》。与麋鹿而同死。刘孝标《辨命论》。绍巢许之绝轨,蔡伯喈《郭有道碑文》。仰老庄之遗风,曹子建《七启》。栖志云阿,王僧达《祭颜光禄文》。委身草莽者,范蔚宗《后汉书·二十八将传论》。众贤所述,吴季重《答东阿王书》。君子不为。潘安仁《射雉赋》。由此观之,潘安仁《西征赋》。古之仕者,李萧远《运命论》。今之文人,魏文帝《典论·论文》。生于蒿莱之间,张茂先《鹪

---

① “僚”字,王粲《赠蔡子笃诗》原作“寮”。

鹓赋》。长于蓬茨之下，王子渊《圣主得贤臣颂》。隐处安林薄，马季长《长笛赋》。摛藻揆天庭，左太冲《蜀都赋》。各有宜也，陈孔璋《檄吴将校部曲》。岂可同哉？东方曼倩《答客难》。方今俊乂在官，潘安仁《闲居赋》。群英翘首，阮嗣宗《奏记·诣蒋公》。主人刘孝标《广绝交论》。值风云之会，吴季重《答魏太子笺》。体高世之才，陈孔璋《答东阿王笺》。方且排风阙以高游，颜延年《三月三日曲水诗序》。干青云而直上，孔德璋《北山移文》。黼黻河汉，刘孝标《广绝交论》。讲文德于明堂；曹子建《七启》。婆娑翰林，潘正叔《赠陆机出为吴王郎中令诗》。纪言事于仙室。王元长《三月三日曲水诗序》。又有承明金马著作之庭，班孟坚《西都赋》。此焉游处；潘安仁《秋兴赋》。次有天禄石渠校文之处，张平子《西京赋》。聊以从容。夏侯孝若《东方朔画赞》。他日陆士衡《文赋》。书笏珥彤，王元长《三月三日曲水诗序》。歌皇华而遣使；王元长《永明十一年策秀才文》。乘轺建节，丘希范《与陈伯之书》。出平原而联骑。刘孝标《广绝交论》。使名挂史笔，曹子建《求自试表》。勋在盟府，韦弘嗣《博弈论》。此邦之人，吴季重《答东阿王书》。属有望焉。王元长《永明十一年策秀才文》。岂必亲鱼鸟乐林草哉？范蔚宗《逸民传论》。愿我贤主人，王仲宣《公燕诗》。勉之而已矣。曹子建《与吴季重书》。太岁丁亥，陆佐公《新刻漏铭》。孟冬十月，司马长卿《封禅文》。余以暇日，袁彦伯《三国名臣序赞》。开卷独得，任彦升《天监三年策秀才文》。有怀妍唱，谢惠连《雪赋》。以当箴规。何平叔《景福殿赋》。历览诸子之文，魏文帝《又与吴质书》。缀而序之，任彦升《齐竟陵文宣王行状》。以贻之云尔。傅长虞《赠何劭王济》。

## 宁友筠竹湾别墅图序

桃李荫翳，左太冲《魏都赋》。非是时之攸珍；张平子《思玄赋》。桂椒信芳，颜延年《陶征士诔》。非吾人之所欲。张景阳《七命》。若其亭亭物表，孔德璋《北山移文》。幽幽林薄，王简栖《头陀寺碑文》。干青霄而秀出，左太冲《蜀都赋》。据苍岑而孤生。张景阳《七命》。垂条扶疏，司马长卿

《上林赋》。隐阴夏以中处；王文考《鲁灵光殿赋》。植操贞固，桓元子《荐谯元彦表》。迎隆冬而不凋。左太冲《蜀都赋》。清露润其肤，嵇叔夜《琴赋》。凤凰巢其树，扬子云《羽猎赋》。鹫鹫食其实，左太冲《吴都赋》。伶伦均其声。张景阳《七命》。枝烦拿而交横，宋玉《九辩》。性洁静以端理。嵇叔夜《琴赋》。姿绝伦之妙态，傅武仲《舞赋》。不喜俗人；嵇叔夜《与山巨源绝交书》。抱清迥之明心，鲍明远《舞鹤赋》。又似君子。王子渊《洞箫赋》。则绿竹纯茂，左太冲《魏都赋》。诚可喜也。马季长《长笛赋》。是以耿介之士，刘孝标《广绝交论》。儒雅之徒，韦弘嗣《博奕论》。仰箕山之余辉，嵇叔夜《琴赋》。蹈洪崖之遐迹。蔡伯喈《郭有道碑文》。遭薮为圃，左太冲《吴都赋》。野绝动轮之宾；刘孝标《广绝交论》。筑室穿池，潘安仁《闲居赋》。门无结驷之迹。应休琏《与侍郎曹长思书》。溯惠风于蘅薄，张景阳《七命》。芳枳树篱；潘安仁《闲居赋》。濯明月于涟漪，左太冲《吴都赋》。素水盈沼。曹子建《七启》。污渌池以洗耳，孔德璋《北山移文》。眄庭柯以怡颜。陶渊明《归去来辞》。篻筹有丛，左太冲《吴都赋》。此焉清暑；张平子《西京赋》。风篁成韵，谢希逸《月赋》。聊以娱情。张平子《归田赋》。听鸣凤之嗈嗈，孙兴公《游天台山赋》。式歌且舞；吴季重《答东阿王书》。玩游倏之澈澈，潘安仁《秋兴赋》。得意忘忧。嵇叔夜《幽愤诗》。纡体衡门，班孟坚《答宾戏》。倚南窗以寄傲；陶渊明《归去来辞》。抗志云际，曹子建《七启》。望北辰而高兴。张平子《西京赋》。此宁子商歌之秋，曹子建《七启》。载挹载味；袁彦伯《三国名臣序赞》。泉石之美，任彦升《齐竟陵文宣王行状》。以遨以嬉。嵇叔夜《琴赋》。所以娱密坐，傅武仲《傅武仲》。摧幽情，潘安仁《笙赋》。托之丹青，王文考《鲁灵光殿赋》。图之轩牖，任彦升《齐竟陵文宣王行状》。翩翩然有以自乐也。张茂先《鹪鹩赋序》。尔乃地势坱圠，左太冲《吴都赋》。川泽回缭，左太冲《魏都赋》。任激水而推移，王元长《三月三日曲水诗序》。周环回复；潘安仁《射雉赋》。触曲崖以萦绕，郭景纯《江赋》。盘纡隐深。嵇叔夜《琴赋》。弘往纳来，木玄虚《海赋》。顺流泉而为沼；班孟坚《东都赋》。控清引浊，左太冲《吴都赋》。呀周池而成渊。班孟坚《西都赋》。原本山川，枚叔《七发》。载怀兴葺。王简栖《头陀寺碑文》。其制宅也，石季伦《思归引序》。审曲面势，张平子《东京赋》。悬栋结阿，王文考《鲁灵光殿赋》。陪以幽林，左太冲《魏都赋》。依林构宇；任彦升《齐竟陵文宣王行状》。亘以绿水，左太冲《吴都赋》。阅水环阶。颜延年《三月三日曲水诗序》。抚锦幕而虚凉，江文通《别赋》。周除冰净；谢希逸《月赋》。披文轩而骋望，成公子安《啸赋》。雕阁霞连。张景阳《七命》。乃眷芳林，王元长《三月三日曲水诗序》。戏中沚，张景阳《七命》。坐盘石，成公子安《啸赋》。临清流，嵇叔夜《琴赋》。倚峻崖而嬉游，曹子建《七启》。比沧浪而可濯。左太冲《魏都赋》。明室夜朗，张景阳《七命》。缇幕与素濑交辉；任彦升《齐竟陵文宣王行状》。素琴晨张，江文通《恨赋》。音徽与春云等润。王仲宝《褚渊碑文》。观其结构，王文考《鲁灵光殿赋》。极栋宇之弘规；左太冲《魏都赋》。矜其宴居，左太冲《吴都赋》。极盘游之至乐！孔德璋《北山移文》①。茂矣美矣，宋玉《神女赋》。优哉游哉！傅武仲《舞赋》。其卉木之奇，任彦升《齐竟陵文宣王行状》。丘园之秀，陆士衡《演连珠》。则有木兰梫桂，左太冲《蜀都赋》。藂积乎其中；司马长卿《上林赋》。蒋蒲蒹葭，张平子《南都赋》。奂衍于其侧。嵇叔夜《琴赋》。凫鹥振鹭，扬子云《羽猎赋》。翱翔乎其颠；王子渊《洞箫赋》。鲔鲵鲿鲂，张平子《西京赋》。泛滥乎其上。左太冲《吴都赋》。梅杏郁棣之属，潘安仁《闲居赋》。众果具繁；魏文帝《与朝歌令吴质书》。兰茝荪蕙之芳，曹子建《与杨德祖书》。庶物时育。张平子《东京赋》。甘露宵零于丰草，班孟坚《典引》。惠风伫芳于阳林。孙兴公《游天台山赋》。或假步于山扃，孔德璋《北山移文》。结幽兰而延伫；屈平《离骚经》。若游目于天表，班孟坚《西都赋》。抚孤松而盘桓。陶渊明《归去来辞》。时和气清，张平子《归田赋》。吟咏菀柳之下；应休琏《与从弟君苗君胄书》。宵盘昼憩，颜延年《陶征士诔》。周流梨栗之林。扬子云《长杨赋》。翔骤之所往还，颜延年《三月三日曲水诗序》。瑰异之所丛育，左太冲《吴都赋》。罔不具集，班孟坚《东都赋》。不可殚书。范蔚宗《宦者传论》。若乃阶除连延，何平叔《景

① 原注作者、题目误，出自张衡《归田赋》。

福殿赋》。筱簜敷衍，张平子《西京赋》。幽堂昼密，张景阳《七命》。荫修竹之蝉蜎；成公子安《啸赋》。高门旦开，刘孝标《广绝交论》。觌幽人之仿佛。班孟坚《幽通赋》。扬翠叶，司马长卿《上林赋》。竦长条，左太冲《蜀都赋》。游清风，枚叔《七发》。敛轻雾，孔德璋《北山移文》。若翔若滞，何平叔《景福殿赋》。如轾如轩。潘安仁《射雉赋》。喜柔条于芳春，陆士衡《文赋》。固灵根于夏叶。张平子《南都赋》。逸气奋涌，成公子安《啸赋》。矗似长云；鲍明远《芜城赋》。浮影交横，鲍明远《舞鹤赋》。碎此明月。袁彦伯《三国名臣序赞》。摇风忽起，江文通《恨赋》。音要妙而含清；潘安仁《声赋》。微雨新晴，潘安仁《闲居赋》。响抑扬而潜转。成公子安《啸赋》。杂弄间奏，马季长《长笛赋》。岂笙篇之能伦？嵇叔夜《琴赋》。永啸长吟，嵇叔夜《幽愤诗》。非丝竹之所拟。成公子安《啸赋》。淇洹之笋，左太冲《魏都赋》。可以娱肠；曹子建《七启》。孤竹之管，张平子《东京赋》。聊以永日。傅武仲《舞赋》。采采粲粲，嵇叔夜《琴赋》。蔼蔼萋萋。何平叔《景福殿赋》。时翘首而遐观，陶渊明《归去来辞》。轻云承盖；曹子建《献应诏诗》。翳修袖以延伫，曹子建《洛神赋》。凉阴掩轩。王僧达《祭颜光禄文》。弹琴其中，东方曼倩《非有先生论》。徽清弦而独奏；陆士衡《吊魏武帝文》。有人在下，宋玉《招魂》。援鸣笙而将吹。潘安仁《笙赋》。由是观之，东方曼倩《答客难》。则知卫地淇澳之产，左太冲《三都赋序》。方斯蔑如也。王仲宝《褚渊碑文》。夫寒暑递进，刘孝标《广绝交论》。华实代新，张景阳《七命》。露往霜来，左太冲《吴都赋》。或前荣而后悴；刘孝标《广绝交论》。日新月故，王简栖《头陀寺碑文》。感冬索而春敷。潘安仁《闲居赋》①。察四气之盈虚，陆佐公《新刻漏铭》。道罔隆而不杀；张茂先《女史箴》。睹众物之变态，司马长卿《子虚赋》。理无微而弗纶。陆士衡《文赋》。若夫三春之初，嵇叔夜《琴赋》。六合清朗，潘安仁《闲居赋》。雎鸠相和，张平子《思玄赋》。群莺乱飞。丘希范《与陈伯之书》。芳草被堤，班孟坚《西都赋》。应风披靡；司马长卿《上林赋》。新萍泛沚，王元长《三月三日曲水诗序》。

---

① 原注题目误，出自潘岳《秋兴赋》。

随波参差。左太冲《吴都赋》。陪以甘泉，班孟坚《西都赋》。泉涓涓而吐溜；潘安仁《射雉赋》。树以嘉木，何平叔《景福殿赋》。木欣欣以向荣。陶渊明《归去来辞》。何类不繁？东广微《崇丘诗》。何生不育？司马长卿《封禅文》。其竹则篛笼篁篾，张平子《南都赋》。发秀吐荣；王文考《鲁灵光殿赋》。桃枝篔筜，郭景纯《江赋》。苞笋抽节。左太冲《吴都赋》。协风应律，陆士衡《大将军燕会被命作诗》①。发青条之森森；陆士衡《文赋》。春日载阳，张平子《东京赋》。降澄辉之蔼蔼。谢希逸《月赋》。篁栖鹍鹭，何平叔《景福殿赋》。渚戏跃鱼。张平子《东京赋》。御春服而逍遥，左太冲《魏都赋》。睹农人之耘耔；何平叔《景福殿赋》。结轻舟而竞逐，左太冲《吴都赋》。叹渔父之棹歌。郭景纯《江赋》。禊饮之日在兹，王元长《三月三日曲水诗序》。舞咏之情不一。颜延年《三月三日曲水诗序》。是时向春之末，宋玉《登徒子好色赋》。朱明之期，应休琏《与从弟君苗君胄书》。素柰夏成，左太冲《蜀都赋》。卢橘夏熟，司马长卿《上林赋》。石榴竞裂，左太冲《蜀都赋》。时藿向阳。潘安仁《闲居赋》。华莲重葩而倒披，左太冲《魏都赋》。琼枝抗茎而敷蕊。左太冲《吴都赋》。桑柘之地，扬子云《羽猎赋》。布叶垂阴；张平子《西京赋》。荔枝之林，左太冲《吴都赋》。吐芳扬烈。司马长卿《上林赋》。其竹则篔筜箖箊，左太冲《吴都赋》。筱簳箛箠，张平子《南都赋》。恻夏日之严威，王元长《永明九年策秀才文》。垂荫万亩；左太冲《吴都赋》。吐清风之飂戾，潘安仁《西征赋》。朗咏长川。孙兴公《游天台山赋》。乃携友生，嵇叔夜《琴赋》。集同好，成公子安《啸赋》。饮石泉兮荫松柏，屈平《九歌》。向虚壑兮背槁槐，枚叔《七发》。乘凫舟兮为水嬉，张景阳《七命》。酌桂酒兮扬清曲。谢惠连《雪赋》。情盘景遽，颜延年《三月三日曲水诗序》。霜戾秋登。颜延年《赭白马赋》。于时秋也，潘安仁《秋兴赋》。炎风不兴，谢惠连《雪赋》。严霜初降，祢正平《鹦鹉赋》。景翳翳以将入，陶渊明《归去来辞》。暄气初收；张景阳《七命》。蝉嘒嘒以寒吟，潘安仁《秋兴赋》。木叶微脱。谢希逸《月赋》。绿葵含露，潘安仁《闲居赋》。

---

① 原注作者误，出自陆云《大将军燕会被命作诗》。

丹桂灌丛，左太冲《吴都赋》。发兰蕙与芎䓖，扬子云《甘泉赋》。杂杜蘅与芳芷。屈平《离骚经》。于是乎卬竹缘岭，左太冲《蜀都赋》。烟交雾凝；鲍明远《舞鹤赋》。篁筱怀风，左太冲《魏都赋》。条分叶散。曹子建《王仲宣诔》。风触楹而转响，谢惠连《雪赋》。月上轩而飞光。江文通《别赋》。然后采菱花，曹子建《七启》。藉莞蒻；潘安仁《秋兴赋》。涉兰圃，嵇叔夜《琴赋》。径竹林，扬子云《羽猎赋》。舟凝滞于水滨，江文通《别赋》。菊扬芳于崖澨。潘安仁《秋兴赋》。舍棂槛而却倚，班孟坚《西都赋》。瞻云雁之孤飞；谢惠连《雪赋》。步庭庑以徘徊，潘安仁《怀旧赋》。咏牵牛之独处。曹子建《洛神赋》。或乃回飙狂厉，赵景真《与嵇茂齐书》。百卉具零。张平子《西京赋》。急景凋年，鲍明远《舞鹤赋》。日忽忽其将暮；屈平《离骚经》。劲阴杀节，陆士衡《演连珠》。水溓溓以微凝。潘安仁《寡妇赋》。玄云合而重阴，张平子《南都赋》。隰有翔隼；潘安仁《秋兴赋》。晨风凄以激冷，潘安仁《怀旧赋》。林无静柯。殷仲文《解尚书表》。若其园圃，张平子《南都赋》。则丹橘余甘，左太冲《吴都赋》。白杨早落；鲍明远《芜城赋》。寒卉冬馥，左太冲《蜀都赋》。修竹冬青。张平子《东京赋》。故冬不凄寒，何平叔《景福殿赋》。有汶阳之孤筱焉，潘安仁《笙赋》。禀苍色之润坚，王子渊《洞箫赋》。冒霜停雪；左太冲《吴都赋》。郁青霞之奇意，江文通《恨赋》。曜野映云。张平子《南都赋》。玉润碧鲜，左太冲《吴都赋》。终全孤竹之洁；范蔚宗《逸民传论》。天凝地闭，张景阳《七命》。不凋寒木之心。陆士衡《演连珠》。抱琴行吟，嵇叔夜《与山巨源绝交书》。度白雪以方洁；孔德璋《北山移文》。浮杯乐饮，潘安仁《闲居赋》。诉皓月而长歌。谢希逸《月赋》。于是乎周览泛观，司马长卿《上林赋》。远思长想，傅武仲《舞赋》。览花莳之时育兮，潘安仁《秋兴赋》。伊天地之运流；陆士衡《叹逝赋》。惟籦笼之奇生兮，马季长《长笛赋》。包阴阳之变化。王文考《鲁灵光殿赋》。其美无极，宋玉《神女赋》。其乐难忘！张平子《南都赋》。乃命画工，任彦升《齐竟陵文宣王行状》。画地成图，任彦升《为萧扬州作荐士表》。列素点绚，潘安仁《夏侯常侍诔》。敷华蕊之蓑蓑；张平子《南都赋》。寻烟染芬，陆士衡《演连珠》。飞云雾之杳杳。班叔皮《北征赋》。林茂有鄠之竹，潘安仁《西征赋》。室迩心遐；左太冲《魏都赋》。饵出深渊之鱼，应休琏《与从弟君苗君胄书》。波属云委。沈休文《宋书·谢灵运传论》。仰抚翠盖，曹子建《七启》。俯镜清流[①]。潘安仁《怀旧赋》。英华沈浮，扬子云《长杨赋》。各有所趣；王文考《鲁灵光殿赋》。丹青炳焕，左太冲《魏都赋》。尤见其情。陆士衡《文赋序》。每至觞酌流行，魏文帝《又与吴质书》。坐客恒满，刘孝标《广绝交论》。披艺观之，司马长卿《封禅文》。宁子敛手而叹息，成公子安《啸赋》。曰：司马长卿《子虚赋》。"写神喻意，马季长《长笛赋》。穷妙极丽。扬子云《羽猎赋》。使博辩之士，枚叔《七发》。大雅之人，阮元瑜《为曹公作书与孙权》。考传验图，班孟坚《封燕然山铭》。展诗发志，颜延年《三月三日曲水诗序》。以当谈笑，陈孔璋《为曹洪与魏文书》。以观土风，左太冲《三都赋序》。他日殆可谓曲尽其妙，陆士衡《文赋序》。没而不朽者欤？任彦升《齐竟陵文宣王行状》。"尔乃端策拂茵，潘安仁《西征赋》。抽毫进牍，谢希逸《月赋》。傍思才淑，任彦升《齐竟陵文宣王行状》。屡访群儒。班孟坚《典引》。树之风声，吴季重《在元城与魏太子笺》。招百越之士；张士然《为谢询求为孙氏置守冢人表》。贻此音翰，陆士衡《答贾长渊诗》。成一家之言。司马子长《报任少卿书》。故轮盖所游，刘孝标《广绝交论》。缀文之士，皇甫士安《三都赋序》。莫不风驰雨集，王子渊《四子讲德论》。云起龙骧，班孟坚《述韩英彭卢吴传赞》。游道德之平林，张平子《思玄赋》。傲坟素之场圃，潘安仁《闲居赋》。腾跃道艺，曹子建《七启》。驰骋文辞，沈休文《宋书·谢灵运传论》。启发篇章，班孟坚《西都赋》。积成卷轴，任彦升《齐竟陵文宣王行状》。抑亦雅颂之亚也。班孟坚《两都赋序》。夫爱人怀树，傅季友《为宋公修楚元王墓教》。因文以寄其心；皇甫士安《三都赋序》。辨物居方，左太冲《三都赋序》。采诗以显至德。王子渊《四子讲德论》。形于文墨，吴季重《答魏太子笺》。必有奇丽之观；孔文举《荐祢衡表》。著之话言，王仲宝《褚渊碑文》。必穷镌勒之盛。任彦升《为范始兴作求立太宰碑表》。历世才士，嵇叔夜《琴赋》。标榜风流。袁彦伯《三国名臣序赞》。一

---

① "清"字，潘岳《怀旧赋》原作"泉"。

物之微，江文通《诣建平王上书》。以为吟颂；陈孔璋《答东阿王笺》。四海之内，班孟坚《东都赋》。以为美谈。桓元子《荐谯元彦表》。繇此而揆之，左太冲《吴都赋》。以耿介拔俗之标，孔德璋《北山移文》。福地奥区之凑，王元长《三月三日曲水诗序》。发采流润[①]，潘安仁《夏侯常侍诔》。画以仙灵；左太冲《吴都赋》。飞辩骋辞，孔文举《荐祢衡表》。居因业盛。陆佐公《石阙铭》。遗余玩而未已，成公子安《啸赋》。庶弥久而不渝。祢正平《鹦鹉赋》。则稽之地图，左太冲《三都赋序》。览其旨趣。嵇叔夜《琴赋》。澹乎若深渊之静，贾谊《鹏鸟赋》。傲然有凌云之操，石季伦《思归引序》。而藏诸名山，任彦升《为范始兴作求立太宰碑表》。列于大雅，王子渊《四子讲德论》。此子为不朽矣。魏文帝《又与吴质书》。仆少窃乡曲之誉，潘安仁《闲居赋》。但有浮华之辞。班孟坚《典引》。养素丘园，任彦升《为萧扬州作荐士表》。漱六艺之芳润；陆士衡《文赋》。笃好林薮，石季伦《思归引序》。乐百卉之荣滋。嵇叔夜《琴赋》。见绿竹猗猗，左太冲《三都赋序》。清流亹亹，左太冲《吴都赋》。有江湖山薮之思，潘安仁《秋兴赋》。潇洒出尘之想，孔德璋《北山移文》。超然自引，陆士衡《豪士赋序》。穷地而游，张景阳《七命》。慨然有怀，夏侯孝若《东方朔画赞》。唯意所拟。嵇叔夜《琴赋》。比物属事，枚叔《七发》。思假物以托心；嵇叔夜《琴赋》。程形赋音，陆士衡《演连珠》。期穷形而尽相。陆士衡《文赋》。向者司马长卿《报任少卿书》。追寻前轨，吴季重《在元城与魏太子笺》。辨章旧闻，班孟坚《答宾戏》。仰司马扬王遗风，陈孔璋《为曹洪与魏文帝书》。余有慕之焉。曹子建《七启》。甫乃以情纬文，沈休文《宋书·谢灵运传论》。感今怀昔。颜延年《宋文皇帝元皇后哀策文》。考方载于往牒，颜延年《赭白马赋》。步先哲之高衢。潘安仁《闲居赋》。金科玉条，扬子云《剧秦美新》。取则不远；陆士衡《文赋序》。清辞妙句，陈孔璋《答东阿王笺》。相合而成。刘子骏《移书让太常博士》。岁惟仲冬，张平子《东京赋》。无事弃日，司马长卿《上林赋》。聊因笔墨之成文章，扬子云《长杨赋》。制山居四时序，任彦

---

① “采”字，潘岳《夏侯常侍诔》原作“彩”。

升《齐竟陵文宣王行状》。以为之赞。袁彦伯《三国名臣序赞》。

## 戴居人年伯寿言十五首

皤皤国老，班孟坚《东都赋》。肃肃先生。夏侯孝若《东方朔画赞》。文为德表，蔡伯喈《陈太丘碑文》。礼以仁清。王僧达《祭颜光禄文》。与物无患，张茂先《鷦鹩赋》。与世无营。嵇叔夜《幽愤诗》。南国之纪，潘正叔《赠陆机出为吴王郎中令诗》。犹载厥声。潘安仁《为贾谧作赠陆机诗》。

世有明德，阮嗣宗《为郑冲劝晋王笺》。家崇儒门。颜延年《皇太子释奠会作诗》。孝友光备，任彦升《齐竟陵文宣王行状》。人无间言。王仲宝《褚渊碑文》。取乐名教，任彦升《百辟劝进梁高祖笺》。保乂子孙。陈孔璋《檄吴将校部曲》。我闻积善，潘安仁《夏侯常侍诔》。川广自源。张茂先《励志诗》。

弱冠秀发，陆士衡《辩亡论上》。并包书林。扬子云《长杨赋》。选名升学，王元长《永明九年策秀才文》。青青子衿。魏武帝《短歌行》。居今观古，任彦升《百辟劝进梁高祖笺》。因歌随吟。成公子安《啸赋》。乐天知命，刘孝标《辩命论》。悠悠我心。王仲宣《赠士孙文始诗》。

擢秀清流，赵景真《与嵇茂齐书》。脱落尘俗。任彦升《王文宪集序》。鲜侔晨葩，束广微《白华诗》。荣曜秋菊。曹子建《洛神赋》。载采其芳，潘安仁《为贾谧作赠陆机诗》。长享其福。阮元瑜《为曹公作与孙权书》。爰想遐踪，夏侯孝若《东方朔画赞》。白驹空谷。任彦升《为萧扬州作荐士表》。

雅好博古，张平子《西京赋》。殚见洽闻。班孟坚《西都赋》。利断金石，陆士衡《赠冯文熊迁斥丘令诗》。怡寄典坟。任彦升《齐竟陵文宣王行状》。陈圭置臬，陆佐公《石阙铭》。布藻垂文。嵇叔夜《琴赋》。宝利珍怪，张平子《南都赋》。物以群分。皇甫士安《三都赋序》。

握牍持笔，杨德祖《答临淄侯笺》。妙绝时人。魏文帝《与吴质书》。匪雕匪刻，张平子《东京赋》。或草或真。潘安仁《杨仲武诔》。翰动若飞，潘安仁《杨荆州诔》。才捷若神。曹子建《七启》。以燕翼子，李萧远《运命论》。

能负析薪。陈孔璋《檄吴将校部曲》。

诞育洪胄，陆士衡《答贾长渊诗》。笃生戴侯。潘安仁《杨荆州诔》。言思其顺，应吉甫《晋武帝华林园集诗》。色思其柔。束广微《南陔诗》。林挺琼树，谢惠连《雪赋》。鱼跃顺流。束广微《由庚诗》。逸才命世，陆士衡《辩亡论上》。曾莫能俦。嵇叔夜《幽愤诗》。

孝惟义养，颜延年《陶征士诔》。禄微赐金。任彦升《为范尚书让吏部封侯第一表》。内侍帷幄，沈休文《奏弹王源》。婆娑翰林。潘正叔《赠陆机出为吴王郎中令诗》。祗承皇命，陆士衡《答贾长渊诗》。妙简帝心。颜延年《赭白马赋》。輶轩东践，陆士衡《汉高祖功臣颂》。振振其音。束广微《由仪诗》。

于叟种德，刘孝标《辩命论》。宪流后昆。陆士衡《汉高祖功臣颂》。乘轺建节，丘希范《与陈伯之书》。讲艺立言。颜延年《太子释奠诗》。俊贤翘首，任彦升《到太司马记室笺》。庠序盈门。班孟坚《东都赋》。笃慎取士，孔文举《荐祢衡表》。五教克宣。任彦升《齐竟陵文宣王行状》。

粤有生民，潘安仁《为贾谧作赠陆机诗》。东南之美。潘正叔《赠陆机出为吴王郎中令诗》。莘莘蒸徒，左太冲《魏都赋》。蒨蒨士子。束广微《白华诗》。宣其徽猷，卢子谅《赠刘琨诗》。考其文理。东方曼倩《答客难》。施畅春风，曹子建《上责躬应诏诗表》。应如草靡。潘安仁《闲居赋》。

锡类所及，任彦升《上萧太傅固辞夺礼启》。崇其宠章。潘元茂《册魏公九锡文》。班同三事，傅季友《求加赠刘前军表》。金蜩齐光。左太冲《魏都赋》。宜享遐纪，潘安仁《夏侯常侍诔》。备致嘉祥。张平子《东京赋》。天开之祚，曹子建《王仲宣诔》。寿考无疆。王子渊《圣主得贤臣颂》。

凛秋暑退，潘安仁《闲居赋》。置酒高堂。左太冲《蜀都赋》。献寿羞璧，谢希逸《月赋》。受爵传觞。张平子《南都赋》。锵锵济济，左太冲《魏都赋》。炜炜煌煌。王文考《鲁灵光殿赋》。以介丕祉，束广微《南陔诗》。齿算延长。颜延年《赭白马赋》。

翩翩者鸿，王仲宣《赠文叔良诗》。载飞载东。王仲宣《赠蔡子笃诗》。蔚彼高藻，陆士衡《答贾长渊诗》。味尔芳风。潘正叔《赠陆机出为吴王郎中令诗》。如渊之量，卢子谅《赠刘琨诗》。如岳之崇。陆士龙《大将军燕会被命作诗》。燕歌以咏，陆士衡《皇太子宴玄圃诗》。左右庭中。班孟坚《西都赋》。

曰余不敏，嵇叔夜《幽愤诗》。情通友僚。潘安仁《为贾谧作赠陆机诗》。策名委质，任彦升《为范始兴作求立太宰碑表》。同林异条。陆士衡《答贾长渊诗》。掎裳连袵，潘安仁《籍田赋》。方骥齐镳。陆士衡《赠冯文熊迁斥丘令诗》。家门礼训，任彦升《王文宪集序》。引领长谣。刘越石《答卢谌诗》。

兰桂有芬，沈休文《齐故安陆昭王碑文》。各绍堂构。陈孔璋《檄吴将校部曲》。传子传孙，史孝山《出师颂》。克明克秀。陆士衡《皇太子宴玄圃诗》。荣显所期，张茂先《女史箴》。馨烈弥茂。张平子《西京赋》。是以祥光，任彦升《宣德皇后令》。赋诗称寿。吴季重《答魏太子笺》。

## 祭三侄女余庆文余庆字淑贞行三吾弟芝田之次女许字南海伍生长琛及冠而亡余庆誓往守节归三年病殁得年二十

呜呼淑贞，颜延年《陶征士诔》。寂寥余庆！谢希夷《宋孝武宣贵妃耒》。方茂其华，潘安仁《杨仲武诔》。夕陨其命。潘安仁《杨荆州诔》。负雪怀霜，颜延年《阳给事诔》。砥节砺行。蔡伯喈《郭有道碑文》。率礼无违，张平子《南都赋》。发言可咏。曹子建《王仲宣诔》。义贵于身，陆士衡《演连珠》。爰清爰静。扬子云《解嘲》。行高于人，李萧远《运命论》。克柔克令。谢玄晖《齐敬皇后哀策文》。名节无愆，袁彦伯《三国名臣序赞》。家道以正。张茂先《女史箴》。禀命不融，蔡伯喈《郭有道碑文》。降年不永。潘安仁《杨荆州诔》。呜呼哀哉！潘安仁《马汧督诔》。之子之生，颜延年《阳给事诔》。来芳可述。颜延年《宋文皇帝元皇后哀策文》。世载其英，班孟坚《蜀都赋》。神降之吉。潘安仁《夏侯常侍诔》。春兰擢茎，潘安仁《杨仲武诔》。弱葼系实。左太冲《魏都赋》。玉质幼彰，刘越石《劝进表》。瑰姿艳逸。曹子建《洛神赋》。贞夷粹温，颜延年《陶征士诔》。恭俭静一。韦孟

《讽谏诗》。涅而不渝，束广微《白华诗》。乐而不佚。傅武仲《舞赋》。抱宝怀珍，蔡伯喈《陈太丘碑文》。杜门不出。潘安仁《杨荆州诔》。庶几遐年，曹子建《王仲宣诔》。长保天秩。潘安仁《夏侯常侍诔》。爰自待年，颜延年《宋文皇帝元皇后哀策文》。栖者择木。左太冲《魏都赋》。髦俊之才，陆士衡《演连珠》。衣冠之族。沈休文《奏弹王源》。虞魏之昆，左太冲《吴都赋》。潘杨之睦。潘安仁《杨仲武诔》[①]。郁穆旧姻，刘越石《答卢谌》。经纬礼俗。干令升《晋纪总论》。允得其门，蔡伯喈《郭有道碑文》。瑶台夏屋。刘孝标《辨命论》。爰定厥祥，谢玄晖《齐敬皇后哀策文》。蓝田美玉。班孟坚《西都赋》。欲崇其高，潘安仁《为贾谧作赠陆机诗》。长享其福。阮元瑜《为曹公作与孙权书》。何图夫子[②]，曹子建《王仲宣诔》。纤质实微！卢子谅《赠刘琨诗》。竟先朝露，颜延年《赭白马赋》。容体长归。潘安仁《夏侯常侍诔》。欢情未接，宋玉《神女赋》。怀袖靡依。谢玄晖《齐敬皇后哀策文》。尺波电逝[③]，刘孝标《重答刘秣陵沼书》。惊沙坐飞。鲍明远《芜城赋》。情条云互，王僧达《祭颜光禄文》。密叶晨稀。张景阳《七命》。光沈响绝，鲍明远《芜城赋》。物是人非。魏文帝《与朝歌令吴质书》。黄金难化，沈休文《齐故安陆昭王碑文》。迸涕交挥。潘安仁《夏侯常侍诔》。彼居之子，束广微《南陔诗》。望影揣情。陆士衡《汉高祖功臣颂》。闻凶哀震，沈休文《齐故安陆昭王碑文》。心折骨惊。江文通《别赋》。誓心守节，羊叔子《让开府表》。勉志含弘。张茂先《励志诗》。慨然叹曰：潘安仁《夏侯常侍诔》。"洁岂我贞？谢惠连《雪赋》。心顾其义，宋玉《登徒子好色赋》。求全其名[④]。李萧远《运命论》。谁毁谁誉？潘安仁《夏侯常侍诔》。何虑何营？谢惠连《雪赋》。取乐名教，任彦升《百辟劝进笺》。亦孔之荣。曹子建《王仲宣诔》。更造夫妇，班孟坚《东都赋》。俟河之清。应休琏《与从弟君苗君胄书》。苟

① 原注作者、题目误，出自沈约《奏弹王源》。
② "图"字，曹植《王仲宣诔》原作"瘖"。
③ "逝"字，刘峻《重答刘秣陵沼书》原作"谢"。
④ "全"字，李康《运命论》原作"成"。

违斯义，张茂先《女史箴》。不如无生。宋玉《登徒子好色赋》。”幽灵仿佛，谢惠连《祭古冢文》。闻其悲声。王子渊《洞箫赋》。申之再三，吴季重《答东阿王书》。守之以一。嵇叔夜《养生论》。古人有言，嵇叔夜《幽愤诗》。正位居室。张茂先《女史箴》。和如瑟琴，潘安仁《夏侯常侍诔》。道叶胶漆。刘孝标《广绝交论》。盛衰无常，张平子《西京赋》。秦晋有匹。沈休文《奏弹王源》。慎终如初，卢子谅《赠刘琨诗》。临凶若吉。颜延年《陶征士诔》。判与为婚，沈休文《奏弹王源》。要之死日。司马子长《报任少卿书》。情见夫辞[①]，杜元凯《春秋左氏传序》。义形于色。陆士衡《汉高祖功臣颂》。感慨自哀，任彦升《为卞彬谢修卞忠贞墓启》。回遑如失。谢希逸《月赋》。忽兮改容，宋玉《高唐赋》。铅华弗御。曹子建《洛神赋》。忽然忘生，李少卿《答苏武书》。绵留气序。沈休文《齐故安陆昭王碑文》。茹戚肌肤，任彦升《齐竟陵文宣王行状》。游魂泰素。曹子建《王仲宣诔》。恍若有亡，江文通《别赋》。退无所据。赵景真《与嵇茂齐书》。以送厥终，马季长《长笛赋》。谓行多露。卢子谅《赠刘琨诗》。以报所天，江文通《诣建平王上书》。谁者可语？宋玉《神女赋》。顾望怀愁，曹子建《洛神赋》。朝朝暮暮。宋玉《高唐赋》。行云徘徊，潘安仁《杨仲武诔》。要子天路。曹子建《王仲宣诔》。斯路何阶？王元长《永明十一年策秀才文》。求之至曙。宋玉《神女赋》。懿亲戚属，陆士衡《叹逝赋》。慨然以悲。刘越石《答卢谌诗书》。防微虑远，张茂先《女史箴》。矜容爱仪。傅武仲《舞赋》。来相劝勉，李少卿《答苏武书》。朝夕论思。班孟坚《两都赋序》。死生有命，刘孝标《辩命论》。婚姻以时。扬子云《长杨赋》。茫茫造化，张茂先《女史箴》。司其雄雌。潘安仁《射雉赋》。岂无和乐？曹子建《朔风诗》。多忧何为？魏文帝《善哉行》。备尽宽譬，沈休文《齐故安陆昭王碑文》。以当箴规。何平叔《景福殿赋》。尔独正色[②]，潘安仁《夏侯常侍诔》。愤发于辞。陆士衡《汉高祖功臣颂》。敬遵昔义，谢惠连《祭古冢文》。敢告庶娅。张茂先《女史箴》。烈士贞女，

① “夫”字，杜预《春秋左氏传序》原作“乎”。

② “尔”字，潘岳《夏侯常侍诔》原作“子”。

王文考《鲁灵光殿赋》。身没名垂。潘安仁《杨荆州诔》。违丰安匮，潘安仁《杨仲武诔》。忧合欢离。刘孝标《广绝交论》。固不得已，东方曼倩《答客难》。何足以疑？贾谊《鹏鸟赋》。同坐仰叹，繁休伯《与魏文帝笺》。涕泪涟洏。王仲宣《赠蔡子笃诗》。求遂其志，李萧远《运命论》。托与之期。王仲宣《赠士孙文始诗》。亦既有行，颜延年《宋文皇帝元皇后哀策文》。实不可追。吴季重《答魏太子笺》。谁与入室？任彦升《齐竟陵文宣王行状》。施衿结褵。张茂先《女史箴》。吁其悲矣，赵景真《与嵇茂齐书》。哀以送之。曹子建《王仲宣诔》。恩隆父母，曹子建《上责躬应诏诗表》。悲来填应。江文通《恨赋》。追惟耿介，应休琏《与满公琰书》。肇自弱龄。任彦升《齐竟陵文宣王行状》。身足于荫，陆士衡《演连珠》。志不可凌。陆士衡《汉高祖功臣颂》。质如耀雪，张景阳《七命》。心若怀冰。陆士衡《汉高祖功臣颂》。女无美恶，邹阳《狱中上书自明》。唯爱所丁。张平子《西京赋》。矧乃吾子，潘安仁《马汧督诔》。孝实蒸蒸。潘安仁《杨荆州诔》。英华外发，沈休文《齐故安陆昭王碑文》。和顺内凝。王仲宝《褚渊碑文》。友于兄弟，潘安仁《闲居赋》。穆于闺庭。王仲宝《褚渊碑文》。今永乖别，曹子建《朔风诗》。曾何足称？沈休文《齐故安陆昭王碑文》。割慈忍爱，江文通《别赋》。为怨难胜。江文通《恨赋》。孤蓬自振，鲍明远《芜城赋》。凄风暴兴。左太冲《吴都赋》。庭虚情满，刘越石《答卢谌诗》。霜戾秋登。颜延年《赭白马赋》。一别如雨，王仲宣《赠蔡子笃诗》。藏景蔽形。曹子建《王仲宣诔》。形有未泰，卢子谅《赠刘琨诗》。义有必甄。颜延年《阳给事诔》。守以勿贰，任彦升《为褚咨议蓁让代兄袭封表》。眷亦既亲。卢子谅《赠刘琨诗》。缌麻设位，蔡伯喈《陈太丘碑文》。刻木为人。谢惠连《祭古冢文》。双情交映，陆士衡《赠冯文熊迁斥丘令诗》。道系于神。陆士衡《演连珠》。敬奠子馈[①]，王僧达《祭颜光禄文》。谁弼予身？曹子建《责躬诗》。踊绝于地，任彦升《齐竟陵文宣王行状》。涕沾于巾。潘安仁《杨仲武诔》。遗情想像，曹子建《洛神赋》。揆景测辰。陆佐公《新刻漏铭》。虔恭中馈，张茂先《女史箴》。孝

① 此句五臣注本作“敬奠于馈”，李善注本、六臣注本均作“敬陈奠馈”。

始人伦。任彦升《齐竟陵文宣王行状》。承慈以逊，谢希逸《宋孝武宣贵妃诔》。厚下曰仁。谢玄晖《齐敬皇后哀策文》。嗟乎夫子，曹子建《王仲宣诔》。委骨穷尘。鲍明远《芜城赋》。堂堂处子，束广微《白华诗》。亦曰鸿妻。任彦升《刘先生夫人墓志》。人伦之纪，杜元凯《春秋左氏传序》。死生既齐。卢子谅《赠刘琨诗》。姻媾之义，阮元瑜《为曹公作与孙权书》。存殁同归[①]。任彦升《为齐明帝让宣城郡公第一表》。扬诗守礼，宋玉《登徒子好色赋》。簪蒿杖藜。任彦升《刘先生夫人墓志》。揽涕兰宇[②]，王僧达《祭颜光禄文》。微步中闺。曹子建《七启》。悲其坠屦，陆士衡《演连珠》。览尔遗衣。潘安仁《夏侯常侍诔》。瞻乌靡托，陆佐公《石阙铭》。归鸟忘栖。曹子建《王仲宣诔》。芳尘凝榭，谢希逸《月赋》。微风动袿。嵇叔夜《赠秀才入军诗》。形影相吊，曹子建《上责躬应诏诗表》。秋月如珪。江文通《别赋》。亭亭孤干，刘越石《答卢谌诗》。翼翼飞鸾。王仲宣《赠蔡子笃诗》。操彼纤质，卢子谅《赠刘琨诗》。弱于罗纨。左太冲《吴都赋》。心同琴瑟，刘孝标《广绝交论》。谁与鼓弹？嵇叔夜《赠秀才入军诗》。身非木石，嵇叔夜《养生论》。谁与为欢？李少卿《答苏武书》。槁叶夕陨，潘安仁《秋兴赋》。松疏夏寒。王简栖《头陀寺碑文》。每一念至，李少卿《答苏武书》。能不永叹！嵇叔夜《赠秀才入军诗》。尔然其命[③]，颜延年《陶征士诔》。各附所安。嵇叔夜《與山巨源绝交书》。贞而不谅，袁彦伯《三国名臣序赞》。自古所难。陆士衡《汉高祖功臣颂》。自尔介居，颜延年《陶征士诔》。如磨如错。束广微《白华诗》。于今三年，阮元瑜《为曹公作与孙权书》。惟寂惟寞[④]。扬子云《解嘲》。白云在天，谢玄晖《拜中军记室辞隋王笺》。绿苔生阁。谢希逸《月赋》。露往霜来，左太冲《吴都赋》。孤雌寡鹤。王子渊《洞箫赋》。虽殊其年，潘安仁《杨仲武诔》。匪惰其恪。束广微《白华诗》。立行可模，沈休

① “殁”字，任昉《为齐明帝让宣城郡公第一表》原作“没”。

② “涕”字，王僧达《祭颜光禄文》原作“悲”字。

③ “尔”字，颜延之《陶征士诔》原作“子”。

④ “寞”字，扬雄《解嘲》原作“漠”。

文《齐故安陆昭王碑文》。施己惟约。陆士龙《大将军宴会被命作诗》。耳忘和音，张茂先《女史箴》。体服菲薄。潘安仁《杨仲武诔》。穆穆伊人，潘正叔《赠陆机出为吴王郎中令诗》。惴惴寡弱。潘安仁《关中诗》。弱茎易凋[①]。卢子谅《赠刘琨诗》。惊禽易落。王元长《永明十一年策秀才文》。忧病是沉，潘安仁《杨荆州诔》。志气所托。嵇叔夜《与山巨源绝交书》。如彼白珪，袁彦伯《三国名臣序赞》。莫之点辱；束广微《白华诗》。如彼危根，潘安仁《杨仲武诔》。惜其龄促。袁彦伯《三国名臣序赞》。因遘沉疴，沈休文《齐故安陆昭王碑文》。光灵不属。颜延年《陶征士诔》。山神海灵，王文考《鲁灵光殿赋》。敬亦既笃。潘安仁《杨仲武诔》。如何灵祇，曹子建《王仲宣诔》。命不可赎？蔡伯喈《陈太丘碑文》。如何斯人，潘安仁《夏侯常侍诔》。形不可逐？陆士衡《文赋》。气息奄奄，李令伯《陈情表》。倾昃倚伏。马季长《长笛赋》。微若抽茧，陆佐公《新刻漏铭》。兀若枯木。陆士衡《文赋》。乍阴乍阳，曹子建《洛神赋》。将绝将续。成公子安《啸赋》。微灯动光，王僧达《祭颜光禄文》。痛心在目。傅季友《为宋公至洛阳谒五陵表》。我闻积善，潘安仁《夏侯常侍诔》。庆霭迎祥[②]。谢希逸《宋孝武宣贵妃诔》。顾此悢悢，嵇叔夜《与山巨源绝交书》。乃罹斯殃。曹子建《责躬诗》。魂魄离散，宋玉《招魂》。药剂弗尝。颜延年《陶征士诔》。娥月寝耀，王僧达《祭颜光禄文》。浮云无光。江文通《恨赋》。游鱼失浪，曹子建《王仲宣诔》。阳鸟爰翔。郭景纯《江赋》。欻焉大渐，沈休文《齐故安陆昭王碑文》。人之云亡。潘安仁《关中诗》。人之云亡，任彦升《为范始兴作求立太宰碑表》。委命顺理。张茂先《鹪鹩赋》。大渐弥留，王仲宝《褚渊碑文》。感以情起。卢子谅《赠刘琨诗》。长啸哀鸣，司马长卿《上林赋》。感心动耳。宋玉《高唐赋》。以古况今，潘安仁《关中诗》。有生必死。潘安仁《杨荆州诔》。视死如归，潘安仁《马汧督诔》。为仁由己。潘安仁《夏侯常侍诔》。节岂我名？谢惠连《雪赋》。道在则是。潘安仁《闲居赋》。妇德尚柔，张茂先《女史箴》。

① “弱茎”二字，卢谌《赠刘琨诗》原作“茎弱”。

② “霭”字，谢庄《宋孝武宣贵妃诔》原作“蔼”。

人伦实始。班孟坚《东都赋》。出光厥家，潘安仁《夏侯常侍诔》。没有余喜。颜延年《阳给事诔》。矧伊嬿婉，王仲宣《赠士孙文始诗》。实佐君子。任彦升《刘先生夫人墓志》。予独何为？嵇叔夜《幽愤诗》。忽如影靡。王子渊《圣主得贤臣颂》。予亦何人？张茂先《励志诗》。足以没齿。曹子建《责躬诗》。乃父乃兄，班孟坚《东都赋》。长怀无已；江文通《恨赋》。惟祖惟曾，潘安仁《杨仲武诔》。宜享遐纪。潘安仁《夏侯常侍诔》。嗟我人斯，陆士衡《赠冯文熊迁斥丘令诗》。闭骨泉里。江文通《恨赋》。辞不及究，宋玉《神女赋》。去不可止。陆士衡《文赋》。顾恋慈母，潘安仁《杨仲武诔》。拉血相视。江文通《别赋》。天道如何？鲍明远《芜城赋》。人生到此。江文通《恨赋》。岂不哀哉？刘子骏《移书让太常博士》。魂兮往矣。潘安仁《杨仲武诔》。是乎非乎？潘安仁《哀永逝文》。心离志绝；曹子建《上责躬应诏诗表》。恍兮忽兮，枚叔《七发》。薰歇烬灭。鲍明远《芜城赋》。素旄一麾，史孝山《出师颂》。存亡永诀。潘安仁《夏侯常侍诔》。所谓伊人，陆士衡《汉高祖功臣颂》。如何短折？潘安仁《杨仲武诔》。芬若椒兰，沈休文《齐故安陆昭王碑文》。志怀霜雪。孔文举《荐祢衡表》。存不愿丰，颜延年《陶征士诔》。清不增洁。袁彦伯《三国名臣序赞》。曾不憖留？沈休文《齐故安陆昭王碑文》。今果分别。魏文帝《与朝歌令吴质书》。长恨黄泉，扬子云《剧秦美新》。徒嗟金穴。谢玄晖《齐敬皇后哀策文》。祸过灾生[①]，庾元规《让中书令表》。可为痛切！吴季重《答魏太子笺》。朝秀晨终，刘孝标《辩命论》。孰先陨越？曹子建《王仲宣诔》。谓天盖高，颜延年《陶征士诔》。万殊一辙。卢子谅《赠刘琨诗》。人命靡常，曹子建《王仲宣诔》。不如立节。李少卿《答苏武书》。节不苟立，陈孔璋《檄吴将校部曲》。容不虚生。傅武仲《舞赋》。循性而动，嵇叔夜《与山巨源绝交书》。感气而成。曹子建《七启》。音徽未沫，刘孝标《重答刘秣陵沼书》。大命乃倾。枚叔《七发》。列宿掩缛，谢希逸《月赋》。纤条悲鸣。宋玉《高唐赋》。臧获婢妾，司马子长《报任少卿书》。荡魂伤精。张平子《南都赋》。忠臣孝子，王文考《鲁灵光殿

---

① “祸”字，庾亮《让中书令表》原作“福”。

赋》。尽节效情。东方曼倩《答客难》。匹夫之操[①]，任彦升《齐竟陵文宣王行状》。匹妇之明。班叔《王命论》[②]。理无或异，沈休文《宋书·谢灵运传论》。休矣清声。蔡伯喈《陈太丘碑文》。清晖映世，沈休文《齐故安陆昭王碑文》。二族俱荣。阮元瑜《为曹公作与孙权书》。家门礼训，任彦升《王文宪集序》。感于予思。潘安仁《怀旧赋》。世滋芳烈，曹子建《王仲宣诔》。天之报施。刘孝标《辩命论》。聊为我弟[③]，应休琏《与侍郎曹长思书》。诞茂淑姿。潘安仁《杨仲武诔》。虽有淑姿，张茂先《励志诗》。天不慭遗。任彦升《齐竟陵文宣王行状》。贞不常祐，颜延年《阳给事诔》。予犹怀疑。曹子建《王仲宣诔》。如彼兰蕙，潘安仁《为贾谧作赠陆机诗》。秋霜悴之；曹子建《朔风诗》。如彼竹柏，颜延年《阳给事诔》。风必摧之。李萧远《运命论》。古来共尽，王僧达《祭颜光禄文》。逝者如斯。张茂先《励志诗》。人亡则灭，陆士衡《演连珠》。实有可悲。陆士衡《谢平原内史表》。玉贞则折，颜延年《祭屈原文》。或迫乎兹。卢子谅《赠刘琨诗》。彼虽硁硁，范蔚宗《逸民传论》。友亦怡怡。潘安仁《杨荆州诔》。天伦之爱，沈休文《齐故安陆昭王碑文》。未曾废离。李令伯《陈情表》。分乖之际，卢子谅《赠刘琨诗》。胡不凄而？王仲宣《赠士孙文始诗》。目色仿佛，宋玉《神女赋》。精魂回移。张平子《思玄赋》。魂兮归来，宋玉《招魂》。语予其期。贾谊《鹏鸟赋》。呜呼哀哉！谢惠连《祭古冢文》。柩辂既祖，潘安仁《夏侯常侍诔》。往驾弗援。颜延年《宋文皇帝元皇后哀策文》。鸣鸡戒旦，赵景真《与嵇茂齐书》。凉阴掩轩。王僧达《祭颜光禄文》。重闺幽闼，张平子《西京赋》。东首茔园。沈休文《齐故安陆昭王碑文》。过此以往，李萧远《运命论》。形器不存。袁彦伯《三国名臣序赞》。俾若神对，任彦升《齐竟陵文宣王行状》。还祔双魂。谢惠连《祭古冢文》。晷纬冥合，陆佐公《石阙铭》。嬿婉新婚。刘越石《答卢谌诗》。九地之下，潘安仁《马汧督诔》。握手何言？江文通《恨

---

① “夫”字，任昉《齐竟陵文宣王行状》原作“妇”。

② 原注作者有脱字，出自班彪（字叔皮）《王命论》。

③ “我”字，应璩《与侍郎曹长思书》原作“大”。

赋》。呜呼哀哉！潘安仁《杨荆州诔》。人谁不没？曹子建《王仲宣诔》。尔实惨然[①]！颜延年《陶征士诔》。嗟尔来世，蔡伯喈《郭有道碑文》。将二十年。任彦升《到太司马记室笺》。年方冲藐[②]，谢玄晖《齐敬皇后哀策文》。中路阻颠。卢子谅《赠刘琨诗》。离群丧侣，祢正平《鹦鹉赋》。素风愈鲜。袁彦伯《三国名臣序赞》。抑情忍欲，嵇叔夜《养生论》。世事都捐。孙兴公《游天台山赋》。况复多病，嵇叔夜《与山巨源绝交书》。隐忍苟全[③]。曹子建《上责躬应诏诗表》。以至今日，李少卿《答苏武书》。遽饰幽泉。任彦升《为范始兴作求立太宰碑表》。形驰魄散，孔德璋《北山移文》。悠悠三千。赵景真《与嵇茂齐书》。事变物化，扬子云《甘泉赋》。茫茫上天。史孝山《出师颂》。春萝罢月，孔德璋《北山移文》。组帐空烟。谢希逸《宋孝武宣贵妃诔》。阃德斯谅，任彦升《刘先生夫人墓志》。亦有取焉。任彦升《齐竟陵文宣王行状》。如何奄忽，曹子建《王仲宣诔》。姓字不传？谢惠连《祭古冢文》。崇表殊节，桓元子《荐谯元彦表》。宜自尔先。颜延年《阳给事诔》。呜呼哀哉！颜延年《宋文皇帝元皇后哀策文》。唯我与尔[④]，潘安仁《夏侯常侍诔》。分著情深。潘安仁《为贾谧作赠陆机诗》。视予犹父，潘安仁《杨仲武诔》。及尔同林。陆士衡《赠冯文熊迁斥丘令诗》。同林异条，陆士衡《答贾长渊诗》。覆露重阴。潘安仁《杨荆州诔》。景乃先逝[⑤]，曹子建《王仲宣诔》。何以为心？朱叔元《为幽州牧与彭宠书》。便嬛绰约，司马长卿《上林赋》。销落湮沉。江文通《恨赋》。芳仪永谢[⑥]，沈休文《齐故安陆昭王碑文》。神迹是寻。陆士衡《汉高祖功臣颂》。表墓旌善，潘安仁《马汧督诔》。古人所箴。王仲宣《赠士孙文始诗》。比其行事，袁彦伯《三国名臣序赞》。哭其亡簪。陆士衡《演连珠》。言不尽

---

① “惨”字，颜延之《陶征士诔》原作“愀”。
② “年方”二字，谢朓《齐敬皇后哀策文》原作“方年”。
③ “隐忍”二字，曹植《上责躬应诏诗表》原作“忍垢”。
④ “尔”字，潘岳《夏侯常侍诔》原作“子”。
⑤ “景”字，曹植《王仲宣诔》原作“果”。
⑥ “仪”字，沈约《齐故安陆昭王碑文》原作“猷”。

意，卢子谅《赠刘琨诗书》。哀有余音。潘安仁《杨荆州诔》。贞士发愤，陆士衡《演连珠》。寡妇悲吟。张平子《南都赋》。握牍持笔，杨德祖《答临淄侯笺》。涕泪沾襟。潘安仁《杨荆州诔》。呜呼哀哉！颜延年《阳给事诔》。遐眺存亡，卢子谅《赠刘琨诗》。且历少长。潘安仁《夏侯常侍诔》。展如之华，谢希逸《宋孝武宣贵妃诔》。方媾之党。沈休文《奏弹王源》。当此冲飙，潘安仁《杨仲武诔》。敝之穹壤。沈休文《齐故安陆昭王碑文》。人寿几何？应休琏《与从弟君苗君胄书》。忽为畴曩。卢子谅《赠刘琨诗》。望月方娥，谢希逸《宋孝武宣贵妃诔》。吟风遗响[①]。王子渊《洞箫赋》。不闻其声，曹子建《王仲宣诔》。不可为象。傅武仲《舞赋》。祭以中牟[②]，蔡伯喈《陈太丘碑文》。深心追往。颜延年《陶征士诔》。表之素旗，曹子建《王仲宣诔》。遥然留想。王仲宝《褚渊碑文》。魂而有灵，潘安仁《马汧督诔》。来顾来飨。张平子《东京赋》。呜呼哀哉！王僧达《祭颜光禄文》。

---

① “风”字，王褒《洞箫赋》原作“气”。

② “牟”字，蔡邕《陈太丘碑文》原作“牢”。

# 卷二

## 司马相如题桥赋以高车驷马方过此桥为韵

有西蜀公子者，左太冲《蜀都赋》。慕京师而窃叹，曹大家《东征赋》。越邛州而游遨[①]。张平子《思玄赋》。策驽骀而取路，宋玉《九辩》。朝骋骛兮江皋。屈平《九歌》。亘雄虹之长梁，张平子《西京赋》。冠盖相望；陆佐公《石阙铭》。遵通衢之大道，曹大家《东征赋》。舆徒不劳。张平子《东京赋》。彼居之子，束广微《南陔诗》。三蜀之豪。左太冲《蜀都赋》。希古振缨，夏侯孝若《东方朔画赞》。勖以丹霄之价；任彦升《王文宪集序》。摛藻下笔，吴季重《答魏太子笺》。挹以玄玉之膏。孙兴公《游天台山赋》。必所拟之不殊，陆士衡《文赋》。则音徽自远；陆士衡《演连珠》。庶斯言之不玷，班孟坚《幽通赋》。则延誉自高。任彦升《宣德皇后令》。蔚若相如，左太冲《蜀都赋》。游心至虚。应吉甫《晋武帝华林园集诗》。耽学好古，陈孔璋《檄吴将校部曲》。踵门陈书。颜延年《皇太子释奠会作诗》。奉笔兔园，谢玄晖《拜中军记室辞隋王笺》。是焉游集；张茂先《鹪鹩赋》。历职郎署，李令伯《陈情表》。退而闲居。潘安仁《闲居赋》。赋有凌云之称，江文通《别赋》。言恢之而弥广；陆士衡《文赋》。门无结驷之迹，应休琏《与侍郎曹长思书》。心犹凭而未摅。张平子《西京赋》。乃撄情于好爵[②]，孔德

① “邛”字，张衡《思玄赋》原作“卭”。

② “撄”字，孔稚圭《北山移文》原作“缨”。

璋《北山移文》。徒观迹于旧墟。班孟坚《西都赋》。得位于长安，干令升《晋纪总论》。羡西都之沃壤；祢正平《鹦鹉赋》。窃赀于卓氏，扬子云《解嘲》。乐北风之同车。张平子《西京赋》。简元辰而俶装，张平子《思玄赋》。乘跻绝往；木玄虚《海赋》。鹜横桥而旋轸，潘安仁《西征赋》。扬镳踟蹰。嵇叔夜《杂诗》。则有通沟大漕，班孟坚《西都赋》。下临无地。王简栖《头陀寺碑文》。石杠飞梁，左太冲《魏都赋》。参涂方驷。潘安仁《籍田赋》。缘以剑阁，左太冲《蜀都赋》。川静波澄；王简栖《头陀寺碑文》。限以巫山，司马长卿《子虚赋》。渊旋云被。颜延年《三月三日曲水诗序》。振溪通谷，司马长卿《上林赋》。秩秩斯干；王元长《三月三日曲水诗序》。弃俗登仙，夏侯孝若《东方朔画赞》。桥名升仙。硠硠高致。潘安仁《马汧督诔》。爰想遐踪，夏侯孝若《东方朔画赞》。聿光往记。颜延年《皇太子释奠会作诗》。时来时往，左太冲《蜀都赋》。纡青拖墨之司；潘安仁《马汧督诔》。载驰载驱，魏文帝《善哉行乐府》。绝景追风之骑。王元长《三月三日曲水诗序》。缅彼行人，王仲宣《赠文叔良诗》。怅然失志。宋玉《神女赋》。当休明之盛世，潘安仁《西征赋》。至人不卷道而背时[①]；张景阳《七命》。步先哲之高衢，潘安仁《闲居赋》。君子乐奋节以显义。曹子建《七启》。指白水而旌信，刘孝标《广绝交论》。抚臆论心；陆士衡《演连珠》。托微波而通辞，曹子建《洛神赋》。写神喻意。马季长《长笛赋》。若乃顾影中原，赵景真《与嵇茂齐书》。遥目九野。何平叔《景福殿赋》。知此路之良难，陆士衡《叹逝赋》。感逝川之无舍！王仲宝《褚渊碑文》。浮梁黝以径度，潘安仁《闲居赋》。奋翼北游；嵇叔夜《幽愤诗》。谷水灌以扬波，班叔皮《北征赋》。沿江东下。陆士衡《辩亡论下》。既遵道而得路，屈平《离骚经》。容与徘徊；班孟坚《西都赋》。遂援翰而写心，向子期《思旧赋》。联翩飞洒。谢惠连《雪赋》。语不传于辎轩，张景阳《七命》。情踊跃于鞍马。吴季重《答东阿王书》。忽蹑景而轻骛，曹子建《七启》。何虑何营？谢惠连《雪赋》。或含毫而邈然，陆士衡《文赋》。有造有写。潘安仁《杨仲武诔》。求遂其志，

---

① “至”字，张协《七命》原作“圣”。

李萧远《运命论》。故为于可为之时[①]；扬子云《解嘲》。爰勒兹铭，蔡伯喈《郭有道碑文》。传闻于未闻之者。张平子《西京赋》。是以寸管下傣，陆士衡《演连珠》。动应无方。郭景纯《江赋》。顿足起舞，潘安仁《闲居赋》。奋袖低昂。杨子幼《报孙会宗书》。思若有神，孔文举《荐祢衡表》。干云霄而上达[②]；张平子《西京赋》。笔不停缀，孔文举《荐祢衡表》。从风雨而飞飏。宋玉《九辩》。其形也，曹子建《洛神赋》。若离若合；成公子安《啸赋》。其致也，陆士衡《文赋》。若阴若阳。王文考《鲁灵光殿赋》。若神龙之变化，张平子《西京赋》。若白鹭之下翔。枚叔《七发》。若流波之将澜，宋玉《神女赋》。摛其光耀；蔡伯喈《陈太丘碑文》。若神仙之仿佛，司马长卿《子虚赋》。观其两旁。枚叔《七发》。发彩流润，潘安仁《夏侯常侍诔》。含芬吐芳。张平子《南都赋》。摛翰则华纵春葩，左太冲《魏都赋》。播芳蕤之馥馥；陆士衡《文赋》。慷慨则气成虹蜺，曹子建《七启》。浮云汉之汤汤。张平子《思玄赋》。且其容止闲暇，祢正平《鹦鹉赋》。纡余婆娑。嵇叔夜《琴赋》。清流亹亹，左太冲《吴都赋》。积石峨峨。张梦阳《剑阁铭》。翱翔于激水之上，宋玉《风赋》。逍遥乎山川之阿。潘安仁《秋兴赋》。普天壤以遐观，张茂先《鹪鹩赋》。河滨无洗耳之士；曹子建《七启》。伏棂槛而俯听，张平子《西京赋》。榜人奏采菱之歌。张景阳《七命》。亦各有志，吴季重《答东阿王书》。孰知其他？潘安仁《闲居赋》。援笔从此辞，曹子建《赠白马王彪诗》。林木为之润黩；左太冲《吴都赋》。驱车舍之去[③]，阮嗣宗《咏怀诗》。川谷为之荡波。司马长卿《上林赋》。想惠庄之清尘，刘孝标《广绝交论》。未或能比；沈休文《恩幸传论》。虽渊云之墨妙，江文通《别赋》。殆无以过也。孔文举《荐祢衡表》。及其鸣驺入谷，孔德璋《北山移文》。早绾银黄；刘孝标《广绝交论》。振鹭在庭，任彦升《为萧扬州作荐士表》。纡佩金紫。蔡伯喈《陈太丘碑文》。赞帷幄之谋，丘希范《与陈伯之

① 此句扬雄《解嘲》原作“故为可为于可为之时”。

② “霄”字，张衡《西京赋》原作“雾”。

③ “车”字，阮籍《咏怀诗》原作“马”。

书》。衔如丝之旨；沈休文《齐故安陆昭王碑文》。通夜郎之途，司马长卿《难蜀父老》。发巴蜀之士。司马长卿《喻巴蜀檄》。轺轩是乘，陆士衡《汉高祖功臣颂》。风尘不起。沈休文《齐故安陆昭王碑文》。大宛之马，班孟坚《西都赋》。体如游龙；傅武仲《舞赋》。齿至之车，枚叔《七发》。状如流水[①]。马季长《长笛赋》。按平路兮来归，张平子《南都赋》。视乔木兮故里。江文通《别赋》。王孙之属，左太冲《蜀都赋》。或拥篲而先驱；扬子云《解嘲》。茂陵之原，张平子《西京赋》。方高山而仰止。王仲宝《褚渊碑文》。洪澜涴演而云回，郭景纯《江赋》。飞梁偃蹇以虹指。王文考《鲁灵光殿赋》。循题兴念，谢惠连《祭古冢文》。荡遗尘于旋流；孙兴公《游天台山赋》。弭节徘徊，司马长卿《子虚赋》。耀神景于中沚。曹子建《七启》。萋萋辞翰，王仲宝《褚渊碑文》。厥迹犹存；张平子《西京赋》。区区本怀，陆士衡《谢平原内史表》。其意如此。嵇叔夜《与山巨源绝交书》。倘有华阴上士，江文通《别赋》。英俊下僚，任彦升《为萧扬州作荐士表》。事与愿违，嵇叔夜《幽愤诗》。仰浮云而永叹；宋玉《九辩》。感以情起，卢子谅《赠刘琨诗》。临浚壑而怨遥。谢希逸《月赋》。揆既往之前迹，左太冲《魏都赋》。戾饮马之阳桥。潘安仁《西征赋》。观其姓名，魏文帝典《与吴质书》。望风怀想；李少卿《答苏武书》。览其旨趣，嵇叔夜《琴赋》。引领长谣。刘越石《答卢谌诗》。势超浮柱，陆佐公《石阙铭》。足逸惊飙。张平子《南都赋》。流千载之英声，杨德祖《答临淄侯笺》。长澜浵浵；沈休文《齐故安陆昭王碑文》。发五色之渥彩，班孟坚《西都赋》。其光昭昭。何平叔《景福殿赋》。汉良受书于邳垠，班孟坚《西都赋》[②]。神交圯上；傅季友《为宋公修张良庙教》。公干振藻于海畔[③]，曹子建《与杨德祖书》。气似天霄。木玄虚《海赋》。故相如壮上林之观，张平子《东京赋》。英才卓踯；孔文举《荐祢衡表》。加梁父之事，司马长卿《难蜀父老》。俊声清劭。潘安仁《杨仲武诔》。感今惟昔，卢子谅《赠

---

① “如”字，马融《长笛赋》原作“似”。

② 原注题目误，出自班固《答宾戏》。

③ “畔”字，曹植《与杨德祖书》原作“隅”。

刘琨诗》。靡幽不乔。潘安仁《杨仲武诔》。是以谈者宛舌而同声[①]，扬子云《解嘲》。台衡之望斯集；王仲宝《褚渊碑文》。听者倾首而竦耳，杨德祖《答临淄侯笺》。莛轴之疾已消。王元长《三月三日曲水诗序》。

## 荔枝湾赋并序

夫辩言之艳，曹子建《七启》。情以体生；卢子谅《赠刘琨诗》。华实之毛，班孟坚《西都赋》。物以赋显。王文考《鲁灵光殿赋》。美其林薮，左太冲《吴都赋》。则芬泽易流；陆士衡《演连珠》。著之话言，王仲宝《褚渊碑文》。则声华藉甚。任彦升《宣德皇后令》。值物赋象，谢惠连《雪赋》。其在兹乎？王简栖《头陀寺碑文》。余以暇日，袁彦伯《三国名臣序赞》。逍遥步西园，魏文帝《芙蓉池诗》。荔湾在羊城西，故亦名西园。答遝离支，司马长卿《上林赋》。布濩皋泽，左太冲《吴都赋》。绿水皓皓，何平叔《景福殿赋》。朱实离离，张平子《西京赋》。致足乐也。魏文帝《与吴质书》。于是染翰操纸，潘安仁《秋兴赋》。摛辞连类[②]，枚叔《七发》。以为之赋。嵇叔夜《琴赋》。其辞曰：扬子云《甘泉赋》。

朱明肇授，潘安仁《射雉赋》。蕤宾纪时。魏文帝《与朝歌令吴质书》。茂树荫蔚，班孟坚《西都赋》。灵果参差。潘安仁《闲居赋》。四宇和平，枚叔《七发》。兼二仪之优渥；左太冲《吴都赋》。八风代扇，束广微《由庚诗》。乐百卉之荣滋。嵇叔夜《琴赋》。值林为苑，左太冲《吴都赋》。因河为池。贾谊《过秦论》。攒布水蘼，郭景纯《江赋》。侧生荔枝。左太冲《蜀都赋》。杂夭采于柔荑，王元长《三月三日曲水诗序》。越香掩掩；宋玉《高唐赋》。曜朱光于白水，张平子《南都赋》。珍树猗猗。左太冲《魏都赋》。息彼长林，嵇叔夜《赠秀才入军诗》。羡芳声之远畅；祢正平《鹦鹉赋》。临此洪渚，王仲宣《赠文叔良诗》。嘉美名之在兹。潘安仁《西征赋》。则有阴林巨

---

① 此句扬雄《解嘲》原作“是以欲谈者卷舌而同声”。

② “摛”字，枚乘《七发》原作“离”。

树，司马长卿《子虚赋》。轮囷离奇；邹阳《狱中上书自明》。素叶紫茎，枚叔《七发》。倾戾倚伏。马季长《长笛赋》。野每春其必华，陆士衡《叹逝赋》。木既繁而后绿。张景阳《七命》。殊品诡类，曹子建《七启》。选自闽禺；左太冲《吴都赋》。百种千名，张平子《南都赋》。号为近蜀。班孟坚《西都赋》。诗人之作，皇甫士安《三都赋序》。与唐比踪；曹子建《责躬诗》。丘氏构园于此，阮芸台相国颜曰“唐荔园”。先儒所传，杜元凯《春秋左氏传序》。惟汉有木。陆士衡《答贾长渊诗》。相传南汉红云宴，即此地。结朱实之离离，左太冲《蜀都赋》。播芳蕤之馥馥。陆士衡《文赋》。鲜侔晨葩，束广微《白华诗》。精曜华烛；班孟坚《西都赋》。赤拟鸡冠，魏文帝《与钟大理书》。焕若列宿。班孟坚《西都赋》。漱以华池之泉，孙兴公《游天台山赋》。错以荆山之玉。曹子建《七启》。水怀珠而川媚，陆士衡《文赋》。如虯之停；何平叔《景福殿赋》。顶凝紫而烟华，鲍明远《舞鹤赋》。如火斯畜。干令升《晋纪总论》。焕乎有文，皇甫士安《三都赋序》。烂然满目。魏文帝《与钟大理书》。俯澡绿水，卢子谅《赠刘琨诗》。垂光虹蜺；孔文举《荐祢衡表》。擢秀清流，赵景真《与嵇茂齐书》。争采松竹。袁彦伯《三国名臣序赞》。镜朱尘之照烂，江文通《别赋》。日月为之夺明；班孟坚《东都赋》。曳红彩之流离，扬子云《甘泉赋》。林木为之润黩。左太冲《吴都赋》。遂乃风举云摇，班孟坚《西都赋》。奄薄水渚；司马长卿《上林赋》。烟霏雨散，刘孝标《广绝交论》。分背回塘。张平子《南都赋》。扬翠叶，司马长卿《上林赋》。系紫房。左太冲《吴都赋》。甘和既醇，曹子建《七启》。随时代熟；张平子《南都赋》。馨烈弥茂，张平子《西京赋》。从风飘扬。何平叔《景福殿赋》。浮影交横，鲍明远《舞鹤赋》。云锦散文于沙汭之际；木玄虚《海赋》。披香发越，班孟坚《西都赋》。蒟酱流味于番禺之乡。左太冲《蜀都赋》。远而望之，曹子建《洛神赋》。实且快意①。曹子建《与吴季重书》。宛其落矣，潘安仁《笙赋》。可以娱肠。曹子建《七启》。发采扬明，嵇叔夜《琴赋》。火齐之宝；左太冲《吴都赋》。擘肌分理，张平子《西京赋》。纱縠之裳。曹子建《七

① “实”字，曹植《与吴季重书》原作“贵”。

启》。彤珠星流，潘安仁《马汧督诔》。思绵绵而增慕；曹子建《洛神赋》。素肤雪落，张景阳《七命》。心懔懔以怀霜。陆士衡《文赋》。于是盛以翠尊，曹子建《七启》。霍若碎锦；潘安仁《射雉赋》。置诸掌握，任彦升《齐竟陵文宣王行状》。白如截肪。魏文帝《与钟大理书》。良醰醰而有味，王子渊《洞箫赋》。芳菲菲其弥章。屈平《离骚经》。故相如壮上林之观，张平子《东京赋》。亦挺其秀；束广微《华黍诗》。渊客唱淮南之曲，张景阳《七命》。载采其芳。潘安仁《为贾谧作赠陆机诗》。则丹橘余甘，左太冲《吴都赋》。非吾人之所欲；张景阳《七命》。朱樱春熟，左太冲《蜀都赋》。非余心之所尝。张平子《思玄赋》。尔其地势，张平子《南都赋》。疏通沟以滨路，左太冲《魏都赋》。画坟衍而分基①。潘安仁《射雉赋》。水澹澹而盘纡，宋玉《高唐赋》。潺湲径复；王元长《三月三日曲水诗序》。柏森森以攒植，潘安仁《怀旧赋》。澶漫陆离。张平子《南都赋》。西逾金堤，左太冲《蜀都赋》。比沧浪而可濯；左太冲《魏都赋》。东负沧海，陆士衡《辨亡论》。似云汉之无涯。班孟坚《西都赋》。琪树璀璨而垂珠，孙兴公《游天台山赋》。奂衍于其侧；嵇叔夜《琴赋》。琼枝抗茎而敷蕊，左太冲《吴都赋》。熻耀乎其陂。班孟坚《西都赋》。于是舟人渔子，木玄虚《海赋》。槁工楫师，左太冲《吴都赋》。遵彼河浒，曹子建《应诏诗》。游于清池。司马长卿《子虚赋》。随事造曲，成公子安《啸赋》。因木生姿。王文考《鲁灵光殿赋》。更唱迭和，宋玉《高唐赋》。激水推移。司马长卿《子虚赋》。乃歌曰：屈平《渔父辞》。"依绝区兮临回溪，枚叔《七发》。乘凫舟兮为水嬉。张景阳《七命》。被明月兮佩宝璐，屈平《九章》。折芳馨兮遗所思。屈平《山鬼》。"鼓棹而去②，屈平《渔父辞》。情见乎辞。杜元凯《春秋左氏传序》。舟遥遥以轻飏，陶渊明《归去来辞》。眇不知其所返；张平子《西京赋》。日杳杳而西匿，潘安仁《寡妇赋》。迷不知其所之。鲍明远《舞鹤赋》。若其园圃，张平子《南都赋》。则洪池清蘌，张平子《东京赋》。下畹高堂。左太冲《魏都

① "基"字，潘岳《射雉赋》原作"畿"。

② "棹"字，屈原《渔父》原作"枻"。

赋》。触涧开渠，郭景纯《江赋》。顺流泉而为沼；班孟坚《东都赋》。缭垣开囿，左太冲《魏都赋》。饰文杏以为梁。司马长卿《长门赋》。植木如林，何平叔《景福殿赋》。其林蔼蔼；束广微《崇丘诗》。引流激水，潘安仁《籍田赋》。惟水泱泱。张平子《东京赋》。月承幌而通晖，谢惠连《雪赋》。明室夜朗；张景阳《七命》。日出天而曜景，江文通《别赋》。火宅晨凉。王简栖《头陀寺碑文》。硕果灌丛，左太冲《魏都赋》。在丘之曲；束广微《白华诗》。杂花生树，丘希范《与陈伯之书》。迎夏之阳。宋玉《登徒子好色赋》。置酒乎颢天之台，司马长卿《上林赋》。彤云昼聚；陆士衡《汉高祖功臣颂》。开襟乎清暑之馆，潘安仁《西征赋》。素琴晨张。江文通《恨赋》。朊朊亭皋，王简栖《头陀寺碑文》。终优游以养拙；潘安仁《闲居赋》。幽幽丛薄，王元长《三月三日曲水诗序》。聊逍遥以相羊。宋玉《九辩》。若夫时阳初暖，潘安仁《笙赋》。微雨新晴，潘安仁《闲居赋》。云漫漫而奇色，江文通《别赋》。木欣欣以向荣。陶渊明《归去来辞》。对流光之照灼，鲍明远《舞鹤赋》。蓄炎上之烈精。班孟坚《典引》。练色娱目，枚叔《七发》。流耀含英。班孟坚《西都赋》。烈若钩星在汉，何平叔《景福殿赋》。霁如晨霞孤征。郭景纯《江赋》。是以大雅君子，陈孔璋《檄吴将校部曲》。宏儒硕生，何平叔《景福殿赋》。临清流而赋诗，陶渊明《归去来辞》。方舟并骛；班孟坚《西都赋》。眄山川以怀古，潘安仁《西征赋》。携手同行。曹子建《七启》。冠带交错，张平子《西京赋》。巾幘鲜明。张平子《南都赋》。丛木成林，曹子建《七启》。若摛锦与布绣；班孟坚《西都赋》。弱蔓系实，左太冲《魏都赋》。毕结瑶而构琼。左太冲《吴都赋》。咏南音以顾怀，张平子《南都赋》。箫管备举；马季长《长笛赋》。登东皋以舒啸，陶渊明《归去来辞》。崖谷同清[①]。王简栖《头陀寺碑文》。采南皮之高韵，沈休文《宋书·谢灵运传论》。扬北里之流声。曹子建《七启》。棹容与而讵前？江文通《别赋》。极盘游之至乐；张平子《归田赋》。园日涉以成趣，陶渊明《归去来辞》。畅超然之高情。孙兴公《游天台山赋》。于是有弱冠王孙，刘孝标《广绝交

① “同”字，王简栖《头陀寺碑文》原作“共”。

论》。游闲公子，马季长《长笛赋》。怀良辰以孤往，陶渊明《归去来辞》。涉涧之滨；曹子建《应诏诗》。望美人兮未来，屈平《九歌》。在河之涘。束广微《南陔诗》。迁延引身，宋玉《神女赋》。踟蹰步趾[①]，成公子安《啸赋》。携汉滨之游女，曹子建《洛神赋》。皓齿蛾眉；枚叔《七发》。召洛浦之宓妃，张平子《思玄赋》。靡颜腻理。宋玉《招魂骚》。凌波纵柂，郭景纯《江赋》。若往若还；曹子建《洛神赋》。涉江采菱，宋玉《招魂骚》。时行时止。潘安仁《射雉赋》。入西园，扬子云《羽猎赋》。戏中沚，张景阳《七命》。峌岘孤亭，木玄虚《海赋》。揭焉中峙。张平子《西京赋》。丘园之秀，陆士衡《演连珠》。何其乐哉！应休琏《与从弟君苗君胄书》。荔枝之林，左太冲《吴都赋》。若此盛矣！宋玉《神女赋序》。连氛累霭，谢惠连《雪赋》。标敷纷以扶疏；王子渊《洞箫赋》。奋荣扬辉[②]，嵇叔夜《赠秀才入军诗》。气冲郁而熛起。成公子安《啸赋》。朝采尔实，刘越石《答卢谌诗》。玉润碧鲜。左太冲《吴都赋》。乃寻厥根，蔡伯喈《郭有道碑文》。攒立丛倚。司马长卿《上林赋》。剖巨蚌于回渊，左太冲《吴都赋》。得玄珠于赤水。刘孝标《广绝交论》。散耀垂文，曹子建《七启》。堆案盈几。嵇叔夜《与山巨源绝交书》。濯颖散裹，郭景纯《江赋》。振轻绮之飘飖；曹子建《七启》。慕味争先，枚叔《七发》。奋长袖之飒缅。张平子《西京赋》。汉皋之椟，张景阳《七命》。曾何足称？沈休文《齐故安陆昭王碑文》。真定之梨，左太冲《魏都赋》。未或能比。沈休文《恩幸传论》。尔乃盛娱游之壮观，班孟坚《西都赋》。演声色之妖靡，曹子建《七启》。合尊促席，左太冲《蜀都赋》。酌以雕觞；曹子建《七启》。弹筝吹笙，张平子《南都赋》。杂以流徵。宋玉《对楚王问》。追逸响于八风，张景阳《七命》。驰遥思于千里。谢惠连《雪赋》。钟期弃琴而改听，成公子安《啸赋》。王子拂缨而倾耳。张景阳《七命》。聊游目而遨魂，曹大家《东征赋》。故穷泰而极侈。班孟坚《西都赋》。惟此名区，王简栖《头陀寺碑文》。东南之美。潘正叔《赠陆机出为吴王郎中令

---

① “踟蹰”二字，李善本作“踟跦”，六臣本作“蜘蹰”。

② “辉”字，李善本作“挥”，六臣本作“晖”。

诗》。规广于皇唐[①]，班孟坚《答宾戏》。名标于奇纪。孙兴公《游天台山赋》。绛以藻咏，左太冲《魏都赋》。激芳香而常芬；王文考《鲁灵光殿赋》。风以诗书，扬子云《解嘲》。垂令闻而不已。潘安仁《西征赋》。

## 选楼集句后序

久雨未晴，余寒峭甚。许君宾衢来过越华别馆，出其旧近集《文选》语所成文赋，凡若干首，都为一编，使商略其体例。因穷日夜读之，既卒业，不觉掩卷以思，抚案而叹曰：文章之道，其变化不测，遽出遽奇，至斯极哉！斯殆绝后空前，独开生面，卓然树一家旗帜，匪直艺林之别径，更作选学之功臣，宜乎学士才人一齐俯首！顾或者浅尝之见，方将忘其为五金鼎，为千腋裘，徒赏其陆离光怪之观，不复问其惨淡经营之苦，于此道犹门外汉也。请得申论其故。石牧氏之集《香屑》，至今脍炙词场，然萃《全唐诗》四万余篇，尽供掇拾，犹且古绝参半，未闻概列双条，可见以诗集诗，尚难于穷工斗整。况《文选》卷帙有限，又文诗并选，文复骈少散多，今则错缀杂收，到手便成排偶，且承接悉归屑叶，一屏生涩拗强之词，其难一也。近人所编《文选集腋》，不过取便举业，连征全段，分类成篇，初无与属对之工，亦非集句之体，故集《选》之文，散体犹易，至于弃散就整，必取夫妃黄丽白，燕雀适均，非胸熟全书，不能联络贯通，俯拾即是，其难二也。古者制文用韵，一时偶为韵困，不得已而姑存将就，往往留憾方来。通计《选》中，虽半属有韵之作，顾体殊事异，既未易凑泊天然，然或骈散兼行，得以韵由自择，则施之古赋尚可随宜变通，今所拟皆律体，所限皆官韵，而必使仄平稳押，落纸铿锵，部别居分，绰有余地，其难三也。骈四俪六，词恒掩意法，莫善于浑灏流转，段落分明，其起捩承卸之间，全恃虚字划清眉目。尝见黄集首冠一序，非不洋洒繁缛，奈层折未尽

① “皇”字，班固《答宾戏》原作“黄”。

瞭如，意其先汇裁对仗，临时未忍割爱，因遂排衍成章，细意推寻，位置尽堪互易。今则宏篇巨制，下笔千言，就中结构波澜，胸有成竹，凡伸缩提顿，居然动中规绳，而起承收勒所系虚字，一本原文，既不类曲谱之明添衬楔，而每处拨罗对偶，无不各井然若己出，若天成，其难四也。至其摘引之法，则两语相连，人不重出；两联相接，文不复见。稍乖此例，纵有巧合，必避必删。然而采撷愈严，精华愈荟，配搭愈匀，其难五也。又如《选》文故实，止具六代以前，后来时地参差，迄无正典。且作者里居、官阀、自述之与古事，相去奚啻天渊！设非烘托烟云，藉资假借，何以俾空中楼阁影绘声传？则慧舌灵心，缺一不可，其难六也。综此六难，以观兹集，并能因难见巧，不为缚束，不稍迁就。从千百年后聚屈宋班马诸贤，强之使就王杨卢骆之律，一一循轨受范，操纵自如，盖自有选学以来，至此编出而别存一种文字于天壤间，令读者始而解颐，继而吐舌，终而拜手降心，谓非胸次具炉锤，笔端夺造化，能若是哉？许君绮岁得第，用尚书郎归养，不时出。近以重慈身见七叶之庆，宠荷褒嘉，爱日孔长。丹铅多暇，所著骈体文数百篇，皆上揖开府，下抗毗陵，于兹编略识其梗慨。以余事为此，自笑麻姑掷米之技，不欲遽以狡狯示人。予则谓此故鬼运神输，应时杰出，即云游戏，亦能小中见大，于此可悟文章之为道，变化无方，无缝天衣，却已金针尽度，沾溉末学，衣被后生，厥功正巨，亟劝付之梨枣，以永其传。抑君正在壮年，筑集选楼，啸咏其中。他日随集随存，再续三续，将与宋人《梅花衲》、《剪彩》诸集①，并为诗文集句之鼻祖焉，则兹刻其嚆矢矣。道光庚子孟陬旬又二日，顺德梁廷枏顿首跋。

---

① “剪彩”，疑当作“剪绡”。南宋李龏有《梅花衲》、《剪绡集》二种集句诗集。

# 评跋题词

马骈仗对，阁叠梯层。缅巧匠之斤绳，识良工之陶冶。神明于法，奇杰称能。集古既已难言，到此尤非易事。固有目之共睹，更屈指其谁如？好匪阿私，辞真绝妙。若第赏其玄黄不谬，斧凿无痕，浪侈云蒸霞蔚之观，妄拟槿艳沤珠之喻，未足印其心矩，识彼智珠。盖理弗尽乎环中，汉犹隔于门外也。友生吴其濬跋。

顺倾转圆，神无滞用；应会付节，笔有余妍。拟舞身之如环，类天衣之无缝。所谓神仙游三千界，化妙随心；剑客累十二丸，功归练气者欤？天开异境，地绝凡溪，思入缥缈之中，工在组织之外。非深探《选》窟，安能指挥如意、纯任自然若此乎？予将以为益智囊佩之矣。年愚弟文庆拜读。

"文章本天成，妙手偶得之"。古来名制，有所谓语妙者，笔妙者，局妙[者]，篇妙者，偶有一妙，便足千古！《选》之为体，既已众妙毕萃，而兹编则集众妙为独妙，正引之而妙在意中，翻用之而妙又出意外，取其散者而整之，化其板者而活之，而妙于是乎无穷！然则语也，笔也，局也，篇也，斯固无妙不臻矣。谓得之偶然，岂有偶而复偶乎？家宾衢以妙人成妙文，使选中诸君子见之，其不拍案称妙绝而自谢不及，予不信也！滇生乃普。

"纫秋兰以为佩，集芙蓉以为裳"，《骚》语也；"高摘屈宋艳，浓薰班马香"，唐人语也。合之，适似为此文发者。自选楼驻笔，后别树旗帜，不作第二流人物。试起长卿辈于九原，使操三寸不律，凝神敛志为之，当不过是！卓卓乎空前绝后，振古铄今。今斯文一出，故应纸贵洛阳，传钞腕脱矣。文阵雄师，久推岭表，作者于同时诸杰中，更张异军苍头特起，想诸君见之，未必不服极生畏，畏极生妒也。奇才奇才！春海弟程恩泽识。

曩于《学海堂集》中得读宾衢同年《荔枝湾赋》，荔枝为粤中第一佳果，宾衢此文又为此果第一奇文。才摩寸璧，舌久不收。今得循诵全文，更觉字绾珠玑，言霏玉屑。取琅函华液，铸成五彩吉金。满纸辉煌，烂如云锦，几令人忘其源泉所自出。吾粤有此，不愧离明奥区矣。年愚弟曾望颜拜读。

宾衢同年于丁亥岁为予集选句序《绿萝村舍图》，词条畅茂，采掇天成，尤异在官历姓名，一一点次不漏。乡园哲匠异口同声，惊叹奇特，蓬荜亦藉是生辉矣。厥后每有集作，辄出以见示，顾犹未知其所积之多也。忆昔同官都门，予方与同馆诸公拟馆课，时题为《题桥赋》，适宾衢来过，予戏语之曰："子喜集选为骈文，今赋有限韵，律赋尤依官韵排押。且《选》中桥字极少，文园典实益不恒见。此禁体也，子能依题依韵集《选》语成律赋，则真拜下风矣！"宾衢笑颔之。旬日，即袖所著以来，则律谐事核，用韵俨自己出，其征隶往往出人意表。举示同馆，咸推为古今绝艺，而不知宾衢固烂熟全《选》于胸中，俯拾即是，行所无事，故虽举至难者，尚不足以困之。逮假归后，积而日夥，愈出愈奇，近且裒然成集矣。今春将汇锓诸板，邮书索题。予方幸《绿萝村舍图》之有附而传也，因为质书其缘起。年愚弟罗文俊谨志。

今之文人，魏文帝《典论·论文》。天机暂发，任彦升《为范尚书让吏部封侯第一表》。纵意所如，刘伯伦《酒德颂》。绵绵连连，东方曼倩《非有先生论》。娱心意悦耳目者，李斯《上秦始皇书》。盖以百数，班孟坚《西都赋》。出自胸怀，刘越石《劝进表》。诚不足怪。孔文举《荐祢衡表》。章句之徒，扬子云《解嘲》。亦傭书成学。任彦升《为萧扬州作荐士表》。猥以蒙鄙之姿，魏文帝《与钟大理书》。饰固陋之心，邹阳《上书吴王》。凡所称引，孔文举《论盛孝章书》。近萃庸薄。任彦升《为褚咨议蓁让代兄袭封表》。著之于篇，汉武帝《贤良诏》。袭杂并至。王子渊《四子讲德论》。华貂深不足之叹，任彦升《为范尚书让吏部封侯第一表》。多见其不知量也。朱叔元《为幽州牧与彭宠书》。若好古博雅君子，孔安国《尚书序》。清词妙句[①]，陈孔璋《答东阿王笺》。亦凭人而成象。刘孝标《辩命论》。至于斟酌损益，诸葛孔明《出师表》。音韵天成，沈休文《宋书·谢灵运传论》。仇偶相从，王子渊《四子讲德论》。锱铢无爽，任彦升《奏弹曹景宗》。禀之自然，嵇叔夜《养生论》。此实难矣。李少卿《答苏武书》。夫中才之人，司马子长《报任少卿书》。拘守常宪，陆士衡《谢平原内史表》。若司马相如、虞丘寿王、东方朔、枚皋、王褒、刘向之属，班孟坚《两都赋序》。诵读反覆，杨德祖《答临淄侯笺》。不可胜计。东方曼倩《答客难》。遗文炳然，皇甫士安《三都赋序》。乃不能措一词[②]，曹子建《与杨德祖书》。非有他故，丘希范《与陈伯之书》。授任之才异也。陆士衡《辩亡论上》。唯通才能备其体，魏文帝《典论论文》。分文析字，刘子骏《移书让太常博士》。心合意同，东方曼倩《非有先生论》。摛藻下笔，吴季重《答魏太子笺》。或不召自来，刘孝标《辩命论》。要词达而理举[③]。陆士衡《文赋》。文以气为主，魏文帝《典论论文》。故千金之裘，王子渊《四子讲德论》。非取制于一狐，任彦升《为萧扬州作荐士表》。相待而成，王子渊《四子讲德论》。莫见其际。傅季友《为宋公求加赠刘前军表》。徐陈应刘，魏文帝《又与吴质书》。潘陆颜谢，沈休文《宋书·谢灵运传论》。岂知有力者运之而趋乎？刘孝标《辩命论》。此乃天然异禀，陈孔璋《答东阿王笺》。非积学所能致也。嵇叔夜《养生论》。先生诞应天衷，蔡伯喈《郭有道碑文》。少屏尘杂，任彦升《王文宪集序》。弱冠慷慨，孔文举《荐祢衡表》。出入礼闱，任彦升《王文宪集序》。濯缨登朝，王仲宝《褚渊碑文》。安宅京室，曹子建《求通亲亲表》。旋反桑梓。潘安仁《为贾谧作赠陆

① “词”字，陈琳《答东阿王笺》原作“辞”。

② “词”字，曹植《与杨德祖书》原作“辞”。

③ “词”字，陆机《文赋》原作“辞”。

机诗》。循彼南陔，束广微《南陔诗》。爰考休征。班孟坚《两都赋·灵台诗》。一朝总集，任彦升《为范尚书让吏部封侯第一表》。备哉粲烂；班孟坚《典引》。七叶重光，任彦升《为萧扬州作荐士表》。辉烈光烛。张平子《东京赋》。使天下之士，李斯《上秦始皇书》。燕歌以咏，陆士衡《皇太子宴玄圃宣猷堂有令赋诗》。不谋而同辞者，刘越石《劝进表》。有自来矣。庾元规《让中书令表》。闭关却扫，江文通《恨赋》。何艺不闲？曹子建《王仲宣诔》。是用缀缉遗文，任彦升《王文宪集序》。而文非一体，魏文帝《典论论文》。少小所著词赋[1]，曹子建《与杨德祖书》。并勒成一家，任彦升《齐竟陵文宣王行状》。亦尽刊刻之美，任彦升《为范始兴作求立太宰碑表》。将以传之于同好。曹子建《与杨德祖书》。千变万化，王文考《鲁灵光殿赋》。莫不风驰雨集，王子渊《四子讲德论》。下笔不能自休。魏文帝《典论·论文》。则夜光玙璠之珍，李萧远《运命论》。谓之天授，班叔皮《王命论》。谁不曰宜？张士然《为吴令谢询求为诸孙置守冢人表》。仆虽疲驽，司马子长《报任少卿书》。旋观终始，傅季友《为宋公求加赠刘前军表》。窃有以得其用心，陆士衡《文赋序》。于是染翰操纸，潘安仁《秋兴赋》。拾遗左右，曹子建《求通亲亲表》。袚饰厥文，司马长卿《封禅表》。固未足以揄扬大义，曹子建《与杨德祖书》。亦以摅其所抱而已。卢子谅《赠刘琨诗书》。宾衢农部同年《选楼集句》刻成，爰效集《选》语，为散体文以跋卷后。年愚弟戴熙并识。

集古成文，前贤未见。自黄唐堂《香屑集》自序始集唐文，未闻有集《选》者，然或剪裁破碎，词与意未能融贯，则组织虽工，亦一百衲衣耳。今阅此编，钩心斗角，放言遣辞，汩汩乎来，滔滔不竭，不惟读之竟忘其为《选》中语，即起魏晋诸巨公秉笔为之，未必字字穷工，极富浑灏流转，若斯其妙！集古至此，见所未见，愈难愈巧，愈巧愈难，安得不令人拍案叫绝耶？愚兄费开绶拜读。

---

① “词”字，曹植《与杨德祖书》原作“辞”。

心花粲烂，意匠经营，指麾百家，如自己出。觉七宝修月，犹有斧凿痕未化，此殆妙绝千古之作，直令六朝人望尘拜倒。仙乎仙乎！吾不能以笔墨窥其涯际矣。爰占二绝，用志服应：

偶传编贝多嫌俗，便演连珠亦费才。输与针神鸳绣巧，天衣无缝称身裁。

璀璨霞光大海秋，六朝金粉一囊收。维摩瞥见应倾倒，细爇名香供选楼。昭明太子小字维摩，见《小名录》。

年愚弟李星沅拜题。

若将兵然，五家合队，而步伐整齐也；若合乐然，八器杂陈，而声韵谐协也。如锦织，天女之必纬以七襄也；如石炼，娲皇之必资乎五色也。如合七宝以修月，望之不见补后之迹也；如制百衲以名琴，弹之更得弦外之音也。壮采奇观，时露崇规巨矩，岂非神而明之，存乎其人哉？如是，我闻得未曾有。愚兄林召棠拜读。

诸作花骨裁句，仙心印霞，兼人巧与天工，洵出神而入化。其中情思往复，筋节玲珑，如绛云绚霄，随风自荡；如水银泻地，有窍皆穿。其曲折则转帆三湘，其圆通则望衡九面。或烘无托有，居然活点龙睛；或以卸为承，更妙侧盘鹰翅。抽蕉剥茧之技，宝塔拴胸；飞花滚雪之观，妙莲灿舌。纷呈众美，已叹才难；点窜成文，愈呼观止。焚香细嚼，盥露闲披，三日耳聋，万人心折已。壬辰夏日，世愚弟潘曾绶记。

凡大体文章，《附会》。高下相须，《丽辞》。必得其偶；《章表》。质文代变，《时序》。唯才所安。《明诗》。傍采则探囊，《指瑕》。繁类以成艳，《诠赋》。斯固总会之为难也。《史传》。是以联情结采，《情采》。譬诸裁云制霞，《隐秀》。标心于万古之上，《诸子》。树骨于训典之区。《封禅》。改章难于造篇，《附会》。博见足以穷理，《奏启》。无铮铮之细响矣。《宗经》。夫裁文匠笔，《章句》。有术有门。《总术》。若瘠义肥辞，《风骨》。弥近弥澹，《通变》。事对为难。《丽辞》。或疏阔寡要，《史传》。机入其巧，《总术》。则辐凑相成[①]。《体性》。譬卉木之耀英华，《隐秀》。如组织之品朱紫，《诠赋》。辞亦匠于文理，《宗经》。其遗风欤？《书记》。数必酌于新声，《通变》。非虚谈也。《知音》。且才分不同，《附会》。或率尔造极；《物色》。况文体多术，《总术》。故名号必双。《指瑕》。窥情风景之上，《物色》。镂心鸟迹之中。《情采》。如体之树骸，《风骨》。如胶之粘木，《附会》。腴辞云构，《杂文》。壮志烟高，《辩骚》。亦有疏通之美焉，《铭箴》。各以本采为地矣。《定势》。斯文之兴，《铭箴》。析句弥密，《丽辞》。必随时而适用，《定势》。巧犹难繁；《镕裁》。或博文以该情，《征圣》。辞动有配。《丽辞》。唯取昭晰之能，《明诗》。自入典雅之懿。《定势》。置关键，《通变》。语瑰奇；《夸饰》。述恩荣，《明诗》。托风采。《书记》。寻声律而定墨，《神思》。集雕篆之轶材。《时序》。方其搦翰，《神思》。势若转圆，《声律》。性灵所钟，《原道》。唇吻不滞。《章表》。采故实于前代，《议对》。意翻空而易奇，《神思》。如引辔以挥鞭，《附会》。若长风之过籁。《声律》。内明而外润，《隐秀》。异翮而同飞。《才略》。唯藻耀而高翔，《风骨》。或析文以为妙。《明诗》。所以百家腾跃，《宗经》。则群句震惊，《练字》。才气之大略哉，《体性》。亦心声之献酬也。《书记》。宾衢贤友《选楼集句》刊成，类聚有贯，刻镂无形，酌古驭今，义已明矣。聊集彦和，寓诸管城。道光庚子首夏，林伯桐题。

予南归，即授经节署，不复时出酬应。又数年，主讲宝安，去会城益远。时贤俊髦良睹维艰，盖耳熟许君宾衢名，知其绮岁多才，而未遑一谋面也。岁丙戌，东官宁氏筑竹湾别墅，遍征诗词题其图，殆将择其尤雅者镌为一集。先得卷六千九百有奇，属予为之月旦。逾日，续得二千余卷。中有骈体序数千言，洋洋洒洒，皆集《选》语为之，丽句遒词，烂然满目，至运笔之妙，渊渟岳峙，脉注筋摇，实忘乎为集

① “凑”字，《文心雕龙·体性》原作“辏”。

《选》者，不觉惊叹移日。盖合前后卷，几盈万，此才实不作第二人想，遂以之冠军，并识予倾倒之故而归之，犹未知出谁氏之手。既而牡丹状元不崇朝已喧传大江南北，至是，始叹所谓绮岁多才者，所闻尚不如所见之十一也。许君既喜予推服之诚，复稔予"选学"之粗有所得，比来会城，遂订忘年交，并出集《选》诸作相示。予惟一脔之尝，三日称快，况窥全豹，其心折更当何如也？时自五羊返珊瑚洲，倚装匆匆，附墨数行于卷末。绣子李黼平。

风云变态，造化已奇。道不自器，岂必有为。
高人惠中，俯拾即是。走云连风，语不涉己。
孰不有古？临之已非。坐中佳士，妙机其微。
诵之思之，载瞻载止。行神如空，离形得似。
倘然适意，与古为新。控物自富，著手成春。
思不欲痴，取之自足。妙造自然，其曰可读。
犹春于绿，如矿出金。若纳水辖，巫峡千寻。
神化攸同，情性所至。良殚美襟，不著一字。
具备万物，吞吐大荒。超心炼冶，与之圆方。
妙不自寻，是有真宰。识者期之，来往千载。

宾衢同年集《选》成文，精妙绝伦，爰集司空《诗品》，附题篇末。道光庚子五月，星洲弟黄辉并识。

黄唐堂集唐文自序其《香屑集》，典赡极矣，而或者病其尚少浑灏之气。又先曾大父无波公集唐句为诗，史恒圃亦集唐文序之，沉博极矣，而杭堇浦先生犹谓其稍乏自然。可见集腋缝裘，采金铸鼎，求其浑成无迹，复与题事相切合者，最称难能！自有文章以迄于今，从未有以排奡之笔，写奥折之思，错萃丛投，食焉而化，亦沉博，亦典赡，如此文者。百回盥诵，殊使我开编废寝，对食忘餐。美靡不臻，毫无遗憾。技进乎神，传后奚疑？圭堂陈鸿逵。

集句为文，最传诵者黄唐堂之《香屑集》自序，然语辞或增或改，如王子安《采莲赋》"郑婉秦妍"句，上增"他若"二字；"则有侯家琐第"句，改"则有"二字为"又若"二字。此集凡起承转收，虚字悉本原文，无所增减，盖愈难而愈巧矣。弟陈沣拜读。

# 钉饾吟词[①]

石赞清著

《饾饤吟词》一卷，是石赞清的集句词集，原附录在他的集句诗集《饾饤吟》之后。石赞清（1806—1869），字次皋，号襄臣，贵州贵筑（今贵州贵阳）人。道光十八年（1838）进士，历任直隶阜城知县、天津知府、顺天府尹、直隶布政使、太常寺卿、宗人府府丞、右副都御使等职，终工部右侍郎。《饤饾吟》十二卷，皆集唐人诗句而成。今存咸丰朝所刻巾箱本，中国国家图书馆藏。《饾饤吟词》乃其附录，亦为集唐之作。今据民国间任可澄、杨恩元所编、贵阳文通书局所印《黔南丛书》本收入。该集共收石赞清的集唐词69首，内容多写自己的日常生活，亦有少量艳情之作；采用多种词调，小令、长调兼而有之。全集皆采用唐人原句，不作增删和修改，而且意思连贯，如出一手，显示出很高的艺术价值。

① 原书题后有“集唐”二字，下云“石赞清著，曾贯之注”。

# 黔诗纪略后编石侍郎赞清传证

贵阳陈田

赞清字次皋，一字襄臣，贵筑人。举道光乙未乡试，戊戌成进士，分发直隶，补阜城知县。大计卓异，迁芦台抚民通判。历顺天府治中，进天津知府。咸丰十年八月，英、法两国以条约不谐，合寇天津，吏民骇散，总督以下官多受辱。襄臣私念空城徒死无益，单车抵英酋所，陈说大义，慷慨而谈，颜色不变。英酋虽未即听，心敬中国有人。既而有五百人劫质南营，襄臣倔强嫚骂，时引首挎颈，曰："速杀我，取吾头去！"酋益敬礼有加，为具食引，却之。酋私谓："此中国忠臣，不可屈。"而天津士民日夜环轮舟，距跃欢呼曰："还我石父母来！"于是英人罗拜送出，戒其部勿得侵扰百姓，以敬石大人。黎兆勋《侍雪堂集·石太守诗》："高允长揖中常侍，汲黯不拜大将军。古人立朝峻风概，黔虽小国今有人。石公一官自落拓，雁门太守歌天津。燕寇虽无子孙侍，[书马]乃必四足真[1]。"《伤心》："离宫之危惊燕云，道茂所请非虚云。此时太守不屈节，岂有呵护烦明神？吾皇睿鉴邀特识，大官胡乃嗔孤臣。为公作诗纪岁月，想见肝胆森轮囷。"事闻，超擢顺天府尹，改直隶布政使，调湖南，召拜太长卿。何绍基《东洲草堂诗钞·送石襄臣同年由湘藩摄太长卿北上诗》："生死关头岂容易？迟疑不决乃常事。屹然谈笑詟强夷，义色英声动天地。（'生死关头，有什么迟疑不决？'君守天津时，在虏营中词句也。）郡符才绾遽尹京，又躐常级权秋卿。忽然出藩燕及楚，华星南指远更明。朝廷用贤有绳尺，偶逢超践惊破格。骞翔中外几旋转？今年惟有郑（小山）与石（襄臣）。郑公初解湘上船，石公内擢翩如仙。旧雨将离甫一醉，清风所被今三年。同年气谊甚联贯，剀论谐词相点窜。喜公雅度不疵瑕，令我迂怀增烂漫。诗词余事见性真，世间浮藻徒纷纶。它日提衡铸才彦，便持此鉴闵陶甄。雪花初飞水光定，两岸青山一帆正。无穷名业证初心，辉耀人寰或景庆。"历宗人府府丞、都察院左副都御使，进工

---

① 此句原无"书马"二字，据刘作会《黎氏家集续编》所载黎兆勋《石镜斋诗略》（贵州人民出版社，2005年版，第5页。）校补。

部右侍郎。时黔中贼匪延蔓，襄臣条奏促川、楚合力进兵，又请裁撤湘勇，移饷接济黔省。议下三省，督抚施行，黔乱卒由此定。年六十有四卒于官，有《钉饾吟》十二卷。黎庶昌《拙尊园集·工部侍郎石公神道碑铭》："同治末改元之岁，天子既黜八大臣不用，诛锄奸慝，思擢一二贞亮守死之臣，以风示有位。于是超拜天津知府石公为顺天府尹，诏曰：'近年吏治废弛，封疆大吏以奔走逢迎为能，其悃愊无华者往往目为迂拙，未列上考。昨已超擢天津知府石赞清为顺天府府尹，俾资观感而树风声。'天下翕然颂帝德知人也。先是，咸丰十年八月，西洋英、法两国以条约不谐，故合寇天津，吏民骇散，总督以下官多受辱。公时为知府四年，私念空城徒死无益，不若径往赴敌。即单车抵英酋所，陈说大义，谕以我朝神武，宜速罢兵议和，毋自取覆盭。慷慨而谈，颜色不变。英酋虽未即听，然心敬中国有人矣。既而以五百人劫质南营，公即倔强嫚骂，时时引首挎颈，曰："速杀我，取吾头去！"酋益敬礼有加，为具食，不肯食；进酒，不肯饮；勺水，不入口者三日。酋皆私窃自谓："此大皇帝忠臣，不可屈，宜还之。"而天津士民数十万人复集，日夜环辏轮舟，距跃欢呼曰："还我石父母来！"于是英人罗拜送出，戒其部勿得侵扰百姓，以敬石大人。郡界肃然，无敢犯者。两宫太后闻而嘉之，诏军机处记名，以道员请旨简放。盖公之以忠节受上知，事如此。公讳赞清，字次皋，一字襄臣，贵筑石氏，道光戊戌进士，直隶即用抚县，补阜城，署献县。正定卢龙知县大计卓异，升芦台抚民通判，署永定河北岸同知。升顺天府治中，署通永道、霸昌道，补天津知府。同治元年，以府尹兼署刑部右侍郎。迭充辛酉科举人覆试阅卷大臣、壬戌科会试搜检大臣、顺天乡试监临官稽察右翼觉罗学，九月，补授直隶布政使。二年，调湖南布政使。三年，奉旨祭告南岳。四年，护理湖南巡抚。五年召入，为太常寺卿，稽察左翼觉罗学，转宗人府府丞。六年，补授都察院左副都御使，再补工部右侍郎。时黔省贼氛延蔓，糜烂几不可收拾。公先后条奏，请促川、楚合力进兵，又请敕裁撤湘勇，移饷接济。议下三省，督抚施行，厥后黔乱卒由此定，从公言也。而直隶遭旱大饥，三口通商大臣崇厚又举公筹办全省荒政，谓可独任其难，朝廷方虚心倚任。未几，而公遘嗌疾。八年，益甚，请告开缺，不匝月卒于京师，春秋六十有几。曾祖某，祖某，考某，祖考皆赠资政大夫工部右侍郎；妣某某氏，皆封夫人；配某夫人，无子，以从子承霖嗣。某年月日归葬贵筑北郊红边里吉宅坝之阳。公由县令扬历中外三十余年，皆以清正爱民著称。而天津治绩尤异，百姓歌之曰：'为国为民天津府，刚毅不挠胸有主。'及海疆变起，群吏望风解窜。公独以二千石守死自效，不为外侮所屈辱。天下高其节，竟以比汉典属国苏武云。公殁二十年，墓道之文未具。庶昌深恐遗事湮轶，后无复能言者，乃表公大节于阡，而别□他行谊，声诸铭诗。使并有考铭，曰：扰扰群生，孰能无死？泰山鸿毛，惟其所止。止而得所，死则死耳！求死如饴，时或不死。大节炳完，如石公是。公为之政，学道爱人。辅仁造士，群彦莘振。厘剔奸拐，平市米银。令行禁肃，化暨海渎。公之听断，老吏若神。曰石一堂，民自不冤。路何漫漫？郡为冲壑。公日不遑，殚求民瘼。露醎风梳，堤卑埝薄。导水归流，民乃反作。公事上官，不为跛骹。直道而行，仕已任彼。坦怀率真，亦厌苛礼。御吏如奴，视民犹子。雅善□说，名逾波起。杂以诙嘲，粲花亹委。文章游艺，《饤饾》一编。唐堂《香屑》，谁与后先？天机云锦，俪巧组妍。雅道□极，于是红边郭外，逾越阡陌，攒峰之阿，吉坏所宅。天窭留此，永奠公魄。刻铭表忠，用载史笔。"

## 十六字令箧中偶拣得鲁修斋先生书

书，曾辱明公荐子虚。风和雨，掩泪对双鱼。

书，范尧佐《一字至七字诗送白乐天》。曾辱，罗隐《新安投所知》。风和，吕洞宾《豆叶黄》。掩泪。白行简《李凌重阳日得苏武书》。

## 又闺词

花，暖日闲窗映碧纱。春欲暮，郎去未归家。

花，王起《一字至七字诗送白乐天》。一作张籍。又一作张南史句。暖日，欧阳炯《定风波》。春欲，温庭筠《更漏子》。郎去。殷七七《阳春曲》。

## 阮郎归

谢家门户约花关，苎萝山又山。青溪流水暮潺潺，吹箫明月湾。

金翡翠，玉连环，寻常只是闲。留连光景惜朱颜，徘徊桃李间。

谢家，孙光宪《浣溪沙》。苎萝，昭宗皇帝《巫山一段云》。青溪，僧灵一《与亢居士青山潭饮茶》。吹箫，张昌宗《太平公主山亭侍宴》。金翡，韦庄《归国谣》。玉连，温庭筠《蕃女怨》。寻常，僧拾得诗。留连，李后主煜《阮郎归》。徘徊。李白《饯校书叔云》。

## 十六字令感旧二首

愁，到处消魂感旧游。无限意，明月满西楼。

愁，魏扶《一字至七字诗送白乐天》。一作僧义净句。到处，李后主煜《赐宫人庆奴》。无限，李珣《西溪子日》[1]。明月。白居易《城上对月期友人不至》。

游，倚遍江南寺寺楼。多少恨？谁与问东流？

游，僧义净《在西国怀王舍城》。倚遍，杜牧《念昔游》。多少，李后主煜《忆江南》。谁与。薛莹《秋日湖上》。

## 浣溪沙二首

广宴当歌曲易终，海棠花下思朦胧。泪痕侵脸落轻红。　　玉枕夜残鱼信断[2]，彩云天远凤楼空。沉吟不敢怨春风。

广宴，许敬宗《奉和圣制送来济应制》。海棠，毛文锡《酒泉子》。泪痕，金车美人《与谢翱赠答诗》。玉枕，胡曾《车遥遥》。彩云，杨巨源《酬于驸马》。沉吟。《洛下女郎歌》。

花谢窗前夜合枝，薄妆春寝觉仍迟。红亭绿酒惜分歧。　　啮指暗思花下约，解颜唯有袖中诗。更应无处展愁眉。

花谢，冯延巳《采桑子》。薄妆，刘言史《乐府杂词》。红亭，牟融《送罗约》。啮指，孙光宪《浣溪沙》。解颜，独孤及《答皇甫侍御北归留别作》。更应。李咸用《和友人喜相遇》。

## 喝火令怀人

宿雾开花坞，闲云挂竹篱，晓莺啼断绿杨枝。寂寞芳菲暗度，心事竟谁知？　　濡翰生新兴，回灯检旧诗，巴山夜雨涨秋池。正是西窗，正是忆山时。正是去年今日，南陌送佳期。

宿雾，僧贯休《送友生入越投知己》。闲云，钱起《过裴长官新亭》。晓

---

① 原注题目有衍文，出自李珣《西溪子》。

② “断”字，胡曾《车遥遥》原作“绝”。

莺，金车美人《与谢翱赠答诗》。寂寞，毛熙震《何满子》。心事，温庭筠《菩萨蛮》。濡翰，皇甫冉《和李右相书壁画山水》①。回灯，元微之《初寒夜寄卢子蒙》。巴山，李商隐《夜雨寄北》。正是，冯延巳《忆江南》。正是，杨衡《竹亭送侄俩》。正是，韦庄《女冠子》。南陌。徐晶《赠温驸马汝阳王》。

## 蝶恋花

六曲阑干偎碧树，深掩房栊，离念纷难具。独上小楼春欲暮，南园满地堆轻絮。　　袅袅翠翘移玉步，舞蝶惊花，梁燕双来去。门对长安九衢路，人间没个安排处。

六曲，冯延巳《蝶恋花》。深掩，欧阳炯《凤楼春》。离念，权德舆《江西路上以诗代书寄内》。独上，韦庄《木兰花》。南园，温庭筠《菩萨蛮》。袅袅，顾敻《应天长》。舞蝶，韩仲宣《三月三日宴王明府山亭》。梁燕，魏承班《生查子》。门对，武元衡《长安叙怀寄崔十五》。人间。李后主煜《蝶恋花》。

## 荷叶杯九首 唐人诗余韦庄温庭筠均有荷叶杯名为一体惟顾敻九首独是此体余深喜之适有代寄之作因仿顾敻九首即用其句

正是破瓜年几，潜喜，眼色暗相钩。几回抬眼又低头？羞摩羞羞摩羞。

正是，和凝《何满子》。潜喜，李珣《定风波》。眼色，李后主煜《菩萨蛮》。几回，韩偓《复偶见》。羞摩。顾敻《荷叶杯》。

飞絮晴空飏远，春晚，微笑画屏前。舌头轻点贴金钿，怜摩怜怜摩怜。

飞絮，魏承班《谒金门》。春晚，韦庄《河传》。微笑，权德舆《玉台体》。舌头，赵光远《咏手》。怜摩。顾敻《荷叶杯》。

---

① 原注题目有误字，出自皇甫冉《酬包评事壁画山水见寄》。

笑靥懒疑花折[①]，倾国，宿酒未全销。含情不语自吹箫，娇摩娇娇摩娇。

笑靥，毛熙震《何满子》。倾国，韦庄《荷叶杯》。宿酒，尹鹗《菩萨蛮》。含情，牛希济《临江仙》。娇摩。顾夐《荷叶杯》。

记取钗横鬓乱，肠断，含笑问檀郎："风流争似旧徐娘？"狂摩狂狂摩狂。

记取，白居易《如梦令》。肠断，欧阳炯《定风波》。含笑，无名氏《菩萨蛮》。风流，刘禹锡《梦扬州乐妓和诗》。狂摩。顾夐《荷叶杯》。

恨对百花时节，相别，别后会难期。有时长叹独移时，知摩知知摩知。

恨对，毛文锡《何满子》。相别，韦庄《荷叶杯》。别后，沈廷瑞《寄袁州陈智周》。有时，杜光庭《题霍山秦尊师》。知摩。顾夐《荷叶杯》。

长笛此时吹罢，深夜，人似隔河秋。眼穿肠断为牵牛，愁摩愁愁摩愁。

长笛，康骈《广谪仙怨》。深夜，韦庄《荷叶杯》。人似，李乂《奉和晦日幸昆明池应制》。眼穿，曹唐《织女怀牵牛》。愁摩。顾夐《荷叶杯》。

梦觉半床斜月，如雪，妾意旧来深。不堪摇落听秋砧，吟摩吟吟摩吟。

梦觉，韦庄《清平乐》。如雪，温庭筠《荷叶杯》。妾意，李嘉祐《杂兴》。不堪，武元衡《至栎阳遇崇道士闻严十少府趋侍》[②]。吟摩。顾夐《荷叶杯》。

芳树奇花千样，惆怅，万朵一时开。为君拼病酌金罍，来摩来来摩来。

芳树，毛文锡《西溪子》。惆怅，李珣《定风波》。万朵，白居易《陈家紫藤花下赠周判官》。为君，徐铉《和贾员外赠玉蕊花》。来摩。顾夐《荷叶杯》。

欲表伤离情味，谁寄？但见雁南飞。芷汀南望雁书稀，归摩归归

① "折"字，毛熙震《何满子》原作"拆"，一作"坼"。

② 原注题目有误字，出自武元衡《至栎阳崇道寺闻严十少府趋侍》。

摩归。

欲表，尹鹗《何满子》。谁寄，李珣《定风波》。但见，白居易《和元诗晨兴因报问龟儿》。芷汀，李群玉《恼从兄》。归摩。顾敻《荷叶杯》。

## 长相思二首

深画眉，浅画眉，带风杨柳认蛾眉。生来未扫眉。　　浦南归，浦北归，长歌哀怨采莲归。王孙归不归？

深画二句，白居易《长相思》。带风，鱼玄机《代人悼亡》。生来，王建《贻小尼师》。浦南，温庭筠《河传》。长歌，徐玄之《采莲》。王孙。王维《送别》。

约佳期，阻佳期，洞前花落立多时。出门人谓痴。　　语相思，惹相思，黄昏微雨画帘垂。此情谁得知？

约佳，牛峤《女冠子》。阻佳，顾敻《献衷心》。洞前，李中《访洞神宫邵道者不遇》。出门，僧可止《赠樊川长老》。语相，和凝《江城子》。惹相，欧阳炯《三字令》。黄昏，张曙《浣溪沙》。此情。温庭筠《菩萨蛮》。

## 南乡子秋夕怀人

拥膝独长吟，黄叶秋风蝉一林①。只恐流年暗中换，沾襟，鬓雪欺人忽满簪。　　别鹤怨瑶琴，路远山长水复深。若是适来新梦见，伤心，明月芦花何处寻？

拥膝，骆宾王《夏日忆张二》。黄叶，僧齐己《遣怀》。只恐，蜀主孟昶《避暑摩诃池上作》。沾襟，孙光宪《河传》。鬓雪，张怀《吴江别王长史》。别鹤，陈季卿《别妻》。路远，徐铉《有所思》。若是，鹿虔扆《思越人》。伤心，杜光庭《怀古今》。明月。李归唐《失鹭鹚》。

---

① “秋”字，僧齐己《遣怀》原作“清”。

## 忆王孙本意代答

小屏闲掩旧潇湘，往事都如梦一场。把取红笺各断肠，尽思量，欲种桃花待阮郎。

小屏，顾敻《浣溪沙》。往事，僧贯休《再到钟陵作》。把取，无名氏《杂诗》。尽思，阎选《虞美人》。欲种。白衣女子《席上歌》。

## 又有赠

新妆巧样画双蛾，淡淡衫儿薄薄罗。敛翠凝红一曲歌，奈伊何？十斛明珠酬未多。

新妆，元微之《赠刘采春》。淡淡，李后主煜《长相思》。敛翠，许浑《晨起西楼》。奈伊，孙光宪《更漏子》。十斛。鲍溶《古鉴》。

## 如梦令观演拜月剧

画角数声呜咽，蝉鬓美人愁绝。刬袜下香阶[①]，万顷金波重叠。明月，明月，偏照悬悬离别。

画角，牛峤《定西番》。蝉鬓，温庭筠《更漏子》。刬袜，李后主煜《菩萨蛮》。万顷，孙光宪《渔歌子》。明月，戴叔伦《调笑令》。一作冯延巳句。偏照。李白《清平乐》。

## 相见欢代人送别

晚窗斜界残晖，采菱归。谁信东风吹散彩云飞？　　天明去，留

① “下”字，李煜《菩萨蛮》原作“步”。

不住，抚郎衣。慎莫愁思憔悴损容辉！

晚窗，孙光宪《清平乐》。采菱，李珣《南乡子》。谁信，冯延巳《虞美人》。天明，白居易《花非花》。留不，韦庄《江城子》。一作鱼又玄。又一作李萼句。抚郎，和凝《江城子》。慎莫。王维《黄雀痴》。

## 又代答

断肠一捻腰肢[①]，送金卮。说尽人间天上两心知。　　银缸背，相留醉，立多时。不似五陵狂荡薄情儿！

断肠，尹鹗《清平乐》。送金，牛峤《江城子》。说尽，韦庄《思帝乡》。银缸，顾敻《献衷心》。相留，李后主煜《相见欢》。立多，欧阳炯《更漏子》。不似。孙光宪《南歌子》。

## 念奴娇此为蓬仙题便面忽见陌头杨柳色画意作也因两叠收句均不能叶原未存稿他日紫岩见而赏之谓集句或不在此例也姑存之

年年柳色，惹相思，正是销魂时节。惆怅不堪回首望，忽忆去年离别。灞岸分筵，云歌晓啭，病眼两行血。燕儿来也，青鸟不来愁绝。

无言独上西楼，翠帘慵卷，门外山重叠。风里落花谁是主？桥下水流呜咽。春日如年，愁肠欲断，满室虫丝结。莺啼残月，有恨欲凭谁说？

年年，李白《忆秦娥》。惹相，欧阳炯《三字令》。正是，毛熙震《清平乐》。惆怅，邵谒没后《降巫诗》。忽忆，冯延巳《喜迁莺》。灞岸，徐坚《送武员外使嵩山置舍利塔》。云歌，褚亮《雍和》。病眼，白居易《和元诗晨兴因报问龟儿》。燕儿，无名氏《撷芳词》。青鸟，昭宗皇帝《巫山一段云》。无言，李后主煜《相见欢》。翠帘，鹿虔扆《临江仙》。门外，皇甫曾《赠沛禅师》。风里，南

---

① “捻”字，尹鹗《清平乐》原作“搦”。

唐嗣主李璟《摊破浣溪沙》。桥下，温庭筠《清平乐》。春日，花蕊夫人《采桑子》。愁肠，孙光宪《清平乐》。满室，刘长卿《宿双峰寺寄卢七李十六》。莺啼，韦庄《清平乐》。有恨。魏承班《谒金门》。

## 转应曲二首

春色，春色，新睡觉来无力。可能更理笙簧？南浦莺声断肠。肠断，肠断，写得鱼笺无限。

春色，冯延巳《三台令》。新睡，韦庄《谒金门》。可能，李珣《中兴乐》。南浦，温庭筠《清平乐》。肠断，王建《调笑令》。写得。和凝《何满子》。

流水，流水，两岸苹香暗起。花开花落相思①，兰棹空伤别离。离别，离别，忍看鸳鸯双结？

流水，冯延巳《三台令》。两岸，欧阳炯《西江月》。花开，韩偓《六言》。兰棹，温庭筠《河渎神》。离别，韦应物《调笑令》。忍看。昭宗皇帝《巫山一段云》。

## 满庭芳岳州夜泊有怀

岸远沙平，萍疏波荡，君山一点凝烟。寸心千里，孤舫鸟联翩。世事漫随流水，无处说，离恨绵绵。独自坐，西风残照，十二晚峰前。

吴江连楚甸②，星高月午，雨止云旋。且脱衣沽酒，杨柳桥边。芳草落花无限，还酩酊，轻拨朱弦。空相忆，风摇雨散，一只木兰船。

岸远，欧阳炯《南乡子》。萍疏，高球《三月三日宴王明府山亭》。君山，牛希济《临江仙》。寸心，无名氏《鱼游春水》。孤舫，张九龄《江上使风呈裴耀卿》。世事，李后主煜《锦堂春》。无处，魏承班《渔歌子》。离恨，花蕊夫人

① "落"字，韩偓《六言》原作"谢"。

② "江"字，钱珝《江行无题》原作"疆"。

《采桑子》。独自，僧寒山诗。西风，李白《忆秦娥》。十二，毛文锡《巫山一段云》。吴江，钱珝《江行无题》。一作钱起诗。星高，李珣《女冠子》。雨止，裴潾《寄前相国赞皇公》。且脱，于邺《长安逢隐者》。一作于武陵诗。杨柳，冯延巳《采桑子》。芳草，丘丹《忆长安四月》。还酩，刘言史《放萤怨》。轻拨，和凝《江城子》。空相，韦庄《谒金门》。风摇，李纾《明德兴圣庙乐章送神》。一只。孙光宪《菩萨蛮》。

## 虞美人

妆成只是薰香坐，雨气增慵惰。星移汉转月将微，未得玉郎消息几时归？　　楚神尚有行云意，思梦时时睡。梦回芳草思依依，不知泪痕留在画罗衣。

妆成，王维《洛阳女儿行》。雨气，僧贯休《闲居拟齐梁体》。星移，崔液《上元夜》。未得，毛熙震《定西番》。楚神，牛峤《菩萨蛮》。思梦，昭宗皇帝《菩萨蛮》。梦回，李后主煜《喜迁莺》。不知。李珣《定风波》。

## 减字木兰花三首

琐窗春暮，人面不知何处去？忍更思量，晚出闲庭看海棠。
绣衫斜卷，闲折海棠看又撚。明月清风，台榭参差烟雾中。

琐窗，韦庄《清平乐》。人面，崔护《题城南诗》。忍更，冯延巳《采桑子》。晚出，李珣《浣溪沙》。绣衫，毛熙震《后庭花》。闲折，张泌《浣溪沙》。明月，夷陵女郎《空馆夜歌》。台榭。崔湜《奉和春日幸望春宫》。

昨夜夜半，砌下落梅如雪乱。叶叶枝枝，无语凭阑只自知。
满庭花片，谁谓含愁独不见？风雨潇潇，欲请还丹问昨宵。

昨夜，韦庄《女冠子》。砌下，李后主煜《清平乐》。叶叶，僧贯休《尧铭》。无语，冯延巳《采桑子》。满庭，毛熙震《后庭花》。谁谓，沈佺期《古意呈补阙乔知之》。风雨，韩偓《金陵杂言》。欲请。郑遨《题中条静观》。

烟深水阔，无限别情言不得。休说当时，彼此甘心无后期。落花深处，数点雨声风约住。共结来缘，盛取残香尽日怜。

烟深，李白《清平乐》。无限，韦庄《东阳赠别》。休说，冯延巳《采桑子》。彼此，白居易《潜别离》。落花，李珣《河传》。数点，李后主煜《蝶恋花》。共结。长屋《绣袈裟衣缘》。

## 临江仙山居新霁逢友人招饮作

住处近山常足雨，朝朝几度云遮？暗将心事许烟霞，仙人何处在？延首望灵槎。　　花洞路中逢信鹤[①]，霁景淡淡初斜。武陵川径入幽遐。二三物外友，招我饭胡麻。

住处，王建《新晴后》。朝朝，皇甫冉《问李二司直所居云山》。暗将，陆龟蒙《自遣》。仙人，王绩《赠学仙者》。延首，则天武后《赠胡天师》。花洞，沈彬《麻姑山》。霁景，皮日休《胥口即事》。武陵，武元衡《桃源行送友》。二三，骆宾王《冬日宴》。招我。李白句。

## 又田家社日

人事转新花烂漫，年华逼近清明[②]。帘外闲云重复轻。山中无历日，水旱卜蛙声。　　闲读道书慵未起，茅檐日午鸡鸣。里社时逢野酝清。偶然值林叟，尊酒畅生平。

人事，温庭筠《却归商山寄昔同行人》。年华，韩翃《送陈明府赴淮南》。帘外，徐铉《和陈表用员外求酒》。山中，太上隐者《答人》。水旱，章孝标《长安秋夜》。闲读，元微之《离思》。茅檐，顾况《过山农家》。里社，权德舆《送

① “信鹤”二字，沈彬《麻姑山》原作“鹤信”。

② “逼近”二字，韩翃《送陈明府赴淮南》原作“近逼”。

殷卿罢举归淮南旧居》。偶然，王维《终南别业》。尊酒。岑文本《冬日宴于庶子宅》。

## 又宫怨

行拾落花比容色，妆成不整金钿。秋声长在七条弦。那堪闻凤吹？广乐奏钧天。　　汉家离宫三十六，宸衷教在谁边？中间消息两茫然。岂知赵飞燕？是配凤凰年。

行拾，王翰《春女行》。妆成，韦庄《清平乐》。秋声，曹邺《听刘尊师弹琴》。那堪，王维《班婕妤》。广乐，太宗皇帝《春日玄武门宴群臣》。汉家，骆宾王《帝京篇》。宸衷，李白《清平乐》。中间，杜甫《送路六侍御入朝》。岂知，于溃《里中女》。是配。贾岛《送李校书赴吉期》。

## 添字昭君怨

翠鬟晚妆烟重，一曲清歌舞凤。自弹自感暗低容，恨重重。
庭下丁香千结，还是去年时节。西风许醉桂花前，眼应穿。

翠鬟，昭宗皇帝《巫山一段云》。一曲，后唐庄宗《如梦令》。自弹，白居易《夜筝》。恨重，韦庄《天仙子》。庭下，毛文锡《更漏子》。还是，温庭筠《酒泉子》。西风，罗邺《冬日寄献庾员外》。眼应。皇甫松《竹枝》。

## 更漏子四首代寄

楚山青，湘水绿[①]，倚遍阑干几曲？新月上，薄云收，空闺人独愁。　　桃花洞，瑶台梦，和泪出门相送。刘郎去，阮郎行，人间苦是情。

---

① “绿”字，李珣《渔歌子》原作“渌”。

楚山二句，李珣《渔歌子》。倚遍，韦庄《谒金门》。新月二句，毛熙震《更漏子》。空闺，苏颋《山鹧鸪词》。桃花二句，和凝《天仙子》。和泪，后唐庄宗《如梦令》。刘郎二句，毛文锡《诉衷情》。人间。姚合《寄晖上人》。

上是天，下是地，惟愿两心相似。人欲别，马频嘶，罗帏日日啼。
剪不断，理还乱，愁却等闲分散。莺对语，蝶交飞，那堪春未归？

上是二句，罗隐《芳树》。惟愿，牛峤《更漏子》。人欲二句，韦庄《望远行》。罗帏，赵嘏《织锦窦家妻》。剪不二句，李后主煜《相见欢》。愁却，白居易《如梦令》。莺对二句，毛熙震《定西番》。那堪。姚合《酬田就》。

别时多，见时少，朝愁暮愁即老。眉翠薄，鬓云残，北风天正寒。
千万里，错相倚，凝了一双秋水。花满渚，酒满瓯，有人楼上愁。

别时二句，顾况《悲歌》。朝愁，王建《三台》。眉翠二句，温庭筠《更漏子》。北风，杜甫《山馆》。千万二句，皇甫松《天仙子》。凝了，白居易《如梦令》。花满二句，李后主煜《渔父》。有人。李白《菩萨蛮》。

钟鼓寒，楼阁暝，月照碧梧桐影。人不见，梦难凭，相思劳寝兴。
登绮席，泪珠滴，春草全无消息。辜负我，悔怜君，知为何处云？

钟鼓二句，韦庄《更漏子》。月照，欧阳炯《更漏子》。人不二句，毛文锡《更漏子》。相思，刘长卿《宿开元寺烈公房送李侍御》。登绮二句，皇甫松《天仙子》。春草，和凝《望梅花》。辜负二句，牛峤《更漏子》。知为。僧大易《湘夫人祠》。

## 菩萨蛮

去年花里逢君别，别时茫茫江浸月。万里水连天，生憎江上船。
春风虽自好，花落知多少？明月不长悬，争教人少年？

去年，韦应物《寄李儋元锡》。别时，白居易《琵琶行》。万里，武元衡《望夫石》。生憎，刘采春《啰唝曲》。春风，李商隐《春风》。花落，孟浩然《春晓》。明月，卢照邻《关山月》。争教。僧栖蟾《宿巴江》。

## 唐多令感旧

江色碧玻璃[①],潮冲钓石移。几多情?风月相知。曾与玉人桥上别[②],芳菲节,百花时。　　永日望佳期,安仁鬓欲丝。对斜晖,暗地思惟。蓦上心来消未得,秋风冷,斑竹枝。

江色,岑参《与鲜于庶子泛汉江》。潮冲,李洞《下第送张霞归觐江南》。几多,魏承班《渔歌子》。风月,上官昭容《游长宁公主流杯池》。曾与,白居易《板桥路》。芳菲,柳氏《杨柳枝》。百花,温庭筠《南歌子》。永日,李颀《不调归东川别业》。安仁,孟浩然《晚春卧疾寄张八》。对斜,毛熙震《木兰花》。暗地,顾敻《献衷心》。蓦上,殷尧藩《寄太仆田卿》。秋风,吕洞宾《梧桐影》。斑竹。刘禹锡《潇湘神》。

## 又闺词

齿冷越梅酸,琵琶月下弹。算归程,花落春残。一夜雨声多少事?千万恨,两蛾攒。　　强饮亦无欢,相逢几许难?鹧鸪啼,春意阑珊。指点牡丹初绽朵,独自个,倚阑干。

齿冷,韩偓《幽窗》。琵琶,僧寒山《川》。算归,毛文锡《诉衷情》。花落,冯延巳《采桑子》。一夜,崔道融《秋夕》。千万,温庭筠《忆江南》。两蛾,顾敻《虞美人》。强饮,白居易《东园玩菊》。相逢,刘长卿《宝剑篇》[③]。鹧鸪,皇甫松《竹枝》。春意,南唐后主李煜《浪淘沙》。指点,韦庄《浣溪沙》。独自,欧阳炯《更漏子》。倚阑。南唐嗣主李璟《摊破浣溪沙》。

---

① "玻"字,岑参《与鲜于庶子泛汉江》原作"琉"。

② "与玉人"三字,白居易《板桥路》原作"共玉颜"。

③ 原注作者误,出自刘长川《宝剑篇》。

## 南柯子送张尧阶同年下第南游

教我如何说？催君不自由。江南江北为君愁，恰似一江春水向东流。　　插架几平声。万轴，读书凡几秋？人间不解重骅骝，我且为君捶碎黄鹤楼。

教我，僧寒山诗。催君，罗隐《商驿与于韫玉话别》①。江南，崔涂《读庾信集》。恰似，李后主煜《虞美人》。插架，陆龟蒙《奉和二游徐诗》。读书，岑参《送薛弁归河东》。人间，杜甫《存殁口号》。我且。李白《江夏赠韦南陵冰》。

## 又酒楼饯别听琵琶

聚散纷如此，携壶共上楼。商声一部管弦秋②，呼取江南儿女一作女儿。歌棹讴。　　屈指论前事，无心忆旧游。正欢惟怕客难留，弹到昭君怨处翠蛾愁。

聚散，徐铉《秦州道中却寄东京故人》。携壶，李中《都下再会友人》。商声，白居易《石尚书绘射鹭鸶画图》。呼取，李白《江夏赠韦南陵冰》。屈指，高适《别孙䜣》。无心，薛逢《凉州词》。正欢，李建勋《尊前》。弹到。牛峤《西溪子》。

## 浪淘沙

又是落花时，独折残枝。无端和泪拭胭脂。一片芳心千万绪，魂

① 原注题目有漏字，出自罗隐《商于驿与于韫玉话别》。

② “商声”二字，白居易《河阳石尚书破回鹘迎贵主过上党射鹭鸶绘画为图猥蒙见示称叹不足以诗美之》原作“清商”。

梦如痴。　　风慢日迟迟，绣带双垂。约鬟低珥算归期。听鹊凭龟无定处，此事难知！

又是，僧贯休《闻叶蒙及第》。独折，冯延巳《采桑子》。无端，张泌《蝴蝶儿》。一片，李后主煜《蝶恋花》。魂梦，顾敻《献衷心》。风慢，崔橹《柳》。绣带，和凝《采桑子》。约鬟，薛昭蕴《浣溪沙》。听鹊，李珣《定风波》。此事。吕洞宾《沁园春》。

## 满庭芳怀人

明月流光，绣帘垂地，林花谢了春红。几多心事？恨起一杯中。还记去年时候，欢宴处，任绕芳丛。排红烛，画堂深院，歌舞应丝桐。　　关河昨夜雨，季伦园里，依旧东风。看月华莹净，春思无穷。寂寞五云三岛，倚阑望，碧树冥蒙。春去也，又无消息，肠断忆仙宫。

明月，卢照邻《明月引》。绣帘，李珣《中兴乐》。林花，李后主煜《相见欢》。几多，顾敻《献衷心》。恨起，庾抱《别蔡参军》。还记，钟辐《卜算子慢》。欢宴，皇甫曾《三言联句》。任绕，毛文锡《赞成功》。排红，和凝《江城子》。画堂，毛熙震《后庭花》。歌舞，李峤《十月奉教作》。关河，欧阳詹《送袁秀才下第归毗陵》。季伦，高球《三月三日宴王明府山亭》。依旧，冯延巳《采桑子》。看月，吕洞宾《沁园春》。春思，欧阳炯《凤楼春》。寂寞，张泌《女冠子》。倚阑，温庭筠《更漏子》。碧树，上官昭容《游长宁公主流杯池》。春去，刘禹锡《忆江南》。又无，无名氏《撷芳词》。肠断。昭宗皇帝《菩萨蛮》。

## 虞美人

晓来中酒和春睡，眉剪春山翠。泪飘红脸粉难匀，每到花时长是不宜春。　　愁心似醉兼合并，条一作跳。脱看年命。依前春恨锁重楼，别是一番滋味在心头。

晓来，欧阳炯《菩萨蛮》。眉剪，牛峤《菩萨蛮》。泪飘，阎选《八拍蛮》。

每到，张泌《江城子》。愁心，冯延巳《采桑子》。条脱，李贺《恼公》。依前，南唐嗣主李璟《摊破浣溪沙》。别是。南唐后主李煜《相见欢》。

## 十六字令春日柬东西村诸友

东，其间岁岁有花红[①]。沽春酒，好与故人同。

东，鲍防《一字至九字诗联句》。其间，僧怀浚《上归州刺史代通状》。沽春，李珣《南乡子》。好与。韩翃《送李中丞赴商州》。

西，其间树树一作岁岁。有莺啼[②]。堪游赏，雅趣赖招携。

西，鲍防《一字至九字诗联句》。其间，僧怀浚《上归州刺史代通状》。堪游，李珣《南乡子》。雅趣。僧清江《春游司直城西别业》。

## 又二首春晚再柬诸友

东，花在旧时红处红。花欲谢，莫使桂尊空。

东，见前。花在，僧怀浚《上归州刺史代通状》。花欲，韦庄《花欲谢》。莫使。钱起《九日寄侄》。

西，莺在旧时啼处啼。莺已老，莫学阮郎迷。

西，见前。莺在，僧怀浚《上归州刺史代通状》。莺已，冯延巳《喜迁莺》。莫学。女冠李冶《送阎二十六赴剡州》[③]。

## 阮郎归

家家门外柳和烟，云轻映碧天。四支无力上秋千，肌肤软胜绵。

---

① “间”字，怀浚《上归州刺史代通状》原作“中”。

② “间”字，怀浚《上归州刺史代通状》原作“中”。

③ 原注题目有误字，出自李冶《送阎二十六赴剡县》。

凭绣槛，步琼筵，魂消似去年[①]。玉柔花醉只思眠，教君恣意怜。

家家，韦检梦亡姬和诗。云轻，毛文锡《巫山一段云》。四支，毛熙震《小重山》。肌肤，路德延《小儿诗》。凭绣，温庭筠《遐方怨》。步琼，杨衡《白纻歌》。魂消，顾敻《醉公子》。玉柔，欧阳炯《浣溪沙》。教君。李后主煜《菩萨蛮》。

## 又

小池残日艳阳天，愁来坐似禅。湿云新敛未梳蝉，玉钗横枕边。

花簇簇，草纤纤，无情理管弦。卷帘直出画堂前，微风上纸鸢。

小池，昭宗《巫山一段云》。愁来，姚合《寄贾岛》。湿云，孙光宪《浣溪沙》。玉钗，牛峤《更漏子》。花簇，李珣《渔歌子》。草纤，冯延巳《金错刀》。一作李珣句。无情，戎昱《古意》。卷帘，韦庄《浣溪沙》。微风。刘得仁《访曲江胡处士》。

## 蝶恋花

万物尽遭风鼓动，每到春来，鹦鹉花前弄。独结香绡偷相送，休将心地虚劳用。　　翡翠衾寒谁与共？一点相思，又入阳台梦。柳结浓烟花一作阴香。带重，可怜孤似钗头凤！

万物，韩偓《寄禅师》。每到，冯延巳《蝶恋花》。鹦鹉，僧寒山诗。独结，女郎光联句。休将，吕洞宾《七言》。翡翠，白居易《长恨歌》。一点，钟辐《卜算子慢》。又入，后唐庄宗《阳台梦》。柳结，李贺《春怀引》。可怜。无名氏《撷芳词》。

---

① “消”字，顾敻《醉公子》原作“销”。

## 又

花面丫头十三四，可奈情怀，不识相思字。身又不来书不寄，隔年违别成何事？　每到月圆思共醉，虚阁帘垂，悄悄重门闭。愿得侍儿为道意，相逢一作他时。不用相回避。

花面，刘禹锡《寄赠小樊》。可奈，李后主煜《采桑子》。不识，女郎任氏《书桐叶》。身又，欧阳炯《木兰花》。隔年，罗隐《咏月》。每到，张玭《十五夜与友人对月》。虚阁，顾夐《献衷心》。悄悄，冯延巳《蝶恋花》。愿得，毕耀《古意》。相逢。李涉《赠盗》①。

## 菩萨蛮

鸳衾久别难为梦，纤手轻拈红豆弄。此物最相思，思君君不知？　桃花迷旧路，渐觉伤春暮。满院长莓苔，等闲秋又来。

鸳衾，钱起《长信怨》。纤手，和凝《天仙子》。此物，王维《相思》。思君，卢照邻《芳树》。桃花，刘长卿《送姚八归江南》。渐觉，李后主煜《蝶恋花》。满院，顾夐《荷叶杯》。等闲。毛熙震《菩萨蛮》。

## 苏幕遮

柳垂丝，香作穗。莺语残红，隔叶传春意。因想阳台无限事，魂梦如痴，就枕浑无睡。　晓钟鸣，晓月坠。对景难排，剪破相思字。醁酒劝人教半醉，回倚孤屏，背面偷垂泪。

柳垂，李珣《渔歌子》。香作，温庭筠《更漏子》。隔叶，僧惟审《闻黄鸟啼》。因想，刘禹锡《杨枝词》。魂梦，顾夐《献衷心》。就枕，李建勋《宿山

---

① 原注题目误，出自李涉《井栏砂宿遇夜客》。

房》。晓钟，薛昭蕴《喜迁莺》。晓月，和凝《喜迁莺》。一作李后主句。对景，李后主煜《浪淘沙》。剪破，鲍溶《古意》。醁酒，尹鹗《拨棹子》。回倚，冯延巳《采桑子》。背面。韩偓《生查子》。

## 又七夕和作

月如钩，花滴露。雾薄云轻，牛女年年度。瑶瑟玉箫无意绪，坐听晨钟，北斗分征路。　　东与西，来还去。林鹊争栖，一水秋难渡。何似浣纱溪畔住？风月同天，别有穿针处。

月如，李后主煜《相见欢》。花滴，欧阳炯《春光好》。雾薄，韦庄《河传》。牛女，杜甫《天河》。瑶瑟，关盼盼《燕子楼》。一作张仲素诗。坐听，毛文锡《赞成功》。北斗，徐彦伯《送特进李峤入都祔庙》。东与，吕洞宾《六幺令》。来还，李珣《南乡子》。林鹊，冯延巳《采桑子》。一水，李乂《高安公主挽歌》。何似，司空图《杨柳枝寿杯词》。风月，长屋《绣袈裟衣缘》。别有。权德舆《七夕》。

## 鹊桥仙

桃花院落，东风寂寞，不觉朱颜失却。谢娥无力晚妆慵[①]，金缕褪玉肌如削。　　绿尊翠勺，紫英黄萼，回首两情萧索。红窗酒病嚼寒冰，暗思量忍孤前约？

桃花，钟辐《卜算子慢》。东风，牛希济《中兴乐》。不觉，后唐庄宗《歌头》。谢娥，张泌《浣溪纱》。金缕，冯延巳《思越人》。绿尊，夷陵女郎《空馆夜歌》。紫英，萧颖士《菊荣》。回首，温庭筠《河渎神》。红窗，徐昌图《木兰花》。暗思。李珣《中兴乐》。

---

① “晚”字，张泌《浣溪纱》原作“晓”。

## 又

花深柳暗，蜂来蝶去，帘卷晚天风雨。余香犹在墨犹新，写别来容颜寄与。　　无昼无夜，无语无绪，泪滴枕檀无数。一场春梦不分明，莫容易等闲分付。

花深，韦庄《河传》。蜂来，毛文锡《赞成功》。帘卷，毛熙震《清平乐》。余香，谢翱《与金车美人赠答诗》①。写别，钟辐《卜算子慢》。无昼，阎选《河传》。无语，孙光宪《风流子》。泪滴，牛希济《谒金门》。一场，张泌《寄人》②。莫容。吕洞宾《水龙吟》。

## 丑奴儿楚南道中

今夜不知何处宿？秋雨连绵，秋雨连绵，云接苍梧水浸天。
今夜只应还寄宿，杨柳桥边，杨柳桥边，空见芦花一钓船。

今夜，岑参《碛中作》。秋雨，李珣《酒泉子》。云接，僧齐己《寄武陵贯微上人》。今夜，高适《寄宿田家》。杨柳，冯延巳《采桑子》。空见。僧栖一《武昌吊古》③。

## 又有赠

忆昔花间初识面，日映纱窗，日映纱窗，青黛点眉眉细长。
今日相逢花未发，月正中央，月正中央，指点银瓶索酒尝。

忆昔，欧阳炯《贺圣朝》。日映，温庭筠《酒泉子》。青黛，白居易《上阳白

---

① 原注作者、题目误，出自金车美人《与谢翱赠答诗》。

② 原注作者有误字，出自张佖《寄人》。

③ 原注题目有误字，出自栖一《武昌怀古》。

发人》。今日，冯延巳《忆江南》。月正，裴潾《寄前相国赞皇公》。指点。杜甫《少年行》。

## 满江红

几树惊秋，一声声，西一作秋。风落叶。叹萧索，山川异域，平分时节。纵酒欲谋良夜醉，伤心一片如珪月。望水晶帘外竹枝寒，寸肠结。　花淡薄，芳草歇。歌宛转，香烬灭。想昔年欢笑，此时难辍。还似洛妃乘雾去，应知子建怜罗袜。既不能赋似陈思王，情哽咽。

几树，李后主煜《采桑子》。一声，冯延巳《更漏子》。一作温庭筠句。西风，无名氏《贺圣朝》。叹萧，后唐庄宗《歌头》。山川，长屋《绣袈裟衣缘》。平分，吕洞宾《酹江月》。纵酒，杜甫《服》①。伤心，毛熙震《后庭花》。望水，李白《连理枝》。寸肠，牛峤《更漏子》。花淡，欧阳炯《三字令》。芳草，温庭筠《酒泉子》。歌宛，崔液《拟古神女宛转歌》。香烬，孙光宪《生查子》。想昔，顾敻《献衷心》。此时，尹鹗《秋夜月》。还似，冷朝阳《送红线》。应知，范元凯《章仇公席上咏真珠姬》。既不，陆龟蒙《酬袭美苦雨见寄》。情哽。李珣《河传》。

## 如梦令三首

罨画桥边春水，夹岸绿阴千里。暝色入高楼，几曲阑干遍倚。告你，告你，莫信彩笺书里。

罨画，韦庄《归国谣》。夹岸，毛文锡《柳含烟》。暝色，李白《菩萨蛮》。几曲，无名氏《鱼游春水》。告你，白居易《如梦令》。莫信。牛峤《应天长》。

宝瑟谁家弹罢，饮处交飞玉斝。笛在月明楼，曲院水流花谢。长夜，长夜，时落银灯香灺。

---

① 原注题目误，出自杜甫《腊日》。

宝瑟，韦庄《清平乐》。饮处，欧阳炯《春光好》。笛在，李后主煜《忆江南》。曲院，孙光宪《风流子》。长夜，冯延巳《三台令》。时落。李白《清平乐》。

绿倒红飘欲尽，沙飞聚散无定。相见也依依，一去又乖期信。多病，多病，不忍骂伊薄幸！

绿倒，陆龟蒙《和胥口即事》。沙飞，毛文锡《甘州遍》。相见，岑参《题平阳郡汾桥边柳树》。一去，顾敻《荷叶杯》。多病，冯延巳《如梦令》。不忍。魏承班《满宫花》。

吾黔以集句诗传者，贵阳石少师空赞清之《饤饾吟》、遵义龚大令璁之《留青山房集》。黎莼斋先生为少师空铭墓，末云："文章游艺，《饤饾》一编。唐堂《香屑》，谁与后先？"以《饤饾吟》比《香屑集》，因同为集唐故也。余曩作《读黔人诗绝句》三十一首，中一首云："啜芳嗽艳遍三唐，铸出司空铁石肠。无缝天衣成百衲，《留青》难与抗颜行。"则以《留青山房集》泛采历代，不及《饤饾吟》之专用唐人句也。《饤饾吟》附《诗余》一卷，亦系集唐而成。小令、长调，稳谐宫商，尤难能可贵。少司空经猷志节，彪炳一代，而呕出绪余，亦能于词坛别树一帜。今收入《黔南丛书》第四集《词部》中，欲使读者知王介甫所谓"百衲衣"，不独诗家有之也。丙子季夏婺川聂树楷尊吾跋。

# 集牡丹亭词

陈钟祥著

《集牡丹亭词》一卷是陈钟祥所作的集句词卷。陈钟祥，生卒年不详，字息凡，号亭山山人。先世浙江山阴(今浙江绍兴)人，侨居贵筑(今贵州贵阳)。道光十一年(1831)乡试中举，考取官学教习，历任四川青神、绵竹、大邑知县，仕至赵州知州。著有《依隐斋诗钞》十二卷、《夏雨轩杂文》二卷、《香草词》五卷、《楹联偶存》一卷等。《集牡丹亭词》一卷即附录在《香草词》之后。该卷仅有 8 首作品，数量虽不多，但非常独特。除了继承传统的男欢女爱题材外，竟然全部采用明代汤显祖《牡丹亭》中的语句，开集句词中未有之新风。今据民国间任可澄、杨恩元所编、贵阳文通书局所印《黔南丛书》本收入。

## 换巢鸾凤

偶尔来前。你如花美眷，似水流年。去小庭深院，在幽闺自怜。春心无处不飞悬，小立在垂垂花树边。闲凝盼，人心上有啼红怨。

腼腆，游赏倦。意软环偏，纱窗睡不便。云霞翠轩，烟丝醉软，和春光暗流转。良辰美景奈何天，赏心乐事谁家院？锦屏人，忒看的这韶光贱。

## 水调歌头

摇漾春如线，关情似去年。是答儿闲寻遍，想幽梦谁边？不住的柔肠转，一会分明，美满幽香不可言。为甚轻憔悴，猜做谎桃园。

想内成，因中见，景上缘。春情难遣，花似人心好处牵。一丢丢榆荚钱，一丝丝垂杨线，红绽雨肥天。眉梢青未了，爱煞昼阴便[①]。

## 春风袅娜

春归恁寒峭，幽姿暗怀。偷元气，艳楼台。做十分颜色，雨香云片，一时闲望，泥溃金钗。芍药阑前，牡丹亭畔，花影萧萧转翠苔。两度春游忒分晓，展将春色闹场来。　　姹紫嫣红开遍，三生一梦，才酸转人面桃腮。休惊恍，尚疑猜。名花易殒，伤春便埋。有恨徘徊，无言窨约，如烟入抱，似影投胎。妒花风雨，欢情丝不断，欢眠自在，梦境重开。

---

① “爱煞”二字后，《牡丹亭》原有“这”字。

## 风入松

世间何物似情浓？几点落花风。含情自把春容画，甚西风吹梦无踪。骨冷怕成秋梦，匆匆为着谁侬？　　雾和烟雨不玲珑，风剪玉芙蓉①。情根一点无生债②，不分明再不惺忪。影随形风沈露，多娇多病愁中。

## 天仙子

死里淘生情似海，又挣出这烟花界。花容那个玩花亡？春无赖，天无碍，采芙蓉回生并载。　　他杜鹃花魂魄洒，被雨打风吹日晒。谁曾挂圆梦招牌？情儿迈，眉横黛，感一片至诚无奈！

## 贺新郎

赚了多情泥，晕情多，如愁欲语，幽期密意。怎划尽助愁芳草？打不破愁魂谜。又不是困人天气。等把风光丢抹早，悔当初一觉留春睡。心儿悔，全无谓。　　未知他生焉知死？伤感煞，断垣荒径，偏陪了你。小小香闺伤情重，魆魆地常如醉。香泥弄影钩帘内。如此夜深花睡罢，魂魄香，不是人间世，看他长眠短起。

---

① “风剪”二字后，《牡丹亭》原有“了”字。

② “情根一点”四字后，《牡丹亭》原有“是”字。

## 瑶台聚八仙

烟雾飘萧[1]，闲厮调，熏香独坐无聊。牡丹虽好，打迸着梦魂飘。小行乐十分容貌，笔花尖淡扫轻描。转心焦，红颜易老，福分难消[2]。

又似被春愁着，待垂杨风袅[3]，点活心苗。阴雨梅天，闺深佩冷魂销。喜的明妆俨雅，动春蕉，春归红袖招。要润笔，倚湖山梦晓，眉月双高。

## 鹧鸪天

一点香销万点情，冷惺忪红泪飘零。春心迸出湖山罅，断鼓零钟金字经。　　云暗斗，月勾星，望中何处鬼灯青？拈花闪碎红如片[4]，人到秋风病骨轻[5]。

《玉茗堂四梦》传奇脍炙人口，《牡丹亭》尤极幽艳。舟中无事，偶检原曲句，依谱集成慢词八阕。虽游戏之作，而一时兴到，或亦偶得之耶？咸丰壬子九月并识于楚江舟次。

---

① “雾”字，《牡丹亭》原作“霭”。

② “消”字，《牡丹亭》原作“销”。

③ “待”字，《牡丹亭》原作“对”。

④ “拈花闪碎”四字后，《牡丹亭》原有“的”字。

⑤ “到”字，《牡丹亭》原作“向”。

# 集其清英集

许懋和著

《集其清英集》一卷，许懋和撰。许懋和，字质人，又字云琴，安徽黟县人。同治十二年(1873)举人。民国年间所修《黟县四志》卷七《人物志·文苑》云："(许)懋修从弟。精熟《文选》，弱龄以经古受知罗学使(罗惇衍)。……卖卜为活，肄业敬敷书院。又获马学使(马恩溥)激赏。仿香山《新乐府》，多可传者。著有集《文选》诗文二卷，《在山小草》四卷。"[①]所云"集《文选》诗文二卷"即《集其清英集》。今存此集只有一卷，前诗、后文，殆分卷方法不同。

该集卷首有其父许琛识语和黄德华题词。全集共录集《文选》诗文28篇，集《选》文和集《选》诗各占一半。诗歌部分，《送曾涤生相国移节金陵诗》、《送马雨农学士夫子旋京诗》、《送何小宋方伯赴湖北新任诗》、《送陈心泉濬观察诗》、《题李母刘太淑人五福图诗为树阶文森观察作》、《贺黄生志甫士学新婚因以勖之诗》、《送屈荫堂承福刺史任满量移诗》7篇之诗序，皆是集《选》文。若加上这7篇诗序，集《选》文的数量则为21篇。从内容上看，此集的应酬色彩非常突出，送别、赞祝、题序是三个突出的主题。从艺术上看，此集与《选楼集句》和《玉塘集选》有明显的不同。在许多情况下，许懋和并非集《文选》中成句为文，而是采摘《文选》中的词语、短语拼接成句，再用这些句子

---

① 《民国黟县四志》，《中国地方志集成·安徽府县志辑》第58种，江苏古籍出版社，1998年版，第102页。

组织成文。这固然在一定程度上降低了写作的难度，但同时也影响了作品的艺术水平。

此集今存光绪二年(1876)藜照堂刻本，藏于安徽省图书馆。据《清人诗文集总目提要》所云，“其后编为《在山小草》四卷，光绪二十六年(1900)刻，中国科学院图书馆藏”①。本书据安徽省图书馆所藏藜照堂刻本辑入。

---

① 柯愈春《清人诗文集总目提要》，北京古籍出版社，2002年版，第1855页。

## 缘起

予家七世读书，先君子尤嗜古学，乐观古籍。儿子懋和幼为先君子所钟爱，四五岁时，辄诲之识字，别训诂，使观群书，又手录《文选》中赋、骚及历代文、赋、诗、词授读焉。先君子弃养，予自督课。懋和年十二，经书卒业，学古今文词具规模，应小试矣。顾笃嗜《文选》，自举全帙。读之毕，且区别《选》中诸人所作，令各为集，分录成帙，用便记忆。暨道光丁未，以选体赋受知于罗椒生尚书。咸丰辛酉，复以集《选》诗受知于马雨农阁部。中间亦颇集句为诸体，而频经寇扰，稿佚鲜存。同治癸亥，予家藏籍遘大劫，《文选》刻本暨懋和自录本俱躏毁，靡孑遗。其避难侨皖，所集诸篇谬窃时誉者，胥摭拾夙昔记忆而成。盖性之所近，童时诵习不遽忘也。夫古籍洵堪宝贵，小技亦可成名。懋和生值缥缈之富，资禀稍优，长遭贫病之侵，学业未粹，乃饥驱出门，流离转徙，不为巨公名士所摈弃，未必非读《文选》之力。兹哀其劫后所集付梓，故特为述读《文选》之缘起如右。若序、跋、题辞，则有当代之作者在。光绪二年岁在丙子仲秋月，淮山老人许琛识，时年七十有三。

## 发凡

前人集唐，每注出作者姓名，或并注篇目。窃谓唐诗繁复，作者多夥，读者不能遍观而尽识，必注出者，便检寻、防杜撰也。《文选》卷帙无多，作者可偻指数，且为学人所恒习，故概不注出，免贻妄诞之讥。

胥倚平《文选集腋》于提顿转折，每增添虚字，改窜原文，以期气脉之贯。夫增添改窜，乌得谓集？鄙集虚字悉依原文，非敢争胜于前贤，聊存古人之旧句。

昭明所选，班、张、潘、陆诸贤各十余篇，或数十篇，且事出沉思，义归翰藻，体例画一，故词意相邻。鄙集以意运词，惟取缅属无痕，自难循昔人集唐篇无重人、集无复句之例。

断章取义，肇自周秦。集中"友于同忧"、"任土作贡"、"自秦至宋"等句，意义既巧相关合，斯理可旁通，不必定依本文原诂。

集中不能无复句，而一篇中则不宜有复句。鄙集诸篇有一语数见者，皆采《选》中迭见之词，人、篇各殊，并非复用。

集《文选》句，蒙于十七八岁时，即有此体。十余年间，碎楮零笺，未录成帙。经寇蹂躏，散失不复记忆。兹集皆劫后所成。从前祝寿、题画之作，友人处或有底本，俟检出续刊。

昔人刻诗文集，多取所居书斋为名，或竟直书某某诗文。集句则另创佳名者，以述之不同于作也。昭明序有"集其清英"句，与鄙集意义婉合，故窃取焉。

弟子有校字之劳，例得备书。兹择能从诗教者列入，以示分别。其有已改儒业而亦列入者，良由器识有异凡庸，不在徒工文艺。

受业：朱书祥、胡观赐、王思诰、徐嘉松、吴鸿颉、黄士学、朱慈祥、朱懋麟、朱懋淑、黄士恩、史书田。

弟：懋官、懋功。

男：书能。

## 题词同邑黄德华仲和

黟山郁葱葱，钟毓博雅士。溯往更仆难，观摩有三子。伯英萃四唐，成书未付梓。汪君伯英著《集唐诗》数篇。南士尊所闻，英番究原委。汪君南士，昉阮文达公《文苑传》例，著《红毛番英机黎考略》。鼎峙有云琴，熟精《文选》理。不学青莲狂，建安鄙绮靡。又笑苏东坡，秀才烂而已。陈言翻使新，人文出如己。回忆五年前，作客皖江涘。制府平金陵，移节归奏凯。涤生使相。王人时入觐，天颜不违咫。雨农学士。君名满公乡，宾从二公始。酬知以文章，取材萧楼里。斧藻帝子供，选词六臣使。鲍、谢驱毫端，班、张奔腕底。机杼既从心，组织皆应手。叶书虮切。仿佛璇玑图，心角钩并美。又如云锦裳，针线痕尽洗。自成一家言，传旧老彭比。从此宜城中，增价洛阳纸。送曾、马二公序，一时竞相传写。从此乌台上，求文长卿室。叶上声。李恕斋廉访索集《文选》祝太夫人寿。华也亦何幸？扶竹生阶祀。花瑞耆宿援，嘉庆庚辰，园中产竹，一本双歧，孙山江丈绘图，朱见庵师援花瑞之义，题曰《竹瑞》。润色乞东里。君亦矜宠之，善颂文斐亹。蒙集《文选》撰《竹瑞图颂并序》。物理与人事，吟朋暨画史。囊括以雕章，亦裁六朝体。姓名寄集中，如蝇附骥尾。况君著作富，厥书等身矣。我见只数编，未见难屈指。述者只此集，作者积满几。灰然词概慷，泛凫语雄伟。乐府赏宗匠，雨农学士论君诗，乐府第一，七言古第二。文赋刻他氏。吴竹庄中丞课僚友《平仲君迁赋》，以君代作为第一，刊刻传诵。近齐王程驱，恕生伯敷。远继黄鲍起。孙雨髯选《樵贵谷诗存》，以家涵斋公为前茅，鲍质人、先生为后劲。岂惟参二汪？集古足千祀。

## 送曾涤生相国移节金陵诗并序

今天子三年，持节丞相克剪方命，扫除凶逆。于斯之时，神人之和允洽，五道并进；如伤之念恒轸，友于同忧。六月十六日，戎车盈于石城，阙地而攻。又行火焉，隤墙填堑，排揵陷扃，麾城若振槁。穷虎奔突，猛兕触蹶[①]，咸枭其首。七月，皇帝下明诏，丞相爵为通侯，子孙长享。乃命厥弟、故吏从事为二伯，其军佐职僚、偏裨将帅，大赉所及，班扬符赏，猗欤伟欤！盖有非常之功，必待非常之人，故设非常之赏，以待非常之功。昔二虢不辞两国之任，其德厚也；旦奭不让燕鲁之封，其功大也。往者狂寇窥窬[②]，为国大害，猬结蚁聚，滈汗六州之域。十余年间，俾百姓流亡，郛罔遗室。先帝旁求四方，以招贤俊。丞相世有明德，首倡义兵[③]。寄深同气，雷动风驱；收罗英雄，星流彗扫。令沅湘兮无波，使江水兮安流。在兵间十岁[④]，与军行止，率精甲沿江东下，所向风靡。楼船万艘，千里相望，以临豫章，席卷虔刘，沦余波于柴桑[⑤]。先帝称之曰能，使持节江南，奄有旧吴。开府之日，兹土之旧也。师尹爰止，振民隐，宪文光，人胥悦欣，济济焉望公归之。今上元年，谓督勋劳，纳于大麓，身登三阁，官逾六卿。爰整精锐，策定帷幄。幕府以偏师下淮东，越广陵，东注太湖，所摧必亡[⑥]，如汤沃雪。然后举烽伐鼓，悬旍江介，筑垒遵渚，共攻而围之。和通篪埙，总兹戎重，反虏踠迹待戮，譬犹池鱼笼鸟，魂褫气慑，迄至于今。

---

① “猛”字，班固《西都赋》原作“狂”。

② “狂”字，刘琨《劝进表》原作“狡”。

③ “倡”字，张悛《为吴令谢询求为诸孙置守冢人表》原作“昌”，一作“唱”。

④ “间”字，曹丕《与吴质书》原作“中”。

⑤ “于”字，郭璞《江赋》原作“乎”。

⑥ “催”字，张衡《东京赋》原作“推”。

遂乃风举云摇，破坚摧刚，桴鼓一震而元凶折首，倾榛倒壑，野无遗寇，深谋远虑，风烈昭宣也。尔乃盛礼兴乐，开集雅之馆，设旧章之教。军书辐至，羽檄交驰，而尊严之度，思弘儒业，重桴乃饰，双宇如一。北有著作之庭，校文之处，长廊广庑，考辞就班。其东馆室次舍，递宿迭居，建道德以为师。每观才士之所作，论而录之。身经险阻，随踵而立者，委篋知归，各得其所。其动人感物[①]，盖亦弘矣，郁郁乎焕哉！武义粤其肃陈，文教迄已优洽。大德至忠，如此之盛！居今观古，虽皋、夔、衡、旦，何以加兹？萧、曹、魏、邴，又何足云[②]？夫非常者，固非常人所拟也[③]。秋九月，建业适有事，务须自经营，撰良辰而将行。祁祁生徒，饱于盛德，宣德以诗。小子狂简，乃不能措一辞，望古遥集，谨贡诗一篇。其辞曰：

显朝惟清，业光列圣。六府孔修，万流仰镜。先帝在时，肇济黎蒸。运无常通，寇害寻兴。虎豹豺兕，三方圮裂。生人几亡？义夫赴节。世有圣宰，周召之俦。勤王始著，大拯横流。抚翼桑梓，转战千里[④]。永惟此邦，辎轩萃止。皇上纂隆，有赫斯威[⑤]。进以显秩，台保兼徽。听览余日，嗟尔庶士。逃难解散，未测涯涘。兴建庠序，言占其良。名儒师傅，仁风遐扬。在昔武侯[⑥]，惟师尚父。若合符契，出征入辅。内赞两宫，外总兵权。居中作捍，于今三年。至于兄弟，并匡社稷。云行雨施，神抶电击。虐暑熏天，顺天行诛。终除大憝，群凶靡余。古人有言，孰伪可久？罘纲连纮，下无遗走。帝曰俞哉，宰辅贤明。位列通侯，以隆德声。友于兄弟，东西施翼。登为侯伯，以

---

① “动人感物”四字，嵇康《琴赋》原作“感人动物”。

② “又”字，任昉《百辟劝进今上笺》、任昉《王文宪集序》，或沈约《齐故安陆昭王碑文》均作“曾”。

③ “固”字，陈琳《为袁绍檄豫州》原作“故”。

④ “战”字，司马迁《报任安书》原作“斗”。

⑤ “斯”字，陆云《大将军宴会被命作诗》原作“兹”。

⑥ “在昔”二字，张载《剑阁铭》原作“昔在”。

彰勋则。凉秋九月，虎步秣陵。轻云承盖，天晷仰澄。横此大江，灵旗树旆。乃眷北徂，体元则大。庶士倾风，如渴如饥。望风怀想，发言为诗。元功茂勋，巍巍如此。永延长兮，对扬帝祉。

## 送马雨农学士夫子旋京诗并序

今上四年乙丑秋九月辛未，扶风夫子服阕，将朝圣皇。祁祁生徒悦其教，四载迄于斯，又沐浴于膏泽。于是乎展诗发志，舒音而咏至德，礼也。夫子以含一之德，践得二之几。其先自秦至宋，名显往朝，国史家牒详焉。明主聿兴，则有谋臣武将，实用西迁，略斯榆而馆其县，作镇于近。惟此大理，迄至于今。庆流后裔[①]，惟祖惟曾，并以明德见重于世。仰追先考，本自诸生。孝友温恭，仁笃慈惠，而才实世资，采山铸钱，实寄宏略，掎摭利病，辨时俗之得失。文辞表记，皆取定俄顷，神无滞用。太夫人复有令德，一与之齐。乃启天衷[②]，诞授命世。夫子资此夙知，独禀先觉，性与道合，气志如神。初，艺文经目而讽于口，俯拾青紫，筹划不以要功[③]，弱冠群百郡之廉孝。先帝三年癸丑，历金门，上玉堂。郁云起乎翰林，赞道槐庭。容止可则，绸缪史馆，词赋清新[④]，先帝甚奇之。七年之间，累蒙荣进，校理秘文，入侍帝闼。当是时，盗贼奔突，骚扰边境。淮汉之涘，大江以南，东阳新安，缨緌之徒，搢绅之士[⑤]，含经味道之生，逃难解散。先帝乃眷南顾，愍学残文缺，稍离其真，非夫至精者，不能与之析理也。有诏使持节下，敷五典以阐大猷。于时津途久废，方隅多事，夫子奉上以诚，忧

---

① “后”字，钟会《檄蜀文》原作“来”。

② “启”字，潘勖《册魏公九锡文》原作“诱”。

③ “划”字，袁宏《三国名臣序赞》原作“画”。

④ “词”字，任昉《为萧扬州作荐士表》原作“辞”。

⑤ “士”字，张衡《南都赋》原作“伦”。

世忘家。仰称诏旨，星陈夙驾，越轘辕，长驱樊邓，沿江东下，虽履虎尾[①]，处之愈泰[②]。下车敷化，风动神行，乃与夫湘州相国、闽越太守孚以诚德，思弘儒业。既开剪荆棘，班扬明令，以观士风，课士之优劣[③]，庠序肇兴，万夫倾望。今天子二年六月，夫子居母艰，搢绅儒林皆意有所郁结，思德滋深。持节丞相藩司郡守知其有由也，开集雅之馆，俯从亿兆，蒸蒸之心，师氏之选，允归人范。由是崇师之义敦悦斯在，莫不北面人宗，禀仰太和，茻然兴道而迁义。若乃美政所施，家知礼让，班宪典[④]，四教罔忒，优而柔之；考文章，取予时适，揆而度之。仰邈前贤，撰其遗文，都为一集，为士作程，引而申之。今之文人，随流而化，自一时之隽也。太守陈公启发篇章，实欲使名实不违，于是遂研精覃思，论而录之。猗欤伟欤！兹土之旧也，名儒师傅，固亦有焉。大德至忠，经师人表。巍巍如此，其畴能亘之哉？然则道胡不怀，化胡不柔？讲艺立言，善诱能教。子夏居西河之上，孟轲养浩然之气，比之于夫子，其揆一也。夫志动于中，则歌咏外发。诗人之作一曰风，风也，教也。今夫子輶车朱轩，论德于外，既有私艰，文教迄已优洽。风以动之，教以化之，庶士倾风，醉于仁义，歌以咏言，固其宜也。在予小子，守此狂狷，尝以笔札见知，猥蒙采擢[⑤]，被学最旧。加以待接弥优，有同骨肉，不胜区区，诚思毕力竭情，以揄扬盛美[⑥]。然自憾暗劣[⑦]，虽有心略词给，才朽不及前人，是用缀缉遗文、八代之制，采摭群言，缀而序之。盖所能言者具于此云。言之不足，献诗二篇。诗曰：

---

① “履”字前，潘岳《西征赋》原无“虽”。

② “愈”字，袁宏《三国名臣序赞》原作“弥”。

③ “课士”二字后，皇甫谧《三都赋序》原有“人”。

④ “典”字，班固《东都赋》原作“度”。

⑤ “蒙”字，阮籍《诣蒋公》原作“见”。

⑥ “盛”字，卢谌《赠刘琨》原作“弘”。

⑦ “憾”字，傅咸《赠何劭王济》原作“恨”。

昆山积琼玉，武城播弦歌。洪钧陶万类，庆云郁嵯峨。谦谦君子德，流化自滂沱。夭夭桃李花，粲若春林葩。小子非所宜，寄松似悬萝。夫子照情素，舒文广国华。乃肯顾细微，春风扇微和。委讲缀道论，愿言屡经过。德音永不忘①，徙倚引芳柯。

其二曰：

我皇秉至德，济治由贤能。夫子茂远猷，祇召旋北京。遥望凤皇池，文昌郁云兴。载笔陪旌棨，摛藻掞天庭。粲粲翰墨场，中和诚可经。蔼蔼风云会，王佐俟民英。辅翼则成化，玉润而金声。道峻芳尘流，天高秋月明。山中有桂树，临风默含情。

## 送何小宋方伯赴湖北新任诗并序

夏四月，时和气清，藩司何公扬旆西迈，树风江汉，撰良辰而将行。于时也，皇帝有天下之五载也。搢绅儒林，承颜下风，发言为诗，郁郁乎文哉！夫立德之基有常，舞咏之情不一。惟公恂恂德心，显显令闻，思入神契，文成雕龙。流泽加于生民，贞固足以干事。身带三绶，典历二司。或以听穷省冤，或以布化悬法。扇以廉风，则威嗛秋霜②，囹圄空虚，庶狱明慎；观政藩维，则华纵春葩，序伦正俗，官才任贤。永惟此邦，于今五稔。此邦之人，权忻来附③，婆娑讴吟，咸有古诗之意，良由以也。走虽不敏，与群贤同行，四载迄于斯，敬遵所闻有日矣。不胜区区，故作三篇之诗，固未足以揄扬大义，亦以摅其所抱而已。其诗曰：

南州实炎德，士风清且嘉④。君子笃惠义，流化自滂沱。既通金

① “永”字，谢灵运《庐陵王墓下作》原作“初”。

② “嗛”字，左思《魏都赋》原作“唅”。

③ “权”字，王褒《四子讲德论》原作“欢”。

④ “士”字，陆机《吴趋行》原作“土”。

闺籍，庆云郁嵯峨。闻风窥丹穴，潜龙跃洪波。苕苕寄意胜，扰扰俗化讹。布怀存所钦，政成在民和。所以占此土，舒文广国华。

其二曰：

文明固天启，遵渚有来鸿。君子义休偫，穆如洒清风。事为名教用，理以精神通。八方凑才贤，五车摧笔锋。桃李成蹊径，言树丝与桐。奚惧泽不周[①]？直由意无穷。俯观江汉流，妙善冀能同。

三曰：

江汉分楚望，云霞肃川涨。君子福所绥，作藩于汉阳。方舟溯大江，逍遥顺风翔。皎皎天月明，灼灼有辉光。遗爱常在去，惟德在无忘。但愿隆弘美，裁成被八荒。南国有儒生，咏言著斯章。

## 送陈心泉濬观察诗并序

皇帝五年秋七月，持节四州诸军事闽越陈公肃承明诏，应会皇都，搢绅儒林，惟诗作赠。或以述德显功，或以吟咏性情，以赋显，以颂宣，咸有古诗之意。伊余小子，经术浅薄，行能无异，辞赋小道，过蒙拔擢。每览史籍，观古今文人，自灵均以来，八代之制，张、蔡、曹、王，潘、陆、颜、谢，清辞妙句，音韵天成。今之赋颂，古诗之流，皆不及也。故复缀序所怀，望古遥集，以五篇之诗，徒谓能宣昭懿德，诵咏而已。诗曰：

南中气候暖，自古多俊民。公生自华宗，慷慨怀古人。既通金闺籍，弹冠去埃尘。一麾乃出守，改服康世屯。

其二曰：

天子命上宰，屯难既云康。问以瑶华音，整驾至南乡。城郭生榛棘，沙砾自飘扬。公下车敷化，恩从祥风翔[②]。

---

① “奚”字，曹植《赠王粲》原作“何”。

② “翔”字，王褒《圣主得贤臣颂》原作“翱”。

三曰：

貙虎方遘患，文墨纷消散。上宰奉皇灵，开集雅之馆。公陪奉朝夕，游子不顾返。夭夭桃李花，息阴倚密竿。

四曰：

四载迄于斯，制诏使持节。公扇以廉风，皎洁如霜雪。积久德逾宣，寡欲罕所阙。总总都邑人，唯然觏世哲。

五曰：

帝晖膺顺动，悬象迭卷舒。初秋凉气发，公揽辔升车。光炎烛天庭，譬海出明珠。聊用布所怀，思贤咏白驹。

## 四望楼秋眺诗马学使观风题

絜身跻秘阁，西北有高楼。游目四野外，登高望九州。逍遥越城肆，飞宇若云浮。晨积展游眺，临此岁方秋。析析寒沙涨，猎猎晓风遒。仰听离鸿鸣，俯观江汉流。窗中列远岫，天际识归舟。凝霜沾野草，翻浪扬白鸥。极望无崖崿，迅足羡远游。金风扇素节，祥飙被彩斿。天子命上宰，发鞍高岳头。帷帟尽谋选，笳鼓震溟洲。西收边地贼，毕景逐前俦。所以占此土，复得还旧丘。甲第始修营，黍稷盈原畴。高楼一何峻，虽客犹愿留。置酒坐飞阁，缓带倾庶羞。我皇秉至德，川岳遍怀柔。托身文墨职，何惧泽不周？待时属景运[①]，功名良可收。符成江南曲[②]，本自荆山璆。寒城一以眺，旷然消人忧。

## 题李母刘太淑人五福图诗为树阶文森观察作并序

夫立德之基有常，可与羡门比寿；舞咏之情不一，非悦钟鼓之娱。

---

① “景”字，任昉《出郡传舍哭范仆射》原作“兴”。

② “成”字，谢瞻《于安城答灵运》原作“守”。

屡获嘉祥，延年益寿；总集瑞命，发言为诗。伟孟母之择邻，揖不疑于北阙。或以吟咏性情，或以述德显功。辨哉言乎有自来矣！太夫人施衿结缡，正位居室，仁笃慈惠，孝友光明，家道以正，教臻侍子，咸安怀之，若慈父之畜子也。于是乎矫矫三雄，皆扬清风于上烈。或本隐以之显，援旗誓众，扫除凶逆。而蜂虿有毒，身终锋栝，忠节允著，亦既超旷。或去危以图其安，经师人表，立于学官。方隅多事，眷恋庭闱，辄去官，身服厥劳。伏惟明公兴廉举孝，春官聊事①，雷震虎步，陪京之南，克剪方命，草偃风从，名动京师，建麾作牧。今天子三年，委以大郡，作守东楚，均山甫之庸，兼方叔之望。制诏使持节三州诸军事，使同台司禁台省中典刑所藏，赏罚之要，辅翼则成化。虽千秋之一月九迁②，荀爽之十旬远至，何以加兹？于是玄冬季月，乃御版舆，锡用此土，以叙骨肉之欢恩，全怡怡之笃义。明年二月，吉日良辰，太夫人在堂，寿觞举，慈颜和，嘉宾是将，献寿羞璧。每自属文，咸可赋诗，想西王母欣然而上寿兮，年既老而不衰，炳炳麟麟，故非常人所拟也。盖世必有非常之人，然后立非常之功，而教有定式，尚于荣亲，亲亲之义，流泽加于生民。故曰："天地之大德曰生，圣人之大宝曰位，何以守位曰仁，何以正人曰义。"然则，道胡不怀？积善余庆，婉嫕淑慎，保延寿而宜子孙。立教也，敬法恤刑，我泽如春，义风既畅，跻俗于仁寿之地，所以致孝也。备哉粲烂，循彼南陔，言采其兰，写载其状，赋诗称寿。风人之作，信不虚矣。小子狂简，乃今日见教，故复缀序所怀，并列于篇，敷畅厥旨，托之丹青，以五篇之诗。其辞曰：

竹花何莫莫？绿筱媚清涟。青春满江皋，修条摩苍天。永日行游戏，结根奥且坚。息阴倚密竿，徘徊望九仙。右慈竹长春。

瞻彼陵上柏，绿叶发华滋。虚馆绝诤讼，好鸟鸣高枝。在宥天下理，福履既所绥。庆泰欲重叠，养真尚无为。右百鸟集庆。

---

① "聊"字，颜延之《三月三日曲水诗序》原作"联"。

② "月"字，任昉《为范尚书让吏部封侯第一表》原作"日"。

墟囿散红桃，丽日属元巳。本自餐霞人，唯见今日美。灵圃耀华果，轻云暖松杞。欢言酌春酒，粲然启玉齿。右桃熟承欢。

园丘有奇草，光色冬夏茂。黄华如散金，轻条象云构。言树背与衿，灵芝望三秀。和颜既以畅，主称千金寿。右金萱益寿。

亭亭山上松，灼灼在云霄。独有延年术，岁寒终不凋。愿为双鸣鹤，荫此百尺条。千秋长若斯，万象咸光昭。右松鹤延龄。

## 拟张华励志诗用原韵马山长课

岁月不居，有似客游。纤阿案晷，悬景运周。春日载阳，高风送秋。一暑一寒，人事如流。曰余不敏，赖蒙皇化[①]。五纬不逆，四气代谢。光阴往来，分兹日夜。华不再阳，矢不虚舍。繁会之音，引商刻羽。山鸟群飞，逝将远举。贞士发愤，无誉厥绪[②]。古人有言，来世之矩。彼居之子，陵纵播逸。耽乐是从，嘔噱终日。譬彼春华，则有桑漆。胡不时监？遗文返质[③]。阐扬文令，并包书林。不遑休息，或象蜚禽。理宣其奥，实慰我心。人亦有言，海不厌深。凤鸣朝阳，剑气凌云[④]。篇章毕觌，校理秘文。世实须才，如何勿勤？游心至虚，方事之殷。远有可察，三光既清。非可殚究[⑤]，窒寥窈冥。克聪克敏，不缩不盈。必先多闻，接响传声。何有何无？载坐载起。竭智尽忠，旋观终始。讲艺立言，妙寻通理。君子之思，肆于百里。惟圣贤兮，蹈德咏仁。若凌虚兮，洪钟万钧。游艺文兮，厕彼日新。敢不法兮，穆穆伊人。

---

① “皇”字，王褒《洞箫赋》原作“圣”。

② “誉”字，王粲《赠孙士文始》原作“愆”。

③ “文返”二字，陆云《大将军宴会被命作诗》原作“华反”。

④ “凌”字，任昉《宣德皇后令》原作“陵”。

⑤ “殚”字，左思《魏都赋》原作“单”。

## 呈乡先生余云石凤书明经诗即题其诗文集

松柏有本性，清旷招远风。事为名教用，理以精神通。诗书敦宿好，衡轴执其中。惟彼太公望，奇龄迈五龙。摛藻艳春华，而不缨垢氛。高文一何绮，聊可莹心神。惠而能好我，要我以阳春。愿言怀所钦，识曲听其真。

## 汪翼山丈汉章暨德配舒孺人椿萱并茂图诗

嘉树生朝阳，绿叶发华滋。圆丘有奇草，含英扬光辉。齐心同所愿，逍遥临华池。条繁林弥蔚，道积自成基。之子绍前允[①]，煌煌发令姿。亲交义在敦，济济荫光仪。卫生自有经，君子福所绥。何况双飞龙，俱享黄发期。咏言著斯章，达人所共知。但愿隆弘美，千秋长若斯。

## 贺黄生志甫士学新婚因以勖之诗并序

夫志动于中，易启私昵之失[②]；恩隆好合，非悦钟鼓之娱。何则？情生于性，性充则情约。发乎情，止乎礼义。爰始夫妇，肇有父子，闺房肃雍，晨兴夜寐。玩好绝于耳目，邪僻销于胸怀，则福祚流于子孙，是《关雎》之义也。且以西伯之圣，正位居室，进贤才以求继嗣。至于军国远图，琴书艺业，述作之茂，犹有日昃待旦之劳，而况庸庸者乎？是以古之志士，明慎聘纳，施衿结缡，既称莱妇，亦曰鸿妻，而尊严之

---

① “允”字，谢瞻《于安城答灵运》原作“胤”。

② “昵”字，范晔《后汉书·二十八将传论》原作“溺”。

度，欢不可以黩。咸爱惜朝夕，于学无所遗，宏览载籍，博游才艺[①]。夫然，故孝友之行立，贞纯之名章也。今子乐得淑女，良时在兹。是以经夫妇、成孝敬、厚人伦，和如瑟琴。遂及百子，理有固然，然其所志，尚于荣亲。宜勉思至道，遂考览六经，增益标胜。平居不惰其业，修容乎礼园，翱翔乎书圃，寄身于翰墨，见意于篇籍，庶可试哉！仆虽疲驽，义则师友，方年一日长，亦尝侧闻长者之遗风矣。少壮真当努力，故述之于纸[②]，赋诗申怀，聊为吾子勖之而已。若夫杂以嘲戏，纷披风什，载欢载笑，匪本匪实，非鄙人之所庶几也。其诗曰：

金波丽鳷鹊，翡翠戏兰苕。文采双鸳鸯，荫此百尺条。条繁林弥蔚，譬彼向阳翘。勉哉修令德，逸翮思拂霄。

其二曰：

嬿婉及良时，与君为新婚。瓜瓞蔓长苞，琼佩结瑶璠。上堂拜嘉庆，浥露馥芳荪。所以致孝也，亲交义在敦。

三曰：

馥馥秋兰芳，皎皎彼姝女。戒徒在昧旦，常闻诗人语。以辅佐君子，戾戾飔风举。何况双飞龙，鸣俦啸匹侣。

四曰：

仰看明月光，裁为合欢扇。清如玉壶冰，荣色岂能眩？卓荦观群书，俯仰流英盼。志士营世业，深衷自此见。

## 题宗夔堂采药图诗

灵山纪地德，百卉挺葳蕤。中有冥寂士，轻襟随风吹。五图发金记，二离扬清晖。华宗诞吾秀，志向好书诗。兼抱济物性，道积自成基。高步追许由，何异幽栖时？往来尽仙灵，济济荫光仪。药饵情所止，采之

① “艺”字，任昉《王文宪集序》原作“义”。

② “述”字，石崇《王明君辞》原作“叙”。

欲贻谁？贱子歌一言，君子福所绥。翘迹企颍阳，俱享黄发期。

## 题永康胡氏义田记七烈传诗

志士营世业，兴文自成篇。圭璋虽特达，蕴真谁为传？荣重馈兼金，由来有固然。落落穷巷士，踯躅还自怜。君子笃惠义，贞休康迍邅[①]。感念桑梓域，言税辽东田。连畛距阡陌，膏泽多丰年。黍稷委畴陇，稻秫肃芊芊。徇义非为利，岂校耳目前？功成不受赏，惠心清且闲。所以占所土[②]，沉思郁缠绵。之子绍前允[③]，无令孤愿言。事为名教用，结根奥且坚。是用感嘉贶，邑颂被丹弦。恭洁由明祀，娇迹人崇贤。乡人敦懿义，不得与比焉。右义田记。

舍生固不易[④]，自古共如此[⑤]。侠烈良有闻，淑美难穷纪。七子均养者，唯见今日美。烈心厉劲秋，瓮暴资神理。将军既下世，风悲黄云起。少年负壮气，虽非甲胄士。三荆欢同株，将遂殊途轨。托身文墨职，远图因事止。殊类非所安，谁与偕没齿？仓卒骨肉情，不惜一身死。死为壮士规，莫大于殇子。婉彼幽闲女，甘之长川汜。杀身诚独难，四贤岂不伟？千载有雄名，浮海难为水。遗烈光篇籍，高文一何绮！贱子歌一言，辞殚意未已。右七烈传。

## 姚丈在泉必清七十寿诗

凉秋九月，吉日良辰。娇娇先生，福禄来臻。惟祖惟曾，善诱能

---

① “迍”字，谢灵运《还旧园作见颜范二中书》原作“屯”。

② 后一“所”字，应玚《百一诗》原作“此”。

③ “允”字，谢瞻《于安城答灵运》原作“胤”。

④ “固”字，卢谌《览古诗》原作“岂”。

⑤ “自古”二字，鲍照《白头吟》原作“古来”。

教。于穆显考，兴廉举孝。学优则仕，剖符专城。煮海为盐，以隆德声。其在先生，业隆弱冠。旧文新艺，条分叶散。和通篪埙，于其哲兄。任土作贡，播名上京。归去来兮，散发岩岫。收朋勤诲，颐性养寿。于佐求贤，壶政穆宣。一与之齐，神仙长年。诗书是敦，教臻侍子。此二子者，龙翔云起。丹桂灌丛，载采其芳。擢应嘉举，中必叠双。年已七十，庥征自至①。葺宇家林，宅心道秘。伊余小子，承颜下风。赋诗称寿，如岳之崇。

## 送屈荫堂承福刺史任满量移诗并序

屈原，楚贤臣也。本支派别②，世滋芳烈，自秦至宋，昭穆繁昌。乃鸿骞旧吴，涉徐而东，姑苏奥壤，韬此洪族。公之生也，命世兴贤，弱冠慷慨，负羽从军，乃从王政，外宰黎烝③。前者作令下邑，未及下车，仁声先洽，政肃刑清，非待期月。若乃明练庶务，鉴达治体，泽无不渐，明无不察。弘义让以勖君子，振平惠以字小人。疑狱得情而弗喜，宿讼两让而同归。自此迄今五年，逐狡兽，赏赐金帛；宣皇风，晓谕百姓。黟黟桑柘④，弘仁惠之虞；济济儒术，设旧章之教。凡此数者，功莫厚焉。此众议所以归高，远近所以同声。太守何公举无失德，中丞藩司赏不失劳，敦还摄任，令得其所也。顷者改授去职，都人士女，岩薮知名。攀车卧辙之恋，争途忘远；去思一借之情，愈久弥结。我虽末学，颇识旧典，前蒙延纳，侧闻邦教。心念旧恩，造分手而衔涕，故略陈至情，推而咏之。因称诗曰：

邑里向疏芜，豺狼当路衢。白骨蔽平原，枳棘塞中途。公乘理照

---

① “庥”字，王褒《圣主得贤臣颂》原作“休”。

② “支”字，沈约《齐故安陆昭王碑文》原作“枝”。

③ “烝”字，潘岳《夏侯常侍诔》原作“蒸”。

④ “黟黟”二字，左思《魏都赋》原作“黝黝”。

物，解佩袭犀渠。困野兽之足，英名擅八区。

复称诗曰：

伏刻诵圣论，仪炳乎世宗。各随而解之，定仁义之衷。公仰惟国典，穆如洒清风。匪为众人说，妙善冀能同。

三曰：

采桑歧路间，地势使之然。世俗多所拘，荒畴不复田。公道识虚远，经始阔圣贤。但愿桑麻成，贡八蚕之绵。

四曰：

翰墨时间作，并坐荫华榱。时事一朝异，群士皆背驰。公在物斯厚，空出有余赀[①]。设程试之科，复睹东都辉。

## 与宁琯香本瑜同年书

别来日月冉冉[②]，若弥年载，岂由爱顾之隆，使系仰之情深耶？愿言之怀，想同之也。自旋之初，经迥路，涉沙漠，济河，蹋太山。鸣鸡戒旦，则飘尔晨征；日薄西山，则沉思纡结。或乃回飙狂厉，惊沙坐飞，白日寝光，雨师洒道，陆行不绝，相与腾跃乎莽罠之野，至于旬时。于是弭节顿辔，舫舟翩翩，棹以漕渠，观涛乎广陵之曲江。漂飞云，运艅艎，吐焰生风，直冲涛而上濑，责千里于寸阴，我劳如何？勤亦至矣。五月十六日，还舟青阳，越幽壑，陟峻崿。乃瞻衡宇，且归来以释劳，以叙骨肉之欢恩，全怡怡之笃义。言采其兰，色思其柔，和如瑟琴，携幼入室，燕喜之乐[③]，盖亦无量。孝乎惟孝，友于兄弟，岂虚也哉？顾常以为士之生也，不能纳忠效信，有奇策才力之誉；又不能备行伍，攻城野战，有斩将搴旗之功。才劣仲舒，无下帏之思；家贫孟

① “赀”字，王粲《从军诗》原作“资”。

② “日月”二字前，吴质《答魏太子笺》原无“别来”。

③ “燕”字，繁钦《与魏文帝笺》原作“宴”。

公，无置酒之乐。徒乐枕经藉书，纡体衡门，岂不怆恨？窃不自料其卑贱，强著一书，望古遥集，成一家之言，虽不能藏之于名山[①]，将以传之于同好，亦云名而已矣。足下鹰扬其体，擢秀清流，飞藻云肆，良俦交其左，声名驰其右，历金门，上玉堂，曾何足云？鄙人固陋，昔侍左右，内幸顽才，见诚知己，行则连舆，止则接席，每一念至何可支[②]？顷何以自娱，颇复有所述造否？虐暑熏天，慎夏自爱，裁书叙心，不胜喽喽。往来数相闻，幸甚！谨再拜。

## 胡稚枫太守志章杂题文题辞

其为体也，大小殊用；其遗言也，绮组缤纷。恣意所存，应若兴云，优游温润[③]，朗密调均。意建始而思终，理无微而不纶。经通之远旨，含元气之烟煴。良醰醰而有味，赫烊烊以烛坤[④]。张、蔡、曹、王，于兹为群。揆阙所由，必先多闻。其素所蓄积也，聊宣之乎斯文。走虽不敏，自奉清尘。得为密坐，眷亦既亲。诵读反复，洞轇輵乎其无垠也。略举其梗概，以赞扬丽质，不敢多云。

## 吴养溪世丈青灯课读图诗序吴丈引之广文之先德图为朱君云程所绘

先生永言必孝[⑤]，因心则友，施人不倦，见善若惊，古之流也。其先系出有周[⑥]，造自泰伯[⑦]，宣于延陵，建至德以创洪业，由克让以立

---

① “不”字，曹植《与杨德祖书》原作“未”。
② “何”字前，曹丕《与吴质书》原有“思”。
③ “游”字，王褒《洞箫赋》原作“柔”。
④ “以”字，王延寿《鲁灵光殿赋》原作“而”。
⑤ “永言”二字前，王俭《褚渊碑文》原无“先生”。
⑥ “系出”二字，蔡邕《郭有道碑文》原作“出自”。
⑦ “泰”字，左思《吴都赋》原作“太”。

风俗。先生韬此鸿族[①]，思弘儒业，弱冠味道，下笔成篇。究八体于毫端，穷六义于怀抱。如得龙跃天衢，振翼云汉。选名升学，利用宾王。排金门，登玉堂[②]，岂得谓其借翰于晨风[③]、假足于六驳哉？顾常以为士之生也，孝惟义养。于是乎质剂平而交易[④]，懋迁通其有无。岁时伏腊，以叙骨肉之欢恩，咏《常棣》"匪他"之诫。七子均养者，孝实蒸蒸；矜愚爱能者，友亦怡怡。若夫丰约之裁，惠沾庶类，掩骼城曲，拯溺逝川，舫舟翩翩，周道如砥。有所造作，诵先人之清芬，至乃集萤映雪，编蒲缉柳，而教有定式。顾惟后昆，兰膏停室，光灯吐辉，纷披风什，口以传授。冬缸凝兮，常绸缪于结课。于斯时也，子其超矣！曰风，曰雅，曰颂，经目而讽于口，过耳而谙于心[⑤]，岂非希世之俊民，罔不兼综者欤？虽然，明有所不见，聪有所不闻，故自幽、厉之间，变雅作矣。其诗曰："柔远能迩[⑥]，敬慎威仪。"一简之内，音韵尽殊；两句之中，轻重悉异。以妙年之秀，诵读反覆，复叠攒仄，殚不可识，盖亦有焉。先生于是威子以槚楚[⑦]，俨雅跪而相对[⑧]，诚骨肉之恩，计不可以已也[⑨]。今者我友[⑩]，敦穆于闺庭，立功于圣世，富仁宠义，列于学官，身经险阻，且归来以释劳。太夫人在堂，年既老而不衰，馨尔夕膳，洁尔晨餐，居多暇日，追惟先考[⑪]，以燕翼子者，慨然以

---

① "鸿"字，颜延之《陶征士诔》原作"洪"；句前无"先生"二字。

② "登"字，吴质《答东阿王书》原作"升"。

③ "得"字，陈琳《为曹洪与魏文书》原作"可"。

④ "质剂"二字前，左思《魏都赋》原无"于是乎"。

⑤ "谙"字，夏侯湛《东方朔画赞序》原作"暗"。

⑥ "迩"字，《文选补遗》所录陆云《吴故丞相陆公诔》原作"和"。

⑦ "威子"二字前，刘峻《广绝交论》原无"先生于是"。

⑧ "跪"字，王延寿《鲁灵光殿赋》原作"跽"。

⑨ "可"字，班固《东都赋》原作"得"。

⑩ 其句出处待考。

⑪ "追惟"二字，潘岳《杨荆州诔》原作"仰追"。

悲。此朱生托之丹青[①]，画无失理，所以殊绝凡庸也。当此之时，缙绅之伦，名儒师傅，凡我四方同好之人，赋诗申怀，抗音高歌，俾芳烈奋于百世，令闻显于无穷。走虽不敏，义结君子，将三十载，亦尝侧闻长者之遗风矣。且心同琴瑟，道叶胶漆，意气之间，殷勤甚厚，其为知己，有逾骨肉。乃寻厥根，存其梗概。敬遵所闻，叙之于纸。采摭群言，众贤所述，为如干秩，并列于篇如左[②]。

## 孙太恭人秋灯课纺图序为哲嗣程清泉士爽作

昔周之兴也，始于忧勤，世积忠厚，而其妃后，服澣濯之衣，修烦辱之事，化天下以妇道。是以汉滨之女，守洁白之志；中林之士，有纯一之德。其妇女庄栉织纴，丝枲之业，晨兴夜寐，身服厥劳。咸爱惜朝夕，保延寿而宜子孙。美哉乎！国藉十世之基，家承百年之业。略同一揆，有自来矣。新安忠壮之烈[③]，延庆于后，多历年所。我友天才博赡[④]，学综该明，弘奖风流，守兹孝友。其制宅也，婴堞带涘，面郊后市，长杨映沼，芳枳树篱，松菊犹存，竹木蓊蔼，花实照烂[⑤]，灵果参差，有江湖山薮之思。太夫人在堂，年既老而不衰。伏惟圣朝以孝治天下，遂乃风举云摇，班命弥崇，完其封禄，瞻星比婺，洪规远略，郁郁乎焕哉！然其所志，尚于荣亲。往者太夫人正位居室[⑥]，仁以厚下，俭以足用。女修织纴，常绸缪于结课。使夫少长，明宵有程。于时秋也，继以脂烛，光灯吐辉。平居不惰其业，迄至于今，终有荣显之

① “托之”二字前，王延寿《鲁灵光殿赋》原无“此朱生”。

② “于篇”二字后，范晔《后汉书·皇后纪论》原无“如左”。

③ “忠壮”二字前，颜延之《阳给事诔》原无“新安”。

④ “天才”二字前，任昉《齐竟陵文宣王行状》原无“我友”。

⑤ “花”字，潘岳《闲居赋》原作“华”。

⑥ “正位居室”四字前，张华《女史箴》原无“往者太夫人”。

福。譬之种树，久则深固其根本，茂盛其枝叶，其素所蓄积也。于是乎写载其状[①]，托之丹青，以和道叶胶漆[②]，故叙之于纸[③]，言其梗概如此。系日温温，恭人含章贞吉[④]，妇德尚柔，夕惕若慄，机杼相和，兰膏停室。翼翼矜矜，防俭于逸；勤勤恳恳，三余靡失。诒燕后昆[⑤]，俊民间出。永延长兮，庆云扶质。

## 孙太恭人春日课桑图序应程清泉之属

盖损益随时，理有常然。正其末者端其本，善其后者慎其先。上之化下，唱之而必和，谋之而必从，愚智所共知也。昔者太夫人图匮于丰[⑥]，防俭于逸，绸缪家人之务。其妇女闲夜肃清[⑦]，勤勤恳恳，莫不跻足抗首，布结缕以就卷[⑧]。我友乃命画工[⑨]，随色象类，使仆润饰之，序所以为作者之意，九年于兹矣。前年，刺史屈以好事之风[⑩]，丰茂世之规，巡省农功，周行庐室，喟然而叹曰："帝女之桑，吴地最为多[⑪]。蚕月得纺绩，所以固本也。此邦之人，耕获不愆，其廛至矣。"桑枳之地，亘丘被陵，而人多不强力，不亦暗乎？乃申旧章，班宪度，地可垦辟，窳隆异等。擢修干，竦长条，攒柯拿茎，与百姓共之。当此

---

① "写载"二字前，王延寿《鲁灵光殿赋》原无"于是乎"。
② "道叶"二字前，刘峻《广绝交论》原无"以和"。
③ "叙"字，石崇《王明君辞》原作"述"。
④ "含章"二字前，张华《女史箴》原无"恭人"。
⑤ "诒"字，班固《典引》原作"贻"。
⑥ "图匮"二字前，潘岳《籍田赋》原无"昔者太夫人"。
⑦ "闲夜"二字前，嵇康《赠秀才入军诗》原无"其妇女"。
⑧ "布结缕"、"以就卷"，分别出自司马相如《上林赋》、左思《魏都赋》。
⑨ "乃命"二字前，任昉《齐竟陵文宣王行状》原无"我友"。
⑩ "屈以"二字前，任昉《齐竟陵文宣王行状》原无"刺史"。
⑪ "地"字，陆机《吴趋行》原作"邑"。

之时，兆民承上教以成俗，桑梓繁庑，纷郁郁其难详。太夫人恧焉[①]。近周家园，缭以周墙，春日载阳，筑室种树，率作兴事，下缘督而自劝。结根竦本，根深则难拔，垂条婵媛，条繁林弥蔚。居之二年[②]，埇堨鳞接，布绿叶之萋萋。蚕月观时暇，桑野多经过。贻厥方来，鸧鹒喈喈，群女出桑，可倚而俟也。岁次玄枵，月次姑洗，瞻星比婺，壶政穆宣。年八十，寿觞举，或宴于林，仰观俯察，娱游往来。乃盱衡而诰，侪男女，列孙子，劝之以弗怠。美哉邈乎！彼居之子，灌园治产，戮力耕桑，莫之课而自励，比兹褊矣。于是乎复类昔日[③]，画地成图，摅之无穷，以宣德化。仆虽疲驽，少小好为文章，常斐然有述作之意。高山景行，私所慕仰，故复缀序所怀[④]，粗举大纲。凡我四方同好之人，咸可赋诗。则夫诵美有章，陈信无愧者欤！

## 程伯敷鸿诏廉访五十寿序

夫神仙虽不目见，然记籍所载，前史所传，其有必矣。至于导养得理，上获千余岁，下可数百年，固亦有焉。若夫出处不违其时，穷困不易其素，幼秉殊操，少而英明，自弱冠涉乎知命之年，兴廉举孝，列于学官，定迹深栖，前后招辟，折冲万里，光昭诸侯以外[⑤]，发情志愈广[⑥]，晖光日新。其仁声，寥亮于区宇，敦穆于闺庭；其才学，经国之大业，不朽之盛事。猗欤伟欤！颐性养寿，非夫体性通达[⑦]，受之自然，其孰能至

---

① 其句出处待考。

② 其句出处待考。

③ “复类昔日”四字前，曹丕《与吴质书》原有“志意何时”。

④ “缀”字，袁宏《三国名臣序赞》原作“撰”。

⑤ “诸侯”二字后，王俭《褚渊碑文》原无“以外”。

⑥ “情志”二字前，沈约《宋书·谢灵运传论》原无“发”。

⑦ “体性通达”四字，杨修《答临淄侯笺》原作“体通性达”。

于此乎？先生含元精之和[①]，应期运之数。其先出自有周大司马[②]，魏晋以降，新安忠壮之烈[③]，途歌里咏。自兹厥后，是用西迁[④]。永惟此邦，邑氏遂传。惟祖惟曾，本自诸生。并以明德，积善余庆。伊君显考，孝友温恭。幽思绚道德，摛藻掞天庭。邈投身于镐京，启夕秀于未振；群百郡之廉孝，总礼官之甲科。伊思梁岷，学优则仕。作令化行[⑤]，邑里牧州[⑥]，感达民祇。三蜀之豪，蹈德咏仁，宜享遐纪，禀命不融。于斯时也，先生曾未龀髫[⑦]，永言必孝，特深恒慕，丧过乎哀。爱敬同归，无诱慕于世伪；英才卓踯，诵先人之清芬。味道研几，钩深探赜。由是崇师之义，跨汪氏之龙鱼，伯牙操递钟，而教有定式。每览史籍，经目而讽于口；有所述作[⑧]，下笔不能自休。年始十四，倜傥博物，触类多能。自三坟、五典、八索、九丘，至若曲台之《礼》，九师之《易》，《乐》分龙、赵，《诗》析齐、韩，阴阳图纬之学，百家众流之论，经脉药石之艺，射御书计之术，或因枝以振叶，或沿波而讨源，元元本本，强记洽闻。至于高言妙句，音韵天成，并直举胸情，非傍诗史。又善草隶之艺，篆籀之则。文若春华，思若涌泉，翰动若飞，落纸如云[⑨]。自初呈试，论者莫当。县令王君既眷同国士[⑩]，巴蜀太守申以婚姻[⑪]。于是，历吉日，扬旍西迈，方江泳汉，载谣南国。经途所亘，带二江之双流，抗峨眉之重阻，

---

① “含元”二字前，蔡邕《陈太丘碑文》原无“先生”。

② “有周”二字后，蔡邕《郭有道碑文》原无“大司马”。

③ “忠壮”二字前，颜延之《阳给事诔》原无“新安”。

④ “是”字，班固《西都赋》原作“实”。

⑤ 潘岳《杨荆州诔》原作“临织作令，化行邑里”。

⑥ 其句出处待考。

⑦ “曾未”二字前，潘岳《杨仲武诔》原无“先生”。

⑧ “有所述作”四字，曹丕《与吴质书》原作“有述作之意”。

⑨ “落纸”二字，潘岳《杨荆州诔》原作“纸落”。

⑩ “既眷”二字前，庾亮《让中书令表》原无“县令王君”。

⑪ “申以”二字前，卢谌《赠刘琨》原无“巴蜀太守”。

择地而住，实号成都。施衿结褵，恩隆好合，闺房肃雍，和如瑟琴，青琐银铺，是为闺闼。旅食南馆，高谈娱心，仰司马、扬王遗风。此焉游处，固以和昶而足耽矣。而先生赫然发愤[①]，思入京城，遂乃风举云摇，播名上京。既笔耕为养，亦佣书成学，鸾龙之文奋矣。三接三捷第一，选名升学，利用宾王。甘泉遗仪，南宫故事，画地成图，抵掌可述。七年之间，癸申丙午，高第明经，在已选众而举[②]，师氏之选，上庠肆教。爱深善诱，顾邈同列，蜚英声，腾茂实。观者骇视而拭目，聆者倾首而竦耳[③]。若夫一言一行，维慕维爱，双栖一朝只，抚存悼亡，时发乎篇，虽清辞丽曲，潘陆特秀，未或能比。于时也，西河忠志之士[④]，江南英宰[⑤]，又申之婚姻。先生居母艰[⑥]，有归欤之叹音，虽事缘义感，而情均天属。泣涕沾衣，癯瘠改貌，行路伤情，虽颜丁之合礼[⑦]，二连之善丧，亦曷以逾？遂隐丘山，筑室种树，汲流旧巘，葺宇家林。其居也，傍峻崖[⑧]，右高岑。周望山野，郊牧之田，水澍秔稌，陆莳稷黍。菜则葱、韭、蒜、芋，青笋、紫姜，靡不毕殖。藉萋萋之纤草，荫落落之长松。倚南窗以寄傲，临清流而赋诗。撰录先训，俾无遗坠[⑨]，收朋勤诲，翱翔乎其巅[⑩]。同时亲故，闻而造焉。酌彼春酒，扶寸肴修，恣语乐以终日。譬犹池鱼笼鸟，有江湖山薮之思。方解缨络，永托兹岭。置酒弦琴，陈书缀卷。遭遇时变，寇害寻兴。剖符专城，纡青拖墨之司，奔走失其守者，相望

① “赫然”二字前，班固《东都赋》原无“而先生”。

② “选众”二字前，任昉《齐竟陵文宣王行状》原无“在已”。

③ “聆”字，杨修《答临淄侯笺》原作“听”。

④ “忠志”二字前，诸葛亮《出师表》原无“西河”。

⑤ 其句出处待考。

⑥ “居母”二字前，王俭《褚渊碑文》原无“先生”。

⑦ 此句出自王俭《褚渊碑文》，然前无“虽”字。

⑧ “傍”字，曹植《七启》原作“倚”。

⑨ “遗”字，潘岳《杨仲武诔》原作“陨”。

⑩ “巅”字，王褒《洞箫赋》原作“颠”。

于境。先生忿之[①],嘤鸣相召,首倡义兵[②]。先帝五年五月[③],率励义勇,独当群寇。兵尽器竭,野有委骸,犹转战无穷,凶丑骇而疑惧。及其整兰筋,挥劲翮,临重岫,登绝巘,列营缘戍,五年之中,东西施翼,罢困相保,守之弥固。当此之时,湘州相国[④]、持节都督、扬州诸军事探隐拯沉,举不遗才,谋出股肱,任切书记,辟书始下,曾无与二。先生既允焚林之求[⑤],士感知己,勖以丹霄之价。文擅雕龙,于时景烛星火[⑥],风驰羽檄,自朝章国纪、典彝备物、奏议符策、文词表记[⑦],皆取定俄顷。发言可咏,用而不竭,若成诵在心,借书于手,曾不斯须,少留思虑。幕府与群贤同行[⑧],握牍持笔,远近观者,便望风推服。今天子三年秋九月[⑨],相国扫除凶逆[⑩],虎步秣陵。先生于是顺流而东[⑪],临江而翔[⑫],鸣女床之鸾鸟,携公子以双游[⑬]。其制宅也,和欢安福,居无尘杂。明年,兖、徐接壤,豺兕当路[⑭],互相扇动,元渠时殄,而余党实繁。相国祇承皇命[⑮],元戎启行。先生时从在军[⑯],算无遗策,复类昔日。当斯之勤,

---

① 其句出处待考。

② “倡”字,张悛《为吴令谢询求为诸孙置守冢人表》原作“昌”,一作“唱”。

③ 其句出处待考。

④ 其句出处待考。

⑤ “既允”二字前,任昉《齐竟陵文宣王行状》原无“先生”。

⑥ “星”字,任昉《齐竟陵文宣王行状》原作“云”。

⑦ “词”字,任昉《王文宪集序》原作“辞”。

⑧ “与群”二字前,扬雄《解嘲》原无“幕府”二字。

⑨ 其句出处待考。

⑩ “扫除”二字前,曹冏《六代论》或陈琳《为袁绍檄豫州》原无“相国”。

⑪ “顺流”二字前,孙楚《为石仲容与孙皓书》原无“先生于是”。

⑫ “临”字,潘岳《为贾谧作赠陆机》原作“凌”。

⑬ “以”字,张协《七命》原作“而”。

⑭ “兕”字,桓温《荐谯元彦表》原作“豕”。

⑮ “祇承”二字前,陆机《答贾长渊》原无“相国”。

⑯ “先生”二字,任昉《齐竟陵文宣王行状》原作“公”。

心烦于虑而身亲其劳。及臻厥成，宠命优渥，显授符虎，使同台司。于是览知足之分[①]，庶浮云之志，功成不受赏，且归来以释劳。优游典籍之场，休息篇章之囿，托情风什，留意文章[②]，成一家之言。常览国志，修之历旬，辨时俗之得失。性乐酒德，携幼入室，以叙骨肉之欢恩。岂必亲鱼鸟、乐林泉哉[③]？亦云介性所至而已。虽然，志意修则骄富贵，卫、霍不足侔也；逸奔骥而逐遗风[④]，良、乐之所急也。钧天广乐，必有奇丽之观；帝室皇居，必蓄非常之宝。是以鸟栖云而缴飞，鱼藏渊而网沉。昔岁玄冬季月[⑤]，合肥丞相持节都督郢司[⑥]，又申前命，不俟终日。公弓既招，星陈夙驾。然后扬节而上浮，推毂樊、邓，近缀岷、嶓，朝嘉其能。历观前后，来入军府，使持节山东之国[⑦]，进以显秩，将亚台司[⑧]。由是言之，方将上猎三灵之流，终有荣显之福；以含一之德，据上台之位。佐命则垂统，辅翼则成化。何必偃仰屈信若彭祖[⑨]，呴嘘呼吸若乔松[⑩]，眇然绝世离俗哉[⑪]？今者十一月[⑫]，吉日良辰，先生五十之年[⑬]。斯贤达之素交，集同好，缙绅之伦，济济焉，寿觞举，故考其行迹[⑭]，约文

---

① "知"字，潘岳《闲居赋》原作"止"。

② "意"字，杨修《答临淄侯笺》原作"思"。

③ "泉"字，范晔《逸民传论》原作"草"。

④ "逐"字，曹植《七启》原作"超"。

⑤ "玄冬"二字前，扬雄《羽猎赋》原无"昔岁"。

⑥ "持节"二字前，任昉《奏弹曹景宗》原无"合肥丞相"。

⑦ "山东"二字前，贾谊《过秦论》原无"使持节"。

⑧ "将"字，任昉《王文宪集序》原作"位"。

⑨ "屈"字，王褒《圣主得贤臣颂》原作"诎"。

⑩ "若"字，王褒《圣主得贤臣颂》原作"如"。

⑪ "世"字，司马相如《上林赋》原作"殊"；此句前、后无"眇然"、"哉"。

⑫ 其句出处待考。

⑬ "五十"二字前，孔融《论盛孝章书》原无"先生"。

⑭ "故"、"迹"二字，司马迁《报任安书》原作"略"、"事"。

申义，言其梗概如此。若乃闲舒都雅，取予时适，郁郁乎，建永世之功[①]，留金石之业[②]，典历二司，位超先达公子者[③]，任土作贡，跨腾风云，历金门，上玉堂，或苕发颖竖，皆扬清风。过此而言，万祥必臻。愿举泰山以为肉，倾东海以为酒。赋诗称寿，或袭故而弥新。凡事有宜，岂今日之论乎？固可得而略也[④]。

## 拟中兴颂并序　何方伯吴廉访陈观察同加课

今天子四年[⑤]，武义粤其肃陈，文教迄已优洽，野无遗寇，六合殷昌，盛德大业，有殷宗中兴之则焉。猗欤伟欤！粤若稽古，奚斯颂鲁，自兹以降，接汉绪，系唐统，第从臣之嘉颂。每自属文，以揄扬盛美[⑥]。方今圣上，巍巍如此，总神灵之贶佑，集华夏之至欢，然则道胡不怀？化胡不柔？润色鸿业，事以颂宣，不可阙也。遂作颂曰：

显朝惟清，茂育群生。物性其情，仁风遐扬。泽洎幽荒，文以化光。先帝在时，云行雨施。兆民赖之，川静波澄。寇害寻兴，声势沸腾。皇上纂隆，时和岁丰。函夏承风，周召之俦。武加外悠，席卷虔刘。顺天行诛，云气四除。群凶靡余，帝曰俞哉！思政明台，上畅九垓。太和之民，群士响臻。蹈德咏仁，地久天长。同符三皇，永配无疆！

---

① “功”字，曹植《与杨德祖书》原作“业”。

② “业”字，曹植《与杨德祖书》原作“功”。

③ “先达”二字后，庾亮《让中书令表》原无“公子者”。

④ “固”字，沈约《齐故安陆昭王碑文》原作“今”。

⑤ 其句出处待考。

⑥ “盛”字，卢谌《赠刘琨》原作“弘”；句前原有“抑不足”。

# 黄文仲和德华竹瑞颂并序

于皇盛世，膺多福以安悆，并柯共穗之瑞，史不绝书。允矣君子，荫修竹之婵娟，离坚合异之谈。天垂其象，猗欤伟欤！国藉十世之基，家承百年之业。见《绿竹披瑞图》。感通有途，略同一揆。永延长兮膺天庆，保延寿而宜子孙。其天意乎？有自来矣。先生诞应天衷，居无尘杂，淑质贞亮，孝友温恭，敦穆乎闺庭[①]，鸣谦以接下。爰在弱冠，诵先人之清芬；乃眷芳林，彰天瑞之休显。茂有鄠之竹，同根异条[②]；绍少典之苗，椿蠹森萃。苞笋抽节，肇允虽同规；布叶垂阴，离之则双美。连理之木，各以并时而得宜；交让所植，奚必同条而共贯？是时也，先生缉熙中教[③]，诚骨肉之恩。于其哲兄，笃犹子之爱。循性而动，各附所安，爱敬同归，休征自至。过此以往十岁[④]，先生年三十岁[⑤]，修竹冬青，福应尤盛。风篁成韵，烟交雾凝；簾篣有丛，龙翔云起。于是乎总神灵之贶祐[⑥]，眇众虑而为言。宏儒硕生，托之丹青，写载其状；经师人表，为之名秩，永观厥成。凡我四方同好之人，展诗发志，下思《伐木》"友生"之义，抗音高歌。伯牙操递钟为其铭[⑦]，洪崖颔其颐为之赞[⑧]。徐干、何敬祖、王粲，论记其义，引而申之；薛方、韩延寿、刘基，诵美有章，同夫作者。纷披风什，驰骋文辞，

---

① "乎"字，王俭《褚渊碑文》原作"于"。

② "根"字，陆机《答贾长渊》原作"林"。

③ "缉熙"二字前，任昉《齐竟陵文宣王行状》原无"先生"。

④ "以往"二字后，陆机《豪士赋序》，嵇康《养生论》，或李康《运命论》原无"十岁"。

⑤ 其句出处待考。

⑥ "总神"二字前，何晏《景福殿赋》原无"于是乎"。

⑦ "递钟"二字后，王褒《圣主得贤臣颂》原无"为其铭"。

⑧ "其颐"二字后，郭璞《游仙诗》原无"为之赞"。

并列于篇，积成卷轴。在予小子，猥以蒙鄙之姿，自奉清尘，得睹希世之宝。追寻前轨，于彼诸贤，夫复何言弄其文墨哉[①]？顾常以为，符瑞众变，动应无方，揆厥所元，感事而出。是以资忠履信，修辞立诚。其竹则篃笼篁篾，宜尔孙子，延年益寿；其竹则篔笃箖箊，任地班形，乃物之理。随色象类，可得而言。往者，先生立于学官[②]，设旧章之教；顾邈同列，怀克让之风。含经味道之生，随流而化；校文讲义之使[③]，载采其芳。高节卓不群，方天机之骏利；澄江静如练，且归来以释劳。如彼梓材，亦既超旷。尔乃邑居隐赈，讲义立言[④]；栖迟泌丘，弃官从好。性乐酒德，心好异书。驰骛乎仁义之途，放旷乎人间之世。雅好博古，式铭盘石，怵他人之我先；东澹海滑，北绕黄山，惢心目之寥朗。诗缘情而绮靡，文垂条而结繁。以造其堂，都为一集，咸蓄盛藻，独映当时。若夫丰约之裁，柢深则难朽；而馨烈弥茂[⑤]，枝繁者荫根。以燕翼子者，百行成，协比其象，则五星聚。或著显绩，或有大才。或袭故而弥新，货殖之选；或因枝以振叶，篆刻为文。或藻思绮合，游于六艺之囿；或苕发颖竖，览观《春秋》之林。以叙骨肉之欢恩，携幼入室，莫不优游而自得。毗世作祯，贻厥孙谋，思其堂构。譬之种树，自叶流根，皆扬清风，攒立丛倚。至于导养得理，贱物贵身，绵日月而不衰，实棐谌以相训[⑥]。恭而好礼[⑦]，乃贞吉之元符；信必由中，无诱慕于世伪。勖自强而不息，每旦晨兴；利蜚遁以保名[⑧]，惩难

① “哉”字，李陵《答苏武书》原作“耶”；“夫复何言”，亦出自李陵《答苏武书》。

② “立于”二字前，刘歆《移书让太常博士》原无“先生”。

③ “使”字，颜延之《三月三日曲水诗序》原作“官”。

④ “义”字，颜延之《皇太子释奠会作诗》原作“艺”。

⑤ “馨烈”二字前，张衡《西京赋》原无“而”。

⑥ “以”字，班固《幽通赋》，原作“而”。

⑦ “恭”字，任昉《齐竟陵文宣王行状》原作“贵”。

⑧ “蜚”字，张衡《思玄赋》，原作“飞”。

思复。禅慧攸托，亦有取焉；王乔争年，信不虚矣。凡此四者[①]，虽非一途，人瑞又明，于斯为盛。若乃绵蔓纷敷之丽，浸润灵液之滋，流勿剪之欢，允克施之誉，居今观古，博览广包，固众作者之所详，今可得而略也。先生曰："必若所言，信而有征。"然图像之兴，多历年所。先民有作，事以颂宣。迄至于今，不可废也。遂作颂曰：

竹林果园，檀栾婵娟。启灵篇兮，德连木理，兴兹双起。而独倚兮，若衔若垂，风靡云披。荫木枝兮[②]，据之者久，在物斯厚。嘉祥阜兮，屡获嘉祥，编町成篁。瑞穰穰兮，道风秀世，诗赋欲丽。冠众艺兮，诒燕后昆[③]，子子孙孙。游艺文兮，实叶葰楙，颐性养寿。采三秀兮，物产殷充，与道俱隆。纷庞鸿兮，丛集委积，闷象竹帛，长无极兮！

## 粤东李公叙亭大经遗像赞应香根熙龄司马之属

辰精感运，南耀朱垠。发彩流润，有瑶有珉。公之生也，抱宝怀珍。曾未龀髫，德有润身。市廛所会，大雀踆踆。一似君子，解罘放麟。爰在弱冠，养素全真。兴廉举孝，羽盖朱轮。学优则仕，伊思梁岷。三选七迁，莅以威神。惟蜀之门，饥馑是因。壶浆塞陌，养之如春。舫舟翩翩，率彼江滨。拯溺逝川，俾乂斯民。南通邛僰，东越玉津。惠洽百姓，若泥在钧。克聪克敏，既陶既甄。三蜀之豪，蹈德咏仁。迄至于今，克播遗尘。遗像在图，想见其人。庆流后裔[④]，晖光日新。永延长兮，福禄来臻。

---

① "此四"二字前，刘峻《辨命论》原无"凡"。

② "木"字，颜延之《赭白马赋》原作"本"。

③ "诒"字，班固《典引》原作"贻"。

④ "后"字，钟会《檄蜀文》原作"来"。

## 胡棣芗德璐刺史遗墨赞

尚哉君子，本自诸生。秀才高第，剖符专城。听览余日，岂唯娱情？有造有写，何虑何营？雍容揄扬，任地班形。纷纭挥霍，异体峰生。纸劳于手，百种千名。宜尔孙子，桂树冬荣。永延长兮，为世作程。

## 朱和甫镜蓉文集小像赞

矫矫先生，抱宝怀珍。志在高构，德有润身。草隶兼善，蔚矣其文。盖尝赋诗，摛藻为春。要没世而不朽兮而弥新[1]，见先生之画像[2]，想见其人。

## 前来安教谕兼训导吴引之锡年诔

呜呼哀哉！范为士则，仁焉而终。德猷靡嗣，禀命不融。昊天不吊，我友徂矣[3]。痛哉奈何，歼我吉士。士感知己，涕泗涟洏[4]。敢托旒旗，哀以送之。遂作诔曰：

伊君祖考，宣于延陵。德泽洪茂，绂冕所兴。君以淑懿，世武丕承。友亦怡怡，孝实蒸蒸。自初呈试，情志愈广。选名升学，有至斯响。驰骋文辞，结俦附党。疾恶若仇，扼腕抵掌。并包书林，殚见洽闻。发言抗论，晖光日新。握牍持笔，或草或真。端流平衡，想见其

---

① “朽兮”二字后，班固《幽通赋》原无“而弥新”。

② “画”字，夏侯湛《东方朔画赞》原作“遗”。

③ “徂矣”二字，王粲《赠蔡子笃诗》原作“云徂”。

④ “泗”字，王粲《赠蔡子笃诗》原作“泪”。

人。怪兽陆梁，元凶是率。林无静柯，郛罔遗室。君执大节，精贯白日。剑气凌云[①]，先声后实。皇泽广被，立于学官。君莅其任，去危乘安。躬兼贫病，在众思欢。归去来兮，洁而晨餐。呜呼哀哉！孝惟义养，功济宇内。信必由中，收朋勤诲。君以兼资，动摄群会。嵩构云颓，玉石同碎。呜呼哀哉！我闻积善，受厘元神。子之交友[②]，必先近仁。学优则仕，德表生民。宜享遐纪，乃陨厥身。呜呼哀哉！余以顽蔽，俊贤抗足。利断金石，有同骨肉。追思昔游，犹在心目。寒冰凄然，临波望哭。呜呼哀哉！适子素馆，泣涕如颓。哀哀慈母，积悲满怀。翩翩孤嗣，丧过乎哀。非子为恸，吾恸为谁？呜呼哀哉！惊沙坐飞，白日西匿。魂兮归来，鹏乃叹息。死而有灵，后感仍集。凡我僚旧，哀何有极？呜呼哀哉！

## 朱勋门光阀先生墓志铭已载入黟县志

先生淑质贞亮[③]，少而英明。至性过人，惟孝友于兄弟。乃父乃兄，早所器异。居止接近，有山焉，冠五行之秀气，背洞溪，对芳林，其卉木之奇，泉石之美，名载于奇纪[④]。于是登绝巘，筑室种树，而先生栖其间[⑤]。进德修业，启发篇章。弱冠举秀才[⑥]，遂考览六经，探综图纬，自三坟、五典、八索、九丘、百家众流之论，至若曲台之《礼》、九师之《易》，固以和昶而足耽矣。顾常以为士之生也，将以纽之王教，乃研精而究其理，崇贤圣之业，诵先人之清芬，而加之以笃，固成一家之

---

① “凌”字，任昉《宣德皇后令》原作“陵”。

② 此句出处待考。

③ “淑质”二字前，孔融《荐祢衡表》原无“先生”。

④ “奇纪”二字，左思《吴都赋》原作“山经”。

⑤ “栖其”二字前，左思《蜀都赋》原无“而先生”。

⑥ “举秀”二字前，潘岳《闲居赋》原无“弱冠”。

言[①]。于乡党则恂恂焉，彬彬焉，善诱善导，仁而爱人，使夫少长咸安怀之。浮游近县，虽单门后进，必加善诱，期在忠孝。含经味道之生，莫不北面人宗，相同资敬[②]。每旦晨兴，《论语》、《孝经》辄诵于口，从而释之。年既老而不衰，无诱慕于世伪。岂非天怀发中，名教有寄乎？鄙人固陋，传闻于未闻之者。佥以为先民既没，思所以克播遗尘，敝之穹壤。乃刊石图徽，寄情铭颂。其辞曰：

于休先生，成人在始。守兹孝友，劳谦靡己。陟彼崇丘[③]，潜山隐几。弱冠味道，以石投水。永瞻先觉，妙寻通理。善诱能教，化行邑里。为世作程，喆人是恃。历世弥光，允矣君子。

## 附朱生勖卿衍祥蕙影图诗代儿子书能作

池塘生春草，南国有佳人。佳人抚琴瑟，豪彦多旧亲。春草秋更绿，恩情日以新。昔为鸳与鸯，连榻设华茵。艳阳桃李节，此欢信可珍。岁暮寒飙及，今为参与辰。双栖一朝只，能不怀苦辛？君子笃惠义，与世亦殊伦。仿佛想蕙质，微画无所陈。挥手如振素，含意俱未申。圆影隙中来，遥遥播清尘。音尘慰寂蔑，聊可莹心神。流芳未及歇，重之若千钧。遗挂犹在壁，要我以阳春。贱子歌一言，感赠以书绅。

---

① “成”字前，司马迁《报任安书》原无“固”。

② “相”字，任昉《王文宪集序》原作“自”。

③ “陟”字，束皙《补亡诗》原作“瞻”。

# 双红豆词

周天麟著

周天麟的《双红豆词》一卷为集句词集。卷首有作者自序和陈大受题词。该集皆集唐之作，主要是采唐人诗句为词。前五十首为一组，名之曰《吴船曲》；后五十首另为一组，名之曰《燕台曲》。这些作品继承了晚唐五代词的传统，以男女的相思离愁为主题。从自序可知，这些内容似乎与其早年生活有关。此集在形式上最突出的特色是所有 100 首作品皆用《菩萨蛮》一个词调，从而跟他人的集句词具有明显的不同。

此集今存光绪二十一年(1895)刻本，藏于中国科学院、北京师范大学、南开大学三家图书馆。本书据南开大学图书馆藏本辑入。

# 自序

在昔绣幔题词，见呵禅客；拾枪集句，贻诮坡公。二者交讥，何取乎尔？然而鸳帱翠簟，高贤不讳风怀；紫凤天吴，短褐谁嗤颠倒？绮语未忏除结习，杂俎更脞集侯鲭。忆曾载酒吴船，跌宕南朝金粉；寻春燕市，句留北地胭脂。当罗敷未嫁之年，记钿合定情之夕。目成汉水，何须子贡三挑？齿冷狄鞮，羞学丁娘十索。一则烟波画舫，诉幽怀而暗托琵琶；一则凉月香灯，听密语而生憎鹦鹉。倘使娟娟此豸，兰、蕙同畦；定殊粥粥群雌，尹、邢妒面。苕华之玉镌双艳，坤灵之扇注三生。虽蕉叶有心，都知卷雨；而杨枝无力，只好随风。未几而玄度出都，士衡入洛。从此十年，阿软空思，皓魄重圆。略如一觉扬州，赢得青楼薄倖。那堪回首，义山犹追溯当时；若问消魂，天游则未曾真个。比元稹之始乱终弃，容有间欤？赋高唐之暮雨朝云，亦无俚耳。此在断肠方回，情深伯可，定必搓酥滴粉，记写绸缪；晕碧裁红，曲成啰唝矣。而仆也，江淹笔秃，愧说雕华；李翰文枯，空闻伎乐。为魏公谋藏拙计，向天孙作《乞巧文》。爰摭唐贤丽辞，填宋人小令。移宫换羽，由来词本诗余；变雅为骚，任笑凫将鹤续。句则述而不作，格虽创而仍因。匪云词坛集腋之别裁，或亦前人屐齿所未到乎？噫嘻！范太守旧时离恨，干当难托春风；杜思勋中岁闲情，陶写且歌《子夜》。借曰以功掩过，敢谬附自序之冬郎；聊复按谱摹声，请质诸同心之秋士云尔。时光绪己丑嘉平月，水流云在馆主人自序于濩泽郡斋。

# 题词

陈大受

吹彻苹洲笛一枝，更拈红豆记相思。碎金片玉搜罗遍，着手都成绝妙词。公著有《倚月楼词》五种，此其余集。

风怀枨触惜花心，别调新翻百衲琴。从此旗亭添韵事，双鬟依旧唱唐音。

活色生香笔有神，胜从画里唤真真。《绿幺》谱出春无限，底用横陈写秘辛？

我亦当年熟魏三，玉钗犹忆挂臣冠。只惭未识王嫱面，羡煞鸥波泛木兰。吴船主人姓王。

摩登咒变《懊侬歌》，想见阿难定力多。公自序有"未曾真个销魂"之句。倾倒词源偿绮债，爱河谁道少情波？

风月长留楮墨间，一编驻得两红颜。想曾忉利情天住，法曲还歌《菩萨蛮》。

## 菩萨蛮集唐

### 吴船曲

两条溪水分头碧，菖花发艳无人识。妾住在横塘，门前朱雀航。　　郎船安两桨，三月桃花浪。香逐便风来，风吹浪不回。吴融、李德裕、崔颢、温庭筠、李商隐、杜甫、杨炯、包佶。

来时见我江南岸，多逢酒客春游惯。草色带罗裙，金莲逐步新。　　那堪回首处？独出江边步。重约踏青期，绿杨三月时。元稹、司空曙、刘长卿、吴融、李咸用、白居易、韩偓、李白。

谁言琼树朝朝见？愿为明镜分娇面。更遣向谁怜？桃红两颊鲜。　　对之空脉脉，借问同舟客。君意定何如？翻嫌脉脉疏。李商隐、刘希夷、戎昱、路德延、刘叉、孟浩然、元稹、李商隐。

春来遍是桃花水，得成比目何辞死？洗手作羹汤，金盘鱼一双。　　嚼花香满口，尽此盈尊酒[①]。持表合欢情，桃花脸上生。王维、卢照邻、王建、许浑、姚合、宋之问、李峤、徐贤妃。

金钿座上歌春酒，长教月照相思柳。应为最长条，离魂去住销。　　定知留不住，起折相思树。欲去又迟留[②]，依依古渡头[③]。罗邺、温庭筠、刘方平、杜甫、温庭筠、李白、韩偓、韩偓。

玉钗落处无声腻，水精梳滑参差坠。手冷怕梳头，长眉满镜愁。　　春寒宜酒病，露唾香难尽。所得是沾衣，桃花随雨飞。李贺、张碧、项斯、常理、韩偓、李商隐、李商隐、储光曦。

梅花落处疑残雪，明朝又向江头别。人在木兰舟，轻轻不下鸥。　　对江翘首望，别袂翻如浪。江柳共风烟，相思隔楚天。杜审言、元稹、马戴、杜甫、殷尧藩、韩偓、刘长卿、温庭筠。

---

① “尽此”二字，白居易《城上对月期友人不至》原作“复有”；原注作者误。

② “又”字，韩偓《暴雨》原作“更”。

③ “古”字，韩偓《早起五言三韵》原作“官”。

罗裙玉腕摇轻橹，谁知更有芙蓉浦？飒飒雨声来，因成隔宿回。　　凤媒羞自托，赋命诚非薄。莫学野鸳鸯，池风泛早凉。王勃、项斯、杨师道、张乔、骆宾王、李德裕、杜甫、杨炯。

池光不定花光乱，水精鹦鹉钗头颤。发冷一梳风，白莲香正浓。　　逢谈捉犀柄，幸有烟波兴。鸥鸟自相寻，应知不染心。李商隐、韩偓、曹松、碧衣女子、陆龟蒙、钱起、韦庄、孟浩然。

雨来莼菜流船滑，轻绡裙露红罗袜。脚踏小船头，轻摇逐浪鸥。　　江湖同避地，未尽平生意。心迹喜双清，何曾风浪生？皮日休、欧阳詹、孟郊、杜甫、皇甫冉、许浑、杜甫、杜甫。

舞筵须拣腰轻女，县僚曾未知情绪。留醉恋琼芳，扁舟意不忘。　　贞心凌晚桂，花染离筵泪。何处欲藏舟？隔江人似鸥。白居易、程长文、钱起、杜甫、骆宾王、唐彦谦、骆宾王、韦庄。

江城夜别潇潇雨，众中不敢分明语。行矣慎风波，阿娇年未多。　　露浓香被冷，南浦芙蓉影。莫道梦魂遥，仍闻桂楫敲。王勃①、于鹄、高适、杨巨源、上官昭容、李贺、韩偓、韩偓。

纤腰舞尽春杨柳，只知解道春来瘦。第一楚宫腰，怜多转自娇。　　折花兼踏月，波上思罗袜。罗袜自生尘，三年波上春。薛能、李商隐、李商隐、元稹、温庭筠、岑参、王维、杜牧。

孤舟缥缈知何往？我思旧事犹惆怅。惆怅复何如？人前道得无？　　无人信高洁，江上舟中月。独自暗中明，终能永夜清。王翰、白居易、耿沣、李商隐、骆宾王、岑参、虞世南、杜甫。

山长水远无消息，此情可待成追忆。飘荡复谁知？天涯共此时。　　风生淮水上，水为风生浪。故作泛舟回，春帆细雨来。李涉、李商隐、张九龄、张九龄、马戴、刘禹锡、杜甫、杜甫。

浣花笺纸桃花色，作上。桃花流水依然在。属意淡交人，精诚托锦麟。　　手题远缄寄，反覆相思字。一字重千金，终难状此心。李

---

① 原注作者误，出自许浑《元处士自洛归宛陵山居见示詹事相公饯行之什因赠》。

商隐、曹唐、骆宾王、韩偓、白居易、韦应物、张说、韩偓。

相思一夜情多少？不如池上鸳鸯鸟。只是见鸳鸯，如何不断肠？　花原隔水见，掩笑频欹扇。扇薄露红铅，闻香暗识莲。关盼盼、无名氏、李商隐、吴融、灵一、刘长卿、温庭筠、柳淡。

金盆已覆难收水，水香剩注金盆里①。荷净纳凉时，弄妆梳洗迟。　避风新浴后，照席琼枝秀。当暑夕胜晨，琼枝不让春。刘禹锡、韩偓、杜甫、温庭筠、王建、李商隐、贾岛、武元衡。

年年七夕晴光里，天街夜色凉如水。花入曝衣楼，褰帘月上钩。　不嫌针眼小，机迴回文巧。时乞绣针穿，绣窗愁未眠。王维②、杜牧、李贺、武元衡、施肩吾、李峤、路德延、韩偓。

杨花榆荚无才思，慢笼彩笔闲书字。酒发脸边春，书羞字不匀。　清琴有古调，风月应相笑。微笑索题诗，幽兰楚客词。韩愈、赵光远、韩偓、韩偓、刘长卿、韦庄、杜甫、骆宾王。

同舟昨日何由得？所嗟水路无三百。娇爱已秋风，江图画水荭。　催来两桨送，夜雨孤灯梦。梦觉有微馨，水翻无蒂萍。杜甫、白居易、崔颢③、李贺、吴融、戴叔伦、杜甫、鲍溶。

春风十里扬州路，无端又被春风误。错认几人船？湾头见小怜。　手持双豆蔻，解缆春风后。此物最相思，春风知不知？杜甫④、韩愈、刘采春、李贺、韩偓、沈佺期、王维、薛涛。

鲤鱼风起芙蓉老，潮寒水国秋砧早。况复远思君，低空有断云。　断云江上月，耿耿金波缺。新月到家圆，难忘复可怜。李贺、许浑、卢照邻、杜甫、鱼玄机、羊士谔、岑参、李商隐。

梨花静院无人见，此身愿作君家燕。寻艳复寻香，高飞上画梁。　凭高何限意？忽下琼珠泪。寂寞十年啼，年年妾独栖。张

---

① “注”字，韩偓《多情》原作“置”。

② 原注作者误，出自王涯《宫词》。

③ 原注作者误，出自崔湜《婕妤怨》。

④ 原注作者误，出自杜牧《赠别》。

祜、韩偓、郑谷、裴说、文宗、储光曦、乔知之、李益。

去年今夜江南别，罗屏半掩桃花月。丝管醉春风，一枝惆怅红。　岂能抛断梦？旅榜将谁共？渐渐入吴音，相思何处寻？罗隐、温庭筠、李白、温庭筠、李商隐、孟郊、顾况、皇甫冉。

鸳鸯锦上疏萤度[①]，多情更有分明处。流影入君怀，相思不可裁。　夜深斜舫月，空见凌波袜。红腻小湖莲，星河共一天。宋之问、郑谷、齐澣、张祜、刘得仁、刘禹锡、杜甫、李洞。

芙蓉拆向新开脸，扇裁月魄羞难掩。翻与扇俱团，微风起画鸾。　佩声犹隔箔，虫响灯光薄。薄薄睡时妆，吹灯月在窗。张碧、李商隐、杜审言、许浑、韩偓、李贺、韩偓、吴融。

眉分初月湖中鉴，更能何事销芳念？闲梦正悠悠，弯蛾不识愁。　云移河汉浅，粉席秋期缓。底处上仙楂[②]，湘娥倚暮花。罗隐、温庭筠、温庭筠、温庭筠、许浑、宋之问、杜甫、杜甫。

预愁别后相思处，未能抛得杭州去。荷芰水亭开，时须避暑杯[③]。　枕凉欹琥珀，粉汗红绡拭。瑶水一枝莲，裁诗白露天。李中、白居易、杜审言、李百药、吴融、元稹、白居易、权德舆。

横江欲渡风波恶，风波不信菱枝弱。十五即乘潮，生涯未即抛。　霜丝青桂楫，买笑歌《桃叶》[④]。花笑不关春，欢余却浅颦。李白、李商隐、刘方平、杜甫、徐坚、张祜、袁恕己、韩偓。

杨花扑帐春云热，遥看逆浪愁翻雪。舞雪渡江湖，迎寒补旧襦。　可怜倾国艳，却被啼莺占[⑤]。帘影散红芳，舟虚小洞房。李贺、元稹、杜甫、白居易、张祜、顾况、刘希夷、杜甫。

吴刀剪破机头锦，为君留下相思枕。接枕话通宵，轻轻动画

---

① “锦”字，宋之问《明河篇》原作“机”。

② “楂”字，杜甫《舟泛洞庭》原作“槎”。

③ “须”字，李百药《赋得魏都》原作“倾”。

④ “叶”字，张祜《公子行》原作“李”。

⑤ “却”字，顾况《山径柳》原作“即”。

桡。　　或成蝴蝶梦，露晓红兰重。簟卷碧牙床，心清闻妙香。刘瑶、李白、严维、储光曦、权德舆、许浑、李商隐、杜甫。

纷纷轻薄何须数？回头结念莲花府。不系与舟闲，萍流淮海间。　　应怜词赋好，不在相逢早。问我数能来？虚舟空复回。杜甫、韩翃、于武陵、张继、韩翃、杜甫、杜甫、卢象。

司空见惯浑闲事，无端嫁得金龟婿。即此是天涯，那言相去赊？　　密书题豆蔻，香瓣更衣后。竟夕起相思，思君君不知。刘禹锡、李商隐、陆龟蒙、灵一、李贺、韩偓、张九龄、卢照邻。

自怜淮海同泥滓，雨迎花送长如此。飘迹上云津，谁知泥忆云？　　别愁纷若絮，雨色风吹去。吹落妾西家，仍飞白玉花。李绅、吴融、孟郊、李贺、杜牧、李白、李益、李商隐。

谁知春色朝朝好？扫眉才子于今少。红落过墙花，春深京兆家。　　双蛾谁与竞？失喜先临镜。独敛向隅眉，不知心恨谁？孙逖、王建、韦庄、刘禹锡、魏氏、宋之问、韩偓、李白。

梨花落尽成秋苑，东风不与周郎便。微月透帘栊，银床一半空。　　玉杯留醉处，画舫兰篙渡。愁煞渡头人，弃花难再春。李贺、杜牧、元稹、令狐楚、韩翃、元稹、孟浩然、孟郊。

凭君先到江头看，眼穿长讶双鱼断。看取腹中书，交情复淡如。　　书中无别意，妾久垂珠泪。屏掩浙江潮，珠啼冷易销。韩愈、韩愈、李冶、储光曦、上官昭容、赵嘏、唐彦谦、李商隐。

舞鸾镜匣收残黛，同来玩月人何在？经岁又经年，池偷明镜圆。　　鉴来年二八，背冷金蟾滑。妾若是嫦娥，清光应更多。李商隐、赵嘏、刘采春、沈佺期、乔知之、罗隐、陆龟蒙、杜甫。

孤溪雪满维舟夜，欲添炉火熏衣麝。篷底一灯残，更衣又怕寒。　　方成合衣寝，睡足珊瑚枕。舟重竟无闻，阳台曙色分。贾岛[①]、刘禹锡、李中、韩偓、元稹、权德舆、杜甫、杜甫。

狂抛赋笔琉璃冷，何郎烛暗谁能咏？还寝梦佳期，如何寄所

① 原注作者误，出自黄滔《送僧》。

思？　所思云雨外，自有横陈会。睡少夜停灯，玉钗垂枕棱。罗隐、韩偓、张九龄、钱起、李群玉、李百药、白居易、韩偓。

紫云新苑移花处，虚生芍药徒劳妒。妒极定睛看，凄凄四月阑。　自怜春色罢，薄命知然也。偷铲合欢丛，如何被不容？李商隐、徐凝、吴融、李贺、杜审言、元稹、元稹、卢仝。

他家本是无情物，不缘啼鸟春饶舌。闻说亦愁人，谁为疏与亲？　纵饶长委命，已带伤春病。泪粉玉阑珊，啼妆晓不干。薛涛、白居易、于鹄、顾况、罗隐、吴融、韩偓、韦庄。

年华若到经风雨，无情亦任他春去。百舌五更头，移时独未休。　落花如有意，露粉先含泪。争奈去留何？常嗟离别多。李商隐、白居易、顾况、杜甫、储光曦、韩愈、白居易、宋之问。

暂时会和终离异，更为后会知何地？行到曲江头，相思波上鸥。　玉钗斜白燕，几日还相见？相见冷于秋，风情子在不？张籍、杜甫、白居易、皇甫冉、张祜、王涯[1]、白居易、白居易。

芙蓉泣露香兰笑，摧残不是当时貌。虽在命如丝，应无见汝时。　酒醒秋簟冷，觉动迎猜影。娇喘细疑沉，牵愁暗入心。李贺、韦庄、杜甫、杜甫、元稹、李商隐、李商隐、韩偓。

诚知此恨人人有，晚来怅望君知否？重结后生缘，遗簪莫弃捐。　曲琼垂翡翠，灯下和愁睡。或有梦来时，悠悠心所期。元稹、白居易、开元宫人、温庭筠、温庭筠、雍陶、李白、杜牧。

有时自患多情病，但将竹叶消春恨。写恨破长笺，非今独黯然。　露凉花敛夕，惆怅情何极！一首断肠诗，心知人不知。韦庄、韦庄、李贺、孟浩然、许浑、王维、白居易、权德舆。

十年泉下无人问，相疏却是相知分。不用楚词招，蕙兰芳意消。　自从香骨化，明月青山夜。何以荡悲怀？笛声清更哀。李商隐、齐己、杜甫、武元衡、温庭筠、李峤、孟郊、李益。

而今悔恨将何益？不如不遇倾城色。本自号倾城，还留不死

---

[1] 原注作者误，出自王维《崔九弟欲往南山马上口号与别》。

名。　　尚为情爱缚，前事思如昨。灯火雨中船，相思泪点悬。韦庄、白居易、徐贤妃、殷尧藩、李群玉、白居易、温庭筠、杜甫。

## 前调

### 燕台曲

燕台往事空留恨[①]，花前每被青娥问。红障杏篱深，如何不住心？　　春风二三月，柳自飘香雪。呵镜可微寒，愁肠写出难。武元衡、杜牧、韦庄、李洞、李商隐、殷七七、李商隐、薛瑗。

洞房昨夜春风起，攀花笑入春风里。遗落凤凰钗，佯羞不出来。　　佩声犹隔箔，风动秋千索。吹断绿杨烟，添丝放纸鸢。岑参、曹唐、殷尧藩、李白、韩偓、韩偓、韦庄、路德延。

婵娟躞蹀春风里，春风上苑开桃李。兴管九衢花，香含翠幰车。　　折芳佳丽地，鞍马皆争丽。戏蝶一团飞，春风带酒归。张祜、李绅、刘禹锡、杨巨源、刘长卿、殷尧藩、李廓、李廓。

轻将玉板敲花片，不知红艳临歌扇[②]。歌扇隔啼莺，穿花送晓声。　　髻鬟低舞席，韵雅金罍侧。相得半酣时，酡颜不自持。张祜、陆龟蒙、钱起、惟审、孟浩然、陆龟蒙、孟浩然、韩偓。

青油幕里人如玉，文窗窈窕纱犹绿。十里送衣香，香车翠钿装。　　长安九城路，杯酒逢花住。马色醉桃花，金吾送到家。武元衡、元稹、李商隐、韦庄、皇甫冉、李廓、刘禹锡、李廓。

梨花未发梅花落，春风夜染罗衣薄。不解惜罗衣，披香爱雪霏[③]。　　风来花自舞，依约腰如杵。别觉舞腰轻，如闻环佩声。韩偓、许景先、李嘉祐、李适、宋之问、温庭筠、徐贤妃、白居易。

锦堆花密藏春睡，已愁红脸能佯醉。半醉起梳头，春开翡翠

---

① “燕台往事”四字，武元衡《摩诃池宴》原作“芜台事往”。

② “知”，陆龟蒙《幽居有白菊一丛因而成咏呈知己》原作“如”。

③ “爱”，李适《游禁苑幸临渭亭遇雪应制》原作“瑞”。

楼。　　凭高无限意，嫁得浮云婿。云在意俱迟，无言拢鬓时。李贺、卢纶、鱼玄机、韩翃、文宗、元稹、杜甫、韩偓。

藏鸦门外诸年少，马嘶春陌金羁闹。双树晚阴斜，长来白鼻䯄。　　有时还后到，风月应相笑。相伴醉花时，花筵笑上迟。罗虬、韦庄、刘禹锡、张祜、白居易、韦庄、白居易、白居易。

谁怜越女颜如玉？长衫刺雪生犀束。装束是男儿，不劳朱粉施。　　春城百花媚，快马金缠辔。走马逐香车，联翩到狭斜[①]。王维、顾况、李廓、杜牧、刘长卿、杜甫、刘驾、皇甫冉。

分明记得曾行处，无端又被春风误。门掩杏花丛，一枝惆怅红。　　雨情含眷恋，艳极翻含怨。寻艳复寻香，春风引梦长。方干、韩愈、李贺、温庭筠、韩偓、元稹、郑谷、杨巨源。

阿娇得似红儿貌，胸前瑞雪灯斜照。娇态欲沉春，春寒瘦着人。　　濛濛百花里，绣户朝眠起。悰绪竟何如？日高头未梳。罗虬、李群玉、吴融、韩偓、张仲素、李益、元稹、贾岛。

倾银注玉惊人眼，谁能载酒开金盏？一盏酒须分，怜君意独真。　　醉眠芳树下，仆本无媒者。羁旅转相怜，相逢应信缘。杜甫、杜甫、姚合、于武陵、卢纶、李端、岑参、贾岛。

春风鸾镜愁中影，自家飞絮犹无定。吹落阿谁边[②]？无媒窃自怜。　　搔头邀顾遇，起折相思树。杨柳伴啼鸦，春风几度花？戴叔伦、罗隐、开元宫人、温庭筠、吴融、李白、李贺、戴叔伦。

桃花细逐杨花落，儿家夫婿多轻薄。更遣向谁怜？闺情软似绵。　　春寒宜酒病，夕雨生眠兴。颓玉不胜扶，怀前兴有无[③]？杜甫、崔颢、戎昱、元稹、韩偓、周贺、白居易、白居易。

无情最是台城柳，也应攀折他人手。一搦掌中腰，离魂去住

① “到”字，皇甫冉（一作韩翃诗）《长安路》原作“抵”。

② “吹”字，开元宫人《袍中诗》原作“知”。

③ “怀”字，白居易《河南王尹（一作王仆射）初到以诗代书先问之》原作“杯”。

销。　　当杯缓筝柱，欲得周郎顾。映柱送横波，潺湲奈尔何？韦庄、韩翃、李百药、杜甫、钱起、李端、韩偓、李商隐。

欲知肠断相思处，游丝半罥相思树。何处有高楼？珠帘玳瑁钩。　　春风吹鬓影，桃李晨妆靓。香气已迎人，红绵拭镜尘。赵光远、许景先、吴融、温庭筠、李贺、韩愈、韩偓、韩偓。

桃红李白皆夸好，劝人莫折怜芳早。唤出不如他，春娇何处多？　　都忘春暂醉，叶隐青蛾翠。人道最夭斜，棠梨第一花。刘禹锡、李绅、张谔、白居易、李频、马戴、白居易、吴融。

桃花雨过春光腻，相逢莫厌尊前醉。醉起拂衫时，狂嘲更让谁？　　手持双豆蔻，上客风尘旧。逸韵口中香，高谈随羽觞。李咸用、武元衡、白居易、白居易、韩偓、皇甫冉、李百药、杜甫。

妆楼翠幌教春住，犹嫌住久人知处。更上一层楼，春风好客留。　　周郎一回顾，晓月怜筝柱。弦巧似春莺[①]，春娇入曼声。沈佺期、贾岛、王之涣、杨巨源、刘禹锡、徐彦伯、刘禹锡、王湾。

芸香署里从容步，不知今夕游何处？何处一屏风，香囊独立红？　　看花怜后到，浪迹花应笑。歌扇月开轮，相思在此身。方干、曹唐、韩偓、韩偓、窦巩、韦庄、明皇、朱庆馀。

千门九陌花如雪，罗屏半掩桃花月。别是一家春，花繁好避人。　　有时还应响[②]，会是风流赏。醉客出花迟，春余几许时？温庭筠、温庭筠、王勃、吴融、韦庄、羊士谔、钱起、韩愈。

锦茵罗荐承轻步，落花起作回风舞。舞罢锦缠头，兰尊夜不收。　　中庭贪夜戏，秋帐灯光翠。繁吹荡人心，南城罢捣砧。刘禹锡、李贺、杜甫、蒋冽、刘禹锡、骆宾王、韩愈、李贺。

窗前月过三更后，醉凭青琐窥韩寿。争不浪迷人，香从窃去珍。　　练香熏宋鹊，密帐真珠络。卖眼掷春心，仍期别夜寻。刘得仁、赵光远、吴融、吴融、李贺、李商隐、李白、周贺。

---

① “春”字，刘禹锡《历阳书事七十韵》原作“娇”。

② “应”字，韦庄《虚（一作灵）席》原作“影”。

华堂客散帘垂地，已闻佩响知腰细。送客独留髡，蛾眉开玉尊。　　促筵交履舄，迹与嚣尘隔。片雨一更中，花枝发夜红。温庭筠、李商隐、刘禹锡、李白、刘禹锡、明皇、韩翃、骆宾王。

阿谁乱引闲人到？低迷隐笑原非笑。那得易为情？桃花脸上生。　　同时不同类，意出风尘外。惆怅此生涯，腰轻莫自斜。王苏苏、元稹、杜甫、徐贤妃、李商隐、刘长卿、李德裕、李商隐。

兰回旧蕊缘屏绿，琵琶请奏新翻曲。劝我少淹留，歌声似带羞。　　铜壶方促夜，小槛移灯灺。隐隐辨残妆，吹灯月在窗。李商隐、李绅、白居易、卢纶、刘禹锡、韩偓、吴融、吴融。

梅花落处疑残雪，春桥欲醉攀花别。满醉不须辞[①]，翻成无当卮。　　春风一回送，不返青丝鞚。似惜锦障泥，香红衬马蹄。杜审言、张籍、于武陵、元稹、杨凝、杜甫、李白、顾况。

年年此树花开日，能传上界春消息。春咏敢轻裁？闲庭见早梅。　　嚼花香满口，独酌芳春酒。相忆绿尊前，桃红两颊鲜。刘言史、贾岛、李商隐、温庭筠、姚合、韦承庆、钱起、路德延。

楼中别曲催离酌，口脂易印吴绫薄。风落紫樱桃，歌声扇后娇。　　更闻歌《子夜》，常恐时光谢。端坐据胡床，床前明月光。白居易、韩偓、李德裕、法宣、武元衡、武元衡、李贺、李白。

凉簪坠发春眠重，别君只有相思梦。梦里片云来，相思不可裁。　　娇应如在寤，灰暖残香炷。一想一氤氲，朱衾懒更熏。温庭筠、岑参、梁琼、张祜、韩愈、李贺、沈佺期、李元纮。

平生嗜酒颠狂甚，挥鞭直就胡姬饮。可惜出群蹄，街中醉蹋泥。　　每联花下骑，公子青丝辔。半路踏泥归，桃花随雨飞。元稹、李白、李群玉、元稹、权德舆、元稹、韩愈、储光曦。

东风小饮人皆醉，不知今日重来意。日照杏花西，黄莺歇又啼。　　墙高牵薜荔，风去妆楼闭。休与杏藏娇，春酥见欲消。曹

---

① “醉”字，于武陵《劝酒》原作“酌”。

唐、刘言史、韩雄①、白居易、陆龟蒙②、岑参、吴融、元稹。

碧池已有新莲子，出门便作东西水。明月照空房，残花落尚香。　别离同雨散，妾自肝肠断。折藕爱连丝，情多不自持。温庭筠、赵嘏、李白③、杨师道、杜甫、沈佺期、王勃、白居易。

暑衣鲜净鸳鸯喜，水香剩注金盆里④。菡萏落秋波，含羞未解罗。　金盆浴未了，常恐秋风早。豆蔻水休更，香消枕簟清。鲍溶、韩偓、许浑、宋之问、张谔、卢照邻、吴融、白居易。

鸳鸯锦上疏萤度⑤，云开月色明如素。连理织成衣，孤灯绿焰微。　剪刀横眼底，冷碧新秋水。金斗熨沉香，应怜秋夜长。宋之问、王勃、骆宾王、沈佺期、张祜、白居易、李商隐、李百药。

嫣薰兰破轻轻语，少年才子心相许。斜月隐高窗，红纱满桂香。　桂香留客处，未肯睽良顾。三日已为疏，棋灯小阁虚。李商隐、李涉、岑参、李贺、刘长卿、温庭筠、杜牧、杜牧。

水晶帘外金波下，小怜玉体横陈夜。罗袜研光匀，无疑不避人。　腕摇金钏响，有月都同赏⑥。声影暂相从，相留畏晓钟。沈佺期、李商隐、韩偓、吴融、徐贤妃、司空曙、碧衣女子、戴叔伦。

红丝穿露珠帘冷，阶前碎月铺花影。香逐便风来，寒香风是媒。　邀欢空伫立，星转银河夕。竟夕起相思，无非欲去时。温庭筠、温庭筠、杨炯、韩偓、郭元振、徐彦伯、张九龄、韩偓。

自言本是京城女，回头结念莲花府。香引去来风，柔情已暗通。　花情羞脉脉，披雾初欢夕。来此涤尘襟，应知不染心。白居

---

① 原注作者有误字，出自韩翃《汉宫曲》。

② 原注作者误，出自皮日休、张贲、陆龟蒙《药名联句》，此句为张贲所作。

③ 原注作者误，出自权德舆《相思曲》。

④ “注”字，韩偓《多情》原作“置”。

⑤ “锦”字，宋之问《明河篇》原作“机”。

⑥ “都”字，司空曙《别卢纶》原作“多”。

易、韩翃、太宗、元稹、温庭筠①、杜甫、张九龄、孟浩然。

香薰舞席云鬟绿，稍惊宵漏丁丁促。玉漏莫相催，何曾不夜归？　兴阑归骑转，残席喧哗散。彼此帽低斜，银灯点旧纱。曹唐、令狐楚、苏味道、宋之问、明皇、白居易、白居易、李贺。

真珠帘外梧桐影，梧桐叶下黄金井。犹插辟寒金，看妆堕玉簪。　清凉尚含洁，素面凝香雪。窥镜淡蛾羞，燕山月似钩。白居易、张籍、许浑、戎昱、刘长卿、韦庄、温庭筠、李贺。

春楼不闭葳蕤锁，花房腻似红莲朵。被卷两鸳鸯，心清闻妙香。　梦残灯影外，雨滴珠玑碎。还对欲分襟，牵愁暗人心。韩翃、白居易、郭元振、杜甫、张乔、杜牧、杜甫、韩偓。

金铃犬吠梧桐院，一双笑靥才回面。微笑画屏前，茶催小玉煎。　玉杯留醉处，芳气微风度。小玉更焚香，夸娇来洞房。韦庄、鱼玄机、权德舆、路德延、韩翃、白居易、王维、李贺。

琼筵宝幄连枝锦，茱萸花坠相思枕。接枕话通宵，相思一水遥。　自然衣带缓，桂火流苏暖。清漏往时同，翻疑梦里逢。李白、刘瑶、严维、李白、东方虬、李贺、杜甫、戴叔伦。

桐花落尽无人扫，园蟾挂出妆台表。簟卷已凉天，西风又一年。　飘零君不见，旧宠悲秋扇。从此箧中藏，罗揉损研光。刘云、张碧、李商隐、姚合、沈佺期、天宝宫人、刘方平、韩偓。

一尊酒尽青山暮，长吟远下燕台去。何处复相逢？秋云暗几重。　柔情终不远，入夜愁难遣。谁弄倚墙筝？眠初梦未成。许浑、李商隐、于武陵、李白、李商隐、韦庄、元稹、白居易。

春明门外谁相待？一朝千里心犹在。即此是天涯，香魂逐断霞。　茶香秋梦后，夕转清壶漏。金管隔邻调，花催蜡炬销。元稹、曹唐、陆龟蒙、韦庄、许浑、徐彦伯、李商隐、杜甫。

人间何事堪惆怅？高楼已远犹频望。凝思向余霞，云窗网碧

---

① 原注作者误，出自李商隐《向晚》。

纱。　　月如眉已画，千里相思夜。方寸是星河，微风起夕波。曹唐、刘禹锡、章孝标、李峤、岑参、钱起、温庭筠、韦应物。

东西南北随缘路，吟魂醉魄归何处？晚送一瓯茶，相留亦有花。　　调移筝柱促，弹著相思曲。柱促语分明，凄凉听几声。权德舆、李洞、白居易、白居易、孟浩然、李冶、王湾、司空曙。

十年东北看燕赵，秀眉霜雪桃花貌。重忆别离秋，那能忘旧游？　　如今无处觅，惆怅情何极？断酒过花时，春风满鬓丝。罗虬、李白、韦应物、韦应物、李中、王维、李廓、白居易。

# 集选诗[1]

郭阶著

《集选诗》一卷，郭阶撰。郭阶(1842—?)，号春晖，湖北蕲水人。《清人诗文集总目提要》卷五十一“《迟云阁稿》十卷”条云：“生于道光二十二年(1842)，卒年不详……所撰《迟云阁诗稿》一卷、《文稿》五卷、《集选诗》一卷，辑入《春晖杂稿》……著《天均卮言》，自记生平，叙事至光绪十五年，时年四十八。”[2]

《集选诗》一卷中的作品，皆集《选》诗而成。此集由组诗《拟阮步兵咏怀六十一首》和《寄安而敬》组成。需要说明的是，作者数字统计有误，《拟阮步兵咏怀》实为 60 首，非题中所云 61 首，若加上《寄安而敬》，共有集选诗 61 首。

今存《春晖杂稿》为光绪十五年刻本，藏于南京图书馆藏本和上海图书馆。本书据上海图书馆藏本辑入。

---

① 原书题后有“戊午作”三字。

② 柯愈春《清人诗文集总目提要》，北京古籍出版社，2002 年版，第 1766 页。

# 拟阮步兵咏怀六十一首

探道好渊玄，弱冠弄柔翰。彩色世所重，蔚若朝霞烂。含采吝惊春，丹青暂雕焕。荣名以为宝，结念属霄汉。颜延年、左太冲、江文通、陆士衡、鲍明远、谢惠连、古诗、谢灵运。

慷慨怀古人，长歌正激烈。世俗多所拘，将为智者说。清谈同日夕，宿心愧将别。欲辨已忘言，赋诗能妙绝[1]。陆士衡、古诗、曹子建、江文通、刘公干、谢灵运、陶渊明、陆韩卿。

委怀在琴书，前修以自勖。世议逐衰兴，牙旷不我录。引领情内伤，徒作千里曲。借问子何知，何不策高足？陶渊明、张景阳、鲍明远、司马绍统、曹子建、谢灵运、陆士衡、古诗。

所讲在玄虚，佳丽良可美。清神妙入神[2]，高文一何绮！名实久相宾，云是鬼谷子。樵隐俱在山，能无林中士[3]？左太冲、陆士龙、古诗、魏文帝[4]、江文通、郭景纯、谢灵运、王康琚。

被褐欣自得，巢林栖一枝。羊质服虎文，但为后世嗤。君子义休偫，小儒安足为？外物徒龙蠖，达人所共知。陶渊明、左太冲、枣道彦、古诗、曹子建、江文通、谢灵运、王仲宣。

养真衡茅下，慷慨穷林中。石室有幽响，长啸激清风。朝采南涧藻，薇藿常不充。寸心如此足[5]，养素克有终。陶渊明、刘越石、江文通、左太冲、陆士衡、曹子建、沈休文、谢宣远。

幽兰盈空谷[6]，日暮行采归。石泉漱琼瑶，山水含清晖。杜门清

---

① “诗”字，陆厥《奉答内兄希叔》原作“歌”。

② “清神”二字，《古诗十九首》原作“新声”。

③ “林中”二字，王康琚《反招隐诗》原作“中林”。

④ 原注作者误，出自江淹《杂体诗》。

⑤ “如”字，沈约《钟山诗应西阳王教》原作“于”。

⑥ “空”字，陆机《悲哉行》原作“通”。

三径，有客款柴扉。吉士怀贞心，但伤知音稀。洪流何浩荡，江海事多违。陆士衡、颜延年、左太冲、谢灵运、陆韩卿、谢玄晖[①]、何敬宗、古诗、潘安仁、沈休文。

人生天地间，忽如鸟过月[②]。淹留诣五岳[③]，饮河期满腹。虑淡物自轻，归来艺桑竹。清源无增澜，飞泉漱鸣玉。古诗、张景阳、沈休文、左太冲、谢灵运、颜延年、郭景纯、陆士衡。

时节忽复易，萋萋春草还[④]。志士惜日短，小人偷自闲。日月有代序[⑤]，倏忽几何间？携手共行乐，长啸归东山。古诗、王景玄、傅休弈、曹子建、江文通、陆士衡、谢玄晖、潘安仁。

卓然凌风矫，耿介繁虑积。朱实陨劲风，芳襟染泪迹。眷言采三秀，遗之在草泽。散发归海隅，财轻君尚惜。江文通、谢惠连、刘越石、谢玄晖、沈休文、左太冲、张景阳、鲍明远。

鸟散余花落，朝华不足观[⑥]。游鱼潜绿水，幽谷饶芳兰[⑦]。愧无古人度，和光甚独难。达生贵可托[⑧]，灵蹊可潜盘。谢玄晖、石季伦、曹子建、陆士衡、江文通、古辞、谢灵运、郭景纯。

振衣千仞岗，舍车遵往路。偃蹇寻青云，聊可闲余步。濯足洛水澜，终隐南山雾。越海三山上[⑨]，想与神人遇。左太冲、颜延年、江文通、沈休文、陆士衡、谢玄晖、谢灵运、何敬祖。

---

① 原注作者误，出自范云《赠张徐州稷》。

② “月”字，张协《杂诗》原作“目”。

③ “诣”、“岳”二字，沈约《钟山诗应西阳王教》原作“访”、“药”。

④ “还”字，谢灵运《石门新营所住四面高山回溪石濑修竹茂林》原作“繁”。

⑤ “有”字，江淹《杂体诗》原作“方”。

⑥ “观”字，石崇《王明君词》原作“欢”。

⑦ “幽”字，陆机《拟涉江采芙蓉》原作“穹”。

⑧ “贵”字，谢灵运《斋中读书》原作“幸”。

⑨ “三山上”三字，谢灵运《初发石首城》原作“陵三山”。

人道险而难，险径无测度。麟趾邈难追，戈船荣阮薄[1]。春光发陇首，万族各有托。贵足不愿余，有道在葵藿。陆士衡、谢灵运、张长虞[2]、鲍明远、沈休文、陶渊明、左太冲、江文通。

绝迹穷山里，遂与尘事冥。韬精日沉饮，毛褐不掩形。悟物思远托，依水类浮萍。飘飖戏九垓，往来尽仙灵。王康琚、陶渊明、颜延年、曹子建、何敬宗、潘安仁、郭景纯、江文通。

青松荫修岭，绿萝结高林。灵田窃所好[3]，翰墨久谣吟。所累非外物，缠绵自相寻。藉兰素多意，未知古人心。潘正叔、郭景纯、张茂先、王僧达、沈休文、陆士衡、江文通、谢惠连。

侧听风薄木，激楚伫兰林。风迟山尚响，百籁坐自吟。流波激清响，丘中有鸣琴。心事俱已矣，澹乎至人心。颜延年、陆士衡、邱希范、张景阳、王仲宣、左太冲、谢玄晖、卢子谅。

朱门何足荣？聊可投吾簪[4]。寻云陟累榭，虚寂在川岑。一悟得所遣，寄辞翰墨林。且从性所玩，辛苦谁为心？郭景纯、左太冲、谢玄晖、范蔚宗、谢灵运、张景阳、谢惠连、陆士衡。

结绶生缠牵，超迹绝尘网。清风动帷帘，弹筝奋逸响。阳春无和者，客心非外奖。吾亦爱吾庐，聊恣山泉赏。左太冲、江文通、张茂先、古诗、张景阳、谢灵运、陶渊明、谢玄晖。

羞逐市井名，夙龄爱远壑。笑傲东轩下[5]，隐沦既已托。清风肃已迈，未穷激楚乐。羽旗集琼鸾[6]，连翩御飞鹤。江文通、沈休文、陶渊明、谢玄晖、陆士衡、虞子阳、陆士衡、何敬宗[7]。

---

① “阮”字，鲍照《苦热行》原作“既”。

② 原注作者有误，出自傅咸《赠何劭王济》。

③ “灵田”二字，张华《答何劭》原作“虚恬”。

④ “可”字，左思《招隐诗》原作“欲”。

⑤ “笑”字，陶渊明《杂诗》原作“啸”。

⑥ “集”字，陆机《前缓声歌》原作“栖”。

⑦ 原注作者有误，出自何劭《游仙诗》。

飞蛾拂明烛，营营市井人。苍蝇间黑白，弃置勿重陈。在俗迕流议[①]，长揖当途人。翔凤婴笼槛，世网婴我身。不惜去人远，弹冠去埃尘。张景阳、鲍明远、曹子建、刘越石、颜延年、郭景纯、潘正叔、陆士衡、谢灵运、左太冲。

观书鄙章句，畴昔览穰苴。穷年非所用，蹀足循广除。浊河秽清济，谗巧令亲疏。迅足羡远游，抱朴临清渠[②]。颜延年、左太冲、张景阳、谢惠连、谢玄晖、曹子建、郭景纯、张茂先。

翩翩游宦子，车马四方来[③]。尝慕先达慨[④]，怀古信悠哉！鱼目笑明月，何世无奇才？亦有巢居子，未若托蓬莱。陆士衡、鲍明远、江文通、谢玄晖、张景阳、左太冲、王康琚、郭景纯。

束发怀耿介，昔倦都邑游。青松挺秀萼，表里望皇州。阳鸟收和响，繁英落劲秋[⑤]。散发重阴下，言归望绿畴。锐意三山上，知命复何忧？升降随长烟，濯足万里流。谢灵运、潘安仁、江文通、鲍明远、张孟阳、刘越石、张茂先、谢玄晖、沈休文、曹子建、郭景纯、左太冲。

幽岫峭且深，中有一道士。脱冠谢朝列，矫性失至理。心远地自偏，弦急由调起[⑥]。都令人径绝，抗迹遗万里。张孟阳[⑦]、郭景纯、谢灵运、王康琚、陶渊明、颜延年、沈休文、何敬宗。

去来山林客，道深难可期。服食求神仙，松子久吾欺。寄言摄生客，无为牵所思。天道简且易[⑧]，养真尚无为。郭景纯、何敬宗、古诗、曹子建、谢灵运、谢叔源、陆士衡、张景阳。

---

① “在”字，颜延之《五君咏》原作“立”。

② “朴”字，张华《答何劭》原作“杖”。

③ “马”字，鲍照《放歌行》原作“骑”。

④ “尝”字，江淹《杂体诗》原作“常”。

⑤ “劲”字，刘琨《重赠卢谌》原作“素”。

⑥ “弦”字，颜延之《秋胡诗》原作“声”。

⑦ 原注作者误，出自张协《杂诗》。

⑧ “简且易”三字，陆机《君子行》原作“夷且简”。

大隐隐朝市，避世不避喧。志狭轻轩冕，心思历凉温。达人知止足，冀与智者论。赋诗连篇章，聆我慷慨言。王康琚、沈休文、谢玄晖、鲍明远、张景阳、谢灵运、刘公干、曹子建。

驱车出郊郭，遥望城西岑。窈窕终不见[①]，惟睹松柏阴。中有冥寂士，安处抚清琴。愿一见颜色，问以瑶华音。颜延年、谢灵运、沈休文、张孟阳、郭景纯、陆士衡、江文通、谢玄晖。

涉江采芙蓉，褰裳顺兰沚。华萼相光饰，并坐侍君子。惠心清且闲，亮怀璠玙美。思贤咏白驹，素心正如此。古诗、谢叔源、谢宣远、谢灵运、陆士衡、曹子建、曹颜远、江文通。

夕迟白日移，扶光迫西汜。采菊东篱下，青云暧松杞[②]。晨光复泱莽[③]，烈烈悲风起。衣葛常苦寒，有怀谁能已？潘安仁、谢灵运[④]、陶渊明、谢灵运、谢玄晖、刘越石、鲍明远、颜延年。

感时歌蟋蟀，烈烈北风凉。落叶随风摧，松柏郁芒芒。孤雁飞南游，哀鸣伤我肠。四节相推斥，岁暮常慨慷。曹颜远、魏文帝、傅休弈、陆士衡、曹子建、古辞、左太冲[⑤]、左太冲。

离别在须臾，巢幕无留燕。含意俱未申，形影忽不见。不念携手好，辞宠悲班扇。所寄终不移，守此贫与贱。李少卿、谢宣远、古诗、曹子建、古诗、谢玄晖、江文通、陆士衡。

展转长宵半，耿耿夜河长[⑥]。常恐秋节至，金尊坐含霜。佳人渺天末[⑦]，各在天一方。众鸟既有托，孤雁独南翔。行行日已远[⑧]，兰室

---

① “窕”字，沈约《钟山诗应西阳王教》原作“冥”。
② “青”字，谢灵运《会吟行》原作“轻”。
③ “莽”字，谢朓《京路夜发》原作“漭”。
④ 原注作者误，出自谢瞻《九日从宋公戏马台集送孔令诗》。
⑤ 原注作者误，出自刘桢《赠五官中郎将》。
⑥ “河”字，古辞《伤歌行》原作“何”。
⑦ “渺”字，陆机《为顾彦先赠妇》原作“眇”。
⑧ “行行”二字，刘琨《扶风歌》原作“去家”；原注作者误。

无容光。佳期怅何许？回身入空房。叙意于濡翰，长叹不成章。谢惠连、古辞、班婕好、江文通、陆士衡、苏子卿、陶渊明、魏文帝、魏武帝、张茂先、谢玄晖、王仲宣、刘公干、谢灵运。

凤台无还驾，宓妃兴洛浦。中堂起丝桐，阳阿奏奇舞。佳人不在兹，殷勤诉危柱。谁能察其心[①]？不惜歌者苦。鲍明远、陆士衡、谢宣远、曹子建、张茂先、陆灵运[②]、孙子荆、古诗。

长想凭华轩，西南有织妇[③]。顾影凄自怜，皎皎当窗牖。寄言封侯者，田家无所右[④]。钦爱隔音容[⑤]，天长地自久。王景玄、曹子建、陆士衡、古诗、徐敬业、应休琏、谢灵运、卢子阳。

翘思慕远人，惆怅盈怀抱。兔丝及水萍，岂无一时好？寤寐莫与言，思君令人老。何以慰相思？消忧非萱草。曹子建、孙子荆、江文通、陶渊明、陆士衡、古诗、沈休文、江文通。

京城十二衡[⑥]，洛阳繁华子。歧路交朱轮，廉蔺门易轨。但知狐白温，顾念蓬室士。临流怨莫从，远图因事止。鲍明远、沈休文、陆士衡、曹颜远、王景玄、曹子建、谢灵运[⑦]、颜延年[⑧]。

披拂趋南径，解带激清风[⑨]。抚心独悲叱，长铗鸣销中[⑩]。悲来恻丹心，言树丝与桐。风烟四时犯，所以悲转篷。谢灵运、沈休文、郭景纯、张景阳、郭景纯、颜延年、谢玄晖、袁阳源。

纨素既已成，皎皎白素丝。借问叹何为？坐见轻纨缁。人生诚

---

① “谁”字，孙楚《征西官属送于陟阳候作》原作“孰”。

② 原注作者有误字，出自谢灵运《道路忆山中》。

③ “南”字，曹植《杂诗》原作“北”。

④ “右”字，应璩《百一诗》原作“有”。

⑤ “钦”字，谢灵运《酬从弟惠连》原作“欢”。

⑥ “衡”字，鲍照《咏史诗》原作“衢”。

⑦ 原注作者误，出自谢瞻《九日从宋公戏马台集送孔令诗》。

⑧ 原注作者误，出自谢灵运《述祖德》。

⑨ “激”字，沈约《游沈道士馆》原作“临”。

⑩ “销”字，张协《杂诗》原作“鞘”。

未易，素丝与路歧。数奇良可叹，终不为此移。谢惠连、郭泰机、陆元龙[①]、刘休玄、陆士衡、曹颜远、徐敬业、王仲宣。

亭亭南山柏[②]，蕴真谁为传？宁流素丝涕，但惧苍蝇前。哀响入云汉，高张生绝弦。沧浪有时浊，君子防未然。何敬宗、谢灵运、谢玄晖、陆士衡、陆士衡[③]、颜延年、沈休文、古词。

屏居恻物变，萧瑟扫前林。忠信反获罪，谁能察其心[④]？阴霞屡兴没，鱼鸟失飞沉。逸翮思拂霄，俯仰愧古今。颜延年、张孟阳、刘越石、孙子荆、谢灵运、沈休文、郭景纯、陆士衡。

明月照高楼，豁达来风凉。独夜不能寐，被衣起彷徨[⑤]。和风流清响[⑥]，哀人易感伤。殷勤诉危柱，此曲悲且长。刷羽月摇漾[⑦]，施翮起高翔。谢惠连[⑧]、刘公干、王仲宣、魏文帝、陆士衡、张孟阳、谢灵运、刘越石、沈休文、曹子建。

秋至恒早寒，忧人不能寐。慷慨为谁叹？商歌非吾事。何用苦心魂？荡涤放情志。可为达士模，且申独往志。颜延年、古辞、陆士衡、陶渊明、江文通、古诗、左太冲、谢灵运。

轻剑拂鞶厉，侠烈良有闻。金张服貂冕，比之如浮云[⑨]。君子通大道，列宿炳天文。清风激万代，羞与黄鹤群[⑩]。陆士衡、袁阳源、江文通、左太冲、曹子建、谢灵运、张景阳、刘公干。

---

① 原注作者误，出自陆机《为顾彦先赠妇》。

② “南”字，何劭《游仙诗》原作“高”。

③ 原注作者误，出自陆云《为顾彦先赠妇往返诗》。

④ “谁”字，孙楚《征西官属送于陟阳候作》原作“孰”。

⑤ “被”字，曹丕《杂诗》原作“披”。

⑥ “流”字，陆机《悲哉行》原作“飞”。

⑦ “月”字，沈约《咏湖中雁》原作“同”。

⑧ 原注作者误，出自曹植《七哀诗》。

⑨ “如”字，左思《咏史诗》原作“犹”。

⑩ “鹤”字，刘桢《赠从弟》原作“雀”。

羁旅无迩心[①]，愁人知夜长。我独抱深感，舒忿诉穹苍[②]。日归功未建，安用空名扬？济治由贤能，世乱识忠良。鸱枭鸣衡轭，燕翼假凤翔。翻飞各异概，未足识行藏。张景阳、傅休弈、刘公干、古辞、陆士衡、谢灵运、潘正叔、鲍明远、曹子建、枣道彦、谢灵运[③]、江文通。

远游入长安，功名惜未立。心虚体自轻，谦谦君子德。片善辞草莱，微身轻蝉翼。英俊沉下僚，据鞍长太息[④]。陆士衡、江文通、何敬祖、曹子建、鲍明远、潘安仁、左太冲、刘越石。

良时无停景，人生非金石。开颜披心胸，曷为久游客？士生则悬弧，将遵甘陈迹。豺狼当道衢，慨无幄中策。傅休弈、古诗、谢灵运、颜延年、枣道彦、陆士衡、曹子建、江文通。

停骖我怅望，回首见长安。愍兹区宇内，翻覆若波澜。计策弃不收，弥起长恨端。兼抱济物性，忠义我所安。谢玄晖、徐敬业、沈休文、陆士衡、左太冲、鲍明远、谢灵运、曹子建。

结轸青郊路，从者盈路旁。进则无云补，牵牛非服箱。何以俪璠玙，谬登和氏场？取笑葵与藿，块然守空堂。谢玄晖、刘公干、傅长虞、陆士龙、沈休文、枣道彦、陆士衡、左太冲。

鲜车与华毂[⑤]，冠佩相追随。文章不经国，器非廊庙姿。华落理必贱，田窦相夺移。人情贱恩旧，已矣何所悲！徐敬业、魏文帝[⑥]、应休琏、潘安仁、陆士龙、曹颜远、鲍明远、陶渊明。

金张藉旧业，许史乘华轩。富贵他人合，琼佩结瑶璠。鸾翮有时铩，今似槛中猿。感时不可再[⑦]，朝夕异凉温。衰贱焉足纪，谁肯相

---

① “迩”字，张协《杂诗》原作“定”。

② “忿”字，古辞《伤歌行》原作“愤”。

③ 原注作者误，出自谢瞻《于安城答灵运》。

④ “太”字，刘琨《扶风歌》原作“叹”。

⑤ “与”字，徐勉《古意酬到长史溉登琅邪城诗》原作“骛”。

⑥ 原注作者误，出自江淹《杂体诗》。

⑦ “感”字，曹植《箜篌引》原作“盛”。

为言？左太冲、江文通、曹颜远、陆士衡、颜延年、鲍明远、曹子建、陆韩卿、陆士龙、古辞。

丈夫志四海，当世贵不羁。迷惑失故路，经阻贵不迟[①]。负乘为我戒，无以肉食资。小人自龌龊，将随秋草萎。曹子建、左太冲、魏武帝、张景阳、张茂先、陆士衡、鲍明远、古诗。

在贵多忘贱，既览今古事[②]。地势使之然，漆园有傲吏。一沐三握发，君子笃惠义。乃知古时人，何惭宿昔意？曹子建、谢惠连、左太冲、郭景纯、古辞、江文通、袁阳源、鲍明远。

车徒倾国鄽[③]，游戏宛与洛。京洛多风尘，违志似如昨。吐论知凝神，一言分珪爵。惠而能好我，神感因物作。袁阳源、古诗、陆士衡、谢灵运、颜延年、鲍明远、谢玄晖、卢子谅。

幽并游侠儿，逸骥腾夷路。路长当语谁？要使追奇趣[④]。励志故绝人，曷为牵世务？临眺殊复奇，冀与张韩遇。曹子建、潘正叔、谢惠连、谢玄晖、谢灵运、陆士衡、沈休文、江文通。

京华游侠窟，锦带佩吴钩。边城苦鸣镝，夷险难预谋。生平少年日，甘心赴国忧。桂枝生自直，得性非外求。郭景纯、鲍明远、左太冲、谢惠连、沈休文、曹子建、江文通、谢灵运。

轻剑拂鞶厉，京洛多少年[⑤]。壮士远出征，右手挥龙渊。翩翻类回掌，心为四海悬。当学卫霍将，收功单于旃。陆士衡、曹子建、刘公干、刘越石、鲍明远、袁阳源、江文通、陆士衡。

洛中何郁郁，长缨皆俊民[⑥]。被蒙风尘会，改服康世屯。抚剑起踯躅，龙性谁能驯？松枝一何劲，竹柏得其真。古诗、江文通、陆士衡、谢

---

① “不”字，张协《杂诗》原作“勿”。

② “今古”二字，谢灵运《拟魏太子邺中集》原作“古今”；原注作者误。

③ “鄽”字，袁淑《效曹子建白马篇》原作“鄘”。

④ “使”字，谢朓《敬亭山》原作“欲”。

⑤ “多”字，曹植《名都篇》原作“出”。

⑥ “民”字，江淹《杂体诗》原作“人”。

灵运、司马绍统、颜延年、刘公干、左太冲。

系马长松下，翠山方蔼蔼。少年好驰侠，揽衣曳长带。抚剑西南望，扬旌万里外。功成不受爵，爰在渑池会。刘越石、江文通、王僧达、古诗、曹子建、陆士衡、左太冲、卢子谅。

平生一顾重，畴昔怀微志。驱马过西京，多士济斯位。长安五陵间，冠盖纵横至。君子福所绥，蔼蔼庆云被。谢玄晖、张景阳、曹子建、江文通、袁阳源、鲍明远、王仲宣、陆士衡。

诗书敦宿好，颇识治乱情。飞甍夹驰道，仕子彯华缨。虚名复何益？虽贵非所荣。沉思钟万里，制胜在两楹。少年负壮气，功立百行成。吾慕鲁仲连，千载垂令名。陶渊明、谢灵运、谢玄晖、鲍明远、古诗、石季伦、陆士衡、张景阳、徐敬业、卢子阳、左太冲、江文通。

## 寄安而敬集选诗

岁月亦何易[①]，时变感人思。嘤鸣说同响[②]，良朋贻新诗。昆山积琼玉，济济荫光仪。子云惭笔札，繁辞当诉谁[③]？既秉丹石心，皓首以为期。陆士衡、郭景纯、谢宣远、张茂先、潘正叔、曹颜远、陆韩卿、阮嗣宗、谢玄晖、李少卿。

---

① “亦”字，陆机《赴洛诗》原作“一”。

② “说”字，谢瞻《于安城答灵运》原作“悦”。

③ “当”字，阮籍《咏怀诗》原作“将”。

# 采百集

戴锡钧著[①]

《采百集》二卷是近代戴锡钧的集句诗专集。戴锡钧(1846—?),字艺郛,又字鸿慈,号知甜生,长洲人。同治十三年(1874)进士。顾廷龙《清代朱卷集成》不仅收录其及第时的诗卷,而且对其家世有简略介绍。戴锡钧曾随李鸿章督办河工,出任大名知府。今存《不薄今斋时文》一卷、《采百集》二卷。

《采百集》二卷,前有缪荃孙、陈倬所作两篇序文。卷上为集古,由《昔别》、《佳人》、《又》、《美人》、《又》、《女咏》、《有美》等7个诗题组成。前有《静情诗序》,后附《索影诗原序》,皆集唐前诗文句而成。卷下为集唐,由《忆昔》、《多情》、《重来》等3个诗题组成。前有《索影诗序》,亦集唐人诗文句而成。《采百集》有这样几个特点:其一是所有的作品均写艳情。缪荃孙序不仅用"艳情含雨,逸思亭云"加以概括,而且特意注出"集中诗皆艳体"。陈倬序则进一步解释为"美人香草,肫然有忠爱之思焉"。其二是全部诗歌均采用律诗的形式。卷上的133首诗歌全是五律;卷下160首诗歌中,有五律100首,七律60首。两卷相加,共有作品293首,全部都是律诗,没有例外。其三,前后卷的差异也很明显。两卷诗歌最大的不同在于选取诗句的范围不同。卷上为集古,所用皆唐代以前的诗句;卷下为集唐,所用皆唐代诗句。

---

① 原注作者为"知甜生"。

《采百集》二卷，仅有光绪年间铅印本，分别藏于上图、湘图、南图、安徽师大、台湾故宫等地。兹据安徽师大所藏本收录。值得指出的是，刻本中的某些错误，已为人用朱笔进行了修改。

# 序

世有选格炼响，独擅千秋；吹影镂尘，上希四始。夫惟大雅，敢云小道？亦有渊明《拟古》、束皙《补亡》、张孟阳之《四愁》、江文通之《杂体》，视前人之成鹄，心摹手追；定别格于雕龙，句奇语重。固足树骚坛之帜，驰艺苑之名。若乃撷先民之成句，写我辈之闲情，古调独弹，余馨自远。织七襄之锦，吏部谁如？集五侯之鲭，君卿最擅。人喁竟成天籁，新乐被以旧弦，别具匠心，洵推独步者已。集句之作，始晋继唐。傅咸清丽逸文，存于《类聚》；韦蟾旷逸韵事，续夫《楚词》。迨及宋人，遂多此体。有未入集者，王荆公是也；有别成卷者，孔武仲是也；有专辑一家者，文信国是也。代祀绵邈，风流愈畅。匪云则古，实亦宜今。艺郛同年天马在手，孤罴隐业，古怀抗云，书眼如月。处选部之任，以曹事见称，有裴叔则之清通，无毕茂世之脱略。而且通六经之奥，心醉简觚；摹三体之书，手皲烟墨。闲以余力，发为浩歌，妍魄炼华，烦肠沃酬。呼明月而欲出，跌宕仙心；问青天而不应，繄娓骚屑。蘼芜共语，缣帛悉以写诗；玫瑰独笑，仆从知其得句。清思壮采，侪辈同钦。一日，出示集句诗二卷、集句骈文三篇，盖吟咏之余所戏为也。当夫妙手拈来，冲口而出；刻冰作骨，镂玉为尘。以六代之古音，作三唐之律体。标谟觞之锦，赗饤饾何嫌？展璧府之油，拳捋扯不已。词条炳蔚，依然俪白妃黄；音节和谐，仍是含宫咀徵。况复艳情含雨，逸思亭云；集中诗皆艳体。梦窄春宽，灯温酒冷。借陇西之鬼语，气郁青霞；抒樊南之奇怀，调高白雪。辑玉玄圃，无非夜光；征材邓林，自成杰构。是则李奔《剪绡》之集，同此清新；唐堂《香屑》之编，无其昳丽也。荃孙蝇钻自苦，獭祭何曾？宝无记事之珠，熟愧泻瓶之水。《尔雅》未注，早遗恨于蟛蜞；乐府空吟，艰成诵于蛱蝶。玄晏《三都》之序，仆病未能；文通五色之豪，君真无愧。用原序语。光绪丁亥秋八月，江阴缪荃孙序。

傅咸《七经诗》，集句之权舆也。后之工斯体而以专集行者，张紫淀《击磬集》、黄唐堂《香屑集》为尤著。余友戴君艺郛，少工文辞，通籍官吏部，尝集汉魏晋宋齐梁陈周隋唐人句，得五七律诗若干首，取罗隐诗"采得百花成蜜后，不知辛苦为谁甜"之意，曰《采百集》，属余为之序。窃谓相和者胶漆也，相违者冰炭也，而《淮南子》云："莫相憎于胶漆，莫相爱于冰炭！"何哉？今读艺郛诗而悟之矣。聚数千百年古人于一堂，而为之设几席，定坐位曰："某在斯，某在斯。"而古人有各得其所之乐焉。故其集句有类者，有不类者，有类而不类者，有不类而类者。自其类而不类者观之，胶漆亦冰炭；自其不类而类者观之，冰炭亦胶漆。于是乎古人之诗，无非艺郛之诗。若宾主之相对也，若夫妇之牉合也；若交广作水精碗，合五种灰为之，而莹然耀目也；若神仙家炼大还丹，火候既熟，金楼绛宫，青蛟白虎之森然列于前也。天下无纯白之狐，而有纯白之裘，缀众白以为白，故一裘之价，重于百狐。无所喻之罕，譬喻之而已，亦犹有说焉。艺郛沉沦郎署，竿牍随人，抑郁拘挛，不获一展其所蓄，其以"采百"名集者，贫女金线隐然，有身世之感焉！所集皆言情之作，美人香草，肫然有忠爱之思焉。则为之进一解曰：天下与我若胶漆者，未必非冰炭；与我若冰炭者，未必非胶漆。平心以待之，随遇以安之，即于集句悟处世之道也可。元和陈倬序。

# 目录

## 上卷集古



## 下卷集唐

# 上卷集古

## 静情诗序骈文一首

北客长欷，嗟佳人之渺迈[①]；东邻巧笑，想神女之来游。各在一方，朅来二纪。追维畴昔[②]，既成为喜之因；于焉逍遥，复想定情之制。当其欣于所遇，聊以自娱，适对韶光，斯晨斯夕；颇多暇景，以遨以嬉。豁九达之暇冲[③]，遵二条之广路。飞甍云构，雕阁霞连。文榱华梁，糅紫金而成色[④]；绣栭镂槛，润白玉而加鲜。重屋百层[⑤]，连廊四注。旋室㛹娟以窈窕，雕墙屈曲以交牙。编玳瑁之文榥，绮疏交映；度玲珑之曲阁，玉题相辉。朱帘开而留风，青绮高而干雾。洞房华屋，灯悬百枝；反宇垂阿，花含四照。掩芙蓉之行障，华蒲萄之绮衾。碧玉之堂，以紫罗藉地[⑥]；黄莞之荐，以画石为床。绮幕绣巾，香闻数里；蕙心纨质，价重十城。其人也，团辅圆颐，修项延颈[⑦]，曼容

① “渺”字，谢灵运《江妃赋》原作“眇”。

② “维”字，徐陵《报尹义尚书》原作“惟”。

③ “暇”字，庾阐《扬都赋》原作“遐”。

④ “成”字，江淹《翡翠赋》原作“为”。

⑤ “重屋”二字，刘梁《七举》原作“鸿台”。

⑥ “藉”字，班固《汉武帝内传》原作“荐”。

⑦ “延”字，王粲《七释》原作“秀”。

皓齿，弱骨丰肌。目若烂波，濯之以清水；面似明月[①]，润之以芳脂。唇譬含丹，腰如束素。收红颜而发色，表以蛾眉；绾玄发以流光，譬之蝉羽。江妃汉女，讵此同妍？宋子韩娥，比之无色。若乃旭日始暖，晨露未晞，婉曼其娇，解鸳鸯之绣被；迁延微笑，出翡翠之香帷。朱鸟窗前，熏炉未徙；金莲帐里，茵褥重陈。讶宿粉之犹调，嫌朝妆之半故。鬓齐故略，恰对妆台；发乱难持，还抽镜屉。戴金摇之熠耀，杂华镊之葳蕤。三珠璜钗，七宝綦履。鸣瑶动翠，珥明月之珰；杂裾垂髾，有连烟之绣。京城阿缟，常山细缣，独茧称华，五丝为缀。绡纨綷縩，文生新市之机；绮组缤纷，影乱秦台之镜。抚陆离之琼佩，曳缛绣之华裳。领斗分鸾，裾似飞燕，姣服极丽，时飘韩掾之香；轻扇初开，便见王嫱之像。曳罗裙之绮靡，翩若惊鸿；振华袖以逶迤[②]，芳逾散麝。新妆已竟，丽服有辉；门闼洞开，宾客并至[③]。隔珠帘而可见，光采射人[④]；凭朱槛以为欢[⑤]，容颜绝世。顾影自媚，含睇来趋，美口善言，时瞭眇以含笑；灵眸绝朗，才聪明以识机。绰有余辉，颇为雅戏，妆明月之照耀[⑥]，熏名香之氛氲。厨画犹飞，装之宝轴；弹棋间设，受以玉盘。泛清瑟以自欣，抚鸣琴而怀古。芳兰九畹，可以娱神；白玉四环，无时离手。座客恒满，各得其欢心；玉女在旁，不资于芳泽。高韵自许，逸态横生。于是宾友所欢，弦琴促坐，罗尊列爵，弹筝吹笙。箫管齐鸣，结江南之流调；箜篌杂引，唱碣石之清音。耳热眼花之娱，阳春渌水之曲。敛朱唇而长啸，俯仰生姿；抗皓手而清歌，抑扬绝调。众伎并奏，诸工莫当。影娇态于雕梁，散芳尘于绮席。歌吹四起，学王

---

① “似”字，蔡邕《协初赋》原作“若”。

② “袖”字，边让《章华赋》原作“袂”。

③ “并至”二字，葛洪《神仙传》原作“既集”。

④ “采”字，《西京杂记》原作“彩”。

⑤ “以”字，《西京杂记》原作“而”。

⑥ “耀”字，张衡《七辩》原作“曜”。

豹之讴[①]；滋味杂陈，嗤何曾之馔。遗芳射越，桂酒徐斟；穷滋致丰，兰肴兼御。丛庭之鹦，大宛之牺，澧水之鳞[②]，洞庭之鲋，江皋绿蓏之笋，仇池连蒂之椒。调以大夏之香盐，细如华山之玉屑。六谷九鼎，以欢修夜之娱；三甕七菹，实罄乘时之美。繁肴既阕，甘果徐行，乃进夫雍州之梨，常山之果，浆苞蔗柰，色艳蒲桃。肴核四陈，既娱情而可贵；芳华百味，并抗吻而除烦[③]。宴而忘酣[④]，怏然自足[⑤]。表倾城之艳色，不可殚论；极长夜之欢情，方当含笑。色授魂与，意合心同[⑥]。侍儿五三，并怜风月；玉楼十二，俱历春冬。岁月过淹，欢娱中阻。写余襟其未尽，撰良辰而将行。寂寂重门，依依别袂。殉一顾之感，转盼流精；求数刻之欢，凝情待价。青春婉娩，怨盛年之莫当；旅客贫辛，结烦言于将赠。弹琴一曲，行酒三觞。鹦鹉骤倾，怀情不畅；骊驹就驾，握手何言？伤歧路之难留[⑦]，还空房而掩咽。既而风尘顿隔，梦想还劳。三夕二朝，行悠悠而日远；五心六意，魂翩翩以遥怀。嗟会面之无期[⑧]，徒抚心其何益？每至清风夕起，白露宵团，华幔长舒，纱窗独掩。深心无歇，书既封而重题；嘉会难常，泪未悲而自堕。暂游万里，遂涉两年，情绪留连，音尘寂绝。居人愁卧，非无怀春之吟[⑨]；上客经过，时有缘情之作。思同游而无路，遂挥毫以寄言。若夫三春之初，数莺争弄；九秋之夕，一雁孤飞。叹物候之推移，展中情之燕婉。亦将有才人妙妓，怀贞悫之欢心；美媵艳姝，执缠绵之笃趣。

---

① “学”字，陈琳《为曹洪与魏文帝书》原作“效”。

② “澧”字，萧子范《七诱》原作“醴”。

③ “而”字，何逊《七召》原作“以”。

④ “而”字，黄宪《天禄阁外史》原作“则”。

⑤ “怏”字，王羲之《兰亭集序》原作“快”。

⑥ “意合心同”四字，东方朔《非有先生论》原作“心合意同”。

⑦ “歧”字，张缵《怀音赋》原作“岐”。

⑧ “之”字，梁昭明太子《九月启》原作“以”。

⑨ “吟”字，陆机《演连珠》原作“情”。

守明玑以为誓[①]，五日犹赊；抱离袖而长乖，四目相望。微心眷眷，明月昭昭，患涕泪之自零，怨年岁之易暮。至若宠闻长乐，别异邯郸，美色淑姿，阏氏览而遥妒；香肤柔泽，卫姬专其可怜。陪窈窕于玉房，卧织成之金箪。传言相误，剩可荡舟；生命不谐，无情拂镜。毛嫱鄣袂，汉妾辞宫，摘阶上之芳薇，争楼头之落粉[②]。纨袖惭冶，罗帐长垂。至乃郑卫繁声，狭邪才女[③]；吴宫燕市，荆姬秦嬴。传鼓瑟于杨家，逢弄珠于汉渚。襄国妖女，怯南阳之捣衣；铜街丽人，媚北里之鸣瑟。目窕心与，惜瑶草之徒芳；别易会难，叹匏瓜之无匹。亦复含酸茹叹，送别望归，曲有微情，终归薄命。佳人无数，嗟难得而备知；彩笔试操，期穷形而尽相。有光有艳，乍合乍离。仆本恨人，亦禁邪而制放，后之览者，庶见迹而知心。

北客，江淹《四时赋》。嗟佳，谢灵运《江妃赋》。东邻，徐陵《玉台新咏序》。想神，陈琳《神女赋》。各在，魏文帝《与吴质书》。朅来，刘师知《侍中沈府君集序》。追维，徐陵《报尹义尚书》。既成，庾信《谢滕王集序启》。于焉，张衡《归田赋》。复想，庾肩吾《诗品序》[④]。当其，王羲之《兰亭修禊序》。聊以，南粤王赵佗《报汉文帝书》。适对，王祯《观蚕赋》[⑤]。斯晨，陶潜《时运诗》。颇多，梁元帝《金楼子》[⑥]。以遨，魏陈思王植《洛神赋》。豁九，庾阐《扬都赋》。遵二，梁元帝《临秋赋》。飞甍，湛方生《七欢》。雕阁，张协《七命》。文榱，魏陈思王植《七启》。糅紫，江淹《翡翠赋》。绣楣，王筠《上太极殿表》。润白，潘岳《芙蓉赋》。重屋，刘梁《七举》。连廊，枚乘《七发》。旋室，王延寿《鲁灵光殿赋》。雕墙，何逊《七召》。编玳，王褒《甘泉宫颂》。绮疏，何逊

① "以"字，江淹《水上神女赋》原作"而"。
② "头"字，梁简文帝《梅花赋》原作"上"。
③ "邪"字，沈约《丽人赋》原作"斜"。
④ 原注题目有误字，出自庾肩吾《书品序》。
⑤ 原注题目有误字，出自王祯《亲蚕赋》。
⑥ 原注题目误，出自梁元帝《丹阳尹传序》。

《七召》。度玲，梁简文帝《筝赋》。玉题，左思《蜀都赋》。朱帘，江淹《灵丘竹赋》。青绮，萧子范《七诱》。洞房，傅毅《七激》。灯悬，梁简文帝《侍皇太子曲水宴应令诗》①。反宇，崔骃《七依》。花含，梁元帝《谢东宫赉花钗启》。掩芙，庾信《灯赋》。华蒲，梁简文帝《七励》。碧玉，东方朔《十洲记》。以紫，班固《武帝内传》。黄莞，王嘉《拾遗记》。以画，王嘉《拾遗记》。绮幕，陶弘景《许长史旧馆坛颂》。香闻，梁元帝《金楼子》。蕙心，鲍照《芜城赋》。价重，庾信《刀铭》。其人，徐陵《玉台新咏序》。团辅，张翰《周小史诗》。修项，王粲《七释》。曼容，汉淮南王安《淮南子》。弱骨，司马相如《美人赋》。目若，王粲《神女赋》。濯之，傅玄《笔赋》。面似，蔡邕《协初赋》。润之，王褒《责髯奴文》。唇譬，王粲《神女赋》。腰如，张衡《七辩》。收红，夏侯湛《雀钗赋》。表以，王褒《责髯奴文》。绾玄，繁钦《弭愁赋》。譬之，张衡《七辩》。江妃，梁邵陵王纶《祀鲁山神女》。讵此，梁宣帝《游七山寺赋》。宋子，何逊《七召》。比之，江淹《丽色赋》。若乃，江淹《四时赋》。晨露，朱公叔《郁金赋》。婉曼，左九嫔《万年公主诔》。解鸳，何逊《七召》。迁延，傅毅《舞赋》。出翡，梁简文帝《筝赋》。朱鸟，徐陵《玉台新咏序》。熏炉，伏知道《为王宽与妇义安主书》。金莲，庾信《镜赋》。茵褥，司马相如《美人赋》。讶宿，刘缓《照镜赋》。嫌朝，庾信《七夕赋》。鬓齐，庾信《镜赋》。恰对，庾信《望美人山铭》。发乱，梁简文帝《舞赋》。还抽，庾信《镜赋》。戴金，魏陈思王植《七启》。杂华，王粲《七释》。三珠，崔瑗《三子钗铭》②。七宝，刘歆《西京杂记》。鸣瑶，沈约《丽人赋》。珥明，刘桢《鲁都赋》。杂裾，枚乘《七发》。有连，郭宪《洞冥记》。京城，张衡《七辩》。常山，石崇《奴券》。独茧，梁简文帝《七励》。五丝，刘歆《西京杂记》。绡纨，潘岳《藉田赋》③。文生，梁元帝《鸳鸯赋》。绮组，班固《西都赋》。影乱，梁昭明太子《五月启》。抚陆，吴均《碎珠赋》。曳缛，王粲《神女赋》。领斗，庾肩吾《谢东宫赉内人春衣启》。裾似，张衡《舞赋》。姣

① 原注题目有衍文，出自简文帝《应令诗》。

② 原注题目有误字，出自崔瑗《三珠钗铭》。

③ 原注题目有误字，出自潘岳《籍田赋》。

服，傅毅《舞赋》。时飘，徐陵《玉台新咏序》。轻扇，伏知道《为王宽与妇义安主书》。便见，梁元帝《谢东宫赉陆探微画启》。曳罗，班婕妤《捣素赋》。翩若，魏陈思王植《洛神赋》。振华，边让《章华赋》。芳逾，沈约《丽人赋》。新妆，徐陵《玉台新咏序》。丽服，嵇康《赠秀才入军诗》。门阅，班固《西都赋》。宾客，葛洪《神仙传》。隔珠，何逊《七召》。光采，刘歆《西京杂记》。凭朱，刘歆《西京杂记》。容颜，班固《武帝内传》。顾影，张率《绣赋》。含睇，梁邵陵王纶《祀鲁山神女》。美口，张翰《周小史诗》。时瞭，繁钦《弭愁赋》。灵眸，班固《武帝内传》。才聪，祢衡《鹦鹉赋》。绰有，王僧孺《詹事徐府君集序》。颇为，颜之推《颜氏家训》。妆明，张衡《七辩》。熏名，梁宣帝《游七山寺赋》。厨画，庾肩吾《谢东宫赉古迹启》。装之，徐陵《玉台新咏序》。弹棋，魏文帝《与吴质书》。受以，谢惠连《橘赋》。泛清，陶潜《闲情赋》。抚鸣，谢万《春游赋》。芳兰，庾信《拟连珠》。可以，萧大圜《言志》。白玉，庾信《谢明帝赐丝布等启》。无时，徐陵《玉台新咏序》。座客，梁元帝《金楼子》。各得，刘歆《西京杂记》。玉女，桓谭《仙赋》。不资，刘孝仪《艳体连珠》。高韵，班固《武帝内传》。逸态，庾信《赵国公集序》。于是，傅毅《七激》。弦琴，周弘让《答王褒书》。罗尊，张协《洛禊赋》。弹筝，张衡《南都赋》。箫管，魏陈思王植《七启》。结江，梁昭明太子《芙蓉赋》。箜篌，徐陵《玉台新咏序》。唱碣，梁简文帝《舞赋》。耳热，梁简文帝《筝赋》。阳春，庾信《春赋》。敛朱，陆冲《风赋》。俯仰，王逸《机赋》。抗皓，魏陈思王植《七启》。抑扬，何逊《七召》。众伎，卞兰《许昌宫赋》。诸工，傅毅《舞赋》。影娇，顾野王《舞影赋》。散芳，沈约《八咏临春风》。歌吹，江淹《恨赋》。学王，陈琳《为曹洪与魏文帝书》。滋味，枚乘《七发》。嗤何，梁元帝《与萧咨议等书》。遗芳，魏陈思王植《七启》。桂酒，万纽于瑾《华岳颂序》。穷滋，陆机《七征》。兰肴，嵇康《琴赋》。丛庭，王嘉《拾遗记》。大宛，徐幹《七喻》。澧水，萧子范《七诱》。洞庭，崔骃《七依》。江皋，吴均《食移》。仇池，吴均《饼说》。调以，梁简文帝《七励》。细如，吴均《饼说》。六谷，何逊《七召》。以欢，王嘉《拾遗记》。三臡，张衡《七辩》。实罄，王融《谢司徒赐紫鲊启》。繁肴，张协《七命》。甘果，梁元帝《金楼子》。乃进，傅毅《七激》。常山，萧子范《七诱》。浆苞，刘孝仪

《谢东宫赐净馔启》。色艳，刘孝仪《谢赉锦被启》[①]。肴核，左思《蜀都赋》。既娱，魏陈思王植《车渠碗赋》。芳华，班固《武帝内传》。并抗，何逊《七召》。宴而，黄宪《外史》。怏然，王羲之《兰亭修禊序》。表倾，陶潜《闲情赋》。不可，班固《西都赋》。极长，张敏《神女赋》。方当，庾信《谢赵王赉丝布启》。色授，杨雄《上林赋》[②]。意合，东方朔《非有先生论》。侍儿，萧大圜《言志》。并怜，刘勰《文心雕龙》。玉楼，梁简文帝《大法颂》。俱历，徐陵《报尹义尚书》。岁月，徐陵《荐陆琼书》。欢娱，刘师知《侍中沈府君集序》。写余，萧和《萤火赋》。撰良，曹昭《东征赋》。寂寂，孙拯《赠陆士龙诗》。依依，梁邵陵王纶《赠言赋序》。殉一，梁元帝《金楼子》。转盼，魏陈思王植《洛神赋》。求数，梁元帝《金楼子》。凝情，沈约《丽人赋》。青春，何逊《七召》。怨盛，魏陈思王植《洛神赋》。旅客，鲍照《登大雷岸与妹书》。结烦，张缵《怀音赋》。弹琴，梁元帝《金楼子》。行酒，赵晔《吴越春秋》。鹦鹉，梁简文帝《答张缵谢示集书》。怀情，葛洪《神仙传》。骊驹，应璩《与满公琰书》。握手，江淹《恨赋》。伤歧，张缵《怀音赋》。还空，班婕妤《捣素赋》。既而，梁昭明太子《二月启》。梦想，伏知道《为王宽与妇义安主书》。三夕，焦赣《易林》。行悠，丁廙《蔡伯喈女赋》。五心，焦赣《易林》。魂翮，陈琳《止欲赋》。嗟会，梁昭明太子《九月启》。徒抚，萧子晖《冬草赋》。每至，史祥《答东宫启》。白露，隋炀帝《遣使入天台书》。华幔，嵇康《杂诗》。纱窗，庾信《荡子赋》。深心，宋孝武帝《拟汉武帝李夫人赋》。书既，班婕妤《捣素赋》。嘉会，谢举《报湘东王书》[③]。泪末，沈炯《归魂赋》。暂游，江淹《别赋》。遂涉，庾信《答赵王启》。情绪，江淹《泣赋》。音尘，何逊《为衡山侯与妇书》。居人，江淹《别赋》。非无，陆机《演连珠》。上客，何逊《七召》。时有，徐陵《玉台新咏序》。思同，魏陈思王植《愍志赋》。遂挥，高允《塞上公亭诗序》。若夫，嵇康《琴赋》。数莺，刘师知《侍中沈府君集序》。九秋，魏陈思王植《七启》。一雁，顾野王《游

---

① 原注作者误，出自刘孝威《谢赉锦被启》。

② 原注作者误，出自司马相如《上林赋》。

③ 原注作者误，出自谢几卿《报湘东王书》。

虎丘山序》①。叹物，梁简文帝《晚春赋》。展中，边让《章华赋》。亦将，魏陈思王植《七启》。怀贞，司马相如《长门赋》。美媵，杜笃《祓禊赋》。执缠，张华《永怀赋》。守明，江淹《水上神女赋》。五日，徐陵《玉台新咏序》。抱离，张缵《离别赋》。四目，焦赣《易林》。微心，史祥《答东宫启》。明月，蔡邕《青衣赋》。患涕，左九嫔《离思赋》。怨年，谢惠连《雪赋》。至若，徐陵《玉台新咏序》。别异，庾信《为上黄侯世子与妇书》。美色，葛洪《神仙传》。阏氏，徐陵《玉台新咏序》。香肤，张翰《周小史诗》。卫姬，刘孝仪《艳体连珠》。陪窈，陆机《吊魏武帝文》。卧织，庾肩吾《谢赉铜砚笔格启》。传言，焦赣《易林》。剩可，梁元帝《为江夏王安丰谢东宫赉锦启》。生命，钟嵘《诗品》。无情，江总《为陈六宫谢表》。毛嫱，刘勰《文心雕龙》。汉妾，钟嵘《诗品》。摘阶，谢惠连《雪赋》。争楼，梁简文帝《梅花赋》。纨袖，谢惠连《雪赋》。罗帐，庾信《荡子赋》。至乃，何逊《七召》。狭邪，沈约《丽人赋》。吴宫，江淹《别赋》。荆姬，钟会《菊花赋》。传鼓，徐陵《玉台新咏序》。逢弄，何逊《七召》。襄国，刘邵《赵都赋》。怯南，徐陵《玉台新咏序》。铜街，沈约《丽人赋》。媚北，江淹《丽色赋》。目窕，枚乘《七发》。惜瑶，江淹《别赋》。别易，颜之推《颜氏家训》。叹匏，魏陈思王植《洛神赋》。亦复，江淹《恨赋》。送别，沈约《梁武帝集序》。曲有，陆机《文赋》。终归，庾信《鸳鸯赋》。佳人，庾信《东宫行雨山铭》。嗟难，谢惠连《雪赋》。彩笔，伏知道《为王宽与妇义安主书》。期穷，陆机《文赋》。有光，江淹《丽色赋》。乍合，杨修《神女赋》。仆本，江淹《恨赋》。亦禁，陆机《文赋》。后之，王羲之《兰亭修禊序》。庶见。班婕妤《捣素赋》。

## 昔别五言律诗三十首

昔别春风起，经秋复度春。山川屡难越，形影自相亲。且进杯中物，还思楼上人。江南佳丽地，万里隔良辰。

---

① 原注题目、作者误，出自刘师知《侍中沈府君集序》。

昔别，《子夜四时歌》。经秋，鲍令晖《代葛沙门妻郭小玉作》。山川，王融《秋胡行》。形影，何逊《赠族人秣陵兄弟》。且进，陶潜《责子》。还思，陆系《拟有所思》。江南，谢朓《入朝曲》。万里。沈约《悲哉行》。

遥望江南路，先将动旧情。金屏障翠帔，绮阁丽雕甍。酒就文君取，歌闻齐后声。忽焉逾二纪[①]，相望阻盈盈。

遥望，古诗《步出城东门》。先将，梁简文帝《半路溪》。金屏，刘遵《繁华》。绮阁，陈子良《赞敬德上越国公杨素》[②]。酒就，庾信《对酒》。歌闻，戴暠《煌煌京洛行》。忽焉，王胄《酬陆常侍》。相望。王筠《摘安石榴》。

忆昔窥瑶镜，春风明月楼。调弦始成曲，举袖欲障羞。何惜千金宝？聊为三日游。自知心所爱，遇此遂淹留。

忆昔，大女郎《赠瑶镜子歌》[③]。春风，吴均《酬闻人侍郎别》。调弦，《子夜四时歌》。举袖，无名氏《杂诗》。何惜，成公绥《游仙诗》。聊为，潘尼《三月三日洛水作》。自知，王褒《日出东南隅行》。遇此。沈约《天渊水鸟赋》。

佳丽娇南陌，遨游大道边。尘飞车马度，日落绮罗鲜。灯树千光照，衣香十里传。花花自相对，何处不留连？

佳丽，陈后主《洛阳道》。遨游，沈炯《长安少年行》。尘飞，庾肩吾《长安道》。日落，陈后主《前有一尊酒行》。灯树，隋炀帝《正月十五夜于通衢建灯》。衣香，王训《奉和咏舞》。花花，宋子侯《董娇娆》。何处。梁元帝《长歌行》。

远望徒延首，罗帏闭不开。澄神自惆怅，临路独迟回。上客娇难逼，高楼年易催。经过狭邪里[④]，箫管逐风来。

远望，沈趋《奉和咏舞》[⑤]。罗帏，吴均《春咏》。澄神，鲍照《答客》。临

---

① “忽”字，王胄《酬陆常侍》原作“倏”。

② 原注题目有衍文，出自陈子良《赞德上越国公杨素》。

③ 原注题目有脱字，出自大女郎《赠警瑶镜子歌》。

④ “邪”字，萧贲《长安道》原作“斜”。

⑤ 原注题目误，出自沈趋《赋得雾》。

路，鲍照《放歌行》。上客，高爽《咏酌酒人》。高楼，苏子卿《梅花落》。经过，萧贲《长安道》。箫管。王僧孺《登高台》。

不见来人影，安能访狭邪[①]？冶游步春露，姝貌比朝霞。皎皎当窗牖，笼笼隔浅纱。人多羞借问，闻道出良家。

不见，梁元帝《古意咏烛》。安能，顾野王《长安道》。冶游，《子夜四时歌》。姝貌，梁简文帝《娈童》。皎皎，古诗《青青河畔草》。笼笼，刘孝威《郄县遇见人织率尔寄妇》。人多，张正见《采桑》。闻道。刘氏《答唐娘七夕所穿针》。

我本良家子，翻为歌舞轻。琼瑰俟丰价，丝竹厉清声。经共陈王戏，能令吴市倾。愿君早留眄，夜月照心明。

我本，薛道衡《王明君》。翻为，阴铿《婕妤怨》。琼瑰，陆机《赠纪士》。丝竹，苏武《别诗》。经共，刘缓《名士悦倾城》。能令，梁元帝《飞来双白鹄》。愿君，徐孝嗣《白雪歌》。夜月。庾信《昭君辞》。

夜静临华烛，余辉耀玉床。镜前难并照，席上自生光。蹀座吹长笛，开筵集画堂[②]。倾城且倾国，佳丽俪成行[③]。

夜静，梁邵陵王纶《和湘东王后园作回文诗》。余辉，吴均《秦王卷衣》。镜前，庾肩吾《咏美人》。席上，何逊《看伏郎新昏》[④]。蹀座，《梁折杨柳歌辞》。开筵，刘端《奉和宴东堂》。倾城，梁简文帝《率尔成咏》。佳丽。薛道衡《和许给事善心戏场转韵》。

置酒高堂上，相看并是仙。裾开临舞席，鬟转匝花钿。绿绮朱弦泛，金钩翠幔悬。此时方夜饮，列坐竟长筵。

置酒，阮瑀《杂诗》。相看，陈后主《七夕宴》。裾开，沈约《咏脚下履》。鬟转，刘遵《奉和咏舞》。绿绮，张正见《和衡阳王秋夜》。金钩，庾信《咏画屏

---

① “邪”字，顾野王《长安道》原作“斜”。

② “集”字，刘端《奉和宴东堂》原作“临”。

③ “俪”字，薛道衡《和许给事善心戏场转韵》原作“俨”。

④ 原注题目有误字，出自何逊《看伏郎新婚》。

风诗》。此时，梁元帝《县名诗》。列坐。曹植《名都篇》。

满酌兰英酒，丝绳提玉壶。名歌非下里，丰膳出中厨。华艳当时显，绸缪清夜娱①。入门俱有说，咳唾自成珠。

满酌，徐君蒨《初春携内人行戏》。丝绳，辛延年《羽林郎》。名歌，王金珠《上声歌》。丰膳，魏陈思王植《赠丁廙》。华艳，崔少府女《赠卢充诗》。绸缪，谢灵运《拟王粲》。入门，李德林《相逢狭路间》。咳唾。赵壹《鲁生歌》。

兰牖轻风度，春衣共有芳。细帘时半卷，团扇与谁妆？宝瑟玫瑰柱，珠扉玳瑁床。庭中花照夜②，未晓已含光。

兰牖，刘氏《答外》。春衣，江总《梅花落》。细帘，梁简文帝《苦热行》。团扇，梁简文帝《望月》。宝瑟，沈约《登高望春》。珠扉，王冏《长安有狭邪行》。庭中，梁武帝《子夜四时歌》。未晓。王台卿《陌上桑》③。

小喜多唐突，人看反更羞。薄妆宜入镜，宿幔未悬钩。解带羞连理④，缝裙学石榴。含娇对斜盼⑤，得意在双眸。

小喜，《子夜歌》。人看，陈后主《三妇艳》。薄妆，梁元帝《县名诗》。宿幔，梁简文帝《喜疾瘳》。解带，王胄《为寒床妇赠夫》。缝裙，《黄门倡歌》。含娇，王筠《五日望采拾》。得意。荀济《赠阴梁州》。

琴酒时欢会，三旬将欲移。芳筵罗玉俎，琼柱动金丝。共奏同心曲，非无巧笑姿。欲知密中意，握手代萱枝。

琴酒，潘徽《赠北使》。三旬，阮籍《咏怀诗》。芳筵，邢邵《三日华林园公宴》。琼柱，梁元帝《奉和咏筝》。共奏，梁武帝《子夜四时歌》。非无，王台卿《陌上桑》。欲知，徐君蒨《咏眼》⑥。握手。虞世基《秋日赠王中舍》。

---

① “夜”字，谢灵运《拟王粲》原作“燕”。

② “夜”字，梁武帝《子夜四时歌》原作“眼”。

③ 原注作者误，出自王筠《陌上桑》。

④ “羞”字，王胄《为寒床妇赠夫》原作“惭”。

⑤ “对”字，王筠《五日望采拾》原作“起”。

⑥ 原注作者误，出自刘孝绰《咏眼》。

握腕同游戏，欢情乐未央。初时非不密，嘉会故难常。但惧秋尘起，安知夏节长？留连展言宴，度曲两三章。

握腕，《子夜四时歌》。欢情，傅玄《秋胡行》。初时，《子夜歌》。嘉会，阮德如《答嵇康》。但惧，鲍照《煌煌京洛行》。安知，魏文帝《夏诗》。留连，虞世基《秋日赠王中舍》。度曲。顾野王《艳歌行》。

畴昔怀微志，明珠难暗投。盛年将可惜？妙曲反增愁。月丽姮娥影，风惊织女秋。玉尊金镂碗，与子结绸缪。

畴昔，张协《杂诗》。明珠，王褒《墙上难为趋行》。盛年，《折杨柳五月歌》。妙曲，虞世基《秋日赠王中舍》。月丽，刘孝威《苦暑》。风惊，张正见《秋河曙耿耿》。玉尊，《三洲歌》。与子。李陵《与苏武别诗》。

明旦非今日，弥怜心事乖。不言千里别，还觉两情谐。托意时移柱，因羞强正钗。眼前一杯酒，何以慰吾怀？

明旦，陶潜《和张常侍》。弥怜，庾信《山居》①。不言，陈后主《有所思》。还觉，《子夜四时歌》。托意，陈后主《舞媚娘》。因羞，梁简文帝《咏独舞》。眼前，庾信《拟阮籍咏怀》。何以。陶潜《贫士》。

欢笑惟三五，相怜能几时？春心自摇荡，别酒正参差。薄黛销将尽，啼红拭复垂。伊怀难具道，为我一颦眉。

欢笑，庾信《对酒》。相怜，《子夜歌》。春心，无名氏《阳春曲》。别酒，宗夬《别萧咨议》。薄黛，刘孝绰爱姬《赠主人》。啼红，梁元帝《代旧姬有怨》。伊怀，陶潜《拟古》。为我。王江乘《送别联句》。

石以坚为性，分明无两心。谁能共迟暮？相顾惜光阴。以我穷途泣，闻君此夜琴。四更天欲曙，久漏转骎骎。

石以，鲍照《拟古》。分明，梁武帝《子夜四时歌》。谁能，张率《对酒》。相顾，杨素《赠薛播州》。以我，陈子良《送别》。闻君，谢朓《和王中丞听琴》。四更，庾信《赋得四更》。久漏。梁简文帝《十空》。

明日分千里，相逢知几年？结言固终始，将别更留连。烛送窗边

---

① 原注题目有误字，出自庾信《山斋》。

影，香回炉上烟。一卮聊自饮，我酌子萦弦。

明日，何处士《别才法师于湘》。相逢，庾信《别周尚书弘正》。结言，颜延之《秋胡行》。将别，江总《赠袁洗马朗别》。烛送，徐陵《奉和咏舞》。香回，刘孝威《怨诗行》。一卮，刘孝先《草堂寺寻无名法师》。我酌。鲍照《拟古》。

离念空盈荡，徘徊帷幌中。高轩通夕月，团扇逐秋风。耿耿长河曙，凄凄良宴终。琴从绿珠借，兹夜抚离鸿。

离念，刘孝绰《酬陆长史倕》。徘徊，鲍照《玩月城西门廨中》。高轩，宋南平王铄《七夕咏牛女》。团扇，孔翁归《婕妤怨》。耿耿，张正见《秋河曙耿耿》。凄凄，刘孝绰《忆虞弟》。琴从，庾信《对酒》。兹夜。梁元帝《秋夜》。

饯泪留神眷，兰膏依晓煎。自从今日去，犹忆昔时怜。愁思三秋结，遥心万里悬。欲飞无两翅，别后涕流连。

饯泪，刘孝威《东西门行》。兰膏，梁武帝《七夕》。自从，吴均《闺怨》。犹忆，冯淑妃《咏琵琶》。愁思，江总《长相思》。遥心，贺力牧《关山月》。欲飞，《乌夜啼》。别后。《子夜歌》。

倏忽成离思①，来期渺未央。行行即长道，眷眷惜余香。游客伤千里，思君在一方。独怜明月夜，枕上怨孤凰。

倏忽，王筠《代牵牛答织女》。来期，伍辑之《劳歌》②。行行，谢灵运《相逢行》。眷眷，沈约《八咏去朝市》。游客，宗懔《早春》。思君，虞世基《秋日赠王中舍》。独怜，庾信《乌夜啼》。枕上。吴思玄《闺怨》。

转侧听更鼓，孤灯暧不明。魂消形已去③，泣尽叹无声④。深感同心意，常留入梦情。何时玉窗里？丝管互逢迎。

转侧，《读曲歌》。孤灯，沈约《夜夜曲》。魂消，何逊《为人妾思》。泣

---

① “思”字，王筠《代牵牛答织女》原作“异”。

② 原注作者有误字，出自伍缉之《劳歌》。

③ “消”字，何逊《为人妾思》原作“销”。

④ “泣”字，傅玄《青青河边草》原作“期”。

尽，傅玄《青青河边草》。深感，《子夜四时歌》。常留，王胄《答贺属》。何时，梁简文帝《晚闺》。丝管。柳訔《长歌引》[①]。

预以心相许，防闲托守宫。别离稍已久，音信不曾通。容貌朝朝改，寒衾夜夜空。怀君首如疾，非是为秋风。

预以，徐勉《采莲曲》[②]。防闲，《汉乐辞》。别离，沈约《青青河畔草》。音信，梁简文帝《独处怨》。容貌，陆琼《长相思》。寒衾，梁元帝《闺怨》。怀君，王融《寒晚敬和何征君点》。非是。徐湛《班去赵姬升》。

暂别年逾半，相思劳万端。无由报君信，非是畏人看。去去当何极？悠悠怀所欢。夜长眠复坐，含泪剪绫纨。

暂别，何逊《与崔录事别兼叙携手》。相思，孙万寿《别赠》。无由，吴均《采桑》。非是，车敹《紫骝马》。去去，陶潜《宴集联句》[③]。悠悠，陆机《拟古》。夜长，刘孝绰《为人赠美人》。含泪。刘孝绰《奉和冬晓》。

泪满横波目，相期觉路赊。惟闻叹杨柳，无事逐梅花。罗带因腰缓，金簪临鬓斜。还看镜中色，努力爱春华。

泪满，王筠《秋思》[④]。相期，刘遵《相逢行》。惟闻，王筠《游望》。无事，沈约《初春》。罗带，罗爱爱《闺思》。金簪，刘孝威《郄县遇见人织率尔寄妇》。还看，刘氏《答外》。努力。苏武《别诗》。

极望伤春目，山川间白云。百年难必保，一去不相闻。钗落终应弃，衣成未暇薰。庭花方烂熳，是日最思君。

极望，刘孝威《登覆舟山望湖北》。山川，吴均《发湘州赠亲故别》。百年，谢惠连《却东西门行》。一去，王融《古意》[⑤]。钗落，薛道衡《王明君》。衣成，刘邈《秋闺》。庭花，侯夫人《自感》。是日。王僧孺《春日寄乡友》。

---

① 原注作者误，出自王融《长歌引》。

② 原注题目有误字，出自徐勉《采菱曲》。

③ 原注题目有衍文，出自陶潜《联句》。

④ 原注题目有误字，出自王筠《秋夜》。

⑤ 原注作者、题目误，出自王褒《燕歌行》。

愿学鸳鸯鸟，今成相背飞。漏长宵寂寂，花落夜霏霏。双枕何时有？千书信不归。思君无转易，梦想见容辉。

愿学，梁元帝《鸳鸯赋》。今成，何逊《送褚都曹》。漏长，梁简文帝《楚妃叹》。花落，吴均《发湘州赠亲故别》。双枕，《子夜四时歌》。千书，《读曲歌》。思君，何逊《离闺怨》。梦想。古诗《凛凛岁云暮》。

午醉醒来晚，犹言君在旁。负侬非一事，垂泪有千行。明月悬高树，春风响洞房①。容华若桃李，夜夜守空床。

午醉，陈后主《小窗诗》。犹言，王筠《闺情》。负侬，《子夜歌》。垂泪，庾信《昭君辞》。明月，柳恽《捣衣》。春风，吴思玄《闺怨》。容华，魏陈思王植《杂诗》。夜夜。刘缓《奉和寒宵》。

春别犹春恋，情来不自禁。关山分万里，佳丽值千金。愿得同携手，终当不易心。几回明月夜？寄此托微吟。

春别，《子夜四时歌》。情来，刘遵《奉和七夕穿针》。关山，何逊《拟古》②。佳丽，谢朓《夜听妓》。愿得，何逊《春暮喜晴》。终当，吴隐之《酌贪泉赋诗》。几回，范云《闺思》。寄此。梁简文帝《纳凉梧下》③。

## 佳人五言律诗三十五首

佳人饰净容，公子好游从。宝帐三千所，罗裙数十重。新知乐如是，妙舞态难逢。日暮留嘉客，悬知春酒浓。

佳人，柳恽《捣衣》。公子，车縠《洛阳道》。宝帐，鲍照《煌煌京洛行》。罗裙，施荣泰《杂诗》。新知，沈约《奉和秋夜》。妙舞，卢思道《夜闻邻妓》。日暮，何逊《咏舞》。悬知。庾信《山家》④。

---

① “春”字，吴思玄《闺怨》原作“金”。

② 原注作者、题目误，出自何偃《冉冉孤生竹》。

③ 原注题目有衍文，出自简文帝《纳凉》。

④ 原注题目有误字，出自庾信《山斋》。

佳人懒织缣，上客酒须添。振蹑开交缕，攀钩卷细帘。春蚕方曳绪，舞蝶乱飞盐。欲妒梅将柳，余花落镜奁。

佳人，梁简文帝《春闺情》。上客，魏收《永世乐》。振蹑，刘邈《咏织妇》。攀钩，何子朗《学谢体》。春蚕，王筠《春日》。舞蝶，梁简文帝《咏雪颠倒使韵》。欲妒，陈子良《咏春雪》。余花。萧子云《春思》。

佳人每晓游，知是逐风流。玉匣聊开镜，珠帘新上钩。深沉映朱网，结束下青楼。始作阳春曲，孙眉本未愁。

佳人，刘孝绰《江津寄刘之遴》。知是，《三洲歌》。玉匣，庾信《咏镜》。珠帘，庾肩吾《奉和春夜》。深沉，谢朓《直中书省》。结束，刘邈《万山见采桑人》。始作，沈约《王明君》。孙眉。卢思道《日出东南隅行》。

佳人在北燕，一信动经年。美酒还参圣，明寮自照妍①。春风起春树，秋日丽秋天②。屡见流芳歇，愁闺夜不眠。

佳人，陈后主《有所思》。一信，刘孝先《奉和春宵》。美酒，庾信《谨赠司寇淮南公》。明寮，阮籍《咏怀》。春风，沈约《八咏临春风》。秋日，江淹《贻袁常侍》。屡见，宋南平王铄《拟古》。愁闺。隋炀帝《锦石捣流黄》。

佳人不在兹，想像见芳姿。脱有经过便，莫忘欢乐时。瑶轩笼翠幌，玉座奉金卮。念别犹如昨，褰裳望所思。

佳人，张华《情诗》。想像，沈氏《戏萧娘》。脱有，陶潜《与殷晋安别》。莫忘，苏武《别诗》。瑶轩，宋文帝《登景阳楼》。玉座，谢朓《咏席》。念别，何逊《寄江州褚咨议》。褰裳。古诗《穆穆清风至》。

佳人殊未来，楼上独徘徊。空结茱萸带，还倾鹦鹉杯。绡纨既妍媚，金翠转迟回。兰室期相见，当令巧笑开。

佳人，江淹《杂体诗》。楼上，徐陵《梅花落》。空结，王枢《至乌林村见采桑者因有赠》。还倾，吴均《江潭怨》。绡纨，王筠《五日望采拾》。金翠，陈后主《独酌谣》。兰室，《子夜四时歌》。当令。江总《雉子斑》。

---

① “寮”字，阮籍《咏怀》原作“察”。

② “日”字，江淹《贻袁常侍》原作“月”。

佳人心自回，密意眼中来。细管吹藂竹，新妆艳落梅。唱歌云欲聚，醒酒药初开。复有能留客，温姬玉镜台。

佳人，伏知道《咏人聘妾仍逐琴心》。密意，徐陵《洛阳道》。细管，庾信《咏画屏风诗》。新妆，隋炀帝《持楫篇》。唱歌，庾信《游山》。醒酒，鲁范《神仙篇》。复有，岑之敬《洛阳道》。温姬。梁简文帝《同刘咨议咏春雪》。

佳人心自伤，涕泣洒衣裳。万里音尘绝，三时刻漏长。纤腰时欲断[①]，短翮不能翔。独对东风酒，闲阶花蕊香。

佳人，吴思玄《闺怨》。涕泣，刘桢《赠五官中郎将》。万里，江总《折杨柳》。三时，庾信《奉和夏日》。纤腰，卢思道《后园宴》。短翮，鲍照《赠傅都曹别》。独对，吴均《酬萧新浦王洗马》。闲阶。何思澄《婕妤怨》。

佳人难再求，一见乃忘忧。无使春光暮，聊为清夜游。迎风时引袖，落月似悬钩。金谷多欢宴，悠悠迷所留。

佳人，《采菱曲》。一见，王融《秋胡行》。无使，孔仲智《羁谣》。聊为，王褒《古曲》。迎风，梁简文帝《率尔成咏》。落月，梁元帝《草名诗》。金谷，陈子良《赋得妓》。悠悠。陶潜《饮酒》。

佳人且少留，秉烛夜行游。惟畏三春晚，分为两地愁。当轩理清曲，拨帐掩娇羞。月出宵将半，欢娱方未周。

佳人，王冏《长安有狭邪行》。秉烛，《同生曲》。惟畏，卢思道《河曲游》。分为，何逊《与胡兴安夜行》。当轩，王筠《三妇艳》。拨帐，陈后主《三妇艳》。月出，王筠《闺情》。欢娱。庾肩吾《长安有狭邪行》。

佳人竟不归，相望卷罗帏。绝代终难及，良时徒见违。浮云起新色，明月耀清晖。昔别曾何道？离琴手自挥。

佳人，陆机《拟庭中有奇树》。相望，陈后主《三妇艳》。绝代，萧放《冬夜咏妓》。良时，王枢《古意》。浮云，何逊《学古》。明月，阮籍《咏怀》。昔别，吴均《闺思》。离琴。江总《遇长安使寄裴尚书》。

佳人岂在兹？梦见反成疑。楼上多娇艳，闺中初别离。山川千

---

① “时”字，卢思道《后园宴》原作“如”。

里外，风月两边时。徒酌相思酒，相思君未知[1]。

佳人，阮籍《咏怀诗》。梦见，梁简文帝《伤美人》。楼上，陈后主《舞媚娘》。闺中，王枢《至乌林村见采桑者因有赠》。山川，陶渊明《与殷晋安别》。风月，陈后主《有所思》。徒酌，鲍照《苦雨》。相思。谢朓《咏风》。

佳人抚琴瑟，玉指弄娇弦。长韵还相续，新声徒自怜。参差兴别绪，缱绻在华年。悲发江南调，乌啼惊夜眠。

佳人，陆机《拟古》。玉指，《子夜歌》。长韵，褚云《赋得蝉》[2]。新声，何澄《增新曲相对联句》[3]。参差，王融《秋胡行》。缱绻，张载《赠虞显度》。悲发，宋南平王铄《拟古》。乌啼。庾信《弄琴》。

佳人美清夜，角枕已双陈。及此同多暇，相逢竞逐春[4]。分妆开浅靥，敛笑动微颦。愿托嫦娥影，初弦月彩新。

佳人，陶潜《拟古》。角枕，鲍照《学古》。及此，刘孝绰《秋雨卧疾》。相逢，辛德源《白马篇》。分妆，梁简文帝《艳歌行》。敛笑，王筠《五日望采拾》。愿托，周南《晚妆》。初弦。虞世南《奉和月夜观星》。

佳人渺天末，四望满春晖。不觉华年度，何时香步归？光阴非或异，信誓果相违。得托芳兰苑，千金本易挥。

佳人，陆机《为顾彦先赠妇》。四望，隋炀帝《晚春》。不觉，《子夜四时歌》。何时，徐摛《奉和坏桥》。光阴，王融《秋胡行》。信誓，王筠《向晓闺情》。得托，刘桢《失题》。千金。杨训《群公高宴诗》。

佳人共携手，婉娈有芬芳。筝响流飞阁，铃盘出步廊。摘花竞时侣，傍竹艳新妆。燕赵羞容止，从来难比方。

佳人，沈约《初春》。婉娈，阮籍《咏怀》。筝响，刘端《奉和宴东堂》。铃盘，梁元帝《夕出通波阁下观妓》。摘花，房篆《金乐歌》。傍竹，刘孝仪《舞就

---

① “君”字，谢朓《咏风》原作“子”。

② 原注作者有误字，出自褚沄《赋得蝉》。

③ 原注题目有误字，出自何澄《赠新曲相对联句》。

④ “逢”字，辛德源《白马篇》原作“从”。

行》。燕赵，梁武帝《戏作》。从来。王训《奉和率尔成咏》。

佳人复千里，衔恨独吞声。地远山河没，房空帏帐轻[①]。何时同促膝？相望几含情？促织鸣东壁，回文织未成。

佳人，何子朗《和缪郎视月》。衔恨，梁昭明太子《拟古》。地远，沈约《却东西门行》。房空，陈后主《自君之出矣》。何时，何逊《临行与故游夜别》。相望，隋炀帝《忆韩俊娥》。促织，古诗《明月皎夜光》。回文。庾信《荡子赋》。

佳人时宴息，莲子帐心垂。独寝鸳鸯被，羞开翡翠帷。夜长无与晤，梦好却成悲。卧觉明灯晦，含情欲待谁？

佳人，柳恽《咏席》。莲子，庾信《奉和赵王美人春日》[②]。独寝，刘孝威《独不见》。羞开，江总《妇病行》。夜长，梁元帝《关山月》。梦好，侯夫人《妆成》。卧觉，宋南平王铄《拟古》。含情。王粲《公燕诗》。

佳人何所望[③]？空上望归楼。耿耿晴烟上，亭亭宵月流。徒教两行泪，相接几重愁？一去无消息，芳年不共游。

佳人，梁简文帝《和湘东王咏阳云楼檐柳》。空上，张正见《有所思》。耿耿，庾肩吾《侍宴饯张孝总》。亭亭，王融《法乐辞》。徒教，刘缓《奉和秋夜》。相接，虞茂《陇头水》[④]。一去，释宝月《估客乐》。芳年。谢朓《往敬亭路中联句》。

佳人坐椒屋，衔意默无辞。柳絮时依酒，梅花已落枝。画眉忘注口，动足复含姿。顾盼遗光彩，相看爱此时。

佳人，梁元帝《车名诗》。衔意，任昉《湘夫人》[⑤]。柳絮，梁元帝《和刘上黄春日》。梅花，梁武帝《子夜四时歌》。画眉，《子夜四时歌》。动足，江洪《奉和咏舞》。顾盼，魏陈思王植《美女篇》。相看。何逊《咏舞》。

---

① “帏”字，陈后主《自君之出矣》原作“帷”。

② 原注题目有衍文，出自庾信《奉和赵王春日》。

③ “何”字，简文帝《和湘东王咏阳云楼檐柳》原作“有”。

④ 原注题目误，出自虞茂《入关》。

⑤ 原注作者误，出自王僧孺《湘夫人》。

佳人无于隔[①],无处叙寒温[②]。欲笑翻成泣,相思那得论?香罗鸣玉佩,清醑满金尊。眷彼忘言客,蹇修时不存。

佳人,梁昭明太子《拟有所思》。无处,江总《南还寻草市宅》。欲笑,沈约《为邻人有怀不值》[③]。相思,庾信《徐报使来止得一相见》。香罗,王容《大堤女》。清醑,谢灵运《石门新营所住四面高山回溪石濑茂林修竹》。眷彼,刘孝绰《观田》。蹇修。郭璞《游仙诗》。

佳人守茕独,因病遂成妍。银烛含朱火,雕炉薰紫烟。短歌吹细笛,曼睇入繁弦。绿鬓愁中改,相思夜不眠。

佳人,张协《杂诗》。因病,许瑶《咏柟榴枕》。银烛,梁元帝《卜兆名诗》[④]。雕炉,《子夜警歌》。短歌,庾信《幽居值春》。曼睇,刘孝仪《奉和咏舞》。绿鬓,吴均《闺怨》。相思。梁元帝《宫殿名诗》。

佳人爱华景,曲里奏阳春。含贝开丹吻,明珠点绛唇。清歌留上客,芳馔备奇珍。一笑千金买,临淄逢丽神。

佳人,吴迈远《阳春歌》。曲里,刘邈《清歌发》。含贝,张率《日出东南隅行》。明珠,江总《咏美人春游》[⑤]。清歌,谢朓《永明乐》。芳馔,潘尼《皇太子宴集》[⑥]。一笑,王僧孺《咏宠姬》。临淄。陈瑄《洛阳道》。

佳人难再得,倾国昔曾闻。衣共双丝绢,香传百和薰。鬘容生翠羽,转态结红裙。的的金纱净,蒲桃学绣文。

佳人,李延年《歌》。倾国,何思澄《南苑逢美人》。衣共,杨方《合欢诗》。香传,沈氏《咏五彩竹火笼》。鬘容,杨皦《奉和咏舞》。转态,陈后主《舞媚娘》。的的,萧骕《咏袙复》。蒲桃。庾信《奉和赵王西京路春旦》。

---

① "佳人"二字,萧统《有所思》原作"公子"。
② "无"字,江总《南还寻草市宅》原作"何"。
③ 原注题目有误字,出自沈约《为邻人有怀不至》。
④ 原注题目有误字,出自梁元帝《龟兆名诗》。
⑤ 原注作者误,出自江淹《咏美人春游》。
⑥ 原注题目有衍文,出自潘尼《皇太子集应令》。

佳人俱绝世，眼语送杯娇。艳彩裙边出，歌声扇后骄。瑶华随步响，玉钏逐弦摇。弄急时催舞，莲花带缓腰。

佳人，《黄门倡歌》。眼语，陈后主《独酌谣》。艳彩，刘孝威《郄县遇见人织率尔寄妇》。歌声，辛德源《和赵郡王观妓》①。瑶华，柳恽《捣衣》。玉钏，梁简文帝《夜听妓》。弄急，梁简文帝《赋得箜篌》。莲花。吴均《去妾赠前夫》。

佳人从所务，年少怯逢迎。独在机中织，何劳弦上声？度梭环玉动，顿履佩珠鸣。孤对相思夕，兰钉当夜明。

佳人，颜延之《秋胡行》。年少，张正见《采桑》。独在，《子夜四时歌》。何劳，陶潜《琴诗》。度梭，刘孝威《郄县遇见人织率尔寄妇》。顿履，沈君攸《夜出妓》。孤对，谢朓《灯》。兰钉。王融《咏幔》。

佳人殊未适，愁逐漏声长。皓齿为谁发？朱唇徒自伤。低衫拂鬓影，牵袖起衣香。欲展清商曲，鸣琴无暇张。

佳人，谢灵运《南楼中望所迟客》。愁逐，吴思玄《闺怨》。皓齿，王台卿《陌上桑》。朱唇，梁简文帝《怨情》②。低衫，沈君攸《夜出妓》。牵袖，陈后主《舞媚娘》。欲展，苏武《别诗》。鸣琴。刘孝绰《淇上戏荡子妇》。

佳人在遐路，中夜起长叹。星汉空如此，山川阻且难。微风摇茝若，清露被皋兰。昔日同心者，鸣筝谁与弹？

佳人，陆厥《邯郸行》。中夜，魏陈思王植《美女篇》。星汉，沈约《夜夜曲》。山川，陆机《拟古》。微风，张华《杂诗》。清露，阮籍《咏怀》。昔日，吴云《咏雪》③。鸣筝。鲍照《冬至》。

佳人慕高义，荡子太无情。坠叶还相覆，新花已自生。留欢恨奔箭，改调促鸣筝。昨晚褰帘望，春寒入骨清。

佳人，魏陈思王植《美女篇》。荡子，徐陵《折杨柳》。坠叶，孔绍安《别徐

---

① 原注作者误，当作僧法宣《和赵郡王观妓》。

② 原注题目有脱字，出自简文帝《倡妇怨情十二韵》。

③ 原注作者有误字，出自吴均《咏雪》。

永元秀才》。新花，梁简文帝《春日看梅花》。留欢，沈约《长歌行》。改调，《上声歌》。昨晚，甄固《奉和世子春情》。春寒。侯夫人《自伤》。

佳人处遐远，万里望风尘。拭泪绳春线，舒心谢锦茵。斜光隐西壁，遗思结南津。杯酒恒无乐，愁闻别后新。

佳人，张华《情诗》。万里，傅玄《豫章行苦相篇》。拭泪，刘孝威《奉和春宵》。舒心，丘巨源《咏七宝扇》。斜光，王僧孺《秋闺怨》。遗思，陆机《赴洛》。杯酒，隋大义公主《书屏风》。愁闻。陆系《拟有所思》。

佳人不相见，良讯代兼金。弦绝犹依轸，歌喧自动琴。愿言追昔爱，何以结中心？坐惜红妆变，归云难寄音。

佳人，刘绘《拟有所思》。良讯，陆机《赠冯文罴》。弦绝，何逊《青青河畔草》。歌喧，张正见《赋新题得兰生野径》。愿言，古诗《兰若生阳春》。何以，繁钦《定情诗》。坐惜，谢朓《和王主簿季哲怨情》。归云。陆机《拟古》。

佳人步春苑，腰佩翠琅玕。散诞垂红帔，逶迤摇白团。玉尊盈桂酒，金服炫雕栾。借问仙将画，披图自照看。

佳人，《子夜四时歌》。腰佩，魏陈思王植《美女篇》。散诞，梁简文帝《遥望》。逶迤，吴均《古意》。玉尊，魏陈思王植《仙人篇》。金服，沈约《日出东南隅行》。借问，梁简文帝《率尔为咏》。披图。庾信《拟阮籍咏怀诗》。

佳人理寒服，故作舞衣长。拂袖当留客，翻衫好染香。招携从所务，妖丽特非常。花色持相比，霞朝日照梁。

佳人，《子夜四时歌》。故作，徐陵《奉和咏舞》。拂袖，费昶《暮春和气应》。翻衫，沈约《奉和咏风》。招携，柳恽《捣衣》。妖丽，梁简文帝《怨情》①。花色，梁简文帝《梅花赋》。霞朝。何逊《看伏郎新昏》②。

佳人淇洧出，绣毂五香来。北眺邯郸道，东邻歌吹台。青丝悬玉镫，红袖捧金杯。莫畏无春酒，蒲萄百味开。

佳人，萧子显《美女篇》。绣毂，张正见《刘生》。北眺，谢灵运《拟平原侯

① 原注题目有脱字，出自简文帝《倡妇怨情十二韵》。

② 原注题目有误字，出自何逊《看伏郎新婚》。

植》。东邻，丘巨源《听邻妓》。青丝，梁简文帝《紫骝马》。红袖，庾信《春日极饮》。莫畏，庾信《奉和赵王美人春日》①。蒲萄。张正见《对酒》。

佳人归以北，艳赵复倾燕。入镜先飘粉，调筝更撮弦。网轩映珠缀，锦带杂花钿。情绕阳春吹，清歌自信妍。

佳人，汉铙歌《君马黄》。艳赵，萧子显《美女篇》。入镜，沈约《奉和咏风》。调筝，萧放《冬夜咏妓》。网轩，沈约《咏月》。锦带，吴均《采莲曲》。情绕，刘遵《奉和咏舞》。清歌。丘迟《征怨》。

## 又七首

紫陌映红尘，轻轩影画轮。声名且葱蒨，脂粉亦香新。或在堂间戏，皆为席上珍。若存金石契，南国有佳人。

紫陌，辛德源《白马篇》。轻轩，梁元帝《长安道》。声名，谢眺《和伏武昌登孙权故城》②。脂粉，王筠《五日望采拾》。或在，江总《燕燕于飞》。皆为，江总《赠贺左丞萧舍人》。若存，小女郎《与沈警书末诗》。南国。魏陈思王植《杂诗》。

争拟洛川神？从来讶逼真。分明净眉眼，闲丽美腰身。既喜枚都尉，能迷石季伦。兼金轻一顾，华烛命佳人。

争拟，江淹《咏美人春游》。从来，鲍泉《咏剪彩花》。分明，梁简文帝《咏美人观画》。闲丽，鲍照《学古》。既喜，庾信《有喜致醉》。能迷，刘缓《名士悦倾城》。兼金，陆厥《邯郸行》。华烛。刘孝绰《赋得照棋烛诗刻五分成》。

如雨复如神，依楼自觉春。玉盘传绮食，角枕粲文茵。伴饮杯中醁，偏光粉上津。淹留明月夜，渠碗送佳人。

如雨，梁简文帝《率尔成咏》。依楼，梁元帝《咏阳云楼檐柳》。玉盘，何逊《轻薄篇》。角枕，袁乔《调刘恢》。伴饮，王僧孺《咏姬人》。偏光，刘孝绰

---

① 原注题目有衍文，出自庾信《奉和赵王春日》。

② 原注作者有误字，出自谢朓《和伏武昌登孙权故城》。

《和周尚书弘正》。淹留，萧岑《棹歌行》。渠碗。谢朓《金谷聚》。

清唱谩频频，知君密见亲。且欣共卮酒，何啻起梁尘？转袖随歌发，缠弦用法新。江南箫管地，作曲是佳人。

清唱，陈后主《望江南》①。知君，谢朓《夜听妓》。且欣，江革《又赠何记室》。何啻，刘逖《清歌发》。转袖，刘孝仪《奉和咏舞》。缠弦，梁简文帝《率尔成咏》。江南，沈约《咏篪》。作曲。姚察《赋得笛》。

红脸自含春，清歌出绛唇②。对窗看宝瑟，向镜理纨巾。色丽班姬箧，歌扬齐后尘。长安米空索，讵有此佳人？

红脸，弘执恭《和赵郡王观妓》。清歌，梁简文帝《长安有狭邪行》。对窗，何逊《同虞记室登楼望远归》。向镜，梁简文帝《落日窗中坐》。色丽，庾抱《卧疴喜霁开窗望月》③。歌扬，卢思道《城南隅燕》。长安，庾信《和张侍中述怀诗》。讵有。萧纲《率尔为咏》。

离会起无因，歧言未及申④。相看常不足，每聚忽如新。合舞俱回雪，分骖各背尘。谁怜双玉箸？南浦送佳人。

离会，鲍照《怀远人》。歧言，任昉《别刘咨议》。相看，沈约《六忆诗》。每聚，沈约《为织女赠牵牛》。合舞，弘执恭《和赵郡王观妓》。分骖，庾肩吾《新林送刘之遴》。谁怜，刘孝威《独不见》。南浦。谢朓《送远曲》。

岁去不知春，苔阶逐恨新⑤。挥杯劝孤影，对酒惜芳辰。暂数盈虚月，知同忧怨晨。山河隔长路，万里望佳人。

岁去，荀济《赠阴梁州》。苔阶，何楫《婕妤怨》。挥杯，陶潜《杂诗》。对酒，张率《对酒》。暂数，戴暠《神仙篇》。知同，鲍令晖《代葛沙门妻郭小玉作》。山河，沈约《效古》。万里。陈后主《陇头水》。

---

① 原注作者误，出自隋炀帝《望江南》。

② “歌”字，梁简文帝《长安有狭邪行》原作“讴”。

③ 原注题目有误，出自庾抱《卧疴喜霁开扉望月简宫内知友》。

④ “歧”字，任昉《别刘咨议》原作“岐”。

⑤ “苔阶”二字，何楫《婕妤怨》原作“阶苔”。

## 美人五言律诗一十六首

美人归以南，流涕向春蚕。懒对蒲萄酒，空贻玳瑁簪。赏心无与共，拭泪强相参。坐见芳时歇，秋风吹绿潭。

美人，汉铙歌《君马黄》。流涕，吴均《采桑》。懒对，江总《妇病行》。空贻，王筠《拟有所思》。赏心，梁简文帝《晚日后堂》。拭泪，庾信《赠别》。坐见，石崇妾翔风《怨诗行》。秋风。柳恽《捣衣》。

美人伤我心，斜日晚骎骎。总辔登长路，临歧赠好音[①]。数杯还已醉，百虑毕来侵。握手河梁上，低声泛古琴。

美人，汉铙歌《君马黄》。斜日，梁简文帝《纳凉梧下》[②]。总辔，陆机《赴洛》。临歧，吴均《发湘州赠亲故别》。数杯，庾信《对酒》。百虑，颜延之《辞难潮沟》。握手，杨素《出塞》。低声。庾信《幽居值春》。

美人游不还，一别阻河关。白雪凝琼貌，春花竞玉颜。揽衣有余带，摇佩奋鸣环。特为相思苦，神交中夜间。

美人，谢灵运《石门新营所住四面高山回溪石濑茂林修竹》。一别，颜延之《秋胡行》。白雪，江淹《咏美人春游》。春花，庾肩吾《南苑看人还》。揽衣，陆机《拟古》。摇佩，刘孝绰《遥见邻舟主人掷一物众姬争之有客请余为咏》[③]。特为，《读曲歌》。神交。《西平乐》。

美人竟不来，含月共徘徊。思与清颜会，能将巧笑回？相邀开绣户，不假向瑶台。芳气随风结，中庭一树梅。

美人，谢灵运《夜宿石门》。含月，王融《临高台》。思与，谢朓《酬王世

---

① “歧”字，吴均《发湘州赠亲故别》原作“岐”。

② 原注题目有衍文，出自简文帝《纳凉》。

③ 原注题目中有误字，出自刘孝绰《遥见邻舟主人投一物众姬争之有客请余为咏》。

子》①。能将，萧有《射稚》。相邀，陈后主《舞媚娘》。不假，庾信《蒙赐酒》。芳气，陆机《拟古》。中庭。苏子卿《梅花落》。

美人还未央，玉体映罗裳。烛避窗中影，衫传篋里香。交丝结龙凤，赠绮织鸳鸯。但酌中山酒，歌声随袂扬。

美人，鲍照《冬至》。玉体，傅玄《艳歌行有女篇》。烛避，刘孝威《怨诗行》。衫传，徐陵《奉和咏舞》。交丝，庾信《题结线袋子》。赠绮，刘孝绰《遗所思》。但酌，周兴嗣《答吴均》。歌声。王修己《九日》。

美人愆岁月，无计奈春何。所恐恩情改，自言悲苦多。衔杯惜余景，敛袖待新歌。香尽奁犹馥，流馨入绮罗。

美人，谢混《游西池》。无计，侯夫人《自感》。所恐，王筠《咏蜡烛》。自言，王微《杂诗》。衔杯，刘孝绰《侍宴离亭》。敛袖，杨皦《奉和咏舞》。香尽，阴铿《游巴陵空寺》。流馨。张华《杂诗》。

美人隔千里，对酒不能酬。逾忆凝脂缓，弥欣执烛游。春风摇杂树，明月照高楼。俱作双丝引，空知思若抽。

美人，吴均《春咏》。对酒，李陵《与苏武别诗》。逾忆，刘孝威《郄县遇见人织率尔寄妇》。弥欣，辛德源《短歌行》。春风，沈约《登高望春》。明月，宋南平王铄《拟古》。俱作，梁武帝《子夜四时歌》。空知。庾肩吾《侍宣猷堂宴湘东王》。

美人一何丽，薄縠间飞绡。脚着花文履，头安金步摇。长巾亦徐换，旧瑟不须调。若奏巴渝曲，流风拂舞腰。

美人，傅玄《美女篇》。薄縠，萧子显《日出东南隅行》。脚着，高允《罗敷行》。头安，傅玄《艳歌行有女篇》。长巾，沈约《乐将殚恩未已》。旧瑟，邓铿《奉和夜听妓》。若奏，梁简文帝《蜀道难行》。流风。梁简文帝《夜听妓》。

美人竟何在？只在列仙家。户对忘忧草，园多夺目花。聚车看卫玠，磨镜待秦嘉。妆罢金星出，回头双鬟斜。

---

① 原注题目中有误字，出自谢朓《答王世子》。

美人，鲍照《三日》。只在，陈后主《望江南》①。户对，江总《春夜山亭》②。园多，闻人蒨《春情》③。聚车，岑之敬《洛阳道》。磨镜，卢询《中妇织流黄》。妆罢，顾野王《艳歌行》。回头。梁简文帝《娈童》。

美人戒裳服，容色更相鲜。小字为纨素，终晨抚管弦。绮裙映珠珥，罗袖拂金钿。挟瑟当窗牖，含羞未肯前。

美人，谢惠连《捣衣》。容色，郭璞《游仙诗》。小字，左思《娇女诗》。终晨，张华《情诗》。绮裙，傅縡《采桑》。罗袖，房篆《金乐歌》。挟瑟，王筠《游望》。含羞。《子夜歌》。

美人称绝世，徙倚望行云。玉面含羞出，丹唇逐笑分。将持比飞燕，不肯写昭君。腕动飘香麝，罗衣似适薰。

美人，梁简文帝《和湘东王名士悦倾城》。徙倚，《读曲歌》。玉面，陈后主《舞媚娘》。丹唇，何思澄《南苑逢美人》。将持，王训《奉和咏舞》。不肯，侯夫人《自遣》。腕动，刘遵《繁华》。罗衣。刘孝威《九日酌菊酒》。

美人要杂佩，一为出房栊。衫薄偏憎日，衣香自入风。金觞浮素蚁，珠概杂青虫。欲掩羞中笑，含娇新脸红。

美人，刘孝绰《淇上戏荡子妇》。一为，梁元帝《拟巫山高》。衫薄，陈子良《新成安乐宫行》。衣香，贺彻《采桑》。金觞，张华《游猎篇》。珠概，梁简文帝《和湘东王名士悦倾城》。欲掩，何逊《摇扇联句》。含娇。陈后主《三妇艳》。

美人多怨态，歌管为谁清？竹叶当杯满，幽兰逐袂生。偏增使君妒，更失画师情。向夕千愁起，单眠梦里惊。

美人，何逊《离夜听琴》。歌管，鲍照《送别王宣城》。竹叶，张正见《日中市朝满》。幽兰，柳恽《捣衣》。偏增，刘瑗《左右新昏》④。更失，薛道衡《王明

---

①　原注作者误，出自隋炀帝《望江南》。

②　原注题目中有误字，出自江总《春夜山庭》。

③　原注题目中有误字，出自闻人蒨《春日》。

④　原注题目有误，出自刘瑗《左右新婚》。

君》。向夕，费昶《长门怨》。单眠。阴铿《婕妤怨》。

美人卧屏席，未夕结重衾。肃肃秋风起，团团明月阴。芳华岂矜貌？摇落更伤心。直为逢迎寡，调声不用琴。

美人，谢灵运《日出东南隅行》。未夕，傅玄《咏冬》。肃肃，隋炀帝《饮马长城窟行》。团团，江庚《拟阮籍》①。芳华，鲍令晖《代葛沙门妻郭小玉作》。摇落，郑公超《送庾车骑抱》。直为，荀济《赠阴凉州》。调声。庾信《夜听捣衣》。

美人掩轻扇，绮帐待双情。密态随流脸，妍歌展妙声。衣香遥已度，鬌解不须萦。夕宴银为烛，珠珰摇鬓笙②。

美人，鲍照《中兴歌》。绮帐，《子夜四时歌》。密态，梁简文帝《美女篇》。妍歌，《古妍歌》。衣香，鲍泉《落日看远》。鬌解，薛道衡《王明君》。夕宴，费昶《思公子》。珠珰。梁元帝《树名诗》。

美人望昏至，且共覆前觞。银镂明光带，金泥苏合香。捉梳羞理鬓，试履逆填墙。远烛承歌黛，飞尘亟绕梁。

美人，颜延之《秋胡行》。且共，鲍照《秋夜》。银镂，王褒《日出东南隅行》。金泥，吴均《秦王卷衣》。捉梳，朱超道《荡子行不归》。试履，王训《奉和率尔成咏》。远烛，梁简文帝《九日赋韵》。飞尘。陆琼《梁甫吟》。

## 又三首

江南二月春，香雾郁兰津。绿酒犀为碗，金车玉作轮。中厨办丰膳，连榻设华茵。极宴娱心意，满堂皆美人。

江南，江淹《咏美人春游》。香雾，虞羲《春郊》。绿酒，杨训《群公高宴》。金车，古诗《为焦仲卿妻作》。中厨，魏陈思王植《箜篌引》。连榻，谢灵运《拟魏太子邺中诗》。极宴，古诗《青青陵上柏》。满堂。鲍照《堂上歌行》。

① 原注作者误，出自江淹《拟阮籍》。

② “笙”字，梁元帝《树名诗》原作“垂”。

平原燕浃旬，日日态还新。月皎疑非夜，花开不逐春。玉床珠帐卷，桂席羽觞陈。欲奏江南曲，调琴召美人。

平原，卢思道《城南隅燕》。日日，刘缓《名士悦倾城》。月皎，庾肩吾《奉和春夜》。花开，庾信《镜》。玉床，张正见《怨诗行》。桂席，谢朓《送远曲》。欲奏，张正见《与钱玄智泛舟》。调琴。贺彻《起坐弹鸣琴》①。

金壶启夕轮②，四照似含春。握笔徒思赋，卷帘时自颦。山川千里间，颜色一般新。犹忆窥窗处，余晖映美人。

金壶，鲍照《玩月城西门廨中》。四照，江总《奉和三善殿夜望山灯》。握笔，王褒《弹棋》。卷帘，侯夫人《看梅》。山川，陈后主《有所思》。颜色，陈后主《望江南》③。犹忆，江总《奉和东宫经故妃旧殿》。余晖。梁简文帝《落日窗中坐》。

## 女咏五言律诗二十一首

苦相身为女，相知无旧新。远期千里客，愿得一心人。梳饰多今世，淹留重上春。尊中石榴酒，夜夜尚留宾。

苦相，傅玄《豫章行苦相篇》。相知，裴让之《公馆宴》。远期，何承天《远期篇》。愿得，卓文君《白头吟》。梳饰，徐君蒨《初春携内人行戏》。淹留，梁元帝《长安道》。尊中，梁元帝《古意》。夜夜。梁简文帝《长安道》。

灼灼清轩女④，妆成桃毁红。鹍弦时莫并，蝉翼望如空。广袖承朝日，新声绕夜风。阳春二三月，含笑折芳丛。

灼灼，鲍令晖《拟青青河畔草》。妆成，施荣泰《杂诗》。鹍弦，姚察《赋得笛》。蝉翼，庾肩吾《赋得转歌扇》。广袖，陈后主《采桑》。新声，庾信《夜听

---

① 原注题目有误字，出自贺彻《为我弹鸣琴》。

② “轮”字，鲍照《玩月城西门廨中》原作“沦”。

③ 原注作者误，出自隋炀帝《望江南》。

④ “清”字，鲍令晖《拟青青河畔草》原作“青”。

捣衣》。阳春,《琅琊王歌辞》。含笑。鲍照《咏蔷薇》[1]。

汉水逢游女,微芳聊可因。徒劳交甫忆,曾与宋家邻。皎若云间月,飘如陌上尘。倾城犹一笑,怀珮似江滨。

汉水,隋炀帝《春江花月夜》。微芳,何逊《咏扇》。徒劳,梁简文帝《咏舞》。曾与,刘缓《名士悦倾城》。皎若,卓文君《白头吟》。飘如,陶潜《杂诗》。倾城,荀济《赠阴凉州》。怀珮。王筠《五日望采拾》。

弄玉秦家女,含娇何处娇?城中好高髻,宫内束纤腰。凤翼缠簪管,莺鸣入洞箫。春阴正无际,楼阁起迢迢。

弄玉,江总《萧史曲》。含娇,沈警《凤将雏含娇曲》。城中,《汉时童谣歌》。宫内,僧法宣《和赵郡王观妓应教诗》。凤翼,庾信《夜听捣衣》。莺鸣,庾肩吾《从皇太子出玄圃》。春阴,侯夫人《自感》。楼阁。沈炯《八音诗》。

可念青楼女,飘飖安所依?轻花鬓边堕,回雪掌中飞。媚眼临歌扇,离啼湿舞衣。阶前看草蔓,无复寄芳菲。

可念,卢思道《后园宴》。飘飖,孔融《杂诗》。轻花,梁简文帝《晚景出行曲》。回雪,陈子良《赋得妓》。媚眼,卢思道《后园宴》。离啼,沈氏《越城曲》。阶前,陈后主《有所思》。无复。甄固《奉和世子春情》。

婉彼幽闲女,瑶琴怨暮多。小衫飘雾縠,轻帐掩云罗。悔道啼将别,谁能思不歌?兰房本宜夜,徐步待金波。

婉彼,颜延之《秋胡行》。瑶琴,江淹《秋夕纳凉奉和刑狱舅》。小衫,萧悫《拟临高台》。轻帐,王眘《七夕》。悔道,梁元帝《奉和咏弹筝人》。谁能,《子夜歌》。兰房,魏澹《初夏》。徐步。梁元帝《屋名诗》。

窈窕瑶台女,重楼启曙扉。斜眉幸相瞩,侧髻似能飞。落月移妆镜,行云接舞衣。庭花对帷满,红药间青薇。

窈窕,《子夜四时歌》。重楼,顾野王《阳春歌》。斜眉,王僧孺《咏姬人》。侧髻,卢思道《后园宴》。落月,王眘《七夕》。行云,陈子良《赋得妓》。庭花,梁简文帝《贞女引》。红药。王枢《古意》。

---

① 原注作者误,出自鲍泉《咏蔷薇》。

艳艳金楼女，含辞羞自通。斜簪映秋水，细酌对春风。托意眉间黛，俱浮妆上红。锦衾无独暖，泪尽梦啼中。

艳艳，王金珠《欢闻歌》。含辞，刘遵《繁华》。斜簪，沈约《携手曲》。细酌，庾信《答王司徒饷酒》。托意，沈约《咏少年新昏》[①]。俱浮，刘缓《奉和秋夜》。锦衾，沈约《古意》。泪尽。梁元帝《闺怨》。

不信巫山女，还来有洛神。相将共携手，并出似分身。片月窥花簟，微风起扇轮。良时时一遇，赠佩异江滨。

不信，刘缓《名士悦倾城》。还来，梁简文帝《赠丽人》。相将，沈约《初春》。并出，庾肩吾《奉和咏美人观画》[②]。片月，徐陵《走笔戏书》。微风，刘孝绰《观田》。良时，王融《采菱曲》。赠佩。江总《奉和三善殿夕望山灯》[③]。

歌唱青琴女，同倾鹦鹉杯。云间妙音奏，风末艳声来。玉碗承花落，金钿逐照回。临堂设尊酒，长袖暂徘徊。

歌唱，鲍照《少年时至衰老行》。同倾，薛道衡《奉和许给事善心戏场转韵》。云间，《舍利佛》。风末，丘巨源《听邻妓》。玉碗，周明帝《和王褒咏摘花》。金钿，陈后主《七夕宴乐修殿》。临堂，鲍照《拟古》。长袖。鲍照《幽兰》。

昔日倡家女，安知今所终？靓妆坐帷里，高髻学城中。嫩竹犹含粉，疏莲久落红。徘徊不能寐，罗帐咽秋风。

昔日，汤僧济《咏渫井得金钗》。安知，鲍照《拟古》。靓妆，鲍照《朗月行》。高髻，王筠《游望》。嫩竹，徐陵《侍宴》。疏莲，徐怦《夏日》。徘徊，隋炀帝《月夜观星》。罗帐。范云《自君之出矣》。

袅袅同宫女，靓妆临月华。金徽调玉轸，宝镊间珠花。绮幕芙蓉帐，朱轮玳瑁车。春还春节美，言笑弄丹葩。

袅袅，梁武帝《捣衣》。靓妆，刘氏《答唐娘七夕所穿针》。金徽，梁元帝

---

① 原注题目有误字，出自沈约《少年新婚为之咏》。

② 原注题目有误字，出自庾肩吾《咏美人自看画应令》。

③ 原注题目有误字，出自江总《三善殿夜望山灯》。

《秋夜》。宝镊，江洪《咏歌姬》。绮幕，梁简文帝《学谢惠连》①。朱轮，吴均《赠周散骑兴嗣》。春还，梁元帝《春日》。言笑。鲍照《堂上歌行》。

妾本倡家女，春心处处扬。飞甍雕翡翠，拂席卷鸳鸯。可爱宜男草，何须辟恶香？兰房竞妆饰，大恨画眉长。

妾本，吴均《和萧洗马子显古意》。春心，梁简文帝《学谢惠连》②。飞甍，王褒《日出东南隅行》。拂席，费昶《华观省中夜闻城外捣衣》。可爱，梁元帝《宜男草》。何须，刘缓《奉和寒宵》。兰房，《子夜四时歌》。大恨。江洪《咏美人治妆》。

二八秦楼女，齐姜亦不如。当窗理云鬓，却步敛风裾。舞袖飘金谷，歌声出绮疏。衫回半障柱，掩鼻特成虚。

二八，张正见《艳歌行》。齐姜，魏陈思王植《陇西行》③。当窗，无名氏《木兰》。却步，萧子显《南苑逢美人》④。舞袖，张正见《门有车马客行》。歌声，薛昉《巢王座韵得余字》。衫回，梁简文帝《赋得箜篌》。掩鼻。梁简文帝《怨歌行》。

少长倡家女，寄根河水泥。我心何拂郁？仙侣自招携。无复千金笑，长垂双玉啼。坐楼愁出望，春草正萋萋。

少长，柳恽《度关山》。寄根，无名氏《拟苏武答李陵书》。我心，魏文帝《苦寒行》。仙侣，王褒《和从弟祐山家》。无复，庾信《仰和何仆射还宅怀古》⑤。长垂，薛道衡《昔昔盐》。坐楼，朱超道《荡子行不归》。春草。卢思道《赠李若》。

邯郸饶美女，学步孰能真？镂玉同心带，穿珠帖领巾。金华妆翠羽，素齿结朱唇。挟瑟丛台下，分歌共落尘。

邯郸，王僧孺《赠顾仓曹》⑥。学步，萧巡《离合诗》。镂玉，刘孝威《郄县

---

① 原注题目误，出自简文帝《戏作谢惠连体》。

② 原注题目误，出自简文帝《戏作谢惠连体》。

③ 原注作者误，出自古乐府《陇西行》。

④ 原注题目有误，出自萧子显《咏苑中游人》。

⑤ 原注题目有误字，出自庾信《仰和何仆射还宅怀故》。

⑥ 原注作者、题目误，出自柳恽《赠吴均》。

遇见人织率尔寄妇》。穿珠，庾信《春赋》。金华，王融《采菱曲》。素齿，傅玄《豫章行苦相篇》。挟瑟，沈约《古意》。分歌。弘执恭《和赵郡王观妓》。

采桑秦氏女，罗袖勿空萦。却扇承枝影，攀钩动钏声。晚花栏下照，好鸟叶间鸣。逆想行人至，方愉琴瑟情。

采桑，薛道衡《昔昔盐》。罗袖，庾肩吾《陇西行》。却扇，梁邵陵王纶《见姬人》。攀钩，张正见《采桑》。晚花，梁简文帝《初秋》。好鸟，谢朓《送江兵曹檀主簿朱孝廉归上国》。逆想，庾信《荡子赋》。方愉。王融《秋胡行》。

盈盈楼上女，人共影相怜。入帐华珠被，开窗对绮钱。挂缨银烛下，觅钏枕檀边。全作相思曲，宝琴徒七弦。

盈盈，古诗《青青河畔草》。人共，鲍照《胡姬年十五》①。入帐，萧子范《望秋月》。开窗，房篆《金乐歌》。挂缨，江总《和衡阳殿下高楼观妓》。觅钏，徐陵《中妇织流黄》。全作，王僧孺《春思》。宝琴。王僧孺《何生姬人有怨》。

盈盈道旁女，结伴不须多。盛服摇珠玉，明妆带绮罗。微津染长黛，曼睇出横波。薄暮高楼下，宜城九酝醝。

盈盈，王台卿《陌上桑》。结伴，《企喻歌辞》。盛服，薛道衡《和许给事善心戏场转韵》。明妆，鲍照《堂上歌行》。微津，卢思道《美女篇》。曼睇，杨皦《奉和咏舞》。薄暮，费昶《春郊望美人》。宜城。张华《轻薄篇》。

东家有贤女，蓬首卧兰房。空守黄金诺，徒劳红粉妆。容华耀朝日，志节拟秋霜。无信心相忆，故人安可忘？

东家，《古诗为焦仲卿妻作》。蓬首，陈少女《寄夫》。空守，庾信《和张侍中述怀》。徒劳，刘孝绰《淇上戏荡子妇》。容华，魏陈思王植《美女篇》。志节，傅玄《燕歌行有女篇》。无信，释宝月《估客乐》。故人。刘孝绰《古意》。

可怜秦馆女，一顾重千金。柳叶生眉上，桃花出髻心。谁能惜红袖？无意衬香衾。君去无消息，晨风思北林。

可怜，秦玉鸾《忆情人》。一顾，李充《嘲友人》。柳叶，梁元帝《树名诗》。

---

①　原注作者误，出自刘琨《胡姬年十五》。

桃花，刘瑗《在县中庭看月》。谁能，庾信《咏画屏风诗》。无意，陈后主《望江南》[1]。君去，虞羲《自君之出矣》。晨风。陆机《拟行行重行行》。

## 有美五言律诗一百首

有美蛾眉子，藏头羞见人。平生竟何托？邂逅两相亲。爱惜加穷裤，潺湲伤别巾。妾心徒自苦，良会在何辰？

有美，陆机《赠纪士》。藏头，傅玄《豫章行苦相篇》。平生，刘孝绰《赠陆长史倕》[2]。邂逅，鲍照《赠傅都曹别》。爱惜，《汉乐辞》。潺湲，谢朓《送远曲》。妾心，梁简文帝《妾薄命》。良会。何逊《赠族人秣陵兄弟》。

未嫁先名玉，谁知心独伤？盛年处房室，秀色若圭璋。耻学秦罗髻，多烧荀令香。深心托豪素，以代九回肠。

未嫁，刘缓《名士悦倾城》。谁知，檀约《阳春歌》。盛年，曹植《美女篇》。秀色，傅玄《艳歌行有女篇》。耻学，梁简文帝《怨情》[3]。多烧，张正见《艳歌行》。深心，颜延年《五君咏》。以代。徐悱《赠内》。

遥见疑花发，红纱映削成。入楼含粉色，举扇起歌声。玉押珠帘卷，瑶台宝瑟惊。自矜心所爱，只重未知名。

遥见，刘缓《名士悦倾城》。红纱，徐防《长安有狭邪行》。入楼，陈后主《折杨柳》。举扇，沈君攸《夜出妓》。玉押，庾信《咏画屏风诗》。瑶台，谢朓《钧天乐》。自矜，梁简文帝《赠丽人》。只重。陈后主《洛阳道》。

判是无相比[4]，弥令想狭邪。雀钗照轻幌，凤轸绣香车。却镜看斜月，舒衫受落花。羞言赵飞燕，佳丽似朝霞。

判是，梁简文帝《赠丽人》。弥令，徐悱《见房前桃树咏佳期》。雀钗，梁元

---

① 原注作者误，出自隋炀帝《望江南》。

② 原注题目有误字，出自刘孝绰《酬陆长史倕》。

③ 原注题目有脱字，出自简文帝《倡妇怨情十二韵》。

④ “是”字，梁简文帝《绝句赠丽人》原作“自”。

帝《鸟名诗》。凤轸，陈后主《杨叛儿》。却镜，王眘《七夕》。舒衫，梁邵陵王纶《见姬人》。羞言，沈约《咏少年新昏》[①]。佳丽。费昶《华观省中夜闻城外捣衣》。

云鬓花钗举，轻盈不自持。娇情因曲动，微汗杂妆垂。日照茱萸领，风吹翡翠帷。谁能巧为赋？绛树及西施。

云鬓，沈约《咏少年新昏》[②]。轻盈，卢思道《采莲曲》。娇情，梁简文帝《咏舞》。微汗，陈后主《采桑》。日照，姚翻《采桑》。风吹，王僧孺《春闺怨》。谁能，梁元帝《代旧姬有怨》。绛树。庾肩吾《咏美人》。

锦色悬殊众，新衫绣两端。舞腰凝欲绝，醉眼暗相看。绮席流苏帐，珠绳金络纨。向人长曼脸，含睇未成欢。

锦色，梁元帝《车名诗》。新衫，《上声歌》。舞腰，何逊《日出望江山赠鱼司马》[③]。醉眼，陈后主《望江南》[④]。绮席，王冏《长安有狭邪行》。珠绳，吴均《古意》。向人，庾信《奉和赵王美人春日》[⑤]。含睇。沈约《登高早春》[⑥]。

未见倾城者，从来懒听音。但令闻一曲，实是胜千金。玉节调金管[⑦]，黄丝咡素琴。歌弦掩团扇[⑧]，结好在同心。

未见，王僧孺《见贵者初迎盛姬聊为之咏》。从来，阴铿《南征闺怨》。但令，庾信《听歌》。实是，庾信《奉答赐酒鹅》。玉节，庾信《北园新斋成应赵王教》。黄丝，《读曲歌》。歌弦，何逊《青青河畔草》。结好。王筠《游望》。

金凤起炉烟，新歌屡上弦。延躯似纤约，雅步极娇妍。映日花光动，飘香钏响传[⑨]。薄陈君不御，何以致拳拳？

---

① 原注题目有误字，出自沈约《少年新婚为之咏》。

② 原注题目有误字，出自沈约《少年新婚为之咏》。

③ 原注题目有误字，出自何逊《日夕望江山赠鱼司马》。

④ 原注作者误，出自隋炀帝《望江南》。

⑤ 原注题目有衍文，出自庾信《奉和赵王春日》。

⑥ 原注题目有误字，出自沈约《登高望春》。

⑦ “金”字，庾信《北园新斋成应赵王教》原作“笙”。

⑧ “弦”字，何逊《拟青青河畔草转韵体为人作其人识节工歌》原作“筵”。

⑨ “香”字，刘孝仪《奉和咏舞》原作“衫”。

金凤，萧放《冬夜咏妓》。新歌，庾肩吾《侍宴宣猷堂》。延躯，沈约《日出东南隅行》。雅步，王僧孺《为人述梦》。映日，陈后主《梅花落》。飘香，刘孝仪《奉和咏舞》。薄陈，《少女歌》。何以。繁钦《定情诗》。

笑靥人前敛，飞尘歌后轻。红帘遥不隔，锦帐复斜萦。留步惜余影，低鬟逐上声。春妆约春黛，定得可怜名。

笑靥，陈后主《七夕宴乐修殿》。飞尘，李德林《相逢狭路间》。红帘，梁简文帝《和徐录事见内人作卧具》。锦帐，梁简文帝《咏美人晨妆》。留步，陆罩《闺怨》。低鬟，庾信《奉和咏舞》。春妆，吴均《楚妃曲》。定得。梁简文帝《咏美人晨妆》。

柳色浮新翠，浓云垂画堂。蠡杯石榴酒，羽帐郁金床。着锦如言重，调丝方未央。高高城里髻，莫笑玉钗长。

柳色，朱超道《奉和登江州百花亭》①。浓云，梁简文帝《饯庐陵内史王修》。蠡杯，梁简文帝《执笔戏书》。羽帐，梁昭明太子《开善寺法会》。着锦，王金珠《子夜四时歌》。调丝，《古相逢行》。高高，薛道衡《和许给事善心戏场转韵》。莫笑。江总《和衡阳殿下高楼观妓》②。

共酌琼酥酒，兰房昼掩扉。扇中通曼脸，堂上抚流徽。笑态千金动，余声三日飞。愿留就君住，含媚向罗帏。

共酌，薛道衡《和许给事善心戏场转韵》。兰房，庾信《仰和何仆射还宅怀古》③。扇中，刘逖《清歌发》。堂上，张率《相逢行》。笑态，王训《奉和咏舞》。余声，庾信《听歌》。愿留，陶潜《拟古》。含媚。梁元帝《婕妤怨》。

与我倾怀抱，风流着语声。粉光胜玉靓，钏响逐弦鸣。安得同携手？谁能无恋情？坐来生百媚，红袖往还萦。

与我，谢灵运《相逢行》。风流，刘泓《繁华》。粉光，梁简文帝《美女篇》。钏响，梁简文帝《赋得箜篌》。安得，谢朓《怀故人》。谁能，王粲《从军行》。

---

① 原注题目有衍文，出自朱超道《奉和登百花亭怀荆楚》。

② 原注题目有误字，出自江总《和衡阳殿下高楼看妓》。

③ 原注题目有误字，出自庾信《仰和何仆射还宅怀故》。

坐来，隋炀帝《梦赠张丽华》。红袖。费昶《华观省中夜闻城外捣衣》。

杂曲随琴用，徒闻音绕梁。依歌移弱步，薰鬓带余香。玉柱鸣罗荐，金罍送缥觞。华容一何冶，染粉薄南阳。

杂曲，庾信《有喜致醉》。徒闻，沈约《咏筝》。依歌，刘孝仪《舞就行》。薰鬓，江伯瑶《和定襄侯楚越衫》。玉柱，梁简文帝《三月三日率尔成章》。金罍，江总《今日乐相乐》。华容，陆机《拟古》。染粉。王训《奉和率尔成咏》。

日暮轻帷下，人衣香一围①。入帘惊钏响，拂匣动琴徽。送眼劳相望，同心终莫违。侍儿能劝酒，顾盼有余辉。

日暮，梁元帝《车名诗》。人衣，庾信《咏画屏风诗》。入帘，梁简文帝《新燕》。拂匣，陈后主《三妇艳》。送眼，丁六娘《十索》。同心，梁简文帝《咏蛱蝶》。侍儿，刘瑗《在县中庭看月》。顾盼。傅玄《墙上难为趋行》。

俱照晚妆鲜，双桥耀宝钿。同情依促柱，敛色听张弦。还取长歌处，新来华烛前。华颜婉如玉，价重十城连。

俱照，阴铿《侯司空宅咏妓》。双桥，刘绮《正钗联句》。同情，王训《奉和咏舞》②。敛色，王暕《奉和咏舞》③。还取，张正见《玄圃观春雪》。新来，陈后主《三妇艳》。华颜，陆机《赠纪士》。价重。庾信《伤王司徒褒》。

红绿相参对，香灯照九华。舞衫飘细縠，歌扇掩团纱。皎皎云间月，荧荧条上花。回头堪百万，春色满东家。

红绿，丁六娘《十索》。香灯，王枢《徐尚书座赋得可怜》。舞衫，魏澹《初夏》。歌扇，张正见《怨诗》。皎皎，王台卿《陌上桑》。荧荧，《子夜变歌》。回头，刘琨《胡姬年十五》。春色。张正见《轻薄篇》。

顾盼屏风画，衫飘曲未成。细尘梁下落，华烛帐前明。高阁千寻跨，嘉宾四座盈。莫愁年十五，掌上体应轻。

顾盼，左思《娇女诗》。衫飘，庾信《奉和咏舞》。细尘，孙万寿《远戍江南

---

① “围”字，庾信《咏画屏风诗》原作“园”。

② 原注作者误，出自王暕《奉和咏舞》。

③ 原注作者误，出自王训《奉和咏舞》。

寄京邑亲友》。华烛，何逊《咏少妇》①。高阁，庾信《咏画屏风诗》。嘉宾，徐防《长安有狭邪行》。莫愁，周弘正《看新昏》②。掌上。沈君攸《夜出妓》。

夜气清箫管，聊承终夜疲③。衫轻羞指见，钗动觉唇移。玉璧珊瑚柱④，珠绳翡翠帷。曲终情未已，含笑逼清卮。

夜气，刘孝仪《奉和钟山讲解》⑤。聊承，谢朓《咏乌皮隐几》。衫轻，刘孝威《奉和七夕穿针》。钗动，刘孝威《咏箫》⑥。玉璧，《欢闻变歌》。珠绳，梁简文帝《学谢惠连》⑦。曲终，何敬容《奉和咏舞》。含笑。吴均《三妇艳》。

二八共来前，留宾乍拂弦。驰香因玉钏，按曲动花钿。懒眼时含笑，欢情不耐眠。千金买蝉鬓，谁复数神仙？

二八，陆琼《玄圃宴各咏一物得筝》。留宾，陈后主《舞媚娘》。驰香，梁元帝《树名诗》。按曲，王台卿《咏筝》。懒眼，梁简文帝《娈童》。欢情，丁六娘《十索》。千金，沈氏《昭君叹》。谁复。萧放《冬夜咏妓》。

绮席清弦抚，回身乍敛裾。飞花随烛度，垂翠逐珰舒。酒满心聊足，辞殚意有余⑧。罗襦讵难解？为我少踌躇。

绮席，庾肩吾《石崇金谷妓》。回身，刘孝仪《奉和咏舞》。飞花，王胄《西园游上才》。垂翠，梁简文帝《咏舞》。酒满，梁简文帝《学谢惠连》⑨。辞殚，萧悫《奉和望山》。罗襦，王僧孺《咏宠姬》。为我。陶潜《赠羊长史》。

歌尽声犹在⑩，娇深眄欲斜。裁成合欢扇，顾插步摇花。自有留

---

① 原注题目有误字，出自何逊《咏娼妇》。

② 原注题目有误字，出自周弘正《看新婚》。

③ “夜”字，谢朓《咏乌皮隐几》原作“宴”。

④ “璧”字，《欢闻变歌》原作“壁”。

⑤ 原注题目有误字，出自刘孝仪《和昭明太子钟山解讲》。

⑥ 原注作者误，出自刘孝仪《咏箫》。

⑦ 原注题目有误字，出自简文帝《戏作谢惠连体》。

⑧ “辞”字，萧悫《奉和望山应教诗》原作“词”。

⑨ 原注题目有误字，出自简文帝《戏作谢惠连体》。

⑩ “在”字，萧悫《春日曲水》原作“住”。

人处，何因问妾家？窗前涤欢爵，喜得送流霞。

歌尽，萧悫《春日曲水》。娇深，卢思道《美女篇》。裁成，班婕妤《怨歌行》。顾插，王枢《徐尚书宅赋得可怜》。自有，陈后主《戏赠沈后》。何因，刘遵《相逢行》。窗前，鲍照《绍古辞》。喜得。庾信《卫王赠桑落酒奉答》。

愿子留斟酌，清歌正抑扬[①]。相知何必旧？自待却非常。欲竞连城璧，惟怜盈袖香。欢多情未尽[②]，媞媞步东箱。

愿子，苏武《别诗》。清歌，亡名氏《拟李陵录别诗》。相知，陶潜《答庞参军》。自待，侯夫人《自伤》。欲竞，庾信《拟咏怀》。惟怜，刘孝绰《遗所思》。欢多，徐君蒨《共内人夜坐守岁》。媞媞。傅玄《艳歌行有女篇》。

楼上徘徊月，箫声时往还。只看今夜里，无有暂时闲。轻扇屡回指，长钗巧挟鬟。貌同朝日丽，二八好容颜。

楼上，庾肩吾《和徐主簿望月》。箫声，鲍照《萧史曲》。只看，陆系《有所思》。无有，《寻阳乐》。轻扇，陆琼《梁甫吟》。长钗，庾肩吾《南苑看人还》。貌同，吴尚野《咏邻女楼上弹琴》。二八。丁六娘《十索》。

长夜不能眠，娇羞在烛前。折腰送余曲，乱手度繁弦。拭粉留花称，流芳入绮钱。蛾眉分翠羽，笑笑自成妍。

长夜，秦嘉《赠妇》。娇羞，沈约《六忆诗》。折腰，杨皦《奉和咏舞》。乱手，王台卿《咏筝》。拭粉，徐陵《和王舍人送客未还闺中有望》。流芳，张正见《拟芳树》。蛾眉，傅玄《艳歌行有女篇》。笑笑。汤僧济《渫井得金钗》。

汗粉无庸拭，城中巧画妆。虬檐挂珠箔，象簟列华床。但事弦歌乐，复闻花蕊香。少年何假问？且试入兰房。

汗粉，殷英童《采莲曲》。城中，徐陵《奉和咏舞》。虬檐，刘孝威《奉和晚日》。象簟，刘孝威《望雨》。但事，温子升《凉州乐歌》。复闻，檀约《阳春歌》。少年，沈炯《长安少年行》。且试。陈后主《采莲曲》。

丝竹常繁会，喧喧动四邻。斜窗通蕊气，广袖带芳尘。不羡神仙

① “抑”字，无名氏《拟李陵录别诗》原作“激”。

② “尽”字，徐君蒨《共内人夜坐守岁》原作“极”。

侣，时要歌吹人。就行齐逐唱，声媚起朱唇。

丝竹，何逊《日出望江山赠鱼司马》[1]。喧喧，何逊《效古》[2]。斜窗，梁简文帝《艳歌行》。广袖，吴均《携手》。不羡，梁简文帝《行幸甘泉宫》。时要，梁简文帝《咏柳》。就行，杨皦《奉和咏舞》。声媚。鲍照《学古》。

宛转含娇意，携持玉柱筝。艳歌方断续，精选正轻盈。绣柱擎飞阁，金炉对宝笙。风前细尘起，曲奏楚妃情。

宛转，丘巨源《咏扇》。携持，刘义恭《游子行》[3]。艳歌，王筠《三妇艳》。精选，陈后主《望江南》[4]。绣柱，江总《三日侍宴宣猷堂曲水》。金炉，梁元帝《卜兆名诗》[5]。风前，庾肩吾《远看放火》。曲奏。江总《起坐弹鸣琴》。

回月临窗度，流辉入画堂。插花行理鬓，拂镜且调妆。翠羽方开美，红葩已发光。罗帷雀钗影，神妙绝高唐。

回月，梁简文帝《秋闺夜思》。流晖，梁简文帝《望月》。插花，费昶《照水联句》[6]。拂镜，张正见《艳歌行》。翠羽，魏收《永世乐》。红葩，王僧达《朱樱》。罗帷，何逊《咏少妇》[7]。神妙。梁武帝《戏作》。

低望月如弓，飞梁照晚虹。珠帘无隔露，玉管正临风[8]。衣上芳犹在，尊中酒不空。为君绕梁唱，况复两心同。

低望，庾信《轻举篇》[9]。飞梁，萧悫《拟临高台》。珠帘，鲍照《煌煌京洛行》。玉管，虞茂《衡阳王斋阁奏伎》。衣上，梁武帝《有所思》。尊中，孔融《失题》。为君，王冏《长安有狭邪行》。况复。杜公瞻《咏同心芙蓉》。

---

① 原注题目有误字，出自何逊《日夕望江山赠鱼司马》。

② 原注题目误，出自何逊《学古赠丘永嘉征还》。

③ 原注题目有误字，出自刘义恭《游子移》。

④ 原注作者误，出自隋炀帝《望江南》。

⑤ 原注题目有误字，出自梁元帝《龟兆名诗》。

⑥ 原注作者误，出自何逊《照水联句》。

⑦ 原注题目有误字，出自何逊《咏娼妇》。

⑧ “临”字，虞茂《衡阳王斋阁奏伎》原作“吟”，一作“迎”。

⑨ 原注作者误，出自王褒《轻举篇》。

高唱梁尘下，先看筝柱欹。娇香承意发，逸态逐声移。定使燕姬妒，能令秦女随。红妆好颜色，无处不相宜。

高唱，刘峻《自江州还入石头》。先看，庾信《咏画屏风诗》。娇香，梁武帝《团扇歌》。逸态，陆罩《咏笙》。定使，梁简文帝《娈童》。能令，刘孝仪《咏箫》。红妆，谢朓《赠王主簿美人》①。无处。刘缓《见美人摘蔷薇》。

风入芳帷散，吹灯惜落花。寄声谢明月，含笑似朝霞。玉笛随弦上，金钗逐鬓斜。欲知琴里意，望促反成赊。

风入，谢朓《奉和随王》。吹灯，邓铿《月夜闺中》。寄声，吴均《赠柳秘书》。含笑，周弘正《看舞》②。玉笛，陈后主《七夕宴乐修殿》。金钗，罗爱爱《闺思》。欲知，梁简文帝《采桑》。望促。王僧孺《拟有所思》。

荐枕缺因媒，金壶漏已催。袖裁连璧锦，酒泛夜光杯。素腕参差举，嘉肴重叠来。弹筝北窗下，中曲正徘徊。

荐枕，伏知道《咏人聘妾仍逐琴心》。金壶，梁简文帝《玄圃寒夕》。袖裁，梁简文帝《娈童》。酒泛，张正见《门有车马客行》。素腕，费昶《华观省中夜闻城外捣衣》。嘉肴，魏文帝《夏诗》。弹筝，梁简文帝《弹筝》。中曲。古诗《西北有高楼》。

明镜盘龙刻，梳头百遍撩。避人传细语，负态动余娇。逐唱回纤手，争妍学楚腰。微根无所缀，空度可怜宵。

明镜，萧子显《日出东南隅行》。梳头，庾信《梦入堂内》。避人，卢思道《棹歌行》。负态，梁简文帝《夜听妓》。逐唱，何逊《咏舞》。争妍，邓铿《奉和夜听妓》。微根，刘绘《咏萍》。空度。沈警《凤将雏含娇曲》。

舞步因弦折，罗尘笑洛妃。登台临宝镜，发篋造新衣。早得春风意，空留明月辉。酒醺人半醉，香气入重帏。

舞步，王修己《九日》。罗尘，顾野王《艳歌行》。登台，房篆《金乐歌》。

---

① 原注题目有衍文，出自谢朓《赠王主簿》。

② 原注题目误，出自周弘正《看新婚》。

发箧，曹植《蒲生行》。早得，梁简文帝《学谢惠连》[①]。空留，徐德言《破镜诗》。酒醺，庾信《咏画屏风诗》。香气。梁邵陵王纶《和湘东王后园作回文诗》。

百和吐氛氲，花开先自熏。正衣还向镜，扬履自开裙。罗帐延秋月，雕轩曳彩云。欢娱在今夕，惟有妾随君。

百和，无名氏《与谢宣城朓同咏竹火笼》。花开，庾信《奉和赵王正旦西京路》。正衣，梁简文帝《春闺情》。扬履，刘孝威《赋得鸣𬬻》。罗帐，宋南平王铄《拟古》。雕轩，卢思道《升天行》。欢娱，苏武《别诗》。惟有。梁简文帝《采莲歌》。

媚眼随羞合，无人别意看。卸妆仍索伴，对笑更成欢。清管调丝竹，长裾接绮纨。曲终相顾起，一步九盘桓。

媚眼，何思澄《南苑逢美人》。无人，谢燮《早梅》。卸妆，隋炀帝《杂忆诗》。对笑，刘孝绰《爱姬赠主人》。清管，何妥《乐部曹观乐》。长裾，孙万寿《赠别》。曲终，何逊《铜雀妓》。一步。刘孝绰《爱妾换马》[②]。

愿得无人处，兰房下翠帷。徘徊怜暮景，燕婉及良时。方悦罗衿解，聊承云鬓垂。惭颜变欣瞩，微睇托含辞。

愿得，《孟珠》。兰房，丁六娘《十索》。徘徊，谢朓《赠王主簿美人》[③]。燕婉，苏武《别诗》。方悦，范云《对酒》。聊承，沈约《咏领边绣》。惭颜，王融《秋胡行》。微睇。何逊《咏舞》。

玉枕龙须席，帏重入气香。从风回绮袖，灭烛解罗裳。月净闺偏冷，星流晓未央。高楼三五夜，珍簟拂流黄。

玉枕，《长乐佳》。帏重，梁邵陵王纶《和湘东王后园作回文诗》。从风，王暕《奉和咏舞》。灭烛，《子夜四时歌》。月净，王胄《为寒床妇赠夫》。星流，王筠《闺情》。高楼，梁元帝《登颜园故阁》。珍簟。李德林《夏至》。

---

① 原注题目误，出自简文帝《戏作谢惠连体》。

② 原注作者误，出自刘孝威《爱妾换马》。

③ 原注题目有衍文，出自谢朓《赠王主簿》。

同好齐欢爱，针楼开夜扉。履高全响佩，香动屧惊衣。箫史安为贵[①]？罗敷本自稀。流苏时下帐，入室更芳菲。

同好，李允《嘲友人》。针楼，庾肩吾《七夕》。履高，鲍照《南苑看游者》。香动，陈后主《紫骝马》。箫史，刘孝仪《咏箫》。罗敷，魏收《美女篇》。流苏，梁简文帝《艳歌行》。入室。梁元帝《兰泽多芳草》。

窗下朝妆处，华榱与璧珰。长衢罗夹巷，深榭设闲房。翠帐全临户，金门半隐堂。当轩卷罗縠，细隙引尘光。

窗下，何逊《为人妾思》。华榱，沈约《八咏诗》。长衢，古诗《青青陵上柏》。深榭，阮籍《咏怀诗》。翠帐，隋炀帝《宴东堂》。金门，梁简文帝《鸡鸣高树颠》。当轩，王融《古意》。细隙。梁简文帝《艳歌行》。

点黛方初月，双眉画未成。下床着珠佩，临镜出雕楹。带日交帘影，依风杂管声。衣香逐娇去，游步散春情。

点黛，《黄门倡歌》。双眉，《读曲歌》。下床，梁简文帝《采桑》。临镜，刘氏《听百舌》。带日，梁元帝《咏阳云楼檐柳》。依风，陈后主《折杨柳》。衣香，陈后主《独酌谣》。游步。《子夜四时歌》。

罗绮徒纷乱，新红裁作衣。回身正颜色，携手玩芳菲。幸有褰裳便，谁言览镜稀？兰心逐风卷，羞见落花飞。

罗绮，陈后主《独酌谣》。新红，《休洗红》。回身，高爽《咏酌酒人》。携手，周若水《答江学士协》。幸有，王僧孺《为人赠美人》[②]。谁言，梁简文帝《咏镜》。兰心，吴均《诣周承不值因赠此诗》。羞见。李孝贞《酬萧侍中春园听妓》。

谁忍心中爱？相看成远人。落花承舞席，垂柳拂行轮。离别肠应断，悲愁眉亦颦。为君歌一曲，徒使泪沾巾。

谁忍，释无名《五苦诗》。相看，王褒《入关故人别》。落花，庾信《咏画屏风诗》。垂柳，梁简文帝《长安道》。离别，陈后主《寄碧玉诗》。悲愁，荀济

---

① “箫”字，刘孝仪《咏箫》原作“仙”，一作“萧”。

② 原注题目有误字，出自王僧孺《为人有赠》。

《赠阴凉州》。为君，鲍照《朗月行》。徒使。吴均《送李外兵》①。

流水琴前韵，谁怜此夜心？但歌聊一曲，可念值千金。容易光阴度，萧条更漏深。惜哉时不遇，止使泪淫淫。

流水，李德林《相逢狭路间》。谁怜，王敬伯《宛转歌》。但歌，梁简文帝《赠丽人》。可念，刘孝威《咏佳丽》。容易，江淹《池上酬刘记室》。萧条，诸葛颖《奉和月夜观星》。惜哉，魏文帝《杂诗》。止使。江淹《清思诗》。

远送新行客，开筵命羽觞。寸心传玉碗，终宴在金房。未尽尊前酒，还飘袖里香。天明坐当散，携手上河梁。

远送，孔融《杂诗》。开筵，梁简文帝《饯庐陵内史王修》。寸心，谢朓《夜听妓》。终宴，江总《宴乐修堂》。未尽，范云《别怨》②。还飘，何逊《摇扇联句》。天明，魏昭《夜听妓》③。携手。李陵《与苏武别诗》。

初月正如钩，还持照夜游。花开几千叶？郎在十重楼。别至悲无语，更深难道留。同衾成楚越，蓬鬓不堪秋。

初月，卢思道《日出行》。还持，梁元帝《对烛赋》。花开，梁简文帝《春日》。郎在，《慕容家自鲁企由谷歌》。别至，何逊《赠江长史别》。更深，陈后主《三妇艳》。同衾，王僧孺《何生姬人有怨》。蓬鬓。梁元帝《草名诗》。

玉笛幸徘徊，歌声绕凤台。织书偏有意，解佩更相催。夜月窥窗下，秋花当户开。风光意无极④，觞至辄倾杯。

玉笛，江总《梅花落》。歌声，张正见《门有车马客行》。织书，苏子卿《梅花落》。解佩，隋炀帝《杂忆诗》。夜月，吴均《赠周散骑兴嗣》。秋花，刘孝绰《夜不得眠》。风光，隋炀帝《宴东堂》。觞至。陶潜《乞食》。

北斗阑干去，楼空月色寒。织书凌窦锦，团扇掩齐纨。暂别犹添恨，相思不独欢。可怜还自觉，衣带就中宽。

---

① 原注题目有误字，出自吴均《送吕外兵》。

② 原注题目误，出自范云《送别》。

③ 原注作者误，出自鲍照《夜听妓》。

④ “光”字，隋炀帝《宴东堂》原作“花”。

北斗，沈约《夜夜曲》。楼空，刘孝先《和兄孝绰夜不得眠》。织书，刘孝胜《妾薄命》。团扇，张正见《雨雪》。暂别，邓铿《闺怨》。相思，何逊《酬范记室云》。可怜，陈后主《三妇艳》。衣带。鲍昶《寒闺》[①]。

收念还房寝，妾心空自持。夕门掩鱼钥，清镜对蛾眉。丽质徒相比，华颜岂久期？围腰无一尺，并是为相思。

收念，陈琳《游览》。妾心，吴迈远《长别离》。夕门，梁简文帝《秋闺夜思》。清镜，何子朗《古意》。丽质，辛德源《芙蓉花》。华颜，谢灵运《苦寒行》[②]。围腰，庾信《王昭君》。并是。梁简文帝《折杨柳》。

已切空床怨，秋声不可听。含芳出珠被，向暮掩金屏。袅袅河堤树，岧岧山上亭。别来憔悴久，旨酒亦常停。

已切，何逊《增新曲相对联句》。秋声，杨素《赠薛播州》。含芳，沈氏《咏五彩竹火笼》。向暮，王褒《从军行》。袅袅，徐陵《折杨柳》。岧岧，《古长歌行》。别来，梁简文帝《秋闺照镜》。旨酒。徐干《情诗》。

情苦忧来早，空闺积思生。弄弦不成曲，荡柱更移声。且共雕炉暖，常羞华烛明。暂游忽千里，相望独盈盈。

情苦，谢灵运《相逢行》。空闺，王融《秋胡行》。弄弦，王微《杂诗》。荡柱，梁元帝《卜兆名诗》[③]。且共，梁简文帝《和徐录事见内人作卧具》。常羞，刘孝绰《咏姬人未肯出》。暂游，梁元帝《相名诗》。相望。何逊《咏少妇》[④]。

思妇高楼上，飞尘生绮疏。初为三载别，欲寄一行书。林有惊心鸟，人非比目鱼。闲闺情脉脉[⑤]，结梦感离居。

思妇，徐陵《关山月》。飞尘，鲍照《绍古辞》。初为，张华《情诗》。欲寄，

---

① 原注作者误，出自鲍泉《寒闺》。

② 原注题目误，出自谢灵运《豫章行》。

③ 原注题目有误字，出自梁元帝《龟兆名诗》。

④ 原注题目有误字，出自何逊《咏娼妇》。

⑤ “闲”字，梁简文帝《楚妃叹》原作“幽”。

何逊《从主移西州直寓斋内霖雨不晴怀郡中游聚》①。林有，闻人蒨《春情》。人非，郭遐周《赠嵇康》。闲闺，梁简文帝《楚妃叹》。结梦。萧悫《秋思》。

羞作秋胡妇，相逢狭路间。朱颜润红粉，皓腕约金环。良会诚非远，佳期可以还。楼前飘密柳，俱折复俱攀。

羞作，江总《梅花落》。相逢，《古相逢行》。朱颜，王金珠《子夜四时歌》。皓腕，魏陈思王植《美女篇》。良会，刘氏《答外》。佳期，谢朓《月赋歌》②。楼前，梁元帝《藩难未静述怀》。俱折。庾肩吾《南苑看人还》。

闻道行人至，离家已二年。无嗟坐迟暮，欲共作缠绵。拂枕薰红帊，开窗弄碧弦。蛾眉参意画，为欲在君前。

闻道，《叹疆场》。离家，薛道衡《人日思归》。无嗟，梁简文帝《贞女引》。欲共，丁六娘《十索》。拂枕，戴暠《咏歌姬》③。开窗，吴尚野《咏邻女楼上弹琴》。蛾眉，刘瑗《左右新昏》④。为欲。刘遵《奉和咏舞》。

郑态逶迤舞，含情复抑扬。隔花遥劝酒，拂絮且怜香。顾影时回袂，传歌共绕梁。罗裙宜细简，八幅两鸳鸯。

郑态，江总《今日乐相乐》。含情，梁武帝《咏笛》。隔花，庾信《结客少年场行》。拂絮，费昶《咏美人照镜》⑤。顾影，梁简文帝《咏独舞》。传歌，沈约《奉和咏风》。罗裙，梁简文帝《赠丽人》。八幅。梁简文帝《怨情》⑥。

不怨身孤寂，缠绵自有时。若持花并笑，偏与镜相宜。婉恋期今夕⑦，娇羞余故姿。只愁芳夜促，无复道相思⑧。

---

① 原注题目有误字，出自何逊《从主移西州寓直斋内霖雨不晴怀郡中游聚》。

② 原注作者误，出自谢庄《月赋歌》。

③ 原注题目误，出自戴暠《咏欲眠》。

④ 原注题目有误字，出自刘瑗《左右新婚》。

⑤ 原注题目有衍文，出自费昶《咏照镜》。

⑥ 原注题目有脱字，出自简文帝《倡妇怨情十二韵》。

⑦ “恋”字，江总《七夕》原作“娈”。

⑧ “无”字，梁武帝《代苏属国妇》原作“不”。

不怨，鲍照《绍古辞》。缠绵，《作蚕丝》。若持，江总《南越木槿赋歌》。偏与，朱超道《奉和咏镜》。婉恋，江总《七夕》。娇羞，谢朓《邯郸故才人嫁为厮养卒妇》。只愁，陈后主《听筝》。无复。梁武帝《代苏属国妇》。

密笑开还敛，明星夜未央。愿言如可信，即事已多伤。只恐金屏掩，谁怜珠被凉？何如花烛夜？先表绣袿香。

密笑，江总《萧史曲》。明星，王融《法乐辞》。愿言，王融《秋胡行》。即事，刘孝绰《发建兴渚》。只恐，梁简文帝《独处怨》。谁怜，吴思玄《闺怨》。何如，何逊《看伏郎新昏》①。先表。沈约《咏脚下履》。

光照窗中妇，单衫杏子红。开轩灭华烛，卷帐却薰笼。纨扇如圆月，香衣临上风。飞凫初罢曲，微笑摘兰丛。

光照，萧子显《日出东南隅行》。单衫，《西洲曲》。开轩，谢瞻《答灵运》。卷帐，陈子良《新成安乐宫行》。纨扇，江淹《杂体诗》。香衣，庾肩吾《送别于建兴苑相逢》。飞凫，梁简文帝《晚景出行赠美人》。微笑。刘遵《繁华》。

羽帐晨香满，鸣琴宝作徽。名都多丽质，游客值春辉。醒醉还相笑，逍遥独未归。可怜双美合，所愿获无违。

羽帐，梁简文帝《娈童》。鸣琴，杨训《群公高宴》。名都，梁简文帝《妾薄命》。游客，庾信《和宇文内史春日游山》。醒醉，陶潜《饮酒》。逍遥，梁简文帝《咏蛱蝶》。可怜，刘瑗《左右新昏》②。所愿。王粲《从军行》。

月上仍为镜，清辉悬洞房。下帷掩灯烛，吹竹动笙簧。更觉今宵短，谁云秋夜长？玉钗时可挂，复是可怜妆。

月上，陈后主《同管记陆瑜七夕》。清辉，沈约《八咏诗》。下帷，《读曲歌》。吹竹，江总《侍宴乐修堂》。更觉，陈后主《七夕宴重咏牛女》。谁云，宋孝武帝《七夕》。玉钗，王僧孺《咏宠姬》。复是。王训《奉和率尔成咏》。

斜月尚徘徊，前窗夜夜开。悬钗随舞落，举袂送芳来。持此倾城貌，还承终宴杯。银龙衔烛烬，为待晓光催。

---

① 原注题目有误字，出自何逊《看伏郎新婚》。

② 原注题目有误字，出自刘瑗《左右新婚》。

斜月，薛道衡《和许给事善心戏场转韵》。前窗，祖孙登《宫殿名诗》。悬钗，梁简文帝《咏舞》。举袂，费昶《咏入幌风》。持此，梁简文帝《怨歌行》。还承，庾肩吾《奉和望月》。银龙，萧放《冬夜咏妓》。为待。徐君蒨《同内人夜坐守岁》。

云度弦歌响，风楼箫管闲。新人虽可爱，上客莫前还。顿履随疏节，回钗挂反环。踟蹰理金翠，对镜览红颜。

云度，庾信《步虚词》。凤楼，江淹《征怨》。新人，曹植《蒲生行》。上客，庾肩吾《南苑看人还》。顿履，庾信《奉和咏舞》。回钗，刘孝威《奉和春宵》。踟蹰，柳恽《捣衣》。对镜。徐陵《和王舍人送客未还闺中有望》。

领上蒲萄绣，裙裁孔雀罗。调弦俱起舞，弹管且陈歌。落日芳春暮，空房故怨多。别离望南浦，自此敛双蛾。

领上，沈约《洛阳道》。裙裁，丁六娘《十索》。调弦，鲍照《学古》。弹管，陈后主《夜亭度雁赠》①。落日，梁简文帝《枣下何纂纂》。空房，庾信《闺怨》。别离，杨素《赠薛内史》。自此。沈约《王明君》。

且极今朝乐，中心如宿酲。芳年多美色，倦客恶离声。宴赏三春日，参差几种情？清歌信难嗣，一听一沾缨。

且极，陶潜《游斜川》。中心，徐干《情诗》。芳年，梁简文帝《三月三日率尔成咏》。倦客，鲍照《东门行》。宴赏，陈后主《宴詹事陆缮省》。参差，隋炀帝《月夜观星》。清歌，沈约《苦寒行》②。一听。刘孝绰《拟古联句》。

兹地多延赏③，殷劝妾自知④。红妆随泪尽，清宴惜光驰。本愿同栖息，终成悯别离。风轻莺韵缓，慊慊道相思。

兹地，刘孝绰《酬陆长史倕》。殷劝，吴均《三妇艳》。红妆，梁简文帝《晓思》。清宴，李镜远《咏日》。本愿，何逊《送褚都曹》。终成，梁简文帝《饯

---

① 原注题目有误字，出自陈后主《夜亭度雁赋》。

② 原注题目误，出自沈约《豫章行》。

③ “延”字，刘孝绰《酬陆长史倕》原作“谐”。

④ “劝”字，吴均《三妇艳》原作“勤”。

别》。风清，顾野王《罗敷行》。慊慊。沈约《六忆诗》。

还叙平生意，哀弦须更张。依违起离慕，徙倚爱余光。欢逐今宵尽，心期别路长。何时复相对？慰妾九回肠。

还叙，任昉《出郡传舍哭范仆射》。哀弦，庾信《昭君辞》。依违，王融《秋胡行》。徙倚，宗懔《春望》。欢逐，王昚《七夕》。心期，王瑳《折杨柳》。何时，魏甄后《塘上行》。慰妾。陈少女《寄夫》。

绣被共笼熏，衣香遥出群。薄帷鉴明月，轻鬓学浮云。所恨双眉敛[①]，重伤千里分。愁来空雨面，别后不忘君。

绣被，刘缓《左右新昏》[②]。衣香，梁元帝《车名诗》。薄帷，阮籍《咏怀诗》。轻鬓，沈氏《映水曲》。所恨，虞茂《赋织女石》。重伤，孔绍安《别徐永元秀才》。愁来，陆机《婕妤怨》。别后。《寿阳乐》。

今日欢娱尽，空怀畴昔时。聊持一尊酒，共叙十年悲。把臂还相泣，求心自可知。离歌玉弦绝，对镜敛双眉。

今日，庾抱《别蔡参军》。空怀，孙万寿《远戍江南寄京邑亲友》。聊持，卢思道《上巳禊饮》。共叙，苏蝉翼《因故人归作》。把臂，王胄《酬陆常侍》。求心，沈君攸《采桑》。离歌，吴均《别王谦》。对镜。陈后主《长相思》。

泪下如垂露，开奁妆不成。于今还促膝，强半为多情。愿假飞鸿翼，无劳别鹤声。度君路应远，复欲几年行？

泪下，曹植《蒲生行》。开奁，王台卿《陌上桑》[③]。于今，何逊《送别联句》[④]。强半，隋炀帝《忆韩俊娥》。愿假，石崇《王明君》。无劳，到溉《秋夜咏琴》。度君，刘孝绰《酬陆长史倕》。复欲。江总《关山月》。

方与心期共，珠帘夜暗开。相看无厌足，将别复徘徊。杨柳成歌

① “眉”字，虞茂《赋昆明池一物得织女石》原作“蛾”。

② 原注题目有误字，出自刘缓《左右新婚》。

③ 原注作者误，出自王筠《陌上桑》；一作萧子显诗；一作张碧兰诗；一作无名氏诗。

④ 原注题目有误字，出自何逊《相送联句》。

曲，芙蓉承酒杯。鹊声时徙树，不久望君来。

方与，梁武帝《咏舞》。珠帘，李那《奉和重适阳关》。相看，丁六娘《十索》。将别，刘孝绰《江津寄刘之遴》。杨柳，庾信《奉和赵王春旦西京路》。芙蓉，庾信《咏画屏风诗》。鹊声，梁上黄侯晔《奉和秋晚》。不久。古诗《为焦仲卿妻作》。

向晓开门去，长亭送故人。临觞欢不足，照槛色将晨。乐饮过三爵，宝筵盛八珍[1]。佳期难再得，转顾独沾巾。

向晓，《读曲歌》。长亭，王褒《送别裴仪同》。临觞，陆机《赠弟士龙》。照槛，卢思道《赋得珠帘》。乐饮，曹植《箜篌引》。宝筵，裴让之《公馆宴》。佳期，虞羲《送友人上湘》。转顾。梁简文帝《伤离新体》。

车马相驰逐，红尘起路隅。言离已惆怅，欲去却踟蹰。清露凝如玉，繁星聚若珠。敛容送君别，何以致区区？

车马，鲍照《堂上歌行》。红尘，李夔《紫骝马》。言离，贺力牧《乱后别苏州人》。欲去，陈后主《三妇艳》。清露，《子夜四时歌》。繁星，王筠《苦暑》。敛容，王台卿《南浦送佳人》。何以。繁钦《定情诗》。

遗我双题锦，终当厚报君。谁能常美好，所托已殷勤。追问何时会？复为今日分。有情安可别？掩袂眺征云。

遗我，鲍令晖《代葛沙门妻郭小玉作》。终当，吴均《边城将》。谁能，阮籍《咏怀》。所托，江淹《杂体诗》。追问，刘桢《赠五官中郎将》。复为，刘孝绰《酬陆长史倕》。有情，《古绝句》。掩袂。刘孝绰《侍宴离亭》。

弃我如遗迹，从来非一年。君瞻天际水[2]，妾似突中烟。独有盈觞酒，徒劳减瑟弦。开帘生旧忆，啼罢未归眠。

弃我，古诗《明月皎夜光》。从来，汤僧济《渫井得金钗》。君瞻，韦黯《送别联句》。妾似，郭璞《别思》。独有，李陵《与苏武别诗》。徒劳，庾信《别周尚书弘正》。开帘，梁简文帝《从顿还城南戏赠》。啼罢。刘孝威《奉和春宵》。

---

① “宝”字，裴让之《公馆燕酬南使徐陵》原作“宾”。

② “君”字，韦黯《送别联句》原作“子”，一作“予”。

徒有黄昏望，踟蹰还入房。匣中取明镜，楼上掩新妆。画扇迎初暑，疏帘度晚光。几当孤月夜？引被愧鸳鸯。

徒有，吴均《妾安所居》。踟蹰，魏陈思王植《弃妇篇》。匣中，庾信《拟阮籍咏怀诗》。楼上，王瑳《折杨柳》。画扇，沈约《咏少年新昏》[1]。疏帘，梁元帝《后临荆州》。几当，罗爱爱《闺思》。引被。王胄《为寒床妇赠夫》。

独卧消香炷[2]，长廊月复清。帷中看只影，琴上响余声。空使兰膏夜，羞看菱镜明。霜纨犹掩扇，何用合欢名？

独卧，何楫《婕妤怨》。长廊，王僧孺《与司马治书同闻邻妇夜织》。帷中，陈后主《长相思》。琴上，何逊《咏春风》。空使，刘孝绰《古意》。羞看，薛道衡《王明君》。霜纨，王胄《为寒床妇赠夫》。何用。阴铿《婕妤怨》。

明月照高楼，愁人屡益愁。惟余心里恨，还向影中羞。舞袖风前举，歌声梁上浮。得欢当作乐，酌酒乱繁忧。

明月，魏陈思王植《怨诗行》。愁人，陆琼《关山月》。惟余，朱超道《奉和咏镜》。还向，王僧孺《为姬人自伤》。舞袖，辛德源《和赵郡王观妓》。歌声，王筠《楚妃吟》。得欢，陶潜《杂诗》。酌酒。鲍照《拟阮籍》。

紫柱珊瑚地，玉钗明月珰。起楼侵碧汉，当户理红妆。带减连珠绣[3]，帷飘苏合香。怀人忽千里，争忍对春光？

紫柱，梁昭明太子《开善寺法会》。玉钗，《子夜四时歌》。起楼，江总《和衡阳殿下高楼观妓》。当户，无名氏《木兰诗》。带减，吴均《采桑》。帷飘，梁简文帝《药名诗》。怀人，王常侍《离夜》。争忍。庾丹《夜梦还家》。

坐卧犹怀想，啼妆落艳红。晨风拂幨幌，秋月映帘栊。弥惜光阴遽，无由情恨通。必还当几载？含笑逆相同。

坐卧，刘孝绰《酬陆长史倕》。啼妆，刘孝胜《妾薄命》。晨风，谢灵运《日出东南隅行》。秋月，江淹《杂体诗》。弥惜，刘孝胜《冬日家园别阳羡始兴》。

---

① 原注题目有误字，出自沈约《咏少年新婚》。

② “消”字，何楫《婕妤怨》原作“销”。

③ “珠”字，吴均《采桑》原作“枝”。

无由，梁简文帝《昭君辞》。必还，《寿阳乐》。含笑。王孝礼《奉和咏镜》。

回照金屏里，灯光暧欲微。香风入珠网，清露下罗衣。戏蝶花间骛，疏萤簟上飞。悠悠远行客，不念别离非。

回照，梁简文帝《对烛赋》。灯光，萧子范《夜听雁》。香风，王融《奉和月下》。清露，柳恽《七夕穿针》。戏蝶，刘氏《答外》。疏萤，梁简文帝《初秋》。悠悠，梁昭明太子《青青河畔草》。不念。柳恽《杂诗》。

私自怜何极？长愁成细腰。思从心上起，貌在泪中销。映月抽纤缕，迎风列短箫。雁书犹未返，谁复待明朝？

私自，吴迈远《阳春歌》。长愁，王训《独不见》。思从，《孟珠》。貌在，吴均《去妾赠前夫》。映月，柳恽《七夕穿针》。迎风，庾肩吾《奉和纳凉梧下》。雁书，刘孝威《怨诗行》。谁复。庾信《梦入内堂》①。

长作经时别，思君苦入肠。光阴已如此，言笑莫相忘。日下房栊暗，风飘花树香。行人消息断，还为守空床。

长作，范云《别诗》。思君，梁武帝《捣衣》。光阴，刘孝绰《夜不得眠》。言笑，无名氏《拟苏武答诗》。日下，刘孝绰《赋得照棋烛诗刻五分成》。风飘，刘孝绰《奉和春宵》。行人，鲍昶《寒闺》②。还为。王胄《为寒床妇赠夫》。

讵忍开朝镜？妆成更点星。层闺横绿绮，重户结金扃。无奈园中柳，可怜池内萍。嬛绵好眉目，空事写丹青。

讵忍，王筠《向晓闺情》。妆成，徐君蒨《别义阳郡》。层闺，江总《散曲》③。重户，张衡《同声歌》。无奈，朱超道《荡子行不归》。可怜，刘绘《咏萍》。嬛绵，鲍照《学古》。空事。隋大义公主《画屏风》。

坐久翠眉愁，啼将粉共流。谁堪览明镜？还是映高楼。泪甚声难发，心伤曲不遒。罗帷夜寒卷，念别怅悠悠。

坐久，梁元帝《咏歌》。啼将，阴铿《秋闺怨》。谁堪，梁武陵王纪《昭君

① 原注题目有误，出自庾信《梦入堂内》。

② 原注作者误，出自鲍泉《寒闺》。

③ 原注作者误，出自王融《散曲》。

辞》。还是，王台卿《奉和咏水中楼影》。泪甚，谢微《济黄河》。心伤，梁简文帝《咏筝》。罗帷，陈后主《三妇艳》。念别。李陵《与苏武别诗》。

念与君相别，参差泪几行？揽衣曳长带，抱枕向空床。明月澄清影，春风飞远方。寸情百重结，寤寐梦容光。

念与，徐干《杂诗》。参差，《古宛转歌》[1]。揽衣，魏明帝《伤歌行》。抱枕，何逊《青青河畔草》。明月，魏陈思王植《公燕诗》。春风，颜竣《淫思古意》。寸情，范云《望织女》。寤寐。无名氏《古诗》。

相去三千里，谁知暗敛眉？还深长夜想，非复少年时。漂泊终难测，欷歔不自持。沉忧结心曲，为视镜中丝。

相去，吴均《闺怨》。谁知，刘孝绰《为人赠美人》。还深，吴均《秋念》。非复，梁简文帝《妾薄命》。漂泊，刘绘《咏萍》。欷歔，左贵嫔《感离诗》。沉忧，张协《情诗》[2]。为视。范云《拟有所思》。

是妾愁成瘦，深闺人独眠。年年阻音息，处处必留连。远道终难寄，空床徒自怜。抱琴伤别鹤[3]，拭泪坐调弦。

是妾，王僧孺《为人宠姬有怨》。深闺，范云《闺思》。年年，刘邈《折杨柳》。处处，周弘让《隐士》。远道，庾肩吾《同萧左丞咏折梅花》。空床，梁简文帝《和徐录事见内人作卧具》。抱琴，庾信《拟咏怀》。拭泪。何逊《为人妾思》。

曲曲随时变，游鱼听不沉。久应迷座客，惟恨少知音。度舞飞长袖，含愁雅奏琴[4]。沾襟行自念，何处觅同心？

曲曲，《翳乐》。游鱼，江总《赋得咏琴》。久应，刘逖《清歌发》。惟恨，陆季览《咏桐》。度舞，沈约《奉和咏风》。含愁，柳恽《长门怨》。沾襟，王胄《酬陆常侍》。何处。《折杨柳四月歌》。

腕动苕华玉，风来乍有香。散黄分黛色，照粉拂红妆。暖暖高楼

---

① 原注缺作者姓名，出自刘妙容《古宛转歌》。

② 原注题目有误字，出自张协《杂诗》。

③ “琴”字，庾信《拟咏怀》原作“松”。

④ “雅奏”二字，柳恽《长门怨》原作“奏雅”。

暮，迟迟别日长。合欢无信寄，暗泪断人肠。

腕动，梁简文帝《咏舞》。风来，魏澹《咏阶前萱草》。散黄，王训《奉和率尔成咏》。照粉，谢朓《镜台》。暧暧，何逊《咏少妇》[①]。迟迟，苏彦《七夕咏织女》。合欢，庾信《荡子赋》。暗泪。徐摛《胡无人行》。

念子时无间，参差百虑依。寂寥寻静室，羞恨掩空扉。却匣惊歌扇[②]，开箱见别衣。人行今不返，赖得雁书飞。

念子，《折杨柳闰月歌》。参差，谢朓《酬王晋安》。寂寥，庾信《山斋》。羞恨，王筠《向晓闺情》。却匣，纪少瑜《拟吴均体应教》。开箱，庾肩吾《拟有所思》。人行，闻人倩《春情》。赖得。梁武陵王纪《和湘东王夜梦》。

岁月相催逼，参商书信难。寸阴良可惜，尺索竟无观[③]。郁郁园中柳，荣荣窗下兰。相思满胸臆，衣带自然宽。

岁月，陶潜《饮酒》。参商，吴均《闺怨》。寸阴，杨训《群公高宴》。尺素，谢灵运《长歌行》。郁郁，古诗《青青河畔草》。荣荣，陶潜《拟古》。相思，王筠《摘安石榴》。衣带。徐陵《长相思》。

夜夜妾偏栖，何当来见携？星河耿良夜[④]，风月守空闺。冉冉年时暮，苍苍别路迷。密房寒日晚，闻瑟不胜啼。

夜夜，萧子晖《春和春宵》[⑤]。何当，吴均《宝剑》。星河，辛德源《短歌行》。风月，薛道衡《昔昔盐》。冉冉，陆机《梁甫吟》。苍苍，江总《雨雪》。密房，梁简文帝《和徐录事见内人作卧具》。闻瑟。刘珊《侯司空宅咏妓》。

夜露含花气，明星若散珰。轻凉生笋席，微步出兰房。月桂临尊上，风花下砌旁。秋来应瘦尽，还复拂空床。

夜露，隋炀帝《春江花月夜》。明星，刘孝威《奉和逐凉》。轻凉，刘孝绰

① 原注题目有误字，出自何逊《咏娼妇》。

② “惊”字，纪少瑜《拟吴均体应教》原作“擎”。

③ “索”字，谢灵运《长歌行》原作“素”。

④ “良”字，辛德源《短歌行》原作“凉”。

⑤ 原注题目有衍文，出自萧子晖《春宵》。

《观田》。微步，刘孝绰《淇上戏荡子赋》①。月桂，王胄《西园游上才》。风花，沈约《奉和咏风》。秋来，徐陵《走笔戏书》。还复。何思澄《婕妤怨》。

云楣桂成户，莲帐照金铺。秋月如团扇，丹霞为上襦。腰中合欢绮，耳后大秦珠。耿介终昏旦，闲居心不娱。

云楣，梁简文帝《艳歌行》。莲帐，王褒《日出东南隅行》。秋月，何逊《与苏九德别》。丹霞，傅玄《艳歌行》。腰中，沈约《洛阳道》。耳后，辛延年《羽林郎》。耿介，宋南平王铄《青青河畔草》。闲居。陈琳《游览》。

黯黯愁侵骨，倾城未敢希。中庭生桂树，当户种蔷薇。细管调歌曲，浮香飘舞衣。那堪眼前见？花坞蝶双飞。

黯黯，隋炀帝《忆韩俊娥》。倾城，刘氏《答外》。中庭，《古相逢行》。当户，江洪《咏蔷薇》。细管，庾信《奉和赵王美人春日》②。浮香，隋炀帝《宴东堂》。那堪，梁元帝《代旧姬有怨》。花坞。梁武帝《子夜四时歌》。

若映窗前柳，梁花画早梅。微风飏清管，明月照高台。滥匝金钿满，玲珑朱扇开。妆成泪仍滑，当户立徘徊。

若映，梁简文帝《咏桃》。梁花，阴铿《新成安乐宫行》。微风，梁元帝《和刘尚书兼明堂斋宫》。明月，陈后主《七夕宴重咏牛女》。滥匝，王枢《徐尚书座赋得可怜》。玲珑，梁简文帝《和湘东王阳云楼檐柳》。妆成，周南《晚妆》。当户。刘孝绰《夜不得眠》。

旖旎随风动，红轮帔角斜。时摇五明扇，遥望七香车。瑶席芳尘满，珠帘夕漏赊。惟言梦时往，结伴戏京华。

旖旎，繁钦《槐树诗》。红轮，庾信《奉和赵王美人春日》。时摇，卢思道《美女篇》。遥望，罗爱爱《闺思》。瑶席，谢朓《夜听妓》。珠帘，梁简文帝《娈童》。惟言，徐陵《陇头水》。结伴。陈后主《杨叛儿》。

无奈年年别，罗衣双带长。开帘对芳树，挟瑟上高堂。自觉鸳帷冷，空余黼帐香。故人形影灭，何用早红妆？

---

① 原注题目有误字，出自刘孝绰《淇上戏荡子妇》。

② 原注题目有衍文，出自庾信《奉和赵王春日》。

无奈，江总《折杨柳》。罗衣，刘孝绰《古意》。开帘，刘氏《答外》。挟瑟，《古相逢行》。自觉，吴思玄《闺怨》。空余，徐悱《赠内》。故人，庾信《拟咏怀》。何用。梁简文帝《冬晓》。

首饰乱琼珍，长啼费手巾。迟迟暮春日，漠漠暗床尘。所叹忘怀妾，终成失路人。中心本如水，谁惜是天真？

首饰，鲍照《学古》。长啼，何楫《婕妤怨》。迟迟，阳休之《春日》。漠漠，何逊《赠族人秣陵兄弟》。所叹，沈约《咏脚下履》。终成，吕让《和入京》。中心，陈后主《独酌谣》。谁惜。侯夫人《看梅》。

玉箸衣前滴，啼多红粉漫。当窗望飞蝶，向镜绝孤鸾。强听梅花落，徒伤蕙草残。几回明月夜？万虑坐相攒。

玉箸，梁简文帝《楚妃叹》。啼多，梁元帝《荡妇秋思赋》。当窗，梁简文帝《采桑》。向镜，庾信《拟咏怀》。强听，伏知道《从军行五更转》。徒伤，柳恽《捣衣》。几回，范云《闺思》。万虑。刘孝先《和兄孝绰夜不得眠》。

**附录：**

## 索影诗原序骈文一首

黄尘帀地，偏伤征客之心；素月流天，远现美人之影。年忽忽其日度[①]，极历寒暄；情眷眷而爱深，追维畴昔[②]。酒酣耳热，意徙心移。若夫三春之初，众伎并奏，列锦绣而为质，罗丝竹以并陈。荡乐娱心，歌吹四起；搔头敛髻，芬馥一房。琼瑶之台，绡绮为席，隐芙蓉之行帏，竞学生情；出翡翠之香帷，方当含笑。瑰姿艳逸，美目清扬；唇譬含丹，腰如约素。细肌密理，非俟西子之颜；弱质纤形[③]，便见王嫱之

① “其”字，刘向《九叹》原作“而”。
② “维”字，徐陵《报尹义尚书》原作“惟”。
③ “质”字，王粲《七释》原作“骨”。

像。玉花簟上，朱鸟窗前，丱发初笄，戴金翠之首饰；姣服极丽，袭罗绮之黼衣。北地燕支，欣看笑靥；南海玳瑁，暂设妆奁。既玉缀而珠离，信身轻而钗重。绮饰琼佩，时飘韩掾之香；杂错花钿，遂等阏氏之饰。夺机中之织锦[①]，巾幭鲜明；临桁下而牵衫，绡纨綷縩。琼钩半上，玉管初调。拂距蛩之长毡，妆明蝉之薄鬓。鸣瑶动翠，委弱骨之逶迤；翡翠垂髾，增妙容之美丽。有光有艳，媚颜灼以显姿；乍合乍离，密思集而盈抱。目窕心与，意满声多。唱碣石之清音，绍阳阿之妙曲。团团轻扇，舒长歌于丹唇[②]；袅袅青衫，激哀音于皓齿。岂若邯郸举袖，学步未工[③]？雍门鼓琴，鸣弦暂抚。明君为之敛泣，离娄为之失睛。余曲既终，亦含姿而俱立；闲居多暇，愿接手而同归。于是日将逮昏，散乐变饰，观者称丽，探怀授心。岂改容而爽情？将承芬以接意。蒙送目之赏，卿信可人[④]；抱接膝之欢，子能从我？披三条之广路，背九仞之高城。旗亭五重，玉楼十二，车马阗咽[⑤]，绮组缤纷。五色花笺，弦琴促坐；九州珍杂，肴醑肆陈。举轻幔以徐来，临瑶席而宴语。蕙心纨质，薰玳瑁之筵；玉沥金华，酌蒲萄之醴。贵且快意，悬思子建之文；便邀还家[⑥]，咸登乐尹之馆。琼轩云构，雕阁霞连，饰文杏以为梁，筑茝若而为室[⑦]。金枝照耀，光浮窦氏之机；琼壁青葱，影乱秦台之镜。碧幌延日，翠幕凌云[⑧]，曲枅要绍而环句，网户周流以重积。流苏羽帐，倾朝日以扬辉；云母屏风，拟夕霞以表色。珍木芳草，艳帐充庭。兰因风而送香，花绕树而竞笑。照锦地之文

---

① “锦”字，梁简文帝《梅花赋》原作“素”。

② “舒”字，陆机《七征》原作“激”。

③ “未”字，李那《答（徐陵）书》原作“非”。

④ “卿”字，陈寿《蜀志·费祎传》原作“君”。

⑤ “咽”字，柳彧《请禁绝角抵戏奏》原作“噎”。

⑥ “邀”字，陶潜《桃花源记》原作“要”。

⑦ “茝”字，冯衍《显志赋》原作“蕙”。

⑧ “翠”字，柳彧《请禁绝角抵戏奏》原作“广”。

席，明月生波；拂绮窗之疏寮，轻风吹幌。明室夜朗，云凤矫而欲翔；翠幔朝开，山鸡看而独舞。实列仙之攸馆，求数刻之暂欢。近命嘉宾，乐饮今夕。兰英之酒，芍药之羹；熊蹯之臑，蝉翼之割。龙胎凤肺，错时膳之珍羞；鸡跖猩唇，荣密坐之曲宴。七菹惬目，五饪调神。析龙眼之房，丰珍上果；布象牙之席，绮幕绣巾。式宴盘桓，随宜点染。和氏之璧，隋侯之珠。素琴一张，紫罗为荐；胡香四两，金炉扬熏。泛清瑟以自欣，张明镜而不照。弹棋闲设，承以雕盘；画树常春，装之宝轴。超工八法，龙伸蠖屈之书；颇好六文，鹊反鸾惊之势。虽昆仑阆风之丽，金钱翠羽之奇，于兹为群，比之无色。且其容止闲暇，音性闲良，齐幽兰以争芬，度白雪以方洁。含辞未吐，负雅志于高云；握手何言？誓中诚于皦日。分自谐乎金石[①]，情有重于琳琅[②]。美景良辰，赏心乐事。犹合欢之蠲忿，正可忘言；似比翼之相亲，居然俱笑。青春婉娩，白日蹉跎，欲留连而不归，怨年岁之易暮。青蕤戒节，素商惊辰。乐此芬芳，抚寸心而未改；难为胸臆，撰良辰而将行。处处秋烟，依依别袂。昔尝欢宴，未尽纤丽之容；今日言离，兼佩殷勤之旨。娱心悦耳，更为新声；送别望归，先倾美酒。横玉柱而沾轼，泣珠泪而盈怀。语有咽而无宣，高谈既倦；情乍合而还散，嘉会难常。行酒三觞，心如膏火；登楼一望，目若烂波。惭行客而无言，命仆夫而就驾。风飞尘起，意未写而情亲；别易会难，道攸长而路阻。绮霞映水，白云在天，执手未期，翘心且积。每遇秋风振响，朗月垂光，树骚骚而落花，山苍苍以坠叶。弱丝清管，涉想犹存；金尊玉杯，为欢匪梦[③]。鳞鸿附便，书既封而重题；鹦鹉骤倾，忧无方而难歇。音尘寂绝，山川阻修。托嘉梦以通精，那应知路？睹芳春之每始，未足解颜[④]。追思

---

① “乎”字，张缵《离别赋》原作“于”。

② “于琳琅”三字，张缵《怀音赋》原作“乎琳球”。

③ “匪”字，伏知道《为王宽与妇义安主书》原作“非”。

④ “未”字，刘孝仪《谢晋安王赐宜城酒启》原作“不”。

昔游，已成陈迹[①]。兰生空谷，虽无人而自芳；燕语雕梁，常因情以起恨。泪未悲而自堕，各在一方；事逾久而更思，自然十倍。丝竹繁会，既成为喜之因；风月流连[②]，时有缘情之作。后之览者，无或讥焉。

黄尘，江淹《恨赋》。偏伤，梁昭明太子《七月启》。素月，谢庄《月赋》。远现，梁昭明太子《三月启》。年忽，刘向《九叹》。极历，徐陵《报尹义尚书》。情眷，繁钦《桑赋》。追维，徐陵《报尹义尚书》。酒酣，魏文帝《与吴季重书》。意徙，江淹《水上神女赋》。若夫，嵇康《琴赋》。众伎，卞兰《许昌宫赋》。列锦，刘歆《西京杂记》。罗丝，谢万《春游赋》。荡乐，枚乘《七发》。歌吹，江淹《恨赋》。搔头，刘缓《照镜赋》。芬馥，顾野王《舞影赋》。琼瑶，梁元帝《金楼子》。绡绮，刘歆《西京杂记》。隐芙，庾肩吾《谢赉铜砚笔格启》。竞学，庾信《镜赋》。出翡，梁简文帝《筝赋》。方当，庾信《谢赵王赉丝布启》。瑰姿，魏东阿王植《洛神赋》。美目，梁武帝《净业赋》。唇譬，王粲《神女赋》。腰如，魏东阿王植《洛神赋》。细肌，傅玄《瓜赋》。非俟，陆机《演连珠》。弱质，王粲《七释》。便见，梁元帝《谢东宫赉陆探微画启》。玉花，庾信《镜赋》。朱鸟，徐陵《玉台新咏序》。丱发，梁简文帝《舞赋》。戴金，魏东阿王植《洛神赋》。姣服，傅毅《舞赋》。袭罗，王粲《神女赋》。北地，徐陵《玉台新咏序》。欣看，伏知道《为王宽与妇义安主书》。南海，梁简文帝《七励》。暂设，庾信《镜赋》。既玉，梁简文帝《梅花赋》。信身，梁简文帝《舞赋》。绮饰，梁简文帝《七励》。时飘，徐陵《玉台新咏序》。杂错，沈约《丽人赋》。遂等，梁元帝《金楼子》。夺机，梁简文帝《梅花赋》。巾帣，张衡《南都赋》。临桁，庾信《镜赋》。绡纨，潘岳《藉田赋》。琼钩，庾信《灯赋》。玉管，庾信《春赋》。拂距，何逊《七召》。妆明，徐陵《玉台新咏序》。鸣瑶，沈约《丽人赋》。委弱，梁简文帝《七励》。蜚襳，杨雄《子虚赋》[③]。增妙，朱公叔《郁金赋》。有光，江淹《丽色赋》。媚颜，阮籍《清思赋》。乍合，杨修《神女赋》。密思，陆云《岁暮

① “成”字，王羲之《兰亭集序》原作“为”。

② “流”字，庾信《思旧铭》原作“留”。

③ 原注作者误，出自司马相如《子虚赋》。

赋》。目窕，枚乘《七发》。意满，梁简文帝《筝赋》。唱碣，梁简文帝《舞赋》。绍阳，魏东阿王植《七启》。团团，何逊《为衡山侯与妇书》。舒长，陆机《七征》。袅袅，江淹《丽色赋》。激哀，成公绥《啸赋》。岂若，李那《答徐孝穆书》。学步，李那《答徐孝穆书》。雍门，梁简文帝《七励》。鸣弦，庾信《春赋》。明君，梁简文帝《七励》。离娄，魏东阿王植《七启》。余曲，徐陵《玉台新咏序》。亦含，梁简文帝《舞赋》。闲居，梁昭明太子《文选序》。愿接，谢惠连《雪赋》。于是，张衡《南都赋》。散乐，魏东阿王植《七启》。观者，傅毅《舞赋》。探怀，王粲《神女赋》。岂改，挚虞《思游赋》。将承，魏东阿王植《酒赋》。蒙送，江淹《拜中书郎谢表》。卿信，陈寿《蜀志·费祎传》。抱接，王僧孺《与何炯书》。子能，梁简文帝《七励》。披三，班固《西都赋》。背九，梁元帝《临秋赋》。旗亭，张衡《西都赋》①。玉楼，梁简文帝《大法颂》。车马，柳彧《请禁绝百姓作角抵戏奏》。绮组，班固《西都赋》。五色，徐陵《玉台新咏序》。弦琴，周弘让《答王子渊书》。九州，梁简文帝《七励》。肴醑，柳彧《请禁绝百姓作角抵戏奏》。举轻，何逊《七召》。临瑶，谢朓《七夕赋》。蕙心，鲍照《芜城赋》。薰玳，刘桢《瓜赋》。玉沥，周弘让《答王子渊书》。酌蒲，班固《武帝内传》。贵且，魏东阿王植《与吴季重书》。悬思，梁元帝《金楼子》。便邀，陶潜《桃花源记》。咸登，梁元帝《金楼子》。琼轩，沈炯《林屋馆碑》。雕阁，张协《七命》。饰文，司马相如《长门赋》。筑茝，冯衍《显志赋》。金枝，梁简文帝《七励》。光浮，梁昭明太子《二月启》。琼壁，张协《七命》。影乱，梁昭明太子《五月启》。碧幌，江淹《丽色赋》。翠幕，柳彧《请禁绝百姓作角抵戏奏》。曲枅，王延寿《鲁灵光殿赋》。网户，何逊《七召》。流苏，庾信《灯赋》。倾朝，何承天《木瓜赋》。云母，刘歆《西京杂记》。拟夕，谢惠连《柑赋》。珍木，梁元帝《金楼子》。艳帐，江淹《灯赋》。兰因，萧和《萤火赋》。花绕，萧大圜《竹花赋》。照锦，江淹《灯赋》。明月，江淹《四时赋》。拂绮，潘尼《桑树赋》。轻风，梁昭明太子《殿赋》。明室，张协《七命》。云凤，何逊《七召》。翠幕[幔]，庾信《东宫行雨山铭》。山鸡，庾信《镜赋》。实列，班固《西都赋》。求

① 原注题目误，出自张衡《西京赋》。

数，刘琨《答卢谌书》。近命，谢万《春游赋》。乐饮，左思《蜀都赋》。兰英，枚乘《七发》。芍药，梁简文帝《七励》①。熊蹯，枚乘《七发》。蝉翼，魏东阿王植《七启》。龙胎，梁简文帝《七励》。错时，成公绥《酃酒赋》。鸡跖，何逊《七召》。荣密，潘尼《琉璃碗赋》。七菹，何逊《七召》。五饪，梁简文帝《七励》。析龙，张协《七命》。丰珍，班固《武帝内传》。布象，刘桢《瓜赋》。绮幕，陶弘景《许长史旧馆坛颂》。式宴，陆云《逸民赋》。随宜，颜之推《颜氏家训》。和氏，刘琨《答卢谌书》。隋侯，刘桢《答太子书》。素琴，秦嘉《重报妻书》。紫罗，梁简文帝《答南平嗣王饷舞簟书》。胡香，庾信《周赵国公夫人纥豆陵氏墓志铭》。金炉，陶弘景《许长史旧馆坛颂》。泛清，陶潜《闲情赋》。张明，谢惠连《伤己赋》。弹棋，魏文帝《与吴季重书》。承以，徐干《车渠碗赋》。画树，庾信《至仁山铭》。装之，徐陵《玉台新咏序》。超工，鲍照《飞白书势》。龙伸，徐陵《玉台新咏序》。颇好，梁元帝《上东宫古迹启》。鹊反，庾肩吾《谢东宫赉古迹启》②。虽昆，魏东阿王植《谢周游子虚观表》。金钱，梁元帝《金楼子》。于兹，班固《西都赋》。比之，江淹《丽色赋》。且其，弥衡《鹦鹉赋》。音性，班婕妤《捣素赋》。齐幽，陶潜《闲情赋》。度白，孔稚圭《北山移文》。含辞，魏东阿王植《洛神赋》。负雅，陶潜《闲情赋》。握手，江淹《恨赋》。誓中，张华《永怀赋》。分自，张缵《离别赋》。情有，张缵《怀音赋》。美景，陈后主《与詹事江总书》。赏心，谢灵运《拟魏太子邺中集诗序》。犹合，张缵《离别赋》。正可，梁昭明太子《六月启》。似比，魏文帝《出妇赋》。居然，庾信《为上黄侯世子与妇书》。青春，何逊《七召》。白日，梁简文帝《筝赋》。欲留，梁元帝《秋兴赋》。怨年，谢惠连《雪赋》。青蒦，徐陵《与李那书》。素商，梁昭明太子《七月启》。乐此，梁简文帝《七励》。抚寸，鲍照《观漏赋》。难为，周弘让《与王子渊书》。撰良，曹昭《东征赋》。处处，江淹《泣赋》。依依，梁邵陵王纶《赠言赋》。昔尝，庾信《思旧铭》。未尽，陆机《演连珠》。今日，梁昭明太子《正月启》。兼佩，王筠《与东阳盛法师书》。娱心，颜之推《颜氏家训》。

---

① 原注作者、题目误，出自扬雄《蜀都赋》。

② 原注题目有误字，出自庾肩吾《谢东宫示古迹启》。

更为，张衡《南都赋》。送别，沈约《梁武帝集序》。先倾，庾信《秦穆公饮盗骏马赞》。横玉，江淹《别赋》。泣珠，尹义尚《与徐仆射书》。语有，沈炯《归魂赋》。高谈，傅咸《烛赋》。情乍，江淹《水上神女赋》。嘉会，谢举《答湘东王书》①。行酒，赵晔《吴越春秋·句践外传》。心如，何逊《为衡山侯与妇书》。登楼，梁元帝《荡妇秋思赋》。目若，王粲《神女赋》。惭行，班婕妤《捣素赋》。命仆，魏东阿王植《洛神赋》。风飞，庾信《周上柱国齐王宪神道碑》。意未，傅咸《感别赋》。别易，颜之推《颜氏家训》。道攸，陈琳《止欲赋》。绮霞，何逊《七召》。白云，郭璞《穆天子传》。执手，江淹《报袁叔明书》。翘心，梁昭明太子《十二月启》。每遇，梁昭明太子《四月启》。朗月，嵇康《琴赋》。树骚，沈炯《幽庭赋》。山苍，江总《贞女峡赋》。弱丝，枚乘《忘忧馆赋》。涉想，何逊《为衡山侯与妇书》。金尊，梁元帝《金楼子》。为欢，伏知道《为王宽与妇义安主书》。鳞鸿，傅咸《纸赋》。书既，班婕妤《捣素赋》。鹦鹉，梁简文帝《答张缵谢示集诗》②。忧无，鲍照《观漏赋》。音尘，何逊《为衡山侯与妇书》。山川，刘歆《西京杂记》。托嘉，陈琳《神女赋》。那应，庾信《为上黄侯世子与妇书》。睹芳，谢灵运《伤己赋》。未足，刘孝仪《谢晋安王赐宜城诗启》。追思，魏文帝《与吴季重书》。已成，王羲之《兰亭集序》。兰生，梁元帝《金楼子》。虽无，梁昭明太子《陶渊明集序》。燕语，梁昭明太子《三月启》。常因，张缵《妒妇赋》。泪未，沈炯《归魂赋》。各在，魏文帝《与吴季重书》。事逾，刘孝仪《艳体连珠》。自然，沈约《报刘博士书》。丝竹，柳彧《请禁绝百姓作角抵戏奏》。既成，庾信《谢滕王集序启》。风月，庾信《思旧铭》。时有，徐陵《玉台新咏序》。后之，王羲之《兰亭集序》。无或。徐陵《玉台新咏序》。

---

① 原注作者误，出自谢几卿《答湘东王书》。

② 原注题目有误字，出自简文帝《答张缵谢示集书》。

# 下卷集唐

## 索影诗序骈文一首

依稀仙躅，信长安之路赊；寂寞良辰，怨中山之醒早。分阴屡转，莫话三年；重价将酬，难求十斛。惜岁华之不待，叹音尘之未期。我辈良游，更无消息；帝里佳境，尚想经过。则有银烛初然，金羁并骛，到沓杂繁华之地，当三五二八之时[①]。十里香尘，兰薰桂馥；九茎仙草，柳翠花红。辟丽景而多娱，孕香气而不散。珠帘玳匣，实惟明月之宫；彩槛雕楹，若对流霞之阙。床施玳瑁，帘以水精。玉户金釭，映网轩而列耀；姹花袅竹，当绮疏而荐香。无烦昆阆之游，自隔尘嚣之境[②]。薄游多暇，谢家之丽句难穷；满室如春，京邑之清流毕萃。惟人也玉立斯映，烛醉始酣，就芬芳以列筵，接光仪于促席。宋玉闲丽，何晏神仙。秀色鲜肤，皎若星中之月；韶颜稚齿，香飘席上之兰。爰自妙龄，待以仙格。百枝灯烛，照琼树之姿；一袭轻衣，见色丝之丽。与秋云而共洁，夺春艳以争鲜。侍宴琼筵，色多宜以善喜[③]；分甘玉液，体非薰而弥香。聪敏若神，纤秾中度。窈窕天人之际，绸缪宾客之欢。妙曲新调，即有灵仙之气；美人至止，但称男子之名。一面交

① “时”字，徐晦《海上生明月赋》原作“期”。

② “尘嚣”二字，崔融《嵩山启母庙碑》原作“嚣尘”。

③ “色”字，沈亚之《为人撰乞巧文》原作“包”。

欢，五情空热。当其玉漏未尽，锦筵四开，骏马香车，类群仙之广宴；娇罗艳縠，凝四座之清辉。旁搜赤水之珍[①]，各探骊泉之宝[②]。或琼或玉，振霞锦于仙衣；以酒以歌，接霓裳于胜席。回风遏云之艺，远客堪迷；吹箫挝鼓之娱，雅容匪饰[③]。芳菲菲其可袭，心摇摇而讵传？洎夫良夜欲阑，清光向晓，华尊旨酒，绮罗分解佩之因；急管繁弦，宫徵得缘情之趣。蝶翩翻而误起，鸟间关而共娇。闲适有余，应接不暇。玉山齐映，远近为之生光；金液是尝，宾主由其莫辨[④]。客怀既畅，长夜不疲；辇下当时，座中常满。加以惠而好我，良异他人[⑤]。舍尘事而论心，缔欢言于促膝。既因良会，屡听清谭。经三日以方过，肠回好系；睽累旬之晤语，思苦如痴。芬若椒兰，情逾胶漆。住仙界之长日，只恐曲终；怨洛阳之秋风[⑥]，初疑梦觉。艳阳可惜，欢席几陪？托同志于百龄，对长亭之十里。绮筵临路而告别，丝管嘈嘈；曼睩腾光以横波，睇眸眷眷。金灯照灼，愿借余光；玉趾迟留，暂停归辔。少年并至，必赏会于琴尊；中座无欢，共沉吟于钟箭。送归将远，蓄恨无穷，忽欲去而中留，羁牵尚尔；又申欢而接宴，眄睐未忘。春华芳敷，湘川水曲，醉中裁简，落笔争邀。笛里传情，举杯有属，散阳春之丽曲，佐清宴于良时。兰畹腾芳，蓝田孕质，怜绮窗之华影，残月斜临；夺珠树之鲜辉，芳尘不到。自然辉映[⑦]，独出辈流。况乎丽服逾春，与百花而共媚；纤罗碍日，焕五采以相鲜。霜明月湛之姿，鸾惊凤翥之妙。菱花镜里，炫华藻之新装；翡翠帘前，沾脂粉之余润。蛾眉蝉鬓，尽态极妍；碧缱缃钩，拟纤弄冶。目斜波而水怯，扇掩月而纨

① “搜”字，王勃《乾元殿颂序》原作“探”。
② “探”字，王勃《宇文德阳宅秋夜山亭宴序》原作“控”。
③ “匪”字，王维《白鹦鹉赋》原作“非”。
④ “由”字，王勃《秋晚入洛于毕公宅别道王宴序》原作“繇”。
⑤ “良异”二字，李商隐《祭先舅司徒公文》原作“岂无”。
⑥ “怨”字，李白《暮春江夏送张祖监丞之东都序》原作“想”。
⑦ “自然”二字，司空图《擢英集述》原作“互能”。

飞。锦帐斜褰，瑶钗递约[①]，擢纤腰而孤立[②]，斜身倚帏；眇轻步以相矜，掩袖拥髻。灵妃翳日，先输婵媛之工；织妇希风，用助娇娆之态。玄云起唱，白雪怀羞。兰在口以如闻[③]，花伴妆而共落。将歌敛态，周郎之顾何施？弄彩成形[④]，洛水之灵匪匹[⑤]。信一场之独擅，处处含情；初半面以呈姿，盈盈不语。愉心炫目，乃为抚掌之资；荡思摇情，尽在回眸之内。以侑谈笑，岂让娉婷？亦既更衣，膏铅不御。仍看合璧，珠玉在旁。顾转盼而遗情，同赏心而无失。兰堂洞敞，华馔重开。登瑶席以逶迤[⑥]，绮纨相遇；映雕盘之错落，蔬果维时[⑦]。尊俎罗星，茗芽含露；琴棋间作，海陆具陈。韦珠与谢玉交辉，凤竹与鸾丝迭奏[⑧]。笑饮醁酒，徒增倚玉之荣；敏给芳词，亦是连珠之宝。二美交映，一顾为荣。处涸辙以犹欢，飞羽觞之无算。闲庭邃宇，不吟行路之难；清酒深杯，即谓忘归之所。淹留自足，溽暑将阑；欢娱未央，严飙扇序。交深志见，别促会赊，盖春去而秋来[⑨]，竟月同而地隔。于时苍云寡色，紫陌迷尘，攀胜集而长怀，出都门而惜别。酒阑宾散，慰我最深[⑩]；言发涕零，愧君相送。折柳厌河梁之赠，别骑尘飞；瞻天仰银汉之流，情田波注。光阴讵几？梦想还劳，把芳酒以留欢，未能回首；对兰釭而不寝[⑪]，几度沾襟？瀛海千寻，情源九派。目眄眄以

① “约”字，司空图《成均讽》原作“纷”。
② “而”字，谢偃《观舞赋》原作“之”。
③ “如”字，陆龟蒙《采药赋》原作“时”。
④ “形”字，舒元舆《牡丹赋》原作“妍”。
⑤ “匪”字，陈山甫《汉武帝重见李夫人赋》原作“非”。
⑥ “瑶”字，黄滔《馆娃宫赋》原作“绮”。
⑦ “维”字，李商隐《为李怀州祭太行山神文》原作“惟”。
⑧ “与”字，刘咏《堂阳亭子诗序》原作“共”。
⑨ “而”字，黄滔《狎鸥赋》原作“以”。
⑩ “我”字，李商隐《代外姑陇西郡君祭张氏女文》原作“吾”。
⑪ “釭”字，温庭筠《答段柯古赠葫芦管笔状》原作“缸”。

徒极，魂茕茕以无端。纵风至而音来，言存缱绻；忽时淹而岁积，思已低催[①]。呜乎！胜地不常，浮欢易尽。授仆以幽忧孤愤之性，资粉泽于风流；许予以烟霄鸾凤之交，陶性灵于歌舞。琴尊逸赏，不邀结而自亲；风月名辰，岂别离之可赠？北游失路，东浪惊年，惜投分之几何？敢知音而相许？空尘异贶，若睹清颜，恨不翻飞，顿缩长房之地脉[②]；或闻推许，终无卫玠之风姿。目断意迷，形留神送，洒涟涟之珠泪，畏别伤离；抽轧轧于蕙心，抒情歌事。往往戏排旧韵，移东就西；或配新声，断章摘句。惜景而持绳欲系，沉吟而命笔爰书。纪在彩笺，题于团扇。芬芳兰芷，虽怜千里之遥[③]；隐映楼台，以纪一时之事。摹拟窜窃，步类寿陵；眷恋徘徊，瘦同沈约。能摇别恨，尽文通五色之毫；却想他时，得玄晏《三都》之序。

依稀，王绩《游北山赋》。信长，丁春泽《日观赋》。寂寞，司空图《春愁赋》。怨中，李商隐《道士胡君新井碣铭》。分阴，温庭筠《上吏部韩郎中启》。莫话，陆龟蒙《中酒赋》。重价，王损之《饮马投钱赋》。难求，韦庄《又玄集序》。惜岁，王勃《送孝十五序》。叹音，赵蕃《月中桂树赋》。我辈，王勃《江宁吴少府宅饯宴序》。更无，陆龟蒙《中酒赋》。帝里，王棨《曲江池赋》。尚想，骆宾王《与博昌父老书》。则有，田沉《明赋》。金羁，司空图《春愁赋》。到沓，王棨《玄宗幸西凉府观灯赋》。当三，徐晦《海上生明月赋》。十里，王棨《玄宗幸西凉府观灯赋》。兰薰，张说《大唐西域记序》。九茎，杨炯《晦日药园诗序》。柳翠，司空图《成均讽》。辟丽，王起《披雾见青天赋》。孕香，杨真弘《月中桂树赋》。珠帘，杨炯《少室山少姨庙碑》。实惟，杨炯《群官寻隐居诗序》。彩槛，李公佐《南柯记》。若对，王勃《益州德阳县善寂寺碑》。床施，王棨《琉璃窗赋》。帘以，李朝威《柳毅传》。玉户，郑蕡《才鬼记》。映网，杨真弘《月中桂树赋》。姹花，沈亚之《闽城开新池记》。当绮，陆龟蒙《微凉赋》。

---

① “催”字，陆龟蒙《采药赋》原作“摧”。

② “顿”字，玄宗《赐司马承祯敕》原作“倾”。

③ “怜”字，李商隐《为河南卢尹贺上尊号表》原作“悲”。

无烦，武后《夏日游石淙诗序》。自隔，崔融《嵩山启母庙碑》。薄游，王勃《益州德阳县善寂寺碑》。谢家，韩偓《红芭蕉赋》。满室，冯贽《云仙杂记》。京邑，宋之问《春游宴兵部韦员外韦曲庄序》。惟人，王起《《披雾见青天赋》。烛醉，独孤霖《宣州叠嶂楼记》。就芬，卢照邻《悲昔游》。接光，王勃《秋日饯别序》。宋玉，李商隐《会昌一品集序》。何晏，李商隐《祭吕商州文》。秀色，胡运《佩赋》。皎若，张鷟《沧州弓高县实性寺释迦象碑》。韶颜，蒋防《霍小玉传》。香飘，王勃《益州德阳县善寂寺碑》。爰自，李商隐《为举人上翰林萧侍郎启》。待以，阙名《参寥子》[①]。百枝，张鷟《永安公主出降礼钱议》。照琼，独孤绶《清篁赋》。一袭，李商隐《为安平公谢端午赐物状》。见色，张仲素《回文锦赋》。与秋，萧颖士《为李北海进芝草表》。夺春，欧阳炯《花间集序》。侍宴，常衮《赠婕妤董氏墓志铭》。色多，沈亚之《为人撰乞巧文》。分甘，徐铉《许长史井铭》[②]。体非，高似孙《水仙花后赋》。聪敏，张说《徐氏子墓志铭》。纤秾，陈鸿《长恨歌传》。窈窕，李商隐《为某先辈上集贤相公启》。绸缪，符载《为西川幕府祭韦太尉文》。妙曲，宋之问《奉陪武驸马宴唐卿山亭序》。即有，宋之问《奉敕从太平公主游九龙潭宴别安平王序》。美人，吕令则《井赋》。但称，杨炯《益州温江县令任君神道碑》。一面，骆宾王《灵泉颂》。五情，李商隐《奠小侄女寄寄文》。当其，柳喜《日出浴池赋》[③]。锦筵，阙名《笛赋》。骏马，宋之问《奉陪武驸马宴唐卿山亭序》。类群，王勃《乾元殿颂序》。娇罗，胡运《珮赋》。凝四，王棨《缀珠为烛赋》。旁搜，王勃《乾元殿颂序》。各探，王勃《宇文德阳宅秋夜山亭宴序》。或琼，王棨《白雪楼赋》。振霞，张鷟《永安公主出降礼钱议》。以酒，沈亚之《闽城开新池记》。接霓，王勃《饯宇文明府序》。回风，权德舆《杜城郊居记》。远客，王棨《曲江池赋》[④]。吹箫，李德裕《近幸论》。雅容，王维《白鹦鹉赋》。芳菲，白居易《泛渭赋》。心摇，康

---

① 原注作者、题目误，出自高彦休《唐阙史》。

② 原注作者有误字，出自徐铉《许长史井铭》。

③ 原注题目有误字，出自柳喜《日浴咸池赋》。

④ 原注题目误，出自王棨《江南春赋》。

僚《汉武帝重见李夫人赋》。泪夫，柳喜《日出浴池赋》①。清光，王损之《曙观秋河赋》。华尊，李商隐《祭吕商州文》。绮罗，王勃《益州德阳县善寂寺碑》。急管，浩虚舟《舒姑泉赋》。宫徵，王勃《夏日宴宋五官宅观画障序》。蝶翩，李君房《海人献文锦赋》。鸟间，吕向《美人赋》。闲适，白居易《后集自序》②。应接，白居易《草堂记》。玉山，阙名《宋州司法田君宏敏墓石》。远近，王捧珪《日赋》。金液，张仲素《穆天子宴瑶池赋》。宾主，王勃《秋晚入洛于毕公宅别道王宴序》。客怀，王勃《上巳浮江宴序》。长夜，朱敬则《陈后主论》。辇下，李商隐《祭外舅司徒公文》。座中，李商隐《为荥阳相公上西川李相公状》。加以，王勃《越州李明府宅送萧三还济州序》。良异，李商隐《为王从事妻万俟氏祭先舅司徒公文》。舍尘，王勃《秋晚入洛于毕公宅别道王宴序》。缔欢，骆宾王《饯宋三之丰城序》。既因，杨炯《上李舍人山亭诗序》。屡听，李商隐《为汝南公上淮南李相公状》。经三，王棨《神女不过灌坛赋》。肠回，陆龟蒙《采药赋》。暌累，符载《为江西李常侍祭觊和尚文》。思苦，李商隐《梓州慧义精舍南禅院四证堂碑铭》。芬若，李峤《与夏县崔少府书》。情逾，刘孝孙《沙门慧净诗英华序》。住仙，阙名《鹤归华表赋》。只恐，李商隐《上河东公启》。怨洛，李白《暮春江夏送张祖监丞之东都序》。初疑，顾云《谢徐学士存问启》③。艳阳，乔彝《幽兰赋》。欢席，李商隐《上郑州萧给事状》。托同，王勃《与员四等宴序》。对长，王勃《送白七序》。绮筵，张说《送严少府赴万安诗序》。丝管，白居易《祭崔相公文》。曼睩，吕向《美人赋》。睇眸，梁嵩《倚门望子赋》。金灯，陆龟蒙《书带草赋》。愿借，康庭芝《求邻壁光判》。玉趾，王棨《神女不过灌坛赋》。暂停，卢照邻《宴梓州南亭诗序》。少年，王棨《沛父老留汉高祖赋》。必赏，杨炯《大周明威将军梁公神道碑》。中座，张九龄《饯宋司马序》。共沉，李商隐《为濮阳公祭太常崔丞文》。送归，王勃《送李十五序》。蓄恨，阙名《鹤归华表赋》。忽欲，骆宾王《萤火赋》。羁牵，李商隐《为尚书濮阳公贺

① 原注题目有误字，出自柳喜《日浴咸池赋》。

② 原注题目误，出自白居易《序洛诗》。

③ 原注题目误，出自顾云《又谢下第后使人存问启》。

郑相公状》。又申，李峤《为纳言姚璹等谢敕赐飞白书表》。眄睐，李商隐《上华州周侍郎启》。春华，符载《祭樊司空文》。湘川，崔融《嵩山启母庙碑》。醉中，李商隐《梓州慧义精舍南禅院四证堂碑铭》。落笔，吴融《古瓦砚赋》。笛里，蒋防《嫦娥奔月赋》。举杯，张九龄《景龙观山亭集送密县高赞府序》。散阳，陆琼《曲水杯赋》。佐清，卢肇《湖南观双柘枝舞赋》。兰畹，太宗《赐李靖陪葬诏》。蓝田，阙名《宋州司法田君宏敏墓石》。怜绮，樊晦《燕巢赋》。残月，王损之《曙观秋河赋》。夺珠，李德裕《牡丹赋》。芳尘，李程《破镜飞上天赋》。自然，司空图《擢英集述》。独出，阙名《参寥子》①。况乎，康僚《汉武帝重见李夫人赋》。与百，贾竦《庄周梦为蝴蝶赋》。纤罗，贾竦《蜘蛛赋》。焕五，张仲素《回文锦赋》。霜明，骆宾王《上齐州张司马启》。鸾惊，杨炯《大周明威将军梁公神道碑》。菱花，阙名《署书题阁判》。炫华，司空图《成均讽》。翡翠，康僚《汉武帝重见李夫人赋》。沾脂，张鹭《山阳公主为子求官议》。蛾眉，王棨《曲江池赋》。尽态，杜牧《阿房宫赋》。碧缱，温庭筠《锦鞋赋》。拟纤，司空图《释怨》。目斜，陆龟蒙《采药赋》。扇掩，阙名《七夕赋》。锦帐，阎朝隐《晴虹赋》。瑶钗，司空图《成均讽》。擢纤，谢偃《观舞赋》。斜身，蒋防《霍小玉传》。眇轻，赵良器《履赋》。掩袖，宋璟《梅花赋》。灵妃，王勃《益州德阳县善寂寺碑》。先输，司空图《成均讽》。织妇，崔融《嵩山启母庙碑》。用助，欧阳炯《花间集序》。玄云，司空图《成均讽》。白雪，李商隐《上令狐相公状》。兰在，陆龟蒙《采药赋》。花伴，马真素《灯赋》②。将歌，皮日休《桃花赋》。周郎，李子卿《功成作乐赋》。弄彩，舒元舆《牡丹赋》。洛水，陈山甫《汉武帝重见李夫人赋》。信一，元稹《观兵部马射赋》。处处，王棨《秋夜七里滩闻渔歌赋》。初半，康僚《汉武帝重见李夫人赋》。盈盈，何类瑜《查客至斗牛赋》。愉心，司空图《成均讽》。乃为，李白《送陈郎将归衡阳启》。荡思，李群玉《进诗表》。尽在，林滋《小雪赋》。以侑，梁肃《晚春崔中丞亭林会集诗序》。岂让，薛逢《上翰林韦学士启》。亦既，李商隐《为濮阳公泾原谢冬衣

---

① 原注作者、题目误，出自高彦休《唐阙史》。

② 原注作者有误字，出自冯真素《灯赋》。

表》。膏铅，吕温《药师如来绣像赞序》。仍看，李峤《神龙历序》。珠玉，王勃《秋日游莲池序》。顾转，温庭筠《锦鞋赋》。同赏，李邕《鹘赋》。兰堂，司空图《成均讽》。华馔，王勃《还冀州留别洛下知己序》。登瑶，黄滔《馆娃宫赋》。绮纨，司空图《释怨》。映雕，卢肇《湖南观双柘枝舞赋》。蔬果，李商隐《为李怀州祭太行山神文》。尊俎，王棨《曲江池赋》。茗芽，李商隐《为汝南公与蕲州李郎中状》。琴棋，韦夏卿《毗陵东山记》。海陆，康子玉《瓜赋》。韦珠，许敬宗《唐并州都督鄂国公尉池恭碑》。凤竹，刘咏《堂阳亭子诗序》。笑饮，李白《暮春江夏送张祖监丞之东都序》。徒增，黄滔《代郑郎中上兴道郑相启》。敏给，段成式《与温飞卿书》。亦是，李令琛《对书史百家策》。二美，陆贽《月临镜湖赋》。一顾，温庭筠《上蒋侍郎启》。处涸，王勃《秋日登洪府滕王阁饯别序》。飞羽，虞世南《琵琶赋》。闲庭，蒋防《霍小玉传》。不吟，李商隐《为荥阳公上门下李相公状》。清酒，司空图《诗品》。即谓，陈乔《新建信州龙虎山张天师庙碑》。淹留，太宗《小池赋》。溽暑，宋之问《奉陪武驸马宴唐卿山亭序》。欢娱，王棨《缀珠为烛赋》。严飙，骆宾王《上齐州张司马启》。交深，李商隐《为怀州刺史举人自代状》。别促，孙頠《神女传》①。盖春，黄滔《狎鸥赋》。竞月，李商隐《祭吕商州文》。于时，王勃《绵州北亭群公宴序》。紫陌，罗隐《上礼部郑员外启》。攀胜，王勃《宇文德阳宅秋夜山亭宴序》。出都，王棨《诏遣轩辕先生归罗浮旧山赋》。酒阑，蒋防《霍小玉传》。慰我，李商隐《代外姑陇西郡君祭张氏女文》。言发，吴融《李茂贞封岐王加尚书令制》。愧君，蒋防《霍小玉传》。折柳，司空图《春愁赋》。别骑，梁嵩《倚门望子赋》。瞻天，李商隐《为荥阳公进贺正银表》。情田，周针《同人于野赋》。光阴，李商隐《上令狐相公启》。梦想，康僚《汉武帝重见李夫人赋》②。把芳，黄滔《送君南浦赋》。未能，陆龟蒙《中酒赋》。对兰，温庭筠《答段柯古赠葫芦管笔状》。几度，王棨《离人怨长夜赋》。瀛海，杨炯《登秘书省阁诗序》。情源，王勃《上明员外启》。目眄，康僚《汉武帝重见李夫人赋》。魂茕，杨思本《桃花赋》。纵

① 原注作者、题目误，出自陈翰《异闻集》。

② 原注作者、题目误，出自伏知道《为王宽与妇义安主书》。

风，李商隐《祭吕商州文》。言存，郑賨《才鬼记》。忽时，符载《愁赋》。思已，陆龟蒙《采药赋》。呜乎，王勃《秋日登洪府滕王阁饯别序》。浮欢，王勃《秋晚入洛于毕公宅别道王宴序》。授仆，王勃《夏日诸公见访诗序》。资粉，司空图《擢英集序》。许予，崔融《报三原李少府书》。陶性，杨炯《晦日药园诗序》。琴尊，康子玉《瓜赋》。不邀，陆贽《收河中后请罢兵状》。风月，杨炯《崇文馆宴集诗序》。岂别，李程《破镜飞上天赋》。北游，李白《上安州李长史书》。东浪，李商隐《为李贻孙上李相公启》。惜投，王勃《春夜桑泉别王少府序》。敢知，张彦胜《露赋》。空尘，温庭筠《答段柯古赠葫芦管笔状》。若睹，李峤《与夏县崔少府书》。恨不，赵象《与步非烟书》。顿缩，玄宗《赐司马丞贞敕》。或闻，顾云《投翰林刘学士启》。终无，李商隐《祭外舅司徒公文》。目断，许尧佐《章台柳传》。形留，骆宾王《与博昌父老书》。洒涟，白行简《望夫化为石赋》。畏别，王勃《采莲赋》。抽轧，卢肇《湖南观双柘枝舞赋》。抒情，李峤《与夏县崔少府书》。往往，元稹《上令狐相公启》。移东，陆贽《论裴延龄奸蠹书》。或配，李商隐《献相国京兆公启》。断章，李商隐《元结文集序》。惜景，李商隐《祭张书记文》。沉吟，李远《题桥赋》。纪在，李商隐《为濮阳公泾原让加兵部尚书表》。题于，顾云《上户部郑员外启》。芬芳，杨炯《大周明威将军梁公神道碑》。虽怜，李商隐《为河南卢尹贺上尊号表》。隐映，王勃《夏日宴宋五官宅观画障序》。以纪，孟綮《本事诗序》①。摹拟，柳宗元《读毛颖传后题》。步类，温庭筠《上学士舍人启》。眷恋，梁嵩《倚门望子赋》。瘦同，李商隐《为举人献韩郎中琮启》。能摇，宋之问《送皇甫使君序》。尽文，李商隐《重祭外舅司徒公文》。却想，王棨《沉碑赋》。得玄。李商隐《为某先辈献集贤相公启》。

---

① 其句出处待考。

## 忆昔五言律诗一百首

忆昔嬉游伴，如今契阔深。笑言谁与晤？岁月易相侵。惆怅三年客，低回一寸心。闲时随思缉①，徒倚独沾襟。

忆昔，白居易《江南喜逢萧九彻因话长安旧游戏赠五十韵》。如今，杜甫《奉赠王中允》。笑言，元稹《梦游春》。岁月，韦庄《和薛前辈见寄初秋寓怀即事之作三用韵》。惆怅，李群玉《广江驿饯筵留别》。低回，曹邺《庭草》。闲时，姚合《闲居遣怀》。徒倚。李密《淮阳感旧》。

往日长安路，春风正可怜。勿贪佳丽地，争过艳阳天。银钥开香阁，金尊对绮筵。花前始相见，中夜便招延。

往日，周万《送沈芳谒李观察求仕进》。春风，蒋冽《古意》。勿贪，李商隐《送从翁从东川宏农尚书幕》。争过，白居易《劝酒》。银钥，郑虔《闺情》。金尊，陈子昂《春夜别友人》。花前，张生妻《梦中歌》。中夜。郑谷《府中寓止寄赵大谏》。

正有高堂宴，潜招小饮徒。玉庭开粉席，金匕进雕胡。好酒当三月②，明灯照四隅。不眠同此夜，箫鼓事游娱。

正有，张说《幽州夜饮》。潜招，白居易《东南行一百韵》。玉庭，祖咏《七夕》。金匕，元稹《春分投简阳明洞天作》。好酒，唐彦谦《留别》。明灯，韦应物《酬元伟过洛阳夜燕》。不眠，戴叔伦《又酬崔法曹晓灯暗离室五首》。箫鼓。苏颋《奉和圣制登蒲州逍遥楼应制》。

芳草复芳草，何人事撷芳③？剧谭推曼倩，疑粉试何郎。不向花回顾，徒思玉在旁。纵非乘酒兴，相访也无妨④。

---

① “时”字，姚合《闲居遣怀》原作“诗”。

② “好”字，刘真《七老会诗》原作“饮”；原注作者、题目误。

③ “撷”字，刘禹锡《送王师鲁协律赴湖南使幕》原作“搴”。

④ “无”字，贾岛《寄胡遇》原作“何”。

芳草，杜牧《池州春送前进士蒯希逸》。何人，刘禹锡《送王师鲁协律赴湖南使幕》。剧谭，骆宾王《春霁早行》。疑粉，温庭筠《题翠微寺二十二韵》。不向，元稹《梦游春七十韵》。徒思，韦庄《和郑拾遗秋日感事》。纵非，李群玉《赠花》。相访。贾岛《寄胡遇》。

有意来相访，笙歌达曙钟[①]。乐吹天上曲，仙向座中逢。绮席珍羞满，金尊腊酿浓。管弦兼美酒，清夜此从容。

有意，丁仙芝《江南曲》。笙歌，孟浩然《李少府与杨九再来》。乐吹，张仲素《宫中乐》。仙向，刘得仁《寻陈处士山堂》。绮席，陈嘉言《晦日重宴》。金尊，令狐楚《南宫夜直宿见李给事封题其所下制敕知奏直在东省因以诗寄》。管弦，皇甫松《摘得新》。清夜。钱起《酬苗发员外宿龙池寺见寄》。

酡颜不自持，正是撷芳时。锦帐迎风转，华筵待月移。尊前喧有语，座上去何迟？烂熳惟愁晓，傍人那得知？

酡颜，韩偓《寒食日沙县雨中看蔷薇》。正是，杜牧《将赴湖州留题庭菊》。锦帐，沈佺期《安乐公主移入新宅》。华筵，李廓《长安少年行》。尊前，刘得仁《莺出谷》。座上，韦应物《咏徐正字画青蝇》。烂熳，郭利贞《上元》。傍人。宋之问《折杨柳》。

式宴坐神仙，曈曈艳绮年。最宜红烛下，微笑画屏前。雅韵锵金玉，清谈胜管弦。相知深过等，累日此流连。

式宴，胡元范《奉和太子纳妃太平公主出降》。曈曈，符子珪《芳树》。最宜，刘禹锡《抛球乐词》。微笑，权德舆《玉台体》。雅韵，李峤《和同府李祭酒休沐田居》。清谈，白居易《会昌春连宴即事联句》。相知，刘得仁《哭翰林丁侍郎》。累日。韦应物《寄卢涉》[②]。

连夜共衔杯，相迎自拨醅。到愁金谷晚，醉忆玉山颓。吟尽情难尽，身回心未回。明朝能饮否？还是觅君来。

连夜，元稹《三月三十日程氏馆饯杜十四归京》。相迎，杜甫《晚晴吴郎

---

① “达”字，孟浩然《李少府与王九再来》原作“咽”；原注题目有误字。

② 原注题目有误字，出自韦应物《寄卢陟》。

见过北舍》。到愁，王绩《辛司法宅观妓》。醉忆，令狐楚《省中直夜对雪寄李师素侍郎》。吟尽，李中《姑苏怀古》。身回，郑谷《次韵和秀上人游南五台》。明朝，储光羲《田家杂兴》。还是。白居易《访皇甫七》。

累日同游处，悠悠暮复朝。列筵飞翠斝，拂幌缀红绡。乐奏曾无歇，香多岂惜飘？一杯弹一曲，岁月客中销。

累日，韩思彦《酬贺遂良》①。悠悠，白居易《冬初酒热》②。列筵，李怀远《凝碧池侍宴看竞渡应制》。拂幌，张夫人《柳絮》。乐奏，李廓《长安少年行》。香多，李商隐《公子》。一杯，孟浩然《听郑五愔弹琴》。岁月。唐求《途次偶作》。

紫陌轩车送，香飘十里风。笙簧正喧吸，楼阁尽玲珑。丽日千层艳，高台四望同。妆成独披掩，魂断隔帘栊。

紫陌，袁求贤《早春送郎官出宰》。香飘，曹邺《和潘安仁金谷集》。笙簧，孟郊《长安道》。楼阁，段文昌《题五担寺西壁》③。丽日，常衮《咏冬槐花》。高台，王勃《临高台》。妆成，元稹《恨妆成》。魂断。薛昭蕴《相见欢》。

添眉桂叶浓，鬓鬓弹轻松。价数千金贵，场开百戏容。名香播兰蕙，暗粉妒芙蓉。的的当歌扇，还如天上逢。

添眉，李贺《恼公》。鬓鬓，白居易《如梦令》。价数，王建《同于汝锡赏白牡丹》。场开，苏颋《奉和恩赐乐游苑宴应制》。名香，岑参《和刑部成员外夜寓直寄台省知己》。暗粉，赵嘏《惜惜盐》。的的，元稹《月三十韵》。还如。张说《侍宴荷亭应制》④。

时辈似君稀，纤腰洛浦妃。游莺无定曲，舞蝶不空飞。羞日遮罗袖，凌霞曳绮衣。玉花珍簟上，盼眄独依依。

时辈，岑参《送薛彦伟擢第东归》。纤腰，李峤《素》。游莺，太宗《采芙

① 原注题目有误字，出自韩思彦《酬贺遂亮》。

② 原注题目有误字，出自白居易《冬初酒熟》。

③ 原注题目有误字，出自段文昌《题五担寺西台》。

④ 原注题目有脱字，出自张说《侍宴蘘荷亭》。

蓉》。舞蝶，李商隐《即目》①。羞日，鱼玄机《赠邻女》。凌霞，张文恭《七夕》。玉花，徐彦伯《芳树》。盼眄。杜牧《杜秋娘诗》。

为有倾城色，春娇满镜台。绮罗从许笑，箫管莫相催。舞旋红裙急，歌余素扇回。画堂帘幕外，香步独徘徊。

为有，李贺《绿水词》。春娇，梁锽《狷氏子》。绮罗，白居易《清明日观妓舞听客诗》。箫管，孟浩然《夏日同崔二十一同集卫明府宅》。舞旋，元稹《晚宴湘亭》。歌余，卢士政《奉陪武相公西亭夜宴陆郎中》。画堂，刘禹锡《同乐天和微之春深二十首》②。香步。温庭筠《咏春幡》。

窈窕凌波步，风流似楚真。应怜脂粉气，无愧绮罗身。促节萦红袖，吹香匝绮茵。盈盈天上艳，娇态欲沉春。

窈窕，任希古《和李公七夕》。风流，孙光宪《南歌子》。应怜，杜审言《代张侍郎伤美人》③。无愧，崔涂《过昭君故宅》。促节，太宗《琵琶》。吹香，李峤《烛》。盈盈，李群玉《感兴》。娇态。吴融《即席》。

绰约小天仙，红妆二八年。爱君吹玉笛，为我舞金钿。袨服锵环佩，流声入管弦。搔头邀顾遇，容得许多怜？

绰约，白居易《玉真张观主下小女冠阿容》。红妆，李白《江夏行》。爱君，冯延巳《谒金门》。为我，刘禹锡《酬乐天醉后狂吟十韵》。袨服，杜审言《七夕》。流声，虞世南《飞来双白鹤》。搔头，吴融《个人》。容得。常非月《咏谈容娘》。

连娟眉绕山，台上起双鬟。薄薄施脂粉④，姗姗摇佩环⑤。新声殊激楚，妍唱剧妖娴。恰似轻盈女，因君时解颜。

连娟，温庭筠《江南曲》。台上，王勃《落花落》。薄薄，毛文锡《巫山一段

① 原注题目有误字，出自李商隐《即日》。

② 原注题目有误，出自刘禹锡《同乐天和微之深春二十首》。

③ 原注题目有误字，出自杜审言《代张侍御伤美人》。

④ “脂”字，毛文锡《巫山一段云》原作“铅”。

⑤ “姗姗”二字，李华《咏史》原作“珊珊”。

云》。姗姗，李华《咏史》。新声，皎然《答俞校书冬夜》。妍唱，柳宗元《酬韶州裴曹长使君寄道州吕八大使因以见示二十韵一首》。恰似，欧阳炯《女冠子》。因君。杨衡《桂州与陈羽念别》。

直须台上看，怜取眼前人。别有千金笑，方知一玉真。含颦倚瑶瑟，流眄整罗巾。尘起将歌发，声随子夜新。

直须，韩愈《月台》。怜取，崔莺莺《告绝诗》。别有，卢照邻《十五夜观灯》。方知，李白《系浔阳上崔相涣》。含颦，权德舆《杂诗》。流眄，李愿《观翟玉妓》。尘起，太宗《冬宵》。声随。李峤《歌》。

含笑出帘栊，花颜旖旎红。玉钗斜白燕，罗帔掩丹虹。衫薄偏憎日，腰轻乍倚风。三春莺度曲，翡翠锦屏中。

含笑，李白《经乱离后天恩流夜郎忆旧游书怀赠江夏华太守良宰》①。花颜，白居易《筝》。玉钗，张祜《吴宫曲》。罗帔，元稹《会真诗》。衫薄，陈子良《新宫词》。腰轻，李贺《恼公》。三春，张柬之《出塞》。翡翠。张潮《长干行》。

缓曲钏声迟，娇娆不自持。金钿相照耀，玉管递参差②。甚感殷勤意，偏承顾盼私。独怜倾国貌，不称是男儿。

缓曲，太宗《琵琶》。娇娆，刘驾《效古》。金钿，白居易《渭村退居寄礼部崔侍郎翰林钱舍人诗一百韵》。玉管，李肱《省试霓裳羽衣曲》。甚感，韩偓《个侬》。偏承，耿沣《得替后书怀上第五相公》。独怜，赵嘏《昔昔盐》。不称。杜荀鹤《出常山界使回有寄》。

倾城岂自由？娇小不禁羞。清管新声发，雕窗艳曲流。含情独摇手，敛笑又低头。欲并真无侣，仙娥在北楼。

倾城，李商隐《拟意》。娇小，权德舆《玉台体》。清管，戴叔伦《长安早春赠万评事》。雕窗，许敬宗《奉和仪鸾殿早秋应制》。含情，元稹《曹十九舞绿

① 原注题目有误字，出自李白《经乱离后天恩流夜郎忆旧游书怀赠江夏韦太守良宰》。

② “玉”字，李肱《省试霓裳羽衣曲》原作“凤”。

钿》。敛笑，卢纶《伦开府席上赋得咏美人名解愁》。欲并，崔国辅《丽人曲》。仙娥。陆翱《赵氏北楼》。

呈态解霓裳，青娥小谢娘。画罗金翡翠，插髻玉鸳鸯。舞逐朱丝转[①]，歌垂碧袖长。含情两相向，不觉到斜阳。

呈态，许敬宗《奉和七夕宴悬圃应制》。青娥，白居易《代谢好妓答崔员外》。画罗，温庭筠《菩萨蛮》。插髻，寒山《诗》。舞逐，卢士政《奉陪武相公西亭夜宴陆郎中》。歌垂，元稹《晚宴湘亭》。含情，孟郊《古别怨》。不觉。贯休《桐江闲居作》。

晚景莫相催，重楼窗户开。转喉空婀娜，对影且徘徊。若许陪歌席，应须执酒杯。只愁才曲罢，容易便言回。

晚景，刘禹锡《花下醉中联句》。重楼，段文昌《晚夏登张仪楼呈院中诸公》。转喉，杜牧《分司东都寓居履道叨承州尹刘侍郎大夫恩知上四十韵》。对影，王贞白《丑妇》。若许，白居易《答皇甫十郎中秋深酒熟见忆》。应须，姚合《郡中冬夜闻蛩》。只愁，张祜《五弦》。容易。修睦《岳上作》。

看花恨有余，为尔久踌躇。一曲听初彻，千般想不如[②]。座中殊未起，名下固无虚。早晚重相见，凭君亦记余。

看花，王驾《次韵和卢先辈避难寺居看牡丹》。为尔，贯休《寒望九峰作》。一曲，刘得仁《听歌》。千般，耿沣《酬畅当》。座中，孟浩然《夏日同崔二十一同集卫明府宅》。名下，张希复《光宅坊光宅寺禅师中影堂联句》[③]。早晚，项斯《送苏处士归西山》。凭君。姚合《送雍陶及第归觐》。

日暮归何处？相看惜去留。雕轩回翠陌，夹道起朱楼。隐隐临珠箔，纤纤上玉钩。列筵邀酒畔[④]，酌醴醉春愁。

日暮，王维《扶南曲歌词》。相看，骆宾王《秋日送别》。雕轩，高宗《太子

---

① “逐”、“转”二字，卢士政《奉陪武相公西亭夜宴陆郎中》原作“转”、“逐”。

② “不”字，耿沣《酬畅当》原作“未”。

③ 原注题目有误，出自张希复《光宅坊光宅寺中禅师影堂联句》。

④ “畔”字，孟浩然《寒夜宴张明府宅》原作“伴”。

纳妃太平公主出降》。夹道，李白《金陵》。隐隐，方干《新月》。纤纤，李峤《帘》。列筵，孟浩然《寒夜宴张明府宅》。酌醴。宋之问《送永昌萧赞府》。

香笺墨色新，持此寄情人。且乐杯中物，多招席上珍。良辰倾四美，暇景属三春。十二街如市，往来车马尘。

香笺，韩偓《无题》。持此，张九龄《折杨柳》。且乐，孟浩然《自洛之越》。多招，贯休《送崔尚书朝觐》。良辰，王勃《上巳浮江宴》。暇景，玄宗《春台望》。十二，卢延让《寒食日戏赠李侍郎》[①]。往来。韦应物《有所思》。

但苦寡欢娱，何愁日渐晡[②]？高楼临广陌，丰馔引中厨。三月时将尽，千金买亦无。芳春共谁遣？酒肆醉相扶。

但苦，元稹《苦雨》。何愁，白居易《宿杜曲花下》。高楼，崔泰之《同光禄弟冬日述怀》。丰馔，骆宾王《久戍边城有怀京邑》。三月，张说《三月闺怨》。千金，王建《赏牡丹》。芳春，太宗《望送魏征葬》。酒肆。于鹄《山中寄樊仆射》。

露洗百花鲜，韶容花共妍。开尊好凝睇，侍坐各差肩。邀我尝春酒，对君歌少年。闲时相顾笑，曲槛小栏边。

露洗，郑愔《春怨》。韶容，白居易《送毛仙翁》。开尊，刘禹锡《和郴州杨侍郎玩郡斋紫薇花四十韵》[③]。侍坐，元稹《献荥阳公诗五十韵》。邀我，杜甫《遭田父泥饮美严中丞》。对君，鲍溶《范传正侍御累有赠因奉酬十首》[④]。闲时，储光羲《田家杂兴》。曲槛。南唐后主《梅花》。

谁与我相亲？双飞席上珍。玉箫惟送酒，琼树亦迷人。阛阓开三市，笙竽溢四邻。春风催客醉，持此度芳辰。

谁与，姚合《别贾岛》。双飞，玄宗《宴东堂赐诗》。玉箫，钱起《宴崔驸马玉山别业》。琼树，温庭筠《观舞妓》。阛阓，李峤《市》。笙竽，李商隐《七夕

---

① 原注题目有误字，出自卢延让《寒食日戏赠李侍御》。

② “何”字，白居易《宿杜曲花下》原作“宁”。

③ 原注题目有误，出自刘禹锡《和郴州杨侍郎玩郡斋紫薇花十四韵》。

④ 原注题目有误字，出自鲍溶《范传真侍御累有赠因奉酬十首》。

偶题》。春风，刘长卿《喜李翰自越至》。持此。张九龄《戏题春意》。

京洛事游遨，行觞举绿醪。百年能几日？四坐悉同袍。客重杯盘侈，楼明灯火高。笑歌情不尽，吟坐共忘劳。

京洛，李白《叙旧赠江阳宰陆调》。行觞，李德裕《寒食日三殿侍宴奉进诗》。百年，杜荀鹤《赠李蒙叟》。四坐，姚合《送刘詹事赴寿州》。客重，刘禹锡《和韩十八侍御岳阳楼别窦司直》。楼明，白居易《夜送孟司功》。笑歌，张祜《奉和令狐相公送陈肱侍御》。吟坐。李建勋《宿友人山居寄司徒相公》。

坐到酒楼前，称觞竞比肩。色为天下艳，人是月中仙。未饮心先醉，频来眼尚颠。缔交开狎赏，逢此自留连。

坐到，项斯《夜泊淮阴》。称觞，杜审言《和李大夫嗣真奉使存抚河东》。色为，白居易《和微之李势女》。人是，张仲素《宫中乐》。未饮，刘禹锡《酬令狐相公杏园花下饮有怀见寄》。频来，姚合《和李补阙曲江看莲花》。缔交，上官仪《安德山池宴集》。逢此。骆宾王《冬日宴》。

留连意更新，长夜正留宾。芳桂尊中酒，琼枝席上人。管弦三数事，灯焰一重春。莫怪多时话，心同迹复亲。

留连，韦应物《将发楚州经宝应县访李二忽于州馆相遇月夜书事因简李宝应》。长夜，孟浩然《崔明府宅夜观妓》。芳桂，李峤《送崔主簿赴沧州》。琼枝，羊士谔《腊夜对酒》。管弦，白居易《早春西湖闲游偶成十八韵寄微之》。灯焰，长孙正隐《上元夜效小庾体同用春字》。莫怪，周贺《同朱庆馀宿翊西上人房》。心同。张继《酬张二十员外前国子博士窦叔向》。

惟君与我同，告别莫匆匆。银箭残将尽，金尊乐未终。年光三月里，心事一杯中。掩映遥相对，花釭敛夜红。

惟君，罗隐《寄许融》。告别，杜甫《酬孟云卿》。银箭，王岳灵《闻漏》。金尊，祖咏《宴吴王宅》。年光，王维《三月三日勤政楼侍宴应制》。心事，高适《送李侍御赴安西》。掩映，冯延巳《虞美人》。花釭。骆宾王《初秋与窦六郎夜宅宴》①。

---

① 原注题目有误字、衍文，出自骆宾王《初秋于窦六郎宅宴诗》。

笙歌夜散迟，此外更何之？映月回雕扇，飞霞送玉卮。态浓谁解识？言实转相知。欢会期他日，天明临去时。

笙歌，李郢《秋晚寄题陆勋校书义兴禅居时淮南从事》。此外，李冶《湖上卧病喜陆鸿渐至》。映月，张文恭《七夕》。飞霞，韩仲宣《晦日重宴》。态浓，方干《柳》。言实，刘得仁《冬日喜同志宿》。欢会，颜真卿《送李侍御联句》①。天明。元稹《梦昔时》。

通宵款素诚，语罢欲天明。委曲陈情毕，温柔入耳轻。独怜脂粉气，同擅绮纨名。他日如相觅，霞杯达曙倾。

通宵，韩思彦《酬和遂亮》。语罢，欧阳炯《菩萨蛮》。委曲，寒山《诗》。温柔，管雄甫《戛玉有余声》。独怜，宋之问《伤曹娘》。同擅，李峤《罗》。他日，贯休《送郑准赴举》。霞杯。钱起《宴郁林观张道士房》。

兴来连日出，酩酊未还家。暂入新丰市，堪留卫玠车。夜凌瑶席宴，春称锦筵遮。泛曲鹍弦动，娇歌玉树花。

兴来，白居易《咏兴五首出府归吾庐》。酩酊，解琬《晦日宴高氏林亭》。暂入，朱彤《丹阳作》②。堪留，杜甫《花底》。夜凌，许浑《和毕员外雪中见赠》③。春称，吴融《追咏棠梨花》。泛曲，骆宾王《秋水》。娇歌。刘复《春游曲》。

歌舞留今夕，杯觞络绎飞。续明催画烛，看影试新衣。惨淡天将曙，留连夜未归。春风恋携手，相识莫相违。

歌舞，张说《岳州守岁》。杯觞，裴度《喜遇刘二十八》。续明，孟浩然《岁除夜会洛城张少府宅》④。看影，姚合《游春》。惨淡，温庭筠《西州词》。留连，张继《宴李十二宅》⑤。春风，宋之问《送赵六贞固》。相识。乔知之《定情篇》。

---

① 原注作者误，出自张荐《送李侍御联句》。

② 原注作者误，出自朱彬（一作陈存）《丹阳作》。

③ 原注题目有误字，出自许浑《和毕员外雪中见寄》。

④ 原注题目有误字，出自孟浩然《岁除夜会乐城张少府宅》。

⑤ 原注题目有误字，出自张继《饮李十二宅》。

宿醉头仍重，春风啜茗时。只缘春欲尽，应与醉相宜。连吹千家笛，重看一局棋。象筵开玉馔，饮酒不须疑。

宿醉，白居易《洛桥寒食日作十韵》。春风，杜甫《重过何氏》。只缘，温庭筠《嘲三月十八日雪》。应与，方干《陈秀才庭际木兰》①。连吹，梁锽《天长节》。重看，张祜《喜王子载话旧》。象筵，陈子昂《晦日重宴高氏林亭》。饮酒。毕曜《赠独孤常州》。

别馆兰薰酷，余香度酒杯。欲将琼树比，偏惜玉山颓。云逐笙歌度，风飘锦绣开。明朝谁结伴？看按柘枝来。

别馆，李商隐《送千牛李将军赴阙》。余香，雍陶《和兵部郑侍郎省中四松诗》。欲将，李端《旅舍对雪赠考功王员外》。偏惜，骆宾王《畴昔篇》。云逐，张说《道家四首奉敕撰》。风飘，魏承班《诉衷情》。明朝，景池《秋夜宿淮口》。看按。白居易《柘枝词》。

谁为听阳春？场移舞更新。斜廊连绮阁，长袖入华茵。玉佩摇蟾影，银钗缀凤真。年华与妆面，疑是绿珠身。

谁为，骆宾王《在江南赠宋五之问》。场移，王諲《十五夜观灯》。斜廊，太宗《初秋夜坐》。长袖，刘禹锡《观柘枝舞》。玉佩，鹿虔扆《女冠子》。银钗，李远《剪彩》。年华，李百药《戏赠潘徐城门迎两新妇》。疑是。贯休《洛阳尘》。

袖中兰茝薰，一想一氛氲。懒整鸳鸯被，慵拖翡翠裙。捧心还动我，携手独思君。舞学平阳态，花鬟如绿云。

袖中，孟郊《桐庐山中赠李明府》。一想，沈佺期《十三四时尝从巫峡过他日偶然有思》。懒整，李义府《堂堂词》。慵拖，毛文锡《赞浦子》。捧心，刘驼驼《挽颜令宾》。携手，卢照邻《晚渡滹沱敬赠魏大》。舞学，孟浩然《美人分香》。花鬟。李端《妾薄命》。

歌迟翠黛低，越艳罢前溪。宝袜莲花距，银筵豆蔻泥。亚身锵玉

---

① 原注题目有误字，方干《陈秀才亭际木兰》。

佩[1],刮目想金篦。气染荀香馥,熏炉咽麝脐。

歌迟,白居易《三月三日祓禊洛滨》。越艳,李群玉《长沙九日登东楼观舞》。宝袜,张柬之《大堤曲》。银筵,杜牧《朱坡》。亚身,萧德言《咏舞》。刮目,李商隐《和孙朴韦蟾孔雀咏》。气染,孙逖《奉和李右相中书壁画山水》。熏炉。唐彦谦《春雨》。

红颊思夭催[2],笑疑桃脸开。香飘歌袂动,雪逐舞衣回。隐扇羞应惯,挥琴兴转来。新妆可怜色,冉冉下层台。

红颊,杜牧《代人作》。笑疑,贾志《赠薛瑶英》。香飘,白居易《代书寄微之一百韵》[3]。雪逐,崔备《奉陪武相公西亭夜宴陆郎中》。隐扇,杨师道《初宵看昏》[4]。挥琴,庾敬休《春雪映早梅》。新妆,王维《晚春闺思》。冉冉。温庭筠《齐宫》。

歌扇掩盈盈,横波掷目成。自怜回雪影,时转遏云声。月落珠帘卷,风摇玉佩清。髻鬟低舞席,传得美人情。

歌扇,陈子良《赞德上越国公杨素》。横波,元稹《答姨兄胡灵之见寄五十韵》。自怜,李义府《堂堂词》。时转,许浑《闻歌》。月落,杜牧《为人题赠》。风摇,毛文锡《醉花间》。髻鬟,孟浩然《宴崔明府宅夜观妓》。传得。王湾《观挡筝》。

妩媚善为邻,何由变此身?齐歌卢女曲,惊动洛阳人。的的遥相待,盈盈不自珍。玳筵方盼睐,惜尔正青春。

妩媚,吴融《和韩致光侍郎无题》。何由,李山甫《自叹拙》。齐歌,王维《扶南曲歌词》。惊动,李白《洛阳陌》。的的,许浑《送李文明下第鄜州觐兄》。盈盈,陈子昂《感遇》。玳筵,温庭筠《嘲周繇》。惜尔。褚亮《伤始平李少府正己》。

---

① "亚"字,萧德言《咏舞》原作"低"。

② "催"字,杜牧《代人作》原作"偎"。

③ 原注题目误,出自白居易《代书诗一百韵寄微之》。

④ 原注题目有误字,出自杨师道《初宵看婚》。

云鬟俨分行，娉婷红粉妆。送觥歌宛转，向席舞低昂。清镜鸳鸯匣，温帏翡翠装。玉颜艳春彩，顾盼自生光。

云鬟，杜甫《数陪李梓州泛江有女乐在诸舫戏为艳曲二首赠李》①。娉婷，张易之《出塞》。送觥，白居易《闻新蝉赠刘二十八》②。向席，贾志《侍宴曲》。清镜，颜舒《凤楼曲》③。温帏，李商隐《效徐陵体赠更衣》。玉颜，刘希夷《代闺人春日》。顾盼。刘禹锡《武夫词》。

双眸剪秋水，一顾授横波。宝匣藏脂粉，香筵拂绮罗。为贪卢女曲，不羡绿珠歌。浅笑含双靥，襟怀暗喜多。

双眸，白居易《筝》。一顾，权德舆《杂诗》。宝匣，徐彦伯《春闺》。香筵，杜审言《七夕》。为贪，周万《送沈芳谒李观察求仕进》。不羡，孟浩然《同张明府碧溪赠答》。浅笑，牛峤《女冠子》。襟怀。韩偓《个侬》。

名字北方闻，谁人得似君？试吟《青玉案》，看舞郁金裙。灿烂红茵艳④，参差绮席分。清歌凝白雪，四座莫纷纷。

名字，李端《妾薄命》。谁人，贯休《海边见罗邺》。试吟，杜甫《又示宗武》。看舞，杜牧《送容州唐中丞赴镇》。灿烂，元稹《寄吴士矩端公五十韵》。参差，权德舆《七夕与诸孙题乞巧文》⑤。清歌，太宗《帝京篇》。四座。姚鹄《送刘耕归舒州》。

歌转遏云声，忘眠坐到明。座中知密顾，园外好同行。若有前生债，谁知此夕情？曲终人不见，车马乱纵横。

歌转，许浑《陪王尚书泛舟莲池》。忘眠，齐己《夜坐闻雪寄所知》。座中，张祜《鬻栗》。园外，司空图《长安赠王注》。若有，郑还古《吉州道中》。谁知，姚合《夏夜》。曲终，钱起《省试湘灵鼓瑟》。车马。陈子昂《于长史山

---

① 原注题目有衍文，出自杜甫《数陪李梓州泛江有女乐在诸舫戏为艳曲二首》。

② 原注题目误，出自白居易《和微之春日投简阳明洞天五十韵》。

③ 原注题目有误字，出自颜舒《凤楼怨》。

④ “艳”字，元稹《寄吴士矩端公五十韵》原作“艳”。

⑤ 原注题目有脱字，出自权德舆《七夕见与诸孙题乞巧文》。

池三日曲水宴》。

举头君不在，笑里觉愁来。逸调无人唱，闲门为我开。绮筵回舞雪，绣毂展晴雷[①]。置酒临芳席，当期醉百杯。

举头，刘商《铜雀妓》。笑里，包佶《对酒赠故人》。逸调，韩偓《荷花》。闲门，马戴《题青龙寺镜公房》。绮筵，周彦晖《晦日宴高氏林亭》。绣毂，崔道融《长安春》。置酒，韦应物《西郊游宴寄赠邑僚李巽》。当期。顾非熊《酬陈标评事喜及第与段何共贻》。

一醉几人同？乘欢乐未穷。嫩茶重搅绿，珍树正然红。玳席芳羞荐[②]，金炉细炷通。静窗留客话，深意片言中。

一醉，戴叔伦《潘处士宅会别》。乘欢，玄宗《巡省途次上党旧寓赋》[③]。嫩茶，李郢《春日题山家》。珍树，韦应物《西亭》。玳席，高宗《太子纳妃太平公主出降》。金炉，李贺《恼公》。静窗，姚合《寄王度居士》。深意。刘禹锡《酬马大夫寄别之作》。

宛转不相离，淹留惜晚曦。良辰难自掷，后会且深期。歌笑随情发，光阴听话移。夜宜红蜡照，窃袅复融怡。

宛转，王建《邯郸主人》。淹留，弓嗣初《晦日重宴》。良辰，薛少殷《临川羡鱼》。后会，杜甫《暮春江陵送马大卿公恩命追赴阙》[④]。歌笑，白居易《九日登西原宴望》。光阴，元稹《酬翰林白学士代书一百韵》。夜宜，吴融《追咏棠梨花》。窃袅。杜牧《杜秋娘诗》。

分明冰玉容，何幸此相逢？席上沉香枕，堂中琥珀钟。胜情狎兰杜，隐语笑芙蓉。映月论心处，弥怜芳意浓。

分明，白居易《梦裴相公》。何幸，无名氏《骊龙》。席上，杨凝《花枕》。堂中，杜甫《奉送魏六丈佑少府之交广》。胜情，李峤《和同府李祭酒休沐田

---

① “展”字，崔道融《长安春》原作“辗”。

② “芳”字，高宗《太子纳妃太平公主出降》原作“珍”。

③ 原注题目有误字，出自玄宗《巡省途次上党旧宫赋》。

④ 原注题目有脱字，出自杜甫《暮春江陵送马大卿公恩命追赴阙下》。

居》。隐语，李贺《恼公》。映月，孙光宪《南歌子》。弥怜。徐彦伯《和韦舍人元旦早朝》。

造膝璧常联，芬芳玳瑁筵。夜阑须尽饮，坐稳不思眠。徙倚情何极？嘲谐思愈鲜。与君共游处，久住合成仙。

造膝，刘禹锡《奉和淮南李相公早秋即事赠成都武相公》。芬芳，太宗《帝京篇》。夜阑，王昌龄《少年行》。坐稳，白居易《宿张云举院》。徙倚，元稹《张旧蚊橱》①。嘲谐，韩愈《送灵师》。与君，李嶷《淮南秋夜呈周侃》。久住。姚合《题宣义池亭》。

对酒眼中人，光辉掩烛银。逢君开口笑，遇我宿心亲。凤管添簧品，鹍弦上曲新。促欢今夕促，明日恐无春。

对酒，刘禹锡《西亭夜燕喜评兄拜会》。光辉，杨炯《和刘长史答十九兄》。逢君，岑参《寻阳七郎中宅别业》。遇我，杜甫《寄李十二白》。凤管，许浑《秋夕宴李侍御宅》。鹍弦，吴融《和韩致光侍郎无题》。促欢，太宗《七夕》②。明日。许棠《曲江三月三日》。

不堪俱失意，须向此中逃。惆怅情何极？踟蹰首已搔。放怀亲蕙芷，每日醉樱桃。顾谓同来客，离心空自劳。

不堪，赵嘏《洛中逢卢郢石归觐》。须向，许棠《秋日陪陆校书游玉泉》。惆怅，王维《华子冈》。踟蹰，白居易《寄献北都留守裴令公》。放怀，温庭筠《病中书怀呈友人》。每日，项斯《欲别》。顾谓，张籍《春池泛舟联句》。离心。马戴《赠别北客》。

便有杯觞兴，仍嗟别太频。焚香凝一室，分袂怨双轮。但慕瑶池宴，从将玉树亲。眼前千万里，欲语泪沾巾。

便有，刘象《早春池亭独游》。仍嗟，白居易《从客春游岭南》。焚香，陆龟蒙《江南秋怀寄华阳山人》。分袂，吴融《和韩致光侍郎无题》。但慕，李白《上之回》。从将，韩愈《春雪问早梅》。眼前，孙光宪《酒泉子》。欲语。耿沣

---

① 原注题目有误字，出自元稹《张旧蚊帱》。

② 原注作者误，出自高宗《七夕》。

《赠兴平郑明府》。

作意共君游，明知不自由。劳君频问讯，劝我此淹留。黼帐回瑶席，珠帘悬玉钩。绿窗桃李下，一酌散千忧。

作意，张籍《寄昭应王中丞》。明知，卢纶《伦开府席上赋得美人名解愁》。劳君，白居易《想东游五十韵》。劝我，韩愈《南溪始泛》。黼帐，温庭筠《洞户二十二韵》。珠帘，徐彦伯《拟古》。绿窗，无名氏《一片子》。一酌。杜甫《落日》。

顿使别离难，春留到夏残。未能终日住，犹得暂时看。惹恨还添恨，当欢须且欢。月明无睡夜，一见一相宽。

顿使，杜审言《和康五庭芝望月有怀》。春留，无可《金州别姚合》。未能，薛能《题开元寺阁》。犹得，元稹《牡丹》。惹恨，毛熙震《南歌子》。当欢，王建《惜欢》。月明，吴融《和韩致光侍郎无题》。一见。于武陵《与僧话旧》。

明月正裴回，房栊曙色开。欲知言不尽，敢惮酒相催？未解依依袂，须倾满满杯。红筵丝竹合，莫怪玉山颓[①]。

明月，李峤《秋山望月酬李骑曹》。房栊，杨容华《新妆诗》。欲知，顾况《相国晋公挽歌》。敢惮，元稹《三月三十日程氏馆饯杜十四归京》。未解，杜甫《奉赠卢五丈参谋》[②]。须倾，裴翛然《夜醉卧街》。红筵，徐夤《酒胡子》。莫怪。王绩《辛司法宅观妓》。

多情岂自由？欲别愿人留。今日复明日，薄游成久游。还将一尊对，应是数生修。兰醑申芳宴，看花兴未休。

多情，李商隐《即目》[③]。欲别，李频《临岐留别相知》。今日，白居易《隐几》。薄游，李白《秋浦歌》。还将，韦应物《永定寺喜辟疆夜至》[④]。应是，杜荀鹤《赠聂尊师》。兰醑，高宗《太子纳妃太平公主出降》。看花。张乔《送郑

① “莫”字，王绩《辛司法宅观妓》作“不”。

② 原注题目有脱字，出自杜甫《奉赠卢五丈参谋琚》。

③ 原注题目有误字，出自李商隐《即日》。

④ 原注题目有误字，出自韦应物《永定寺喜辟强夜至》。

谷先辈赴汝州辟命》。

绝妙江南曲，天高一笛凉。古琴无俗韵，苏合是灵香。雅宴初何倦[①]？余欢方自长。徘徊不能去，犹得泛金觞。

绝妙，姚合《寄张籍太祝》。天高，张祜《华清宫和杜舍人》。古琴，白居易《邓鲂张彻落第》。苏合，韦渠牟《步虚词》。雅宴，李商隐《述德抒情上杜七兄仆射相公》。余欢，李益《月下喜邢校书至自洛》。徘徊，贯休《别东林僧》。犹得。齐己《庭际晚菊上主人》。

尊酒畅生平，能忘旅寓情[②]。清谈见滋味，薄命是聪明。醮甲斟琼液，开帘弹玉筝。美人隔湘浦，恐夺可怜名。

尊酒，岑文本《冬日宴于庶子宅各赋一字得平》。能忘，孟浩然《和张明府登鹿门山》。清谈，杜甫《九月一日过孟十二仓曹十四主簿兄弟》。薄命，白居易《哭皇甫七郎中》。醮甲，张孜《雪诗》。开帘，常建《高楼夜弹筝》。美人，柳宗元《初秋夜坐赠吴武陵》。恐夺。陈述《美人照镜》。

爱此频来往，欢娱方未央。锦壶催画箭，绮席递华觞。奇玩参差布，珍羞次第尝。酒酣相视笑，或恐是同乡？

爱此，刘得仁《乐游原春望》。欢娱，杨师道《奉和夏日晚景应诏》。锦壶，冯延巳《菩萨蛮》。绮席，许浑《过故友旧居》。奇玩，元稹《梦游春七十韵》。珍羞，姚合《宴光禄田卿宅》。酒酣，独孤及《雨晴后陪王员外泛后湖得溪字》。或恐。崔颢《长干曲》。

春华信为美，今日此中行。闲与情人话，能销醉客酲。九衢尘欲暮，百盏酒须倾。笑语纵横作，神欢体自轻。

春华，白居易《和微之四月一日作》。今日，李阳冰《阮客旧居》。闲与，戴叔伦《又酬崔法曹晓灯暗离室五首》。能销，李德裕《忆茗芽》。九衢，温庭筠《南歌子》。百盏，姚合《送田使君赴蔡州》。笑语，裴度《喜遇刘二十八》。

---

① “何”字，李商隐《五言述德抒情诗一首四十韵献上杜七兄仆射相公》原作“无”。

② “忘”字，孟浩然《和张明府登鹿门山》原作“宽”。

神欢。韦应物《郡斋遇雨与诸文士宴集》①。

既觅同心侣，难忘识面初。欢言情未极②，清话病能除。履舄从相近，琼瑰自不如。眼看人尽醉，日入未回车。

既觅，徐彦伯《采莲曲》。难忘，贾岛《寄宋州田中丞》。欢言，封行高《冬日宴于庶子宅各赋一字得色》。清话，岑参《虢州卧疾喜刘判官相遇水亭》③。履舄，白居易《对酒吟》。琼瑰，李德裕《漏潭石》。眼看，王绩《过酒家》。日入。储光羲《朝邑蔡主簿期不会》。

新欢继明烛，红烛剪还明。夜静星河出，堂虚弦管清④。开襟魂自慰，含笑靥俱生。莫惜三更坐，相看无限情。

新欢，杜甫《奉送魏六丈佑少府之交广》。红烛，裴夷直《席上夜别张主簿》。夜静，顾况《游子吟》。堂虚，白居易《春晚联句》。开襟，李山甫《别杨秀才》。含笑，陈述《美人照镜》。莫惜，无可《中秋江驿示韦益》。相看。南唐后主《巫山一片云》。

命侣添新意，嘉宾复满堂。相逢千里客，还泛十旬觞。玉管倾杯乐，琼枝映座芳。菱歌思欲绝，分寄亦何妨⑤？

命侣，李商隐《越燕》。嘉宾，韦应物《郡斋雨中与诸文士宴集》。相逢，李中《和易秀才春日见寄》。还泛，李峤《五月奉教作》。玉管，鲍溶《范传真侍御累有寄因奉酬十首》。琼枝，杨巨源《上刘侍中》。菱歌，李叔卿《江南曲》。分寄。姚合《寄杜师义》。

---

① 原注题目有误字，出自韦应物《郡斋雨中与诸文士燕集》。

② “未”字，封行高《冬日宴于庶子宅各赋一字得色》原作“不”。

③ 原注题目有误字，出自岑参《虢州卧疾喜刘判官相过水亭》。

④ “弦”字，白居易等人《仆射来示有三春向晚四者难并之说诚哉是言辄引起题重为联句疲兵再战劲敌难降下笔之时辗然自哂走呈仆射兼简尚书》原作“丝”。

⑤ “分寄”二字，姚合《寄杜师义》原作“相寄”，一作“分减”。

芳草能相似？缠绵成一家。只因随玉树[1]，情愿作蒹葭。促轸乘明月，吹箫弄紫霞。与君中夜话，短烛坠余花[2]。

芳草，韩翃《赠别崔司直赴江东兼简常州独孤使君》。缠绵，李白《古意》。只因，刘禹锡《酬友人见寄》。情愿，李群玉《龙安寺佳人阿最歌》。促轸，王绩《山夜调琴》。吹箫，李峤《马武骑挽歌》。与君，杜荀鹤《别敬侍郎》。短烛。陆龟蒙《纪梦游甘露寺》。

小宴追凉散，茶新换越瓯。绿尊须尽日，红烛乍迎秋。结念曾伤晚[3]，忘言遂久留。连宵洽杯酒，不厌此中游。

小宴，白居易《宴散》。茶新，郑谷《送吏部曹郎中免官南归》。绿尊，杜甫《奉陪武驸马韦曲》。红烛，张仲素《宫中乐》。结念，李商隐《摇落》。忘言，张玭《过山家》。连宵，徐铉《哭刑部侍郎乔公》。不厌。元李川《登云中》[4]。

别有欢娱地，车攒斗舞场。入门花柳暗，萦步绮罗长。共踏春江曲，重薰异国香。珮声犹隔箔，歌响拂雕梁。

别有，李峤《十月奉教作》。车攒，沈佺期《夜游》。入门，钱起《过王舍人宅》。萦步，薛能《戏题》。共踏，骆宾王《畴昔篇》。重薰，李廓《长安少年行》。珮声，韩偓《无题倒押前韵》。歌响。杨巨源《上刘侍中》。

新作蛾眉样，含羞入队中。长歌送斜日[5]，妙舞对清风。皓齿娇微发，朱唇暖更融。落钗仍罥鬓，凤髻绿云丛。

新作，刘方平《京兆眉》。含羞，叶李良《省试吴宫教美人战》[6]。长歌，韦应物《寒食》。妙舞，崔道融《铜雀妓》。皓齿，张祜《歌》。朱唇，元稹《会真

---

① “因”字，刘禹锡《西州李尚书知愚与元武昌有旧远示二篇吟之泫然因以继和二首》原作“应”。

② “坠”字，陆龟蒙《纪梦游甘露寺》原作“堕”。

③ “念”字，李商隐《摇落》原作“爱”。

④ 原注作者有误字，出自元季川《登云中》。

⑤ “斜”字，韦应物《寒食》原作“落”。

⑥ 原注作者有误字，出自叶季良《省试吴宫教美人战》。

诗》。落钗，梁锽《美人春卧》。凤髻。欧阳炯《凤楼春》。

高唱轧吴歈，盈盈天下姝。锦筵红蜡烛，金缕绣罗襦。愿及芳年赏，将期善价沽。笑时花近眼，堪画入宫图。

高唱，元稹《酬乐天东南行诗一百韵》。盈盈，许浑《寓怀》。锦筵，皇甫松《摘得新》。金缕，白居易《贫家女》。愿及，孟浩然《送卢少府使入秦》。将期，温庭筠《病中书怀呈友人》。笑时，杜甫《即事》。堪画。王建《赏牡丹》。

微笑自含春，通辞未有因。却应筵上客，聊比镜中人[①]。团扇先辞手，香衫软着身。脸横秋水溢，薄媚足精神。

微笑，牛希济《临江仙》。通辞，元稹《卢十九子蒙吟卢七员外洛川怀古六韵命余和》。却应，王贞白《歌》。聊比，戴叔伦《将巡郴永道中作》。团扇，白居易《雨后秋凉》。香衫，杜牧《书情》。脸横，吴融《个人》。薄媚。蜀后主《甘州曲》。

坠珥时流盼，凭栏几荡魂？不须催急管[②]，所贵尽残尊。腻髻偏垂凤，清弦方奏鹍。双蛾谁与竞？星汉下天孙。

坠珥，李群玉《长沙九日登东楼观舞》。凭栏，罗隐《灵山寺》。不须，杜甫《陪王使君晦日泛江就黄家亭子》。所贵，姚合《送徐州韦仅行军》。腻髻，李珣《虞美人》。清弦，孟浩然《夜登孔伯昭南楼时沈太清朱升在座》。双蛾，魏氏《赠外》。星汉。徐坚《奉和送金城公主适西蕃应制》。

扇薄露红铅，轻裾映体鲜。四时花竞巧，一种貌如仙。失喜先临镜，迎歌乍动弦。梨园明月夜，人簇看场圆。

扇薄，温庭筠《江南曲》。轻裾，权德舆《端午日礼部宿斋有衣服彩结之贶以诗还答》。四时，玄宗《端午三殿宴群臣探得神字》。一种，施肩吾《感遇词》。失喜，宋之问《牛女》。迎歌，刘长卿《扬州雨中张十宅观妓》。梨园，元稹《代曲江老人百韵》。人簇。常非月《咏谈容娘》。

步转玉环鸣，横波慢脸明。管弦遥辨曲，琴酌共开情。见欲迷交

---

① “比”字，戴叔伦《将巡郴永道中作》原作“此”。

② “催”字，杜甫《陪王使君晦日泛江就黄家亭子》原作“吹”。

甫，先闻唱渭城。酒酣相顾起，含笑待逢迎。

步转，徐贤妃《赋得北方有佳人》。横波，毛熙震《南歌子》。管弦，沈佺期《夜游》。琴酌，韦应物《与韩库部会王祠曹宅作》。见欲，唐彦谦《紫薇花》。先闻，白居易《和梦得冬日晨兴》。酒酣，许浑《江楼夜别》。含笑。孟浩然《美人分香》。

香辨更衣后[①]，尊前暗有期。闻君亦多感，与我特相宜。往事难重问，终身已自疑。暂过当永夜，残月下帘欹。

香辨，韩偓《无题》。尊前，白居易《玩半开花赠皇甫郎中》。闻君，杜牧《初春有感寄歙州邢员外》。与我，李白《感时留别从兄徐王延年从弟延陵》。往事，朱庆馀《题娥皇庙》。终身，许棠《东归留辞沈侍郎》。暂过，于武陵《宿友生林居园怀贾区》[②]。残月。韦承庆《直中书省》。

歌舞为谁容？知君志未从。无因生羽翼，且为说心胸。倚瑟红铅湿，开尊绿酎浓。殷勤此何极？长是怯晨钟。

歌舞，王勃《铜雀妓》。知君，皎然《建元寺集皇甫侍御书阁》。无因，崔融《洛中好风景》[③]。且为，崔兴宗《同王右丞送瑗公南归》。倚瑟，温庭筠《金虎台》。开尊，李商隐《乐游原》。殷勤，郭震《子夜春歌》[④]。长是。顾敻《甘州子》。

急景骎骎度，流年不易禁。空将未归意，还对欲分襟。永日同携手，通宵各话心。惭君垂拂拭，情竭为知音。

急景，徐铉《寄和州韩舍人》。流年，李中《春闺词》[⑤]。空将，周贺《长安送人》。还对，杜甫《夏日杨长宁宅送崔侍御常正字入京》。永日，王维《晦日游大理韦卿城南别业四声依次用各六韵》。通宵，许棠《冬夜与友人会宿》。

---

① “辨”字，韩偓《无题》原作“瓣”，一作“辣”。

② 原注题目有误字，出自于武陵《宿友生林居因怀贾区》。

③ 原注题目有误字，出自崔融《吴中好风景》。

④ 原注作者有误字，出自郭振（字元振）《子夜春歌》。

⑤ 原注题目有误字，出自李中《春闺辞》。

惭君，李白《咏山尊》。情竭。张说《恩制赐食于丽正殿书院宴赋得林字》。

不得多时住，杯衔欲别前。独收和氏玉，用尽沈郎钱。笑语欢今夕，淹留已半年[①]。去程何用计？故欲伴神仙。

不得，任翻《桐柏观》。杯衔，韩愈《祖席得前字》。独收，钱起《落第刘拾遗相送东归》。用尽，周万《送沈芳谒李观察求仕进》。笑语，权德舆《与故人夜坐道旧》。淹留，李频《长安书情投知己》。去程，刘长卿《送友人》。故欲。储光羲《奉和中书徐侍郎中书省玩白云寄颍阳赵大》。

滞雨长安夜，将行且暂留。稍酬知己分，莫滞少年游。欲举金觥劝[②]，俄成玉箸流。红亭移酒席，风景每生愁。

滞雨，李商隐《滞雨》。将行，项斯《巴中逢故人》。稍酬，杜甫《到村》。莫滞，张乔《送蜀客》。欲举，冯延巳《抛球乐》。俄成，刘辟《登楼望月》。红亭，张谓《早春陪崔中丞浣花溪宴得喧字》。风景。李白《谢公亭》。

赋分多情客，相留夜话阑。即今分手别，照取寸心看。远目穷千里，回肠似七盘。后期谁可定？且叙一宵欢[③]。

赋分，徐铉《雪中作》。相留，裴说《赠衡山令》。即今，白居易《留北客》。照取，岑参《暮秋会严京兆后厅竹斋》。远目，温庭筠《病中书怀呈友人》。回肠，薛能《行路难》。后期，李频《送新安少府》。且叙。高宗《七夕宴悬圃》。

沟水易西东，难分此夜中。晤言犹亹亹，行色独匆匆。定作无期别，惟应有梦同。明朝郭门外，何计奈秋风？

沟水，庾抱《别蔡参军》。难分，郭士元《留卢秦卿》[④]。晤言，刘禹锡《历阳书事七十韵》。行色，李昌符《行思》。定作，王维《哭祖六自虚》。惟应，顾况《经徐侍郎墓作》。明朝，张谓《饯田尚书还兖州》。何计。白居易《劝酒》。

---

① “淹留”二字，李频《长安书情投知己》原作“从容”。

② “欲”字，冯延巳《抛球乐》原作“疑”。

③ “且”字，高宗《七夕宴悬圃》原作“共”。

④ 原注作者有误字，出自郎士元《留卢秦卿》。

款曲见韶容，相留畏晓钟。洞房三五夕，别酒一千钟。只恐今宵短[①]，谁看异味重？可怜游赏地，车马自憧憧。

款曲，顾夐《甘州子》。相留，戴叔伦《客夜与故人偶集》。洞房，李群玉《感兴》。别酒，唐彦谦《留别》。只恐，裴夷直《席上夜别张主簿》。谁看，杜甫《李监宅》。可怜，姚合《扬州春词》。车马。刘得仁《监试莲花峰》。

心里万条丝，论情入骨痴。更为三日约，聊复一尊持。此别无多语，相逢还有时。谁怜好风月？惟我与君知。

心里，欧阳炯《女冠子》。论情，拾得《诗》。更为，吴融《和诸学士秋夕禁直偶雪》。聊复，皮日休《酒杯》。此别，杜牧《东都送郑处诲校书归上都》。相逢，李频《关东逢薛能》。谁怜，刘禹锡《鹤叹》。惟我。白居易《玩半开花赠皇甫郎中》。

两夜不能回，殷勤欲别杯。扪心空叹息，搔首独徘徊。袖掩千行泪，香销十炷灰。留连时有限，同侣暗相催。

两夜，白居易《仙游寺独宿》。殷勤，张籍《送远客》。扪心，李白《览镜书怀》。搔首，崔涂《春日登吴门》。袖掩，卢殷《遇边使》。香销，许浑《秋夕宴李侍御宅》。留连，元稹《会真诗》。同侣。张轸《舟行早发》。

楼上即河梁，车徒饬夜装[②]。送行欢共惜，临别语空长。莫惜三更坐，频回一夕肠。情来偏似醉，况举别君觞？

楼上，唐彦谦《春残》。车徒，戴叔伦《清明日送邓芮二子还乡》。送行，张籍《西池送白二十二东归兼寄令狐相公联句》。临别，李频《送新安少府》。莫惜，李群玉《中秋广江驿示韦益》。频回，杨源巨《上刘侍中》[③]。情来，杨凝《送客归湖南》。况举。杜牧《池州春送前进士蒯希逸》。

以分难相舍，同行力不任。终成一宵客，空负百年心。托兴非耽酒，娱情愿有琴。何年重会此？言罢各沾襟。

---

① “恐”字，裴夷直《席上夜别张主簿》原作“畏”。

② “饬”字，戴叔伦《清明日送邓芮二子还乡》原作“促”。

③ 原注作者误，出自杨巨源《上刘侍中》。

以分，项斯《巴中逢故人》。同行，白居易《留别》。终成，李端《王敬伯歌》。空负，唐暄《赠妻诗》。托兴，唐彦谦《客中感怀》。娱情，刘得仁《陈情上李景让大夫》。何年，戴叔伦《送郎士元》。言罢。朱庆馀《留别卢元休归荆门》。

徘徊恨酒醒，夜宴达晨星。离瑟殷勤奏，仙歌宛转听。卷施心独苦，鸲鹆性多灵①。明日知何处？长亭更短亭。

徘徊，李端《送袁稠游江南》。夜宴，韦应物《饯雍书之潞州谒李中丞》②。离瑟，刘禹锡《宴兴化池亭送白二十二东归联句》。仙歌，韦渠牟《步虚词》。卷施，李白《寄远》。鸲鹆，虚中《句》。明日，刘长卿《新安送陆澧归江阴》。长亭。李珣《菩萨蛮》③。

车马千门旦，天涯欲去时。形神若无主，情分不曾移。十里犹相送，双杯未可辞。彷徨结心曲，少有外人知。

车马，宋之问《长安道》。天涯，贾岛《送贞空二上人》。形神，白居易《五弦琴》。情分，汤说《再次前韵代梅答》④。十里，司马扎《道中早发》。双杯，耿沣《晚春青门林亭宴集》。彷徨，韦应物《武功旧宅》。少有。杜甫《宿昔》。

短愿何由遂⑤？空贻别后伤。凭人报消息，劝汝熟思量。凝睇复凝睇，断肠还断肠。相将归未得，分手怨河梁。

短愿，李商隐《俳谐》。空贻，李端《同苗员外宿荐福寺僧舍》。凭人，贾岛《寄丘儒》。劝汝，寒山《诗》。凝睇，陆龟蒙《和袭美酒楼》。断肠，杜牧《池州春送前进士蒯希逸》。相将，于武陵《友人亭松》。分手。林玢《送安养阎主簿还竹寺》。

谁忍望征尘？再三情未申。依依犹在耳，步步怯移身。眷我心

---

① “鸲”字，僧虚中佚句原作“鸜”。

② 原注题目有误字，出自韦应物《饯雍聿之潞州谒李中丞》。

③ 原注作者误，出自李白《菩萨蛮》。

④ 原注作者误，出自徐铉《再次前韵代梅答》。

⑤ “愿”字，李商隐《俳谐》原作“顾”。

何已[①]？怜君意独真。岐分两回首，相顾复沾巾。

谁忍，王勃《别人》。再三，贺朝《孤兴》。依依，李嘉祐《远寺钟》。步步，舒元舆《履春冰》。眷我，李白《金门答苏秀才》。怜君，于武陵《赠卖松人》。岐分，白居易《偶作寄朗之》。相顾。温庭筠《金虎台》。

歧路方为客[②]，扬鞭惜晚晖。更无人作伴，谁与我同归？别怨应无限，孤心似有违。相逢梦中路，仿佛接容辉[③]。

歧路，李峤《又送别》。扬鞭，陈子良《侠客行》。更无，白居易《独游玉泉寺》。谁与，姚合《寄友人》。别怨，杨炯《送杨处士返初卜居曲江》。孤心，孙光宪《更漏子》。相逢，刘长卿《旅宿梦洛阳亲友》。仿佛。苏颋《奉和崔尚书赠大理陆卿鸿胪刘卿见示之作》。

孤客秋风里，多愁暮雨中。别离魂欲断，缱绻意难终。准拟三年后，相期一笑同。昨宵频梦见[④]，举酒对春丛。

孤客，顾非熊《秋日陕州道中作》。多愁，唐彦谦《玫瑰》。别离，殷少野《送萧颖士赴东府得散字》[⑤]。缱绻，元稹《会真诗》。准拟，白居易《种柳三咏》。相期，温庭筠《海榴》。昨宵，王諲《闺情》。举酒。贾至《对酒曲》。

行子孤灯店，何人更共留？自然堪下泪，不忍更回头。月扇看藏笥，风帘自上钩。可怜千里梦，赢得一场愁。

行子，白居易《别舍弟后月夜》。何人，李频《陕州送清澈上人归浙西》[⑥]。自然，王勃《别人》。不忍，杜荀鹤《别舍弟》。月扇，鲍溶《闻蝉》。风帘，杜甫《月》。可怜，杜牧《叙旧寄昭应卢郎中》。赢得。牛峤《菩萨蛮》。

---

① “心”字，李白《金门答苏秀才》原作“情”。

② “歧”字，李峤《又送别》原作“岐”。

③ “容”字，苏颋《奉和同崔尚书赠大理陆卿鸿胪刘卿见示之什》原作“光”。

④ “宵”字，王諲《闺情》原作“来”。

⑤ 原注题目有误字，出自殷少野《送萧颖士赴东府得散字》。

⑥ 原注题目有衍文，出自李频《陕州送清上人归浙西》。

郁郁愁如结，怀人意最深①。星辰照何处？风月自相寻。昨日胜今日，君心即我心②。欲传书札去③，此路有浮沉④。

郁郁，白居易《寄微之》。怀人，白行简《夫子鼓瑟得其人》。星辰，戴司颜《江上雨》。风月，王勃《赠李十四》。昨日，刘采春《啰唝曲》。君心，韦庄《对酒酬友人》。欲传，周贺《送陆判官防秋》。此路。于武陵《东门路》。

我亦休文瘦，羸形渐比柴。旧游疑似梦⑤，良愿几时谐？好保千金体，空盈万里怀。此心无处说，漫落且安排。

我亦，陆龟蒙《奉酬袭美早春病中书事》。羸形，元稹《痁卧闻幕中诸公征乐会饮因有戏呈三十韵》。旧游，白居易《再到襄阳访问旧居》。良愿，钱起《题吴通微主人》。好保，崔璐《览皮先辈盛制因作十韵以寄用伸款仰》。空盈，刘希夷《江南曲》。此心，黄滔《过商山》。漫落。韦应物《答裴丞说归京所献》。

回首长安道⑥，情因契阔生⑦。楼台千万户，车马十三程。书远肠空断，愁多梦不成。独伤窗里月，昔日照同行⑧。

回首，卢照邻《还赴蜀中贻示京邑游好》。情因，沈佺期《送乔随州侃》。楼台，贯休《上卢使君》。车马，白居易《从陕至东京》。书远，吴融《个人》。愁多，殷遥《闺怨》⑨。独伤，张说《伤妓人董氏》。昔日。长孙佐辅《关山月》。

京洛衣尘在，怀人空泪垂⑩。无因见颜色⑪，何日遂心期？孤思

---

① “最”字，白行简《夫子鼓琴得其人》原作“自”。

② “即”字，韦庄《对酒酬友人》原作“自”。

③ “欲”字，周贺《送陆判官防秋》原作“要”。

④ “有”字，于武陵《东门路》原作“在”。

⑤ “似”字，白居易《寄王质夫》原作“是”；原注题目误。

⑥ “首”字，卢照邻《还赴蜀中贻示京邑游好》原作“顾”。

⑦ “因”字，沈佺期《送乔随州侃》原作“为”。

⑧ “昔日”二字，长孙佐辅《关山月》原作“去岁”。

⑨ 原注作者误，出自沈如筠《闺怨》。

⑩ “空泪”二字，柳宗元《南涧中题》原作“泪空”。

⑪ “因”字，李商隐《离思》原作“由”。

琴先觉，愁容镜独知。芳辰追逸趣，时作一篇诗。

京洛，赵嘏《经无锡县醉后吟》。怀人，柳宗元《南涧中题》。无因，李商隐《离思》。何日，李频《寄范评事》。孤思，武元衡《呈中书三兄》。愁容，王适《古别离》。芳辰，太宗《帝京篇》。时作。白居易《自吟拙什因有所怀》。

但作怀仙句，同心私自怜。相思凡几日？小别已经年[①]。有恨离琴瑟，无情理管弦。将愁托明月[②]，寄与路绵绵。

但作，元稹《梦游春七十韵》。同心，白居易《新岁赠梦得》。相思，韩偓《寄京城亲友》。小别，宋之问《登禅定寺阁》。有恨，袁晖《二月闺情》。无情，戎昱《古意》。将愁，齐瀚《长门怨》。寄与。李商隐《谢先辈防记念拙诗甚多异日偶有此寄》。

## 多情七言律诗三十首

天遣多情不自持，殷勤为尔唱愁词。长疑好事皆虚事，懒向今时问昔时[③]。顾我有怀成大梦[④]，教人无处寄相思。白云天远重重恨，肠断红笺几首诗？

天遣，韩偓《多情》。殷勤，郑谷《侯家鹧鸪》。长疑，李山甫《写怀》[⑤]。懒向，戎昱《赠别张驸马》。顾我，李商隐《十字水期韦藩侍御同年不至时韦寓居水次故郭汾阳宅》[⑥]。教人，孙光宪《虞美人》。白云，冯延巳《抛球乐》。肠断。李建勋《惜花》。

---

① “小”字，宋之问《登禅定寺阁》原作“少”。

② “愁”字，齐瀚《长门怨》原作“心”。

③ “向”字，戎昱《赠别张驸马》原作“欲”。

④ “成”字，李商隐《十字水期韦潘侍御同年不至时韦寓居水次故郭汾阳宅》原作“同”。

⑤ 原注题目有误字，出自李山甫《寓怀》。

⑥ 原注题目有误字，出自李商隐《十字水期韦潘侍御同年不至时韦寓居水次故郭汾阳宅》。

梦中相见觉来慵，欲赠怀芳怨不逢。已分终年甘寂寞，更期何日得从容？心游目送三千里，马迹车轮一万重。可忘自初相识地，灞陵春酒拨醅浓①。

梦中，欧阳炯《凤楼春》。欲赠，刘希夷《江南曲》。已分，徐铉《还过东都留守周公筵上赠座客》。更期，白居易《寻郭道士不遇》。心游，温庭筠《送崔郎中赴幕》。马迹，罗邺《芳草》。可忘，黄滔《过罗员外衮》②。灞陵。韦庄《灞陵道中作》。

旧曾游处事分明，坐见年华忆帝京③。五夜清歌敲玉树，少年艳质胜琼英。初瞻绮色连霞色，乍听丝声似竹声。窈窕楼台临上路，数杯春酒共谁倾？

旧曾，李玖《喷玉泉冥会诗》。坐见，韦应物《春思》。五夜，曹唐《长安客舍叙邵陵旧宴寄永州萧使君》④。少年，顾敻《虞美人》。初瞻，令狐楚《奉和仆射相公酬忠武李相公见寄之作》。乍听，权德舆《杂兴》。窈窕，司马逸客《雅琴篇》。数杯。白居易《送唐州崔使君侍亲赴任》。

菱歌清唱不胜春，三月韶光处处新。何事忽来还忽去？与君相识即相亲。好将收拾为闲伴⑤，莫更生疏似外人。翠幌珠帘斗丝管，绮筵无地避梁尘⑥。

菱歌，李白《苏台览古》。三月，权德舆《上巳日贡院赠内》。何事，方干《送胡道者》⑦。与君，卢象《寄河上段十六》。好将，白居易《答刘知州禹锡》。莫更，杜荀鹤《喜从弟雪中远至有作》。翠幌，崔颢《卢姬篇》。绮筵。赵嘏《淮南丞相坐赠歌者虞姹》。

---

① “春”字，韦庄《灞陵道中作》原作“新”。

② 原注题目有误字，出自黄滔《遇罗员外衮》。

③ “华”字，韦应物《春思》原作“芳”。

④ 原注题目有误字，出自曹唐《长安春舍叙邵陵旧宴怀永门萧使君》。

⑤ “将”字，白居易《答刘和州禹锡》原作“相”；原注题目有误字。

⑥ “地”字，赵嘏《淮南丞相坐赠歌者虞姹》原作“处”。

⑦ 原注题目有误字，出自方干《送何道者》。

一家欢笑设红筵，解语花枝到眼前[①]。掷果潘郎谁不慕？炼形箫史好争妍[②]。若非海畔神仙宅[③]，恐是人间自在天。帘幕四垂灯焰暖，正宜尊酒对芳年。

一家，罗隐《七夕》。解语，李涉《遇湖州妓宋态宜》。掷果，司空图《冯燕歌》。炼形，皮日休《奉和鲁望白菊》。若非，韦庄《令狐亭》。恐是，白居易《闲乐》。帘幕，元稹《冬白纻歌》。正宜。施肩吾《惜花词》。

八字宫眉捧额黄，风流学得内家装[④]。罽茵饰地承雕履，文锦泥窗绕画廊[⑤]。窈窕佳人褰绣幕，娉婷仙子曳霓裳。时时欲得横波盼，莫道妆成断客肠。

八字，李商隐《蝶》。风流，李珣《临江仙》。罽茵，张说《安乐公主花烛行》[⑥]。文锦，花蕊夫人徐氏《宫词》。窈窕，邵楚苌《题马侍中燧木香亭》。娉婷，崔澹《赠王福娘》。时时，郑仁表《赠妓宏洛真》[⑦]。莫道。崔珏《有赠》。

妆成皓腕洗凝脂，妙舞轻盈似柳枝。艳色韶颜娇旖旎，长鬟弱袂动参差。凝颦掩笑心相许，比翼连襟会肯迟。此际最宜何处看？回身不遣别人知。

妆成，赵光远《咏手》。妙舞，方干《赠美人》。艳色，魏承班《玉楼春》。长鬟，刘禹锡《采菱行》。凝颦，顾况《梁广画花歌》。比翼，鱼玄机《春情寄子安》。此际，吴仁璧《凤仙花》。回身。王建《镜听词》。

半踏长裾宛约行，慢回娇眼笑盈盈。冰肌玉骨清无汗，粉壁红窗画不成。歌态晓临团扇静，舞腰时挈绣裙轻。曲终暂起更衣过，句引春风无限情。

---

① "到"字，李涉《遇湖州妓宋态宜》原作"出"，一作"在"。

② "箫"字，皮日休《奉和鲁望白菊》原作"萧"。

③ "海畔"二字，韦庄《令狐亭》原作"天上"。

④ "装"字，李珣《浣溪沙》原作"妆"；原注题目误。

⑤ "文"字，花蕊夫人《宫词》原作"红"。

⑥ 原注题目有误字，出自张说《安乐郡主花烛行》。

⑦ 注题目有误字，出自郑仁表《赠妓命洛真》。

半踏，孙光宪《浣溪沙》。慢回，张泌《浣溪沙》。冰肌，后蜀嗣主昶《避暑摩诃池上作》。粉壁，花蕊夫人徐氏《宫词》。歌态，杨巨源《邵州陪王郎中宴》。舞腰，曹唐《小游仙诗》。曲终，陈陶《西川座上听金五云唱歌》。句引。白居易《杨柳枝词》。

自后相逢眼更狂，千金一掷买春芳。星蹄绣毂填香陌，急拍繁弦醉画堂。遍请韶容歌白雪[①]，休梳丛鬓洗红妆。游人今日又明日，共饮花间数十场。

自后，韩偓《五更》。千金，李白《汉阳病酒归寄王明府》。星蹄，张碧《游春引》。急拍，李郢《醉送》。遍请，方干《陪李郎中夜宴》。休梳，王建《送宫人入道》。游人，罗隐《越中言事》[②]。共饮。李中《思朐阳春游感旧寄柴司徒》。

莫辞相访共衔杯，一日须来一百回。解引人情长婉约，直应天意别裁培[③]。锦屏金烛皆堪恨[④]，玉漏铜壶且漫催[⑤]。明日还期来此醉[⑥]，起行残月影徘徊。

莫辞，李中《春日招宋维先辈》。一日，杜甫《三绝句》。解引，李咸用《咏柳》。直应，韩偓《湖南梅花一冬再发偶题》。锦屏，尤启中《湘妃席上》。玉漏，崔液《上元夜》。明日，司空图《重阳山居》。起行。顾况《听角思归》。

夜归晓出满衣尘，且斗尊前见在身。对酒看花聊自遣[⑦]，遇花倾酒莫辞频。能消忙事成闲事，才喜新春已暮春。他日忆君何处望？三江风水接天津[⑧]。

夜归，姚合《寄王玄伯》。且斗，牛僧孺《席上赠刘梦得》。对酒，高骈《春

---

① “韶”字，方干《陪李郎中夜宴》原作“玉”。

② 原注作者误，出自方干《越中言事》。

③ “裁”字，韩偓《湖南梅花一冬再发偶题于花楻》原作“栽”。

④ “金”字，尤启中《湘妃席上》原作“银”。

⑤ “漫”字，崔液《上元夜》原作“莫”。

⑥ “还”字，司空图《重阳山居》原作“更”。

⑦ “聊自遣”三字，高骈《春日招宾》原作“何处好”。

⑧ “三”字，李商隐《寄成都高苗二从事》原作“二”。

日招宾》。遇花，李珣《浣溪沙》。能消，白居易《咏家酝十韵》。才喜，韦庄《奉和左司郎中春物暗度感而成章》。他日，杜牧《寄沈褒秀才》。三江。李商隐《寄成都高苗二从事》。

检点囊装意又阑[①]，出京无计住京难。莫言身世他时异，且尽笙歌此夕欢[②]。别酒漫辞今夜酌[③]，好花须是少年看。窗前月过三更后，愁坐关心事几般？

检点，李咸用《投知》。出京，杜荀鹤《长安春感》。莫言，韦庄《鄜州留别张员外》。且尽，冯延巳《抛球乐》。别酒，罗隐《送张坤早春归大梁》。好花，元稹《看花》。窗前，刘得仁《秋夜》。愁坐。戎昱《早春雪中》。

送客魂销百尺楼，落梅杨柳曲中愁。惟传旅思将花发[④]，暗觉年华似水流。远路应悲春晼晚，多情只共酒淹留。此身饮罢无归处，应凭阑干独自愁。

送客，冷朝阳《送红线》。落梅，张乔《笛》。惟传，骆宾王《畴昔篇》。暗觉，许浑《竹林寺别友人》。远路，李商隐《春雨》。多情，赵嘏《自遣》。此身，杜甫《乐游园歌》。应凭。白居易《寄湘灵》。

寻常相见意殷勤，肠断当筵酒半醺。别泪共将何处洒？离歌已向客亭闻。江淹彩笔空留恨，荀令香炉可待熏？两意定知无说处，几回愁我亦愁君？

寻常，刘禹锡《忆乐天》。肠断，罗虬《比红儿诗》。别泪，武元衡《赠别崔起居》。离歌，朱庆馀《送窦秀才》。江淹，张泌《惆怅吟》。荀令，李商隐《牡丹》。两意，李山甫《贫女》。几回。雍陶《蝉》。

几回判却又思量，访旧寻新益自伤。对酒已成千里客，入门惟觉

---

① “检点”二字，李咸用《投知》原作“点检”。

② “且”字，冯延巳《抛球乐》原作“须”。

③ “漫”字，罗隐《早春送张坤归大梁》原作“莫”。

④ “传”字，骆宾王《畴昔篇》原作“闻”。

一庭香。落花院外春将尽[①]，明月楼中夜未央。宴罢风流人不见，揽君衣袂更移觞。

几回，李珣《浣溪沙》。访旧，李玖《喷玉泉冥会诗》。对酒，卢纶《与从弟瑾同下第后出关言别》。入门，韦庄《白牡丹》。落花，雍陶《访友人幽居》。明月，上官仪《春日》。宴罢，罗隐《清溪江令公宅》。揽君。曹邺《送进士下第归南海》。

地偏坊远巷仍斜，暗问梨园弟子家。三月莫辞千日醉[②]，重门深掩数枝花[③]。鲛绡雾縠笼香雪，玉树琼筵映彩霞。美酒一杯声一曲，不教闲处着春华[④]。

地偏，白居易《自题新昌居止因招杨郎中小饮》。暗问，于鹄《赠碧玉》。三月，临川小吏句。重门，罗虬《比红儿诗》。鲛绡，魏承班《渔歌子》。玉树，周繇《和段成式》。美酒，李颀《听安万善吹觱栗歌》。不教。吴融《卖花翁》。

年纪高低次第匀，风姿俱是玉清人。新知满座笑相视，旧识相逢情更亲。翠幌红帘非独映[⑤]，隋珠和璧未为珍。剧怜京兆双眉妩[⑥]，双去双来日已频。

年纪，郑据《七老会诗》。风姿，张贲《和袭美寒夜见访》。新知，颜真卿《乐语联句》。旧识，钱起《送兴平王少府游梁》。翠幌，骆宾王《帝京篇》。隋珠，李中《叙吟》。剧怜，张说《赠崔二安平公乐世词》。双去。许棠《亲仁里双鹭》。

悬知此地是神仙，多少欢娱簇眼前？今日相逢思往日[⑦]，春天又

---

① “院”字，雍陶《访友人幽居》原作“门”。

② “莫”字，临川小吏句原作“不”。

③ “数”字，罗虬《比红儿诗》原作“几”。

④ “处”字，吴融《卖花翁》原作“地”。

⑤ “幌红帘非”四字，骆宾王《帝京篇》原作“幌珠帘不”。

⑥ “剧”字，张说《赠崔二安平公乐世词》原作“自”。

⑦ “今”字，韦应物《宴李录事》原作“此”。

待到秋天。传情写念长无极，对影闻声已可怜。不奈风光易流转①，重开离宴贵留连。

悬知，裴漼《奉和圣制龙池篇》。多少，黄滔《江州夜宴献陈员外》。今日，韦应物《宴李录事》。春天，李频《述怀》。传情，李康成《玉华仙子歌》。对影，李商隐《碧城》。不奈，赵嘏《八月二十九日宿怀》。重开。白居易《赠微之》。

廊深阁迥此徘徊，把烛频看畏晓催。惆怅报君无玉案，殷勤对尔酌金杯。愁来自觉歌喉咽，醉后仍教笑口开。最是五更留不住，道旁车马起尘埃。

廊深，李商隐《正月崇让宅》。把烛，李绅《滁阳春日怀果园闲宴》。惆怅，罗隐《县斋秋晚酬友人朱瓒见寄》。殷勤，张碧《惜花》。愁来，韩偓《偶见》。醉后，白居易《刘苏州寄酿酒糯米李浙东寄杨柳枝舞衫偶因尝酒试衫辄成长句寄谢》。最是，韩熙载客句。道旁。杜牧《寄远》。

送我殷勤酒满卮，暗中携手乍疑迟。歌终舞罢欢无极，烛暗香残坐不辞。单影可堪明月照？此情惟有落花知。如今暂寄尊前笑，注目相看能几时②？

送我，韦庄《离筵诉酒》。暗中，徐铉《梦游》。歌终，吴少微《古意》。烛暗，陆龟蒙《中秋待月》。单影，吴融《上阳宫词》。此情，南唐嗣主《浣溪沙》③。如今，刘禹锡《赴连州途经洛阳诸公置酒相送张员外贾以诗见赠率尔酬之》。注目。张纮《行路难》。

此时秋月可怜明，频倚银屏理凤笙。自问有何惆怅事？惟愁吹作别离声。送君空下无言泪④，对客偏含不语情。欲识酒醒魂断处，风帘残烛隔霜清。

---

① “不”字，赵嘏《八月二十九日宿怀》原作“无”。

② “注目”二字，张纮《行路难》原作“视日”。

③ 原注作者误，出自中主李璟《浣溪沙》。

④ “下”字，武元衡《送裴戡行军》原作“有”；原注题目有误字。

此时，刘希夷《捣衣篇》。频倚，卓英英《理笙》。自问，白居易《慈恩寺有感》。惟愁，韦式《竹》。送君，武元衡《送裴戬行军》。对客，韩愈《戏题牡丹》。欲识，徐铉《邵伯埭下寄高邮陈郎中》。风帘。李商隐《银河吹笙》。

祖帐离声咽管弦，魂消千片玉尊前①。一般情绪应相信，此夜风光最可怜。欲上香车俱脉脉，不堪芳草更芊芊②。君应怪我留连久，斯别重逢定几年③？

祖帐，白居易《西河留别》。魂消，张泌《河传》。一般，郑谷《同志顾云下第出京偶有寄勉》。此夜，崔液《上元夜》。欲上，温庭筠《湘东宴曲》。不堪，韦庄《长安清明》。君应，元稹《过东都别乐天》。斯别。韩翃《赠别上元主簿张著》。

离肠百结解无由，马足车轮不暂留。空有寸心思会面，每经高处即回头。寻思往事依稀梦，惟爱春风烂漫游。别后天涯何所寄？千金诺在转难酬。

离肠，鱼玄机《寄子安》。马足，刘沧《过沧浪峡》。空有，戎昱《寄成都元十八侍御》。每经，白居易《寄湘灵》。寻思，李珣《酒泉子》。惟爱，徐凝《和秋游洛阳》。别后，郎士元《送郴县裴明府之任兼充宣慰》。千金。吴融《离霅溪感事献郑员外》。

酒渴天涯寄病身④，人间何处不伤神？一行已作三年别，千里初辞九陌尘。绿水青山从此隔，靓妆冶服为谁新？须知入骨难销处，白日寻思夜梦频。

酒渴，刘言史《嘉兴社日》。人间，白居易《和友人洛中春感》。一行，张籍《酬杭州白使君兼寄浙东元大夫》。千里，赵嘏《成名年献座主仆射兼呈同年》。绿水，李端《王敬伯歌》。靓妆，陆敬《七夕赋咏成篇》。须知，徐夤

---

① “消”字，张泌《河传》原作“销”。

② “不”字，韦庄《长安清明》原作“可”。

③ “斯”字，韩翃《赠别上元主簿张著》原作“此”。

④ “酒”字，刘言史《嘉兴社日》原作“消”。

《恨》。白日。令狐楚《座中闻思帝乡有感》。

当时离别此重来[①]，云母窗前银汉回。独结香绡偷饷送，暂将团扇共徘徊。雪肤花貌参差似[②]，月帐星房次第开。觉后始知身是梦，萧萧羸马正尘埃。

当时，薛能《重游德星亭感事》。云母，沈佺期《古歌》。独结，女光《联句》。暂将，王昌龄《宫怨》[③]。雪肤，白居易《长恨歌》。月帐，罗隐《七夕》。觉后，徐凝《宿冽上人房》。萧萧。方干《早春送人归大梁》。

灞南高处望长安，离恨诗情添几般？月色似怜今夕客[④]，风流空记往时欢[⑤]。绿窗绣幌天将晓，银烛金炉夜不寒。肠断旧游从一别，他年梦到也难拚[⑥]。

灞南，许浑《灞上逢元九处士东归》。离恨，杜牧《贺崔大夫崔正字》。月色，释护国《别盛安》。风流，严维《书情上李苏州》。绿窗，徐铉《月真歌》。银烛，王昌龄《长信秋词》[⑦]。肠断，沈郴《秋日》[⑧]。他年。方干《题报恩寺上方》。

别来虚遣思悠扬，万里随君一寸长[⑨]。投漆投胶非足拟，多情多感自难忘。共看明月应垂泪，得见春风已断肠。强欲再游心未遂[⑩]，此时相望最神伤[⑪]。

---

① “离”字，薛能《重游德星亭感事》原作“难”。

② “似”字，白居易《长恨歌》原作“是”。

③ 原注题目误，出自王昌龄《长信秋词》。

④ “似”、“夕”二字，释护国《别盛安》原作“为”、“夜”。

⑤ “记”、“时”二字，严维《书情上李苏州》原作“计”、“年”。

⑥ “年”、“也”二字，方干《题报恩寺上方》原作“时”、“亦”。

⑦ 原注题目误，出自王昌龄《李四仓曹宅夜饮》。

⑧ 原注作者有误字，出自沈彬《秋日》。

⑨ “长”字，刘禹锡《梦扬州乐妓和诗》原作“肠”。

⑩ “强欲”二字，李中《思九江旧居》原作“别后”。

⑪ “神”字，顾敻《浣溪沙》原作“情”。

别来，尹鹗《临江仙》。万里，刘禹锡《梦扬州乐妓和诗》。投漆，骆宾王《代女道士王灵妃赠道士李荣》。多情，陆龟蒙《自遣诗》。共看，白居易《望月有感书怀寄上浮梁大兄于潜七兄乌江十一兄兼示符离及下邽弟妹》。得见，王初《春日咏梅花》。强欲，李中《思九江旧居》。此时。顾夐《浣溪沙》。

更入新年恐不禁，感君空有泪沾襟。四时最好惟三月[①]，一点分明值万金。多病岂任衣复薄[②]？相思始觉海非深。可怜别恨无人见，剔尽灯花夜夜心。

更入，李商隐《写意》。感君，释灵一《哭卫尚书》。四时，韩偓《三月》。一点，南唐先主《咏灯》。多病，薛能《春日书怀》。相思，白居易《浪淘沙》。可怜，罗隐《旅舍书怀寄所知》。剔尽。唐彦谦《无题》。

几月邮筒始暂来[③]？为言相忆首长回。一行书信千行泪，君手封题我手开。聚散已愁云不定，年华忧共水相催。分明记得曾行处，玉酒欢传鹦鹉杯[④]。

几月，韩偓《午寝梦江外兄弟》。为言，杜牧《有寄》。一行，陈玉兰《寄夫》。君手，白居易《和万州杨使君·嘉庆子》[⑤]。聚散，鱼玄机《寄子安》。年华，李商隐《可叹》。分明，方干《题画建溪图》。玉酒。李适《侍宴安乐公主新宅应制》。

多少鱼笺写得成？旧游言着似前生。九城弦管声遥发，几处楼台月自明？终日相思却相怨，流年堪惜又堪惊。五千里外三年客，悔不天生解薄情。

多少，刘兼《到郡后有寄》。旧游，罗隐《送友人归夷门》。九城，柳中庸《凉州曲》。几处，孟宾于《落花》。终日，李商隐《燕台》。流年，赵嘏《齐安早

① “惟”字，韩偓《三月》原作“是”。

② “岂”、“复”二字，薛能《春日书怀》原作“不”、“更”。

③ “邮筒始暂”四字，韩偓《午寝梦江外兄弟》原作“书邮始一”。

④ “欢”字，李适《侍宴安乐公主新宅应制》原作“相”。

⑤ 原注题目有误字，出自白居易《和万州杨使君·嘉庆李》。

秋》。五千，崔涂《巴山夜别》[①]。悔不。顾甄远《惆怅诗》。

## 重来七言律诗三十首

花木无情只是红[②]，漫将闲泪对东风[③]。远书珍重何由达[④]？良伴欢娱久不同[⑤]。自叹生涯看转烛，每经时节恨飘蓬。离人忽有重来日，步步犹疑似梦中[⑥]。

花木，李咸用《春日喜逢乡人刘松》。漫将，罗隐《金陵寄窦尚书》。远书，窦叔向《夏夜宿表兄话旧》。良伴，白居易《叹春风兼赠李二十侍郎》。自叹，元稹《遣风二十韵》。每经，来鹄《寒食山馆书情》。离人，薛能《春日重游平湖》。步步。令狐楚《游义兴寺寄上李吉甫相公》。

终日长程更短程[⑦]，渐知身得近京城。清尊不负花前约，玉笛谁将月下横？九陌芳菲人竞赏，万家车马雨初晴。相邀共醉杯中醁[⑧]，高馆张灯酒复清。

终日，罗邺《行次》。渐知，元稹《西归绝句十二首》。清尊，牟融《城楼叙别》。玉笛，殷尧藩《友人山中梅花》。九陌，马戴《酬李景章前辈》。万家，顾非熊《长安清明言怀》。相邀，李白《对雪醉后赠王历阳》。高馆。高适《夜别韦司士得城字》。

---

① 原注题目误，出自崔涂《巫山(一作峡)旅别》。

② “是”字，李咸用《春日喜逢乡人刘松》原作“自”。

③ “漫”、“东”二字，罗隐《金陵寄窦尚书》原作“谩”、“春”。

④ “由”字，窦叔向《夏夜宿表兄话旧》原作“曾”。

⑤ “良”字，白居易《叹春风兼赠李二十侍郎》原作“酒”。

⑥ “似”字，令狐楚《游义兴寺寄上李逢吉相公》原作“是”。

⑦ “更”字，罗邺《行次》原作“复”。

⑧ “醁”字，李白《对雪醉后赠王历阳》原作“绿”，一作“渌”。

翠幕当云发管弦，宛罗重縠起歌筵。且将款曲通今夕[①]，暗喜风光似昔年。直是人间到天上，若非月下即花前。明朝欲饮还来此，莫惜床头沽酒钱。

翠幕，杨巨源《邵州陪王郎中宴》。宛罗，张祜《听崔侍御叶家歌》。且将，杜甫《湖城东遇孟云卿复归刘颢宅宿宴饮后因为醉歌》。暗喜，韦庄《长安清明》。直是，顾复《河传》。若非，白居易《老病》。明朝，施肩吾《惜花词》。莫惜。岑参《蜀葵花歌》。

厨盘进食簇时新，玳瑁筵前整顿频。何处哀筝随急管？莫将美酒负良辰。朝霞散彩羞衣架，杂树含芳让锦茵。红烛影回仙态近，今年依旧去年春。

厨盘，花蕊夫人徐氏《宫词》。玳瑁，刘章《咏蒲鞋》。何处，李商隐《无题》。莫将，杨发《东斋夜宴酬绍之起居见赠》。朝霞，沈佺期《七夕曝衣篇》。杂树，方干《陪胡中丞泛湖》。红烛，李郢《上元夜》[②]。今年。何扶《赠旧同年》。

分曹射覆蜡灯红，宜在纱窗绣户中[③]。月色更添春色好，子心须与我心同[④]。半销宿酒头仍重，低唱新词曲未终[⑤]。闲忆昔年为客处，碧天无路信难通。

分曹，李商隐《无题》。宜在，刘禹锡《和乐天鹦鹉》。月色，贾志《别裴九弟》。子心，皎然《送辨聪上人还广》。半销，白居易《早兴》。低唱，司空图《南北史感遇》。闲忆，李建勋《春雨》。碧天。韦庄《荷叶杯》。

无辞竹叶醉尊前，月过花西尚未眠。比屋管弦呈妙曲，满城车马

---

① “通”字，杜甫《湖城东遇孟云卿复归刘颢宅宿宴饮散因为醉歌》原作“终”。

② 原注题目有误字，出自李郢《中元夜》。

③ “纱窗”二字，刘禹锡《和乐天鹦鹉》原作“朱楼”。

④ “子”字，皎然《送辨聪上人还广陵》原作“了”；原注题目有脱字。

⑤ “低”字，司空图《南北史感遇》原作“把”。

簇芳筵[1]。但将酩酊酬佳节，自有风流助少年。低语前欢频转面，客中相见客中怜。

无辞，刘禹锡《忆江南》。月过，陆龟蒙《和袭美木兰院次韵》。比屋，韩偓《御制春游长句》。满城，皮日休《登第后寒食杏园有宴因寄录事宋垂文同年》。但将，杜牧《九日齐安登高》。自有，方干《宋从事》。低语，冯延巳《蝶恋花》。客中。李白《醉后赠从甥高镇》。

雾绡云縠称身裁，争引秦娥下凤台。怪得独饶脂粉态，相期共斗管弦来。流风入座飘歌扇，晚月分光劣镜台。轻步暗移蝉鬓动，不知香颈为谁回？

雾绡，罗虬《比红儿诗》。争引，黄滔《催妆》。怪得，白居易《戏题木兰花》。相期，孟浩然《春情》。流风，李邕《奉和初春幸太平公主南庄应制》。晚月，沈佺期《七夕曝衣篇》。轻步，牛希济《临江仙》。不知。李商隐《蝶》。

越罗衣褪郁金黄，子夜歌声满画堂。的皪龙绡杂琼佩，萎蕤翠帐缀香囊。灵妃不降三清驾，苏小空匀一面妆。眉敛湘烟袖回雪，初疑少女出兰房。

越罗，李珣《浣溪沙》。子夜，薛能《子夜》。的皪，韦应物《鼋头山神女歌》。萎蕤，王琚《美女篇》。灵妃，曹唐《张硕重寄杜兰香》。苏小，罗虬《比红儿诗》。眉敛，温庭筠《夜宴谣》。初疑。周繇《看牡丹赠段成式》。

弦索纵纵隔彩云，窄罗衫子薄罗裙。黄莺久住曾相识[2]，白鹤高飞不逐群。秋水为神玉为骨，博山微暖麝微熏。洛神映箔湘妃语，一曲南音此地闻。

弦索，王建《霓裳词》。窄罗，张泌《江城子》。黄莺，戎昱《移家别湖上亭》。白鹤，李群玉《言怀》。秋水，杜甫《徐卿二子歌》。博山，罗虬《比红儿诗》。洛神，李涉《醉中赠崔应》。一曲。刘禹锡《采菱行》。

---

① “芳”字，皮日休《登第后寒食杏园有宴因寄录事宋垂文同年》原作“红”。

② “曾”字，戎昱《移家别湖上亭》原作“浑”。

美人含笑出联翩，月下双弹卢女弦。应为能歌系仙籍，曾经学舞度芳年。修蛾曼脸陪雕辇，艳粉红脂映宝钿。欲下阑干一回首，此时心在阿谁边？

美人，刘庭琦《奉和圣制瑞雪篇》。月下，储光羲《同武平一员外游湖》。应为，郑谷《黄莺》。曾经，卢照邻《长安古意》。修蛾，孙光宪《后庭花》。艳粉，张柬之《东飞伯劳歌》。欲下，吴融《登汉州城楼》。此时。歌阳炯《浣溪沙》①。

慢凝秋水顾情人，明媚鲜妍绝比伦。罗带绣裙轻好系，冰眸莲脸见常新②。笙歌席上偏怜客，玳瑁帘中别作春。桃李精神鹦鹉舌，丹青任写不如真。

慢凝，孙光宪《南歌子》。明媚，方干《朱秀才庭际蔷薇》。罗带，徐夤《尚书筵中咏红手帕》。冰眸，昭宗《巫山一段云》。笙歌，贯休《和郑使君》。玳瑁，沈佺期《七夕曝衣篇》。桃李，和凝《河满子》。丹青。卢士衡《题牡丹》。

头上鸳钗双翠翘，妆成浑欲认前朝。愿为明镜分娇面，自擘春罗等舞腰③。玉佩金钿随步动，危弦细管逐歌飘。调筝夜坐灯光里，时看香囊与绛绡。

头上，韦应物《长安道》。妆成，罗虬《比红儿诗》。愿为，刘希夷《公子行》。自擘，段成式《柔卿解籍戏呈飞卿》。玉佩，长孙无忌《新曲》。危弦，沈传师《次潭州酬唐侍御姚员外游道林岳麓寺题示》。调筝，王谭《夜坐看挡筝》。时看。张生《和李节度姬诗》。

巧画蛾眉独出群，清歌一啭口氛氲。当台竞斗青丝发，缓步轻抬绿绣裙。脸似芙蓉胸似玉，眼如秋水鬓如云。盈盈二八谁家女④？醉里时时错问君。

---

① 原注作者有误字，出自欧阳炯《浣溪沙》。

② “常”字，昭宗《巫山一段云》原作“长”。

③ “擘”字，段成式《柔卿解籍戏呈飞卿》原作“襞”。

④ “女”字，阎德隐《薛王花烛行》原作“子”。

巧画，罗隐《宫词》。清歌，卢照邻《长安古意》。当台，鱼玄机《次韵和光威裒联句》。缓步，曹唐《小游仙诗》。脸似，白居易《上阳白发人》。眼如，韦庄《天仙子》。盈盈，阎德隐《薛王花烛行》。醉里。元稹《六年春遣怀》。

薄罗衫子透肌肤，取次衣裳尽缀珠[①]。任有风流兼蕴藉，来将歌舞助欢娱。香灯半卷流苏帐，锦带交垂连理襦。还似昔年春梦里[②]，夜深欲散又踟蹰[③]。

薄罗，花蕊夫人徐氏《宫词》。取次，薛能《吴姬》。任有，刘崇鲁《席上吟》。来将，张说《苏幕遮》。香灯，韦庄《菩萨蛮》。锦带，许景先《折柳篇》。还似，温庭筠《宿城南亡友别墅》。夜深。白居易《夜宴醉后留献裴侍中》。

玉箫无复理霓裳，暗引羊车驻七香。自昔年华三五岁[④]，不辞沉醉一千觞。鸳鸯有件谁能羡[⑤]？蛱蝶无情只自忙[⑥]。临上马时期后会，与君明日暖新堂。

玉箫，薛昭蕴《小重山》。暗引，罗虬《比红儿诗》。自昔，刘希夷《江南曲》。不辞，无名氏《宴李家宅》。鸳鸯，女威《联句》。蛱蝶，吴融《灵宝县西侧津》。临上，和凝《江城子》。与君。白居易《早夏晓兴赠梦得》。

与君相伴洒烦襟，酒试银觥表分深。轻笑自然生百媚，买时应不惜千金。莺偷旧韵还成曲，凤得新巢想称心。又见去年三五夕，金尊湛湛夜沉沉。

与君，李商隐《复至裴明府所居》。酒试，白居易《病中辱崔宣城长句见寄兼有觥绮之赠因以四韵总而酬之》。轻笑，尹鹗《清平乐》。买时，罗虬《比红儿诗》。莺偷，罗隐《过废江宁县》。凤得，刘禹锡《怀妓》。又见，释齐己

---

① “缀”字，薛能《吴姬》原作“带”。

② “春”字，温庭筠《宿城南亡友别墅》原作“残”。

③ “欲”字，白居易《夜宴醉后留献裴侍中》原作“初”。

④ “年”字，刘希夷《江南曲》原作“妍”。

⑤ “件”字，女威《联句》原作“半”。

⑥ “无情只”三字，吴融《灵宝县西侧津》原作“有情长”。

《荆州新秋寺居写怀诗五首上南平王》。金尊。卢仝《听萧君姬人弹琴》。

暂寄华筵倒玉缸，漫教归梦过吴江[①]。虚生芍药何劳妒[②]？并蒂芙蓉本自双。醉后不能离绮席，日高方始出纱窗。空留暗记如蚕纸，笔阵诗魔两未降。

暂寄，许浑《留别赵端公》。漫教，陆龟蒙《闲吟》。虚生，徐凝《题开元寺牡丹》。并蒂，杜甫《进艇》。醉后，刘兼《贵游》。日高，韩偓《中庭》。空留，李商隐《无愁果有愁曲北齐歌》。笔阵。殷文圭《玉山道中》。

我从相识便相怜，冰雪容颜桃李年[③]。红烛清尊久延伫，香车宝马尽喧阗[④]。参差绣户悬珠箔，宛转鲛绡逐宝筵。新起画楼携客上，两重门里玉堂前。

我从，元稹《紫踯躅》。冰雪，武元衡《代佳人赠张郎中》。红烛，白居易《期不至》。香车，王维《同比部杨员外十五夜游有怀静者季》。参差，张柬之《东飞伯劳歌》。宛转，陈标《秦王卷衣》。新起，李洞《东川高仆射》。两重。韩偓《想得》。

户映屏风故故斜，参差步障列朝霞。半醒半醉游三日，能艳能芳自一家。罗幕画堂深皎洁，银鞍绣毂盛繁华。人人尽说江南好，归到江南无此花。

户映，徐铉《梦游》。参差，骆宾王《代女道士王灵妃赠道士李荣》[⑤]。半醒，杜牧《念昔游》。能艳，司空图《力疾山下吴村看杏花》。罗幕，鲍溶《寒夜吟》。银鞍，王勃《临高台》。人人，韦庄《菩萨蛮》。归到。白居易《看恽家牡丹花戏赠李二十》。

几从朝出到黄昏，谁道秋期有泪痕？闻说携琴还载酒[⑥]，每因按

---

① “漫”、“吴”二字，陆龟蒙《闲吟》原作“不”、“寒”。

② “何”字，徐凝《题开元寺牡丹》原作“徒”。

③ “容颜”二字，武元衡《代佳人赠张郎中》原作“颜容”。

④ “尽”字，王维《同比部杨员外十五夜游有怀静者季》原作“共”。

⑤ 原注题目误，出自骆宾王《畴昔篇》。

⑥ “还”字，许浑《赠萧兵曹先辈》原作“兼”。

曲即开尊[①]。中心万仞何由款？善价千金未可论。无限风光言不得，前时今日共销魂。

几从，雍陶《安国寺赠广宣上人》。谁道，崔涂《七夕》。闻说，许浑《赠萧兵曹先辈》。每因，方干《李侍御上虞别业》。中心，韦应物《难言》。善价，徐夤《尚书打球小骢步骤最奇因有所寄》。无限，孙鲂《题未开牡丹》。前时。韩偓《再止庙居》。

五更飞尽九衢尘，可惜长安无限春。各有归程千万里，已将心事再三陈。此回不似前回别，今日重招往日宾。明旦江头更惆怅[②]，旅魂何处访情人？

五更，裴夷直《访刘君》。可惜，权德舆《杂言和常州李员外副使春日戏题十首》。各有，吴商浩《长安春赠友人》。已将，王福娘《谢孙棨诗》。此回，李频《客洛酬刘驾》。今日，白居易《答慰迟少监水阁重宴》。明旦，徐铉《还过东都留守周公筵上赠座客》。旅魂。释清江《喜严侍御蜀还赠严秘书》。

明朝拂曙与君辞，脉脉春情更泥谁？只有且来花下醉，那堪将入笛中吹[③]？当歌莫怪频垂泪，相别何能不敛眉[④]？独倚阑干正惆怅，未知携手定何时？

明朝，高适《寄宿田家》。脉脉，步非烟《答赵子》。只有，白居易《二月五日花下作》。那堪，滕迈《杨柳枝词》。当歌，司空图《偶书》[⑤]。相别，罗隐《西川与蔡十九同别子超》。独倚，张玭《题嘉陵驿》。未知。窦叔向《酬李袁州嘉祐》。

不那离情酒半酣，弦声犹逐望江南。修容尽饰将何益[⑥]？顾影

---

① “每”、“即”二字，方干《李侍御上虞别业》原作“常”、“便”。

② “更”字，徐铉《还过东都留守周公筵上赠座客》原作“倍”。

③ “那”字，滕迈《杨柳枝词》原作“不”。

④ “何”字，罗隐《西川与蔡十九同别子超》原作“那”。

⑤ 原注题目有误字，出自司空图《偶诗》。

⑥ “饰”字，刘商《赋得射雉歌送杨协律表弟赴婚期》原作“饰”；原注题目有误字。

看身又自惭。他日新诗应见报，当时秋思已难堪。劝君不用分明语，却恐旁人意未甘。

不那，韦庄《古离别》。弦声，女哀《联句》。修容，刘商《赋得射雉歌送杨协律表弟赴昏期》。顾影，杜牧《寓言》。他日，韩翃《送从兄典郢州》[①]。当时，白居易《重到华阳馆旧居》。劝君，罗隐《自遣》[②]。却恐。张祜《赠李修源》。

云母屏风烛影深，只因偏照两人心[③]。尊中美酒长须满，镜里韶颜不自禁[④]。惆怅空教思后会[⑤]，殷勤终是感知音。昔年顾我长青眼，眷分依依直至今。

云母，李商隐《嫦娥》。只应，刘禹锡《怀妓》。尊中，朱庆馀《归故园》。镜里，权德舆《薄命篇》。惆怅，朱放《江上送别》。殷勤，杨巨源《冬夜陪丘侍御先辈听崔校书弹琴》。昔年，许浑《赠河东虞押衙》。眷分。贾岛《投庞少尹》。

直到今朝眼更明[⑥]，人生不合出京城。繁枝容易纷纷落，别酒应须满满倾。密迹未成当面笑，从头便是断肠声。五更无限留连意，谁会楼中独立情？

直到，元稹《西明寺牡丹》。人生，刘禹锡《曹刚》。繁枝，杜甫《江畔独步寻花》。别酒，韦庄《长干塘别徐秀才》[⑦]。密迹，韩稹《复偶见》[⑧]。从头，白居易《听何满子歌》[⑨]。五更，殷尧藩《赠歌人郭婉》。谁会。李中《悼怀王丧

---

① 原注题目误，出自韩翃《送中兄典邵州》。

② 原注题目误，出自罗隐《鹦鹉》。

③ “因”字，刘禹锡《怀妓》原作“应”。

④ “韶”字，权德舆《薄命篇》原作“红”。

⑤ “教”字，朱放《江上送别》原作“知”。

⑥ “到”字，元稹《西明寺牡丹》原作“至”。

⑦ 原注题目有误字，出自韦庄《长干塘别徐茂才》。

⑧ 原注作者误，出自韩偓《复偶见》。

⑨ 原注题目有衍文，出自白居易《何满子》。

妃》。

六街尘起鼓冬冬，征客关山路几重？若是有情争不哭？未知何日更相逢[①]？离肠恐逐金刀断，仙酝尝分玉斝浓。西出都门百余里，旧欢无处再寻踪。

六街，薛逢《六街尘》。征客，王勃《采莲曲》。若是，韩偓《哭花》。未知，元稹《奉和窦容州》。离肠，裴说《闻砧》。仙酝，权德舆《奉和张仆射朝天行》。西出，白居易《长恨歌》。旧欢。李珣《临江仙》。

忆君我正泊行舟，百感中来不自由。今日浪为千里客，昔时曾向五陵游[②]。芳筵想像情难尽，妙舞逶迤夜未休。欲寄此心空北望，惟应杜宇信春愁。

忆君，白居易《河阴夜泊忆微之》。百感，杜牧《登池州九峰楼寄张祜》。今日，胡曾《颍州》[③]。昔时，韦庄《忆昔》。花[芳]筵，温庭筠《经李征君故居》。妙舞，杜甫《陪王侍御登东山最高顶宴姚通泉晚携酒泛江》。欲寄，释齐己《乱后江西过孙鲂旧居因寄》。惟应。郑谷《游蜀》。

梦见虽多相见稀，离魂渐逐杜鹃飞。银钩置袖终难灭，珠箔飘灯独自归。夜夜可怜长寂寂，年年遥望两依依[④]。空惭季布千金诺，惆怅当时意尽违[⑤]。

梦见，冯延巳《长相思》。离魂，韦庄《春日》。银钩，徐铉《长歌酬亚元舍人兼寄子乔校书》。珠箔，李商隐《春雨》。夜夜，白居易《独眠吟》。年年，李渤《留别南溪》。空惭，皮日休《宏词下第感恩献兵部侍郎》。惆怅。罗邺《东归》。

绣户文窗雕绮栊，闲游曾与二人同。玉绳低转宵初迥，金管徐吹

---

① “未”、“更”二字，元稹《奉和窦容州》原作“不”、“又”。

② “时”字，韦庄《忆昔》原作“年”。

③ 原注题目有误字，出自胡曾《颍川》。

④ “遥”字，李渤《留别南溪》原作“相”。

⑤ “尽”字，罗邺《东归》原作“两”。

曲未终。往事只应随梦里，旧欢不合到心中①。月明记得相寻处，清路飞尘信莫通。

绣户，王勃《临高台》。闲游，令狐楚《游义兴寺寄上李吉甫相公》②。玉绳，殷尧藩《夜酌溪楼》。金管，白居易《泛太湖书事寄微之》。往事，杜牧《旅怀》。旧欢，罗隐《酬黄从事怀旧见寄》。月明，张乔《寄维扬故人》。清路。卢汝弼《薄命妾》。

惟愿当歌对酒时，出门何处望京师？花开花谢长如此，年去年来不自持。只为情深偏怆别，谁怜梦好转相思？新愁旧恨多难说，织得回文几首诗？

惟愿，李白《把酒问月》。出门，戴叔伦《湖南即事》③。花开，罗隐《春日独游禅智寺》。年去，骆宾王《代女道士王灵妃赠道士李荣》。只为，元稹《忆杨十二》。谁怜，韩偓《有忆》。新愁，雍陶《忆山寄僧》。织得。徐铉《梦游》。

---

① “欢”字，罗隐《酬黄从事怀旧见寄》原作“游”。

② 原注题目有误字，出自令狐楚《游义兴寺寄上李逢吉相公》。

③ 原注题目有误字，出自戴叔伦《湘南即事》。

# 倚梅阁集唐

沈韵兰著

沈韵兰是近代历史上的女诗人、女画家。沈韵兰字淑英，先世祖籍浙江杭州，咸丰元年(1851)因避乱至江西。其叔沈子明以已未科领南昌乡荐，遂占籍南昌。其父沈子宜未仕，母丘氏，生二女，沈韵兰是次女。沈韵兰生于咸丰三年(1853)，28 岁时嫁给江苏常州瞿倬为继室，卒于民国 5 年(1916)，终年 64 岁。沈韵兰长于画蝴蝶，栩栩如生。沈同芳《瞿夫人沈女士淑英传略》叙其事较详。

沈韵兰的《倚梅阁集唐诗》，胡文楷《历代妇女著述考》、王欲祥等人《清人别集总目》均记作一卷，其实总共只有 9 首绝句而已。其诗大抵写自己的生活经历和对亲人的思念，题材相对简单，但感情细腻真诚，选用的语句清丽温婉。坦率地说，相对于许多男性诗人，《倚梅阁集唐诗》中的 9 首绝句艺术水平不高，但空灵轻快，更加具有女性诗人的性别特色。

《倚梅阁集唐诗》未有单行本，附见于沈韵兰《倚梅阁诗集》四卷之后。《倚梅阁诗集》今存宣统三年辛亥(1911)排印本、民国 5 年(1916)铅印本两种版本。本书据苏州大学图书馆所藏民国铅印本收录。

## 过洞庭

秋江渺渺水空波，千载遗踪寄薜萝。今日山川对垂泪，白云明月吊湘娥。

## 舟行

猿啼客散暮江头，红叶青山水急流。今夜不知何处宿，烟波江上使人愁。

## 秋夜

梁园日暮乱飞鸦，北斗阑干南斗斜。二十四桥明月夜，不知秋思在谁家？

## 旅夜闻猿

夜向江南泊，猿啼旅梦惊。乡心正无限，莫作断肠声[①]。

## 月夜忆大姊再宜次宜两弟

明月松间照，天涯共此时。永怀愁不寐，肠断忆连枝。

---

① 其句出处不详。柳宗元《入黄溪闻猿》有“虚作断肠声”句，陆龟蒙《鞠侯》有“不作断肠声”句，邵士彦《秋闺》有“畏作断肠声”句，皆与其接近。

## 九月八日夜坐忆次宜弟

抱膝灯前影伴身,天涯去住泪沾巾。黄花催促重阳酒,遍插茱萸少一人。

## 舟夜

碧天如水夜云轻,行尽江南数十程。两岸猿声啼不住,何人不起故园情?

## 春日旅思

每逢佳节倍思亲,客舍青青柳色新。蝴蝶梦中家万里,路迷何处是三秦?

## 春日感怀

水国春寒阴复晴,杜鹃枝上月三更。人闲易得芳时恨,白发新添四五茎。

# 檗坞诗存别集[1]

王以慜著

《檗坞诗存别集》二卷，王以慜撰。王以慜(1855—1921)，又名以敏，字梦湘，一字子捷，湖南武陵人。光绪进士，官至江西瑞州知府。工诗词。辛亥革命爆发后，弃官归家，隐居农村，不与外界交往。“工词学，与王先谦、王闿运有湘中‘三王’之目”[2]。

《檗坞诗存别集》是以李商隐诗歌为集句对象的集句诗集，共计47题104首，皆为七言律诗。

《清人别集总目》“王以敏”条云：“《檗坞诗存别集》2卷(集李商隐诗)，光绪29年江西官书局石印本(上图、南图、粤图、赣图、复旦)。”[3]本书据南京图书馆藏本辑入。

---

① 原书题后有“集义山诗”四字。

② 邱树森《中国历代人名辞典》，江西教育出版社，1989年版，第1144页。

③ 王欲祥、李灵年、陆林、陈敏杰《清人别集总目》，安徽教育出版社，2000年版，第106—107页。

## 檗坞诗存别集自序

义山诗集句夥矣，往年偶一涉笔。比见龚玉亭《留春山房集》、石襄臣《饤饾吟》各首，旧锦新梭，几于六铢无缝，令人有生晚之叹！岁己亥，晤胡德斋同年于豫章，约以集唐句相往复，乃复集义山诗。三四年中，删其复篇重句及前人已见之联，凡得七律百四首，都为上下两卷。本儿戏也，以索阅者众，聊录而存之。嗟乎！玉溪往矣，世变方新。郁金堂北，苦竹园南，几年锦瑟之弦？一把香桃之骨。当时解人正复难索，今且泪尽量珠，灰残剔蜡，其为痴绝，又何如者？研丹擘石天不知，愿得天牢锁冤魄。书质德斋，相与干笑而已。癸卯七月武陵王以慜梦湘甫识。

## 檗坞诗存别集题辞

不有文章供块磊，未应才调托绸缪。当年楚雨含情事，说与词人总泪流。

分明字字著深愁，却被君家一例收。异代心思颠倒合，那堪哀艳各千秋？

我亦销魂不自由，新诗断送日悠悠。此情已分无能语，况是西风况客游！

瑟瑟烟尘黯九州，论文今日孰吾俦？红楼珠箔宁珍重，此调伤心不再留。

光绪二十九年九月九日江宁傅春官识于南昌北湖浮玉山庄。

# 上卷

## 无题八首

六曲连环接翠帷，蓬峦仙仗俨云旗。后堂芳树阴阴见，玉管葭灰细细吹。冶叶倡条遍相识，春兰秋菊可同时？钧天虽许人间听，君问归期未有期。

### 二

披香新殿斗腰支，莫遣佳期更后期。露气暗连青桂苑，灵风正满碧桃枝。重吟细把真无奈，人欲天从竟不疑。今日春光太飘荡，流莺上下燕参差。

### 三

柳絮章台街里飞，梦中来数觉来稀。蝶含红蕊蜂衔粉，龙护瑶窗凤掩扉。卜肆至今多寂寞，骊驹先自有光辉。城中猘犬惊兰佩[①]，怅卧新春白夹衣。

### 四

密锁重关掩绿苔，年华忧共水相催。维摩一室虽多病，江令当年

---

① “惊”字，李商隐《赠从兄阆之》原作“憎”。

只费才。榆荚散来星斗转，长眉画了绣帘开。此情可待成追忆，一寸相思一寸灰。

五

日日春光斗日光，不辞鶗鴂妒年芳。姮娥捣药无时已，荀令熏炉更换香。望见扶桑出东海，本来银汉是红墙。低楼小径城南道，肠断斑骓送陆郎。

六

江风吹浪动云根，叠嶂千重叫恨猿。细路独来当此夕，月楼谁伴咏黄昏？春烟自碧秋霜白，栀子交加香蓼繁。一自高唐赋成后，何曾宋玉解招魂？

七

万里西风夜正长，五更钟后更回肠。莫将越客千丝网，只得徐妃半面妆。秋水绿芜终尽分，青溪白石不相望。嫦娥应悔偷灵药，月露谁教桂叶香？

八

临水当山又隔城，病来惟梦此中行。秋风动地黄云暮，竹坞无尘水槛清。海阔天翻迷处所，楼寒院冷接平明。昔年曾是江南客，怅望江头江水声。

## 读史杂感二十首

沟水分流西复东，楚歌重叠怨兰丛。金徽却是无情物，朱邸方酬力战功。别馆觉来云雨梦，后溪暗起鲤鱼风。玉桃偷得怜方朔，走马兰台类转蓬。

## 二

承露盘晞甲帐春，朝元阁迥羽衣新。当关不报侵晨客，尖发谁非怨别人？谁料苏卿老归国？只教天子暂蒙尘。青陵粉蝶休离恨，羡杀乌龙卧锦茵。

## 三

战功高后数文章，乘运应须宅八荒。代北偏师衔使节，金陵王气应瑶光。汉廷急召谁先入？中路因循我所长。谢墅庾村相吊后，何劳荆棘始堪伤？

## 四

浪笑榴花不及春，白杨别屋鬼迷人。天荒地变心虽折，苦海迷途去未因。益德冤魂终报主，贾生才调更无伦。昼号夜哭兼幽显，徐甲何曾有此身？

## 五

共受征南不次恩，巫咸不下问衔冤。晋阳已陷休回顾，楚路高歌自欲翻。中禁词臣寻引领，紫兰香径与招魂。洞庭湖阔蛟龙恶，重碇危樯白日昏。

## 六

七国三边未到忧，欲为东下更西游。天池辽阔谁相待，星使追还不自由。郭令素心非黩武，阿童高义镇横秋。人生岂得长无谓？早晚星关雪涕收。

## 七

哀痛天书近已裁，远闻鼍鼓欲惊雷。且吟王粲从军乐，只待相如草诏来。百尺相风插重屋，万灵回首贺轩台。两都耆旧偏垂泪，便是胡僧话劫灰。

## 八

昨夜星辰昨夜风，郁金堂北画楼东。天泉水暖龙吟细，小阁尘凝人语空。永忆江湖归白发，至今云雨暗丹枫。粉蛾帖死屏风上，牢合金鱼锁桂丛。

## 九

送到咸阳见夕阳，帘钩鹦鹉夜惊霜。文吏何曾重刀笔？男儿安在恋池隍？春风举国裁宫锦，骊岫飞泉泛暖香。愿得化为红绶带，尽知三十六鸳鸯。

## 十

枉破阳城十万家，昔年相望抵天涯。长筹未必输孙皓，风赋何曾让景差？敌国军营漂木柿，紫泉宫殿锁烟霞。悠扬归梦惟灯见，三十三天长雨花。

## 十一

楚王葬尽满城娇，楚厉迷魂逐恨遥。山色正来衔小苑，春风争拟惜长条。明珠可贯须为佩，神剑飞来不易销。唤起南云绕云梦，自将磨洗认前朝[①]。首句又作"楚宫先聘舞姬腰"。

## 十二

绛节飘飖空国来，自埋红粉自成灰。秦丝不上蛮弦绝，鸾扇斜分凤幄开。汉苑风烟吹客梦，奉天城垒长春苔。他时燕脯无人寄，黄竹

---

① 此句出自杜牧《赤壁》。

歌声动地哀。

## 十三

白道萦回入暮霞，东人望幸久咨嗟。他年锦里经祠庙，终古苍梧泣翠华[1]。何处更求回日驭？等闲飞上别枝花。岂知一夜秦楼客，犹得三朝托后车？

## 十四

严城清夜断经过，兼忘当年旧永和。青冢路边南雁尽，碧松根下茯苓多。金銮不问残灯事，玉殿犹分下苑波。肠断秦台吹管客，村砧笛坞隔风萝。

## 十五

赵后楼中赤凤来，鸡鸣埭口绣襦回。荔枝卢橘沾恩幸，玉液琼苏作寿杯。愿去闰年留月小，不知迷路待花开[2]。灞陵柳色无离恨，岂要移根上苑栽？

## 十六

上元细字如蚕眠，飞香上云春诉天。淮西有贼五十载，玉湾不钓三千年。于今腐草无萤火，几夜獐花开木棉？犹锁平时旧行殿，碧城冷落空濛烟。

## 十七

玉匣清光不复持，月中流艳与谁期？回廊檐断燕飞去，露畹春多凤舞迟。堪叹故君成杜宇，空教楚客咏江蓠。秦中久已乌头白，却是

---

① “泣”字，李商隐《咏史》原作“哭”。

② “待”字，李商隐《中元作》原作“为”。

同袍不得知。

### 十八

剑栈风樯各苦辛，浮云一片是吾身。楚辞已不饶唐勒，国事分明属灌均。那解将心怜孔翠？未知何路到龙津？关河冻合东西路，独下长亭念过秦。

### 十九

九龙呵护玉莲房，一笑相倾国便亡。却笑吃虚隋炀帝[①]，只因无奈楚襄王。郎君下笔惊鹦鹉，少傅临岐赌佩囊。欲就麻姑买沧海，劝栽黄竹莫栽桑。

### 二十

日暮水漂花出城，薛王沉醉寿王醒。春蚕到死丝方尽，银烛烧残焰不馨。烟幌自应怜白纻，金莲无复印中庭。阊门日下吴歌远，却为知音不得听。

## 杂忆十二首

碧城十二曲阑干，衣薄临醒玉艳寒。愿得句芒索青女，岂知孤凤忆离鸾？桂宫留影光难取，蜡烛成灰泪始干。湘竹千条为一束，南风无处寄平安[②]。三又作“侧近嫣红伴柔绿”。

---

① 此句出自杜牧《定子》。
② “寄”字，李商隐《送郑大台文南觐》原作“附”。

## 二

风柳夸腰住水村，凤巢西隔九重门。夹萝委箧单绡起[①]，玉佩呵光铜照昏。知有宓妃无限意，更惊骚客后归魂。如何一梦高唐雨，但保红颜莫保恩？

## 三

下苑他年未可追，上清沦谪得归迟。不妨当日饶轻薄[②]，恐是仙家爱别离[③]。荷叶生时春恨起，桂花寻去月轮移。春窗一觉风流梦，莫道人间总不知。

## 四

恨望银河吹玉笙[④]，景阳钟动失天明[⑤]。炉烟消尽寒灯晦，清月依微香露轻。乌鹊失栖长不定，神仙有分岂关情？如何汉殿穿针夜，更作章台走马声？

## 五

紫蝶黄蜂俱有情，相思迢递隔重城。西亭翠被余香薄，别树羁雌昨夜惊。远路应悲春晼晚，一生长共月亏盈。武昌若有山头石，哭杀厨头阮步兵。

---

① “萝”字，李商隐《燕台诗》原作“罗”。

② “当”字，李商隐《漫成》原作“常”。

③ “爱”字，李商隐《辛未七夕》原作“好”。

④ “恨”字，李商隐《银河吹笙》原作“怅”。

⑤ “动”字，李商隐《览古》原作“堕”。

六

侍女吹笙弄凤凰，众中赏我赋《高唐》。未知歌舞能多少？不信年华有断肠。万里忆归元亮井，重帏深下莫愁堂。嗟予久抱临邛渴，一浅芳醪不得尝[①]。

七

家住红蕖曲水滨，罗窗不识绕街尘。金蟾啮锁烧香入，锦瑟惊弦破梦频。终日相思却相怨，可堪无酒又无人。宓妃愁望芝田馆[②]，半为当时赋洛神。

八

丹炉犹用紫泥封，休向金牛问旧踪[③]。云路招邀回彩凤，玉壶传点咽铜龙。轻衫薄袖当君意，乞脑剜身结愿重。惟有梦中相近分，月斜楼上五更钟。

九

初梦龙宫宝焰燃，三更三点万家眠。崇文馆里丹霜后，苦竹园南椒坞边。瑶瑟愔愔藏楚弄，云孙帖帖卧秋烟。鄂君怅望舟中夜，此夜西亭月正圆。

十

朱栏迢递压湖光，隔得卢家白玉堂。凤女颠狂成久别，羲和辛苦送朝阳。堪悲小苑作长道，更许夜帘通晓霜。直道相思了无益，淡云

① “浅”字，李商隐《有感》原作“盏”。

② “望”字，李商隐《可叹》原作“坐”。

③ “休”、“问”二字，李商隐《井络》原作“莫”、“访”。

微雨恣高唐。

## 十一

行过水西闻子规，莫愁还自有愁时。花须柳眼各无赖，雨落月明俱不知。斑竹岭边无限泪，相思树上合欢枝。凿天不到牵牛处，未信河梁是别离。

## 十二

十三弦柱雁行斜，洞里迷人有几家？忆得鲛丝裁小早[①]，更持银烛赏残花[②]。清明带雨临官道，晚醉题诗赠物华。清漏渐移相望久，斑骓嘶断七香车。三又作"闲倚绣帘吹柳絮"。原作"犹自金鞍对芳草"，后闻《义山诗集辑评》卷末附何义门朱刻集外诗，又句云"犹自金鞍对芳草，更持银烛赏残花"，注："见朱赞皇集。"岂义山自以旧句另作一联？抑赞皇集义山句，而义门误以为集外诗耶？姑从割爱，并录以资考核。

# 续杂忆十二首

十二玉楼空更空，松醪一醉与谁同？贾生年少虚垂泪，赵后身轻欲倚风。楚管蛮弦愁一概，后门前槛思无穷。羲和自起虞泉没[③]，不识寒郊自转蓬。

## 二

谢家轻絮沈郎钱，只是当时已惘然。碧草暗侵穿苑路，玉琴时动倚窗弦。为凭何逊休联句，莫见洪崖又拍肩。一口红霞夜深嚼，微香

---

① "早"字，李商隐《河阳诗》原作"卓"。

② "银"字，李商隐《花下醉》原作"红"。

③ "起"、"没"二字，李商隐《乐游原》原作"趁"、"宿"。

冉冉泪涓涓。

## 三

佳辰长短是参差[1]，又向壶中伤别离。暮雨自归山悄悄，回头更望柳丝丝。玉珰缄札何由达？铁网珊瑚未有枝。尽日伤心人不见，木兰花尽失春期。

## 四

水宫帷箔卷冰绡，旁有堕钗双翠翘。波路绿菱香满满[2]，茂陵松柏雨潇潇。南塘渐暖蒲堪结，折戟沉沙铁未销[3]。曾是寂寥金烬暗，漳滨卧病竟无憀。

## 五

一夜夫容红泪多[4]，长亭窗户压微波。猿啼鹤怨终年事，香灺灯光奈尔何！沛国东风吹大泽，草堂归意背烟萝。失群挂木知何限？未抵青袍送玉珂。

## 六

一丈红蔷拥翠筠，可怜荣落在朝昏。蓬山此去无多路，暗室由来有祸门。幽径定携僧共入，他时须虑石能言。日西千绕池边树，为拂苍苔检泪痕。

---

① "佳"字，李商隐《樱桃花下》原作"嘉"。

② "波"字，李商隐《河内诗》原作"陂"。

③ 此句出自杜牧《赤壁》。

④ "夫容"二字，李商隐《板桥晓别》原作"芙蓉"。

七

东望花楼事不同，身骑征马逐惊蓬。重衾幽梦他年断，换骨神方上药通。绛简尚参黄纸案，汉廷初识紫芝翁[①]。嗟余听鼓应官去，何处西南任好风？

八

王孙归路一何遥，莫损愁眉与细腰。紫凤放娇衔楚佩，碧潭珍重驻兰桡。灞陵夜猎随田窦，铜雀春深锁二乔[②]。今日问君能寄否？当时欢向掌中销。

九

雨打湘灵五十弦，一弦一柱思华年。荆王枕上原无梦，徐福空来不得仙。舞蝶殷勤收落蕊，风楼迢递忆秋千。春风自共何人笑？榆荚还飞买笑钱。

十

断肠声里唱《阳关》，鸟没云归一望间。晓饮岂知金掌迥？新正未破剪刀闲。相携花下非秦赘，又向窗中觑阿环。却羡卞和双刖足，何能全是为荆山[③]？

十一

济河水清黄河浑，碧草悠悠内厩门。幽砌欲干残菊露，柏梁已失栽桃魂。湘妃庙下江春尽，溢浦书来秋雨翻。运去不逢青海马，报恩

① "初"字，李商隐《四皓庙》原作"方"。

② 此句出自杜牧《赤壁》。

③ "何"字，李商隐《荆山》原作"可"。

惟是有忘言。

## 十二

东南日出照高楼，更醉谁家白玉钩？下苑经过劳想象，酒垆从古擅风流。遥知小阁还斜照，只有空床敌素秋。化作幽光入西海，月娥孀独好同游。

# 卷下

## 大姑山神祠二首

通灵夜醮达清晨，一一莲花见佛身。无质易迷三里雾，入门暗数一千春。何须虎魄方为枕[①]？犹恐蛾眉不胜人。醉起微阳若初曙，全家罗袜起秋尘。

### 二

小鼎煎茶面曲池，流莺舞蝶两相欺。思牢弩剑磨青石[②]，猩色屏风画折枝[③]。神女生涯原是梦，楚天云雨尽堪疑。深知身在情长在，忆向天阶问紫芝。

## 小姑山神祠二首

八字宫眉捧额黄，雕文羽帐紫金床。兰膏爇处心犹浅，玉殿秋来夜正长。拣与神方教驻景[④]，久留金勒为回肠。壶中别有仙家日，不

---

① “虎魄”二字，李商隐《咏史》原作“琥珀”。

② “剑”字，李商隐《射鱼曲》原作“箭”。

③ 此句出自韩偓《已凉》。

④ “拣”字，李商隐《碧城》原作“检”。

遣当关报晓霜[1]。

## 二

地险悠悠天险长，桂花吹断月中香。不逢萧史休回首，此夜姮娥应断肠。人世死前犹有别[2]，小姑居处本无郎。陶公战舰空滩雨，满眼秋波出苑墙。彭刚直公《破贼诗》"彭郎夺得小姑回"，结意本此。

## 大别山桃花夫人祠今废矣

莫羡仙家有上真，我来遗恨古时春。金舆不返倾城色，玉树未怜亡国人。愿得天牢锁冤魄，枉缘书札损文鳞。相逢一笑怜疏放，去作长楸走马身。

## 骊山华清宫故址

瑶池阿母绮窗开，青雀如何鸩鸟媒？冰簟且眠金镂枕，玉楼长御白云杯。离鸾别凤今何在？冀马燕犀动地来。尽日伤心人不见，秋庭暮雨类轻埃。

## 偕子相夜话

五年从事霍嫖姚，梦笔深藏五色毫。子夜休歌团扇掩，楚丝微觉竹枝高。已随江令夸琼树，不羡王祥得佩刀。万里相逢欢复泣，郧城新泪溅云袍。

---

① "晓"字，李商隐《留赠畏之》原作"早"。

② "犹"字，李商隐《离亭赋得折杨柳》原作"谁"，一作"惟"，又作"唯"。

## 苏州访叔问不值

再到仙檐问酒垆[①]，梓潼不见马相如。空留暗记如蚕纸，尚贳衡门待鹤书。怜我秋斋梦蝴蝶，浪乘画舸忆蟾蜍。几人曾预《南熏曲》？清切曹司近玉除。

## 偶题

飒飒东风细雨来，琼筵不醉玉交杯。梁间燕子闻长叹，帘外辛夷定已开。忆事怀人兼得句，含羞迎夜复临台。京华庸蜀三千里，玉辇何由过马嵬？

## 武昌酒楼期陈粒唐户部不至时予将返济南

新人来坐旧妆楼，楼上离人唱《石州》。见我佯羞频顾影[②]，期君不至更沉忧。几年始得逢秋闰？万里谁能访十洲？下望山城如一弹，花明柳暗绕天愁。

## 粒唐偕游白云观悠然有遗世之志戏赠

舍身求道有前踪[③]，本为留侯慕赤松。书记眠时吞彩凤，三官笺奏附金龙。玉筦不动便门锁，长乐遥听上苑钟。归去岂知还向月？麝熏微度绣芙蓉。

---

① “问”字，李商隐《白云夫旧居》原作“忆”。
② “顾”字，李商隐《蝶》原作“照”。
③ “身”字，李商隐《题僧壁》原作“生”。

## 寿王芷衫总戎成都人

山东今岁点行频，莲幕遥临黑水津。虚为错刀留远客，惟书亥字与时人。兰回旧蕊缘屏绿，蓂吐中旬二叶新。美酒成都堪送老，蜀姜供煮陆机莼。

## 寄绍由安庆

稻粱犹足活诸雏，欹枕时惊落蠹鱼。俱是苍生留不得，此来秋兴复何如[①]？铜台罢望归何处？《梁父吟》成恨有余。独想道衡诗思苦，嵩云秦树久离居。

## 南河泡偕苹珊伯唐

便欲因君问钓矶，残灯向晓梦清晖。新滩莫悟游人意，寒气先侵玉女扉。河伯轩窗通贝阙，信陵亭馆接郊畿。不须长结风波愿，万里云罗一雁飞。

## 感兴二首

玉女投壶未肯休，远书归梦两悠悠。石羊不去谁相绊？海蜃遥惊耻化楼。岂有蛟龙愁失水？欲回天地入扁舟。漆灯夜照知无数[②]，地下伤春亦白头。

---

① “此”字，李商隐《代秘书赠弘文馆诸校书》原作“比”。

② “知”字，李商隐《十字水期韦潘侍御同年不至时韦寓居水次故郭汾宁宅》原作“真”。

## 二

一树浓姿独看来，芙蓉塘外有轻雷。汉江远吊西江水，碧玉行收白玉台。贝阙夜移鲸失色，星桥横过鹊飞回。相如未是真消渴，不赐金茎露一杯。

## 出潼关有感

燕雁迢迢隔上林，长河渐落晓星沉。微生尽恋人间乐，此日初为关外心。顾我有怀同大梦，与君相伴洒烦襟。秋霖腹疾俱难遣，过尽南塘树更深。

## 感兴

王杨落笔得良朋，时梦西山老病僧。越桂留烹张翰鲙，路人遥指郅都鹰[①]。几时心绪浑无事？今日春光自不胜[②]。不学汉臣栽苜蓿，武皇精魄久仙升。

## 长安感秋

凉风只在殿西头，与近高窗卧听秋。灞水桥边倚华表，绿杨城外尽汀洲[③]。掩灯遮雾密如此，埋骨成灰恨未休。鸥鸟忘机翻浃洽，不知身世自悠悠。

---

① “指”字，李商隐《赠别前蔚州契苾使君》原作“识”，一作“认”。

② “春光”二字，李商隐《燕台诗》原作“东风”。

③ “城”字，李商隐《安定城楼》原作“枝”。

## 悟尘上人以诸生从戎弃家有赠

海客乘槎上紫氛，青松手植变龙文。自蒙半夜传衣后，谁定当时荡寇勋？雪岭未归天外使，斋钟不散槛前云。深惭走马金牛路，背阙归藩路欲分。

## 别思

双童捧上绿琼辀，一岁林花即日休。谁与王昌报消息？不教伊水向东流。人生岂得轻离别？年少何因有旅愁[①]？雌凤孤飞女龙寡，天河迢递望牵牛[②]。

## 寄家书时客广州

风光冉冉东西陌，犹自驱车更向南。骨肉书题安绝徼，倾城消息隔重帘。潇湘浪上有烟景，旧主江边侧帽檐。我为伤春心自醉，偷桃窃药事难兼。

## 友人某力疾招妓戏赠二首

欲拂尘时簟竟床，未妨惆怅是清狂。不知瘦骨类冰井，亦要天花作道场。楚雨含情皆有托，鸳鸯何事自相将？柔肠早被秋眸割，可惜秋眸一脔光。

---

① “何因”二字，李商隐《送崔珏往西川》原作“因何”。

② “望”字，李商隐《韩同年新居饯韩西迎家室戏赠》原作“笑”。

## 二

密迩平阳接上兰，女墙无树不栖鸾。只知解道春来瘦，不敢公然仔细看。白日当天三月半，东风无力百花残。越罗冷薄金泥重，争拭酬恩泪得干。

## 尊经书院访张次珊通参

沧谪千年别帝宸，仙家暂谪亦千春。玉轮顾兔初生魄，绿绣笙囊不见人。吴岳晓光连翠巘，金华归驾冷龙鳞。何当共剪西窗烛？宣室求贤访逐臣。

## 自龙阳归武陵柬由甫

听鼓离城我访君，高楼风雨感斯文。仙舟尚惜乖双美，清啸何由更一闻[1]？沧海月明珠有泪，洞庭波冷晓侵云。旧山万仞青霞外，紫府丹成化鹤群。

## 追感

十二楼前再拜辞，西州今日忽相期。由来碧落银河畔，分隔休灯灭烛时。灵香不下两皇子，泪痕犹堕六州儿。寂寥我对先生柳，却羡杨朱泣路歧。

---

① “何由”二字，李商隐《失猿》原作“无因”。

## 沈淇泉同年授陕西学政却寄

万里南飞雁与鸿①，远含鸡舌过新丰。青袍白简风流极，小苑华池烂熳通。南省恩深宾馆在，素琴弦断酒瓶空。但惊茅许同仙籍，云水升沉一会中。

## 过故宫

东方过此几微尘，白发如丝日日新。独坐遗芳成故事，平时二月有东巡。空糊赪壤真何益？忍为黄金不顾人。三百年间同晓梦，残花啼露莫留春。

## 长江

长江万里洗离魂，未见高僧只见猿。若是石城无艇子，至今青海有龙孙。风车雨马不持去，浊水清波何异源？可羡瑶池碧桃树，平明通籍九华门。

## 友人送虞美人花戏题

卿卿不惜锁窗春，网得西施别赠人。我是梦中传彩笔，可能天下有胡尘？羲和自趁虞泉宿，定子初开睡脸新。莫恨名姬中夜没，不知元是此花身。

---

① “南”字，李商隐《奉和太原公送前杨秀才戴兼招杨正字戎》原作“高”。

## 李峻臣太守由晋入蜀比闻复调赴粤西参岑制军戎幕书此寄之

报章重叠杳难分，短翼差池不及群。梓泽东来七十里，祝融南去万重云。腰悬相印作都统，手接云辩呼太君。日晚鹧鸪泉畔猎，李将军是故将军。

## 感事

双鲤迢迢一纸书，远寻三楚吊三闾[①]。空闻虎旅传宵柝，终见降王走传车。旧客废端王门下。沈宋裁诗矜变律[②]，关张无命又何如[③]？自怜筑室灵山下，无限红梨忆校书。

## 倚树

倚树沉眠日已斜，不劳君劝石榴花。自探典籍忘名利，少得团圆足怨嗟。谁惮士龙多笑疾？独教宋玉擅才华。狂来笔力如牛弩，岂待珍珠始是车[④]？

## 纪别二首

睡鸭香炉换夕曛[⑤]，星娥罢织一相闻。若无江氏五色笔，莫枉阳

---

① “寻”字，李商隐《过郑广文旧居》原作“循”。

② “诗”字，李商隐《漫成》原作“辞”。

③ “又”字，李商隐《筹笔驿》原作“欲”，一作“复”。

④ “待”字，李商隐《咏史》原作“得”。

⑤ “曛”字，李商隐《促漏》原作“熏”。

台一片云。浮世本来多聚散，人生何处不离群？更深欲诉蛾眉敛，绣被犹堆越鄂君。

二

共上云山独下迟，收将凤纸写相思。如何雪月交光夜？不尽龙鸾誓死期。红壁寂寥崖蜜尽，菱花散乱月轮亏。劝君莫强安蛇足，东阁无因再得窥。

## 题某氏水榭

珠帘不卷枕江楼，蜡炬晨炊竟未休。冻壁霜华交隐起，新亭云构压中流。沈香甲煎为庭燎，玉帐牙旗得上游。过客不劳询甲子，十三身袭富平侯。

## 二月

二月二日江上行，曲房小院多逢迎。广陵别后春涛隔，荷叶枯时秋恨成。斗鼠上堂蝙蝠出，麒麟踏云天马狞。西楼一夜风筝急，此曲断肠惟北声。

## 见桃花开有感

高鬟立共桃鬟齐，待得郎来月已低。他日未开今日谢，碧云东去雨云西。十年泉下无人问，万里峰峦归路迷。何日桑田俱变了？赤箫吹罢好相携。

## 闻佶子特科获隽寄贺佶子为同年生罗石飒比部犹子名良鉴

郢曲新传白雪英，风帘残烛隔霜清。陆机始拟夸《文赋》，任昉当年有美名。曾省惊眠闻雨过，相逢携手绕村行。桐花万里丹山路，雏凤清于老凤声。

## 题柳

忆把枯条撼雪时，寒灰劫尽问方知。朝云暮雨长相接，渡陌临流不自持。为报行人休尽折，莫言圆盖便无私。东来西去人情薄，且问宫腰损几枝？

## 王右遐给谏来豫章予在抚州未晤复返扬州闻将入都

玉山高并阆风齐[1]，苑路高高驿路低。心铁已从干镆利，行人只在雪云西。看封谏草归鸾掖，泣过秋原没马泥。若向南台见莺友，未判容彩借山鸡。

## 留题金棍园花木四首

浪迹江湖白发新，二江风水接天津。争将世上无期别？瘦尽东阳姓沈人。灞岸已攀行客手，汉宫长有隔山春。东西南北皆垂泪，不为清阴减路尘。

---

① “并”字，李商隐《玉山》原作“与”，一作“共”。

二槿花

三素云中侍玉楼，玉梯横绝月如钩。初生欲缺虚惆怅，已落犹开未放愁。白道青松了然在，朱栏画阁几人游？香肌冷衬琤琤佩，雪絮相和飞不休。

三梧桐

万里风波一叶舟，江间亭下怅淹留。偷随柳絮到城外，却惜银床在井头。蜡照半笼金翡翠，绣檀回枕玉雕锼。枉教紫凤无栖处，瘦尽琼枝咏《四愁》。

四荷花

红蕖何事亦离披？安得好风吹汝来？唱尽《阳关》无限叠，不知香颈为谁回。空归腐败犹难复，已欲别离休更开。赊取松醪一斗酒，赠君珍重抵琼瑰。

## 郡斋小集偕幕友纪别

从事人人庾杲莲，乐游春苑断肠天。但须鸳鸯巢阿阁，省对流莺坐绮筵。何处拂胸资蝶粉？可能留命待桑田？谁言琼树朝朝见？对影闻声已可怜。

## 闻武侯大善寺事感赋

妒敌专场好自娱，一生无复没阶趋。漫夸骛子真罗汉，不许文君忆故夫。只怪闾阎喧鼓吹，愁将铁网罥珊瑚。回銮佛寺知多少[①]？

① “知”字，李商隐《次陕州先寄源从事》原作“高”。

月色灯光满帝都。四又作"羞逐乡人赛紫姑"。

## 夜登金陵河桥有感

九枝灯檠夜珠圆,青鸟殷勤为探看。内苑只知含凤嘴,钟山何处有龙盘?芳根中断香心死,紫府程遥碧落宽。欲逐风波千万里,孤星直上相风竿。

## 柬胡德斋同年

孤鹤从来不得眠,含冰汉语远于天。桂花香处同高第,楮叶成来不值钱①。时相约集玉溪生诗。万里重阴非旧圃,五云章色破巴笺。梁台初建应惆怅,独自江东上钓船。

## 集玉溪生诗两卷自题卷尾二首

杜牧司勋字牧之,高楼夜半酒醒时②。不知腐鼠成滋味,惟与蜘蛛乞巧丝。半曲新词写绵纸,十年长梦采华芝。良工巧费真为累,终遣君王怒偃师。

### 二

连城十二昔虚传,有个仙人拍我肩。玉骨瘦来无一把,清尊相伴省他年。画图浅缥松溪水,绫扇唤风阊阖天。青女素娥俱耐冷,只应江上独婵娟。末句指《饤饾吟》及《留春山房》。

---

① "值"字,李商隐《一片》原作"直"。

② "夜半"二字,李商隐《屏风》原作"半夜"。

# 檗坞集唐杂感诗

王以慜著[1]

王以慜的《檗坞集唐杂感诗》一卷其实只有两组诗、32 首，而且写作的时间和地点都非常清楚。前者为《杂感》十六首，“庚子(1900)七月客南昌作”；后者为《重有感》十六首，“庚子八月作”。既云“杂感”，则所感非止一端，不过这组诗歌有着强烈的现实性。“庚子之变”是中国近代史上的重大政治事件。庚子春，“义和团”在京津逐渐壮大，外国势力也随之增强，整个国家弥漫着浓重的动乱气息。《檗坞集唐杂感诗》就是在这样的背景下完成的。尽管作者身居南昌，但时刻关注着形势的变化。其诗歌最主要的内容是艺术表现了当时动乱的社会现实。如“上帝深居闭九阍，狂童容易犯金门”(《杂感》其一)、“北邙山草又青青，犹带湘娥泪血腥”(《杂感》其六)、“乱后江山悲庾信，中原将相忆廉颇”(《杂感》其十四)、“丘坟满目衣冠尽，大厦虽存柱石倾”(《重有感》其九)、“野哭千家闻战伐，诏书五道出将军”(《重有感》其十四)等，或者直接写出动乱，或者表现动乱造成的可怕后果。他渴望国家能强大起来，能有英雄来恢复社稷、整顿乾坤。如“何年断得匈奴臂？危惜文皇创业难”(《杂感》其二)、“十万汉军零落尽，不知谁与正乾坤”(《重有感》其十三)。与此相联系，他批判朝廷的用人不明。如“九庙千门虏尘涴，不知何处用将军”(《杂感》其八)。对于自己的无力救国，他也反复在诗中哀叹。如“采笔昔曾干气象，

① 原注作者为“王以敏”，即“王以慜”。为与前书统一，故采用后者。

青袍今已误儒生"(《杂感》其十六)、"汉鼎未安聊把手,隔云遥奠武侯祠"(《重有感》其八)等。在形式上,《檗坞集唐杂感诗》也很有特色,全部都是七律,非常整齐。

《檗坞集唐杂感诗》目前仅见一种版本,清武陵刻本,藏于安徽省图书馆。本书即据该本收录。

## 杂感十六首庚子七月客南昌作

上帝深居闭九阍，狂童容易犯金门。景阳宫里钟初动，金谷园中花正繁。朱鹭已随新卤簿，春风不长败兰荪。自怜闲坐渔矶石，水鸟浮江吊屈魂①。李商隐、韩偓、温卓②、罗虬、温庭筠、李玖、吴融、无名氏。

星斗疏明禁漏残，九霄天乐下云端。桃花细逐杨花落，日气初涵露气干。金阙晓钟开万户，玉阶容卫宿千官。何年断得匈奴臂？危惜文皇创业难。韩偓、李绅、杜甫、李商隐、岑参、顾况、陈陶、罗隐。

万国衣冠拜冕旒，朝光瑞气满宫楼。飞花藉藉迷行路，垂柳常常覆玉沟③。玉几由来天北极，凉风只在殿西头。应怜一罢金闺籍，去国长如不系舟。王维、张籍、薛曜、骆宾王、杜甫、李商隐、刘禹锡、李白。

诗人章句咏东征，笳鼓喧喧汉将营。天子非常赐颜色，诸君何以答升平？丁宁独受金妃约，谏议空传白马名。谁与王昌报消息？全家同住一孤城。怀王给谏幼遐、潘侍御安涛、王兵部伯唐、王编修聘三。杜牧、祖咏、高适、杜甫、陆龟蒙、雍陶、李商隐、刘长卿。

三殿花香入紫薇，南宫使者有光辉。晨摇玉佩趋温室，夕奉天书拜琐闱。密旨不教江令醉，玺书难问杜乔归④。回头却顾蓬莱顶，秋草深来战马肥。江潜之编修改官江左，杜乔生编修欲归不得。岑参、杨巨源、权德舆、王维、韩偓、罗隐、齐己、韦庄。

北邙山草又青青，犹带湘娥泪血腥。显负旧恩归乱主，也沾新国用轻刑。陇肠暗与孤鸿断，邻笛那堪落日听？自是宿缘应有累，不关妖气暗文星。吴商浩、无名氏、韩偓、杜甫、钱起、刘长卿、罗隐、司空图。

---

① “鸟”字，宋代黄朝英《端午》原作“马”；原注作者误。

② 原注作者误，出自温庭筠《赠知音》。

③ 此句骆宾王《代女道士王灵妃赠道士李荣》原作“垂柳长长拂御沟”。

④ “玺”字，罗隐《经过洛阳城》原作“简”。

林下天香七宝台，谢恩未了奏花开。鱼吹细浪摇歌扇，鹤舞琼筵作寿杯[①]。红药院深人半醉，碧山波暖雁初回。星流露泫谁驱使？银鸭金凫也化灰[②]。宋之问、花蕊夫人、杜甫、罗隐、张玭、罗邺、陈陶、韩愈。

胡人高鼻动成群，死节从来岂顾勋？敢恨甲兵为弃物，何尝玉石不同焚？内官初赐清明火，帝子应哀窈窕云。九庙千门虏尘涴，不知何处用将军？杜甫、岑参[③]、罗隐、吴融、韦庄、鲍溶、元稹、李山甫。

独登秦望望秦川，东望望春春可怜！八骏日行三万里，一封书奏九重天[④]。越人自贡珊瑚树，上相闲分白打钱。天若有情天亦老，司徒急为破幽燕。顾况、苏颋、李商隐、韩愈、张谓、韦庄、李贺、杜甫。

万转云山路更赊，梦魂相送到京华。莺偷旧韵还成曲，马踏春泥半是花。岂有文章惊海内？更携书剑客天涯。滕王高阁临江渚，江燕双双五两斜。刘长卿、徐铉、罗隐、于鹄、杜甫、许浑、王勃、温庭筠。

水态云容思浩然，庾家楼在斗牛边。浪生湓浦千层雪，门锁南山一朵烟。万里悲秋常作客，百官何日更朝天？可怜一曲还京乐，记取红羊换劫年。杜牧、韦庄、来鹄、王建、杜甫、王维、罗隐、殷尧藩。

芙蓉宫阙二妃坛，野色晴宜上阁看。行殿有基荒薜合[⑤]，星河无影尽花残[⑥]。城中猘犬惊兰佩[⑦]，云里神龙起画竿。今日家山同此恨，新丰树色绕千官。李群玉[⑧]、朱庆馀、许浑、曹唐、李商隐、鲍溶、司空图、顾况。

---

① “作”字，罗隐《荀令生日》原作“献”。

② “化”字，《太平广记·韦检》韦检《梦后自题》原作“变”；原注作者误。

③ 原注作者误，出自高适《燕歌行》。

④ “书”字，韩愈《左迁至蓝关示侄孙湘》原作“朝”。

⑤ “薜”字，许浑《凌歊台》原作“荠”。

⑥ “残”字，曹唐《汉武帝于宫中燕西王母》原作“寒”。

⑦ “惊”字，李商隐《赠从兄阆之》原作“憎”。

⑧ 原注作者误，出自罗隐《东归别所知》。

溢浦秋来夜雨翻[①]，秋光极目自销魂。侵星愁过蛟龙国，战地多成虎豹村。还把玉鞭鞭白马，各将金锁锁宫门。可怜别恨无人见，鹦鹉前头不敢言。李商隐、李德裕、陈陶、陆龟蒙、张籍、王涯、罗隐、朱庆馀。

旧剑生衣懒更磨，夜来谁唱异乡歌？石头城下春潮满，帝子阁前秋水多。乱后江山悲庾信，中原将相忆廉颇[②]。天边柳絮无根蒂，却笑蛛丝漫结罗[③]。雍陶、张祜、徐铉、戴叔伦、郑谷、杜甫、王建、徐夤。

旌旗组绶影相交，燕雀休夸大厦巢。校尉羽书飞瀚海，汉家天马出蒲梢。都缘靳尚图专国，肯学杨雄作《解嘲》[④]？莫怪独亲幽圃坐，谙知药性是谁教？刘禹锡、廖匡国[⑤]、高适、李商隐、李德裕、牟融、陆龟蒙、白居易。

更无书札到公卿[⑥]，欲笑潘郎白发生[⑦]。不将不侯何计是？谋身谋隐两无成。萧何只解追韩信，文举终当荐祢衡。采笔昔曾干气象[⑧]，青袍今已误儒生。方干、窦常、罗隐、左偃、李商隐、权德舆、杜甫、刘长卿。

## 重有感十六首庚子八月作

天涯方叹异乡身，漫向朱门忆侍臣[⑨]。百二河山雄上国[⑩]，五千

---

① “秋来夜”三字，李商隐《哭刘蕡》原作“书来秋”。

② “相”字，杜甫《奉寄高常侍》原作“帅”。

③ “丝”、“结”二字，徐夤《蝴蝶》原作“蜘”、“织”。

④ “杨”、“作”二字，《全唐诗》所载牟融名下的《题赵支》原作“扬”、“赋”。

⑤ 原注作者有误字，出自廖匡图(一作廖图)《和人赠沈彬》。

⑥ “到”字，方干《书桃花坞周处士壁》原作“答”。

⑦ “欲”字，窦常《奉寄辰州房使君郎中》原作“却”。

⑧ “采”字，杜甫《秋兴八首》原作“彩”。

⑨ “漫”字，罗隐《河中经过翰林张舍人旧居》原作“谩”。

⑩ “河山”二字，刘禹锡《途次华州陪钱大夫登城北楼春望因睹李崔令狐三相国唱和之什翰林旧侣继踵华城山水清高鸾凤翔集皆忝夙眷遂题是诗》原作“山河”。

貂锦丧胡尘。皇恩自抱丹心报,清鉴从他素发新[①]。今日朝廷须汲黯,魏舒休作画筹人。韦庄、罗隐、刘禹锡、陈陶、韩偓[②]、李中、杜甫、唐彦谦。

海外徒闻更九州,何堪重倚仲宣楼[③]?魏宫碑字封苍藓[④],汉武泉声落御沟。玉宇无人双燕去,桑田欲变六鳌愁。黄旗紫气今仍旧,剩水残山异昔游。李商隐、韦庄、吴融、赵嘏、花蕊夫人、沈彬、韩偓、戴叔伦。

白马嘶霜雁叫烟,夕阳空照汉山川。灵妃不降三清驾,追骑犹窥七宝鞭[⑤]。鸳鸯蜻蜓飞自隔,貔貅鹓鹭俨相连[⑥]。今朝拜贡盈襟泪,马邑龙堆路几千?联劈青太守赍贡表赴长安。鲍溶、韦庄、曹唐、温庭筠、陈陶、杨巨源、王枳、皇甫冉。

清宴金尊一夕同,韩公本意在和戎。画堂列壁排霜刃,晓日当帘挂玉弓[⑦]。燕子不归花着雨,龙媒去尽鸟呼风。果闻丞相心中乐,五利宁无魏绛功?李绅、郑畋[⑧]、温庭筠、李贺、韩偓、杜甫、鲍溶、吴融。

丹凤城南秋夜长,珠帘不卷夜来霜。玉皇诏刻青金简,王母亲缝紫锦囊。十里楼台牵翡翠[⑨],九重宫殿闭豺狼。谁将词赋陪雕辇?出使星轺满路光。赵芝珊同年新视学贵州。沈佺期、王昌龄、李绅、杨嗣复、罗隐、李涉、温庭筠、钱起。

奉使虚随八月槎,游人独自忆京华。珠帘月上玲珑影,琼树风开次第花。飞盖寂寥清宴罢,小廊回合曲阑斜。可怜玉马风流地,一一归巢却羡鸦。杜甫、顾况、温庭筠、章孝标、罗隐、张泌、刘禹锡、韦庄。

---

① “清”字,李中《赠夏秀才》原作“青”。
② 原注作者误,出自吴融《闻李翰林游池上有寄》。
③ “何”字,韦庄《江边吟》原作“可”。
④ “宫”字,吴融《过九成宫》原作“公”。
⑤ “窥”字,温庭筠《奉天西佛寺》原作“观”。
⑥ “鹓”字,杨巨源《邵州陪王郎中宴》原作“鸳”。
⑦ “日”字,李贺《南园》原作“月”。
⑧ 原注作者误,出自李商隐《漫成五章》。
⑨ “十”字,罗隐《江都》原作“九”。

御沟春水漫成霞[①]，却向蓬莱约看花[②]。曙色渐分双阙外[③]，轻烟散入五侯家。椒房窈窕连金屋，绣鞅璁珑走钿车。一卧沧江惊岁晚，但凭魂梦访天涯。花蕊夫人、张继、钱起、韩翃、骆宾王、杜牧、杜甫、张泌。

九霄宫阙迥参差[④]，路绕寒山独去时[⑤]。渭水晴光摇草树，雁门寒色闪旌旗[⑥]。百年徒有伊川叹，万古惟留楚客悲。汉鼎未安聊把手，隔云遥奠武侯祠。羊士谔、李益、卢宗回[⑦]、陈去疾、吴融、刘长卿、罗隐、韦庄。

颓波今见走东瀛，卧病何人问马卿？西学已行秦博士，旷怀偏接鲁诸生。丘坟满目衣冠尽，大厦虽存柱石倾。啼鸟休啼花莫笑，兰无香气鹤无声。不得王伯唐戎部消息，传闻已死。林滋、牟融、张籍、韩偓、韩愈、元稹、卢仝、贾岛。

腰间宝剑七星文，忽到窗前疑是君。帝遣天吴移海水，马惊冤鬼哭阴灵[⑧]。一行书信千行泪，百尺青岩三尺坟[⑨]。虽有衣衾藏李固，相看白刃血纷纷。梦伯唐话别。韦皋、卢仝、李贺、沈彬、王驾、温庭筠、李玖、李颀[⑩]。

万顷湖田又斩新，锦莲浮处水粼粼。笙歌怨咽当离席，云鹤萧条绝旧邻。谁解乘舟寻范蠡？旋闻垂钓哭平津。集仙殿与金銮殿，曾

---

① “漫”字，花蕊夫人《宫词》原作“浸”。

② “约看花”三字，张继《上清词》原作“看杏花”。

③ “外”字，皇甫曾（一作皇甫冉）《早朝日寄所知》原作“下”；原注作者误。

④ “宫”字，羊士谔《春日朝罢呈台中寮（一作良）友》原作“双”。

⑤ “山”、“时”二字，李益《送贾校书东归寄振上人》原作“城”、“迟”。

⑥ “寒”、“闪”二字，陈去疾《送韩将军之雁门》原作“风”、“暗”。

⑦ 原注作者误，出自贾曾《奉和春日出苑瞩目应令》。

⑧ “冤”字，沈彬《入塞曲》原作“边”。

⑨ “岩”字，温庭筠《重游圭（一作东）峰宗密禅师精庐》一作《哭卢处士》原作“崖”。

⑩ 原注作者误，出自高适《燕歌行》。

把文章谒后尘。保定府莲池书院。乙未避地，曾卜居于侧。比闻崇文山师殉难于此。章孝标、何希尧、方干、曹唐、温庭筠、罗隐、李商隐、牛僧孺。

朝朝马策与刀镮，玉辇西巡久未还。河伯轩窗通贝阙，渔阳烽火照函关。一年怅望秋将尽，微宦淹留鬓已斑。月上千岩一声哭，夜深应梦近天颜①。柳中庸、罗邺②、李商隐、吴融、徐凝、翁承赞、李绅、郑谷。

满庭芳草易黄昏，梦逐河声出禹门。已作相如投赋计，更惊骚客后归魂。寒光入水蛟龙化③，黑雾连山虎豹尊。十万汉军零落尽，不知谁与正乾坤？吴融、韦庄、杜牧、李商隐、秦韬、卢纶、张乔、韩偓。

朝衣初解佐江渍④，底事狐狸啸出群⑤？野哭千家闻战伐，诏书五道出将军。人间后事悲前事，江上晴云杂雨云。百舌问花花不语，病中毛羽最怜君。杜牧、韦庄、杜甫、王维、郭郧、李商隐、温庭筠、罗隐。

冒雨闲花作意馨，楚云何处隔重扃？蹉跎岁月心仍切，索莫襟怀酒半醒⑥。苏武才为典属国，戴逵虚负少微星⑦。声名官职应前定，百口无家学水萍。陆龟蒙、韦庄、罗隐、韩偓、王维、张祜、赵嘏、刘长卿。

小才宁副庙堂求？八海浮生汗漫秋。中散步兵终不贵，灌婴韩信尽封侯。但将竹叶销春恨⑧，莫遣杨花笑白头。夜望北辰心独在，青山远近带皇州。黄滔、李九龄、白居易、温庭筠、韦庄、戴叔伦、李涉、王昌龄。

---

① “深”字，郑谷《为户部李郎中与令季端公寓止渠州江寺偶作寄献》原作“久”。

② 原注作者误，出自刘长卿《上阳宫望幸》。

③ “化”字，秦韬玉《八月十五日夜同卫谏议看月》原作“起”；原注作者有脱字。

④ “衣”字，杜牧《出关》原作“缨”。

⑤ “出”字，韦庄《赠戍兵》原作“作”。

⑥ “莫”字，韩偓《寄湖南从事》原作“寞”。

⑦ “负”字，张祜《酬答柳宗言秀才见赠》原作“认”。

⑧ “销”字，韦庄《题袁州谢秀才所居》原作“消”。

# 写趣轩集陆别编

谭国恩著

《集陆别编》一卷，谭国恩撰。谭国恩，字彤士，广东新会人。光绪十二年(1886)进士，官工部主事，广西候补知府。曾出使日本。著有《写趣轩近稿》，所收为出使日本期间诗作。该书自序云："将《旧稿》三卷、《集陆别编》一卷附刊，统以就正。夫余之作书，只以写趣，因名其轩，于诗以如是焉耳，故不复别为名之。"①

谭国恩作诗取法陆游，《写趣轩近稿》卷一《鉴古》其一云："砥砺观摩历有年，独修海外易茫然。放翁遗句吾铭座，师友书中古圣贤。放翁《出游》句。"《集陆别编》共有集陆诗 37 题 50 首，皆为七言绝句。内容上，主要以日常生活之情事为主，如交游、读书、教子、游赏等，偏于闲适，偶有感发，但总的来看，与时事、政治距离较远。风格上，平易，自然，澹宕，颇得陆诗之风神。正如查燕绪在《识语》中所云："其诗取径于剑南，导源于香山者也。观其纪游诸作，大都夷犹澹宕，无艰涩不可读之词，亦无峻峭不能平之语。"②另外，《写趣轩近稿》和《旧稿》中，也有不少集句诗，主要是集陆游诗和集元好问诗，这里一并收入，附在《集陆别编》之后。

《写趣轩吟稿》为光绪十九年刻本，据《清人文集总目》"谭国恩"

① 谭国恩《写趣轩吟稿自序》，光绪十九年刻本，第 13 页。

② 谭国恩《写趣轩吟稿》，光绪十九年刻本，第 1 页。

条所载，今存北图、南图、川图、皖图、中科院、湖南师大、日本现存清人文集目录等多种藏本[1]。本书据南京图书馆藏本辑入。

① 王欲祥、李灵年、陆林、陈敏杰编《清人别集总目》，安徽教育出版社，2000 年版，第 2370 页。

## 题语

集剑南诗五十首，清丽芊眠，又复苍凉悲壮，俯拾即是，如自己出。每诵一遍，想见胸襟蕴蓄之雅，又想见老陆当日情来兴往、遥吟俯唱时意者，君乃放翁后身耶！佩服佩服！愚弟李晋熙拜识。

断竹续竹，巧不可阶。《沧浪诗话》称荆公集句“浑然天成，毫无痕迹”，二语请以移赠。宗小弟启瑞谨注。

## 春日遣怀

左右枝梧且过年，梨花堆雪柳吹绵。功名本是无凭事，淹速从来但信缘。

一树梅花开未残，东村想见杏花繁。即今赢得都无事，浅醉微吟独倚阑。

## 晨起进署遇雨呈同馆友

雨点春衫作碎斑，官身早暮不容闲。输君一觉翛然梦，自掩屏风护晓寒。

## 纵游

东阡南陌且闲游，嫩日和风不似秋。谁向毫端收拾得？花光柳色满墙头。

尽日寻春不到家，试沿流水觅桃花。忽然来到柳桥下，野老逢迎一笑哗。

## 自嘲

二尺檠前正读书，宦游依旧是癯儒。功名敢道浑无意？面骨峥嵘鬓欲疏。

## 车中有感

车马往来尘暗天，不容一夕得安眠。何时道路平如砥？始信桃源是地仙。

## 喜友人某改过甚力

雨夜焚香诵道经，坦然无愧亦无惊。少年妄想都除尽[①]，不复微云滓太清。

## 读书

更事多来见物情，材高遇事即峥嵘。一编在手君无怪，几许功夫学得成[②]？

书生本欲辈莘渭，自误青春不怨人。安得此身无一事？闭门方用十年勤。

## 乡思

故山未敢说归期，暮境侵寻两鬓丝。回首旧游如梦里，舍西溪上立多时。

## 厌劳

安得身如杜牧闲？闲行偶复到山村。柳桥东岸倚筇立，且看西南一角山。

---

① “都”字，陆游《山园草木四绝句》原作“今”。

② “功”字，陆游《题庐陵萧彦毓秀才诗卷后》原作“工”。

## 游张氏园题壁

石榴半落点莓苔，也有飞飞小蝶来。偏爱张园好风景，小轩风月为徘徊。

剩喜今朝寂无事，汲泉闲品故园茶。挥毫留得江山助[①]，醉里题诗字半斜。

## 喜次儿学裴进庠后益嗜学

水壶冷侵玉芙蕖[②]，万卷纵横眼欲枯。历历胸中千载事，吾儿不负乃翁书。

## 余来都时六儿学夔仅五岁闻就塾后颇聪颖勤读急欲见而教之

凭鞍日日数归期，喜见吾家玉雪儿。午梦觉来桐影转[③]，卧听儿诵半山诗。

## 有吟友以酒为乐甚爱蟹书此寄赠

脱巾高卧对疏篁，此地无风亦自凉。最是一年秋好处，酒开瓮面扑人香。

赤蟹轮囷可一斤，花阴扫地置清尊。此身合是诗人未？拈起风

---

① “留”字，陆游《予使江西时以诗投政府丐湖湘一麾会召还不果偶读旧稿有感》原作“当”。

② “水”、“侵”二字，陆游《杂兴》原作“冰”、“浸”。

③ “梦”字，陆游《北窗》原作“睡”。

光处处新。

## 某友善琴鼓罢辄饮

嫩日清风夏未深[①]，抱琴来写万龙吟。半瓶野店沽醇酒[②]，小醉悠然卧竹阴。

## 忆昔

微风吹颊酒初醒，卧听满江柔橹声。二十四年成昨梦，客游身世等浮萍。

## 暑天甚凉作书后口占

老不能闲莫笑予，草书大叫写成图。天公作意怜羁客，三伏炎蒸一点无。

近村得雨知何处？占尽人间好睡时。说与应门谢来客，焚香闲看玉溪诗。

## 数日大雨民房多塌庚寅六月

浪迹人间数十年，襟怀无日不超然。雨声惊断长安梦，太息贫家似破船。

---

① “清”字，陆游《夏初湖村杂题》原作“轻”。

② “酒”字，陆游《秋兴》原作“碧”。

## 连五日雨放晴一日越日又雨

清沟潜浸两三星，淡日轻云未快晴。幽梦欲成谁唤觉，虚檐又报雨来声。

## 雨后访友道上水阻

短墙缺处插疏篱，柳暗人家水满陂。我欲往寻疑路断，阑干西角立多时。

## 闻近京各乡因大雨随处皆水用船往来房舍多半倒塌

沟溪无处不通船，野水茫茫远拍天。江上人家应胜此，借床小憩即成眠。

## 江楼漫兴

一片楼台泛水来，振衣高处兴悠哉。忽闻雨掠篷窗过，自洗铜壶试玉醅。

袖手东窗听雨声，渚蒲经雨送微馨。世间光景原无尽①，万顷空江著月明。

## 月下乘凉

六月芙蕖正盛时，小桥风月最相宜。儿童共道先生醉，只就残红

① “光”、“原”二字，陆游《小舟自红桥之南过吉泽归三山》原作“好”、“元”。

作地衣。

## 为友人题珠海某家楼

暑退初亲雁足灯，楼台交映暮天澄。开帘一寄平生快，碧海无风镜面平。

小雨初收残照晚，玉人临镜叠螺青[①]。东风忽送笙歌近，画烛银灯看到明。

## 壮士

行遍天涯千万里，微霜又见菊花开。此心未与年俱老，铁马冰河入梦来。

## 初秋写兴

又向天涯见早秋，飘然无处不堪游。一年似此佳时少，系马朱桥上酒楼。

满街鼓吹月如霜[②]，银阙琼楼夜夜凉。菱唱一声惊梦断，随人来往弄秋光。

## 江村

七月湖中风露新，数家茅屋自成村。吾曹安得如渠乐？世故纷纷寂不闻。

---

① “叠”字，陆游《练塘》原作“晕”。

② “鼓”字，陆游《湖村月夕》原作“歌”。

## 秋晚泛棹图

晓露初干日正妍，桐阴清润雨余天。且呼野艇西村去，水调声中月满船。

## 雨后野趣

昨夜月明今夜雨，野塘防漏却添茅[1]。西风落叶秋萧瑟，卧看衔枝鹊补巢。

## 旅店酒醒

孤村小店夕阳红，酒味醺人睡味浓。醒后自看还自笑，披衣小立月明中。

## 秋夜旅况

俗韵闲情一点无[2]，秋云漠漠雨疏疏。负琴背剑成三友[3]，自起吹灯读《汉书》。

## 雨夜不寐

两鬓新霜换旧青，半生名宦竟何成？酒浇不下胸中恨，惆怅西窗

---

① “塘”字，陆游《夏初湖村杂题》原作“堂”。

② “闲”字，陆游《题詹仲信所藏米元晖云山小幅》原作“凡”。

③ “背”字，陆游《感昔》原作“腰”。

夜半灯。

## 某友醉归戏赠

金尊翠勺犹能醉，烂醉归来夜已分[①]。今日醉游心已足，莫嫌风雨作新寒。

## 寄湖村友

一点灯青梦不成，北窗遥夜冷如冰。何时得与平生友？夜夜湖中看月生。

## 睡每晏起书此为戒

北窗暖焰满炉红，除却哦诗事事慵。剥啄敲门嫌特地，午时高枕到昏钟。

## 赠友

淡云微雨湿黄昏[②]，狐帽貂裘不怕寒。占尽人间清绝事，一冬强半在梅村。

## 友谈养生术

服气烧丹总不能，当时辛苦学长生。平生秘诀今相付，早佩《黄

---

① “来”字，陆游《花时遍游诸家园》原作“时”。

② “淡”字，陆游《晚秋思梁益旧游》原作“冷”。

庭》两卷经。

## 寓园杂诗

神仙富贵两悠悠，不识如何唤作愁？飞蝶鸣鸠俱得意，丝丝红萼弄春柔。

高槐阴转暑风清，三尺清池镜面平。渐老更知闲有味，临池闲看露荷倾。

檐铎摇风破昼眠，我来六月听鸣蝉。倚阑莫怪多时立，折得双头喜欲颠。折荷插瓶。

菊折霜余满把黄，也能随事答年光。西风吹散朝来酒，领略明窗半篆香。

卧看飘雪入窗棂，双鹊飞来噪午晴。清梦初回窗日晚，穿林啼鸟不知名。

**附录：**

## 初到蓬莱集放翁七古

放浪万里求蓬莱[①]，追风逐电何雄哉！鞚飞尘起望不见，但见动地银山来。湖山奇丽说不尽，所至地产皆奇瑰。世人仰视那得测？如地始辟天初开。楼前茫茫天地阔，洗尽泥滓滋莓苔。游人徙倚栏干处，水合平池霜压阶。微吟剧饮不知倦[②]，炉红酒绿春为回。已有梅花开半树，一片吹入黄金罍。

---

① “放”字，陆游《池上醉歌》原作“破”。

② “饮”字，陆游《无咎兄郡斋燕集有诗末章见及敬次元韵》原作“醉”。

## 寒食集陆

穷愁病思两茫茫，岁岁天涯忆故乡。又向蛮方作寒食，尚能寻句答年光。

## 静坐集陆

习气深知要扫除，紫藤香起竹根炉。欲求灵药换凡骨，骑鹤仙人不可呼。

飘飘鸾鹤杳难攀，谢客捐书日日闲。身在范宽图画里，卷帘是处是青山。

## 夜起口占集陆

闻鸡浩叹与谁同，半夜鲸波浴日红。好事谁家斗歌舞？鸾丝凤竹醉春风。

平生南地惯羁游，万事空惊岁月遒。两桨去摇东海月①，东风应笑我闲愁。

## 山上园再观牡丹集宋句

仙源依旧地无尘，李觏。聊与风光作主人。黄公度。野兴渐多公事少，文同。牡丹邀我且寻春。王禹偁。

---

①　“海”字，陆游《夏夜泛舟书所见》原作“浦”。

## 园花盛开晓起巡览翼甫已凭阑久矣成诗见示拈此答之集宋句

春风使尽开花力，徐积。付与诗人洗眼看。方岳。忽有好诗生眼底，陈与义。尽收佳处入雕阑[①]。秦观。

## 闲中自叙集陆

早岁那知世事艰？诸公衮衮遂难攀。长吟未断清愁起，勋业原非造物悭[②]。幸有笔床茶灶在，飘然梅坞竹篱间。壮心未许全消尽，万里东游海上山。

身健官闲一事无，日长添得睡工夫。读书坐懒常中废，著句难工但自娱。名酒不来惟饮湿，草书大叫写成图。放怀却有翛然处，跬步门前万顷湖。

## 病中述怀集陶

丈夫志四海，直至东海隅。迢迢百尺楼，时还读我书。浊酒聊自适，慨然念黄虞。托身已得所，栖迟固多娱。

忆我少壮时，卫生每苦拙。屡空常晏如，谬得固穷节。谁谓形迹拘？贞刚自有质。古来功名士[③]，遥瞻皆奇绝。

---

① “阑”字，秦观《次韵子由题平山堂》原作“栏”。

② “原”字，陆游《出游归鞍上口占》原作“元”。

③ “来”字，陶渊明《拟古九首》原作“时”。

## 入秋日渐短慨然有作集陶

天高风景澈，慨然知已秋。回飙开我襟，及辰为兹游。徘徊无定止，吾行欲何求？东方有一士，谓赖襄。未复见斯俦。

中道逢佳友[①]，回复遂无穷。登陟千里余，山河满目中。鼓棹路崎曲，任道或能通。飞鸟相与还，赋诗颇能工。

高举寻吾契，兹契谁能别？思与尔为邻，觞弦肆朝日。奇文共欣赏，皎皎云间月。长吟掩柴门，邈与世相绝。

为君作此诗，有客赏我趣。历览千载书，但恨多谬误。古人惜寸阴，所营非近务。倏忽日月亏，欲留不得住。

## 家拱宸农部尹端余去秋出都时已有东游志今来函复及此寄诗促之集陶

初与君别时，谈话终日夕。倏如流电惊，四时相催迫。涉暑经秋霜，秋菊有佳色。一觞聊可挥，开径望三益。来会在何年？抗言谈在昔。念来存故人，清飙矫云翮。

## 游兴集杜

不畏路途远，此生随所遭。怡然共携手，步屧到蓬蒿。一径野花发[②]，千崖秋气高。逍遥有能事，留滞莫辞劳。

---

① “佳”字，陶渊明《拟古九首》原作“嘉”。

② “发”字，杜甫《遣意二首》原作“落”。

## 有数友能固穷而后来通显者诗以志慕集陶

荀得非所钦，斯滥岂彼志。委怀在琴书，酒中有深味。
道胜无戚颜，不乐复何如？积善云有报，此语真不虚。

## 寄同年徐计甫太史受廉集杜

翰林逼华盖，沧海有灵查。丈夫四方志，各在天一涯。别来岁月周，菊垂今秋花。思君令人瘦，吟诗解叹嗟。

回首载酒地，超然欢笑同。尽醉摅怀抱，高标跨苍穹。忘形到尔汝，交亲气概中。几时杯重把？步屧寻春风[①]。

路远不可测，札翰时相投。来书语绝妙，会心真罕俦。凤皇从东来，君寓都门东城东堂子胡同。文采珊瑚钩。足以慰所思，来往亦风流。

## 九月九日集陶

今日天气佳，登高赋新诗。提壶接宾侣，请从余所之。采菊东篱下，怀此贞秀姿。林园无俗情，日入相与归。清风脱然至，飘飘吹我衣。杳然天界高，秋月扬明晖。且共欢此饮，一觞聊可挥。达曙酣且歌，但使愿无违。得欢当作乐，何事绁尘羁。出门万里客，纵心复何疑？

（以上见于《写趣轩近稿》卷一）

---

① “寻”字，杜甫《遭田父泥饮美严中丞》原作“随”。

## 因友事有感集杜

人实不易知,君子慎止足。江湖多风波,未必不为福。

## 春游集元遗山

浮云流水易西东,二十三年似梦中。可是登临动高兴,水村烟景绿杨风。

暂来闲处避红尘,酒榼诗囊浩荡春。一首新诗一杯酒,看山看水自繇身。

## 偕同人再游集遗山

神仙官府在瀛洲,锦树烘春烂不收。诗酒共寻前日约,每逢花处尽迟留。

柳塘花坞静无尘,同是天涯万里身。客子光阴诗卷里[①],可怜无补费精神。

## 春日杂咏集遗山

倚天长剑蜀山苍,雅咏风流岂易忘?谓四川宋芸子同年。五凤楼头无手段,余由工部调差,故云。却来闲处看春忙。

层峦叠巘各分明,夹岸桃花锦浪生。可惜世间无李白,纵横诗笔见高情。

---

① 出自陈与义《怀天经智老因访之》。

天开圆峤方壶境[①],今古仙凡此地分。意外羁栖谁画得,烟中草木水中山。

琼林珠树照青春,所见今知胜所闻。已就湖山揽奇秀,却惭诗垒不能军。

## 道上所见花集遗山

水村山阁往来通,文杏堂前千树红。三月春风满桃李,香中人道瑞香浓。此地惟瑞香花特香。

## 上野湖心亭观荷花集遗山

是处林泉有静缘,荷花如锦水如天。诗贪胜概题难遍,且放闲身作地仙。

## 忆都门十刹海酒楼宴集集遗山

苍龙双阙记神州,荷叶荷花烂漫秋。明月高楼燕市酒,坐中宾客尽名流。

## 寄友集遗山

交游空记十年前,万里清江万里天。别后故人应念我,归心长与雁相先。

一点青灯两鬓丝,书来聊得慰相思[②]。远游拟续骚人赋,胸次江

---

① “圆”字,元好问《七月十二日行狼牙岭》原作“员”。

② “相”字,元好问《人日有怀愚斋张兄纬文》原作“怀”。

山老更奇。

## 又集遗山

得君重恨十年迟，落日栏干有所思。郑重双鱼问消息，砧声偏与客心期。

## 访菊醉归集遗山

已将度外置纷纭，竟日长林窈窕间。黄菊有情留小饮，惜无佳句答殷勤。

## 夜起集遗山

本无奇骨负功名，白发先从远客生。倚剑长歌一杯酒，四更风雪短檠灯。

## 亭上眺望集遗山

事外闲身也属官，飞亭四望水云宽。江流衮衮望不极，万态千形画里看。

石岸人家玉一湾，平林漠漠数峰闲。江山似许供诗笔，雪拥云横下笔难。

## 不寐感赋集遗山

长安多少貂裘客？人物翩翩美少年。万事自知因懒废，客怀牢落五更天。

## 陈海珊州司马瑞琅性最爱兰培养有法书此为赠集遗山

绿娇红小不胜怜，远客游台动数千。若道使君无妙思，芳兰谁为发幽妍？

## 漫兴集遗山

淡妆浓抹总相宜，野杏溪桃三两枝。一树梅花一尊酒，梦中陈迹画中诗。

## 望雪山恣游而归集杜

梅花万里道[①]，而无车马喧。西山白雪高，可望不可攀。一览众山小，超然侔壮观。幽事亦可悦，烂漫倒芳尊。

咫尺雪山路，坦然心神舒。一川何绮丽，临眺独踌躇。自卯将及酉，夜来复何如？雾里仙人来，冉冉下蓬壶。

## 客已去而复来因与游集遗山

槐火石泉寒食后，一尊何意复同倾？春寒春暖花如故，次第看花却有情[②]。

（以上见于《写趣轩近稿》卷二）

---

① “道”字，杜甫《寄杨五桂州谭》原作“外”。

② “看”字，元好问《冠氏赵庄赋杏花四首》原作“开”。

# 题词

与君相见即相亲，卢象。器度风标合出尘。韦庄。阀阅便因今日贵，翁承赞。生涯如在旧山贫。郑谷。衔杯本自多狂态，刘禹锡。倒屐仍惟有古人[①]。姚合。一等孔门为弟子，方干。语余相对却酸辛[②]。韩偓。余与君俱出故恩师王渔庄先生门下，故有末联。

古来名士岂虚为[③]？张祜。见罢翻令恨识迟。卢纶。官品共传胜囊日，罗隐。功夫自课少闲时。姚合。高风落落谁同调？牟融。俗虑悠悠尔不知。徐铉。曾以能书称内史，温庭筠。草颠还写早朝诗。贾岛。

燕王台上结交新，高骈。满眼清光压俗尘。杨巨源。九万扶摇排羽翼[④]，袁皓。三千鹓鹭让精神。齐己。习池未觉风流尽，少陵。郢曲偏宜讽咏频。权德舆。今日好为联句会，陆龟蒙。醉吟俱岸白纶巾。皮日休。

张旭三杯草圣传，少陵。文明竞擘七香笺[⑤]。皮日休。须题内史琅玕坞，陈陶。尽写檀郎锦绣篇。罗隐。已把色丝要上第，褚载。能将意气慰当年。羊士谔。宦游兼得逍遥趣，黄滔。粉署为郎即是仙[⑥]。王建。

声价当年众所推[⑦]，牟融。锦章朱绂已葳蕤。黄滔。贤臣会致唐

---

① “仍”字，姚鹄《随州献李侍御二首》原作“宁”；原注作者误。

② “对”字，韩偓《与吴子华侍郎同年玉堂同直怀恩叙恳因成长句四韵兼呈诸同年》原作“顾”。

③ “士”字，张祜《偶题》原作“下”。

④ “扶摇”二字，袁浩《及第后作》原作“抟扶”。

⑤ “文”、“擘”二字，皮日休《寒夜文宴得泉字》原作“分”、“襞”。

⑥ “署”字，王建《寄杜侍御王建》原作“阁”。

⑦ “年”字，牟融《司马迁墓》原作“时”。

虞世，许浑。落笔皆成典诰词。方干。五夜星辰归帝座，罗隐。九州川泽属曹司[①]。王建。倾阳一点丹心在，唐彦谦。雨露前程即可知。贯休。

长卿文采冠诸公，胡宿。健笔寻知达九重。罗隐。白雪振声来辇下，方干。紫花封敕出琼宫。徐夤。五言仍谢颜光禄[②]，牧之。一首堪欺左太冲。皮日休。官职声名俱入手，白居易。伫光纶綍汉廷中。义山。

纵横唐突世喧喧，段成式。从此知名在一言。刘禹锡。陶景岂全轻组绶？徐夤。嵇康惟要乐琴尊。李中。不教日月拘身事，荀鹤。岂虑星霜入鬓根[③]？罗隐。郎署徊翔何水部[④]，少陵。此中高味共谁论[⑤]？韩偓。

清切曹司近玉除，义山。不妨公退尚清虚。李中。醉沉北海千尊酒，殷文圭。写得《南华》一部书。李九龄。风月寂寥思往事，李绅。楼台隐映接天居。钱起。清吟有兴频相示，齐己。欲报琼瑶故不如[⑥]。司空曙。

集唐句奉赠即题大集。庚寅六月，愚弟李晋熙拜稿。

（以上见于《写趣轩旧稿》卷首）

## 作书毕戏集剑南句

开篇时与古人游[⑦]，凉入帘栊已似秋。净洗砚池潴墨渖，为君驱

---

① “川”字，王建《贺杨巨源博士拜虞部员外》原作“山”。

② “仍”字，杜牧《寄宣州郑谏议》原作“宁”。

③ “入”字，翁洮《和方干题李频庄》原作“到”；原注作者误。

④ “徊”字，白居易《和梦得》原作“回”；原注作者误。

⑤ “中”字，韩偓《雨》原作“时”。

⑥ “故”字，司空曙《酬张芬有赦后见赠》原作“恨”；一作司空图诗。

⑦ “篇”字，陆游《晴甫一日复大风雨连日不止遣怀》原作“编”。

笔战蛟虬。

（以上见于《写趣轩旧稿》卷二）

## 集司空表圣诗品句题李春卿庶常晋熙集句诗集

人淡如菊，明月前身。来往千载，着手成春。
与古为新，离形得似。来之无穷，俯拾即是。
不著一字，脱然畦封。落落欲往，行气如虹。
尽得风流，取之自足。水流花开，其曰可读。
孰不有古？临之已非。是有真宰，妙机其微。
超超神明，具备万物。神化攸同，生气远出。
惟性所择[①]，妙造自然。神出古异，遇之似天[②]。
诵之思之，如不可执。庶几斯人，天地与立。
（以上见于《写趣轩旧稿》卷三）

---

① “择”字，司空图《诗品》之《疏野》原作“宅”。

② “似”字，司空图《诗品》之《实境》原作“自”。

# 借浇集

吴怀清著[1]

《借浇集》一卷，原注为哑道人撰。哑道人即晚清遗老吴怀清。吴怀清(1861—1928)，字莲溪，陕西山阳人。《山阳县志》第十二编《人物》"吴怀清"条对其一生有大致的描述："祖籍湖北通山县湾里庄。乾隆间，祖父迁文随遗民定居山阳。父荫祥为人宽仁厚德，好善乐施。怀清十二岁时，赴县书院童试，名列第一。商州知州闻其名，招致幕中办理文案，由是学问日长。光绪八年(1882)赴省乡试，考中举人。十六年(1890)赴京殿试，为三甲一等。例授翰林院庶吉士，散馆后授编修。任满秘书郎，京察一等二品衔。光绪二十八年(1902)为会试同考官，批阅考卷。次年，外放山东省乡试副考官。历任编书处武英殿协修、皇帝日常起居注实录管纂修、国史馆校勘员总纂。学行严谨，秉笔直书。后为庶常馆提调，驻馆主理日常事务。不久以父丧返山，居家六年。宣统二年(1910)应皇帝诏起复为翰林院秘书郎，又选充资政院议员、中英庚款教育会会员，赏戴花翎加头品顶戴，诏授光禄大夫。时辛亥革命起，清帝退位，吴以清室遗老自居，自号'哑道人'，绝口不谈时事，旅京专修《德宗实录》、《宣统政纪》、《关中三李年谱》，著书立说以自娱。还有诗集《借浇集》刊行问世。怀清性孝友、笃乡谊，于板岩镇创办高等小学，后生多受其泽。其宦京数十年，

---

① 原注作者为"哑道人"。

解推不吝，乡人咸乐就之。”[①]

《借浇集》是一部集唐诗集，有以下几个特点：第一，此集是清廷最后一个史馆文人所进行的以集句诗为载体的诗歌唱和的结集。吴怀清首先作三十首《述怀》呈史馆同仁，同仁再以集句的方式进行酬答，宾主往来，有再二再三者。史馆中不少人都参与其中。在集句史上，这种规模和格局，是空前绝后的。第二，吴怀清之作，全为七律，其能以唐人诗句写当下情怀，抒家国之感，唱酬之作又能切合对方的生平大节，叙事抒情，妥帖自如，如自己出，实为不易。而且，其所集唐人之句并不以初盛唐知名大诗人为首选，而是以中晚唐不知名的小诗人为选择的主要对象，将其融汇一炉，情思婉转，音韵谐畅，对偶精工，远超原作。第三，吴怀清对此集的态度相当严肃，最明显的证据是，其在编集的过程中，对自己和他人的作品，不时缀以小注，介绍历史背景、补充人物本事，且夹叙夹议，多有感发，使此集显得很是厚重，同仁誉之为“遗民诗史”。

据《清人别集总目》“哑道人”条所载，此集有民国3年上海国光书局排印本，今有南图、北师大藏本[②]。本书据南京图书馆藏本辑入。

---

① 山阳县地方志编纂委员会编《山阳县志》，陕西人民出版社，1991年版，第344页。

② 王欲祥、李灵年、陆林、陈敏杰编《清人别集总目》，安徽教育出版社，2000年版，第1615页。

# 借浇集叙

夫桑海之变，不幸躬逢；舟壑之移，仅以身免。沙虫俱化，衣冠犹有遗民；荆棘丛生，城郭已成故国。郁伊谁语？俯仰长嗟。吴莲溪前辈集唐上同馆诗之作，其以斯与？在昔夏后之祚，厄于斟鄩；姬周之微，移于共主。五德无不衰之运，鲜民有未死之心。箕子不臣，欲泣不可；伯夷高饿，行歌自哀。犹忆夫文景全盛之年，开宝隆平之日，从容紫署，珥笔陈谟；出入承明，抽毫注记。玉堂天上，前尘堕于昔欢；蓬莱水清，长梦醒于昨会。此情此景，窃同伤之。而前辈以先朝之旧臣，续皇窥之新史。独居京国，景物全非；回首秦关，家园何在？近规二曲之事，犹是明遗；远宗四皓之风，非为汉屈。有庾信乡关之思，而素守不移；抱遗山国史之才，而贞心独远。耿耿未下，拳拳不忘。何忍明言？乌能自已！夫《采薇》一曲，乃逸民托始之篇；《黍离》三章，实亡国大夫之感。陶元亮《田园》之赋，司空图《游仙》之诗，郑所南《井底》之函，顾亭林《江上》之作，并托吟咏，直抒所怀。至乃荟萃前贤，感慨身世。唐室多播迁之厄，诗人习哀怨之词。义取断章，憔悴钟仪之谱；词同杂组，回环苏蕙之文。前代遗臣，未有之也。予以伯玉之行年，遭文山之丧乱。词垣八载，文字无补于兵戎；危城十旬，发谋终嫌于枘凿。自怜穷命，同故乡之舒、胡；宁海先正舒岳祥、胡三省，皆以宋宝祐四年进士而遭国变，避地遁迹以终。与君石交，似国初之顾、李。江天秋老，望京华而涕零；野蕨霜寒，梦故人而语涩。奉章三复，悲不自胜；愿书万本，贻我同好。癸丑秋日宁海章梫一山甫寄稿，时寓上海。

# 借浇集题辞依所得先后为次

## 陆凤石太保润庠集杜以下均癸丑秋日

先生有才过屈宋，风流儒雅亦吾师。此身饮罢无归处，故国平居有所思。千里犹残旧冰雪，几篇今见古人诗[①]？王杨卢骆当时体，未及前贤更勿疑。

## 程绍珊侍读棫林集唐

集句为诗，前修至夥。天台齐次风先生晚年尤喜为之，乃至题某之集即集某之诗，砚册画卷，择用题句，如自己出。戏踵其例，摘卷中四语奉题。

闷发每吟诗引兴，白居易。贞心唯有老松知。戎昱。此情惆怅将谁说？皇甫说[②]。好奠冰壶吊伯夷。徐夤。

## 钱新甫侍读骏祥集唐

蜀笺写出篇篇好，白居易。亦选功夫亦选奇。王涯。暂放尘心游物外，朱庆馀[③]。忽逢人世是秦时。卢纶。自怜长策无人问，李山甫。除却清吟何所为？林宽。犹有报恩方寸在，皮日休。欲离京国尚迟

---

① “几”字，杜甫《解闷十二首》原作“数”。

② 原注作者误，出自皇甫冉《酬权器》。

③ 原注作者误，出自许玫(一作许玖)《题雁塔》。

迟。张祐[①]。

才入秋来百感生[②]，罗邺。不知何处是前程？罗隐。自将苦节酬清秩，方干。独把风骚破郑声。薛能。今体尽搜初剖判，齐己。良工用意巧缝成。李群玉。何心更和阳春奏？耿沣。乡思撩人拨不平。秦韬玉。

## 熊经仲侍读方燧

万劫昆池水不波，九阍沉醉奈天何？自惊折角投传玺，空剩骚情吊汨罗。

两朝闻见已传真，史局丹铅历几春？尽有石渠藏秘籍，不妨余事作诗人。

七襄云锦成新样，百衲瑶琴合旧裁。携得君家修月斧，零玑碎璧尽诗材。

偶然别调同《香屑》，亦似文山《集杜陵》。孤愤长歌聊当哭，予怀杼轴究何曾？

别后蓬莱三岛浅，唾余珠玉万家传。分明旧恨谈天宝，隐约幽情接月泉。

柯亭刘井坠欢存，往事金陀几断魂？怪底堂前双燕子，春来犹话故巢痕。

悲深一击铁如意，愁绝谁遗金错刀？关塞极天聊纵目，江南江北满风涛。

关西学派古今留，顾李遗音亦未休。憔悴行吟归去也，黄冠风雨灞陵秋。

---

① 原注作者误，出自张祜《寓怀寄苏州刘郎中》。

② “秋来”二字，罗邺《蝉》原作“新秋”。

## 蓝式如太史钰集元遗山句

赤县神州坐陆沈，羁怀郁郁岁骎骎。哀歌不尽平生意，却是当年寂寞心。

南窗孤客枕频移，一点青灯两鬓丝。遁世已甘成远引，贞心唯有岁寒知[①]。

## 袁珏生侍讲励准

锦囊纂组满乌丝，今日骚坛信在兹。笙鹤三霄《香屑集》，楼台七宝《梦窗词》。近依温室宁言树？归隐商山好珥芝。天上玉堂成一瞬，婆娑春梦不胜悲。

## 欧芥茶侍御家廉集谢叠山句

天地无情搔短发，可怜沧海几桑田？梅花香里堪联句，恨不论诗早十年。

天下久无龚胜洁，平生爱读杜陵诗[②]。莫把眼前穷达论，朔风吹折寒梅枝。

## 李新吾侍讲经畬集吴梅村句

玉山秋尽草堂荒，欲借餐英问首阳。今日乱离牢落甚，长将诗酒付奚囊。

---

① “心”字，元好问《寄谢常君卿》原作“松”。

② “读”字，谢枋得《代上杜按察三首》原作“诵”。

与君随意狎樵渔，大隐先生赋索居。一山自沪上寄序文一首。旧事已非还入梦，只今骢马避柴车。

## 黎鲁庵太史湛枝集四忆堂句

高歌一曲当忘忧，归去衰迟有故丘。东望烽烟终影国，云中龙凤漫成楼[①]。谯周自信能知命，张翰思归不为秋[②]。却忆新亭多感慨，六朝旧是帝王州。

昨暮经过吴裔宅，新亭风景逐人来。平畴隔岁为谁绿？三殿鸣珂忆许陪。最念京华成往事[③]，果然宋玉是骚才。铜驼背洛绥绥卧，侯子狂歌更一回。

一秋常过志公龛，寄兴莼鲈秋水潭[④]。但使绵丛犹汉鼎，不妨清语傲刘惔。洞庭落叶秋逾白，玉屑何关晋已南？更有诸生思世泽，草茅洒泪只儒衫。

风人纪事多银管[⑤]，不羡清平赋小词。六诏衣冠轻汉礼，三闾江色怨初衣。陶潜彭泽皆宜黍，楚泽吴侬更忆谁[⑥]？一自鼎分俱寂寞，深城草木接葳蕤。

天涯去住竟如何？老向夷门感逝波[⑦]。五噫歌声忧底事？十年羞说旧鸣珂。人家近日秋仍沸，洛浦新收野哭多[⑧]。共向西陵台上望，汉皇书至鬓先皤。

---

① “漫”字，侯方域《后春兴八首》原作“谩”。

② “归”字，侯方域《寄李舍人雯》原作“乡”。

③ “华”字，侯方域《九日雨花台五首》原作“尘”。

④ “莼鲈”二字，侯方域《寄怀陈黄门子龙》原作“鲈莼”。

⑤ “纪”字，侯方域《赠观察原公》原作“记”。

⑥ “泽”字，侯方域《游吴遇李校书四首》原作“些”。

⑦ “感”字，侯方域《回首》原作“叹”。

⑧ “浦”字，侯方域《寒食》原作“汭”。

离离禾黍映周京，谁使潢池更弄兵？造物何心置野老？故人原自眷修名。嵇康辞吏非关懒，杜甫蓝田未解酲。却寄先生珍重处，为留黄发慰苍生。

## 金雪荪太史兆丰

忍歌《麦秀》、《黍离》篇，回首蓬莱泪暗潸。报国文章成逝水，故人气骨重如山。编诗旧历钦陶节，修史空谈陋素顽。毕竟关中多隐逸，翳桑十亩自闲闲。

## 张卿五太史书云集杜

国破山河在，悲风日暮多。哀歌时自惜，丧乱饱经过。隐吏逢梅福，投诗赠汨罗。流传江鲍体，且得慰蹉跎。

群盗哀王粲，诸公厌祢衡。兵戈犹在眼，魏阙尚含情。只益丹心苦，休看白发生。从来多古意，佳句莫辞频。

满目悲生事，穷愁岂自宽？故人还寂寞，吾道属艰难。鸿雁几时到？关山空自寒。梦归归未得，世乱敢求安？

一代风流尽，如公复几人？淹留问耆旧，感激异天真。词赋工何益？交情老更亲。即今千种恨，为话涕沾巾。

## 朱聘三太史汝珍集陈独漉句

黄龙苍兕各成尘，潦倒何颜复向人？一咏一觞聊自足，鬓毛羞与岁争新。

钓竿相约钓鱼矶，有客身披隐士衣。犹恋唱酬未归去[①]，岂教时

① “唱”字，陈恭尹《次和张观察元日作》原作“倡”。

节故相违?

高烛联诗永夜清,三秦风雅属先生。使君搜句穷天壤,燕市歌长散筑声。

小书盈纸有千篇,抱月怀风倍可怜。匠手剖将和氏璞,新诗一任世人传。

## 章一山太史梫集顾亭林句

弱冠诗名动九州,彩毫光照射堂秋。先朝侍从多忠节,待汉儒林已白头。秃笔凄文来涨海,纫兰餐菊旧风流。凭君莫话兴亡事,便可栖迟老一丘。

一生愁恨集今辰,从此河山遂不春。古注已闻传孟喜,近朝文字数于鳞[①]。檐前映雪吟偏苦,倾盖知心谊独亲。我望长安犹不见,居然汉代表遗民。

## 吴子修提学庆坻

故国余凄恋,雕年送苦吟。《唐贤三昧》旨,楚客《九歌》心。存悔争标格,频罗有嗣音。国朝集唐人诗有专刻者,梁山舟学士、刘金门侍郎二家惟皆集杜句耳。遥怜孤讽地,风雨郁城阴。辛亥十二月以后,实录馆移至宣武门头发胡同,旧日官学为编校之所。

## 吴炯斋侍读士鉴

千家选尽后村诗,断羽零玑偶得之。吐纳唐音成变雅,彷徉楚些续骚辞。中州野史宁无稿?商洛归耕尚有芝。一拜桥陵人雪涕,松

---

① “字”字,顾炎武《济南》原作“士”。

风阛咽四山悲。时崇陵奉安礼成，君往与祭。

## 杨芷姓太守钟羲集唐

陵谷依然世已移，李涉。上清沦谪得归迟。李商隐。百年徒有伊川叹，吴融。万古长留楚客悲[①]。刘长卿。江上小堂巢翡翠，杜甫。凤楼烟雨啸愁鸥。刘禹锡。知君满箧前朝事，陆龟蒙。别有伤心事岂知？白居易。

江边深夜舞刘琨，谭用之。虚受朱轮五马恩。白居易。怀旧空吟闻笛赋，刘禹锡。残烟犹傍绿杨村。雍陶。衰年病肺惟高枕，杜甫。长对春风裛泪痕。无名氏。醉后独知殷甲子，温庭筠。更堪呜咽问田园！罗隐。

## 朱琇甫太史宝莹

拈成信手出新词，剩有兰台笔一枝。金殿玉堂人寂寞，腥唇熊白自纷披。红兜傥续廉夫句，彩笔还题毅父诗。孔毅父集古人句，见东坡诗。笑煞他人吟一字，已教捻断数径髭。

雕刻唐贤好语传，蕉园焚稿泣敷天。遗山落莫编诗日，田凤风流题柱年。春尽莺花瞻杜曲，秋来鸥鸟狎江边。同馆诸公流寓海上不少。贞元供奉飘零尽，此曲人间写万篇。一山同年拟为排印并制序，有“愿书万本，遍贻同好”之句。

## 刘翰怡部郎承干

犹恋巢痕白玉堂，伤心时物过端阳。绛桃隔岸移人世，素柰花馨

---

① “长”字，刘长卿《长沙过贾谊宅》原作“惟”。

泣女皇。百折难挠臣节行，七襄零织古篇章。葡萄酒熟诗成未，一句拈来一断肠。

归更无家住益贫，商山动忆汉遗民。贞元朝士青袍旧，天宝宫人白发新。诗律三唐严壁垒，心花五色见精神。河东绝句论骚雅，投老江湖各隐沦。

## 孙益庵明经德谦集陶

闻有田子春，我欲观其人。此士难再得，今朝复斯闻。寒暑有代谢，江湖多贱贫。啸傲东轩下，聊为陇畔民①。

长公曾一仕，良日登远游。忽值河山改②，世路廓悠悠。畴昔家上京，吾生行归休。如何淹在兹，平津苟不由？

市朝凄旧人，邻老罕复遗。流泪抱中叹，但使愿无违。爰以履霜节，言咏遂赋诗。赋诗颇能工，怀此贞秀姿。

愚生三季后，未足为高栖。时还读我书，日暮犹独飞。不学狂驰子，饥食首阳薇。且当从黄绮，投义志攸希。

一世皆尚同，开径望三益。章山有奇歌，未谓事已及。奇文共欣赏，深得固穷节。高举寻吾契，乐与数晨夕。

## 唐元素司马晏集香奁集句原名震钧

争教判得最繁枝？细雨轻寒花落时。把酒送春惆怅在，倾城消息杳无期。

---

① “畔”字，陶渊明《癸卯岁始春怀古田舍二首》原作“亩”。

② “河山”二字，陶渊明《拟古九首》原作“山河”。

殷勤相觅风池头，肠断蓬山第一流。辑缀小诗抄卷里[①]，便须含泪对残秋。

直教笔底有文星，闻雨伤春梦不成。还是平时旧滋味，御香闻气不知名。

东风吹雨入西园，侍女移灯掩殿门。犹是玉轮曾碾处，春风应自怨黄昏。

时光潜去暗思量[②]，拍送繁弦曲破长。应是仙人金掌露，巧裁霞片裹神浆。

劫火桑田不复论，思量长是暗销魂。梦啼呜咽觉无语，带粉犹残旧泪痕。

矜严标格绝嫌猜，横卧乌龙作妒媒。红纸千张言不尽，锦囊封了又重开。

## 戴圣彝女士礼集元遗山句

天门笔势到闲闲，诗在岩姿隐显间。白帽枉教淹晚节，深居那得似禅关？燕云义侠风流远，相国文章玉笋班。集有陆相国题词。后日山阳养衰疾，系舟山是读书山。

书林头白坐呻吟[③]，元是中朝第一人。文字谁如祭征虏？伏应先就楚灵均。黄图赤县风流在，酒榼书囊浩荡春。却恐声光埋不得，今年天壤姓名新。

正始风流一百年，题诗端为发幽妍。半生与世未尝合，一读丹华似有缘。世外华胥谁复梦？竹溪衣钵有真传。玉堂人物今安在？落

---

① “辑”、“抄”二字，韩偓《思录旧诗于卷上凄然有感因成一章》原作“缉”、“钞”。

② “思量”二字，韩偓《闺怨》原作“凄凉”。

③ “呻吟”二字，元好问《赠杨君美之子新甫》原作“吟呻”。

日孤云望眼穿。

纸尾题诗一慨然，素风才到此公传。风流肯落正始后[1]，诗印高提教外禅。庾老未应妨啸咏，庄周阴助想当然[2]。知君不假科名重，下笔须论二百年。

元祐诸人次第来，醉吟应在钓鱼台。此诗一出，诸隐君子各赋题词。寻芳自分无闲日，信口成篇底用才。楚客登临动归兴，渊民此意亦悠哉[3]。亭中剩有题诗客，《梁父吟》成白发催[4]。

一回拈出一回新，本诗三十章，继又集得多首。难状灵台下笔亲。日月难淹京国久，书生只合在家贫。鸡豚乡社相劳苦，谓淞社诸公恒以酒浇愁，以诗寄恨。王后卢前尽故人。天上近来诗价重，岩姿洲景尽天真。

伥鬼跳梁久，优伶伎毕陈。膏粱无急变，巧伪失天真。天地怜飘泊，山林有外臣。殷勤诗卷在，同咏舞雩春。

几案满书史，长吟有所思。局中无旷迹，意外脱艰危。摧割诗宁写？犹为谈者资。相招有仙掌，到日更题诗。

## 戴圣彝女士礼再集王渔洋句以下甲寅

麦颗风炉手自烹，一枝筇杖万缘轻[5]。玉峰学士数相见，红杏尚书枉擅名。何日高栖寻紫阁？未能采药入青城。定知妙不关文字，六代淫哇总废声。

水部风流似郑虔，乱书堆里日高眠。何山往事思求点？弘治文

---

① “肯”字，元好问《桐川与仁卿饮》原作“岂”。

② “想”字，元好问《李屏山挽章二首》原作“恐”。

③ “民”字，元好问《采菊图二首》原作“明”。

④ “父”字，元好问《郁郁》原作“甫”。

⑤ “杖”字，王士祯《武功道中》原作“竹”。

流竞比肩。谁嗣箧中冰雪句？分题都在浣花笺[①]。诗名流播鸡林远，远道风花蜀国弦。

正气留终古，宁忘社稷仇？离宫半禾黍，野哭聚沙洲。岂谓无双士？常怀第一流。崎岖沧海意[②]，何事只淹留？

嬴政昔构逆[③]，神州日沉沦。至今悲蜀帝，江汉有遗民。遗恨成衔璧，孤忠久致身。鲁连终蹈海，志士不帝秦[④]。

## 郭春榆侍郎曾炘集元遗山句

汉宫曾动伯鸾歌，梦寐衡门在涧阿。裁断琼绡三万匹，囊中无物只诗多。

旧事无人可共论，白头谁复记开元[⑤]？龙津春色年年在，留与累臣一断魂。

逋客而今不属官，书林头白一儒冠。神功圣德三千牍，抱向空山掩泪看。

一尊何意复同倾？却想当年似隔生。长白山前绣江水，眼中历历记经行。

潦倒聊为陇亩民，穷途无用说悲辛。祝君饱吃残年饭，沧海横流要此身。

---

① “都”字，王士祯《送郑郎赴粤西幕府》原作“多”。

② “沧”字，王士祯《留侯祠》原作“仓”。

③ “逆”字，王士祯《渭桥怀古》原作“造”。

④ “不”字，王士祯《定军山诸葛公墓下作》原作“耻”。

⑤ “复”字，元好问《世宗御书田不伐望月婆罗门引先得楚字韵》原作“解”。

## 刘聚卿参议世珩集杜少陵、李义山句

不见秘书心若失，故国平居有所思。少陵野老吞生哭，摇落深知宋玉悲。

座中醉客延醒客，对泣春天类楚囚。沈宋裁诗矜变律①，安危须共主君忧。

## 薛受萱讲学宝辰集变雅堂句

为邻俱避世，有客到吟哦。道丧留朋友，与君交好多。天高吾不问，石烂恨难磨。意气消霜鬓，乡心见薜萝。

万象泯如革，谁将此痛分②？风尘甘自远，身世复何云？去住心难决，飘零兴不群。虽然留视息，天下事宁闻？

经年如梦里，不用眼看愁。醉后闻邻管，城中访故侯。谫才甘自弃③，此意岂离忧？一笑烦相谢，西山蕨满瓯。

触处迷人代，孤衷自不狂。山庵一日息，卯酒几回尝？草木添新恨，天涯系客肠。鸣琴未离膝，如欲诉兴亡。

## 戴圣彝女士三集唐句

水天凉冷雁离群，鲍溶。望断故园沧海渍。清塞。过客不劳询甲子，李商隐。几人终肯别嚣氛？韩偓。胸中歧路平如砥④，贯休。天下

---

① “诗”字，李商隐《漫成五章》原作“辞”。

② “痛”字，杜浚《闻雁》原作“恸”。

③ “自”字，杜浚《十月一日晚愁喜家兄方朔过寓斋赏余游什》原作“世”。

④ “胸”字，贯休《和李判官见新榜为兄下第》原作“心”。

何人不识君[①]？高适。直道莫抛君子业，杜牧。古来荣利若浮云。骆宾王。

寥亮幽音妙入神，郎士元。与君相向转相亲。刘希夷。亭皋寂寞怜孤客[②]，郎士元。涕泪天涯惨一身。顾况。白日放歌须纵酒，杜甫。青山何处不愁人？钱起。陶潜旧隐依稀在，杜荀鹤。犹隔千山与万津。纪唐夫。

彩花廊下映朱栏，张籍。新赐鱼书墨未干。刘禹锡。合在深岩齐散木[③]，陆龟蒙。惟思脱冕事星冠。羊士谔[④]。酣歌自适逃名久，司空图。横笛偏吹《行路难》。李益。老去一身须爱惜，白居易。青山无限水漫漫。刘长卿。

节概犹夸似古人，高骈。苦吟林下避红尘[⑤]。杜牧。风尘海内怜双鬓，顾况。蓬梗全家望一身。张籍[⑥]。独在异乡为异客，王维。羁情含檗复含辛。施肩吾。著书不向时流说[⑦]，秦系。素是诗家倍益亲。李嘉祐。

东山旧路独行迟，刘禹锡。风雨销磨绝妙词。王建。词客有灵应识我，温庭筠。闲身事少只题诗。司空图。睡时分得江淹梦，方干。摇落深知宋玉悲。杜甫。日暮乡关何处是？崔颢。负他黄菊对东篱。司空图。

---

① “何”字，高适《别董大二首》原作“谁”。

② “怜”字，郎士元《咸阳西楼别窦审》原作“伤”。

③ “岩”字，陆龟蒙《寄怀华阳道士》原作“崖”。

④ 原注作者误，出自包佶《赠庐山白鹤观刘尊师》。

⑤ “避红”二字，杜牧《残春独来南亭因寄张祜》原作“拂诗”。

⑥ 原注作者误，出自姚鹄《随州献李侍御二首》。

⑦ “著”字，秦系《寄浙东皇甫中丞》原作“注”。

## 王伯荃太史大钧集元遗山句

百过新篇卷又披，从公未觉十年迟。骎骎岁月悲青镜[①]，历历兴亡败局棋。沧海几经尘劫壤[②]？贞松惟有岁寒知[③]。悠悠世事休相问，耆旧风流今复谁？

## 蓝式如太史再题借浇集

几多礌磈胸中积？偶向他人借酒杯。毕竟伤心怀抱别，长安亲见弈棋来。

憔悴微同泽畔吟，唐贤句写楚骚心。山河风景多殊异，听得哀弦感不禁！

## 黄石孙太守曾源

身经丧乱心思汉，事厌新奇句集唐。留得遗民诗史在，不知人世有行藏？

鹊华山色郁苍苍，曾见文星照此乡。后至每惭为俗吏，于今两地感沧桑。

凉风天末感沧桑，谁把京华作故乡？十载离情难晤语，百年生计费商量。孤臣恋阙心原苦，举世啜糟醒亦狂。老向海滨望日月，待销兵气见重光。

---

① 此句出处待考。

② “沧”、“壤”二字，元好问《龙兴寺阁》原作“桑”、“坏”。

③ “惟”字，元好问《寄谢常君卿》原作“唯”。

## 福州黄伯骞孝先集唐

天涯归计欲如何？张乔。可要栖身向薜萝。方干。《白雪》调高歌不得，武元衡。当时朝士已无多。刘禹锡。

百年徒有伊川叹，吴融。摇落深知宋玉悲。杜甫。遥羡光阴不虚掷，刘禹锡。白头吟望苦低垂。杜甫。

百官何日更朝天？王维。回首浮生泣泫然[①]。罗隐。休唱贞元供奉曲，刘长卿[②]。问人云此是居延。胡曾。

干戈猬起能高卧，李咸用。庾信文章更老成。杜甫。今日乱离俱是梦，韦庄。且将书剑事先生。李山甫。

## 金雪孙太史兆丰集顾亭林句再题

无穷怀古意，吮笔一酸辛。自得忘年老，聊存不辱身。林皋托孤诣，缟纻竟谁亲？发愤吐忠义，如君复几人？

海内人师少，郊坰百战空。云横秦塞白，花隔旧京红。患难形容改，文章日月同。一窥西华顶，何地洒孤忠？

汉阙悲残照，窥天久曀阴。请从关尹住，聊比国风吟。江海存微息，干戈方日寻。小臣摇彩笔，留此系人心。

忆昔论交日，三年愁绪多。生涯凭笔札，吾道失弦歌。祭卜伊川变，愁同箕子过。与君遵晦意，夜宿看星河。

借浇集题词毕。

---

① “泣”字，罗隐《病中上钱尚父》原作“泪”。

② 原注作者误，出自刘禹锡《听旧宫人穆氏唱歌》。

## 癸丑长夏积闷述怀上同馆诸子三十首

每见妖星气不平，张籍。四方皆得共和羹。许棠。臣心未肯教迁鼎，韦庄。拙计深惭负耦耕。左偃。周粟纵荣宁忍食？詹敦仁。商陵永诀更牵情。吴融。春仲同程少珊侍读、欧介持侍御、黎潞盦编修恭送景皇后梓宫，奉移梁格庄展谒。崇陵虽已续修，工程十未一也。百年心事向谁说？程长文。楚客辞天泪满缨。杜甫①。

天翻地覆谁得知？刘商。乾坤大半属偷儿。章碣。江山宾客皆如旧，白居易。文武衣冠异昔时。杜甫。一片贞心比孤竹，程长文。十年长梦采华芝。李商隐。千冤万恨无人见，雍陶。好奠冰壶吊伯夷。徐夤。

交割山河直到燕，王建。百官何日更朝天？王维。苏张终作多言鬼，武元衡。班马须持笔削权。黄滔。脱俗文章笑鹦鹉，殷尧藩②。望帝春心托杜鹃。李商隐。渭滨晦迹南阳卧，徐夤③。地角天涯亦信缘。刘兼。

尘世烟花梦寐中，刘望。新闻多说战争功。李咸用。东边日出西边雨，刘禹锡。北地开花南地风④。张玭。百岁梦生悲蛱蝶，罗隐。十年流落赋归鸿。谭用之。太平时节难身遇，韩愈。今作江湖潦倒翁。白居易。

十万精兵尽倒戈，鱼玄机。黍苗无限独悲歌。许浑。自甘逐客纫兰佩，徐铉。全罩英雄入网罗。李山甫。乱后江山悲庾信，郑谷。中原将帅忆廉颇。杜甫。终知此恨难消遣，温庭筠。命压人头不奈何！白

① 原注作者误，出自钱起《送毕侍御谪居》。

② 原注作者误，出自殷文圭《贺同年第三人刘先辈咸辟命》。

③ 原注作者误，出自韩偓《寄隐者》。

④ “开花”二字，张玭《观江南牡丹》原作“花开”。

居易。

欲倾东海洗乾坤，杜甫。报答空知一剑存。曹唐。朝客半修前辈礼，杜荀鹤。昔年同受主人恩。徐铉。不胜庾信乡关思，李群玉。自笑虞翻骨相屯[①]。韩愈。明日东归变名姓，刘长卿。避人何必武陵源？吴融。

龙剑难挥别绪开，刘兼。是非名利尽悠哉。徐铉。金章紫绶辞腰去，白居易。镜水稽山满眼来。元稹。金篆渐加新品秩，薛逢[②]。章一山检讨归沪，温毅甫侍御返粤，以未剪发，故时作道士装。黄鹂犹识旧池台。温庭筠。知君满箧前朝事，陆龟蒙。毅甫抄《德宗实录》，一山抄《宣统政纪》，各副本，归而藏之。一寸相思一寸灰。李商隐。

蓬岛侍臣今放逐，韩偓。十年京洛共风尘。武元衡。石渠册府神仙署，徐铉。紫绶金章梦里身[③]。元稹。园竹池莲莫惆怅，杨昭俭。白云明月自相亲。方干。脂车秣马辞京国，骆宾王。拭泪相看是故人。柳宗元。翰林院署后新构五楹，为清秘堂办事处。竹树池莲，皆新植者。今则同人星散，院署亦改作商报馆矣。

倦鸟安能待暮还？李绅。经年无事抵归山[④]。白居易。须知世路难轻进，杜牧。却被诗情使不闲。杜荀鹤。希逸近来成懒病，温庭筠。冯唐将老自低颜。刘兼。文章报主非无意，许浑。事著《元和实录》间。张籍。

朝市山林隐一般，陆龟蒙。出京无计住京难。杜荀鹤。欲邀击筑悲歌饮，李白。不受秦皇乱世官。徐铉[⑤]。科第门生满霄汉，白居易。花前宾客尽鸳鸾。韩偓。天时人事有兴灭，冯待征。金玉松筠旧岁寒。谭用之。

---

① “笑”字，韩愈《韶州留别张端公使君》原作“叹”。

② 原注作者误，出自杜荀鹤《王先辈草堂》。

③ “金章”二字，元稹《酬乐天喜邻郡》原作“朱衣”。

④ “经”字，白居易《同崔十八寄元浙东王陕州》原作“终”。

⑤ 原注作者误，出自徐夤《大夫松》。

于今已是汉家朝[①]，秦系。哭途阮籍漫无聊[②]。罗邺。鱼龙失水难为用[③]，牟融。松柏凌寒独后凋。武元衡。近日篇章歌《白雪》[④]，罗隐。使君意气凌青霄。杜甫。自抛官后春多醉，白居易。月在江楼倚玉箫。陆龟蒙。

永巷闲吟一径蒿，郑谷。眼前轩冕是鸿毛。赵嘏。花间酒气春风暖，许浑。卷里诗裁《白雪》高。罗隐。珠玉会应成咳唾，牛僧孺。鸾皇那肯啄腥臊[⑤]？徐夤。英雄踊跃争趋去[⑥]，储光羲。不羡王祥得佩刀。李商隐。

故山犹恋有烟霞，雍陶。箧里朝衣输酒家。方干。无限离情似杨柳，无名氏。回看官职是泥沙。白居易。一畦云薤三株竹，徐铉[⑦]。百树鸡桑半顷麻。陆龟蒙。瓦砾变黄忧世换，李洞。路旁时卖故侯瓜。王维。

东山毛褐傲羲皇，陆龟蒙。已戴儒冠事素王。许浑。休唱贞元供奉曲，刘禹锡。可怜蓬阁秘书郎。王建。狂抛赋笔琉璃冷，高适[⑧]。醉踏残花屐齿香。来鹄。早晚身闲着蓑去，秦韬玉。水云深入武陵乡。陈陶。

我心非醉亦非醒，罗邺[⑨]。每忆家山即涕零。黄滔。独抱遗经究

---

① "于"字，秦系《题章野人山居》原作"如"。一作马戴诗。

② "漫"字，罗邺《春过白遥岭》原作"谩"。

③ "鱼龙"二字，牟融《春日山亭》原作"龙鱼"。

④ "歌"字，罗隐《寄前户部陆郎中》原作"欺"，一作"期"。

⑤ "皇"字，徐夤《骄侈》原作"凤"。

⑥ "去"字，储光羲《登戏马台作》原作"走"。

⑦ 原注作者误，出自徐夤《依韵赠南安方处士五首》。

⑧ 原注作者误，出自罗隐《故洛阳公镇大梁时隐得游门下今之经历事往人非聊抒所怀以伤以谢》。

⑨ 原注作者误，出自曹邺《题舒乡》。

终始，韩愈。恨无奇策救生灵。郑谷[①]。故将别泪和乡泪，戎昱。应怪文星近客星。张贲。闷发每吟诗引兴，白居易。向风孤啸起雷霆。陆龟蒙。

摆脱功名且养神，刘禹锡。老夫犹是褐衣身。张籍。三千里外无家客，吕岩。十二楼前侍从臣。许浑。时过无心求富贵，姚合。才多未必笑清贫。徐夤。夷齐黄绮夸芝蕨，白居易。须作人间第一人。赵嘏。

久卧长安春复秋，于鹄。道非身外更何求？杜牧。群书万卷常暗诵，杜甫。钓玉三年信直钩。方干。彩笔专书皇帝语，姚合。家财不为子孙谋。罗隐。五陵年少如相问，吴融。剃尽心花始剃头。元稹。时故乡友人屡以余未剪发为问。

得水蛟龙失水鱼，李山甫。汗青功业又何如？顾况。常时载笔窥金匮，刘禹锡。静对铅黄校玉书。李远。万里故乡云缥缈，罗隐。四朝风月鬓萧疏。沈彬。心思食檗何由展？戎昱。南亩秋荒忆遂初。徐铉。

九重每忆同仙禁，王起。剩取君王几饼金？韩偓。乌兔不知多事世，韦庄。星霜难改感恩心。杜牧[②]。胸中愤气文难遣，薛逢。世上风波老不禁。白居易。一卷素书消永日，刘禹锡。拂苔移石坐花阴。李中。

龙蠖升沉各有由，殷文圭。梦魂长绕帝王州。伍乔。声名本是文章得，赵嘏。意气兼将身命酬。王维。白发青衫谁比数？刘禹锡。野麋林鹤是交游。白居易。他年蓬岛音尘绝，韩绪姬。去国长为不系舟。徐铉[③]。

杖策临风拂袖还[④]，李中。一生安稳是长闲。崔涂。酒花荡漾金尊里，李群玉。和气熏蒸剑履间。韩偓。空有新诗高华岳，黄滔。更无

---

① 原注作者误，出自郑遨《景福中作》；一作杜光庭诗。

② 原注作者误，出自杜荀鹤《寄临海姚中丞》。

③ 原注作者误，出自李白《寄崔侍御》。

④ “杖策”二字，李中《送图（一作圆）上人归庐山》原作“策杖”。

奇士出商山。韦庄。宦途自此心长别，白居易。漫道官趋玉笋班。郑谷。

闻说萧郎哭逝川[①]，温庭筠。闲愁因动落花前。徐铉。闲来欲着登山屐，牟融。身病兼无买药钱[②]。朱庆馀。巢父精灵归大夜，方干。贞元科第忝同年。白居易。此情可待成追忆，李商隐。共是虚皇简上仙。陆龟蒙。近有齐年生忧郁致死，是可伤也。

争保銮舆复九重，天宝时人。蓟门何处觅尧封？杜甫。伯鸾憔悴甘飘寓，李绅。曼倩诙谐取自容。李贺。载笔已齐周内史[③]，韩偓。注书曾学郑司农。刘禹锡。荣枯事过都如梦[④]，白居易。蓬岛烟霞阆苑钟。李商隐。

紫殿讲筵邻御座，姚合。百寮班外置三师。窦常。文锋斡破造化窟，顾况[⑤]。落笔皆成典诰词。方干。盛德好将银管述，韩定辞。贞心唯有老枝知[⑥]。戎昱。春宫傅保皆周召[⑦]，殷文圭。欲语潸然泪便垂。耿湋。谓陆凤石太保、陈伯潜、伊仲平两师傅，皆兼充馆差者也。

万里乡关贺监归，徐铉。孤云独鸟本无依。张贲。诗携彩纸新装卷，白居易。身着文皇旧赐衣。韦庄。逊位后，同人犹拜白金文绮之赐。今日便称前进士，韩仪。临风犹有旧苔矶。唐彦谦。罢官余俸租田种，周贺。灞曲农时故老稀。崔峒。谓毅甫、一山诸君。

白头仙人隐玉壶，李白。骚雅全休道甚孤。郑谷。梁氏夫妻为寄客，刘禹锡。孔融襟抱称名儒。赵嘏。久将时背成遗老，白居易。莫向

---

① “哭”字，温庭筠《哭王元裕》原作“逐”。

② “兼”字，朱庆馀《赠韩协律》原作“长”。

③ “内”字，韩翃《访王起居不遇留赠》原作“右”；原注作者误。

④ “如”字，白居易《寄李侍郎崔相公钱舍人》原作“成”。

⑤ 原注作者误，出自顾云《池阳醉歌赠匡庐处士姚岩杰》。

⑥ “枝”字，戎昱《赠韦况征君》原作“松”。

⑦ “傅保”二字，殷文圭《观贺皇太子册命》原作“保傅”。

人间作大夫。罗隐。美酒一杯声一曲，李颀。闲情将欲傲簪裙[①]。刘兼。谓钱新甫、熊经仲两前辈。

十二层城阆苑西，李商隐。见君诗在柱心题。元稹。风流肯落他人后？李白。勋贵名应上将齐。张玭。树影不随明月去，方干。松枝肯为雪霜低？李山甫。高歌共叹伤心地，李涉。春鸟年年空自啼。顾况。实录馆向在禁垣，壬子正月兵变，东安门灾，遂闭不启。馆移西城头发胡同讲习馆内，为编辑之所。夏闲，同人摄影纪念。郭春榆副总裁仿月泉吟社意，首题一律于馆柱间。午日赐纱，温毅甫侍御又有纪恩之作，和者几遍两楹。今同人渐次散去，其未散者，又能作几时聚？每一寓目，不胜慨然！

身谪蓬壶金籍外[②]，殷文圭。平生心力尽于文。杜荀鹤。高踪尽共烟霞在，周朴。今日兼将笔砚焚。张贲。举世只知嗟逝水，贯休。旧交宁复在青云？李咸用。林园逸傲真成贵[③]，白居易。除却鲈鱼更不闻。杜牧。

以道卷舒犹自适，徐铉。巢由死不谒尧阶。徐夤。鸡鸣犬吠三山近，牟融。玉瘦花啼万事乖。王之涣[④]。百岁几回同酩酊？白居易。一生交态忘形骸。陆龟蒙。北山更有《移文》者，刘兼。何用相逢话旧怀？王季友。

我有商山君未见，白居易。白云何处更相期？李益。壮图寄策无人问[⑤]，刘兼。朗月清风见别离。杜牧。两卷道经三尺剑，吕岩。一壶浊酒数篇诗[⑥]。黄滔。此情惆怅将谁说？皇甫说[⑦]。不待登临已合悲。

---

① “裙”字，刘兼《春霁》原作“裾”。

② “壶”字，殷文圭《经李翰林墓》原作“莱”。

③ “逸傲”二字，白居易《闲行》原作“傲逸”。

④ 原注作者误，出自王涣《惆怅诗十二首》。

⑤ “寄”字，刘兼《中夏昼卧》原作“奇”。

⑥ “数篇”二字，黄滔《宿李少府园林》原作“百家”。

⑦ 原注作者误，出自皇甫冉《酬权器》。

独孤及①。

## 奉酬陆凤石太保集杜题句

一时倾望重陶甄，赵嘏。世虑须凭道节宣。徐铉。章句偶为前辈许，杜荀鹤。德音兼与后人传。翁承赞。佳时莫起兴亡恨，白居易。彩笔曾专造化权。姚鹄。碎锦连珠复辉映，贾至②。卷中文字掩前贤。许浑。

惆怅旧堂扃绿野，李郢。满怀经济欲何从？徐夤。汉家名臣杨德祖，李颀。南国词人陆士龙。韩翃。心火不销双鬓雪，杜荀鹤。梦回又听五更钟。殷尧藩。怀恩未遂林泉约，徐铉。公屡拟乞身不得。青佩仍含玉漏重③。杨巨源。

## 集杜再酬

丈人文力犹强健，不薄今人爱古人。可念此翁常直道，必逢佳士亦写真。别裁伪体亲风雅，但觉高歌有鬼神。诗酒尚堪驱使在，掌中贪见一珠新。

## 酬章一山太史惠序文并集顾亭林句题赠

久飞鸾掖出时髦④，钱起。曾忆王祥得佩刀⑤。许浑。彩笔十年

---

① 原注作者误，出自崔涂《途中秋晚送友人归江南》。

② 原注作者误，出自钱起《玛瑙杯歌》。

③ “青”字，杨巨源《寄中书同年舍人》原作“清”。

④ “鸾”字，钱起《重赠赵给事》原作“鸳”。

⑤ “得”字，许浑《李定言自殿院衔命归阙拜外郎俄迁右史因寄》原作“与”。

留翰墨，殷尧藩。文章一代振风骚。刘兼。词源倒流三峡水，杜甫。意气曾倾四国豪。吕温。仙籍旧题前进士，周朴。青云不及白云高。罗隐①。

先生有道出羲皇，杜甫。放旷优游兴味长。李中。四海故交唯许汝，白居易。十年踪迹委沧浪。黄滔。不将高卧邀刘主，韦庄。肯为诗篇问楚狂？周贺。闭门著书多岁月②，王维。君时辑《明遗民传》。林园人拟郑公乡③。皇甫冉。

要著文章待太平，杜荀鹤。凌云健笔意纵横。杜甫。孤情迥出鸾皇远，王建。大道长将日月明。周朴。千古是非输蝶梦，崔涂。满山风雨杜鹃声。元稹。自将苦节酬清节④，方干。松竹风姿鹤性情。温庭筠。

故人书札频相慰，徐铉。文字殷勤寄意深。刘禹锡。静语乍临清庙瑟，赵嘏。伤心应倍雍门琴。唐彦谦。旁人错比扬雄宅，杜甫。国士须知豫让心。刘兼。俱徇空名嗟欲老，独孤及。西风初动帝城砧。李群玉。

## 酬熊经仲前题赠八绝句

吾道将穷阮籍悲，刘兼。故人遥枉醉中诗。杜牧。风标想见瑶台鹤，李群玉。有子皆如玉树枝。朱庆馀。公子三人皆少年通籍。千里梦魂迷旧业，李中。一家欢笑在南池。李郢。君新移居南池子。酒熟铺糟学渔父⑤，元稹。自号浊江渔父。凭仗春醪为解颐。李山甫。

八咏声名蹑后尘，刘禹锡。每嗟兴废欲沾巾。罗邺。落花飞絮成

① 原注作者误，出自赵嘏《送李给事》。
② “门”字，王维《春日与裴迪过新昌里访吕逸人不遇》原作“户”。
③ “林园”、“拟”三字，皇甫冉《馆陶李丞旧居》原作“园林”、“比”。
④ “节”字，方干《送王侍郎浙东入朝》原作“秩”。
⑤ “铺”字，元稹《放言五首》作“餔”。

春梦，戴叔伦。竹笏蓝衫老此身。徐夤。寰海自成戎马地，杜牧。赣、皖、吴、粤数省战事方殷。青门甘作种瓜人。胡曾。前朝冠带掩金谷，司马札。逐队随行二十春。白居易①。

## 酬程绍珊前辈摘述怀集句语题赠

辑缀小诗钞卷里②，韩偓。我心不说君应知。王维。平生只有松堪对，薛能。意气相倾山可移。李白。自学古贤修静节，方干。岂教吾道受栖迟？罗隐。向空咄咄频书字，徐铉。闲坐悲君亦自悲。李商隐③。

## 酬蓝石如太史集元遗山句

常感道孤吟有泪，薛能。近来诗客似君稀。白居易。江西昔日推韩注，伍唐珪。君籍江西。先达谁当荐陆机？刘长卿。骏骨凤毛真可贵，元稹。孤云独鸟本无依。张贲。香销南国美人尽，刘沧。散发行歌自采薇。秦系。

## 酬钱新甫前辈集唐

烟月一时搜古句，章碣。过秋红叶落新诗。杜牧。承家节操尚不泯，杜甫。君为恭勤公冢嗣，世代簪缨，浙中旧族也。出世文章岂有师？贯休。斑管秋毫多逸意，王雎。素髯清骨旧风姿。韦庄。同馆中君齿最长，而矍铄如壮年。昂藏独鹤闲心远，皎然。应笑啁啾燕雀卑。方干。

---

① 原注作者误，出自罗隐《偶兴》。

② “辑”字，韩偓《思录旧诗于卷上凄然有感因成一章》原作“缉”。

③ 原注作者误，出自元稹《遣悲怀三首》。

## 酬李新吾同年集吴梅村句

同登科第皆清列，顾非熊。数首新诗带恨成。薛能。北极转愁龙虎气，杜甫。东山遥夜薛萝情。皇甫冉[①]。含香珥笔皆眷旧，沈传师。卖药贩履俱逃名。王季友。往事向人言不得，罗隐。高门世业有公卿。方干。君为勤恪公子，文忠之侄，同时列方面登卿贰者四五人。

## 酬张卿五太史集杜

杜甫天材颇绝伦，元稹。数篇清越应南金。刘威。紫毫粉壁题仙籍，刘沧。黄绢歌诗出翰林。杜牧。皓首应全苏武节，徐铉。中年潜识子房心。许浑。今来正叹陆沉久，齐己。凤折莺离恨转深。罗隐[②]。

## 酬朱聘三太史集陈独漉句

乱来犹爱旧篇章[③]，韦庄。柱史年才四十强[④]。钱起。绿酒醉眠闲日月，吕岩。君善饮，近尤以酒自娱。青松心在任风霜。刘长卿。自探典籍忘名利，李商隐。莫指云山认故乡。张泌。阙下新居成别业，吴融。粤乱，甚不可归，乃构楼居于城西隅，有终焉之志。坐穷今古掩书堂。许浑。

---

① 原注作者误，出自皇甫曾《奉寄中书王舍人》。

② 原注作者误，出自罗虬《比红儿诗》。

③ “爱”字，韦庄《九江逢卢员外》原作“记”。

④ “年才”二字，钱起《送裴頔(一作迪)侍御使蜀》原作“才年”。

## 酬黎潞盦太史集四忆堂句

浊酒清名一概休[1]，韩偓。似君须向古人求。杜甫。深秋猿鸟来心上，若虚。白雪歌词落笔头[2]。白居易。甘比流波辞别浦[3]，独孤及。多收古器在书楼。张籍。君收藏书画甚夥。怀恩泪尽霜天晓，杜牧。世难那堪恨旅游？贾岛。

搜神得句题红叶，胡杲。丽句先忧属和难。郑谷。有兴不愁诗韵险，牟融。原作集覃韵，尤难。壮怀莫使酒杯干。殷尧藩。鹤群长扰三珠树，司空图。雪鬓同归七里滩。罗隐。人事推移无旧物，李绅。帝乡吾土一般般。杜荀鹤。

## 酬欧介持侍御集谢叠山句

几许幽情欲话难？薛逢。南枝向暖北枝寒。刘元载妻。猖狂乱打貔貅鼓，刘兼。杖策曾簪獬豸冠[4]。戎昱。宋玉逢秋空雪涕，赵嘏。陆通歌凤也无端。元稹。两行密疏倾天下，温庭筠。命薄元知济事难。白居易。辛亥秋冬之际，君屡上封事，惜未能用。

劳君故有诗相赠，司空图。断尽相思寸寸肠。刘兼。千载是非难重问，罗隐。一生肝胆易开张。李山甫。寂寥我对先生柳，李商隐。守节偏凌御史霜。岑参。正是低摧吾道日，李咸用。谁能高叫问苍苍？李玖。

---

① "酒"字，韩偓《过汉口》原作"世"。

② "词"字，白居易《赠楚州郭使君》原作"诗"。

③ "别"字，独孤及《同皇甫侍御斋中春望见示之作》原作"旧"。

④ "杖策"二字，戎昱《谪官辰州冬至日怀》原作"策杖"。

## 酬金雪孙太史自金华寄题

东归还著旧麻衣，杜荀鹤。君秋中以忧回籍守制，此礼近废弃矣。去去故乡共食薇[①]。鲍溶。守道还如周柱史，杜牧。诗家长忆谢玄晖。李绅[②]。文章声价从来重，姚鹄。癸卯礼闱，君名原列第四，以他故，抑置第八，甲第亦高。江海重逢故旧稀。张贲。为问前时金马客，陆希声。离魂渐逐杜鹃飞。韦庄。

## 酬戴圣彝女士集元遗山句自沪寄题

两首新诗千里道，徐铉。忽惊手重抵琼瑶[③]。白居易。新亭举目风景切，杜甫。山郭月明砧杵遥。韦庄。直遣麻姑与搔背，李商隐。偶逢神女学吹箫[④]。陆畅。天荒地老无人识，李贺。水宿风餐鬓发焦。殷尧藩。

因知好句胜金玉，贯休。笔下篇章似涌泉。徐夤。昔日繁华今日恨，司空图。诗家眷属酒家仙。白居易。薜荔衣裳木兰楫，罗隐。冰雪容颜桃李年[⑤]。武元衡。空有寸心思会面，戎昱。天涯忆戴复谁传？钱起。

毫端剪削有余功，方干。白雪纷纷落郢中。李山甫。芍药与君为近侍，罗隐。莲花不肯嫁东风。韩偓。女士慎于相攸，犹未适人。诗听越

---

① “共”字，鲍溶《寄宋申锡评事时从李少师移军回归》原作“亲”。

② 原注作者误，出自杜牧《怀紫格山》。

③ “抵”字，白居易《江西裴常侍以优礼见待又蒙赠诗辄叙鄙诚用伸感谢》原作“捧”。

④ “神”字，陆畅《解内人嘲》原作“秦”。

⑤ “容颜”二字，武元衡《代佳人赠张郎中》原作“颜容”。

客吟何苦？杜甫[①]。浙江玉环籍。酒伴衰颜只暂红。白居易。不见戴逵心莫展，独孤及。也应回首哭途穷。秦韬玉。

麦秀渐渐遍故墟，胡宿。家家生计只琴书。韦庄。早知世事长如此，罗隐。先惠高文谢起予。韩愈。翠袖自随回雪转，李商隐。石房无侣共云居。陆龟蒙。小巫神气终须怯，刘兼。欲报琼瑶愧不如。司空图。

## 酬袁珏生侍讲

新篇写出《畔牢愁》，刘禹锡。学浪词锋压九州。王建。三虎八龙皆世瑞，贯休。君兄弟十一人，兼龙虎之数，可谓盛矣。破琴孤剑是身仇。罗隐。袁安坠睫寻忧汉，韩偓。潘岳双毛去值秋。杜牧。此日令人肠欲断，滕迈。尚通闺籍在龙楼。徐铉。逊位后，南斋供奉只君一人，余悉辞去。

## 谢陈伯潜世丈允题诗册

夔龙未放下青天，白居易。供奉三朝四十年。梁补阙。但想燕山吹暖律，袁郊。本来方朔是真仙。李九龄。立身卓尔青松操，黄崇嘏。后代声华白日悬。杜牧。及得王师身已老，高骈。养蒙肥遁正翛然。陆希声。

未去难忘国士知，郑谷。诸公长者郑当时。徐锴。青云旧侣嗟谁在？徐铉。黄石仙翁识帝师。徐夤。顾视清高气深稳，杜甫。文章彪炳光陆离。李白。欲知字字惊神鬼，刘威。诗好常甘得句迟。林楚材[②]。

---

① 原注作者误，出自白居易《城上夜宴》。

② 原注作者有误字，出自林楚才《赠致仕黄损》。

## 再酬戴圣彝女士集王渔洋句自玉环寄赠

往哲搜罗妙入神，李中。文章心事每相亲。钱起。应将笔砚随诗主，白居易。不服丈夫胜妇人。吕温。懿德好书添女界[①]，徐夤。来书谓母氏潜德尚待阐扬，并寄陈君衍志墓文，称为女有士行，足征家学渊源其来有自。云泉终是得闲身。周贺。几人卓绝秉《周礼》？杜甫。女士注《大戴记》，将成书。举世滔滔莫问津。徐铉。

珍重来章相借分，姚合。缄题重叠语殷勤。白居易。堪为列女书青简，刘禹锡。女士曾辑《国朝列女传》，上之史馆。难得闲人话白云。王建。几度思归还把酒，杜牧。半生辛苦谩为文[②]。徐夤。岁寒高节谁能识？牟融。惟有松枝好寄君。清塞[③]。

直置心情无貌敬[④]，韩愈。难堪今日在风尘。张籍。诗书何德名夫子？严维。来书有"以诗为贽，愿执弟子礼"之语，何德以当此？门馆多逢请益人。周贺。老大希逢旧邻里，刘禹锡。眼前失落故交亲[⑤]。白居易。当时门客竟何在[⑥]？骆宾王。薄俗嗟嗟难重陈。李颀。

生平志气何人见？许浑。两处空传七字诗。张籍。方外共推为道友，李尧夫。世间何处有男儿？罗隐。青山不厌三杯酒，李远。玄发看成一把丝。白居易。早是有家归不得[⑦]，无名氏。时豫匪窜扰山阳。中原回首益堪悲。牟融。

---

① "界"字，徐夤《赠月君》原作"诫"。

② "辛"字，徐夤《十里烟笼》原作"勤"。

③ 原注作者误，出自卢纶《早春归盩厔旧居却寄耿拾遗沣李校书端》。

④ "情"字，韩愈《寒食日出游》原作"亲"。

⑤ "落"字，白居易《偶吟自慰兼呈梦得》原作"尽"。

⑥ "竟"字，骆宾王《畴昔篇》原作"今"。

⑦ "不"字，无名氏《杂诗十首》原作"未"。

## 酬郭春榆前辈集元遗山句

宦途最重是文衡，裴皞。结援通家好复成。白居易。癸卯秋，副前辈主山左乡试，是春礼闱，哲嗣啸麓卷即出余房。往事偶来春梦里，徐夤[①]。几人全得旧功名？孙元晏。十年失路谁知己？钱起。百犬闻风只吠声。刘兼。题柱盛名兼绝唱，刘长卿[②]。如君真得古人情。杜荀鹤。壬子夏，前辈仿月泉吟社意，首题一律于馆柱间，和作几满两楹。

曾袖篇章谒长卿，郑谷。数杯春酒共谁倾？白居易。几回为客逢佳节？周贺。甲寅重三日，山左门人燕公及余袖呈集句，遂荷题赠。浮世除诗尽强名。杜牧。野老不知尧舜力，宋之问。牧童谁识帝王城？刘沧。偷生亦似符天意，韩偓。元唱有"祝君饱吃残年饭"句，因答之。无处登临不系情。许浑。

## 崇陵奉安一山书来深以未获恭送为恨怆然有怀寄答六首

昔朝曾侍玄宗侧，曹松。朗啸东归学钓鱼。殷尧藩。五运未教移汉鼎，韦庄。西陵那忍送宫车？李山甫。市朝迁变秋芜绿，李群玉。竹帛烟销帝业虚。章碣。无限酬恩心未展，司空图。万重烟水一封书。黄滔。

一首新诗无限意，徐铉。寄示答梁节庵自梁格庄来书七律一首，语甚悲痛。欲将酬和永流传[③]。孙偓。退身江海应无用，白居易。举国山河不值钱。罗虬。金鼎药成龙入海，黄滔。汉陵魂断草连天。韩偓。临川试问尧年事，韦庄。元唱有"我亦尧年经雪鹤"句。回首浮生泪泫然。

---

① 原注作者误，出自徐铉《奉和宫傅相公怀旧见寄四十韵》。

② 原注作者误，出自钱起《和王员外雪晴早朝》。

③ "流"字，孙偓《答门生王涣李德邻赵光胤王拯长句》原作"留"。

罗隐。

金舆玉辇无行迹，李远。埋骨穷泉复几重？刘长卿。北极楼台长挂梦，杜牧。鼎湖冠剑有遗踪。刘望。关山云尽九秋月，刘沧。漏苦霜传五夜钟。曹唐。却到茂陵惟一恸，王涣。翠华恩断泣芙蓉。曹邺。余拟届时叩途。

阴符在握老羞看[①]，钱起。百计求安未得安。褚载。玉井已干龙不起，罗隐。风枝未定鸟栖难。白居易。陶公战舰空滩雨，李商隐。葛亮荒祠古木寒。刘兼。何事明廷有徐庶？翁洮。百年惭痛泪阑干。韩愈。

五山鸾凤骨毛寒，无名氏。驿路梅花带雪看。牟融。南省恩深宾馆在，李商隐。西陵舞罢泪阑干。刘沧。霜砧月笛休相引，刘兼。玉柱金罍醉不欢。钱起。欲扫柴门迎远客，刘禹锡[②]。知心不独为同官。郑谷。

宫门两片掩埃尘，孟迟。争那酬恩未杀身。曹松。地拆天分非所恤，韩愈。云孤鹤独且相亲。张贲。世间泉石本无价，郑损。笔下龙蛇似有神。陆希声。今日与君同避世，韦庄。不忧家国不忧贫。郑遨。

## 馆中同志雅集并招饮梁节庵前辈醉后摄影赋呈节庵兼柬诸同志索和

我为伤春心自醉，唐彦谦[③]。思量前事不堪寻。罗隐。今朝忽接嵇生驾[④]，崔兴宗。入座偏宜郢客吟。崔逵。白首放歌须纵酒，杜甫。青云干禄已无心。徐夤。老惭退马沾刍秣，元稹[⑤]。日暮穷途泪满襟。

---

① “握”字，钱起《幽居春暮书怀》原作“箧”。

② 原注作者误，出自刘长卿《酬李穆见寄》。

③ 原注作者误，出自李商隐《寄恼韩同年时韩住萧洞二首》。

④ “接”字，崔兴宗《酬王维卢象见过林亭》原作“枉”。

⑤ 原注作者误，出自白居易《赠诸少年》。

钱起。

琴中渌水静留宾①,钱起。屈指良交十四人。刘兼。是日至者梁节庵、钱新甫、熊经仲、程绍珊、李新吾、蓝石如、欧介持、袁珏生、何兰恺、黎潞盦、王伯荃、张卿五、朱聘三及余,宾主共十四人。洛客最闲唯有我,白居易。贾生才调更无伦。李商隐。蛇头蝎尾谁安著,卢仝。竹径桃源本出尘。崔湜。相见只言秦汉事,苏广文。繁华堪泣帝城春。吴商浩。

莫是商山一皓无?贯休。唐家旧国尽荒芜。吕岩。闲思胜事多遗恨,薛能。始觉清风激懦夫。徐铉。潘岳叙年因鬓发,卢纶。谢公名迹滞江湖②。赵嘏。文章十帙官三品,白居易。不负荆州六尺孤。徐夤。谓节庵前辈。

竟日淹留佳客坐,杜甫。山阳旧侣更谁过?刘禹锡。高人屡解陈蕃榻,李白。叩角谁怜宁戚歌?李中。佳酒旋倾醽醁嫩,陆龟蒙。满头赢得雪霜多。吴融。眼前便是神仙事,曹松。高喜归鸿脱弋罗。元稹③。

青史文章争点笔,杜牧。灵山预会是前生。刘禹锡。佳期笑把斋中酒,韩翃。归兴浓消客里情。殷尧藩。不共世人争得失,韩偓。能移孝友作忠贞。李逢吉。尊前且拨伤心事,司空图。休问黄河早晚清。徐夤。

风尘海内怜双鬓,顾况。镜里今年老去年。郑郧。片石孤云窥色相,李颀。春花秋月入诗篇。鱼玄机。黔娄寂寞严陵卧,徐夤。长吉才狂太白颠。齐己。陵谷变迁何处问④?李九龄。一声邻笛旧山川。许浑。

金紫满身皆外物,徐铉。卷藏蘧瑗甚分明。徐夤。须知诸相皆非相,白居易。莫道无情似有情。杨发。心铁已从干镆利,李商隐。气狂

① "渌"字,钱起《过张成侍御宅》原作"绿"。

② "滞"字,赵嘏《十无诗寄桂府杨中丞》原作"满"。

③ 原注作者误,出自白居易《赠诸少年》。

④ "陵谷变"三字,李九龄《登昭福寺楼》原作"谷变陵"。

惭与斗牛平。谭用之。严光万古清风在，吴融。各向渔樵混姓名。杜荀鹤。

壶中天地乾坤外，元稹。风景牵情并不劳。裴夷直。浮世本来轻骏骨①，罗隐。高谈正可挥麈毛。高适。丹梯暗出三重阁，王建。瑞锦裁成五色毫。李商隐②。走笔小诗能和否？白居易。二南新格变风骚。殷文圭。

## 一山自沪函讯近事答之以诗

万里孤臣投海畔，李绅。殷勤书札寄相思。徐铉。猿啼鹤怨终年事，李商隐。蝶影蜂声烂熳时。李建勋。两岸烟花春富贵，刘兼。九天风急羽差池。李咸用。蓬瀛路断君何在？雍陶③。栖鸟敢求琼树枝。徐夤。

乐奏钧天曲未终，嵩岳仙。五车云去玉堂空。刘望。愁心想是笼中鸟④，刘商。滋味过于食蓼虫。卢延逊。他日新诗应见报，杜甫⑤。此时吾道岂能通？李咸用。行吟坐叹知何极，元稹。谁听缧囚奏土风？钟谟。

且图青史垂名稳，李咸用。文采风流定不如。薛涛。欲问向来陵谷事，韦庄。重修东观帝皇书。刘禹锡。不因杖屦逢周史，李商隐。自吐清谈护汉储。韦庄。曲突徙薪人不会，杜牧。梦中说梦两重虚。白居易。君倡补修本朝史之议，人多尠之，惜无主持其事者。

渐老旧交情更重，柴夔⑥。深于同在翰林时。白居易。遗簪坠履

---

① “本”字，罗隐《燕昭王墓》原作“近”。

② 原注作者误，出自郑谷《送进士韦序赴举》。

③ 原注作者误，出自李远《过旧游见双鹤怆然有怀》。

④ “是”字，刘商《胡笳十八拍第八拍》原作“似”。

⑤ 原注作者误，出自韩翃《送中兄典邵州》。

⑥ 原注作者误，出自杨发《东斋夜宴酬绍之起居见赠》。

应留念，罗隐。羸马单车莫自悲。独孤及。转觉人间无气味，张籍。俱惊鬓里有新丝。方干。相思不见又经岁，刘沧。岁岁花开知为谁？李颀。

## 一山检讨辞内务部编订礼制会顾问之聘赋赠四首

厩马连嘶换主声，李玖。烟尘一片正伤情。司空图。久经离乱心应破，罗隐。不露文章世已惊。杜甫。唯羡君为周柱史，李嘉祐。多惭名在鲁诸生。司空曙。却聘书，有“叔孙不强鲁生，光武放还严子”之语。不知腐鼠成滋味，李商隐。吴市终须变姓名[①]。徐铉。

世上何人怜苦节？陆希声。少卿降北子卿还。王涣。尘埃满眼人情异，谭用之。云霭无心伴客闲。封敖。遂使声名高五岳[②]，刘禹锡。愿陪鸾鹤向三山。王起。不须更饮人间水，李九龄。梦里声名旦暮间[③]。元稹。

臭帑世界终须出，白居易。剃发多缘是代耕。李绅。有耳不闻经国事，徐夤。折腰犹悟俗人情。徐铉。三冬学任胸中有，刘禹锡。五色云从足下生。吕岩。衣食旋营犹可过，杜荀鹤。不将萝薜易簪缨。张说。

严光一唾垂绥紫，韩偓。挺志铿然白璧姿。黄崇嘏。懒说岁年齐绛老，李端。忽逢人世是秦时。卢纶。注书不向时流说，秦系。清重兼闻外国知。许棠。德儒尉礼贤君，将聘君编辑中国儒书。从此人稀见踪迹，谭用之。因何重有武陵期？薛逢[④]。

---

① “须”字，徐铉《赠王贞素先生》原作“应”。

② “高”字，刘禹锡《九华山歌并引》原作“齐”。

③ “声”字，元稹《幽栖》原作“身”。

④ 原注作者误，出自薛涛《牡丹》；一作薛能诗。

## 朱聘三编修辞某当路之聘赋赠四首

昔为京洛声华客，白居易。学海词锋誉蔼然。张贲。斑竹岭边无限泪，李商隐。大罗天下后来仙。施肩吾。君以甲辰第二人及第，为一代词科之殿。众推贾谊为才子，元稹。若比冯唐是少年。张乔。人世几回伤往事？刘禹锡。青山长在好闲眠。杜牧。

云汉逼来心不动①，司空图。暗将心事许烟霞。陆龟蒙。乾坤有意终难会，罗隐。草木无情亦可嗟。徐夤。野鹤不栖葱蒨树，李咸用。管弦长奏绮罗家。薛逢。世人逐势争奔走，李颀。却逐严光向若耶。温庭筠。

世人心更险于山，雍陶。应得危时共掩关。李昭象。试玉要烧三日满，白居易。某君向主持狭义，不出，近已幡然改图。黄金难买一生闲。牟融。伯伦嗜酒还因乱，韦庄。君隐于酒。疏受辞荣岂恋班？李绅。今日鞠躬高旆下，许棠。见君何事不惭颜？卢纶。

马头无角已三年，元稹。见射妖星落九天。鲍溶。可但步兵偏爱酒，严武。却思平子赋《归田》。薛逢。春蚕到死丝方尽，李商隐。众木虽高节不坚。李中。冷眼静看真好笑，徐夤。岁寒松柏尚依然②。刘禹锡。

## 题同志雅集图

眼未全昏耳未聋，白居易。灰心还与故人同。朱湾。髭须强染三分折，司空图。蜡烛犹烧一寸红③。温庭筠。不拟优游同陆贾，许浑。甘为

---

① “云”字，司空图《陈疾》原作“霄”。

② “尚”字，刘禹锡《将赴汝州途出浚下留辞李相公》原作“犹”。

③ “烧”字，温庭筠《晚坐寄友人》原作“残”。

乡曲号涪翁。李端。新愁旧恨多难说，雍陶。烦恼身须色界空。李白[①]。

骨瘦神清风一襟，徐仲雅。高情犹共碧云深[②]。刘禹锡。英才尽作龙蛇蛰，陆龟蒙。恋主终存犬马心[③]。黄滔。何处哀筝随急管？李商隐。可怜东箭与南京[④]。罗隐。商山老伴相收拾，白居易。休说人间有陆沉。徐夤。

真相有无因色相[⑤]，李绅。百年心事付东流。薛逢。浮生已悟庄周蝶，陈泌。久客谁怜季子裘？殷尧藩。鹦鹆不知狂客醉[⑥]，许浑。杜鹃无赖伴春愁。罗隐。如何办得归山计？白居易。投老终须卜一丘[⑦]。刘禹锡。

屈指贞元旧朝士，元稹。世人应笑是狂愚[⑧]。刘商。归心莫问三江水，张南史。人数多于四皓图。白居易。且共山麋同饮涧，殷尧藩。更闻春鸟劝提壶。韦庄。明年各自东西去，张籍。再到仙檐忆酒垆。李商隐。

## 同程绍珊侍读蓝石如编修游朱聘三太史园居留饮尽醉而散

到君居处便开颜，刘禹锡。风竹松烟昼掩关。白居易。小院回廊春寂寂，杜甫。异禽灵草水潺潺。贯休。尊中美酒常须满[⑨]，朱庆馀。

---

① 原注作者误，出自李绅《鉴玄影堂》。

② “共”字，刘禹锡《酬淮南廖参谋秋夕见过之作》原作“向”。

③ “恋”、“存”二字，黄滔《投刑部裴郎中》原作“向”、“知”。

④ “京”字，罗隐《秋夜寄进士顾荣》原作“金”。

⑤ 第二个“相”字，李绅《龙宫寺》原作“界”。

⑥ “鹦”、“不”二字，许浑《韶州韶阳楼夜宴》原作“鹳”、“未”。

⑦ “投”字，刘禹锡《酬乐天见寄》原作“得”。

⑧ “笑是”二字，刘商《寄李俌》原作“是笑”。

⑨ “常”字，朱庆馀《归故园》原作“长”。

世上虚名好是闲。岑参。一醉便同尘外客，牟融。桃源不必在深山。李涉。

花源竹屿凤城西[①]，张谔。楼对青山倚玉梯。杜牧。百草香心初罥蝶，郑愔。九皋云月惯驱鸡[②]。翁洮。张曹翰苑纵横起，骆宾王。李杜操持事略齐。李商隐。到此诗情应更远，张籍。感时怀旧思凄凄。李中。

翰林寂寞谁为主？柳宗元。同侍先皇立玉墀。吕温。林壑能忘轩冕贵，牟融。鬓丝休叹雪霜垂。李商隐。一生不得文章力，刘禹锡。万古长留楚客悲。刘禹锡。更向同来诗客道，张籍。惟愁后事劣今时。薛能。

今日应须醉始还，施肩吾。与君长喜得身闲。张籍。故乡门巷荆棘底，杜甫。一个闲人天地间。贯休。萱草岂能忘积恨？李中。野花空解妒愁颜。严郾。周南留滞称遗老，白居易。欠买桐江一朵山。陆龟蒙。

## 一山移寓青岛见示留别淞社同志兼谢赠行之作答和六首

先生南国卧明夷，陈陶。声价当时众所推。牟融。庾信平生最萧瑟，杜甫。陶潜身世两相遗。杜牧。一行已作三年别，张籍。愁思未平双鬓知。王建。甲子等头怜共老，白居易。君与余齐年而长。清风明月苦相思。王维。

何处营求出世间？刘商。忽将琼韵扣柴关。鱼玄机。渭城朝雨休重唱，崔仲容。壬子秋，君出都之沪，同人咸有诗赠行。今又由沪之岛，殆元唱所谓"覆巢鸟得稳枝难"耶？曷胜慨然！靖节高风不可攀。陆龟蒙。他日相逢一杯酒，白居易。故乡空隔万重山。李频。漂零已是沧浪客，杜甫。身逐归云到处闲。武元衡。

---

① "竹"字，张谔《延平门高斋亭子应岐王教》原作"药"。

② "惯"字，翁洮《上子男寿昌宰》原作"怪"。

欲向云霞觅主人，戎昱。爱山移宅近为邻。徐夤。蟠桃烂落珊瑚地，贯休。草岸斜铺翡翠菌[①]。白居易。丽事肯教饶沈谢？陆龟蒙。世情谁是旧雷陈？元稹。招贤已从商山老，贾至[②]。德儒尉君设礼贤书院于岛中，聘君为编辑中文书。先君就聘者，有劳玉初提学。总为当时隐暴秦。施肩吾。

中原君臣豺虎边，杜甫。落日深山哭杜鹃。李群玉。簪屦尚应怜故物，徐铉。岁寒终不改当年。邓洵美。绿珠倚槛魂初散，李建勋。宋玉悲秋泪洒然。李郢。托迹幸将王粲别，齐己。唯愁未有买山钱。朱放。

酒醒回首怆离群，戎昱。沧海龙吟对酒闻。牟融。君函称寓小而精雅，山海形胜，一览在目。刘令兴多常步履，清昼。楚山耕早任《移文》。杜牧。唯应鲍叔犹怜我，元稹。真是清流也汗君[③]。李九龄。峻节不由人学得，罗隐。君辞内务部顾问，而就外人之聘，世益高之。应看名利似浮云[④]。谭用之。

静怜烟岛觉鸿离，陆龟蒙。老大关心总是悲。窦叔向。芳草白云留我住，皎然。雪中梅下与谁期？李商隐。寻看狡兔翻三窟[⑤]，鲍溶。还念鷦鹩得一枝。徐铉。堪恨此身何处老？熊皦。逆风归鸟入巢迟。杨凫。

## 酬薛受萱前辈集变雅堂句

国步未安风雅薄，唐彦谦[⑥]。关中独自占诗家。李尧夫。因嗟往

① "菌"字，白居易《答尉迟少监水阁重宴》原作"茵"。

② 原注作者误，出自贾曾《奉和春日出苑瞩目应令》。

③ "真"、"汗"二字，李九龄《鹤》原作"直"、"汙"。

④ "云"字，谭用之《闲居寄陈山人》原作"萍"。

⑤ "寻看"二字，鲍溶《蔡平喜遇河阳冯判官宽夜别》原作"看寻"。

⑥ 原注作者误，出自郑谷《寄赠杨夔处士》。

事抛心力，白居易[①]。勉抱衰颜惜岁华[②]。处默。云路招邀回彩凤，李商隐。旧巢零落寄蒹葭。陆龟蒙。浮生真个醉中梦，徐夤。谁羡前程未可涯？贯休。

白首情亲倍见怜[③]，徐铉。羽毛漂荡一年年。吴融。心存黄箓兼丹诀，马戴。退狎琴僧与酒仙。张籍。曾是巢由栖隐地，韦庄。不劳和扁到门前。白居易。君精医，近专以活人为事。高风落落谁同调？牟融。鱼在深潭鹤在天。刘禹锡。

## 三酬圣彝女士集唐

风流才调爱君偏，张继[④]。俗韵惭居鹤氅前。张贲。地角天涯渺难测，骆宾王。鱼来雁去是因缘[⑤]。罗隐。可怜庾信寻荒径，李商隐。犹欠君平卖卜钱。韦庄。碧水青山无限思，元稹。低头只是为诗篇。朱庆馀。

谢朓每篇堪讽诵，杜甫。料量时辈更谁过？李涉。中郎有女能传业，韩愈。师保何人为琢磨？周昙。几处别巢悲去燕？赵嘏。老忧王室泣铜驼。李商隐。甘陵旧党凋零尽，刘禹锡。皎洁孤高奈尔何？贯休。

不惜瑶华报木桃，钱起。只将清韵敌清醪[⑥]。裴夷直。春风小榼三升酒，白居易。梦笔深藏五色毫。李商隐。野客碧云魂易断，谭用之。一头白发气犹高。贯休。长安客舍热如煮，王维。沙恨无金尽日淘。殷文圭。

---

① 原注作者误，出自贯休《山居士二十四首》。

② “抱”字，处默《忆庐山旧居》原作“把”。

③ “情亲”二字，徐铉《奉和宫傅相公怀旧见寄四十韵》原作“亲情”。

④ 原注作者误，出自韩翃《赠别上元主薄张著》。

⑤ “鱼来雁去”四字，罗隐《广陵秋日酬进士臧渍见寄》原作“雁来鱼去”。

⑥ “清”字，裴夷直《和刑郎中病中重阳强游乐游园》原作“春”。

故乡芜没兵戈后，许浑。今日时难不易狂。沈彬。梅向好风惟是笑，唐彦谦。草知无道更应荒。徐振。寻花偶坐将军树，赵嘏。修竹能深夫子墙。钱起。乘兴还同访戴客，白居易。乱时同葺读书堂。杜荀鹤。

## 酬王伯荃太史集元遗山句

冰压霜坛格律清①，齐己。风流柱史早知名。赵嘏。诗情逸似陶彭泽，刘禹锡。酒肆应疑阮步兵。韩偓。彩笔昔曾干气象，杜甫。青袍今已误儒生。刘长卿。人间聚散真难料，张籍。一片伤心画不成。高蟾。同人题辞，惟君诗成最后，想有难言之隐。

---

① “格律”二字，齐己《寄蜀国广济大师》原作“律格”。

# 集义山诗稿

徐兆玮著

徐兆玮是常熟近代的藏书家、学者和诗人。徐兆玮（1867—1940），字少逵，号倚虹，晚号虹隐，光绪十五年（1889）进士，从此进入仕途。三十三年（1907），徐兆玮赴日本学习，后加入同盟会。民国成立后，出任常熟县民政副长、国会众议院议员。曹锟贿选总统，徐兆玮拒贿，南归常熟，居虹隐楼，读书、著述，不问政治。徐兆玮藏书二万余册，个人著述亦多达百种，其中如《北松庐诗话》、《虹隐楼诗》、《梦雨销寒录》、《楚雨集》、《海虞闺秀诗话》、《海虞六家诗选》等，大都藏于常熟图书馆。对其事迹，曹培根《虹隐楼主人徐兆玮藏书著述考略》一文有具体的考察①。

徐兆玮为诗宗尚李商隐，《集义山诗稿》一卷即是专门采集李商隐诗句写成的集句诗集。该集由四组诗构成：《辛丑春莫阻雨师山行箧携玉溪生诗挦扯成什牢愁羁思百端交集聊借古语用伸今愫》12首，记载诗人光绪二十七年（1901）阻雨海门师山时的感受，其中有对家中亲人的思念，有对国事多故的悲痛，有报国无门的无奈，有人生如梦的感伤。《乙巳消夏日课》18首，作于光绪三十一年（1905），题云“消夏”，可知是夏日所作；既云“日课”，可知是每日一首，积多日之功而成。《一片》8首，乃是一组爱情诗，取第一首诗的开头二字为

---

① 曹培根《虹隐楼主人徐兆玮藏书著述考略》，《藏书家》第13辑，齐鲁书社，2008年版，第26—33页。

题，实际上相当于无题诗。《咏史》12首，泛咏各种史事。《集义山诗稿》共有50首诗，全部采用七律的形式，可以说是一部七律专集。据悉《徐兆玮日记》已由常熟图书馆点校整理完毕。该日记起于光绪二十四年(1898)，终于民国二十九年(1940)，其中当有与集句诗写作相关的记载。待该书出版后，将可据其对集句诗创作情况进行更加具体的考察。

《集义山诗稿》仅有作者稿本传世，藏于常熟图书馆。该本不少地方有改动的痕迹，改动后的文字与改动前的文字笔迹相同，显然都出自作者一人之手。该本仅有四组诗组成，前面没有序，后面也没有跋。作为仅有的孤本，而且是作者的手稿本，《集义山诗稿》显得尤其珍贵。

## 辛丑春莫阻雨师山行箧携玉溪生诗捋扯成什牢愁羁思百端交集聊借古语用伸今愫

上清沦谪得归迟，渡陌临流不自持。八桂林边九芝草，相思树上合欢枝。莫因风雨罢团扇，唯与蜘蛛乞巧丝。今日问君能寄否？清秋一首杜陵诗。

省对流莺坐绮筵，乐游春苑断肠天。贾生年少虚垂涕，徐福空来不得仙。贝阙夜移鲸失色，蓝田日暖玉生烟。人间桑海朝朝变，莫见洪崖又拍肩。

全家罗袜起秋尘，一一莲花见佛身。虚为错刀留远客，唯书亥字与时人。长筹未必输孙皓，国事分明属灌均。马上琵琶行万里，檀槽一抹广陵春。

此去瑶池地共长，五更钟后更回肠。羲和自趁虞泉宿，月露谁教桂叶香？何处哀筝随急管？本来银汉是红墙。岂知一夜秦楼客，几对梧桐忆凤凰。

欲构中天正急材，西师万众几时回？柔肠早被秋眸割，青雀如何鸩鸟媒？汉苑风烟吹客梦，奉天城垒长春苔。朝来灞水桥边问，便是胡僧话劫灰。

麝熏微度绣芙蓉，只有高唐十二峰。莫讶韩凭为蛱蝶，可能先主是真龙？斑骓只系垂杨岸，长乐遥听上苑钟。可羡瑶池碧桃树，丹炉犹用紫泥封。

重帏深下莫愁堂，不遣当关报早霜。沛国东风吹大泽，金陵王气应瑶光。看封谏草归鸾掖，知访寒梅过野塘。青冢路边南雁尽，何劳荆棘始堪伤？

高楼风雨感斯文，世路干戈惜暂分。好为麻姑到东海，欲书花片寄朝云。此情可待成追忆，清啸无因更一闻。怜我秋斋梦蝴蝶，李将军是旧将军。

荷叶枯时秋恨成，相思迢递隔重城。雄龙雌凤杳何许？湘瑟秦箫自有情。下苑经过劳想像，禁门深掩断人声。西园碧树今谁主？哭杀厨头阮步兵。

路绕函关东复东，碧帘迢递雾巢空。可怜夜半虚前席，独立寒流吊楚宫。益德冤魂终报主，韩公本意在和戎。归来寂寞灵台下，岂得虚当第一功？

锦帆应是到天涯，枉破阳城十万家。梁父哀吟鸲鹆舞，龙山晴雪凤楼霞。莫惊五胜埋香骨，犹得三朝托后车。昨夜西池凉露满，十三弦柱雁行斜。

绿杨枝外尽汀洲，楼上离人唱《石州》。浮世本来多聚散，酒垆从古擅风流。漫夸鹙子真罗汉，不及卢家有莫愁。直道相思了无益，远书归梦两悠悠。

## 乙巳消夏日课

满眼秋波出苑墙，左川归客自回肠。陆机始拟夸《文赋》，项羽何曾在故乡？岂有蛟龙愁失水，不辞鶗鴂妒年芳。推烟唾月抛千里，隔得卢家白玉堂。

沦谪千年别帝宸，宝钗何日不生尘？江鱼朔雁长相忆，剑栈风樯各苦辛。总把春山扫眉黛，枉缘书札损文鳞。从来此地黄昏散，独下长亭念过秦。

玉垒高梧拂玉绳，诸天雁塔几多层？春风举国裁宫锦，紫府仙人号宝灯。欲舞定随曹植马，路人遥识郅都鹰。岩花涧草西林路，水去云回自不胜①。

曾共山翁把酒卮，西州今日忽相期。荔支卢橘沾恩幸，紫凤青鸾并羽仪。检与神方教驻景，莫言圆盖便无私。满宫学士皆颜色，玉匣

---

① “自”字，李商隐《谒山》原作“恨”。

清光不复持。

十二峰前落照微，残宵犹得梦依稀。蝶含红蕊蜂衔粉，龙护瑶窗凤掩扉。侵夜可能争桂魄？倾城最在著戎衣。自怜筑室灵山下，莫损幽芳久不归。

忆归初罢更夷犹，七国三边未到忧。望见扶桑出东海，欲回天地入扁舟。人生岂得轻离别？年少因何有旅愁？桃叶桃根双姊妹，月娥孀独好同游。

君问归期未有期，洞房帘箔至今垂。如何汉殿穿针夜，不记人间落叶时？敌国军营漂木柿，蓬峦仙仗俨云旗。长吟远下燕台去，万里南风滞所思。

王杨落笔得良朋，更在瑶台十二层。若但掩关劳独梦，从来系日乏长绳。思牢弩箭磨青石，狄女壶浆出白登。不学汉臣栽苜蓿，武皇精魄久仙升。

十二楼前再拜辞，楚天云雨尽堪疑。不妨常日饶轻薄，恐是仙家好别离。军令未闻诛马谡，浊泥犹得葬西施。紫微新苑移花处，且问宫腰损几枝？

玉楼长御白云杯，消息东郊木帝回。郭令素心非黩武，穆王何事不重来？金鞍忽散银壶滴，鸾扇斜分凤幄开。早勒勋庸燕石上，万灵回首贺轩台。

日日虚乘九万风，断无消息石榴红。休夸此地分天下，只有襄王忆梦中。云路招邀回彩凤，楚歌重叠怨兰丛。崇文馆里丹霜后，万里高飞雁与鸿。

忍委芳心与暮蝉，一弦一柱思华年。蓬山此去无多路，楮叶成来不直钱。珠树重行怜翡翠，凤楼迢递忆秋千。背灯独共余香语，此夜西亭月正圆。

高秋望断正长吟，远隔天涯共此心。文吏何曾重刀笔？邮亭暂欲洒尘襟。茅君奕世仙曹贵，云母屏风烛影深。更阅前题已披卷，五陵论价重如金。

相见时难别亦难，南风无处附平安。浣花笺纸桃花色，犀辟尘埃玉辟寒。愿得勾芒索青女，岂知孤凤忆离鸾？昭阳第一倾城客，不敢公然子细看。

谢家离别正凄凉，此夜姮娥应断肠。柱上雕虫对书字，帘钩鹦鹉夜惊霜。不知瘦骨类冰井，但惜流尘暗烛房。惟有梦中相近分，淡烟微雨恣高唐。

虎踞龙蹲纵复横，草间霜露古今情。已随江令夸琼树，不得萧公作骑兵。远路应悲春晼晚，一生长共月亏盈。玄蝉去尽叶黄落，更作风檐夜雨声。

边柝西悬雪岭松，舍生求道有前踪。相携花下非秦赘，不觉云间有士龙。永定河边一行柳，景阳宫里及时钟。玉成缄札何由达？更隔蓬山一万重。

比来秋兴复何如？双鲤迢迢一纸书。未必明时胜蟀蛤，浪乘画舸忆蟾蜍。汉廷急诏谁先入？宋玉平生恨有余。亦拟村南买烟舍，青云器业我全疏。

## 一片

一片琼英价动天，清尊相伴省他年。金舆不返倾城色，榆荚还飞买笑钱。二八月轮蟾影破，九枝灯檠夜珠圆。荆王枕上原无梦，只是当时已惘然。

漠漠轻黄惹嫩条，凤城寒尽怕春宵。玉郎会此通仙籍，金屋修成贮阿娇。湘泪浅深滋竹色，碧潭珍重驻兰桡。梁台歌管三更罢，惟有衣香染未销。

扇风淅沥簟流离，六曲连环接翠帷。青女素娥俱耐冷，春兰秋菊可同时。石家蜡烛何曾剪？铁网珊瑚未有枝。偏称含香五字客，非关宋玉有微辞。

户外重阴黯不开，廊深阁迥此徘徊。宓妃愁坐芝田馆，温峤终虚玉镜台。岂到白头长只尔，不知香颈为谁回？猿啼鹤怨终年事，一寸相思一寸灰。

宋玉无愁亦自愁，玉梯横绝月如钩[①]。岂能无意酬乌鹊？只有空床敌素秋。舞蝶殷勤收落蕊，天河迢递笑牵牛。芳根中断香心死，埋骨成灰恨未休。

众中赏我赋高唐，又入卢家妒玉堂。那解将心怜孔翠，几时涂额藉蜂黄？仙舟尚惜乖双美，虏马崩腾忽一狂。空寄大罗天上事，桂花吹断月中香。

又向窗前觑阿环，可能全是为荆山。宓妃腰细才胜露，下蔡城危莫破颜。晓饮岂知金掌迥？新正未破剪刀闲。此声肠断非今日，自此无心入武关。

花入金盆叶作尘，汉宫长有隔生春。但须鸑鷟巢阿阁，羡杀乌龙卧锦茵。凤女颠狂成久别，水精眠梦是何人？重吟细把真无奈，半为当时赋洛神。

## 咏史

二江风水接天津，不问苍生问鬼神。愿去闰年留月小，只教天子暂蒙尘。常娥应悔偷灵药，徐甲何曾有此身？斑竹岭边无限泪，西陵魂断夜来人。

一丈红蔷拥翠筠，依依长发故年春。金銮不问残灯事，玉树未怜亡国人。神女生涯原是梦，华清恩幸古无伦。幽兰泣露新香死，莫羡仙家有上真。

闻道阊门萼绿华，斑骓嘶断七香车。几年始得逢秋闰？四海于今是一家。犹自金鞍对芳草，更持红烛赏残花。明朝惊破还乡梦，终古垂杨有暮鸦。

---

① “如”字，李商隐《代赠二首》原作“中”。

星使追还不自由，安危须共主君忧。铜台罢望归何处？蜡炬晨炊竟未休。欲就麻姑买沧海，新缘贵婿起朱楼。西亭翠被余香薄，同向春风各自愁。

绛节飘飖宫国来，瑶池阿母绮窗开。长沟复堑埋云子，玉液琼苏作寿杯。永忆江湖归白发，自缘烟水恋平台。回銮佛寺高多少？哀痛天书近已裁。

十二层城阆苑西，此中兼有上天梯。短襟小鬟相逢道，阿阁华池两处栖。垂手乱翻雕玉佩，夫君太骋锦障泥。武皇内传分明在，定是陈仓碧野鸡。

平明通籍九华门，但保红颜莫保恩。若是石城无艇子，至今青海有龙孙。天池辽阔谁相待？楚路高歌自欲翻。三百年间同晓梦，巫咸不下问衔冤。

燕雁迢迢隔上林，蜜房羽客类芳心。后庭玉树承恩泽，蜀殿琼人伴夜深。王母不来方朔去，长河渐落晓星沉。可怜留著临江宅，桂巷杉篱不可寻。

枉是蛟龙解覆舟，君恩如水向东流。皇都陆海应无数，玉帐牙旗得上游。细路独来当此夕，春阴只欲傍高楼。几人曾预南薰曲？猜意鸳雏竟未休。

东征日调万黄金，更入新年恐不禁。顾我有怀同大梦，与君相伴洒烦襟。微生尽恋人间乐，此日初为关外心。守到清秋还寂寞，楚猿吟杂橘村砧。

贾傅承尘破庙风，雪霜多后始青葱。春风犹自疑联句，彩服何由得尽同？子夜欲歌团扇掩，华筵俄叹逝波穷。相门出相光青史，云水升沉一会中。

多少分曹掌秘文？云台高议正纷纷。青袍白简风流极，促漏遥钟动静闻。腊雪已添墙下水，松州犹驻殿前军。枉教紫凤无栖处，短翼差池不及群。